레볼루셔너리 로드

Revolutionary Road

REVOLUTIONARY ROAD
by Richard Yates

세계문학전집 476

레볼루셔너리 로드

Revolutionary Road

리처드 예이츠

이삼출 옮김

민음사

일러두기

1 『레볼루셔너리 로드』는 1961년 보스턴시 소재 리틀 브라운 출판사에서 발행한 초
판본을 기반으로, 2008년 뉴욕시 소재 랜덤하우스 출판사가 제3차 우리 시대의 고
전 판본(Third Vintage Contemporaries Edition)으로 출간한 동명의 판본을 정본
으로 삼았다.

2 등장인물의 이름과 지명 표기는 국립국어원의 외래어 표기법을 따랐다.

3 용어나 인물, 지명 등에 관한 설명은 생략했다. 문맥상 보충 설명이 필요한 경우 번
역 본문에 그 정보를 덧붙였다.

4 원문에서 이탤릭체 등으로 강조한 부분은 고딕체로 구분하였다

차례

실라에게

1부

하나

드레스 리허설이 끝나고 마지막 소음까지 잦아들었다. 할 일이 없어진 로럴 극단 단원들은 우두커니 서서 아무 말없이 발밑 조명 너머 텅 빈 객석을 바라보며 눈만 껌벅였다. 자그마한 체구의 연출이 아무도 없는 객석에서 근엄하게 몸을 일으켜 무대 위로 오르는 동안 출연자들은 숨도 쉴 수 없었다. 연출은 무대 옆에서 사다리를 끌고 와 중간쯤 올라간 뒤 돌아섰다. 그러고는 목청을 몇 번 가다듬은 다음 입을 열었다. 여러분이야말로 참으로 훌륭한 배우들이며, 함께 작업하게 되어 정말 기쁘다는 말이었다.

"쉬운 작업은 아니었습니다." 그의 안경이 침착하게 무대 전체를 휘두르며 반짝였다. "문제는 많았지요. 그리고 솔직히 전 많은 걸 바라지 말자고 어느 정도 포기했더랬죠. 근데, 여러

분, 좀 겸연쩍은 말이긴 하지만, 오늘 밤 여기 무대 위에서 뭔가 대단한 일이 벌어졌습니다. 오늘 밤 저쪽에 앉아 있으면서 저는 갑자기 깨달았습니다. 여러분이 처음으로 정말 최선을 다하고 있다는 걸 아주 깊이 깨달은 것입니다.”

그는 한 손을 들어 손가락을 편 뒤 셔츠 윗주머니를 덮으며 심장이 얼마나 단순하며 구체적인 존재인지를 보여 주었다. 그런 다음 같은 손으로 주먹을 쥐고는 말없이 천천히 흔들다가 극적으로 멈추고 그대로 한참 있었다. 연출은 한쪽 눈을 감고 촉촉한 아랫입술을 삐죽이 내밀고는 자부심과 승리가 어린 표정을 지었다.

“내일 밤도 이렇게 합시다. 그럼 우린 아주 기막힌 공연을 하게 될 것입니다.”

배우들은 안도감에 눈물이 날 지경이었다. 대신 그들은 몸을 떨며 환호성을 지르고 악수를 하며 서로 입맞춤을 했다. 누군가 맥주를 가지러 나갔고, 모두 강당의 피아노 반주에 맞춰 노래를 불렀다. 그러다 누구라 할 것 없이 그만하고 오늘 밤 푹 자 두어야 한다는 데 동의했다.

“내일 봐요!”

그들은 들뜬 아이들처럼 서로를 향해 외치고는 차에 올라 각자의 집으로 향했다. 달빛을 받으며 운전하는 동안 그들은 창을 내리고 바깥 공기를 차 안에 들여 몸에 좋은 흙냄새와 어린 꽃의 향기를 맡아도 괜찮다는 사실을 알게 됐다. 로럴 극단의 단원들이 봄이 오고 있다는 사실을 처음으로 깨닫는 순간이었다.

때는 1955년이었고 장소는 코네티컷주 서부의 로럴이었다. 몸집을 불리고 있던 세 개의 마을이 최근 넓고 시끄러운 12번 고속 도로로 연결된 곳이었다. 로럴 극단은 아마추어 극단이었지만 경비를 아끼지 않는 아주 진지한 극단이었다. 단원들은 세 개의 마을 전역에서 비교적 젊은 나이의 성인들을 대상으로 신중하게 발탁됐고, 이번 공연은 그들의 첫 무대가 될 예정이었다. 단원들은 겨우내 서로의 거실에서 모여 입센이며, 버나드 쇼며, 오닐에 대해 열띤 토론을 이어 나간 끝에 상식의 수준을 넘지 않으려는 다수의 거수로 로버트 셔우드의 「화석 숲」을 공연 작품으로 선택했다. 1차 캐스팅을 앞두고서는 단원들의 극단 활동에 대한 열정이 점점 강해지기도 했다. 단원들은 속으로 작달막한 연출을 조금 웃기는 사람이라고 생각했다.(실제로 그는 어떻게 보면 한결같이 진지한 어조로만 말을 하는 데다 말을 끝마칠 때면 언제나 머리를 좌우로 흔드는 버릇이 있었는데, 그럴 때면 토실한 두 뺨이 흔들거렸다.) 하지만 모두 그를 좋아하고 존경했으며, 그가 하는 말은 대부분 순순히 받아들였다.

"어떤 작품이건 배우들은 최선을 다해야 합니다."

언젠가 연출이 한 말이었다. 이런 말도 한 적이 있다. "명심하세요. 우린 그저 연극 한 편을 무대에 올리려고 이러는 게 아닙니다. 우린 지역 공동체의 극단을 하나 건설하는 것입니다. 아주 중요한 작업을 하고 있다는 말입니다."

문제는 배우들이 시작부터 결국 사람들의 비웃음거리가 되고 말 것이라는 두려움에 시달렸다는 점이다. 게다가 그 사실을 솔직히 인정하는 것도 두려워했기에, 상황은 악화일로일 수밖에 없었다. 처음에는 매주 토요일 오후에 연습을 했다. 2월이건 3월이건 매번 바람 한 점 없이 하늘은 희뿌옇고, 나무들은 시꺼멓게 보이는 날이었다. 이런 날이면 웅어리져 졸아드는 눈밭 사이사이 노출된 갈색의 메마른 들판과 수풀들도 위태로워 보인다. 각양각색의 부엌문을 나서는 배우들은 코트의 단추를 잠그거나 장갑을 끼면서 잠시 머뭇거리는 사이 눈앞의 풍경을 마주하게 된다. 오랜 세월 풍상을 겪어 온 집이 몇 채 드문드문 널려 있는 풍경이다. 그런 집들에 비하면 자기들의 집은 아무 무게도 없는 가설 주택처럼 보였다. 비 오는 간밤에 깜박하고 바깥에 내버려둔 반짝이는 새 장난감들 같았다. 그들의 자동차 역시 어딘가 어색해 보였다. 쓸데없이 넓은 데다 색상까지 사탕이나 아이스크림같이 알록달록한 그 자동차들은 진흙이 튀어 오를 때마다 인상을 찌푸리는 듯했다. 자동차들은 제각각 다양한 방향에서 구불구불한 길을 따라 미적거리며 내려가 12번 고속 도로에 이르렀다. 두껍게 포장된 평평한 고속 도로에 오르자 자동차들은 그제야 자기에게 어울리는 환경에 접어든 듯 편안해 보였다. 킹 콘 아이스크림, 모빌 주유소, 만물쇼핑, 식사 등 형형색색의 플라스틱 간판과 통유리와 스테인리스강이 좌우로 연이어 스쳐 지나고, 자동차는 기다랗게 형성된 현란한 계곡을 질주하는 듯 보였다. 하지만 결국 자동차들은 차례차례 고속 도로를 벗어나 어느 고등학교 건물로 이어지는 구불구불한 시골길을 기어 올라가야만 했고, 강당 앞 고요한 주차장에 멈춰 서는 수밖에 없었다.

"안녕하세요!"

배우들은 겸연쩍은 듯 서로에게 인사를 건넸다.

"안녕하세요!"

"안녕하세요"

그러고는 쭈뼛거리며 강당 안으로 들어섰다.

무거운 고무장화를 덜걱거리며 무대 위를 왔다 갔다 하면서, 고르지 못한 대본 활자들을 들여다보느라 눈살을 찌푸리며, 한편으로는 화장지로 코를 풀어 대면서, 그들은 마침내 서로의 실수에 깔깔대는 웃음소리로 서먹한 분위기를 녹여 버릴 수 있었다. 그러고는 다들 이런 실수들을 다 극복할 수 있는 시간이 아주, 아주 많이 남아 있다는 점을 서로에게 거듭 강조하곤 했다. 하지만 시간은 그리 많지 않았고, 그들도 그 사실을 잘 알았다. 게다가 연습하는 날의 수를 배로, 또 그 배로 늘려도 상황은 점점 나빠지기만 했다. 연출의 말마따나 '정말 뭔가 이루어지려는 조짐이 보여야 하는 때, 정말로 뭔가 될 수 있겠다 싶은 느낌이 들어야 하는 그런 시기'가 이미 한참 이 지난 뒤에도 상황은 뒤죽박죽인 상태 그대로 호전될 기미조차 보이지 않았고, 인력으로는 어쩔 수 없는 지경 같았다. 그들은 자신들이 실패하리라는 사실을 거듭 확인할 수 있었다. 서로의 눈에서, 연습을 파하고 헤어질 때 고개를 까딱이며 주고받는 미안해하는 듯한 미소에서, 그리고 더 오래된, 그러나 덜 분명한 실패의 조짐이 도사리고 있는 각자의 집으로 돌아가기 위해 자기 차로 허둥지둥 흩어지는 모습에서도 완전한 실패에 대한 확신이 그대로 드러났다.

　그런데 공연을 꼭 이십사 시간 남겨 둔 오늘 밤, 그들은 어떻게든 그럭저럭 해냈다. 올해 들어 처음 온화한 날 밤 거북살스러운 분장에다 무대 의상까지 입고 있었지만, 그들은 기분이 한껏 좋아져서 모든 근심을 털어 버렸다. 연극 자체의 흐름에 올라타 마지막까지 그 분위기를 제대로 유지한 덕분이었다. 이렇게 표현하면 조금 쑥스러울 수도 있지만(뭐, 그런들 어쩌겠어?), 그들은 영혼을 쏟아부었다. 그 이상 뭘 더 바라겠는가?

　다음 날 저녁, 한 줄로 길게 늘어선 차에서 내린 관객들의 표정 역시 매우 진지했다. 배우들과 마찬가지로 비교적 젊은 축의 중년들이었으며, 뉴욕 의류업체들이 이른바 전원 생활 일상복이라고 광고하는 옷으로 차려입은 깔끔한 모습들이었다. 누가 보더라도 직업이나 교육, 건강에 있어 분명 평균 이상에 속하는 사람들이었고, 또 이들이 오늘 밤 이 공연을 아주 뜻깊은 행사로 여기고 있다는 점 역시 역력했다. 관객들은, 당연히, 모두가 「화석 숲」이라는 작품이 세계 최고의 걸작에 속한다고 보기는 힘들다는 사실을 잘 알았고, 또 자리를 채우면서 그 사실을 누누이 입 밖에 냈다. 그래도 모든 면에서 볼 때 1930년대 당시만큼은 아니겠지만 지금도 여전히 유효한 관점이 들어 있는 꽤 괜찮은 작품이라는 의견도 빼놓지 않았다.("현재성이 더 있다고 봐야지." 한 사내는 아내에게 몇 번이고 강조했고, 아내는 "곰곰이 생각해 보면 요즘 시대에 더 많은 의미를 담고 있는 작품이라고 봐야지."라는 남편의 말이 무슨 뜻인지 헤아려

보며 입술을 잘근잘근 씹었다.) 그렇지만 연극 자체는 별로 중요하지 않았다. 그 극을 공연하는 극단이 중요했다. 극단을 구성해서 운영하겠다는 발상 자체가 용기 있었고, 극단이라는 말만 들어도 건전하고 미래 지향적인 느낌을 주었으며, 훌륭한 공동체 극단을 여기 이곳, 자신들이 사는 지역에서 출범시킨다는 사실에 뿌듯한 자부심을 느꼈다. 그게 바로 이 사람들이 강당의 반 가까이를 채우고, 조명이 어두워지자 일제히 입을 닫고 기대에 차 공연이 시작되기를 기다리는 이유였다.

무대 위 막이 오르자 세트 배경 뒷벽이 흔들렸다. 세트 설치 담당자가 무대 위에서 물러나는 시점이 조금 늦었던 탓이었다. 배우들의 첫 대사 몇 마디도 무대 주변에서 들려오는 삐걱거리고 땡강거리는 소음에 묻혀 버렸다. 이런 자그마한 실수들로 로럴 극단의 배우들은 점점 더 초조해질 수밖에 없었다. 그렇지만 무대의 발밑 조명 너머에 앉은 사람들에게는 이 모두가 '조금만 기다리면 이 공연은 너무나도 훌륭한 공연이 될 것'이라는 기대감을 높여 주는 장치들로 여겨졌다. 아주 그럴싸한 약속이었던 셈이다. 조금만 더 기다려 봐. 아직 진짜는 시작도 안 했어. 우리 모두 조금 긴장하고 있지. 하지만 조금만 참아 보라고. 그리고 이내 그런 식의 변명은 더는 필요 없게 되었다. 관객들의 눈길이 여주인공 가브리엘 역을 맡은 배우에게 집중되었기 때문이다.

그 배우의 이름은 에이프릴 휠러였다. 그녀가 처음 무대 위를 가로지르며 등장하자 "예쁘네."라며 술렁거리는 소리가 강당 전체에 퍼져 나갔다. 조금 지나자 사람들은 공연에 대한 기대감을 담아 옆 사람의 옆구리를 툭 치며 "저 여자는 꽤 잘하는데."라고 속삭이기 시작했고, 에이프릴 휠러가 뉴욕에서 알아주는 극예술 대학교를 다녔던 것이 채 십여 년도 되기 전의 일이었다는 사실을 알고 있던 몇몇은 뿌듯한 표정으로 근엄하게 고개를 주억거렸다. 그녀는 스물아홉 살로, 잿빛이 도는 금발에, 훤칠한 편이었다. 아마추어의 서투른 조명 아래서도 기품 있는 미모가 그대로 드러나 이 극의 여주인공 역할에 딱 맞아 보였다. 이미 아이를 둘이나 낳아 엉덩이와 허벅지에 군살이 제법 올라붙은 몸이었다는 것은 아무 상관이 없었다. 그녀의 몸가짐에 여인 특유의 수줍은 듯 육감적인 매력이 깃들어 있던 탓이었다. 누구든 그 순간 영리해 보이는 동그스름한 얼굴로 객석 맨 뒷줄에 앉아 주먹을 깨물고 있는 프랭크 휠러를 봤다면, 그 젊은 남자가 남편보다는 애인처럼 보였다고 말했을 것이다.

"가끔 전 온몸이 빛을 뿜어내며 찬란하게 빛나고 있다고 느끼죠."

그녀가 대사를 읊었다.

"그럼 전 어디로든 뛰쳐나가 정말 터무니없지만 너무나 멋진 일을 하고 싶어요."

무대 뒤에서 함께 모여 귀를 쫑긋 세우고 있던 다른 배우들은 갑자기 그녀를 사랑하게 되었다. 아니라면, 그간 연습 기간에 그녀가 때때로 지나치게 잘난 척하는 것을 싫어하던 사람들조차 적어도 사랑하고 싶어질 만큼은 되었다. 다른 배우들에게는 그녀가 홀연히 등장한 유일한 희망이었기 때문이었다.

남자 주인공 역을 맡은 배우는 그날따라 장염을 앓고 있

었다. 공연장에 도착할 때부터 이미 고열에 시달리는 중이었
다. 공연하는 데는 아무 문제가 없다고 우겼지만, 공연 시작
오 분을 앞두고 그는 의상실에서 토하기 시작했다. 연출로서
는 그를 집으로 돌려보내는 수밖에 없었고 남자 주인공 역은
연출 자신이 맡아야 했다. 상황이 너무 급하게 진행됐기 때문
에 누구도 무대 위로 나가 배우를 교체하게 되었다고 양해를
구해야 한다는 생각은 미처 하지 못했다. 단역을 맡은 사람들
은 눈치조차 채지 못하다가 나중에 무대 위 조명 아래에서 귀
에 익은 배우의 목소리 대신 연출의 목소리가 들려온 뒤에야
비로소 이 사실을 알게 됐다. 연출은 모든 대사를 전문 배우
와 비슷하게 고음으로 끝맺으며 나름대로 연기에 최선을 다했
다. 하지만 연출이 남자 주인공인 앨런 스콰이어 역에는 전혀
어울리지 않는 것은 너무나 분명했다. 머리가 많이 벗겨진 데
다 키도 작달막했으며, 안경 없이는 아무것도 볼 수 없는 사람
이 무대 위에서는 절대로 안경을 쓰지 않겠다는 고집도 부렸
다. 그가 무대에 등장하자마자 다른 배우들의 대사가 뒤엉키
고, 각자 자기 자리를 찾지 못해 우왕좌왕하기 시작했다. 그리
고 이제 1막에서 처음으로 남자 주인공이 자신이 헛된 삶을
살아왔노라 고백하는 결정적인 대사가 나오는 순간이 됐다.

"그렇죠. 목적 없는 두뇌, 소리 없는 소음, 속 빈 강정이랄까요."

대사와 함께 손짓 연기를 하던 연출의 손이 물잔을 쳤고,
물이 탁자 위로 쏟아졌다. 연출은 키득거리며 즉흥 대사를 몇
마디 더함으로써 이 실수를 감춰 보려 했다.

"봤죠? 제가 이렇게 쓸모없는 놈이라니까요. 자, 제가 닦는 걸 좀 도와

드리겠습니다.”

하지만 대사의 나머지 부분은 엉망이 되고 말았다. 몇 주 전부터 잠복해서 이제나저제나 기회만 엿보던 재앙의 바이러스가 터져 나오는 순간이었다. 구토를 참지 못한 남자 배우에게서 퍼져 나간 이 재앙의 바이러스는 마침내 출연진 모두를 감염시켰다. 하지만 에이프릴 휠러만은 예외였다.

“제 사랑을 받고 싶지 않으세요?”

에이프릴이 대사를 읊었다.

“천만에요, 가브리엘.” 땀으로 번득이는 얼굴로 연출이 받았다. “사랑해 주신다면야 저야 좋지요.”

“제가 매력적이라고 생각하시나요?”

테이블 아래 연출의 다리가 접힌 발목을 용수철 삼아 위아래로 덜덜 떨리기 시작했다.

“그런 단어로는 그대의 아름다움을 제대로 표현할 수 없을 겁니다.”

“그럼 우리 시작은 해 볼 수 있지 않겠어요?”

에이프릴은 고군분투했지만, 대사를 할 때마다 조금씩 힘이 빠져나갔다. 1막이 끝나기도 전에 단원들은 물론 관객들도 모두 그녀의 연기가 흔들리기 시작한다는 사실을 눈치채고는, 이내 안타까운 심정으로 그녀를 지켜보게 되었다. 에이프릴은 대사와 상관없는 동작을 하거나, 주먹이 하얗게 될 때까지 움켜쥔 채 그대로 서 있기를 반복했다. 힘이 잔뜩 들어간 어깨는 뻣뻣하게 치솟아 있었다. 두꺼운 분장에도 불구하고 그녀의 목과 얼굴에는 수치스러움의 붉은 기운이 역력했다.

이어 셉 캠벨이 활기차게 등장했다. 붉은 머리에 건장한 캠벨은 직업이 엔지니어인 젊은이로 갱단의 두목 듀크 맨티 역을 맡고 있었다. 그의 연기는 단원들 전부가 처음부터 걱정하는 바였다. 하지만 소품과 함께 홍보까지 담당했던 그의 아내 밀리가 일을 너무나 열성적으로 하는 데다 주위 사람들에게 아주 사근사근하게 구는 터라 누구도 감히 캠벨을 다른 사람으로 교체하자는 말을 입 밖에 내지 못했다. 극단이 이처럼 좋은 게 좋다는 식으로 대응하고, 또 이에 대한 캠벨 자신이 죄의식으로 불편하게 여겨 왔던 사태의 결과는 이제 캠벨이 핵심적인 대사 한 줄을 까먹고, 대사를 너무 낮게 또 너무 빠르게 하는 바람에 객석의 여섯 번째 줄 너머로는 아예 들리지도 않게 되어 버린 데다가, 팔을 걷어붙인다든가 머리를 연신 주억거린다든지 하는 동작은 무장 강도라기보다는 손님 앞에 굽신거리는 식료품 가게 점원처럼 생뚱맞은 연기가 되어 버렸다.

막간 휴식 시간이 되자 관객들은 담배를 피우기 위해 뿔뿔이 강당을 빠져나와 불편한 기색으로 삼삼오오 복도를 서성거렸다. 그들은 학교 게시판을 찬찬히 들여다보면서 축축해진 손바닥을 몸에 붙여 재단된 바지와 근사한 면 셔츠에 대고 문질렀다. 다시 강당 안으로 돌아가 후반부인 2막을 견뎌 내고 싶은 사람은 아무도 없었다. 하지만 관객들은 모두 객석으로 돌아갔다.

단원들도 같은 심정이었다. 지금으로서는 얼굴에 흘러내리는 땀만큼이나 분명하고도 유일한 생각은 이 멍청한 짓거리를 가능한 한 빨리 끝내 버리자는 것이었다. 공연은 수 시간

에 걸쳐 이어지는 듯했다. 잔인하고 기나긴 지구력 테스트 같
았다. 에이프릴 휠러의 연기도 다른 배우들의 연기만큼이나
형편없었다. 연극은 클라이맥스에 다다랐다. 앨런 스콰이어
가 죽는 장면으로 지문에는 카페 바깥의 경찰에게서 들려오
는 총소리와 이에 응사하는 듀크의 토미 건 기관 단총 소리가
이 장면의 애절함을 더해 준다고 되어 있었다. 그런데 셉 캠벨
의 응사는 계속해서 엇박자로 터져 나왔고, 무대 밖에서 들
려오는 총소리는 지나치게 요란했다. 남녀 주인공이 열정적으
로 사랑을 고백하는 대사는 자욱한 연기 속에서 터져 나오는
귀를 찢는 총소리에 묻혀 버렸다. 마침내 막이 내려왔고, 이는
모두에게 구원으로 여겨졌다.

박수 소리는 그리 크지 않았지만, 그 길이는 후한 편이어
서 두 번의 커튼콜이 있었다. 첫 번째에는 출연진 전원이 무
대 옆쪽으로 빠져나가려다 뒤돌아서면서 서로 부딪히는 모습
을 보였고, 두 번째에는 세 명의 주요 등장인물들이 처참한 인
간 군상을 이루고 망연히 서 있는 장면이 잠시 연출됐다. 근시
라서 눈만 껌벅거리고 있는 연출과 오늘 저녁을 통틀어 처음
으로 눈을 똑바로 부라린 셉 캠벨, 그리고 형식적인 미소를 띤
채 얼어붙은 듯한 에이프릴 휠러였다.

그러고는 조명이 일제히 켜졌다. 강당 안의 사람들 모두가
어떤 표정을 지어야 할지, 무슨 말을 해야 할지 몰라 난감해
했다. 부동산 중개업을 하는 헬렌 기빙스 부인이 "아주 좋았
어."라고 몇 번이나 계속 웅얼거리는 목소리가 들렸다. 다른
사람들은 대부분 굳은 자세로 아무 말 없이 자리에서 일어

나 통로 쪽으로 발을 옮기며 손가락으로 담뱃갑을 헤집었다. 곧이어 고등학생 하나가 운동화 바닥으로 찍찍거리는 소리를 내며 무대 위로 튀어 올랐다. 조명 작업을 보조하는 역으로 고용된 아르바이트생이었다. 학생은 무대 위 천장 쪽을 올려 다보고는 뭐라 고함을 치며 지시를 내리기 시작했다. 발밑 조 명이 비치고 있어서인지 짐짓 남의 시선을 의식하는 듯한 자 세로 서 있는 그의 얼굴에는 붉은 여드름이 많이 나 있었지 만 밑에서 비치는 발밑 조명 때문에 생긴 그늘에 거의 가려져 보이지 않았다. 우쭐대며 몸을 이리저리 돌릴 때마다 기름을 먹인 가죽으로 된 전문가용인 듯한 작업 벨트가 눈에 띄었다. 작업복 바지를 걸친 엉덩이 한쪽에 느슨하게 처지도록 두른 작업 벨트에는 칼이며, 펜치며, 전선 다발 등 전기 배선에 쓰 이는 각종 도구가 주렁주렁 달려 있었다. 그러고는 스위치가 딸깍거리는 소리와 함께 일렬로 늘어선 무대 위 조명이 꺼졌 고, 그 학생은 희끄무레한 빛 속에서 무대를 떠났다. 무대에 드리운 막은 먼지가 쌓이고 빛이 바래 칙칙해진 녹색 융단으 로 변해 버렸다. 이제 눈길을 끄는 것은 비좁은 통로에 켜켜이 밀려 서서 출입구로 빠져나가는 관객들의 얼굴뿐이었다. 둘씩 짝을 지어 늘어선 관객들은 눈을 동그랗게 뜬 채 초조한 기 색이었다. 그들은 조용히, 그리고 질서정연하게 이곳에서 벗어 나는 것이 자신들의 인생에서 절대적으로 중요한 사안으로, 아니, 사실은 자욱한 분홍색 배기가스 너머, 그리고 자글거리 는 자갈 바닥의 이 주차장을 벗어나 수천, 수만의 별들이 수 놓인 검은 하늘이 끝없이 펼쳐진 곳으로 나가야만 비로소 자

신들의 삶이 시작될 수 있으리라 여기는 듯했고, 또 그렇게 움
직였다.

둘

프랭클린 휠러는 사람들의 물결을 거슬러 나아간 몇 안 되는 사람 중 하나였다. "실례합니다…… 실례합니다."라면서 미안한 듯 천천히, 그러나 기품을 잃지 않도록 애쓰면서 그는 경사진 계단을 내려갔다. 아는 얼굴과 마주치면 미소를 지으며 고개를 끄덕였다. 한 손은 호주머니에 넣은 채였다. 공연 내내 입에 물고 있었던 주먹을 감추어야 했고, 침을 닦아야 했기 때문이었다. 마침내 그는 무대로 통하는 문 가까운 통로의 아래쪽에 다다랐다.

탄탄한 몸매에 단정한 인상을 주는 프랭크는 서른 번째 생일을 며칠 앞두고 있었다. 짧게 자른 검은 머리에, 그렇게 특출하다고 할 수는 없지만, 광고 사진작가가 가성비 좋은 상품을 찾는 실리적인 소비자('더 비쌀 필요 있나요?' 광고 시리즈)의 역할로 쓰기에 적절한 정도의 외모를 갖추고 있었다. 이목구비가 빼어나게 또렷하지는 않아도, 그의 얼굴은 특별하게 섬세한 근육으로 이루어져 있었다. 순간적으로 조금만 표정이 바뀌어도 완전히 다른 사람으로 보일 정도였다. 미소 지을 때면, 그는 아마추어들의 공연이 실패한다고 해서 큰일이 난다거나 하지 않는다는 사실을 너무나도 잘 알고 있기에 다정하고 재치 있는 말로 분장실의 아내를 적절하게 위로해 줄 것이 분명해 보이는 남편이었다. 하지만 미소 짓기를 멈추고, 다음 얼굴을 발견하고 다시 미소를 짓기까지의 사이, 그러니까 무리 지어 서 있는 다른 관객들 사이의 틈을 어깨로 비집고 앞으로 나아갈 때, 그의 눈에서는 습관처럼 당혹감의 열기가 희미하게 피어올랐고, 그럴 때면 프랭크 자신이 위로받아야 할 사람으로 보였다.

문제는 오후 내내 시내에서 스스로 "상상할 수 있는 한 최고로 따분한 업무"라고 부르는 일을 하며 지쳐 가고 있던 그를 견뎌 낼 수 있게 해 준 힘이 그날 밤 펼쳐질 장면들을 눈앞에 그려 보는 데서 나왔다는 것이었다. 그는 쏜살같이 집으로 돌아가서 깔깔대며 웃어 대는 아이들을 높이 안아 올려 빙글빙글 돈다. 칵테일을 한잔 들이켠 다음 아내와 함께 수다를 떨며 이른 저녁을 마친다. 아내를 차에 태우고 바싹 긴장한 아내의 따뜻한 허벅지에 손을 올린 채("왜 이렇게 초조한지 모르겠어요, 여보!") 고등학교로 데려다준다. 가슴 가득 뿌듯함을 느끼며 꼼짝 않고 공연을 지켜보다 막이 내리면서 우레와 같은 박수에 동참하며 일어선다. 흥분해서 발갛게 상기된 자신은 무대 뒤에 몰려들어 축하의 덕담을 주고받는 사람들 사이를 헤치고 들어가 눈물이 그렁한 아내의 입맞춤을 받는 ("정말 그렇게 좋았나요, 여보? 정말 좋았어요?") 첫 번째 남자가 된다. 그런 다음 두 사람은 셉 캠벨과 밀리 캠벨 부부와 함께 어딘가에 들러 가볍게 한잔한다. 두 사람은 탁자 밑으로 손을 잡은 채 캠벨 부부의 부러워하는 시선을 받으며 방금 끝난 공연에 대해 맘껏 수다를 떤다. 이 모든 계획 어디에도 실제 현실의 무게와 충격을 반영한 부분은 없었다. 아내의 모습을 보고 충격을 받게 되리라고는 짐작조차 할 수 없었기 때문이었다. 작은 눈빛에서부터 몸짓에 이르기까지 모든 것이 욕망을 목구멍까지 차오르게 하던 여자가("제가 당신을 사랑한다면 좋으시겠지요?") 환한 무대 조명 아래에서 흔들리는 모습을 보여 주었다. 지난 몇 년간 한 번도 볼 수 없었던 모습이었다. 바로 그의 눈앞에서 아내는 곧 녹아내려 고통에 몸부림치는 보잘것없는 존재로 변해 버릴 것 같았다. 그가 평생을 매일같이 그 존재 자체를 부인하려 노력해 왔던 모습이었다. 그는 자신에게도 그런 모습이 있다는 것을 익히 잘 알았고, 또 그 때문에 고통스러워했던 것처럼 그녀에게도 그런 모습이 있다는 걸 너무나도 잘 알았고, 그래서 또 고통스러웠다. 아내는 바싹 야윈 몸을 웅크린 채 충혈된 눈으로 원망을 뿜어내고 있었다. 커튼콜에서 지어 보였던 아내의 미소 역시 프랭크 자신의 아린 발이나 땀에 젖어 달라붙는 축축한 속옷, 자신의 몸에서 나는 시큼한 체취만큼이나 촌스러웠다.

문 앞에 멈춰 서서 그는 곤죽이 돼서 피가 낭자할 수도 있겠다 하는 마음으로 호주머니에서 손을 빼서 들여다보았다. 손은 분홍색으로 얼룩덜룩했다. 윗옷의 밑단을 잡아당겨 바로 펴 준 다음, 그는 문을 들어서서 계단을 밟고 올라갔고, 자욱한 먼지 속에 알전구의 환한 불빛과 짙은 그림자들로 가득 찬 무대 옆으로 들어섰다. 요란한 화장으로 떡칠을 한 로럴 극단 단원들이 밋밋한 얼굴로 자신을 찾아온 사람들과 두세 명씩 짝을 이뤄 서로 멀찌감치 떨어져 선 채 이야기를 주고받고 있었다. 아내는 그곳에 없었다.

"아니, 정말로요." 누군가가 말하고 있었다. "제 대사가 들렸나요, 안 들렸나요?" 다른 누군가가 말했다. "아, 까짓것, 뭐 재미있기는 했으니까." 뉴욕시에서 온 몇 안 되는 친구들과 함께 모여선 연출은 담배를 연신 빨아 대면서 머리를 절레절레 흔들고 있었다. 얼굴에는 굵은 땀방울이 맺히고, 여전히 기관단총을 든 채였지만 셉 캠벨은 이제 자신의 본모습으로 돌아온 듯했다. 그는 막을 올리고 내리는 밧줄 근처에서 자그마한 몸을 웅크리고 있는 자기 아내를 다른 팔로 감싸안고 있었다. 부부는 이 모든 일을 그냥 웃어넘길 요량이란 점을 분명히 하고 있었다.

"프랭크?" 밀리 캠벨은 발뒤꿈치를 들어 올려 곧추서며 두 손을 입 앞에 모아 나팔을 만들고 그를 불렀다. 방 안에 실제보다 사람이 너무 많다거나 너무 시끄러워서 그러는 것처럼 지나치게 큰 목소리였다. "프랭크! 좀 있다 에이프릴이랑 함께 오실 거죠, 그죠? 한잔해야죠?"

"그래요!" 그가 목소리를 높여 대꾸했다. "조금 있다가!" 그러고는 셉이 짓궂게 기관단총을 들어 올리며 알은체를 하자 윙크와 함께 고개를 까닥여 응대했다.

한쪽 구석을 돌자 조연으로 출연했던 갱단 단원 한 명이 통통한 여자와 이야기를 나누고 있었다. 1막에서 등장 신호를 맞추지 못해 공연을 삼십 초나 중단되게 만들었던 여자였다. 여태 울고 있었던 모양이지만 지금은 쾌활하게 자기 얼굴의 관자놀이 부분을 두드리면서 재잘대고 있었다. "세상에! 정말 죽고 싶었단 말이에요!" 갱단 단원은 입술에 묻은 물감을 과장된 손짓으로 닦아 내면서 말했다. "뭐, 그렇게까지. 근데 어쨌건 전부 다 재미있긴 했어요. 안 그래요? 그게 중요하죠, 이런 일에서는."

"실례합니다." 프랭크 휠러는 두 사람 사이를 비집고 지나가 아내와 다른 여자 몇 명이 함께 사용하던 분장실 출입문 앞에 다다랐다. 그는 문을 가볍게 두드린 다음 기다렸다. "들어오세요."라는 아내의 말을 들었다고 생각한 순간 그는 문을 삐죽이 열고 안쪽을 들여다보았다.

그녀는 혼자였다. 거울을 마주하고 꼿꼿하게 앉아서 분장을 지우고 있었다. 아직 붉은 기운이 남은 눈을 자주 깜박거리고 있었다. 하지만 그녀는 그에게 커튼콜을 할 때 지었던 것과 비슷한 미소를 보여 주고는 다시 거울 쪽으로 몸을 돌렸다. "왔어요?" 그녀가 말했다. "이제 갈까요?"

그는 문을 닫고 그녀를 향해 다가가며 입꼬리를 옆으로 바싹 당기며 최대한의 사랑과 장난기와 동정심을 담았으리라 생각되는 표정을 지었다. 원래는 허리를 굽혀 몸을 숙이고 그녀에게 키스하며 "자, 이봐. 자기 정말 훌륭했어."라고 말해 줄 생각이었다. 하지만 그녀의 어깨가 거의 눈치챌 수 없을 정도로 움츠러드는 것에서 그녀가 신체 접촉을 원하지 않는다는 사실을 깨닫고는 두 손을 어디에 두어야 할지 몰라 어정쩡하게 되어 버렸다. 그러자 "자기 정말 훌륭했어."라는 말만은 하지 말아야겠다는 생각이 들었다. 빈정거리는 말이거나, 아니면 적어도 순진하고 감상적이면서, 또 지나치게 진지한 말이 될 것 같았다.

그 대신 그는 "음, 뭐, 아주 성공적이었다고 하기는 힘들다고 봐야겠지?"라고 말했다. 그러고는 날렵한 동작으로 멋들어지게 담배를 뽑아 물고 쨍하는 소리와 함께 지포 라이터로 불을 붙였다.

"그런 것 같네요." 그녀의 대답이었다.

"조금만 있으면 다 끝나요."

"아냐, 괜찮아. 천천히 해도 돼."

그는 두 손을 호주머니에 집어넣고 구두를 내려다보며 뻐근한 발가락을 꼼지락거렸다. 결국 '당신 정말 훌륭했어.'가 더 나았던 걸까? 지금 보니 다른 어떤 말이었어도 자기가 했던 말보다는 나았을 것 같았다. 하지만 조금 지나면 더 근사한 말이 떠오를 것이다. 지금 당장은 이 자리에 가만히 서서 나중에 집으로 돌아가는 길에 캠벨 부부와 자리를 같이할 때 마실 더블 버번 위스키나 머릿속에 떠올리는 수밖에 없었다. 그는 거울에 비친 자신의 모습을 들여다보았다. 아래턱을 내려 뺨을 팽팽하게 당기면서 고개를 옆으로 갸웃거리면서 좀 더 갸름하고 위엄 있어 보이는 표정을 지어 보았다. 어릴 적부터 거울 앞에서 늘 연습해 왔건만 사진을 찍으면 잘 나오지 않는 표정이었다. 그러다 화들짝 놀라며 아내가 자신을 지켜보고 있는 것을 알게 됐다. 잠시 거울 속에서 그녀의 눈은 자신의 눈을 좇았다. 거북하게 느끼는 순간 그녀의 눈은 아래쪽으로 내려가 그의 재킷 중간에 달린 단추에 머물렀다.

"여보. 제 부탁 하나 들어주겠어요? 실은……." 목소리가 떨리지 않게 하려고 가녀린 등에 힘을 잔뜩 주고 있는 듯했다. "실은 밀리와 셉이 우리더러 나중에 같이 어디 가자고 하면 그럴 수 없다고 말 좀 해 줄래요? 아이 돌보미라든가 뭐, 다른 핑계를 대면 되겠죠?"

그는 멀찍이 물러나서 다리를 꼿꼿하게 뻗으며 서서 호주머니에 손을 집어넣은 채 어깨를 앞으로 구부정하게 구부렸다. 변호사 역을 맡은 배우가 사건의 세밀한 부분을 따져 보는 연기를 하는 것 같았다. "자, 실은 말이야, 우린 이미 만나기로 해 버렸는걸. 저 바깥에서 맞닥뜨렸는데 내가 그러겠다고 해 버렸어."

"아, 그럼 다시 나가서 당신이 잘못 알고 있었다고 말해 주겠어요? 그럼 간단히 해결될 거예요."

"이봐, 이러지 말라고. 내 말은, 난 그러는 게 좋겠다고 생각했다는 말이야. 게다가 그건 좀 무례하잖아, 그렇지 않아? 정말 그렇지 않아?"

"말하지 않겠다는 거군요." 그녀는 눈을 감았다. "좋아요, 그럼 내가 하죠. 고마워요." 화장기 없이 콜드크림으로 번들거리는 거울 속 그녀의 얼굴은 마흔 살은 되어 보였고 곧 무슨 육체적인 고통을 겪어 내야 할 것처럼 초췌했다.

"잠깐만. 기분 풀어, 제발. 말하지 않겠다고는 안 했잖아, 내가. 난 그저 그 사람들이 아주 무례하다고 생각할 거라고 그랬지. 실제로 또 그렇게 생각할 거고. 그건 내가 어찌할 수 있는 게 아니잖아."

"좋아요. 당신은 같이 가세요, 그러고 싶으면. 차 열쇠는 내게 주면 되겠네요."

"아, 빌어먹을, 또 차 열쇠를 주니 마니 이런 식으로 하지 마. 왜 당신은 매번……."

"내 말은, 여보." 그녀는 여전히 눈을 감은 채 말했다. "난 그 사람들과 같이 어디 가지 않을 거예요. 지금 난 몸이 아주 좋지 않고, 그리고 나는……."

"알았어." 그는 작은 물고기의 크기를 설명하는 사람처럼 앞으로 뻗은 팔을 흔들어 대며 뒤로 물러났다. "알았어, 알았다고. 내가 미안해. 내가 가서 말할게. 잠깐만 기다려. 미안해."

무대 옆 공간으로 돌아가는 그의 발밑에서 바닥이 바다에 뜬 배의 갑판처럼 일렁거렸다. 그곳에서는 어떤 남자가 소형 카메라로 플래시를 터뜨리며 사진을 찍고 있었다.("그대로 가만히 있어요, 좋아요. 아주 좋아요.") 등장 시간을 놓쳤던 통통한 여자는 다시 울음을 터뜨릴 것 같은 표정이었고 가브리엘의 아버지 역을 맡았던 배우가 모두 다 경험이라 생각하고 이제는 그냥 잊어버려야 한다는 말을 해 주고 있었다.

"두 사람 갈 준비 됐어?" 셉 캠벨이 물어 왔다.

"아, 그게, 사실은, 우린 같이 못 가겠어. 에이프릴이 아이 돌보미에게 일찍 돌아오겠다고 말을 해 둔 모양이야. 우린 정말 같이……."

부부의 얼굴이 실망감과 충격으로 샐룩해졌다. 아랫입술 한쪽을 이로 살짝 물었다가 천천히 놓아주며 밀리가 입을 열었다. "이런, 에이프릴이 이번 일로 기분이 많이 상했나 보네요, 그렇죠? 참 안됐네."

"아니, 아닙니다. 아내는 괜찮아요." 프랭크가 말했다. "정말로 그런 게 아닙니다. 에이프릴은 괜찮아요. 그냥 아이 돌보미와 관련된 일일뿐이라니까요." 두 부부가 서로 알고 지낸 지 이 년이나 되었지만 이런 종류의 거짓말을 하는 것은 처음이었다. 그래서인지 세 사람은 모두 시선을 마룻바닥에 떨군 채 잘 가라는 인사와 미소를 주춤주춤 주고받았다. 그럴 수밖에 없었다.

그녀는 분장실에서 그를 기다리고 있었다. 그녀의 얼굴은 나가는 길에 마주칠지도 모를 다른 로컬 극단 단원들에게 보여 줄 사근사근한 표정으로 바뀌어 있었다. 하지만 두 사람은 다른 사람과 마주치지 않고 빠져나올 수 있었다. 그녀는 그를 데리고 옆문으로 빠져나와 거의 50미터나 길게 뻗은 복도로 나섰다. 아무도 없는 복도에는 그들의 발걸음 소리만 울려 퍼졌다. 두 사람은 대리석 바닥에 정방형으로 연이어 길게 늘어진 달빛을 드나들면서 손도 잡지 않고 아무 말도 주고받지 않았다.

어두컴컴한 곳에서 연필이며 사과며 딱풀과 같은 학교 냄새를 맡자, 그의 눈에 행복했던 지난 시절에 대한 기억이 불러 일으키는 가벼운 고통이 어리면서, 그는 다시 열네 살이 되었 다. 펜실베이니아의 체스터였던가, 아니, 뉴저지의 잉글우드였 을 것이다. 그는 방학을 이용해서 기차를 타고 서해안까지 가 볼 계획을 세우고 있었다. 열차 노선도를 참조해서 몇 가지 경 로를 이미 정해 놓은 터였다. 기차를 타고 가면서 접하게 될 부랑자들의 거친 세계에서 어떤 상황에서 어떻게 처신해야 할 지에 대해서도 미리 준비해 두었다.(점잖게, 그렇지만 필요하다 면 주먹다짐도 피하지 않는다.) 그동안 입을 옷도 육군과 해군 구 제품 판매점에서 다 점찍어 두었다. 리바이스 재킷과 바지, 어 깨 위에 견장 고리가 달린 육군 구제 카키 남방, 발목 높이 올 라오면서 뒤꿈치와 발가락 부분에 강철을 덧댄 작업화 등이었 다. 모자는 아버지의 가죽 중절모면 되었다. 신문을 돌돌 말 아 안쪽 테두리 부분에 두르면 크기 문제는 해결될 것이었다. 이렇게 하면 가난하지만 선량해 보이는 인상의 외모가 완성 될 것이었다. 그 외에 필요한 것들은 보이스카우트 배낭에 넣 어 갈 수 있었다. 보이스카우트 표식은 접착 테이프를 붙여 버 리면 감쪽같이 숨겨질 것이었다. 이 모든 계획에서 가장 마음 에 드는 점은 이 계획 자체를 완전히 비밀로 한다는 점이었다. 하지만 어느 날 학교 복도에서 그해로서는 가장 친한 친구에 가까웠던 크렙스에게 함께 떠나지 않겠냐고 충동적으로 물어 보게 되었다. 통통한 편이었던 크렙스는 어안이 벙벙해서 물 었다. "화물 열차를 타고서, 정말로?" 그러고는 곧 함박웃음 을 터뜨렸다. "아이고야, 휠러 너 정말 웃긴다. 화물 열차를 타고서 어디까지 갈 수 있을 것 같냐? 그런 말도 안 되는 생각은 어떻게 하게 된 거냐, 도대체? 영화나 뭐 그런 데서 본 거냐? 내가 뭐 하나 알려 줄까, 휠러? 왜 애들이 다들 널 멍청이라고 생각하는 줄 알아? 그건 네가 진짜 멍청하기 때문이야, 정말이야."

그때와 같은 학교 냄새를 맡으면서 옆에서 의기소침하게 걷고 있는 에이프릴의 모습을 보는 그의 마음속에 애잔한 느낌이 점점 짙어지면서, 마침내 그녀와 그녀의 슬픈 어린 시절에까지 그 느낌이 미치게 되었다. 그렇게 느껴지는 것은 흔치 않은 일이었다. 그녀는 자신의 어린 시절에 대해서는 언제나 아무 감정도 곁들이지 않은 건조한 어투로 간단하게 언급하는 정도였기 때문이었다.("난 아무도 날 신경 쓰지 않는다는 걸 잘 알았고, 또 누구에게든 내가 그 사실을 잘 안다는 점이 분명히 드러날 수 있도록 처신했죠.") 하지만 학교 냄새 때문에 그는 언젠가 그녀가 들려주었던 특별한 사건을 떠올리게 되었다. 라이 군민의 날 오전이었다. 수업을 듣고 있던 그녀는 예기치 않게 갑자기 많은 양의 생리혈이 쏟아져 나오자 당황했다. "처음에는 그냥 가만히 앉아 있었죠." 그녀가 해 준 말이었다. "그건 정말 바보 같은 짓이었어요. 어떻게 손쓸 도리가 없게 되어 버렸거든요." 그는 그 이후 그녀가 어떻게 했을지 그 모습을 떠올려 보았다. 그녀는 자리에서 벌떡 일어나 서른 명의 소년과 소녀들이 깜짝 놀라 멍하니 지켜보는 사이 새하얀 무명 치마의 엉덩이 부분에 단풍잎 크기의 새빨간 얼룩을 묻힌 채 교실에서 달려 나간다. 마치 악몽을 꾸는 듯 아무 소리도 들려오지 않는 고요함 속에 그녀는 웅얼거리는 다른 교실들을 지나치며 복도를 질주한다. 책을 떨어뜨리고, 집어 들고, 다시 내달린다. 보건실로 달려갔지만 안으로 들어가기가 겁난다. 대신 다른 복도로 접어들어 끝까지 달려가 비상구 앞에 다다른다. 카디건을 벗어 허리와 엉덩이를 둘러서 묶는다. 그녀의 상상이었는지 아니면 실제로 그랬는지는 모르지만, 뒤에서 쫓아오는 발걸음 소리가 들리자 비상구를 열어젖히고 햇살이 가득한 잔디밭으로 나선 다음, 집으로 향한다. 발걸음을 재촉하지 않으려고 애쓰면서 머리는 꼿꼿하게 치켜들었다. 수없이 늘어선 창문 중 어느 곳에서건, 또 그 어떤 누가 내다봐도 학교에서 심부름차 내보낸 지극히 정상적인 외출이며, 카디건 스웨터 역시 지극히 정상적으로 두르고 있는 것으로 보이게 할 요량이었다.

지금은 다른 비상구를 열고, 라이에서 멀리 떨어져 있지는 않아도, 완전히 다른 학교의 운동장으로 나서고 있지만, 그가 보고 있는 그녀의 표정은 정확히 그때와 같았을 것이고, 걷고 있는 걸음걸이 또한 마찬가지였을 것이다.

차를 타면 아내가 자기 자리 가까이에 붙어 앉기를 바랐다. 운전하면서 그녀의 어깨를 감싸 주고 싶었던 것이다. 하지만 그녀는 몸을 동그마니 말아서 조수석 문에 바싹 붙어 앉아 고개를 창밖으로 돌리고 길 위에서 지나치는 불빛이며 그림자들만 지켜보았다. 싸한 분위기를 감지한 그는 눈을 동그랗게 치켜뜨고는 입을 굳게 닫고 운전대와 기어를 조작하는 데만 집중했다. 이윽고 그는 뭔가 할 말을 찾아냈고, 혀로 입술을 축였다.

"당신 그것 알아? 공연 전체를 통틀어 사람 같아 보인 연기자는 당신밖에 없었어. 농담 아냐. 정말이라니까."

"그랬군요. 고마워요."

"애초에 당신을 그따위 공연과 엮이게 내버려둔 게 잘못이었단 거지, 내 말은." 그는 운전대를 잡지 않은 손으로 셔츠의 목깃 단추를 풀었다. 목에 오른 열을 조금 식히기 위해서이기도 했지만 비단 넥타이와 옥스퍼드 면직 셔츠의 어른스러우면서도 세련된 느낌에서 오는 자신감을 얻고 싶어서였다. "난, 그 자식, 그 이름이 뭐지, 그 자식 한 방 먹여 주고 싶을 뿐이야. 그 연출이란 작자."

"그 사람 잘못이 아니에요."

"그럼, 출연진 전부 다 패 버리지 뭐. 전부 하나같이 정말 구렸어. 내 말은 우리가 뭘 잘 몰랐다는 거야. 아니, 내가 좀 더 현명했어야 한다는 게 핵심이지. 캠벨네나 내가 권하지 않았다면 당신은 그런 거지 같은 극단에 가입하지 않았을 거야. 극단을 만든다는 소리 처음 들었을 때 기억나? 당신이 그랬지? 다들 멍청한 짓거리를 저지른 게 되어 버릴 수도 있다고. 내가 그 말을 새겨들었어야 했는데 말이야."

"됐어요. 이제 그 이야기 그만하는 게 어때요?"

"그래, 알았어." 그는 그녀의 허벅지를 토닥여 주고 싶었지만 멀리 떨어져 있어서 손이 닿지 않았다. "그래, 그만둬야지. 난 그저 당신이 너무 기분 나빠하지 않았으면 하는 거지, 그뿐이야."

그의 확신에 찬, 그리고 자연스러운 손놀림에 자동차는 통통거리는 지방 도로에서 빠져나와 매끈하게 포장된 12번 고속도로의 직선 구간으로 접어들었다. 자기 생각에도 지금 자신이 한 말이 그럴듯하게 여겨졌다. 시원한 바람이 안으로 들어와 그의 짧은 머리칼을 흐트러뜨리며 머리를 식혀 주었다. 그러자 로럴 극단의 재난급 공연을 제대로 평가할 수 있게 되었다. 기분 나쁘게 생각할 가치조차 없었다. 지성적이고 사리 깊은 사람이라면 문제들을 이런 식으로 차분하게 처리하는 법이다. 그런 사람들은 시내에 나가 죽을 만큼 따분한 일을 하고 또 죽을 만큼 따분한 교외의 집으로 돌아오는 것과 같이 이런 일보다 훨씬 더 부조리하고 더 큰 문제들을 마찬가지 방식으로 받아들인다. 먹고사는 것 때문에 이런 환경에서 살 수밖에 없지만, 중요한 것은 오염되지 않는 것이었다. 중요한 것은, 어떤 경우에도, 자신이 누군가를 기억하는 것이었다.

그리고 이제, 자신이 누구인지를 기억하려고 노력할 때면 늘 그래 왔듯이 그는 전쟁이 끝난 뒤 몇 년 동안 뉴욕의 허름한 베듄 스트리트에서 지냈던 시절을 떠올렸다. 그리니치 빌리지 서쪽의 말끔한 동네가 허드슨강 하구의 부두 구역으로 이어지면서 창고 건물들의 숫자가 점점 늘어나는 베듄 스트리트는 저녁이면 불어오는 소금기 짙은 산들바람과 밤마다 들리는 육중한 무적 소리로 대기를 머나먼 항해에 대한 약속으로 가득 채우는 동네였다. 스무 살을 갓 넘긴 그 시절 그는 적당하게 낡은 듯 보이게 만든 트위드 재킷과 물 뺀 카키 바지를 입고 '참전 용사'와 '지식인'이라는 자랑스러운 망토를 당당하게 휘두르고 다녔다. 그가 살던 곳은 원룸 아파트였다. 그곳의 열쇠는 세 개였다. 하나는 그가 가지고 다녔고, 다른 두 개의 열쇠와 그 열쇠에 따르는 권리, 즉 두 번째와 세 번째 주에 그곳을 '이용할 수 있는' 권리는 다른 두 명에게 있었다. 이 둘은 그와 함께 컬럼비아 대학교에 다니던 학생들로 27달러 월세를 3분의 1씩 나누어 냈다. 전투기 조종사였던 한 명과 해병대였던 다른 한 명은 프랭크보다는 나이도 위였고 주색을 밝히는 데서도 훨씬 더 유연했다. 두 사람에게는 원룸을 함께 이용하려는 여자들이 줄을 선 듯 많았다. 하지만 프랭크 역시, 의외라서 내심 놀라기도 했지만, 곧 두 사람을 따라잡기 시작했다. 그때는 정말 모든 면에서 눈부시게 빠른 속도로 따라잡던, 그래서 자신감이 하늘을 찌를 만큼 치솟던 시절이었다. 홀로 쓸쓸히 열차 노선도를 짚어 보던 소년은 끝내 기차에 올라타지는 못했지만, 이제는 크렙스 같은 녀석이 얼간이라고 부를 일은 다시 없을 것 같았다. 군은 열여덟 살에 그를 데려가 대독일 마지막 춘계 대공세에 투입했고, 일 년을 더 유럽에 주둔시켜 혼란스러우면서도 신바람 나는 경험을 겪게 한 뒤 제대시켰다. 그 이후 그의 인생은 순풍에 돛을 단 듯 술술 풀려 나갔다. 그 전에 그에게는 성격상 미숙한 부분이 남아 있었다. 학창 시절 친구들이나 나중에는 군대 동료들 사이에서도 외로움을 느끼며 홀로 떨어져 몽상에 잠기곤 했던 것도 바로 그 때문이었다. 그런데 이제 그런 미흡한 부분들이 갑자기 여물어 가며 서로 아귀가 딱딱 맞아 들어 단단하고 매력적인 성격이 완성되었다. 그는 태어나 처음으로 존경의 대상이 되었다.

여자들이 자신과 잠자리를 하고 싶어 할 수 있다는 사실도 놀라웠지만, 그보다 더 놀라운 일은 남자들이, 게다가 지적인 남자들이 자신의 의견을 귀담아들으려고 한다는 점이었다. 그의 학교 성적은 평균 이상을 넘는 법이 없었다. 그렇지만 최근 자기 주위로 모여드는 남자들과 밤새 술을 마시면서 토론할 때면 그의 성적은 평균을 훨씬 웃돌았다. 그런 토론은 대개 참가자 대부분이 그의 의견에 동의한다는 취지의 웅얼거림을 발하는 것으로 끝나곤 했다. 손으로 이마를 치는 사람도 있었다. 저 휠러 선생, 정말 정곡을 찌른다니까. 사람들은 그에게 필요한 것이라곤 자신을 찾을 시간과 자유밖에 없다고들 했다. 장차 어떤 직업이 그에게 어울릴 것인가에 대해서도 말이 많았는데, 정확히 예술 분야가 아니더라도 '인문학 계열' 어딘가, 어쨌든 오랜 기간 꾸준하게 헌신해야 하는 분야이고, 또 가능한 한 조기에 유럽으로 유학을 가서 그곳에 정착해서 활동하는 것이 필요한 분야여야 한다는 것이 중론이었다. 프랭크 자신이 입버릇처럼 하던 말마따나 유럽은 세상에서 유일하게 사람이 살 만한 곳이었기 때문이다. 프랭크 역시, 그런 밤샘 토론이 끝나고 홀로 새벽길을 걸어갈 때라든지, 또는 베둔 스트리트의 아파트를 사용할 차례이지만 함께 사용할 여자가 없어 밤에 홀로 누워 생각에 잠길 때든, 자신에게 특별한 잠재력이 있다는 사실을 믿어 의심치 않았다. 대단한 위인이라면 다들 그러지 않았던가? 나처럼 젊은 시절 방황하고 자신의 아버지와 아버지의 방식에 반기를 들지 않은 사람들이 어디 있었던가? 그는 심지어 당장에는 특별한 관심 분야가 없다는 사실에도 감사했다. 특정한 목표를 정하지 않는다는 것은 특정한 한계를 정하지 않는다는 것이니까. 당분간은 이 세계 전체, 인생 자체가 그의 관심 분야가 될 터였다.

하지만 대학 졸업이 다가오면서 그는 심각하지는 않지만 잦은 우울증에 시달렸다. 그리고 졸업식을 마치고 난 뒤 그 빈도는 점점 잦아졌다. 아파트를 돌아가며 쓰던 다른 두 사람이 열쇠를 사용하는 횟수가 점점 줄어들면서 그는 홀로 남겨졌고, 앞으로 어떻게 해야 할지 고민하는 와중에도 먹고살기 위해 이런저런 일을 해야 했다. 특히 그의 신경을 거스르는 것은 지금까지 자신이 알고 지낸 여자 중에서 그에게 최상의 성취감을 준 여자가 한 명도 없다는 사실이었다. 용서할 수 없을 정도로 발목이 두꺼웠지만 아주 예뻤던 여자도 있고, 엄마처럼 간섭이 지나친 경향이 있지만 아주 똑똑한 여자도 있었다. 그렇지만 그 누구도 최상은 아니었다. 비록 그가 손을 잡아 볼 만큼 가까이 접근해 본 적은 없지만, 그런 여자가 어떤 여자인지에 대한 확신은 있었다. 고등학교를 이리저리 옮겨 다니던 시절 그런 아이들을 두세 명 보기는 했다. 하지만 그들은 다른 지역에서 온 대학생들에게만 관심을 줄 뿐 자기에게는 모멸감이 느껴질 정도로 무관심으로 일관했다. 군대에 있을 때도 그런 여자들을 몇 번 봤지만, 역시 잠시 먼발치에서 지켜봤을 뿐이었다. 그들은 댄스곡이 흘러나오는 장교 클럽의 환한 창문 안에 있었기 때문이었다. 그 이후 뉴욕에서는 그런 여자들을 많이 보았다. 대개는 택시를 타거나 내리는 중이었고, 그 앞에는 애송이 소년 시절을 겪어 보지도 않았을 것 같은 사내들이 철벽같이 호위하고 있었다.

포기하고 그냥 형편 되는 대로 지내면 안 되었나? 진지하고, 니코틴에 찌든, 장폴 사르트르 같은 사내로서 그냥 진지하고, 니코틴에 찌든 장폴 사르트르 같은 여자로 만족하는 게 간단하면서도 합리적이지 않았나? 그러나 그런 생각은 패배의 논리에 불과했다. 그래서 그는 어느 날 밤 컬럼비아 대학교 근처 모닝사이드 하이츠 동네에서 열린 파티에서 네 잔을 연거푸 들이켠 위스키의 힘을 빌려 승리의 논리를 따르기로 했다. "이름이 어떻게 되는지 물어보지를 못했네요." 그는 최상급이 틀림없어 보이는 여인의 윤기 있는 머릿결과 멋진 다리에 이끌려 가득 몰려 있는 사람들 사이를 헤치고 다가가 말을 걸었다. "그쪽이 파멜라신가요?"

"아녜요." 그녀가 말을 받았다. "저기 저쪽이 파멜라예요. 전에이프릴이에요. 에이프릴 존슨."

오 분도 되기 전에 그는 자신이 에이프릴 존슨을 웃게 할 수 있다는 사실을 눈치챘다. 게다가, 그녀의 커다란 회색 눈이 자신에게 고정된 상태를 계속 유지하게 할 수 있을 뿐만 아니라, 자기가 말하는 동안 자기 얼굴의 형태며 살결이 아주 흥미로운 대상이기라도 한 듯 그녀의 눈동자가 조그만 원을 그리며 상하좌우로 재빨리 움직이고 있다는 사실도 알게 됐다.

"뭐 하시는 분이에요?"

"부두 하역꾼이죠."

"아니, 정말로요."

"정말이라니까요." 그녀가 물집과 굳은살을 구분할 수도 있을 것이란 생각만 들지 않았어도 그는 손바닥을 보여 주었을 것이다. 사실은 지난주 내내 그는 대학교를 같이 다녔던 친구 중 좀 거친 녀석의 도움을 받아 의도적으로 매일 아침 부두의 무거운 과일 상자 아래에서 다리를 후들거리며 '몸을 굴려' 왔던 터였다. "하지만 월요일부터는 좀 더 나은 일을 합니다. 식당 야간 계산원."

"아니, 그런 일 말고요. 정말 관심을 두고 있는 분야가 뭔가 물어본 거예요."

"아가씨……."(그 자신이 아직 젊은 나이였기 때문에 지금 막 알게 된 여자에게 그런 호칭을 쓴다는 게 쑥스러워 그는 얼굴을 붉혔다.) "아가씨, 그 질문에 대한 답이 내게 있었다면 아마 삼십 분 내로 우린 둘 다 지겨워 죽어 버리게 될 겁니다."

오 분 후 춤을 추면서 그는 에이프릴 존슨의 작은 등이 자기 손안에 안성맞춤으로 들어온다는 사실을 깨달았고, 일주일 후 그녀는 기적처럼 베듄 스트리트 아파트에서 알몸으로 날이 훤해지도록 새벽 여명을 받으며 그의 곁에 누워 있었다. 그녀는 가녀린 손가락으로 그의 얼굴 이마에서부터 턱까지 쓸어내리며 속삭였다. "맞아요, 프랭크, 정말이라니까요. 당신처럼 흥미로운 사람은 처음이에요."

"그냥 그럴 만한 가치가 없다니까." 고속 도로의 마지막 구간에 접어들면서 푸른빛을 발산하며 바르르 떠는 속도계 바늘을 60이라는 숫자에 가깝게 밀어 올리며 그가 입을 열었다. 집에 거의 다 온 것이다. 두 사람은 술을 몇 잔 할 것이고, 그녀는 아마 조금 훌쩍일 것이다. 그녀의 기분이 조금 나아질 것

이고, 그러면 두 사람은 그 일에 대해서는 별것 아닌 양 웃어
넘기고, 침실로 들어가 옷을 벗을 것이다. 달빛 아래 그녀의
통통하고 귀여운 젖가슴이 코앞에서 까딱이고 흔들릴 것이며,
그렇다면 다시 한번 그 시절로 돌아가지 못할 이유가 없을 것
이다.

"내 말은 이 좀스러운 교외족과 함께 살아가야 한다는 게
정말 지랄 같다는 거지. 그리고 솔직히 말해, 난 캠벨네도 거
기에 해당한다고 봐. 그런 사람들 사이에서 살아야 하고, 또
그런 덜떨어진 사람들에게 상처받지 않고 산다는…… 뭐라
고?" 그는 잠시 도로에서 눈을 뗐고, 깜짝 놀랐다. 대시보드의
불빛을 받으며 아내가 두 손으로 얼굴을 가리고 있었다.

"맞다고 했어요, 내가. 됐어요, 프랭크. 이제 말을 좀 그만하
면 안 될까요? 미쳐 버리겠다고요."

그는 재빨리 속도를 줄여 도로 가장자리로 차를 붙여 세우
고는 시동을 껐다. 그는 옆으로 몸을 옮겨 그녀를 팔로 감싸
안으려 했다.

"아니에요, 프랭크. 이러지 말아요. 그냥 날 좀 내버려둬요,
알았죠?"

"여보, 난 그저……."

"내버려둬요. 건드리지 말라니까요!"

그는 다시 핸들을 잡고 헤드라이트를 켰다. 하지만 그의 손
은 엔진에 시동을 거는 것을 거부했다. 대신 그는 잠시 그대로
가만히 앉아 있었다. 귀에서 피 흐르는 소리가 울려 오기 시
작했다.

"지금 생각해 보니까 말이야……." 그가 마침내 입을 열었다. "지금 뭔가 엄청나게 말도 안 되는 상황이 벌어지고 있는 것 같군. 내 말은 당신이 지금 완전히 보바리 부인처럼 굴고 있다는 거지. 해서, 내 한두 가지 분명하게 해 두고 싶어. 첫째, 연극 공연이 개판이 된 건 내 탓이 아니야. 둘째, 당신이 배우가 되지 못한 게 나 때문이 아니란 것도 부인할 수 없는 사실이야. 그러니 당신이 이 박상 연속극 같은 짓거릴 빨리 끝낼수록 우리 관계는 더 좋아지겠지. 셋째, 난 멍청하고 둔한 교외족 남편 역할이 어울리는 사람이 아니야. 우리가 이곳으로 이사 온 후로 당신은 내내 내게 그런 역할을 뒤집어씌우려고 했지만, 난 절대로 그러지 못해. 넷째……."

그녀는 차에서 내려 헤드라이트 불빛을 받으며 달려갔다. 엉덩이 쪽이 조금 무거워 보였지만 민첩하고 우아한 모습이었다. 황급히 차에서 내려 그녀를 쫓는 잠시 그는 아내가 자살을 시도하고 있다고 생각했다. 이런 상황이라면 얼마든지 그럴 수 있는 여자였다. 하지만 그녀는 30미터쯤에서 길가 잡초를 앞두고 멈춰 섰다. 옆에는 '들어가지 마시오'라는 야광 표지가 서 있었다. 그는 그녀의 뒤까지 따라잡고는 어찌할 바를 모른 채 가쁜 숨을 몰아쉬며 거리를 유지하고 있었다. 그녀는 울고 있지 않았다. 그에게 등을 돌린 채 그저 거기 서 있을 뿐이었다.

"이게 대체……." 그가 입을 열었다. "이게 대체 무슨 짓거리야? 차로 돌아가자고."

"싫어요. 조금 있다가요. 그냥 여기 이렇게 있을게요, 잠시만요. 네?"

그의 팔이 허공에서 엉거주춤하다가 제자리로 돌아왔다. 그러다 그들 뒤쪽에서 불빛과 함께 자동차 한 대가 다가오는 소리가 들리자 그는 한 손을 호주머니에 찔러 넣고 몸을 살짝 기울여 마치 무슨 말을 건네고 있는 것 같은 자세를 취했다. 자동차는 그들을 따라잡으며 표지판과 그녀의 웅송그린 등을 환하게 밝히고는 미등을 보이며 날쌔게 멀어져 갔다. 타이어 가 웅웅대는 소리가 멀어지는가 싶더니 이내 조용해졌다. 오른쪽으로 시커멓게 보이는 습지에서는 봄을 맞이한 개구리들 이 요란하게 울어 댔다. 앞쪽으로는 200~300미터 떨어진 지 점에 달빛을 받고 선 전봇대 위로 높이 땅이 솟아올라 있다. 레볼루셔너리 힐이다. 둔덕의 꼭대기 쪽에는 새로 개발된 전원 주택 단지인 레볼루셔너리 힐 이스테이트에 속하는 저택들의 친근한 전망 창들이 죽 늘어서서 깜박이고 있다. 캠벨 부부의 집도 거기 있다. 캠벨네는 지금쯤 뒤쪽에서 헤드라이트 불빛 을 밝히며 연이어 다가오는 차 중 하나에 타고 있을 것이다.

"에이프릴?"

대답이 없었다.

"이봐, 차 안에 앉아서 이야기하면 안 되겠어? 고속 도로 위 에서 이렇게 뛰어다닐 게 아니라?"

"내가 분명히 말했잖아요, 이야기하고 싶은 기분이 아니라 고."

"알았어. 알았다고. 이런 제길, 에이프릴, 난 이 일에 대해서 는 지금 어떻게든 좋게 해서 넘어가려고 최선을 다하고 있다고. 그렇지만……."

"고마우셔라. 아이고, 얼마나, 얼마나 고마우신지."

"뭐라고?" 그는 손을 호주머니에서 빼내며 몸을 곧추세웠다. 하지만 다른 차들이 다가오고 있었기에 손을 다시 집어넣어야 했다. "내 말 좀 들어 봐." 그는 침을 삼키려고 했지만, 입이 너무 말랐다. "난 지금 당신이 여기서 왜 이러는지 도대체 모르겠어. 그리고 솔직히 말해 당신도 그 이유를 모르고 있다고 봐. 그렇지만 이것 하나는 분명히 알겠어. 내가 잘못한 건 없다는 사실 말이야."

"당신은 책임의 유무를 따질 때면 언제나 분명하죠. 편리해서 아주 좋겠어요." 그녀는 횅하니 그를 지나쳐 차를 향해 걸어갔다.

"아, 잠깐만! 어딜 가." 그는 잡초 더미 속에서 허우적거리며 그녀를 뒤쫓았다. 다른 차들이 양방향에서 빠른 속도로 지나가고 있었지만 이제 그는 상관하지 않았다. "거기 서 보라고, 제기랄!"

그녀는 차로 다가가 앞바퀴 쪽 흙받기에 허벅지 뒤쪽이 닿게 기대고 몸을 뒤로 젖힌 자세로 팔짱을 끼고 섰다. 체념했음을 나타내는 최선의 몸짓이었다. 그는 집게손가락을 그녀의 코앞에 치켜올려 좌우로 까닥거렸다.

"내 말 똑똑히 들어. 당신이 내 말에 사사건건 꼬투리 잡는 것, 이번에는 절대로 그냥 넘어가지 않겠어. 이번에는 내가 잘못한 게 하나도 없다는 걸 똑똑히 알겠거든. 이렇게 행동할 때 당신 뭐 같은지 알아?"

"세상에. 오늘 밤 당신은 그냥 집에 있었어야 했는데."

"이럴 때 당신이 어떤지 아냐고. 당신 병자야. 진심인데, 당신 아프다고."

"당신은 어떤지 알아요?" 그녀의 눈길이 그를 위아래로 훑었다. "당신은 역겨워요."

그 이후 말다툼은 이전투구로 변해 버렸다. 두 사람의 팔다리가 허공을 휘저었고, 그들의 얼굴은 증오의 표정으로 바뀌었다. 서로의 약점을 집요하게 파고들었으며, 상대의 강점을 교묘하게 우회하려 했다. 수시로 전술을 바꾸고 현혹하기도 하다가, 이내 반격에 나섰다. 숨을 몰아쉬며 호흡을 가다듬는 찰나의 순간에도 그들은 오랜 세월 쌓여 온 기억을 더듬으며 서로의 상처에 앉은 딱지를 벗겨 버릴 무기를 찾기에 골몰했다. 싸움은 그런 식으로 계속 이어졌다.

"흥, 난 당신이 어떤 사람이란 걸 언제나 똑똑히 알고 있었다고요, 프랭크. 단 한 번도 속은 적이 없어요. 입에 달고 다니는 그 잘난 지당한 말씀들하며, 당신의 그 '사랑'이라는 것, 그리고 입에 침도 안 바르고 하는 시시껄렁한 그런…… 그것 기억해요? 내가 용서하지 않겠다고 했을 때 내 얼굴 때린 것? 아, 난 분명히 알았죠. 내가 당신의 양심과 용기의 역할을 해야 한다는 것, 게다가 샌드백 역할까지. 내가 손아귀에 완전히 들어왔다고 착각했기 때문에 당신은……."

"손아귀에 들어! 당신이! 내 손아귀에! 세상에, 웃기고 있네!"

"그래요, 내가요." 그녀는 손가락을 오므리고 자기 목을 부여잡았다. "저요, 저. 나 말이에요. 아, 눈에 콩깍지 씐 불쌍한 양반아…… 자신을 봐! 당신 꼴을 보라고! 어느 한구석이라 도……." 여기서 그녀는 코웃음 치듯 턱을 한 번 치켜들었다. 빙긋 웃으며 드러난 이가 달빛을 반사해 하얗게 빛났다. "어디 를 봐서 당신이 사내라고 할 수 있겠냐고!"

그는 그녀의 머리를 손등으로 후려치려는 듯 팔을 비스듬 히 치켜올렸다. 주먹 쥔 손이 부들부들 떨렸다. 그녀는 겁에 질려 흠받기 위에 황급히 몸을 옹송그렸다. 그러자 그는 그녀 를 때리는 대신 복싱 선수의 스텝을 서툴게 흉내 내며 그녀에 게서 떨어지더니 주먹으로 차의 지붕을 세게 내려쳤다. 주먹 질은 네 번이나 계속됐다. 쾅! 쾅! 쾅! 쾅! 그녀는 그런 그를 옆에서 지켜보았다. 차를 내려치는 소리가 멈추자 날카롭고 청아한 개구리 울음소리만 사방에 울려 퍼졌다.

"어떻게 이럴 수가." 그가 나지막하게 내뱉었다. "당신이 나 한테 이러면 안 되지, 에이프릴."

"됐고요. 이제 그만 집으로 가면 안 돼요?"

차 안에 올라 자리를 잡은 두 사람은 지친 노인네들 같았 다. 바싹 말라 버린 입으로 거친 숨을 몰아쉬었다. 머리를 제 대로 가누기 힘들었고, 팔은 주체할 수 없이 후들거렸다. 그는 시동을 걸었고, 조심스럽게 차를 몰아 레볼루셔너리 힐 아래 까지 접근한 다음, 아스팔트로 포장된 레볼루셔너리 로드로 접어들어 구불구불 언덕을 올라갔다.

두 사람은 이 년 전 처음 이곳에 올 때도 이 길을 이용했다. 그때는 부동산 중개업자인 헬렌 기빙스 부인의 스테이션왜건을 얻어 타고서 열심히 고개를 주억거리는 손님의 입장이었다. 앞서 전화 통화를 했을 때 기빙스 부인은 말은 아주 공손하게 했지만 어딘지 경계하는 듯한 기색을 보였다. 뉴욕시에서 찾아와서는 터무니없는 가격대를 요구해 자신의 귀한 시간을 허비하게 만드는 사람들이 너무 많다는 것이었다. 그렇지만 두 사람이 기차에서 내리는 모습을 본 순간, 자기 남편에게 했던 말 그대로를 옮기자면, 그녀는 두 사람이 비교적 싼 가격대의 집을 찾고 있다 해도 조금은 신경 써서 다루어야 하는 부류의 사람들이란 것을 한눈에 알아봤다. "아주 사랑스러운 부부예요." 그녀는 남편에게 알려 주었다. "새댁은 완전 매력 덩어리이고, 신랑은 뉴욕시에서 뭔가 대단한 일을 하는 게 틀림없어요. 아주 잘생기고 좀 과묵한 편인 것 같더라고요. 그리고, 정말이지, 그런 부류의 사람들과 거래한다는 건 너무나 기분 좋은 일이라니까요." 기빙스 부인은 두 사람이 그냥 평범한 집을 찾고 있지 않다는 사실을 금방 눈치챘다. 자그마한 헛간이나 독립 차고, 또는 별채 같은 것을 개조해서 만든 주택처럼 소소한 매력을 가진 집을 원하는 게 분명했다. 하지만 그런 집은 이미 다 팔리고 남은 게 없다고 알려 줘야 하는 기빙스 부인의 마음은 무척 아쉬웠다. 하지만 그녀는 이내 낙담할 필요 없다고, 두 사람이 마음에 들어 할 만한 물건이 딱 하나 있다고 말해 주었다.

"자, 물론, 이 길을 따라 쭉, 그리 이상적인 환경이라 할 수는 없어요." 12번 고속 도로에서 샛길로 빠져들며 기빙스 부인이 설명했다. 그녀의 시선은 도로와, 흡족한 표정으로 열심히 설명을 듣는 부부 사이를 쉴 새 없이 오갔다. "보시다시피, 여기 집들이 거의 시멘트 블록으로 올린 것들이고, 또 픽업트럭을 타고 다니는 사람들 집이에요. 배관공이라든지, 목수라든지, 뭐 그런 쪽의 일에 종사하는 소규모 자영업자들이죠. 그러다가, 마침내……." 그녀는 똥똥한 검지를 쭉 펴서 앞 유리 너머 어느 곳을 확실하게 가리켰다. 여러 겹 두른 금속 팔찌들이 쟁그랑거리며 운전대를 쳤다. "마침내, 이 길은 흉물스럽기 그지없는 신흥 주택 단지를 만나서 돌아 나간답니다. 레볼루셔너리 힐 스테이트라고, 덩치만 커다랗고, 바닥도 평평하지 못해 난평면인 데다, 모두들 구역질 나는 파스텔 색조로 칠해 갖고서, 더럽게 비싸기만 한, 왜 그렇게들 지었는지 난 도무지 이해가 안 돼요, 말도 안 돼요. 하지만 지금 제가 보여 드리려고 하는 물건은 그것과는 전혀 상관없답니다. 원래부터 이곳에 쭉 살아오던 건축업자 한 분이 전쟁이 끝나자마자, 그러니까 그런 끔찍한 신형 주택들이 막 지어지기 전에 지은 것이랍니다. 아주 사랑스럽고 조그만 주택이고, 또 구조도 매력적이고 단순해요. 단순 명확한 외관에, 잔디밭도 깔끔하고, 아이들에게는 더할 나위 없이 이상적이에요. 요 모퉁이 바로 돌아 있답니다. 이쪽으로 접어드니 길옆 분위기가 확 좋아지는 게 느껴지시죠? 자, 이제 보이실 거예요, 저기요. 저기 자그만 하얀 집 보이시죠? 멋지죠? 야트막한 언덕에 저렇게 딱 앉아 있는 게 개성 있어 보이지 않아요?"

"아, 네." 개간 후 다시 심은 것들인지 줄기가 호리호리한 참나무 사이로 집이 눈에 들어오자 에이프릴이 대답했다. 집의 전체 모습이 그들 쪽으로 서서히 다가왔다. 목조로 된 작은 크기로 높다란 콘크리트 기초 위에 올라 있었다. 집 중앙의 커다란 창이 검은 거울처럼 그들을 노려보고 있었다. "아, 그러네요. 좀 괜찮네요. 그렇잖아요, 여보? 당연히 여기에도 전망 창이 달렸네요. 다들 그런가 봐요. 어쩔 수 없죠."

"그런가 보네." 프랭크가 대꾸했다. "그렇지만, 뭐, 전망 창 하나 있다고 우리 인격이 다 무너지거나 그럴 것 같지는 않아."

"아, 그럼 정말 잘됐네요." 기빙스 부인이 큰 목소리로 화답했고, 연이은 그녀의 커다란 웃음소리에 차 안의 두 사람도 덩달아 좋은 게 좋다는 분위기에 젖어 들었다. 차는 이내 차고 진입로에 멈추어 섰고 두 사람은 집을 둘러보기 위해 차에서 내렸다. 기빙스 부인은 텅 빈 집안을 둘러보며 나지막한 목소리로 의견을 주고받는 두 사람을 줄곧 붙어 다니며 걱정에는 변명을, 불안에는 확신을 제공했다. 집은 꽤 쓸 만해 보였다. 소파는 이쪽으로 가고, 큰 탁자는 저쪽에 놓으면 될 것 같았다. 한쪽 벽을 가득 채울 책은 전망 창이란 통창의 저주를 조금이나마 덜어 줄 것이었다. 넉넉한 공간을 두고 가구를 요령껏 배치하면 너무나도 대칭적인 이 거실이 주는 깔끔한 교외 주택의 분위기도 어느 정도 누그러뜨려 줄 것 같았다. 달리 생각해 보면, 집 안의 구도 자체가 대칭적이라는 것도 실은 장점으로 여겨졌다. 벽이 모두 똑 부러지는 직각으로 만나고 있다는 점, 바닥의 판자들이 튼튼하고 곧은 직선으로 뻗어 있다는 점, 완벽하게 균형 잡힌 문은 모두 삐걱대는 소리 하나 없이 부드럽게 움직이며, 딸깍이는 경쾌한 소리와 함께 닫힌다는 점 등도 아주 마음에 들었다. 문손잡이의 가벼운 무게감과 감촉에 흡족해하며, 두 사람은 이 집을 안식처로 삼아 편하게 지내는 모습을 그려 보았다. 흠이라고는 찾아볼 수 없는 욕실을 둘러볼 때는 너른 욕조에 뜨거운 물을 받아 놓고 몸을 담그는 느낌을 상상해 보기도 했다. 아이들이 곰팡이도, 가시도, 바퀴벌레도 없고, 지분거리지도 않는 마루를 맨발로 쫓아다니는 모습이 떠오르기도 했다. 이 집이라면 가능해 보였다. 점점 무질서해지고 있는 자신들의 삶도 정리되면서 이 방들 안에서, 그리고 이 나무들 사이에서 안정을 찾을 수도 있을 듯했다. 시간이 걸린들 어떠랴? 이렇게 넓고, 환하고, 깔끔하고, 조용한 집에서 무서울 게 뭐가 있겠는가?

이제 어둠 속에서 간이 차고며 부엌의 낭랑하고 환한 불빛과 함께 집이 가까이 다가오자 두 사람은 어깨와 턱에 한껏 힘을 주어 역경을 견뎌 낼 자세를 갖추었다. 에이프릴이 앞장섰다. 휑하니 부엌을 가로질러 거대한 냉장고에 기대서서 잠시 호흡을 가다듬었다. 프랭크도 눈을 껌벅거리며 뒤따랐다. 그녀가 벽 스위치를 올렸고, 거실이 단박에 밝아졌다. 처음에는 거실 전체가 허공에 뜬 것처럼 느껴졌다. 모든 것들이 둥둥 떠다녔다. 물건들이 제자리를 찾고 가만히 있는 와중에도 불안정해 보였다. 소파는 이쪽에 있었고, 큰 탁자는 저쪽에 있었지만, 그 반대여도 아무 상관이 없었다. 한쪽 벽을 가득 채우고 있는 책은 우위를 점하려고 전망 창과 다소곳한 경쟁을 벌이고 있었지만, 그냥 일반 도서관에 늘어서 있는 것들과 차이가 없었다. 다른 가구들은 깔끔한 느낌을 어느 정도는 덜었지만, 새로이 뭔가 다른 느낌을 더한 것이 없었다. 의자며, 커피 테이블이며, 마루 조명등이며, 책상 등은 무슨 경매장에 나온 것인 양 아무 의미 없이 무리를 이루고 있을 뿐이었다. 그래도 한쪽 구석에는 사람들이 즐겨 찾은 흔적이 있었다. 카펫은 닳았고, 쿠션은 움푹 파였으며, 재떨이는 가득 차 있었다. 하지만 이 공간을 마련한 지는 채 반년도 되지 않았고, 그것도 마지못해 그런 것이었다. 텔레비전을 위해 마련한 공간이었다.("있으면 안 돼? 아이들에게는 필요하지 않을까? 더구나 텔레비전을 두고서 계속 고상한 척하는 건 좀 우습지 않아?").

아이들을 잠깐 봐주고 있는 룬드퀴스트 부인은 소파에서 선잠을 자고 있었지만, 등받이에 가려져 모습이 보이지는 않았다. 잠에서 깬 그녀의 모습이 두 사람의 시야에 들어왔다. 앉은 채로 눈을 껌벅이며 웃음을 지어 보이려는 그녀는 틀니를 달칵거리면서 하얗게 센 머리에 손을 올려 고정 핀을 더듬거리며 찾았다.

"엄마?" 저편 아이들의 방에서 활짝 깬 높은 목소리가 들려왔다. 여섯 살배기 제니퍼였다. "엄마? 연극은 잘했어?"

룬드퀴스트 부인을 집으로 태워다 주면서 프랭크는 두 번이나 길을 잘못 들었다.(룬드퀴스트 부인은 차 문짝과 대시보드에 닿을 듯 몸이 뒤흔들리자 어둠 속에서 뻣뻣한 미소로 두려움을 감춰 보려 했다. 프랭크가 술에 취한 줄 알았던 것이다.) 혼자 돌아오는 길에서는 줄곧 한 손으로 입을 틀어막은 채 운전했다. 아내와의 싸움을 곰곰이 되짚어 보려 했지만, 아무리 애를 써도 분명히 떠오르는 게 없었다. 자기가 화가 났던 건지 후회하고 있었던 건지조차 불분명했으며, 용서하고 싶었던 건지 용서 받고 싶었던 건지도 구별이 되지 않았다. 고함을 하도 질러 지금도 목이 칼칼했고, 차를 내리치는 바람에 아직도 손이 얼얼했다. 그 부분은 생생하게 기억났다. 하지만 그 외 분명히 기억 나는 것은 커튼콜을 할 때 아내가 잔뜩 긴장한 어깨에 억지스러우면서도 불안한 미소를 지으며 서 있던 모습뿐이었다. 그는 회한으로 자신이 한없이 무력하게 느껴졌다. 다른 날 다 놔두고 이런 날 싸우다니! 그는 두 손으로 운전대를 꽉 잡아야 했다. 눈물로 도로 위 불빛들이 뿌옇게 번지고 얼른거렸기 때문이다.

집에는 불이 꺼져 있었다. 천천히 오르막을 올라가면서 깜깜한 하늘과 숲을 배경으로 어스름히 가로누워 있는 집을 보면서 그는 죽음을 떠올렸다. 그는 부엌과 거실을 지나 터벅터벅 걷다가 복도에 접어들면서 살금살금 걸었다. 아이들 방을 지나 침실로 들어서서 손을 뒤로 뻗어 조용히 문을 닫았다.

"에이프릴, 할 말이 있어." 그가 속삭였다. 재킷을 벗으면서 그는 어둠침침한 침대로 걸어가 회개하는 사람이 취하는 전형적인 자세로 침대 가장자리에 걸터앉았다. "제발 내 말 좀 들어 봐. 몸에 손대지는 않을게. 난 그저 말해 주고 싶었어. 내가…… 미안하다는 말밖에는 할 말이 없네."

이번 싸움은 간단하지 않을 것 같았다. 여러 날은 걸려야 해결되는 그런 유의 싸움인 것 같았다. 그렇지만 적어도 두 사람은 지금 여기 단둘이 조용히 침실 안에 있었다. 고속 도로 위에서 고함을 지르고 있지는 않았다. 사태는 지금 두 번째 단

계로 접어든 것 같았다. 불꽃이 튀고 난 뒤 이런 긴 침묵의 시
간이 지난 다음에야, 지금은 전혀 가망이 없어 보여도, 결국은
화해로 이어질 것이었다. 현재로서는, 그녀가 자기를 피해 다
른 곳으로 가 버린다거나, 자기가 다시 격분에 휩싸일 것 같지
는 않았다. 두 사람 모두 너무나 피곤했으니까. 결혼 초기에는
이런 맹한 기간들이 자존심을 짓밟아 울화통이 터지게 만드
는 원인 그 자체보다 더 안 좋은 것 같았다. 이런 기간이면 그
는 언제나 이번에는 체면을 구기지 않고 좋게 끝내는 길이 없
다고 생각했다. 그렇지만 언제나 길은 있었다. 체면을 구겼는
지 그렇지 않은지는 모르겠지만, 어쨌건 먼저 사과를 하고, 그
러고는 너무 마음에 담아 두지 않고 그저 기다리면 되었다. 지
금에 이르러서는 이런 식의 태도가 낡고 편한 재킷처럼 익숙
했다. 편하게 걸쳐 입기만 하면 되었다. 자신의 의지를 발동시
키거나 자존심을 지키겠다고 특별히 애쓸 필요가 없었기 때
문이었다.

"아까 거기서는 왜 그랬는지 모르겠어. 하지만 왜 그렇게 됐
는지와는 상관없이 난, 정말이야, 난…… 에이프릴?" 손을 뻗
어 봤지만, 침대는 비어 있었다. 아내일 것이라고 짐작했던 긴
형체는 널브러진 침대 커버와 베개였다. 에이프릴이 침대를 흩
뜨려 놓았던 것이었다.

"에이프릴?"

그는 화들짝 놀라 아무도 없는 욕실로 뛰어들었다 다시 복
도를 내달렸다.

"저리 좀 가요." 그녀의 목소리가 들려왔다. 그녀는 뢴드퀴스

트 부인이 누웠던 거실 소파 위에 담요를 뒤집어쓰고 있었다.

"잠깐만 내 말 좀 들어 봐. 건드리지 않을게. 난 그냥 잘못했다고 말하고 싶을 뿐이야."

"고마우셔라. 됐으니까 이제 나 좀 내버려둘래요?"

셋

날카로운 금속성 엔진 소리가 곤히 잠든 그를 깨웠다. 기분 좋은 꿈의 안개가 아직도 감도는 시원한 어둠 속으로 더 깊이 파고들어 막아 보려 했지만, 굉음은 반복적으로 그의 고막을 찢어 놓았다. 그는 밝은 햇빛 속에서 눈을 떴다.

토요일 오전, 11시가 지나 있었다. 콧구멍은 접착제로 막은 듯했고, 머리가 지끈거렸다. 올해 처음 보는 파리 한 마리가 바닥에 놓인 뿌연 위스키잔 안쪽을 기어오르고 있었다. 그 옆에는 거의 다 빈 병이 세워져 있었다. 여기까지 주변을 둘러본 다음에야 간밤의 일이 떠오르기 시작했다. 도저히 잠이 올 것 같지 않아 여기 이렇게 앉아 두 손으로 머리를 쥐어뜯으며 새벽 4시가 되도록 술을 마셨다. 그리고 기억이 여기까지 미치자 그의 마음은 굉음의 정체를 파악하는 데 집중할 수 있었다. 자기가 쓰는 녹슨 잔디깎이였다. 윤활유가 부족할 텐데. 누군가 뒷마당에서 잔디를 깎고 있었다. 자기가 지난주에 해 놓겠다고 약속했던 일이었다.

그는 힘겹게 일어나 앉았다. 주름진 입천장을 혀로 적시며 손을 더듬어 가운을 찾았다. 그러고는 햇빛이 쏟아져 들어오는 창으로 가서 바깥을 내다보았다. 에이프릴이었다. 낡은 잔디깎이를 묵묵히 밀고 당기고 있었다. 남자 남방에 헐렁하고 펄렁거리는 바지 차림이었다. 뒤에는 아이들이 깎은 잔디를 한 움큼씩 쥐고서는 폴짝거리며 따르고 있었다.

욕실에서 그는 그나마 제대로 돌아가는 머리를 깨우기 위해 찬물과 치약과 화장지를 무한정 썼다. 부족한 산소를 보충하는 능력도 회복하고, 얼굴의 근육도 어느 정도는 움직일 수 있게 되었다. 하지만 손은 어떻게 해 볼 도리가 없었다. 핏기 없이 퉁퉁 부어오른 손은 자기도 모르는 사이 통증 없이 뼈를 발라낸 것처럼 느껴졌다. 주먹을 쥐어 보라고 명령을 내리면 곧장 비명과 함께 무릎이 꺾여 나갈 판이었다. 그는 손을 들여다보았다. 언제나 잘근잘근 씹어 물어 한 번도 길게 자라 보지 못했던 손톱들을 들여다보자 그는 싱크대 모서리를 내리쳐 모조리 멍들게 하고 싶은 충동을 느꼈다. 그러자 아버지의 손이 생각났다. 아버지의 손에 대한 기억은 곧 방금 꾸었던 꿈, 잔디깎이와 두통과 햇살 이전에 꾸고 있던 그 꿈으로 이어졌다. 평화롭기 그지없던 옛날에 대한 희미하고 멀디먼 꿈이었다. 아버지와 어머니가 모두 계셨다. 어머니의 목소리를 들었다. "아, 개 깨우지 마세요, 여보. 좀 더 자게요." 그는 꿈의 내용을 더 기억해 내려고 무진 애를 썼지만, 그 이상 떠오르는 것이 없었다. 하지만 아련하고 포근한 그 느낌에 잠시나마 거의 눈물을 흘릴 뻔했다.

부모님은 이미 여러 해 전에 돌아가셨다. 이제는 두 분의 얼굴이 또렷하게 기억나지 않아 속상해지는 때도 가끔 있다. 사진을 보지 않고 남아 있는 기억만으로 아버지는 숱이 거의 없는 머리에, 눈썹은 아주 짙고, 입술이 불만이 있거나 분노했을 때의 형태로 영원히 박제된 모습이었고, 엄마는 무테 안경에, 머리는 그물로 가리고, 입술은 아주 연하게 립스틱을 바른 모습이었다. 또 하나 기억나는 것은 두 분 모두 언제나 지쳐 있었다는 것이었다. 자신을 낳은 때가 이미 중년의 나이였고, 그때는 이미 다른 아들 둘을 키우고 있었으므로, 그의 기억이 미치는 한 두 분은 계속해서 지쳐 가다가, 마침내 너무 지쳐 버린 끝에 육 개월 터울을 두고 모두 주무시다가 고요히 돌아가셨다. 그렇지만 아버지의 손은 지쳐 보인 적이 한 번도 없었다. 앞으로 아무리 많은 세월이 흐르고 기억이 흐려진다 해도 그의 뇌리에 박힌 그 손의 모습이 흐려지는 일은 결코 없을 것이었다.

"펴 봐!" 가장 어린 때의 기억이었다. 커다란 주먹의 손가락을 펴 보라는 것이었고, 그는 꽉 움켜쥐어 부르르 떨고 있는 거대한 주먹의 손가락 하나를 펴 보려고 두 손으로 갖은 노력을 다 기울였다. 아버지의 호탕한 웃음소리가 부엌 안을 진동시켰다. 하지만 아버지의 손에서 부러운 점은 그 힘만이 아니었다. 뭔가를 잡을 때 아버지의 손에서는 확고함과 섬세함이 확연히 느껴졌다. 그러기에 어떤 것이건 얼 휠러라는 사람이 사용하는 물건에는 주인의 절대적인 숙련도와 장악력을 암시하는 독특한 분위기가 어려 있었다. 잡으면 뽀득거리는 외판원 서류 가방의 돼지가죽 손잡이, 모든 목공 도구의 자루들, 짜릿하게 위험한 느낌을 주는 산탄총의 개머리판과 방아쇠 등이 그런 것들이었다. 다섯 살인가 여섯 살인가일 때 프랭크는 특히 서류 가방에 매혹됐다. 가방은 저녁이면 늘 현관 쪽 복도의 그늘진 곳에 놓여 있었다. 가끔 그는 저녁을 먹은 뒤 어른의 걸음걸이로 뒤뚱거리며 그 가방에 다가가서는 자기 것인 척하곤 했다. 손잡이는 얼마나 멋있고 부드러우며 믿을 수 없을 만큼 두툼하던지! 가방은 정말 무거웠다.(휴우!) 그렇지만 아침이면 아버지의 다리 옆에서 얼마나 가볍게 흔들거리던지! 몇 년쯤 지나 열 살인가 열두 살인가였을 때 아버지의 목공 도구들도 사용해 보았다. 하지만 좋은 느낌으로 기억되는 것은 없었다. "안 돼, 임마, 그럼 안 돼!" 아버지는 전기톱이 돌아가는 소리 너머로 고함을 지르곤 했다. "넌 전기톱을 망치고 있어! 망가지고 있는 거 안 보여? 장비는 그런 식으로 다루는 게 아니야." 정이었건, 둥근 끌이었건, 아니면 손 드릴이었건 간에, 아버지는 땀방울이 떨어져 얼룩으로 흥해진 실패작을 만들고 있는 열등생의 손에서 고생하던 도구를 곧장 낚아채 허공에 대고 어디 망가진 데가 없는지 꼼꼼하게 들여다보았다. 그런 다음에는 도구를 제대로 관리하고 사용하는 방법에 대한 강의가 이어졌다. 강의 다음에는 우아한 전문가의 시범이(이때는 아버지의 팔뚝에 난 털에 나무 부스러기들이 황금처럼 달라붙어 있었다.) 있을 때도 있었지만, 대개는 다 큰 어른이 참다 참다 못 견디고 내뱉는 한숨과 함께 나직한 선언이 내려졌다. "됐다. 이제 그만 올라가 보렴." 목공 작업실에서는 상황이 늘 이런 식으로 종료되었기에, 그는 지금도 톱밥의 누런 냄새만 맡으면 언제나 모멸감을 느꼈다. 산탄총은 다행히도 그의 손을 타지 않았다. 점점 횟수가 줄고 있던 아버지의 사냥에 그가 따라나설 수 있는 나이에 이르렀을 즈음에는 이미 두 사람 사이의 불화가 돌이킬 수 없는 정도에 이르러 있었고, 따라서 그럴 기회는 원천적으로 있을 수가 없었다. 영감으로서는 그런 일을 함께하자고 제안할 생각조차 하지 못했을 것이고, 더구나, 그 역시, 이때가 화물 열차를 타겠다는 꿈을 꾸고 있던 시기였으므로, 그런 제안을 해 주었으면 하고 바랄 여지도 없었다. 진창에 퍼지르고 앉아 오리들이나 죽이고 싶어 할 사람이 어디 있겠는가? 말이 났으니 말이지, 아마추어 장인의 공구를 잘 다루고 싶어 할 사람은 또 어디 있겠는가? 애초에 멍청한 외판원이 되고 싶어 할 사람이 있겠느냐는 말이다. 따분한 카탈로그만 가득한 서류 가방이 무슨 대단한 것이라도 되는 양 우쭐대고, 시가 피우는 중역들에게 하루 내내 기계에 대한 설명을 늘어놓아야 하는 직업이 아닌가?

하지만 그 당시에도, 그리고 그 이후에도, 심지어는 베듄 스트리트에서 폭풍 같은 반항의 시절을 보낼 때, 그러니까 아버지가 《리더스 다이제스트》나 읽다가 꾸벅꾸벅 조는 성마르고 따분하고 멍청한 노인네가 되어 버린 이후에도, 지금과 마찬가지로 그는 아버지의 손에는 무언가 특별하고 훌륭한 데가 있었던 것으로 믿고 있다. 비록 다 쪼그라들고 눈멀고 바싹 야윈 모습이지만(저게 누구야? 프랭크야? 프랭크가 온 거야?) 숨을 거두기 직전 악수하는 얼 휠러의 손에는 여전히 힘이 넘쳤다. 마침내 병원 침대 위에 축 처져 널브러졌을 때도 그의 손은 아들의 손보다 강하고 나아 보였다.

"야, 정말, 정신과 자식들 내 머리 갖고서 대환장 파티도 열 수 있을 거야." 친구들과 있을 때 그는 늘 짓궂은 농담을 했다. "나와 내 아버지와의 관계 하나만으로도 교재를 가득 채울 수 있을걸. 엄마와의 관계는 말할 것도 없고. 니미럴, 우리 집 같은 정신병자 집합소가 또 있었을까." 그랬음에도, 지금처럼 곤란한 지경에 처해 홀로 있게 될 때면, 조금이나마 부모님에 대해 순수한 존경심을 품을 수 있다는 것이 좋았다. 부모님 곁을 떠난 이후의 삶이 얼마나 신산했는지와는 상관없이, 가끔 가다 기분 좋은 꿈을 꾸게 해 주는 평화로운 시기가 있었다는 점에 감사했다. 그리고 그는 바로 이 점이 자신을 아내보다는 안정된 사람으로 유지시키는 요소라고 믿었다. 왜냐하면 정신과 의사는 자기 머리로 흥겨운 파티를 열 수 있는 반면, 에이프릴의 머리로는 어떤 환상적인 시간을 가질 수 있을지 상상할 수조차 없으니까.

아내가 자기에게 해 준 얼마 안 되는 이야기로 미루어 보면, 그녀의 부모님은, 아무리 좋게 봐준다 해도, 에블린 워의 소설에 등장하는 인물보다 더 기괴한 사람들이었다. 그런 사람들이 정말 존재했을까? 그는 그 사람들을 1920년대에 '한량'이니 '날라리'라 부르던 족속들, 돈이 어디서 나오는지는 모르지만 어마어마하게 부유하고, 남의 시선 따위는 신경도 쓰지 않으며, 잔인하기까지 한 그런 부류의 대표적인 사례로 짐작했다. 두 분은 대서양 위에서 어느 선장의 주례로 결혼했고, 외동딸을 낳은 지 일 년도 되지 않아 이혼했다.

"내 생각엔 엄마가 날 낳자마자 병원에서 바로 메리 이모네로 데려간 것 같아요." 아내가 해 준 말이었다. "적어도 다섯 살까지는 메리 이모 말고는 다른 사람하고 살았던 것 같지 않아요. 그다음에는 두어 명 다른 이모들이나, 뭐 엄마 친구라든가 하는 사람들이 있었고, 그러고는 라이에 있는 클레어 이모 집으로 갔더랬죠." 이야기의 나머지 부분은 그녀의 아버지가 1938년에 보스턴 어느 호텔 방에서 총으로 자살했다는 것이고, 엄마는 몇 해 후 오랫동안 머물던 서부 해안 어디 알코올 중독자 요양원에서 돌아가셨다는 것이었다.

"맙소사!" 이 이야기를 처음 들었을 때 프랭크는 경악했다. 어느 더운 여름날 밤 베듄 스트리트 아파트에서였다.(고개를 숙인 채 머리를 저으면서 그는 자기가 지금 느끼는 감정이 슬픔인지 아니면 자기 이야기보다 훨씬 더 극적인 이야기를 들은 데서 오는 부러움인지 확신하지 못했다.) "어쨌건 이모가 실제로는 엄마나 마찬가지였겠네, 그렇지?"

하지만 에이프릴은 어깨를 으쓱이며 입을 옆으로 삐죽거렸다. 최근 그가 별로 마음에 들지 않는다고 결론 내린 모습이었다. '억세 보이는' 모습이었기 때문이다. "어떤 이모 말이에요? 메리 이모는 기억나는 게 거의 없고, 중간에 그 이모들도 그렇고, 클레어 이모는 내가 언제나 싫어했던 이모였어요."

"아, 말도 안 돼. '언제나 싫어했다'니. 어떻게 그렇게 말할 수 있지? 뭐 되돌아보면서 지금은 그렇게 생각할 수도 있겠지. 하지만 그 오랫동안 사랑이랄까 뭐 그런, 그리고 안정감도 주고, 뭐 그런 감정을 느끼도록 해 주신 적은 있을 것 아니냐고."

"그런 적 없어요, 진짜. 내가 유일하게 행복했다고 기억하는 건 부모님 중 한 분이 찾아오시는 거였어요. 난 두 분을 사랑했거든요."

"하지만 그분들은 찾아온 적이 거의 없었다며. 내 말은 그런 정황에서 그분들을 부모님이라고 느낄 만한 뭐가 있었어야지. 넌 그분들이 어떤 사람들인지도 잘 몰랐잖아. 근데 어떻게 그분들을 사랑할 수 있지?"

"내가 사랑했다잖아요." 그러면서 그녀는 침대 위 프랭크 앞에 늘어놓았던 추억의 물건들을 주섬주섬 집어 올려 보석함에 넣기 시작했다. 먼저 다양한 연령대의 그녀가 다양한 잔디밭을 배경으로 아버지 아니면 어머니와 함께 찍은 사진들이었다. 훤칠한 키에 우아하게 차려입은 부모님 두 분이 야자수 옆에서 함께 찍은 사진도 있었다. 이 사진은 오래되어 누렇게 바랬는데, 밑 부분에 '칸, 1925'라고 적혀 있고 가죽 프레임으로 둘러싸여 있었다. 그 외에 엄마의 결혼반지, 외할머니의 머리카락을 넣어 둔 골동품 브로치도 있었다. 마지막으로, 손목시계 끈에 다는 작은 액세서리 장식물 크기로 두세 푼의 값어치도 없을 듯하지만, '우리 아버지가 내게 주신 것'이기에 그 오랜 세월 보관하고 있다는 흰색 플라스틱 말이었다.

"어, 그래. 그렇다면야, 뭐." 그는 물러섰다. "아마 당신 부모님께서는 아주 낭만적이셨던 것 같아. 아주 멋있고 화려하고 그래. 근데 난 그런 걸 의미하지 않았거든. 난 사랑을 말한 거야."

"나도 그래요. 난 두 분을 정말 사랑했단 말이에요." 이 말을 끝으로 그녀는 아무 말도 하지 않고 보석함의 걸쇠를 당겨 걸었다. 그녀의 침묵이 길어지자 그는 그녀가 이 문제를 더는 언급하지 않으리라고 짐작했다. 자신도, 적어도 당분간은, 이 문제에 관해 할 말을 다 한 것 같았다. 말씨름하기에는 너무 더운 밤이었다. 하지만 그녀는 계속 생각을 정리하고 있었던 모양이었다. 자기가 표현하고 싶은 바를 정확하게 나타내 줄 말을 고르느라 신경을 곤두세우고 있었던 것이다. 마침내 그녀가 입을 열었을 때 그는 부끄러웠다. 그녀가 아까 보았던 사진 속의 작은 소녀 같았기 때문이었다. "나는 아빠 엄마의 옷을 사랑했어요. 두 분이 말씀하시는 어투도 사랑했어요, 당신들의 일상을 이야기해 주는 것도 사랑했죠."

그로서는 팔을 뻗어 그녀를 품에 안아 주는 것밖에 도리가 없었다. 그녀의 소중한 보물이 그렇게 보잘것없음에 연민이 차올랐고, 곧 깨져 버릴 것이었지만, 다시는 그녀의 보물을 얕보지 않겠다는 경건한 맹세가 마음속에 굳게 자리 잡았다.

식탁 위에는 아이들이 아침으로 먹으면서 흘린 우유 시리얼 자국이 말라 가고 있었다. 그 외에 부엌은 완벽한 청결 상태를 보여 주며 번쩍거렸다. 그는 머릿속으로 계획을 세웠다. 일단 커피를 좀 마실 것이다. 그런 다음 곧바로 옷을 입고 밖으로 나가서 아내에게서 잔디깎이를 빼앗을 것이다. 무력을 써서라도 그럴 것이다. 그래야 오전의 일상을 가능한 한 되살릴 수 있을 것이다. 그런데 아직 실내 가운 차림인 데다 면도도 못 했고, 이제야 전기 레인지 손잡이를 더듬거리고 있는데 기빙스 부인의 스테이션왜건이 차고 진입로로 올라서는 것이 보였다. 그는 잠시 숨어 버릴까 생각했지만 이미 그러기에는 늦어 버렸다. 기빙스 부인이 이미 방충망 안에 선 그를 봐 버린 뒤였고, 뒷마당 건너편을 따라 터덜터덜 걸어가며 잔디를 깎고 있던 에이프릴은 너른 잔디밭의 공간 너머에서 손을 들어 흔들어 줌으로써 부인과 마주치는 것을 피하고는 잔디 깎기를 계속했다. 그가 걸려든 것이었다. 그는 문을 열고 손님을 맞이하는 자세를 갖추었다. 이 여편네는 어째서 우릴 계속 귀찮게 하는 거지?

"전 곧 가야 해요!" 무거운 골판지 상자를 들고 뒤뚱거리며 부인이 그에게로 다가왔다. 흙을 담아 축축해진 상자에는 무슨 식물을 심어 놓아 흔들거리고 있었다. "이 비름꽃 좀 주려고 가져왔어요. 집 앞 도로 밑에 돌밭 있잖아요. 거기 심으시라고. 와, 옷차림이 정말 편하시겠어요."

그는 뒷발로 문이 닫히지 않게 받치고 상자를 건네받느라 엉거주춤한 자세로 몸을 구부렸다. "아, 그래요?" 덕지덕지 진하게 화장된 부인의 얼굴에 가까워진 그가 미소 지으며 대꾸했다. 기빙스 부인의 화장은 언제나 아주 급하게, 어리석은 짓거리를 후딱 해치워 버리겠다는 마음으로 대충 한 듯한 느낌을 주었다. 게다가 그녀는 가만히 있지를 못하는 사람이었다. 두껍고 거친 피부에 호리호리한 체형을 가진 이 오십 대 여인의 눈을 들여다보면 언제나 바빠야 한다는 원칙을 무슨 교리처럼 따르고 있다는 사실을 알 수 있었다. 가만히 서 있을 때도 어깨의 각도라든가 품은 넉넉하지만, 화를 억누르듯 끝 단추까지 꼭꼭 잠근 그녀의 옷매무시에서는 운동 에너지가 느껴졌다. 자리에 앉을 수밖에 없는 사정이라면 언제나 쿠션이 없는 딱딱한 의자를 고집했고, 그럴 때도 끄트머리에 걸쳐 앉았다. 그녀가 어딘가 드러눕는다는 건 상상하기 어려울 정도였다. 그녀의 잠든 얼굴을 상상하기도 쉽지 않았다. 억지 미소를 짓거나, 알은체하거나 맞장구치는 웃음을 터뜨리거나, 아니면 조잘대느라 그녀의 얼굴은 언제나 팽팽하게 긴장되어 있었기 때문이다.

"아무래도 그 밑쪽에는 이게 딱 맞을 것 같더라고요, 안 그래요? 이런 종의 비름 길러 보신 적 있으세요? 이게 맨땅을 덮는 데는 그만이랍니다. 산성 토양에서도 잘 자라요."

"아, 그렇군요. 좋네요. 고맙습니다, 기빙스 부인." 이 년 전쯤 그녀는 자신을 헬렌이라고 친근하게 불러도 된다고 했지만 어쩐지 그는 그 이름을 입에 올리기가 힘들었다. 이 문제를 해결하는 그 나름의 방식은 그녀의 이름을 부르지 않는 것이었다. 마주쳐서 인사를 해야 하는 등 이름을 불러야 할 필요가 있을 때는 그저 친근한 낯으로 고개를 끄덕이거나 미소로 알은체함으로써 그 필요를 대신했고, 그녀 역시 그가 이름을 부르지 않는 것에 익숙해졌다. 이제, 아내가 잔디를 깎고 있는데 남편은 가운을 입은 채 부엌에서 어슬렁거리고 있는 이 상황을 그녀가 처음으로 알게 됐다는 사실을 그녀의 작은 눈이 여실히 보여 주는 동안 마주 선 두 사람은 평소보다 더 환한 미소를 주고받았다. 그는 뒷발을 들어 올려 방충망이 탁 닫히게 내버려둔 다음 상자를 고쳐잡았다. 그 통에 상자가 흔들리면서 작은 모래 알갱이들이 가느다란 시내를 이루며 그의 맨발에 떨어졌다.

"어떻게 하죠, 어, 이거요?" 그가 물었다. "제 말은, 아시잖아요, 이거 잘 자라고 뭐, 이러려면 어떻게 해 줘야 하느냐는 거죠."

"아, 아무것도 할 필요 없어요. 처음 며칠 쬐끔만 물을 주면 된답니다. 그러면 아주 잘 자랄 거예요. 이건, 말하자면, 유럽산 돌나물과 아주 비슷해요. 물론 차이점은 그건 꽃이 아주 예쁜 분홍이고 이건 노랗다는 거지만요."

"아, 그래요. 돌나물." 그가 대꾸했다. 그녀는 그 식물에 대해 다른 이야기도 많이 해 주었고, 그는 그녀를 마주 보고 고개를 끄덕이면서 그녀가 빨리 떠나기만 바랐다. 왱왱거리며 잔디깎이 돌아가는 소리는 끊이지 않고 들려왔다. 마침내 그녀의 말이 잠시 끊긴 틈을 타 그가 말했다. "그렇군요, 잘됐네요. 고맙습니다. 커피라도 한 잔…… 드릴까요?"

"오, 아니에요. 너무 감사하긴 하지만……." 그녀는 너덧 발자국 뒤로 가볍게 물러났다. 코 풀라고 무슨 손수건이라도 내밀었던 것 같았다. 그러고는 새로이 확보한 안전거리를 유지하며 기다란 이를 드러내고 활짝 웃어 보였다. "어젯밤 연극 공연 잘 봤다고 에이프릴에게 꼭 좀 전해 주세요…… 아니, 제가 직접 만해야겠네요." 그녀는 목을 길게 뽑아 눈을 가늘게 하고 햇살이 쏟아지는 허공을 내다봤다. 자신의 목소리가 가닿을 거리를 가늠하는 것이었다. 그러고는 고함을 내질렀다.

“에이프릴! 에이프릴! 연극 자알 봤다고 말씀드리려고요!”

고함을 지르는 그녀의 얼굴은 고통받는 여인의 얼굴로 봐도 될 만큼 잔뜩 일그러졌다.

잠시 후 잔디깎이의 소리가 멈추고 에이프릴의 목소리가 멀리서 들려왔다. “뭐라고요?”

“여언그윽 자알 봤다고요!”

에이프릴이 “오, 고마워요, 헬렌.”이라고 대꾸하는 소리가 희미하게 들려오자, 마침내 부인의 몸에서 긴장이 풀리는 듯했다. 그녀는 프랭크에게로 다시 돌아섰다. 그는 여전히 상자를 엉거주춤 든 채였다. “아주 재주가 많은 아내를 두셨어요. 하워드랑 제가 얼마나 재미있게 봤게요.”

“다행이네요. 근데 연극이 그렇게 썩 훌륭하지 않았다는 게 중론인 것 같던데요. 제 말은, 사람들이 대부분 그렇게 생각하는 것 같았다는 거죠.”

“아, 아니에요. 괜찮았어요. 저기 언덕 위에 사시는 친구분, 캠벨 씨라 그랬나? 그분이 제 역할을 맡지 못한 듯하다는 생각을 하긴 했어요. 그것 빼고는……”

“캠벨이요, 맞습니다. 사실, 저는 그 친구 말고 다른 사람들도 마찬가지였다고 봅니다. 게다가 그 친구가 맡았던 역할이 좀 어렵기도 했죠.” 그는 기빙스 부인을 상대로 해서는 언제나 캠벨 부부를 위해 변명을 해 줄 필요가 있다고 생각했다. 기빙스 부인은 레볼루셔너리 힐 이스테이트에 사는 사람이라면 누구든 은근히 깔보는 경향이 있는 것 같았기 때문이었다.

“그건 그런 것 같았어요. 근데 크렌달 부인이 안 보이는 게 저한텐 좀 의외였어요. 아니, 크렌달이 아니라 캠벨이었나, 그렇죠? 그래도 그분 시간이 없었을 거라고 봐요. 아이들이 좀 많아야지."

"무대 뒤에서 일했습니다." 그는 상자를 고쳐 잡아 보려고 했다. 모래가 흘러내리는 걸 멈춰 보거나 적어도 다른 데로 흘러내리게 할 요량이었다. "이번 공연과 관련해서 실은 그분도 일을 참 많이 하셨습니다."

"아, 그래요. 분명히 열심히 하셨겠죠. 착하고, 뭐든 열심히 해 보려는 성격이니까. 자, 그럼⋯⋯." 그녀는 자기 차 쪽으로 옆걸음하기 시작했다. "시간 그만 뺏어야죠." 그다음은 바로 그녀가 거의 빼먹지 않고 하는 "아, 깜박하고 말씀을 못 드릴 뻔했네요."라는 대사를 읊을 차례였다. 깜박했다는 일은 알고 보면 애초에 그녀가 방문한 진짜 목적인 경우가 많았다. 그런데 지금은 이야기를 꺼내야 할지 말지를 고민하면서 망설이는 기색이었다. 그러더니 이내 그녀의 얼굴에 이번에는 정황상 말하지 않아야겠다고 결정했다는 사실이 드러났다. 꺼내지 않은 이야기가 무엇인지는 아마 다음에 알게 될 것이었다. "됐어요, 이젠 앞마당 잔디밭에 돌을 깔아 길을 만드는 공사를 시작하셨던데요. 아주 잘하셨어요."

"아, 감사합니다. 거의 시작도 안 했는데요, 뭘."

"네, 알아요." 그녀는 맞장구를 쳤다. "쉬운 작업은 아니죠." 그러고는 "잘 있어요."라는 말을 높고 가는 목소리로 노래 부르듯 상냥하게 건네면서 몸을 구부려 스테이션왜건 안으로 들어갔다. 왜건은 곧 천천히 떠나갔다.

"엄마, 아빠가 뭘 받았어요." 제니퍼가 엄마를 찾았다. "기빙스 부인이 가져오셨어요."

그리고 네 살배기 마이클이 덧붙였다. "꽃이에요. 꽃 맞아요, 안 맞아요?"

아이들은 깎아 놓은 잔디밭을 가로질러 그에게로 달려왔다. 에이프릴이 그 뒤를 따라왔다. 아랫입술을 삐죽이 내밀고 입김을 불어 눈을 가리는 젖은 머리카락을 치우면서 잔디깎이를 끌고 있었다. 그녀의 표정과 행동은 모두 전에 없던 단호함으로 중산층의 가치를 입증하겠다는 강한 의지를 표현하고 있었다. 자신의 일생일대의 꿈이 현명한 중산층 아내가 되는 것이었으며, 사랑으로부터 기대한 것이 종일 잠만 자는 대신 가끔은 밖에 나가 잔디를 깎아 주는 남편이었다는 듯.

"새고 있어요, 아빠." 제니퍼가 말했다.

"새는 줄 알아. 잠시 조용히 해 줄래. 나 좀 봐." 시선을 피하며 그가 아내에게 말을 걸었다. "이것 어떻게 해야 하는지 좀 가르쳐 줄래?"

"내가 어떻게 알겠어요? 그게 뭐예요?"

"나도 뭔지 당최 모르겠어. 유럽 돌나물이라나 뭐라나."

"유럽 뭐라고요?"

"아, 아니, 잠깐만. 이건 돌나물 같은 거랬어. 노란색이 아니고 분홍색이랬지. 분홍색이 아니라 노란색이랬나? 난 당신이 잘 아는 줄 알았지."

"어떻게 그런 생각을?" 그녀는 가까이 다가와 식물을 자세히 들여다보다가 통통한 줄기 하나를 손가락으로 건드리며 물었다. "왜 이걸 갖다줬대요? 무슨 말이 없었나요?"

그는 아무것도 기억나지 않았다. "잠깐만. 이건 빠름이랬어. 아냐, 잠깐, 파름이야. 파름이라고 그랬던 게 확실해." 그는 입술을 한번 빨고서 상자를 고쳐 잡았다. "산성인 흙에 아주 좋대. 뭐 생각나는 것 없어?"

아이들은 기대하는 눈으로 엄마와 아빠를 번갈아 쳐다봤다. 제니퍼가 걱정하는 표정을 지었다.

에이프릴은 뒷주머니에 손을 찔러 넣었다. "좋다니, 뭐가 좋다는 거죠? 물어보지도 않았다는 거예요, 지금?"

그의 품 안에서 식물들이 떨기 시작했다. "이봐, 다그치지 좀 말아. 난 아직 커피도 못 마셨다고. 게다가 난……."

"아이고, 잘됐네요. 이걸 나더러 어떻게 하라는 거예요? 다음에 그 여잘 만나면 무슨 얘길 어떻게 해야죠?"

"그냥 아무거나 말해 버려." 그는 언성을 높였다. "남의 일에 참견하는 짓거리 제발 좀 그만두라고 할 수도 있지."

"고함 지르지 마세요, 아빠." 잔디 물이 든 운동화를 신은 제니퍼는 팔을 휘저으며 위아래로 동동거리고 있었다. 아이는 울기 시작했다.

"고함 지르는 것 아니야." 오해받은 것이 억울해서 화를 내며 그가 말했다. 그러자 제니퍼는 동동거림을 멈추고 가만히 멈춰 섰다. 아이는 자기 엄지를 입에 집어넣었고, 이 때문에 눈동자의 초점이 조금 흐려지는 듯했다. 마이클은 바지 앞 지퍼를 손으로 움켜쥐고 당황스러운 표정으로 두어 발짝 뒤로 물러났다.

에이프릴은 한숨을 내쉬고 얼굴을 가리고 있던 머리카락을 귀 뒤로 쓸어 넘겼다. "좋아요. 지하실에 갖다 놔요, 그럼. 일단은 눈앞에서 치우기는 할 수 있잖아요. 그런 다음 옷을 입어야 해요. 점심 먹을 시간이라고요."

그는 상자를 지하실로 가져가 바닥에 턱 내려놓고는 발로 차 한쪽 구석으로 밀쳐 놓았다. 엄지발가락에 날카로운 통증이 느껴졌다.

오후 내내 그는 낡은 군복 바지와 찢어진 셔츠를 입고 앞뜰에 길 만들던 작업에 몰두했다. 이 길은 원래 현관문에서 도로까지 길게 휘어지는 통행로를 마련하기 위한 것이었다. 그러면 찾아오는 사람들이 부엌을 통해 집 안으로 들어오는 걸 피할 수 있을 터였다. 지난 주말 시작할 때는 아주 간단한 일이라고 생각했는데, 이제 급경사 구간으로 접어들자 납작한 돌은 놓을 수 없게 되었다. 계단을 만들어야 했다. 그러려면 너비만큼이나 두꺼운 돌이 필요했고, 집 뒤쪽 가파른 경사지에 있는 숲 안으로 들어가 적당한 크기의 돌을 파낸 뒤 후들거리는 다리로 집을 돌아 앞마당까지 들고 와야 했다. 계단 한 칸마다 구덩이도 파야 했다. 그런데 땅은 또 엄청나게 자갈이 많은 토질이라 한 자 정도를 파내려면 십 분도 넘게 걸렸다. 작업은 이제 단조롭고 재미없는 노동으로 변했다. 하면 할수록 점점 지치고, 그래서 작업 효율이 더 떨어지고, 그러면 진척이 더뎌서 짜증만 나는 그런 작업이 돼 버린 것이다. 이런 식이면 여름 내내 해도 끝이 날까 싶었다.

처음 시작할 때는 숨이 헐떡거리고 머리가 핑 돌았지만, 곧 근육이 땅기고 땀이 나는 상태를 즐길 수 있었다. 흙냄새도 좋았다. 적어도 남자가 하는 일이었다. 적어도, 숲속 경사지에 쪼그리고 앉아 쉬면서 화창한 봄날 푸른 잔디밭 위에 안전하게 얹힌 자신의 집을 내려다볼 수도 있었다. 완벽해 보이는 집이었다. 한 남자의 사랑, 한 남자의 아내와 자식들이 있는 하얀색의 안식처였다. 이런 생각을 하자 자못 숙연해진 그는 시선을 내려 아래를 보았다. 낡은 올리브색 군복 바지를 탱탱하게 부풀리고 있는 군살 없이 탄탄한 근육질의 허벅지가 눈에 들어왔다. 허벅지에 걸쳐진 팔뚝에는 혈관이 불끈 솟아 있었고, 그 끝에는 더러워진 손이 달려 허공에서 건들거렸다. 아버지의 손에 비할 바는 아니었지만, 그래도 그런대로 괜찮은, 쓸모 있는 손이었다. 뿌듯해진 그는 관자놀이에 통증이 느껴질 정도로 힘을 써 땅에 박힌 커다란 돌 하나를 들쳐 업었다. 돌이 박혔던 곳에 흰색 곰팡이가 핀 둥근 구덩이가 생겼다. 그는 돌을 아래쪽으로 굴렸다. 돌은 데굴데굴 굴러갔고, 부엽토가 으스러지는 소리가 났다. 자기는 남자였다. 돌덩이가 잔디밭까지 굴러떨어지자 그는 그 위로 웅크리고 서서 끙하고 힘을 써 허벅지까지 들어 올린 다음, 다시 허리께까지 들어 올렸다. 그러고는 힘을 쓰느라 초점을 잃어버린 눈으로 비틀거리며 걸었다. 희끄무레한 형체로만 보이는 집을 돌아 햇빛 쏟아지는 앞 잔디밭으로 나온 그는 곧장 길이 만들어지는 곳으로 와서 돌덩이를 떨어뜨렸다. 그 자리에서 그는 자칫 돌덩이와 함께 고꾸라질 뻔했다.

"우리는 도와주고 있는 거예요, 그쵸, 아빠?" 제니퍼가 말을 건넸다. 두 아이 모두 아빠가 일하고 있는 곳 근처 잔디밭에 앉아 있었다. 햇살을 받아 아이들의 금발 머리 위에는 완벽한 황금색 원이 그려졌고, 흰색 티셔츠는 눈부시게 빛났다.

"그렇고말고."

"네, 우리가 같이 있는 걸 아빠가 좋아하니까 그런 거죠, 그렇죠?"

"그럼, 난 좋아. 너무 가까이 오진 마. 구덩이에 흙이 들어갈 수 있으니까." 그리고 그는 자루가 긴 삽으로 파고 있던 구덩이를 더 깊이 팠다. 일정한 박자로 삽이 내는 서걱거리는 소리와 삽날이 땅에 박힌 돌멩이의 표면을 긁으면서 느껴지는 덜컥거림이 좋았다.

"아빠?" 마이클이 물어 왔다. "삽에서 왜 불꽃이 나요?"

"돌멩이를 쳐서 그런 거란다. 돌멩이를 강철로 치면 불꽃이 튀는 거야."

"돌멩이를 구덩이 밖으로 빼내면 되잖아요."

"지금 그러려고 하는 중이야. 가까이 오면 안 돼. 다칠 수도 있어."

마침내 돌멩이가 빠져나왔다. 그는 구덩이 밖으로 돌멩이를 들어내고 무릎을 꿇어 바닥에 남아 굴러다니는 거무튀튀한 자갈들을 손으로 긁어 구덩이의 깊이와 형태를 알맞게 만들었다. 그런 다음 숲속에서 가져온 커다란 돌덩이를 굴려 구덩이에 박아 넣고 단단하게 다졌다. 계단 한 단이 완성됐다. 각다귀 떼거지가 몰려와 그의 머리 주위를 싸돌며 날아다녔다. 눈에 잘 보이지도 않는 녀석들이 그의 눈앞을 희끗희끗 지나치거나 허공에 떠 낯을 간지럽혔다.

"아빠?" 제니퍼가 물었다. "어째서 엄마는 소파에서 잔 거예요?"

"나야 모르지. 그냥 거기서 자고 싶었겠지. 너희들 여기 있어. 내가 가서 돌 하나 더 가져올게."

그런데 집 뒤 숲속으로 다시 터덜터덜 올라가면서, 생각하면 생각할수록 그 말이 자신이 찾아낼 수 있는 최선의 답이었다고 확신했다. 아이들에게 설명해 준다는 측면에서도 그랬고, 자신이 생각한 대로 솔직히 말한다는 측면에서도 그랬다. 그녀는 그냥 그러고 싶었을 뿐이었다. 그리고, 결국, 그게 유일한 이유 아니겠는가? 일평생 그녀가 그보다 덜 이기적이고 더 복잡한 이유로 무슨 짓이건 벌인 적이 있었던가?

"다정하게 대해 줄 땐 당신 정말 사랑스러워요." 언젠가 그녀가 한 말이었다. 결혼 전이었고, 그때 그는 왈칵 화를 냈다.

"그따위 말은 집어치워. 빌어먹을. 다정하게 잘해 주니까 '사랑한다'고 말하는 건 말이 안 돼. 그런 말은 '나한테 얻어지는 건 뭐지?'라로 말하는 거나 마찬가지란 거 아냐? 이봐."(한밤중 6번가에서였고, 그는 그녀와 팔 하나의 거리를 두고 서서 그녀의 폴로 셔츠 안 포근한 겨드랑이 양쪽을 손으로 잡고 있었다.) "이봐. 넌 날 사랑하거나, 사랑하지 않거나 둘 중 하나야. 그리고 마음을 빨리 정해야 할 거야."

아, 그녀는 마음을 확실히 정하긴 했다. 베듄 스트리트에서는 사랑을 선택하는 편이 훨씬 쉬웠다. 그것은 간이 의자들이며 프랑스 여행 포스터들이며 수화물 상자 널빤지로 만든 책장들과 함께 한 아파트를 채우고 있는 기다란 잔디 융털 카펫에 아침 햇살이 쏟아질 때, 아무것도 걸치지 않고 아무렇지도 않게 그 위를 활보하는 것을 선택하는 것이었다. 그 아파트에서 연애하는 재미의 반은 결혼한 것처럼 지내는 데서 왔다. 게다가 나중에 시청에 한 번 다녀오고, 또 다른 두 남자에게서 열쇠를 회수하는 요식적인 절차를 치른 후에는 결혼 생활의 재미 중 반이 연애하는 것처럼 지내는 데서 왔다. 그녀는 그것을 선택했다. 그러지 않을 이유라도 있었던가? 그녀로서는 처음 받아 보는 사랑이 아니었나? 실질적인 이점만 따져 본다 해도 그편이 훨씬 더 좋았을 것이다. 그렇게 선택했기에 그녀는 약간의 재능과 약간의 열정을 가졌을 뿐인 극예술 대학교 졸업생으로서 견뎌 내야 했을 혹독한 실망의 기간을 거치지 않아도 되었다. 물론 그 때문에 매력적인 젊은 여성이 임시 사무직으로 시들시들한 일상을 견뎌야 하기도 했다.(“신랑이 정말 본인이 하고 싶은 일을 찾게 될 때까지만요.”) 그래도 퇴근 후에는 책이며 그림이며 다른 사람들의 흠결 등에 관한 토론에 열을 올렸고, 새로운 머리 스타일을 시도해 본다든가 가성비 좋은 새 패션 브랜드를 찾아내는 데(“이 샌들 정말 괜찮아 보여요? 너무 히피 같아 보이지 않나요?”) 관심을 기울이기도 했으며, 너른 더블 침대 깊숙한 데서 전혀 급할 것 없이 몇 시간이나 계속되는 사랑 놀이에 빠져들기도 했다. 하지만 그 시절에도 그녀는 언제든 떠날 사람처럼 굴었다. 그 이유야 어쨌건 자기가 그렇게 마음만 먹는다면(“나한테 그런 식으로 말하지 말아요, 프랭크. 자꾸 그러면 난 떠날 거예요. 정말이에요.”) 언제든지, 또는 무슨 일이 잘못 돌아간다면 그 즉시 떠날 준비가 되어 있었다.

　일이 잘못 돌아가는 사태는 즉각 터져 버렸다. 두 사람의 계획에 따르면 앞으로 가족 수는 넷이 될 것이었는데, 첫 임신이 칠 년이나 일찍 찾아와 버린 것이었다. 그것이 문제였다. 그리고 그가 그때 그녀에 대해 더 잘 알았더라면, 그녀가 그 사실을 어떻게 받아들일지 또는 그녀가 그 일을 어떻게 처리하고 싶어 할지에 대해 어느 정도 짐작했을 것이다. 그렇지만 병원에 들렀다가 찜통 같은 버스를 타고 돌아오던 당시 그는 아예 아무것도 모르고 있었다. 버스를 타고 오는 내내 그녀는 그에게 눈길조차 주지 않았다. 머리를 꼿꼿하게 세우고 있는 그녀가 어떤 상태인지, 충격인지 불신인지 분노인지 비난인지 아니면 그 모두였는지 혹은 그중 어떤 것도 아니었는지 그는 전혀 알지 못했다. 그녀에게 바싹 붙어 땀만 흘리던 그는 대담하게 억지 미소를 만들고 있는 턱을 한결같이 고정한 채 무슨 말을 해야 하나 고민하고 있었다. 분명해지는 사실이 있었다. 모든 게 엉망으로 돌아가고 있다는 것이었다. 임신 사실을 확인했을 때 어떤 느낌이 들었는지는 모르겠지만, 설사 그게 기쁨이라기보다는 유감이었다 하더라도, 적어도 두 사람이 함께 나누어야 하는 것 아니었던가? 아내가 저렇게 등을 돌리고 있는 건 맞는 건가, 그런가? 남편인 내가 시답잖은 농담이나 건네고 수시로 손을 잡아 주고 이러면서 힘들게 아내가 다시 돌아보도록 꼬드기는 이 상황이 지금 정상인 건가? 이렇게 인생 전체가 걸린 중차대한 사건이 벌어지고 있는 지금 아내가 당장 증발이라도 할 것처럼 호들갑을 떠는 것, 이건 정상적인 상황이 아니야. 그럼 도대체 뭐가 문제인 건가?

일주일이 지났을까, 집에 돌아왔을 때 아내가 그를 기다리고 있었다. 팔짱을 끼고, 허공을 주시하는 듯한 눈빛에, 뭔가에 대해 마음을 굳혔으며 그에 대해 어떤 헛소리도 용납하지 않겠다는 의지를 드러내는 표정을 짓고 있었다.

"프랭크, 들어 봐요. 내 말이 끝날 때까지 아무 말 말고, 그냥 듣기만 해요." 그러고는 묘하게 감정을 억제한 목소리로 마치 호흡을 하지 않고 끝까지 말하는 연습을 여러 번 해 보기라도 한 듯 줄줄 이야기하기 시작했다. 극예술 대학교에 다닐 때 아는 여자가 하나 있었는데, 이 여자가 절대 실패하지 않고 유산하는 방법을 직접 경험을 통해 알고 있다. 간단함 그 자체다. 적절한 시기를, 그러니까 삼 개월이 끝나는 때까지 기다린다. 그때 소독한 고무 관장 펌프에 소독한 물을 넣은 다음, 아주 조심스럽게······.

고함을 내지르려고 숨을 들이쉬던 그 순간에도 그는 자기 기분을 상하게 하는 것이 그녀의 그런 생각 자체가 아니라는 것을 알고 있었다. 그 발상 자체는, 확실히, 어느 정도 흥미롭기는 했다. 하지만 이 모든 과정을 그녀가 혼자서, 비밀리에 했다는 사실이 그의 화를 돋웠다. 혼자서 그 여자를 수배하고, 설명을 듣고, 고무 관장 펌프를 구입하고, 그리고 그에게 통지하는 대사까지 연습했다는 사실, 그리고 그녀가 그의 존재를 염두에 두었다면, 그것은 전체 계획에 걸림돌이 되는 존재로서, 그 방법이 최대한 효율적으로 시행되기 위해서는 극복하고 폐기해야 할, 피곤하기만 한, 반대만 제기할 그런 존재로서 간주했다는 사실이 기분 나빴다. 그 점은 도저히 묵과할 수 없는 부분이었고, 그래서 그의 목소리에는 분노의 떨림이 실렸다.

"맙소사! 완전 멍청이 아냐? 죽고 싶어 환장한 거야? 더 듣고 싶지도 않아."

그녀는 참느라 한숨을 내쉬었다. "알았어요, 프랭크. 그렇다면 더 길게 얘기할 필요가 없겠네요. 내가 말을 꺼낸 건 당신이 좀 도움이 될까 해서였는데. 명확해졌네요. 내가 생각을 잘못했네요."

"아니, 아니, 내 말 좀 들어 봐. 당신이 일을 저지른다, 실제로 그렇게 한다, 그러면 하늘이 두 쪽이 나는 한이 있어도 내가……."

"오, 당신이 뭘 어쩌겠다고? 날 버리고 떠나기라도 하실 건가? 그럼, 그게 협박이야, 아님, 약속이야?"

싸움은 밤새도록 계속됐다. 서로 씩씩거리며 몸싸움을 하고 의자도 하나 넘어뜨렸다. 싸움은 바깥으로 넘쳐 나가 길 위에서도 계속됐다.("저리 가! 가까이 오지 말란 말이야!") 두 사람은 티격태격하며 부둣가 고물 야적장까지 이르렀고 상대의 등을 높은 철망에 밀어붙였다. 마침내 술에 취한 누군가가 나타나 이들을 지켜보기 시작했고, 두 사람은 후들거리며 집으로 돌아왔다. 그는 지금도, 각다귀들이 목뒤를 간지럽히는 걸 느끼며 나무에 등을 기대고 서 있는 현재에도 그때의 공포와 수치가 생생하게 기억났다. 그가 참을 수 있었던 것은, 쪼그려 앉아서 박혀 있는 돌덩이 하나를 들어내고, 그것을 와르르 굴러 떨어뜨리는 과정 내내 차분하고 품위 있게 자존감을 유지할 수 있었던 것은 바로 다음 날 그가 이겼기 때문이었다. 다음 날 그의 품에 안겨 울면서 그녀는 그에게 굴복했다.

"오, 알아요, 안다고요." 그녀는 그의 셔츠에 대고 읊조렸다. "알아요, 당신이 옳다는 것. 미안해요. 사랑해요. 아이 이름은 프랭크라고 지어요. 우리 대학도 보내고 뭐든 다 해요. 제가 약속할게요. 약속해요."

지금 돌이켜 생각해 보면, 그의 인생 전체를 통틀어 자신의 남자다움을 입증해 주는 증거로서, 실제로 그런 증거가 필요한지는 모르겠지만, 그 순간보다 더 확실한 증거는 없었던 것 같다. 고분고분하고 착해져서 자신의 아이를 낳겠다고 약속하고 있는 여인을 품에 안고서 "오, 사랑하는 내 아기, 오 내 사랑."이라고 속삭여 주는 것보다 더 남자다운 일이겠는가. 그는 햇살을 받으며 무거운 돌덩이를 들고 낑낑거리며 비틀비틀 걸어가 땅 위에 내려놓고는 손을 닦고 삽을 집어 들어 다시 작업을 시작했다. 아이들은 깔깔거리며 아빠의 주위를 돌았다. 은근히 거슬리는 게 각다귀들 같았다.

땅을 파는 박자에 맞춰 그는 생각을 계속했다. 내가 아이를 원한 것도 아니었다. 그게 환장할 일 아닌가? 그녀가 아이를 원하지 않았던 만큼이나 그도 아이를 원하지 않았다. 그러니 그의 인생에서 그때 이후로 죽 일어난 모든 일은 실제로는 자신의 의지와 아무 상관이 없는 일이었다는 게 사실 아닌가? 여느 다른 가장들처럼 자신도 책임감이 있다는 것을 입증하기 위해 지독하게 따분한 직장에 취직했고, 단정하고 건

강한 삶의 중요성에 대한 성숙한 자세를 갖고 있다는 점을 입증하기 위해 비싼 중산층 아파트로 이사를 했으며, 첫째 아이가 실수로 낳은 아이가 아니라는 사실을 입증하기 위해 둘째를 낳았고, 그다음 단계로서 합리적이고 또 그럴 능력이 있다는 것을 입증하기 위해 교외에 집을 마련했다. 입증하고 입증하며 살아왔다. 그리고 지금 이 여자와 결혼했던 것도 바로 그 때문이었다. 그런데 이 여자는 어떤 영문인지 언제나 방어적인 입장으로 그를 내몰아 붙인다. 자기 마음에 들 때만 사랑한다고 하며, 자기 기분 내키는 대로 살아간다. 게다가 제일 기분 나쁜 것이, 언제든, 밤이든 낮이든 그 언제든 자기를 버리고 떠나고 싶은 마음이 들 수도 있는 그런 여자이다. 너무나 단순했다. 그리고 그만큼 황당했다.

"또 돌멩이를 캐고 있나요, 아빠?"

"이번엔 아니야. 이건 뿌리란다. 깊이 있어서 괜찮을 것도 같은데. 저쪽으로 좀 비켜 줄래? 돌덩이를 놓아 보게."

무릎을 꿇고 앉아 돌덩이를 제자리에 넣어 보았지만, 맞지 않았다. 좌우로 흔들거렸고 8센티미터 정도 솟았다.

"너무 높아요, 아빠."

"그렇구나." 그는 끙끙거리며 돌덩이를 다시 들어내고 삽을 무딘 도끼처럼 이용해서 뿌리를 내리치기 시작했다. 끊어 볼 작정이었다. 뿌리는 힘줄처럼 탄탄했다.

"애야, 가까이 오지 말랬잖니. 네 발이 구덩이에 흙을 밀어 넣고 있잖아."

"전 아빨 돕고 있는 거예요."

제니퍼는 실망하고 놀란 표정이었다. 다시 울음을 터뜨릴 것 같았다. 그는 목소리를 확 낮추고 아주 부드럽게 말했다. "애들아, 너희들 다른 데 가서 놀면 안 되겠니? 마당도 이렇게 넓잖니. 자, 어서. 그래, 그래야지. 도움이 필요하면 부르마."

그렇지만 아이들은 곧 다시 돌아왔고, 가까운 데 앉아 자기들끼리 소곤거렸다. 힘을 쓰느라 머리도 약간 어지러웠고 또 땀이 흘러 시야가 흐렸지만, 그는 구덩이 양옆으로 다리를 두고 서서 말뚝 박는 기계처럼 삽을 수직으로 높이 치켜들고는 온 힘을 다해 아래쪽으로 내리쳐 뿌리를 때렸다. 뿌리는 반복된 타격으로 일부 너덜너덜해져 습기를 머금은 하얀 속살을 드러냈다. 그렇지만 완강했고, 부러지지 않았다. 삽이 뿌리를 치고 튕겨 나가고 그 진동이 탱 하는 소리와 함께 그의 손아귀에 전해질 때마다 아이들은 깔깔거리고 웃었다. 아이들의 여린 웃음소리와 튤립꽃같이 부드러운 피부, 그리고 햇살을 받아 반짝이는, 달걀 껍데기만큼이나 연약한 두개골, 이들의 느낌은 완강한 뿌리를 파고들려는 강철과 그 충격을 튕겨 내며 떠는 뿌리가 주는 느낌과 너무나 대조적이었다. 이 대조의 강렬함 때문에 그는 착시 현상을 겪게 됐다. 삽날을 내리치는 찰나의 순간 그는 그 밑으로 들어오는 마이클의 발을 봤다고 생각했다. 삽의 방향을 바꿔 옆으로 내동댕이치는 그 순간에도 그는 그것이 실제 상황이 아니라는 것을 이미 알고 있었다. 하지만 실제로 그럴 가능성은 있었다. 그게 중요했다. 불같은 화가 너무나 갑자기 치민 나머지 그는 자기도 모르는 사이에 아이의 혁대를 그러잡아 아이의 몸을 돌리고는 엉덩이를 손바닥으로 때렸다. 한 번 더 때렸다. 손바닥으로 전해지는 느낌이 너무 찰졌고 또 자신이 내지르는 "저리 썩 꺼지지 못해! 꺼지라고!"라는 고함 자체의 울림이 너무 강해서 스스로도 놀랐다.

펄쩍 뛰고 몸을 비틀어 대면서 마이클은 두 손으로 엉덩이를 부여잡았다. 울 필요가 너무 갑자기 그리고 너무 절박하게 발생했기 때문에 충격이 있고 난 다음에도 몇 초간 아무 소리도 내지 못했다. 눈가에 주름이 지도록 눈을 질끈 감고 입을 벌린 채 아이는 한동안 폐에 공기를 집어넣으려고 애썼다. 그러다 터져 나왔다. 고통과 수치심을 담은 길고 높은 통곡의 소리였다. 제니퍼는 눈을 동그랗게 뜨고서 마이클을 지켜보았다. 그러다 어느 순간 아이의 얼굴도 실룩이기 시작하더니 일그러져 버렸다. 제니퍼도 울기 시작했다.

"아빠가 몇 번이나 이야기하고 또 이야기했잖아." 그는 손까지 흔들며 아이들에게 설명했다. "너무 가까이 오면 큰일난다고 내가 말했지. 안 했어? 내가 안 그랬어? 됐어, 이젠. 저리 가. 둘 다."

말할 필요도 없었다. 아이들은 이미 그에게서 슬금슬금 멀어지고 있었다. 울면서 잔디밭을 가로질러 가던 아이들은 한없는 원망을 담은 눈길로 힐끔 그를 돌아보았다. 내키지는 않았지만, 삽을 다시 집어 들어 뿌리를 내려치지 않았더라면, 그는 이내 아이들을 쫓아가 용서를 빌었을 것이다. 자신도 울음을 터뜨렸을 수도 있었다. 일을 계속하며 그는 속으로 급하게 자신의 행동을 정당화하는 변명을 준비했다. 아, 빌어먹을. 난

정말 이르고 또 일렀단 말이야. 확신을 거듭한 끝에 그는 실
제 사실을 자기 입장에 유리하게 수정하기에 이르렀다. 아이
가 발을 바로 밑에다가 집어넣었단 말이야, 빌어먹을. 내가 제
때 옆으로 틀지 않았더라면 그 자식 발을 하나 잃었을 거라
고, 맙소사…….

　그가 고개를 다시 들었을 때는 에이프릴이 이미 부엌문을
열고 집 옆을 돌아 나와 있었다. 아이들은 달려가 엄마의 바
짓가랑이에 얼굴을 묻고 있었다.

넷

그리고 일요일이 되었다. 거실에는 일요판 신문 뒤적이는 소리뿐 나른한 정적이 흘렀다. 프랭크 휠러와 그의 아내 사이에 대화가 끊긴 지 일 년도 넘은 것 같았다. 그날 이후 그녀는 혼자 「화석 숲」 두 번째 공연과 마지막 공연에 갔다 왔고, 쭉 소파에서 잠을 잤다.

그는 안락의자에 앉아 편히 쉬면서 《뉴욕 타임스》의 잡지 섹션을 훑어보고 있었다. 아이들은 구석에서 조용히 놀고, 에이프릴은 부엌에서 설거지를 하는 중이었다. 그는 이미 그 잡지를 대충 넘겨보고는 내려놓았다가 다시 집어 들기를 반복했다. 그때마다 그는 어느 전면 광고 페이지로 계속 되돌아갔다. 조명을 극적으로 사용한 패션 사진 광고였다. 광고 문안은 "어느 곳에서건 그대의 몸매를 그대로 살려 주는, 전형적인 여성미를 살린 드레스"였고, 사진 속 인물은 그가 평소 모델의 이상적인 몸매라고 생각해 왔던 것보다 훨씬 더 깊은 가슴골과 엉덩이골을 드러낸 자신만만한 표정의 여성이었다. 처음에는 같은 직장에 근무하는 모린 그루브라는 이름의 아가씨와 인상이 비슷하다고 생각했다. 하지만 사진 속 여성이 훨씬 더 매력적이고, 아마도 영리할 것 같았다. 그렇지만 닮은 데가 없지는 않았다. 몸매가 그대로 드러나며 전형적인 여성미를 보여 주는 이 여성을 들여다보면서 그의 마음은 취한 상태로 성적인 접촉을 했던 기억으로 미끄러져 들어갔다. 지난번 사무실에서 크리스마스 파티가 있었던 날, 고주망태가 된 것처럼 굴었지만 실제로는 그렇게 심하게 취하지는 않았던 그는 모린 그루브를 파일 캐비닛에 밀어붙이고 입술에다 아주 길고 진하게 키스를 했다.

자신에게 환멸을 느낀 그는 보던 잡지를 카펫에 내던져 버리고 담배를 하나 피워 물었다. 그런데 곁에 있던 재떨이를 보니 거기에는 이미 얼마 피우지도 않은 담배가 연기를 피워 올리고 있었다. 그러자, 굳이 이유를 찾자면, 오후 날씨가 너무 화창하고, 아이들은 얌전하고, 그리고 에이프릴과의 싸움은 지나간 어느 하루에 있었던 일이었다는 이유로, 그는 부엌으로 들어가 싱크대 쪽으로 몸을 숙이고 설거지를 하는 아내의 양쪽 팔꿈치를 가볍게 잡았다.

"이봐." 그가 속삭였다. "난 잘잘못을 따지기도 싫고, 왜 그랬는지 이유조차 알고 싶지 않아. 우리 이제 그만하고 인간적으로 처신해 보는 게 어때?"

"다음번까지 말이에요? 모든 게 다 좋고 원만하고 편안한 것처럼 지내자, 다음번 난리가 날 때까지는? 난 그렇게는 못 해요, 미안하지만 난 이제 그런 장난에는 신물이 났어요."

"지금 당신이 얼마나 억지를 부리고 있는지 알아? 나한테 원하는 게 뭐야?"

"두 가지예요, 지금 당장은. 먼저 나한테서 손을 떼는 것이고, 그다음에는 목소리를 낮추는 거예요."

"당신이 나한테 한 가지만 사실대로 말해 주는 게 어때? 지금 당신이 이러는 이유를 말해 달란 말이야."

"그야 쉽죠. 그릇이 더러우니까요. 설거지하고 있잖아요."

"아빠?" 그가 거실로 돌아오자 제니퍼가 말을 걸어왔다.

"뭐니?"

"우리한테 만화 좀 읽어 주시겠어요?"

부탁하는 목소리에 깃든 온순함과 아이들의 눈망울에 가득한 믿음을 접하자 그는 울고 싶어졌다. "아빠가 당연히 읽어 주지. 이쪽에 다들 앉자꾸나. 우리 셋 모두. 그러고는 우리 같이 만화를 읽는 거야."

만화를 소리 내어 읽으면서 그는 목소리가 너무 감상적인 저음으로 변하지 않도록 신경을 써야 했다. 두 아이의 머리가 자기 갈비뼈 양쪽 가까이에 올망졸망 모여 있고 자신의 다리에 기대고 소파 위에 쭉 뻗은 가느다란 다리에서 따뜻함이 전해지고 있어서였다. 그들은 용서가 뭔지를 알았다. 그들은 좋든 나쁘든 그를 받아 주고 있었다. 그들은 그를 사랑했다. 에이프릴은 사랑한다는 것이 얼마나 단순하며 또 필요한 일인지를 어째서 깨닫지 못하는 걸까? 어째서 모든 걸 복잡하게만 만드는 걸까?

골치 아픈 점은 만화가 계속 이어진다는 것이었다. 어지럽고 글자가 빽빽하게 들어찬 페이지들은 넘겨도 넘겨도 끝이 보이지 않았다. 얼마 지나지 않아, 그의 목소리는 지치고 단조롭게 변해 버렸다. 그는 오른쪽 다리를 달달 떨기 시작하며 초조함을 드러냈다.

"아빠, 만화 한 편 그냥 넘어갔어요."

"아니야, 안 그랬어. 그건 그냥 광고였어. 그건 안 읽는 거잖아."

"전 읽어요."

"저도요."

"그렇지만 그건 만화가 아니었어. 그냥 그렇게 보이도록 꾸며 놓은 거였다니까. 무슨 치약 광고였다고."

"그래도 읽어 주세요."

그는 이를 악물었다. 이뿌리 신경 전체가 머리 가죽 밑의 신경 전체와 매듭으로 연결되어 한꺼번에 아려 오는 듯했다. "좋아." 그는 설명하기 시작했다. "자, 여기 첫 번째 그림에서 이 아가씨는 이 남자와 춤추고 싶은데, 남자가 춤추자고 말을 안 해, 그리고 다음 그림에서 여자는 울고 있지. 그런데 친구가 그 사람이 춤추자고 말을 안 하는 이유가 아가씨 입에서 그리 좋지 않은 냄새가 나서 그런 것일 수 있다고 말하고 있지. 그리고 다음 그림에서는 아가씨가 이 치과 의사와 상담하고 있고, 치과 의사가 말하길……."

그는 자신이 모래 늪에 빠진 사람처럼 소파 쿠션들과 신문지들과 아이들의 몸이라는 늪 속으로 무기력하게 가라앉고 있는 것 같다고 느꼈다. 마침내 만화 읽기가 끝나고, 그는 힘겹게 일어나 소리 없이 크게 숨을 들이쉬면서 카펫 가운데 한참이나 서 있었다. 호주머니 속에 손을 넣고 주먹을 꽉 쥐었다. 지금 당장, 유일하게 이 세상천지에서 진정으로 하고 싶은 일을 저지르고 말 것 같은 충동이 끓어오르는 걸 참기 위해서였다. 의자를 집어 통유리 전망 창에 내던지고 싶은 충동이었다.

뭐 이런 인생이 다 있지? 이따위로 살아가는 데 도대체 어떤 빌어먹을 의미나 의의나 목적 같은 게 있는 거지?

저녁이 되자 맥주로 얼큰해진 그는 캠벨 부부가 건너오기로 되어 있다는 데 기대를 걸기 시작했다. 원래는 심드렁하게 여겼지만("다른 사람들하고 어울리면 좀 안 되나? 그 사람들이 우리가 왕래하는 유일한 친구들이란 거 알고나 있어?") 오늘 밤에는 뭔가 좋은 결과를 기대할 수 있을 것 같았다. 그 사람들과 있으면 적어도 아내는 웃어야 하고 말도 해야 할 터였고, 또 자신을 보고 가끔은 미소를 지으며 가끔은 '여보'라고 불러야 할 것이었기 때문이다. 게다가 캠벨 부부와 함께 있을 때면 자기들이 우월감을 느끼게 된다는 점도 부인할 수 없는 사실이었다.

"안녕하세요!" 그들은 서로에게 인사를 건넸다.

"안녕……!" "안녕……!"

황혼이 짙어 가는 허공에서 들려오고 이를 반겨 휠러네 집 부엌문 가에서 반복되는 이 발랄한 한마디는 저녁 모임의 시작을 알리는 의례적인 신호였다. 다음으로 악수가, 그다음에는 정중하게 입술을 오므리고 하는 뺨 키스, 그러고는 만족스러운 피곤함을 표현하는 한숨이("아아", "후우") 이어졌다. 이곳 오아시스에 이르기까지 뜨거운 모랫길을 걷고 또 걸어왔다든지, 여기 도착해서 숨을 내쉬기 위해 지금까지 숨을 참는 고통을 감수했다는 의미를 암시하는 한숨이었다. 거실에 들어선 그들은 다들 일단 하얀 거품이 넘치도록 따른 첫 잔을 한 모금 하고, 인상을 한 번 찌푸린 다음, 좀 더 가까이 다가앉아 서로의 외모를 칭찬하는 시간을 가졌다. 그런 다음에야 각자 편안한 자세를 취했다.

밀리 캠벨은 신발을 벗고 꾸물꾸물 소파 쿠션 깊숙이 파고들었다. 발목을 엉덩이 밑에다 편안하게 괴고는, 얼굴 근육을 일그러뜨려 사람 좋아 보이는 미소를 짓고, 고개를 반짝 치켜들었다. 세상에서 제일 예쁜 여자라 할 수는 없겠지만 나름대로 귀엽고 재치 있고 재미있는 여자였다.

그 옆에는 프랭크가 소파 등받이에 목덜미를 기대고 머리가 꺾어 세운 무릎과 거의 같은 높이가 될 때까지 미끄러져 내렸다. 그의 눈은 이미 대화의 틈을 찾아 반짝이고 있었고, 얇은 입술은 재치 있는 말을 준비하느라 그 안에서 조그맣고 쓴 박하사탕 약을 굴리는 것처럼 동그랗게 오므라져 있었다.

커다란 덩치에 듬직한 성격으로 이들의 관계에서 균형추 역할을 하고 있는 셉 캠벨은 육중한 허벅지를 넓게 벌리고 두툼한 손가락을 놀려 넥타이를 느슨하게 풀었다. 호탕하게 웃을 준비를 마친 셈이었다.

그리고 마지막으로 에이프릴이 무심한 듯 우아한 자세로 캔버스 의자에 자리를 잡았다. 머리를 뒤로 젖혀 등받이에 기댄 그녀는 담배 연기를 아련하고 귀족적인 소용돌이로 천정으로 올려 보냈다. 다들 준비를 마쳤다.

첫 번째로, 로럴 극단이라는 예민한 화제가 도마에 올랐다. 하지만 너무 쉽게 넘어가는 것 같아 모두 놀라기도 하고 한편으로 안심하기도 했다. 짤막한 언급이 오갔고, 비아냥거리는 말 몇 마디와 머리를 흔들면서 킬킬대는 웃음으로 처리되는 것 같았다. 밀리는 두 번째 공연이 첫 번째보다 훨씬 더 좋았다고 주장했다. "내 말은 최소한 관객들이 좀 더…… 뭐랄까, 호응이 더 좋았다, 뭐 이렇게 봐요, 난. 당신도 그렇죠?" 섭은 자신으로서는 그 망할 놈의 공연이 다 끝나서 속이 후련하다고 했다. 그리고 에이프릴은 자신에게 집중된 불안한 시선에 미소를 지어 보였고, 일단은 모두 안심했다.

"다들 하는 말이지만, 아주 재미있는 경험이었어요. 지난밤 이렇게 말한 사람이 얼마나 많았는지 알아요? 난 적어도 50번 정도는 들은 것 같아요."

이내 화제는 아이들과 질병으로 바뀌었다.(캠벨네 장남은 체중 미달이었는데, 밀리는 무슨 희귀 혈액 질환 때문이 아닐까 의심된다고 했으며, 섭은 무슨 병인지는 모르겠지만 공 던지는 팔 힘은 줄지 않았다고 했다.) 다음은 동네 초등학교가 잘하고 있다고, 교육 위원회가 반동적인 위원들로 채워져 있음에도 아주 훌륭하게 운영되고 있다는 이야기가 나왔고, 이에 모두가 동의했

다. 거기서 이야기는 슈퍼마켓의 물가가 천정부지로 뛰었다는
사실로 이어졌다. 이 이야기 다음에, 밀리가 양갈비에 대해 미
주알고주알 주워섬기는 중, 거의 손에 잡힐 것 같은 구체적인
불안감이 거실 전체를 휘감았다. 모두 자리에서 몸을 뒤척였
고, 어색한 침묵을 메우느라 술을 한 잔 더 해야겠다는 말을
지나치게 정중하게 했고, 서로의 눈길이 마주치는 것을 극구
피했으며, 더는 이야깃거리가 없다는 놀라운, 그러나 명백한
사실을 외면하기 위해 최선을 다했다. 처음 있는 일이었다.

　이 년 전이나 일 년 전이었으면 절대 일어나지 않았을 일이
었다. 그때는 이야깃거리가 떨어지면 언제나 터무니없이 돌아
가는 나라 꼴이라는 주제가 있었다. 누구든 "오펜하이머 청문
회에 대해선 어떻게 생각해?"라고 운을 띄우면 다들 혁명적
인 열정에 가득 차 앞다투어 의견을 말하겠다고 나설 정도였
다. 매카시 상원 의원 같은 암적인 존재들이 미국을 병들게 했
다는 것이며, 두 번째 잔이나 세 번째 잔을 마시고 나면, 모
두가 망해 가는 비밀 지식인 투쟁 조직의 일원이 되었다.《옵
저버》나《맨체스터 가디언》의 오려 낸 기사가 제시되고 낭독
되기도 했으며, 그럴 때면 다들 고개를 천천히 주억거리며 공
감을 표했다. 프랭크가 동경을 담아 유럽을 들먹일 수도 있었
다. "아, 기회가 있었을 때 박차고 일어나 거기로 떠났어야 했
는데……." 그러면 또 다들 외국 생활에 대한 열망에 사로잡혀
외치기도 했다. "우리 모두 떠납시다!"(언젠가 한번은 너무 앞서
나간 나머지 뱃삯이며 집세며 학교 문제 등 실제적인 부분을 구체적
으로 논의하기도 했다. 하지만 커피를 한 잔 마시고 정신이 든 셉이

외국에서 일자리를 구하는 것이 얼마나 어려운지에 관한 기사를 읽은 적이 있다며 그 내용을 설명하면서 다들 입을 다물고 말았다.)

그리고 정치에 관한 이야기도 시들해지면 그 외에도 할 이야기는 무궁무진했다. 애매하고 불명확해서 아무리 이야기해도 명확한 결론이 날 수 없는 주제들, 예를 들면 무비판적 순응이라든가, 교외 지역의 문화라든가, 메디슨 애비뉴 광고 산업이라든가, 미국 사회의 현재 같은 것들이었다. 셉이 먼저 말을 꺼낸다 치면, "아 세상에, 우리 옆집 작자 있잖아? 도널슨인가? 그 왜 허구한 날 집 밖에서 잔디깎이와 씨름하고 다람쥐 쳇바퀴 같은 경주에서 이기는 법이라든가 상냥한 상술 같은 얘기만 해 대는 놈 말이야. 근데 말이야, 아, 자기 바비큐 화덕에 대해 그 작자가 어떤 말을 했는지 내가 이야기했던가?" 하는 식이었다. 그러면 다들 그와 비슷하게 교외에 사는 사람들 특유의 헛된 자부심과 관련된 일화들을 늘어놓고는 배꼽이 빠지게 웃어 댔다.

"아이, 전 못 믿겠어요." 에이프릴은 이렇게 반응하곤 했다. "정말 그 사람들 그런 식으로 얘기했단 거예요?"

그러면 프랭크가 그 주제를 분석하고 정리하는 역할을 맡았다. "문제의 핵심은 그게 너무나 전형적이라 그만큼 더 악질적이란 거지. 도널슨네만 그런 게 아니거든. 크레이머 집안도 마찬가지야. 그리고 거 뭐냐, 윈게이트네도 그렇고, 뭐 수백만이 다 그렇거든. 내가 매일 이용하는 출근 기차에 가득 차 명청이들 모두가 다 그렇다고 할 수 있지. 다들 뭘 느끼지도 않고 신경 쓰지도 않아. 흥분하는 놈도 없고 뭐든 믿는 놈도 하나도 없어. 고작해야 자신들의 빌어먹을 평범함이나 믿는다면 모를까."

밀리 캠벨은 몸서리치며 좋아라 했을 것이다. "아, 정말 그래요. 안 그래요, 여보?"

모두 그 말에 동의했을 것이다. 그리고 그 동의의 바탕에는 이 병들어 죽어 가는 문화 속에서 자기들 네 명만이 유일하게 살아남아 고통받고 있다는 암묵적인 합의가 있었다. 이런 식의 반항적인 결기와 고립감에 대한 실험적인 대안으로서 솔깃하게 등장한 것이 로럴 극단이었다. 그 소식을 가져온 사람은 밀리였다. 레볼루셔너리 힐 저쪽 편의 동네에 사는 사람들을 만났는데, 그 사람들이 극단을 하나 조직하려고 한다. 사람들이 관심을 많이 가져 준다면 뉴욕에서 연출자를 초빙해서 진지한 연극을 무대에 올릴 계획이라 하더라. 아, 뭐 대단한 일은 아닐 수 있는데(밀리는 알고 있었던 것이다.) 재미있지는 않겠느냐. 에이프릴은 처음에는 경멸에 가까운 반응을 보였다. "오, 맙소사. 난 예술 합네 깝죽대는 빌어먹을 수작들 잘 알아요. 파란 머리에 염주 목걸이를 걸치고는 유명 연출가 맥스 라인하르트를 만나 본 적이 있노라 읊어 대는 여자가 하나 있을 거예요. 그리고 동성애 성향이 살짝 있는 젊은 남자애들이 두세 명, 안색이 칙칙한 젊은 여자애들이 일곱 정도 더 붙어 있겠죠." 그러다 지역 신문에 고상한 광고가 나타나기 시작했고("저희는 배우를 찾고 있습니다……."), 휠러 부부도 어느 파티에서 그 사람들을 만나게 되었다. 휠러 부부는 그 사람들을 만난 덕에 아주 따분했던 파티가 견딜 만해졌으며, 그들이 에이프릴이 '진짜'라고 부르는 사람들임을 인정할 수밖에 없었다. 크리스마스경에 부부는 연출자를 직접 만나 봤고, 실제로 자기 앞가림은 제대로 해 내는 사람 같아 보인다는 셉의 평가에 동의했다. 그로부터 한 달이 채 지나기 전에 네 사람 모두 극단 활동에 참여하게 되었다. 프랭크는 오디션에 참가하는 것은 거절했지만("난 형편없을 거야.") 공연 안내를 위한 전단지의 문구 작성을 도왔고 자기 사무실에 가져가 윤전식 인쇄기로 복사해 오는 일을 맡았다. 그리고 이 프로젝트의 사회적, 철학적 가능성에 대해 가장 긍정적으로 평가한 것도 프랭크였다. 이 지역에서 정말 진지한 공동체 극단이 성공적으로 뿌리를 내린다면, 그것이야말로 옳은 길로 가는 첫걸음이 되지 않겠는가? 하늘이 두 쪽이 나도 도널슨 집안을 각성시킬 수는 없을 것이다, 뭐 그런들 어쩌겠나? 그렇지만 도널슨들이 잠시 멈춰 서게 할 수는 있을 것이다. 도널슨 사람들에게 통근 기차와 공화당과 바비큐 화덕 너머 다른 삶의 방식이 있다는 걸 보여 줄 수는 있을 것이다. 게다가 우리가 잃을 게 뭐가 있느냐?

그게 무엇이었건, 지금 그들은 그것을 잃어버렸다. 로럴 극단의 실패에 대한 책임은 무비판적 순응이라든가 교외 문화라든가 미국 사회의 현재 등에 대한 논의로 덮어씌우고 뭉개 버릴 만큼 간단하지 않았다. 지금 어떻게 이웃 사람들을 비웃을 수 있겠는가. 바로 이 사람들이 객석에 앉아 진땀을 흘렸던 사람 아닌가? 도널슨네도, 크레이머네도, 윈게이트네도, 모두 놀라우리만치 관대한 마음으로 「화석 숲」을 관람하러 왔다. 그런데 완전히 실망하고 돌아갔다.

밀리는 이제 정원 가꾸기를 이야기하고 있었다. 레볼루셔너리 힐에서는 잔디를 건강하게 키우기가 힘들다는 내용이었다. 그녀의 눈은 공포에 질린 기색이 역력했다. 십 분이 넘도록 거실 안에서 나는 소리라고는 밀리 자신의 목소리밖에 없었다. 그리고 그 상황은 지금도 진행 중이었다. 그녀는 이 상황을 정확하게 파악하고 있는 것 같았다. 그리고 또한, 그녀가 여기서 입을 닫는다면, 이 집 전체가 물처럼 진한 침묵 속에 잠길 것이고, 그렇게 깊고 너른 물에서는 허우적거리다 익사해 버릴 것이라는 사실 역시 잘 아는 듯했다.

그녀를 구해 준 사람은 프랭크였다. "아, 잠깐만, 밀리. 내가 물어볼 게 있었는데. 삐름이 무슨 식물인지 알아요? 아니, 파름이랬나? 꽃이 핀다던데?"

"삐름이라." 밀리는 생각하는 척하면서 되뇌었다. 고마운 나머지 얼굴에 홍조가 돌면서 긴장했던 표정도 부드러워졌다. "지금 당장은 뭐 생각나는 게 없네요, 프랭크. 그렇지만 내가 한번 찾아볼게요. 집에 책이 있거든요."

"뭐 그리 중요한 건 아녜요. 그냥, 어제 기빙스 부인이 상자에다 그걸 가득 담아 득달같이 가져왔지 뭡니까."

"기빙스 부인이요!" 밀리는 갑자기 뭔가 생각난 게 있어 너무나 기쁘고 다행스러운 듯 고함을 내질렀다. "오, 세상에, 내가 그 이야길 아직 안 해 줬구나! 셉에게도 아직 말을 안 했죠, 그렇죠, 여보? 그 집 아들에 대해서? 희한해요."

그녀는 다시 나불거리기 시작했다. 여전히 혼자서 떠들어 댔지만 이번에는 분위기가 완전히 달랐다. 모두가 귀를 기울였다. 그녀의 목소리에서는 긴박함이 느껴졌고 몸을 수그리며 치마를 당겨 주름진 무릎을 가리는 동작에서 열의가 드러났기 때문에, 그들은 모두 새로운 주제에 대한 기대로 생기를 되찾았다. 그리고 밀리는 이야기를 들어 주는 사람들이 이렇게 집중하는 모습을 좀 더 오래 즐기기 위해 결정적인 내용은 가능한 한 늦추었다. 우선 휠러네가 기빙스 부인에게 아들이 있다는 건 알고 있던가?

당연히 알고 있었다. 밀리는 현명하게 고개만 끄덕이며 두 사람이 자기의 말을 끊고 서로 이야기를 나누도록 해 주었다. 두 사람은 저녁 식사에 초대받아 기빙스 부인의 집을 방문했을 때 벽난로 위에 놓여 있던 사진 속 웃는 모습의 호리호리한 해군 병사에 대한 기억을 서로 되살려 주었다. 그들은 기빙스 부인이 저 애가 존이라고, 해군 생활을 무척 싫어했다고, MIT(메사추세츠주 공과대학교)에 다닐 때 성적이 아주 우수했다고, 그리고 지금은 서부 쪽에 있는 어느 대학교에서 아주 훌륭한 수학 강사로 일하고 있노라고 설명해 준 것을 기억해 냈다.

"근데," 밀리가 다시 입을 열었다. "그 사람 지금은 수학을 가르치고 있지 않아요, 서부에 있는 것도 아니고. 어디 있는지 알아요? 지난 두 달 동안 그 아들이 어디 있었는지 아세요? 그린에이거스라고 다들 알죠?" 다들 멍한 표정을 짓자 그녀가 덧붙였다. "주립 병원. 정신 병동."

다들 한꺼번에 말하기 시작했고, 짙은 담배 연기 속에서 서로 바짝 붙어 앉아 열띤 토론을 시작했다. 거의 옛 시절로 되돌아간 것 같았다. 이 무슨 괴상하고 망측하며 슬픈 일이란 말인가? 밀리가 확실히 제대로 알고 있기는 한 건가?

아, 그럼요. 아, 그럼요. 밀리는 확고했다. 그러고는 말을 이어 나갔다. "더 중요한 건, 그 사람이 자기 발로 그린에이커스에 들어간 게 아니란 거예요. 잡아넣은 거래요, 주 경찰이."

기빙스 부인의 집에서 가끔 청소 일을 하는 맥레디 부인이라고 있다. 이 여자를 바로 어제 쇼핑센터에서 만났는데, 이 이야기를 전부 다 해 주었다. 그러면서 자기도 아주 늦게 알게 된 것이라며 유감스러워했다는 것이었다. "지금쯤 이걸 모르는 사람이 없을 정도라는 거예요. 어쨌건, 그 사람은, 왜 있잖아요, 정신적으로 문제가 있은 지가 꽤 됐나 봐요. 그 여자 말로는 기빙스네가 캘리포니아에 있는 사설 요양소 비용을 대느라 알거지가 다 됐대요. 몇 달씩 들어갔다가는 다시 나오고, 그때 강의를 했나 보죠, 그러고는 또 들어가고 그랬대요. 그러다 아주 한참을 아무 문제 없이 잘 지냈는데, 갑자기 학교를 때려치우고 사라져 버렸다네요. 그러다 이곳에 나타난 거예요, 아무 기별도 없이. 그러고는 집 안으로 들이닥쳐 두 부부를 약 삼 일간 말하자면 위력으로 감금했던 거죠." 밀리는 이 부분에서 약간 불편했던지 낄낄거리며 웃었다. '위력으로 감금했다'라는 표현이 너무 과하다고 여겨질 수도 있다고 생각했기 때문이었다. "어쨌건 맥레디 부인이 그렇게 표현했으니깐. 물론 총이나 칼 같은 걸 들고 있진 않았겠죠. 그렇지만 두 분을 혼비백산하도록 위협했던 건 맞는 것 같아요. 특히 기빙스 씨는 더 그랬던가 봐요, 연세도 있으시고 또 심장병도 있으시니까. 아들이 무슨 짓을 했냐면, 두 내외를 집 안에다 가두고 전화선을 끊고는, 자기가 찾으러 온 걸 내놓지 않으면 절대 떠나지 않겠다고 선언했다네요. 근데 정작 뭘 원하는지는 말 안 했다나요. 한번은 그게 자기 출생증명서라고 했대요. 그래서 두 내외가 오래된 서류며 뭐 그런 것들을 다 뒤져 찾아내 줬더니, 그냥 찢어 버리더랍니다. 그 외에도 아들은 그냥 말을 하면서 왔다 갔다 했대요. 헛소리였겠죠, 그러고는 물건을 마구 부쉈답니다. 가구며 벽에 걸린 사진들이며 접시며, 닥치는 대로요. 그 난리 통에 맥레디 부인이 청소 일을 하러 출근했는데, 역시 가둬 버렸죠. 그래서 맥레디 부인이 다 알게 된 거지만. 그러다 내 짐작으로 한 열 시간쯤 후에 맥레디 부인이 차고 문을 통해 빠져나왔어요. 곧바로 경찰에 신고했고, 출동한 경찰이 아들을 체포해서 그린에이커스에 집어넣은 거라네요."

"세상에나." 에이프릴이 입을 열었다. "경찰이라니. 끔찍해." 다들 말없이 고개를 저으며 공감했다.

셉은 청소부가 해 준 이야기의 신빙성에 의심을 표했다. "어찌 됐든 이 모든 이야기가 다 전해 들은 것이잖아." 그러자 다른 사람들은 그 의견을 반박했다. 전해 들었건 아니건, 그 누구도 부정할 수 없는 진실성이 있어 보인다는 것이었다.

에이프릴은 기빙스 부인이 최근 특별한 일도 없이 자주 들락거렸는데, 왜 그랬는지 이제야 짐작이 간다고 했다. "웃기는 말이지만, 난 늘 그분이 뭔가 원하는 게 있거나 하고 싶은 말이 있는데 그 말을 꺼내지 못한다고 생각했거든요. 당신도 그렇게 생각하지 않았어요?”(여기서 그녀는 남편 쪽을 쳐다보았지만, 눈을 마주치지도 않았고 ‘여보’라든가 심지어는 ‘프랭크’라고 불러 주지도 않았다. 그랬더라면 그는 희망을 품어 볼 수도 있었을 것이다. 그는 자기도 그렇게 느꼈다고 말해 주기만 했다.) “정말 안됐죠? 그걸 얼마나 털어놓고 싶었겠어요, 아님, 우리가 어디까지 알고 있는지 궁금하기도 했을 거예요.”

밀리는 흡족해하며 긴장을 풀었다. 그리고 여자의 시각에서 이 문제에 천착하려 했다. “하나밖에 없는 아들이 정신이 이상하다는 것을 알게 되면 엄마로서 어떤 마음이 들까?” 셉은 여자들은 젖혀 두고, 단순하고 현실적인 측면을 진지하게 논의하고 싶어서 앉아 있던 의자를 프랭크 쪽으로 가까이 끌고 갔다. 어떻게 된 거냐? 그런 식으로 사람을 강제로 정신 병원에 집어넣을 수 있는 거냐? 뭔가 수상하지 않느냐, 특히 법률적인 면에서?

프랭크는 상황이 이런 식으로 진행되도록 내버려둘 수 없다고 판단했다. 그대로 두면 이 주제에 대한 흥미가 급격히 사그라들 것이고, 그렇게 되면 오늘 밤 이 모임도 여느 교외의 모임처럼 따분하기 그지없는 시간 때우기로 전락하고 말 터였다. 도널슨네나 윈게이트네나 크레이머네가 모였을 때와 뭐가 다르겠는가. 여자들은 여자들과 웃으며 조리법에 대해 의견을 교환하고, 남자들은 남자들과 앉아서 일이며 차에 관해 이야기를 주고받지 않는가. 여기서도 조금만 있으면 셉이 “일은 어떻게 돼 가, 프랭크?”라며 진지하게 물어 올 것만 같았다. 프랭크가 이미 여러 번에 걸쳐 자기가 하는 일은 인생에서 가장 하찮은 것이며, 아이러니를 이용하는 말에서가 아니면 절대로 언급하지 말아 달라고 신신당부를 해 놓았는데도 말이다. 뭔가 조치를 취해야 했다.

그는 술을 꿀꺽 삼키고는, 몸을 앞으로 내밀고, 자신이 연설을 시작하겠다는 신호를 모두가 눈치챌 수 있도록 목소리를 충분히 높였다. 그는 먼저 물었다. 이 시절 이곳이 어떤지 너무나도 잘 보여 주는 전형적인 이야기가 아니겠는가? 한 남자가 장광설을 늘어놓고 기물을 부수고 경찰과 몸싸움을 해도 저녁이면 스프링클러는 잘만 돌아가고 텔레비전은 모든 집구석 거실을 같은 목소리로 울려 댄다. 한 여자의 하나뿐인 아들이 미쳐서 집으로 돌아왔다. 그 누구도 짐작조차 할 수 없는 슬픔과 죄의식과 고뇌를 엄마에게 쏟아부었다. 그런데 그 엄마는 건축 규제 위원회 활동이라든지 좋은 이웃 만들기 운동에 참여한다든지 마분지 상자에다 화초를 담아 나른다든지 하는 일로 바쁘게 돌아다니고 있는 것 아니냐.

"타락도 이런 타락이 없어." 그는 선언했다. "사회가 얼마나 더 타락할 수 있겠어? 이런 측면에서 한번 보자 이거야. 이 나라는 아마 정신 병리학적인 면에서, 정신 분석학적인 면에서 전 세계의 수도가 됐어. 프로이트 영감은 미국 국민만큼 충성스러운 신도들은 꿈도 꾸지 못했을 거라고, 그렇지 않아? 우리 문화 전체가 다 거기에 맞춰져 있어. 정신 분석학이 새로운 종교가 됐다니까. 지적으로건 영적으로건 모두가 다 거기에 입을 대고 꿀을 빨고 있지. 그러함에도 실제로 한 남자의 머리가 터져 버렸을 때는 어떻게 했지? 경찰을 불러. 눈에 안 보이게 빨리 치워 버려. 다른 이웃들 잠 깨우기 전에 어서 끌어다가 가둬 버려. 빌어먹을, 뭐든 정작 중요한 결정의 순간에는 우린 아직 중세 시대에 사는 거나 마찬가지야. 모두가 완벽한 자기기만의 상태에서 살기로 암묵적으로 동의한 것 같다니까. 현실은 개나 주라 그래! 우리 모두 여기저기 아담한 꼬부랑길을 내고 거기다 아담한 집을 지어 하얀색, 분홍색, 연청색 페인트로 칠하자고요. 우리 모두 착한 소비자가 되어 함께 사는 사회를 건설하고 감성이 풍부한 아이들을 키워 봐요. 아빠는 대단해요, 가족을 먹여 살리니까요. 엄마도 대단하죠, 여태 아빠 곁을 떠나지 않았으니까요. 그러다 현실이란 놈이 떡하니 나타나서 어흥! 하면 우린 모두 바쁜 척하며 아무 일도 일어나지 않은 듯 외면해 버리는 거야.”

평소 같으면 너도나도 요란하게 맞장구를 치고 나설 정도의 열변이었다. 아니면 적어도 밀리가 눈물을 흘렸을 것이다. “아, 정말 그래요!” 그런데 이번에는 아무 효과가 없는 것 같았다. 그가 말하는 동안 세 사람은 가만히 앉아 지켜보기만 했다. 그리고 그가 말을 마치자 강의 끝의 생도들처럼 살짝 안도감을 느끼는 듯한 표정이었다.

그로서는 일어나 빈 잔을 수거해서 부엌으로 퇴각하는 수밖에 없었다. 기분이 상한 그는 얼음 형틀을 뒤틀고 내리쳤다. 시꺼먼 부엌 창에 그의 얼굴이 생생하게 비쳤다. 둥글고 약점이 많은 얼굴이었다. 그는 증오 가득한 시선으로 그 얼굴을 노려보았다. 그 순간 뭔가가 생각났다. 그리고 이 생각으로 창에 비친 얼굴은 괴로운 표정으로 바뀌었다. 하지만 그에게는 이 생각이 그 표정에 앞서 떠오른 것이 아니라 오히려 그 이후에 떠올랐던 것처럼 여겨졌다. 이 때문에 그는 약간 충격을 받았으나 이내 악의가 선을 가져오는 아이러니한 경우라고 이해하기로 했다. 창에 비친 얼굴은 이번에도 그의 기분을 반영하기보다는 미리 만들어 내기라도 하는 듯 낙담한 표정에서 영리하면서 씁쓸한 표정으로 바뀌어 있었다. 그는 자신의 얼굴을 보며 고개를 서너 번 주억거렸다. 그러고는 술잔을 들고 서둘러 사람들이 있는 거실로 돌아갔다. 그가 생각해 낸 것이 그 사람들에게 어떤 의미로 받아들여질지는 모르지만 어쨌건 이야깃거리가 될 것은 분명했다.

"방금 생각난 게 있어요." 그가 입을 열었고 사람들은 그를 올려다보았다. "내일이 내 생일입니다."

"그렇군요!" 캠벨 부부는 의례적으로 축하의 뜻을 한목소리로 전했다.

"저 서른이 되는 겁니다. 놀랍지 않아요?"

"그게 뭐, 난 하나도." 서른둘인 셉이 대꾸했다. 서른넷인 밀리는 그저 무릎 위의 담뱃재만 쓸어 내기 시작했다.

"아니, 내 말은, 이젠 이십 대가 아니라고 생각하니까 기분이 묘하다는 거지." 소파에 다시 자리를 잡으며 그가 말했다. "한 시기의 종말이랄까 뭐 그렇다는 거지." 그는 취했다. 이미 많이 취해 있었다. 소금만 더 있으면 이보다 더 시시껄렁한 말도 하게 될 것이고 했던 말을 또 하게 될 것이 분명했다. 프랭크 자신도 이 사실을 깨닫고 있었고, 그래서 더욱더 절박하게 말을 계속했다.

"생일은 말이야." 그는 입을 열었다. "되돌아보면 우습게도 생일날은 다 거기서 거기로 비슷했던 것 같아. 그렇지만 그중 하나는 정말 뚜렷하게 기억해. 내 스무 번째 생일날." 그리고 그는 전쟁의 마지막 주 박격포탄과 기총 소사로 꼼짝도 못 하고 고립되어 있던 그날을, 혹은 그날의 일부를 어떻게 보냈는지 말해 주기 시작했다. 그의 머리에서는 아직 취하지 않고 멀쩡한 부분이 조금은 남아 있었고, 그래서 그는 자신이 왜 이런 이야기를 하고 있는지 분명히 알고 있었다. 캠벨 부부와의 이런 자리에서 분위기가 너무나 좋지 않을 때 군대와 전쟁을 소재로 한 희화적인 이야기가 그 분위기를 반전시킨 적이 한두 번이 아니었기 때문이다. 셉은 그런 이야기를 어떤 다른 이야기보다 좋아했고, 여자들은, 엉뚱한 부분에서 웃음을 터뜨리거나 남자들의 관심사라든지 의리 같은 것을 도대체 이해할 수 없노라고 농담처럼 우겨 대기는 했지만, 이야기를 듣고 있는 그들의 얼굴에 낯선 모험에 대한 동경의 빛이 어린다는 것도 부인할 수 없는 사실이었다. 서로의 우의를 다지는 이런 식의 모임 중에서 가장 기억에 남는 저녁 모임은, 사실, 재미있게 구성된 군대 이야기가 이어지다가 남자들의 힘찬 군가 합창으로 분위기가 정점에 이르는 양상으로 진행된 것이었다. 새벽 3시, 아내들이 졸리는 와중에도 존경의 눈빛을 보내고 있는 것에 고무된 셉 캠벨과 프랭크 휠러는 땀범벅이 된 채 호탕하게 웃으며, 행진곡 박자에 맞춰 커피 테이블을 주먹으로 내려치며 목청을 높였다.

"오, 오, 오, 오.

하이디, 타이디, 크라이스트 올마이티

우리가 대체 누구더냐?

플림, 플램, 갓 댐

우리는 보병……."

그래서 프랭크는 최선을 다해, 지난 몇 년간 군대 회고담을 이야기하면서 자신의 스타일로 굳어진 미묘한 자기 비하를 가능한 한 많이 섞어 가면서, 주도면밀하고 재미있게 자기의 일화를 들려주기 시작했다. 그러다 "그래서 내 옆에 있던 녀석을 손가락으로 푹 찌르며 물었지. '야, 오늘이 무슨 날이야?'"라고 말하는 부분에 이르렀을 때 그는 뭔가 불안한 느낌이 들기 시작했다. 그렇지만 어쩔 도리가 없었다. 이야기를 끝마치는 수밖에 없었다. "그런데 그날이 바로 내 생일이었더라고." 이때쯤 이미 그는 같은 이야기를 거의 같은 단어들로 캠벨 부부에게 들려준 적이 있다는 사실을 깨닫고 있었다. 아마도 일 년 전 자기가 스물아홉 살이 되던 날이었던 게 분명했다.

캠벨 부부는 재미있다는 듯 약하게 킬킬거리는 정도로 선의를 베풀었다. 셉은 슬쩍 시계를 들여다보았다. 그렇지만 최악이었던 것은, 그 한 주 내내, 아니 그의 전 인생에 걸쳐 최악이었던 것은 에이프릴이 그를 바라보는 시선이었다. 그녀에게서 그처럼 깅렬하게 동정심과 지루함을 쏘아 대는 눈길을 받아 본 것은 처음이었다.

그는 밤새 괴로워했다. 혼자서 잘 때도 그랬고 아침에 일어

나서도 그랬다. 커피를 들이마시고, 기차역까지의 통근차로
쓰는 낡고 찌그러진 포드를 몰아 차고 진입로를 후진해 내려
올 때도 마찬가지였다. 출근길 기차 안에서 그는, 가장 젊고
건강한 승객의 하나였지만, 고통 없이 그리고 아주 서서히 죽
어야만 하는 사람의 표정으로 앉아 있었다. 그는 자신이 중년
에 접어든 것처럼 느껴졌다.

다섯

녹스 빌딩을 설계한 사람들은 이십 층짜리 건물치고는 훨씬 더 높아 보이는 건물을 짓는 것을 최우선 과제로 삼았고, 그 결과 이 건물은 실제보다 더 낮아 보이게 됐다. 그들은 이 건물을 멋있게 보이도록 하는 데는 전혀 신경 쓰지 않았다. 그래서 정말 추했다. 길쭉하고 평평한 측면에, 윗면 역시 납작했다. 연두색 돌림띠로 장식된 건물 꼭대기의 가장자리는 망치로 박아 놓은 나무 말뚝 윗부분에 생긴 납작한 부분처럼 앞으로 툭 튀어나와 있었다. 이 건물은 맨해튼 중심에서 약간 아래쪽의 적당히 한적한 지역에 있었다. 뉴욕시 항공 사진을 보면 거대한 마천루들이 눈길을 사로잡는다. 이들을 돋보이게 하는 배경으로 자욱한 연기가 띠를 이루는 어정쩡한 고도에 꼭대기가 닿는 수없이 많은 사각형 건물들이 모여 있다. 녹스 빌딩은 20세기 초반 처음 문을 연 그날부터 이런 건물 중 하나가 될 운명이었다.

평범함 그 자체였지만 녹스 빌딩은 상식의 차원에서는 상당한 의미가 있었다. 장엄함의 측면에서 부족함이 있었다면, 적어도 그 크기만큼은 모자람이 없었기 때문이었다. 영웅적인 데라고는 없었지만, 경박한 구석 또한 찾을 수 없었다. 녹스 빌딩은 실용성을 위한 건물이었다.

"저기야, 프랭크." 1935년 여름 어느 날 아침 얼 휠러는 아들에게 말했다. "우리 정면에. 저기가 본사란다. 여기서부턴 내 손을 잡는 게 좋겠다. 이 횡단보도는 위험해……."

유일하게 아버지가 프랭크를 뉴욕시로 데리고 갔던 그날은 몇 주 전부터 계속되어 온 들뜬 기분의 정점을 찍는 날이었다. 그리고 이 기간은, 지금 돌이켜 보면, 아버지가 쾌활한 분일 수도 있다고 말할 수 있는 유일한 기간이었다. 아버지가 저녁 식사 자리에서 하는 말에는 '오트 필즈'라는, 무슨 뜻인지 도무지 알 수 없는 단어가 '뉴욕'이니 '본사'니 하는 단어와 함께 자주 언급됐고, 그때마다 아버지는 흡족해했다. 그때마다 어머니는 "오, 정말 잘됐네요, 얼."이라든가 "오, 전 너무 기뻐요."라고 대꾸했다. 프랭크는 나중에는 결국 오트 필즈가 시리얼 브랜드와 아무 상관이 없으며 실제로는 오트 필즈 씨라는 사람을 가리킨다는 사실을 이해했다. 이 사람은 덩치가 대단할 뿐만 아니라("본사에서 몸집이 제일 큰 분이지.") 머리까지 비상한 사람이었다. 프랭크가 이런 사실을 제대로 이해하게 된 것은 어머니가 깜짝 놀랄 소식을 알려 주면서 설명을 찬찬히 해 주었기 때문이었다. 얼 휠러 씨에게 열 살 난 아들이 있다는 것을 알게 된 오트 필즈 씨께서 휠러 씨가 본사를 방문할 때 아들을 데리고 오라고 초청했다. 아버지와 아들은 필즈 씨의 오찬에(어머니가 점심이란 단어 대신 이 단어를 사용한 것은 이때가 처음이었다.) 초대받을 것이고, 오찬이 끝나면 필즈 씨는 두 사람을 양키 스타디움에서 있을 야구 경기에 모셔 갈 것이었다. 그 이후 며칠간 프랭크의 설렘은 그 도를 점점 더해 갔고 마침내 당일 아침 자칫 여행 자체를 망쳐 버릴 수도 있을 정도가 됐다. 뉴욕시로 들어가는 기차 안에서 그는 과도한 긴장과 멀미로 아침에 먹은 것을 거의 토할 뻔했다. 택시 안에서도 마찬가지여서 신선한 공기를 마시기 위해 멀찌감치에서 내려 걸어가야 했다. 하지만 조금 걸으면서 그의 머리가 맑아지자 모든 게 다 잘될 것 같았다.

　"저기다." 길을 건너자 아버지가 말해 주었다. "자, 여기가 이발소야. 좀 있다가 우리가 이발할 곳이지. 그리고 이쪽이 지하철이다. 지하철 입구를 빌딩 안에다 지어 놓은 것 보이니? 그리고 이쪽을 봐, 여기가 전시관이야. 이 통유리는 빌딩의 옆면 전체까지 이어져 있단다. 우리 사는 데 있는 허름한 전시장보다는 훨씬 크지, 그렇지? 봐, 이것들이 우리가 만드는 제품들이야. 여기 이게, 당연히, 타자기이고, 이게 가산기, 저건 계산기, 그리고 여기 여러 가지 자료 정리 기기들이 있지. 저쪽 뒤쪽 구석에 있는 건 우리가 이번에 새로 개발한 회계 정리 기계야. 그리고 여기 다음 칸 이쪽을 좀 봐. 이것들은 펀치 카드 기계들이야. 저 커다란 건 자료를 정리해 주는 타뷸레이터란 것이고, 그 옆에 저 작은 건 정리된 자료를 분류해 주는 기계야. 저 녀석 사용법 시범을 지켜보면 정말 대단해. 한 사람이 펀치 카드를 가득 가져와서 켜켜이 쌓은 다음 저기로 넣는단 말이 야. 그런 다음 스위치를 누르면 그 카드들이, 저기 가느다랗게 가로로 틈이 있는 게 보이지, 까딱까딱하는 저 틈새로 쉴 새 없이 빨려 들어가는 거야."

그렇지만 프랭크의 눈길은 자꾸 그 기계들에서 벗어나 유 리에 비친 자기 모습으로 향했다. 재킷에 아버지의 것과 거의 똑같은 넥타이까지 새 옷을 갖춰 입은 자기 모습이 의외로 근 사해 보였다. 그리고 무리 지어 빠르게 지나가는 사람들을 뒤 로하고 어른과 아이 두 사람이 밝은 햇살을 받으며 서 있는 모습을 보고 있자니 기분이 좋았다. 잠시 후 그는 몇 발짝 뒤 로 물러서서 위쪽을 똑바로 올려다보았다. 셔츠의 깃이 뒷덜 미를 눌러 주름이 생겼다. 그런데 와아! 사실 그는 초고층 빌 딩을 구경하고 싶었노라 실토할 수도 있었다. 그렇지만 이 빌 딩을 한참이나 이렇게 올려다보자니 그런 실망감은 흔적도 없 이 사라졌다. 위로, 위로, 위로, 층층이 창이 나 있었다. 위층 의 창은 아래층의 창보다 작아지고, 각각의 창 밑면보다 윗면 이 좁아지면서 위로 끝없이 이어지다 마침내 윗면과 아랫면 이 한점으로 붙어 버린 듯했다. 저 꼭대기에서 떨어진다고 상 상해 봐! 그러다 그는 빌딩의 처마가 하늘을 배경으로 서서히 앞으로 움직이는 것을 보았다. 빌딩이 두 사람 위로 무너지고 있었다! 그러나 혼비백산할 틈은 없었다. 곧 그는 자기가 착각 했다는 것을 깨달았다. 움직인 것은 하늘이었다. 흰 구름이 빌딩 지붕의 가장자리 턱 너머로 흘러가는 것이었다. 이 사실을 깨닫는 순간, 화강암으로 쌓아 올린 이 빌딩의 어마어마한 굳건함에 대한 놀라움이 그의 등줄기를 타고 내렸다. 우와!

"준비됐어?" 아버지가 입을 열었다. "이발소로 먼저 가서 단정하게 한 다음 안으로 들어가는 거야. 우린 엘리베이터를 타고 꼭대기 층까지 곧장 올라갈 거야."

그런데, 나중에 지나고 보면, 보도 위에 서 있던 이때가 그날 하루 중 가장 좋았던 순간이었다. 이발소도 그런대로 괜찮았고, 메아리가 울려 퍼지는 넓은 공간에 시가와 젖은 우산 냄새, 여성용 향수 냄새가 뒤섞여 났던 대리석 바닥의 로비도 괜찮았다. 하지만 그 이후로는 즐거움의 크기가 꾸준히 작아졌다. 예를 들자면, 엘리베이터는 날고 있다는 느낌을 전혀 주지 않았으며, 오히려 폐쇄 공포증과 멀미만 선사했다. 꼭대기 층에 있던 사무실 자체만 해도 그의 기억에 남아 있는 것은 엄청나게 넓은 천정에 수없이 달려 있던 하얀 전등과 엄청나게 야윈 여성밖에 없었다. 이 여성은 구멍이 숭숭 난 레이스 장식이 달린 블라우스를 입고 있었는데, 그 구멍을 통해 믿을 수 없을 만큼 많은 수의 끈이 드러나 보였다. 속옷과 연결된 것이 분명했다. 이 여성은 그를 아가라 부르면서 워터 쿨러가 어떻게 작동하는지를 보여 주었다.("이것 봐, 아가야. 내가 이 단추를 누르면 커다란 공기 방울이 올라올 거야. 꿀럭! 신기하지 않아? 자, 이번엔 네가 한번 해 보렴.") 그리고, 오트 필즈 씨를 처음 마주했을 때 즉각적으로 느꼈던 혐오감도 결코 잊을 수 없는 기억으로 남았다. 그 사람은 그가 본 사람 중에서 가장 덩치가 큰, 아니, 적어도 가장 뚱뚱한 사람이었다. 오트 필즈 씨의 안경은 수많은 전등 불빛을 선명하게 반사하고 있었고, 그래서 그가 말을 걸고 있어도 눈이 어디를 바라보는지 확인할 길이 없었다. 게다가 그가 말을 할 때면 목소리는 너무나 시끄러웠고, 남이 뭐라고 대답하는지 신경도 쓰지 않는 듯했다.

"야, 너 다 컸구나! 이름이 뭐니? 뭐? 학교가 좋다고? 아, 그건 잘됐구나. 야구 좋아하니? 뭐라고?"

그 사람에게서 제일 역겨운 부분은 그의 입이었다. 입안에 늘 침이 많이 고여 있어서 윗입술과 아랫입술 사이에 반짝이는 침이 가느다란 끈처럼 여러 가닥 들러붙어 입술이 움직일 때면 그에 따라 흔들거렸다. 프랭크가 근사한 호텔 식당에서 있었던 점심, 아니, 오찬을 즐길 수가 없었던 여러 이유 중에서 하나만 들라면 바로 그의 입이었다. 오트 필즈의 입은 음식을 씹을 때도 닫히지 않았으며, 물잔의 가장자리에 먹은 음식의 자국을 허옇게 남겨 놓았다. 한번은 그가 롤빵의 딱딱한 껍질을 부드럽게 하려고 롤빵을 한동안 그레이비 그릇에 담궜다가 마중 나오는 입으로 가져갔는데, 젖은 롤빵의 일부가 찢어지면서 떨어져 그의 조끼에 밝은 갈색의 얼룩을 남기기도 했다.

"그렇고말고요, 오트." "그 점에 대해선 난 정말 당신과 꼭 같은 생각이오." 얼 휠러는 점심 먹는 내내 이 말만 반복했다. 프랭크를 힐끗 쳐다본 것은 몇 번 되지 않았지만, 그럴 때마다 그는 아들이 그곳에 앉아 있다는 사실에 새삼 놀라는 듯한 눈빛이었다. 야구 경기도 실망스럽기는 마찬가지였다. 홈런이 없었다. 야구에 대한 프랭크의 제한된 지식에 따르자면 제일 중요한 것은 홈런이었다. 야구가 끝나기 한 시간 전부터 햇살이 프랭크의 눈에 직선으로 비쳐 들었다. 그는 두통을 느꼈고, 화장실에 가고 싶었지만, 그 말을 어떻게 꺼내야 할지 몰랐다. 그런 다음에는 펜실베이니아역으로 가기 위해 지하철을 여러 번 갈아타야 하는 고역이 뒤따랐다. 도중에 아버지는 화를 내며 오트 필즈 씨에게 "감사합니다, 오늘 재미있었습니다."라고 말하는 걸 잊었다고 그를 심하게 나무랐다. 어둠침침한 지하철 역사 안에서 탑승구가 열리기를 기다리며 그는 아버지의 얼굴을 몰래 올려다보았다. 거죽이 처지고 모공이 숭숭한 아버지의 얼굴은 너무나 늙어 보였고, 육체적인 피곤함과 함께 정신적인 열패감이 역력했다. 눈을 내려보니 아버지의 바짓가랑이가 일정한 리듬으로 조금씩 움찔거리고 있는 것이 눈에 들어왔다. 아버지는 호주머니에 넣은 손으로 사타구니를 긁고 있었다.

그리고 그 모습이 훗날 그날 있었던 모든 일 중에서 가장 생생하게 기억에 남는 장면이 되었다. 하지만 그 당시에는 음식을 먹는 오트 필즈의 입이 그랬다. 그날 밤 그가 몸을 웅크리고 비틀거리며 맨발인 채, 바닥이 기울고 이상하게 더 좁아진 듯한 화장실로 갔을 때 몇 번이고 토하게 만든 구역질을 불러일으킨 것이 바로 그 입이었기 때문이었다.

그가 이런저런 사실을 꿰맞추어 그날 실제로 무슨 일이 있었던가를 온전히 이해할 수 있었던 것은 몇 년의 세월이 지난 후였다. 대공황 시기의 대규모 인원 감축과 인건비 절감에도 살아남아 뉴저지주 뉴어크시 지점의 부지점장 자리까지 오른 얼 휠러가 어찌어찌하여 오트 필즈의 오른팔 역할을 맡을 후보로 본사의 주목을 받게 됐다.(오트 필즈라는 이름에 관해서는 한참이 지나서도 그는 제대로 이해하지 못했다. 이름을 축약해서 사용할 수 있어야 인정받을 수 있는 분위기, 다시 말해 유쾌한 빌이니 잭이니 허브니 테드니 하는 이름들이 사용되는 회사, 그러니까 축약시킬 수도 없는 얼이라는 이름이 사소하지만, 약점이 될 수 있는 그런 조직 사회에서 '오트'라는 이름은 오티스라는 이름을 가진 사람에게 해 줄 수 있는 최선의 배려라는 사실을 그는 이해하지 못했다.) 하지만 진급은 없었던 일이 되어 버렸다. 더 높은 직급의 임원이 오트 필즈는 오른팔 역할을 해 줄 사람 없이도 잘해 낼 수 있다고 결정했던 것이다. 얼 휠러는 이 사실을 오찬 도중 또는 야구 경기 중에 통보받았거나 아니면 스스로 깨달았다.

그로 인한 실망감을 아버지가 결국 극복해 냈는지 프랭크는 알지 못했다. 하지만 아버지가 돌아가실 때까지도 왜 일이 그렇게 진행됐는지 이해하지 못한 것만은 분명히 알고 있었다. 사실을 말하자면, 이 일은 얼 휠러가 도저히 납득할 수 없었던 많은 일의 시작점이 됐던 것이 분명했다. 그의 쇠락기가 시작되는 시점에 발생한 일이었기 때문이었다. 그 이후로 그는 이쪽저쪽 현장을 옮겨 다녀야 했고, 그러다 전쟁이 끝난 지 얼마 되지 않아 정년으로 퇴직했다.(오트 필즈 본인의 퇴직과 죽음 직후였다.) 그때쯤에 그는 부지점장급에서 강등되어 펜실베이니아주의 해리스버그 지점에서 영업직 평사원으로 근무하고 있었다. 같은 시기에 그는 또한 자신의 건강이 약해지고 있다는 사실과 아내가 급격하게 그리고 힘들게 늙어 버렸다는 사실, 거기다 장남과 차남이 냉담하게 변해 버렸다는 사실을 이해할 수 없었고, 그래서 그의 당혹감은 날이 갈수록 깊어졌다. 그러고는 최후의 일격으로 막내의 유별난 반항과 가출, 그리고 도덕적 타락이 그에게 가해졌다.

부두 하역꾼이라니! 카페 계산원이라니! 배은망덕하고, 앙심이나 품고, 입에 욕을 달고 사는 못난 놈 같으니. 타락한 그리니치 빌리지에 박혀서 근본도 모르는 놈들과 어울려 술이나 처먹지. 육 개월, 팔 개월이나 소식 한 줄 없어 제 엄마를 반쯤 정신 나가게 하고는 발송자 주소도, 이렇다 할 설명도 없이 "지난주 결혼했음. 후일 찾아뵙겠음."만 적은 편지를 보내는, 최소한의 예의도 모르는 양아치 같은 자식.

그러니 1948년 어느 날 한낮 컬럼비아 대학교 근처 어느 싸구려 술집에 얼 휠러가 없었던 것은 그에게는 다행스러운 일이었다. 그곳에는 꾸부정한 자세로 그의 막내아들이 역시 단정치 못한 자세의 샘이란 친구와 대화를 나누고 있었다. 대학원에서 철학을 전공하고 있던 샘은 학생 취업 알선 사무소에서 시간제로 아르바이트를 하고 있었다.

"무슨 일이야, 프랭크? 지금쯤 유럽으로 돌아갔으리라 생각했는데."

"대황당 사건. 에이프릴 덜컥 임신."

"어이쿠야."

"뭐 큰일은 아냐. 이런 일을 바라보는 시각은 여러 가지일 수 있어, 샘. 이렇게 보면 어떨까. 내게 일자리가 필요하게 됐다는 것으로. 그렇지. 그렇다고 해서 그 일 때문에 내 정체성이 흔들려야 할까? 잘 들어 봐. 내게 필요한 건 내년 정도까지만 버틸 수 있는 돈이 들어오는 거야. 그때쯤이면 내 생각도 정리되겠지. 그때까지는 내 정체성을 유지하고 싶어. 그러니까 내가 정말 피하고 싶은 건 그 자체로 '흥미롭다'라고 생각될 수 있는 그런 종류의 일이야. 내가 원하는 건 절대로 날 건드릴 수 없는 그런 일이란 거지. 아주 크고, 오래된 회사 있잖아. 옛날부터 어찌어찌 운영돼 와서 지금은 잠만 자도 돈이 들어오는 그런 회사, 어떤 놈이 해야 하는 어떤 지루한 업무건 어떤 놈도 하질 않아서 한 놈 일할 자리에 여덟 놈이나 채용해야 하는 그런 회사 말이야. 난 그런 회사에 들어가고 싶어. 들어가선 이렇게 선언하는 거지. 자, 당신들은 나의 몸과 대학교 졸업생의 미소를 하루 일정 시간 소유할 수 있습니다. 일정액의 돈과 교환한다는 조건으로. 그렇지만 그 이상은 절대 상관하면 안 됩니다. 아시겠죠?"

"말이 되는군." 철학도가 대꾸했다. "사무실로 한번 들러." 그러고는, 그 자리에서, 안경을 고쳐 쓰고서 카드 주소록을 하나씩 넘기면서 샘은 프랭크의 입맛에 맞을 만한 회사의 이름을 적기 시작했다. 동과 구리를 제조하는 대기업, 공공 편의 시설 관련 대기업, 온갖 종류의 종이봉투를 생산하는 거대 기업……

하지만 녹스 사무용 기기라는 놀라운 이름이 목록에 추가되는 것을 본 프랭크는 뭔가 잘못되지 않았나 싶었다. "야, 아니야, 잠깐만. 그건 아닌 것 같은데." 그러고서 그는 아버지의 경력을 간단하게 말해 주었다. 그러자 그 철학도는 재미있다는 듯 킬킬거렸다.

"아버지께서 근무하실 때와는 사뭇 달라졌을 거라고 봐. 그때는 대공황 시절이었잖아. 그걸 잊으면 안 되지. 게다가 아버님은 현장에 계셨던 거고, 넌 본사에서 근무하게 될 거야. 사실 이 회사가 너한테 딱 맞는 회사야. 내가 듣기로, 이 회사에서는 사무실에 앉아서 봉급 수표를 집어 들 때 외에는 손가락 하나 까딱할 필요가 없대. 나라면 면접 갈 때는 그래도 아버지 성함은 한번 들먹여 볼 거야. 도움이 될 테니까."

하지만 처음 그곳을 찾았을 때의 기억으로 머릿속을 가득 채운 채("여기서부턴 내 손을 잡는 게 좋겠다. 이 횡단보도는 위험해.") 녹스 빌딩이 드리운 그림자로 걸어 들어가면서 프랭크는 면접에서 아버지의 이름을 언급하지 않는 편이 더 재미있겠다고 결론지었다. 그리고 그는 그대로 했고, 바로 그날 15층에서 영업지원부라는 부서 소속으로 채용됐다.

"영업 뭐라고요?" 에이프릴이 물었다. "지원? 이해가 안 가요. 그래서 무슨 일을 하게 된다는 거예요?"

"누군들 알겠어? 뭐 삼십 분이나 설명을 해 주더라고. 그래도 난 아직도 뭔지 모르겠어. 그리고 그 사람들도 뭔지 모르는 것 같아. 그렇지만 아주 재미있지 않아? 바로 그 녹스 사무용 기기라니. 아버지께 말씀드리면 어떠실까. 당신 성함은 언급도 안 했다는 걸 아시면 뭐라고 하실까."

그렇게 모든 건 짓궂은 장난처럼 시작됐다. 다른 사람들에게는 특별히 웃기는 부분이 뭔지 눈치채기 힘들 수도 있었지만, 업무랍시고 어기적거리며 뭔가를 할 때면 프랭크는 은밀하고 신랄한 쾌감을 한껏 느낄 수 있었다. 그 일이라는 것도, 유달리 독특하다고는 할 수 없지만, 아내가 "엄청 섹시하다."라고 말해 주었기 때문에 최근 그에게 거의 버릇처럼 되어 버린 걸음걸이로 그저 사무실을 한 번 휙 돌아보는 것이었다. 천천히, 고양이처럼 사뿐사뿐, 그리고 당당하지만, 긴장감이라든가 분주함 같은 것들을 은근히 경멸하는 듯한 걸음걸이였다. 그런데 실제로 정말 장난스러운 부분은 오후 5시 이후에 벌어지는 일이었다. 재킷의 단추를 다 채우고 녹스 직원들 틈에 끼어 있다가 엘리베이터 문이 열리면 그는 미소 지으며 고개를 까닥여 작별 인사를 한 다음, 시내 중심가를 동서로 운행하는 버스를 잡아타고, 남북으로 운행하는 버스로 갈아탄 다음, 베듄 스트리트로 돌아왔다. 버스에서 내린 그는 찌걱거리는 경사진 계단 두 층계를 뛰어올라 흰색 문을 열었다. 기포가 더덕더덕 붙은 더러운 페인트에 덧칠에 덧칠을 더해 독버섯의 표면처럼 끈적한 문이었다. 하지만 이 문을 들어서면 넓고 깨끗한 방이 맞아 주었다. 희미하게 담배 냄새며, 촛불 냄새며, 귤껍질 냄새며, 향수 냄새 등이 뒤섞인 냄새가 나는 방이었다. 거기엔 단정치 못한 옷차림의 아름다운 젊은 여자가 그를 기다리고 있었다. 아파트가 녹스 직원의 집과 완전히 달랐던 것처럼 여느 녹스 직원의 아내와는 전혀 다른 여자였다. 퇴근 후의 칵테일 한 잔 대신 그들은 퇴근 후의 사랑을 나누었다. 어떤 때는 침대에서, 또 어떤 때는 마룻바닥에서. 가끔은 두 사람이 정신을 차리고 저녁을 먹으러 감미로운 밤길에 나설 때가 10시를 넘는 때도 있었다. 그리고 그때쯤이면 녹스 빌딩은 아득히 먼 곳이 되어 버린 듯했다.

첫해가 끝나갈 무렵 우스개 장난의 느낌은 엷어졌다. 그리고 다른 사람들이 그 우스개 장난의 요소를 전혀 감지하지 못한다는 점이 계속 마음에 걸렸다. "아, 아버님께서 거기 근무하셨다고요." 그가 그 사실을 설명할라치면 사람들은 이렇게 말하고는 곧 진지하고 순종적이며 소심한 젊은이를 대할 때의 눈빛으로 변해 버렸다. 얼마 지나지 않아(특히 이 년 후, 양친이 다 돌아가신 뒤) 그는 그 부분에 대해서는 포기해 버렸고, 대신 다른 부분에서 우스꽝스러운 요소들을 찾기 시작했다. 자신의 이상과 녹스 사무용 기기의 이상 사이에 존재하는 말도 안 되는 불일치라든가 자신이 회사의 일에 기울여야 하는 노력의 양과 실제로 자신이 회사에 바치는 노력의 양 사이에 존재하는 엄청난 격차 같은 것들이었다. "내 말은, 녹스 같은 곳에 근무할 때 제일 좋은 점은 매일 아침 9시면 아예 의식을 차단해 버리고, 또 진종일 그렇게 보내도 그걸 눈치채는 사람이 하나도 없다는 거야."

최근에는, 특히 로럴로 이사 오고 난 뒤에는, 이 문제에 관해서는 아예 언급조차 피하고 있었다. 누가 직업이 뭐냐고 물어오면, 정말 아무 의미 없는 일을 한다고, 상상할 수 있는 한 가장 지루한 일을 한다고 대답해 버리고 말았다.

로럴 극단과 관련된 사단이 일단락된 뒤 비로 그다음 월요일 아침 그는 자동인형처럼 녹스 빌딩으로 걸어 들어갔다. 전시관에는 새로운 구성의 내용물이 선보이고 있었다. 가냘픈 몸매에 세련된 옷을 입은 젊은 여성들이 밝은색의 판지 위에 웃는 모습으로 인쇄되어 있고, 이들은 각자 연필로 화려하게 장식된 글씨체로 전시된 제품들을 들고서 그 장점을 설명하는 신속성, 정확성, 용이성이란 단어들을 가리키고 있었다. 이 브로마이드 너머로 전체를 카펫으로 간 광활한 바닥 위에 다양한 전시품이 자리하고 있었다. 일부 품목들은 비교적 단순한 것들로 이십여 년 전 그의 아버지의 열정에 불을 지폈던 기계들이었다. 물론 당시에는 검은색의 각진 디자인이었지만, 이제는 둥근 형태의 '조형적 형태'에 맞게 수정된 디자인에 굴의 살 같은 색상의 새로운 외피를 두르고 있었다. 그렇지만 다른 전시품들은 얼 휠러가 알고 있던 펀치 카드 처리기와는 비교할 수 없을 정도의 속도로 업무를 처리하는 기능을 탑재한 기계들이었다. 짐작할 길 없는 전자식 신호 조작으로 낮은 소리를 내며 불빛을 깜박거릴 준비가 완료된 이 기계들은 바로 옆에 진열된 모델로 넘어갈수록 점점 더 웅장해지다가 마침내 거대한 수수께끼 같은 녹스 '500' 전자 컴퓨터에 이르러 그 웅장함은 정점에 달했다. 그 밑에 놓인 설명문에 의하면, 이 기계는 "탁상용 계산기를 사용할 경우 한 사람이 평생에 걸쳐 처리할 수 있는 양의 데이터를 삼십 분 내에 처리"할 수 있었다.

하지만 프랭크는 전시관에는 눈길도 주지 않고 그대로 지나쳤다. 로비로 들어선 그는 아무 생각 없이 능숙하게 움직였다. 그는 엘리베이터 운전원의 수신호에 맞춰 엘리베이터에 올라탔지만 굳이 그 신호를 의식한 것은 아니었다. 여섯이나 되는 엘리베이터 운전원 중에서 누가 자신에게 나직한 목소리로 아침 인사를 건넸는지에 대해서도 전혀 의식하지 않았다. (사실 그는 그 사람들을 의식한 적이 거의 없었다. 엘리베이터 공간 안에 같이 있게 되면 은근히 거슬리는 두 사람만은 예외였다. 한 명은 무릎 관절이 앞으로 심하게 꺾여서 뒤에서 보고 있자면 무릎 부분의 바지 뒷자락이 튀어나와 있어 쳐다보기에도 고통스러운 늙은이였고, 다른 한 명은 무슨 호르몬 장애로 엉덩이가 여자처럼 바짝 올려 붙은 데다 솜털 같은 머리카락에 수염이라고는 하나도 없는 아기 얼굴을 한 젊은 녀석이었다.) 공손한 자세로 프랭크가 엘리베이터 뒷벽에 바싹 붙어서자 엘리베이터의 안쪽 미닫이문이 철컥 닫혔고 그에 이어 안전문도 덜거덕거리며 닫혔다. 엘리베이터가 위로 올라가기 시작했고, 동료 직원들이 웅얼거리며 이야기를 주고받는 소리가 들려왔다. 저음에 명확한 발음이 특징인 중북부 대평원 지역의 목소리에 실려 장거리 여행과 최상의 숙박업소에 대한 언급이 들려왔고(“……물론, 시카고우로 들어가면서 일기가 좀 불순해지긴 했지…….”), 동시에 이와 대비되어 식식거리는 치찰음이 많고 높낮이의 폭이 큰 뉴욕 지역의 말투도 들려왔다.(“……그래서 내가 구랬지, ‘몬 소리? 넝담이지?’ 그치가 그러대, ‘아냐, 참 내, 넝담 아니라니까’…….”) 이 목소리들의 배경으로 여남은 명의 남녀가 나지막한 목소리로 서로 아침 인사를 주고받는 소리가 연속적으로 반복됐다. 천장에서 환풍기 돌아가는 소리끼지 이 모든 목소리에 가세했다. 그러고는 “내립니다…… 좀 내릴게요.”라고 웅얼거리며 문 쪽으로 조금씩 다가가는 사람들에게 고개를 끄덕이며 옆걸음으로 길을 터 주는 의례적인 순서가 시작되고, 문이 옆으로 열리고 닫히고, 또 열리고 닫히기를 기다리는 의식이 반복됐다. 8층, 11층, 12층, 14층…….

얼핏 보면 녹스 빌딩의 상층부는 거의 다 비슷해 보인다. 각층은 통째로 하나의 공간으로 되어 있고, 천장에 달린 형광등의 밝은 조명으로 환하며, 어깨 높이의 칸막이로 수많은 통로와 네모꼴 개인 업무 공간으로 나뉜 미로라는 공통점이 있었다. 이들 칸막이에서 허리부터 어깨까지의 윗부분은 가는 주름을 넣어 젖빛이 도는 파르스름한 반투명 유리가 통으로 끼워져 있었다. 그러므로 막 엘리베이터에서 내려 맞은편을 쳐다보는 사람은 실내 수영장에 들어온 것이 아닌가 착각할 수도 있었다. 이쪽저쪽에서 사람들이 헤엄치고 있는데, 어떤 사람들은 앞쪽으로 계속 나아가고, 또 어떤 사람들은 물 위를 걷고 있고, 또 다른 사람들은 물표면 아래로 막 진입하거나 아예 잠수 상태라 각자의 책상에 머리를 파묻고 익사하면서 얼굴이 분홍빛 얼룩으로 어른거리는 모습을 보여 주고 있는 듯했다. 하지만 이런 착시 현상은 사무실 깊숙이 들어가면서 금방 사라질 수밖에 없었다. 이 공간의 중앙은 말할 수 없을 정도로 건조했기 때문이었다. 프랭크 휠러가 자주 입에 올렸던 불만에 의하면, 이곳은 "빌어먹을 눈깔까지도 말려 버릴 정도로 건조"했다.

이런저런 불만에도 불구하고, 그는 이 사무실의 불만족스러운 조건 자체를 자신이 은근히 즐기고 있다는 사실에 대해 가끔은 죄의식을 느끼곤 했다. 여러 해에 걸쳐 그 자신이 농담 삼아 계속 말해 온 것이지만, 정작 퇴사하게 되면 자신이 녹스를 그리워하게 될지도 모른다고 할 때, 그가 실제로 의미한 그리움의 대상은 함께 근무했던 동료들이었다.("내 말인즉슨, 그치들 꽤 괜찮은 작자들이란 거지. 몇몇은, 적어도.") 그렇지만 정말 솔직하게 말한다면 15층이라는 공간, 즉 사무실 그 자체에 편안함을 느끼는 데서 오는 애정을 품고 있었다는 사실도 부인할 수는 없었을 것이다. 여러 해 근무하면서 그는 같은 빌딩의 다른 층과 15층 사이에 감각적으로 약간의 차이가 있다는 점을 깨닫게 됐다. 딱히 더 좋다거나 더 나쁘다거나 하는 것이 아니라 그저 '자신의' 층이기에 다르다고 느끼는 정도였다. 15층은 그만의 밝고 건조하며 매일매일 겪어 내야 하는 고난이었으며, 그만이 감내해야 하는 일정량의 지루함을 의미했다. 그에게 하루의 시간을 일정 단위로 구분하는 새로운 방식을 가르쳐 준 것도 바로 이 15층이라는 공간이었다. 거의 커피 마시러 내려가야 할 시간, 거의 점심 먹으러 내려가야 할 시간, 거의 집에 가야 할 시간 등의 이 새로운 시간 단위들은 마치 아픈 환자가 되풀이해서 찾아오는 고통의 확실성에 의존하여 하루하루를 버티듯 그가 이들 기분 좋은 시간 사이의 무의미한 시간 낭비의 기간에 의존하여 회사 생활을 견뎌 내도록 길들여 놓았다. 녹스 빌딩 15층은 이제 그의 일부가 되었다.

"안녕, 프랭크." 빈스 래스럽이 인사를 건넸다.

"안녕, 프랭크." 에드 스몰이었다.

"안녕하세요, 휠러 씨." 그레이스 몬쿠소도 인사를 건넸다.

시장조사부의 허브 언더우드 밑에서 일하는 여성이었다.

그의 발은 어느 지점에서 방향을 꺾어야 영업지원부란 간판이 붙은 통로로 진입하는지 알고 있었다. 또 몇 발짝을 걸으면 세 칸의 개인 업무 공간을 지나치며, 네 번째로 진입하기 위해서는 어디서 다시 방향을 틀어야 하는지도 정확히 알고 있었다. 눈감고도 해낼 수 있는 일이었다.

"안녕하세요." 사무실 전체를 담당하는 안내원이자 요르겐슨 부인 휘하의 타이피스트로도 근무하는 모린 그루브가 인사를 건넸다. 가감 없는 애교가 묻어 있고 상당히 여성스러운 목소리였다. 그가 지나가도록 한쪽으로 살짝 비켜서는 그녀를 보면서 그는 그녀의 어깨에 팔을 두르고 어디론가 데려가(우편실? 화물용 엘리베이터?) 자기 무릎 위에 앉히고서 그녀의 진보라 스웨터를 벗긴 다음 그녀의 젖가슴을 차례로 한입 가득 머금어 보고 싶은 충동을 느꼈다.

그런 생각을 해 본 것이 이번이 처음은 아니었다. 다른 점은 그런 충동을 느끼자마자 이런 생각이 확 들었다는 것이다. 왜 안 돼?

그의 발은 다시금 그를 네 번째 개인 업무 공간의 입구로 이끌었다. 입구에는 플라스틱 명패가 붙어 있었다.

J. R. 오드웨이

F. H. 휠러

그는 그 자리에 멈춰 섰다. 통유리의 가장자리에 한 손을 걸친 채 그녀를 돌아보았다. 그녀는 통로의 맨 끝까지 가 있었다. 면 치마에 싸인 엉덩이가 멋지게 씰룩거렸다. 그는 그녀가 칸막이 꼭대기의 수면 아래로 사라져 안내 데스크 뒤에 앉을 때까지 계속 쳐다보았다.

서두르지 마. 그는 자신에게 충고했다. 이런 일은 계획이 좀 필요해. 우선은 안으로 들어가서 잭 오드웨이에게 아침 인사를 건네고, 윗도리를 벗고, 자리에 앉아야 했다. 그는 그대로 했고, 즉시 칸막이 너머의 모든 것을 시선으로부터 차단했다. 그는 앉은 채로 의자를 옆으로 틀면서 자동적으로 오른발 발끝으로 책상의 맨 밑 서랍을 당겨 가장자리에 발을 올려놓았다.(몇 년 동안이나 구두의 무게에 짓눌려 온 서랍의 가장자리에는 발을 올려놓기 적당하게 홈이 파여 있었다.) 그런 다음 그는 서서히 밀려오는 희열의 파도에 자신을 맡겼다. 왜 안 돼? 지난 몇 달간 그녀는 온갖 추파를 던져 오지 않았던가? 아까 통로에서처럼 내 옆을 비켜 갈 때면 온몸을 흐느적거리지? 자료 파일을 건네줄 때면 책상 너머로 몸을 잔뜩 숙이고는 다른 사람에게는 절대 보여 주지 않는 아주 특별하고 모호한 미소를 지어 보이잖아? 그리고 저번 크리스마스 파티 때(그는 아직도 그녀 입술의 맛을 기억하고 있었다.) 그의 품에 안겨 몸을 떨면서 "멋있으세요."라고 속삭이지 않았던가?

왜 안 돼? 아, 우편실이나 화물 엘리베이터 같은 곳에선 안 되지. 하지만 어딘가 아파트에서 룸메이드와 함께 살고 있겠지? 그리고 그 룸메이트도 종일 바깥에 나가 있을 수 있잖아?

잭 오드웨이가 그에게 말을 걸고 있었다. 귀찮게도 자기 쪽을 쳐다보며 "뭐라고?"라며 물어 주길 바라고 있었다. 지금 상황에선 그 어떤 사람이 방해해도 별로 문제가 되지 않을 터였다. 그저 고개를 끄덕여 주고 원하는 대답을 적절하게 해 주면 모린 그루브 생각을 계속 이어 나갈 수 있었다. 하지만 오드웨이는 그러지 않았다.

"오늘 아침 자네 도움이 필요할 거라고 내가 미리 말해 뒀잖아, 프랭클린. 비상 상황이라고. 진짜 거짓말 아니야, 친구야." 그는 타자기로 작성한 서류 뭉치를 책상 위에 쌓아 놓고 들여다보는 듯했다. 누가 보더라도 일에 열중한 모습이었다. 하지만 눈치가 빠한 사람이라면 눈이 부시지 않도록 이마에 올려붙인 손이 실제로는 머리를 받치고 있는 것이며, 정작 그의 눈은 감겨 있다는 사실을 알아챘을 것이었다. 가냘프고 호리호리한 체격에 머리가 희끗희끗 세어 가는 오드웨이는 영리한 인상의 미남으로, 로맨스물에 나오는 배우처럼 생긴 사십 대 초반의 사내였다. 그는 거의 알코올 중독자나 마찬가지였는데, 매사를 대수롭지 않은 듯 웃어넘겨 버리는 재주를 십분 활용함으로써 아슬아슬한 줄타기를 계속할 수 있었다. 그는 또 사무실 전체에서 가장 다정다감한 사람이었다. 모두가 잭 오드웨이를 사랑했다. 오늘은 영국식 정장 차림이었다. 몇 년 전 출장차 런던에서 건너온 장인에게 당시 그의 월급 반을 주고 맞춘 것이었다. 이 정장의 재킷 소매 단추는 실제로 구멍에 끼워 잠글 수 있는 것이었고, 허리 뒤쪽이 높이 올라가도록 재단된 바지는 멜빵, 또는 영국식으로는 '브레이스' 없이는 입을 수 없는 것이었다. 이 정장을 입을 때면 언제나 그랬듯 오늘도 오드웨이는 가슴 호주머니에 면 손수건을 꽂고 있었다. 그렇지만 책상 아래 어정쩡히 벌어진 그의 좁고 긴 발은 애처롭게도 전형적인 미국인의 모습을 그대로 드러내고 있었다. 그의 발을 감싸고 있는 것은 뒤축이 불규칙하게 닳은 끈 없는 로퍼 구두였다. 이처럼 위아래가 심하게 부조화를 이루는 것은 잭 오드웨이라는 인물이 아주 심한 숙취에 시달릴 때 도저히 할 수 없는 일이 바로 구두끈을 묶는 일이기 때문이었다.

"앞으로……." 그는 잠긴 목소리로 더듬거리며 알했다. "앞으로 두 시간, 아니, 세 시간일 수도 있겠군. 그동안은 밴디가 내 쪽으로 접근할 때마다 내게 미리 알려 줘야 해. 그리고 요르겐슨 부인도 차단해 줘야 하고. 내가 토할지도 모르니까, 그때는 다른 사람들 눈에 띄지 않게 날 가려 줘야 할 거야. 지금 그 정도로 심각해."

잭 오드웨이의 인생에 대한 대략적인 이야기는 15층에서는 모르는 사람이 없는 일종의 전설 같은 것이었다. 그가 어떻게 부잣집 딸과 결혼해 전쟁 직전까지 아내의 유산으로 먹고살았는지, 유산이 바닥난 이후 어떻게 녹스 빌딩에 와서 사무직 경력을 지금까지 이어 왔는지, 그리고 그의 경력에서 유의할 만한 점이 어째서 거의 완벽하게 아무 일도 하지 않는 것인지 등에 대해 모르는 사람이 하나도 없었다. 그리고 이곳 영업지원부에서, 그러니까 부장인 밴디를 빼먼 열심히 일하는 사람이 아무도 없는 부서에서 오드웨이는 그 분야에서 자신만의 독특한 입지를 공고히 구축하고 있었다. 정말 심한 숙취로 녹초가 되는 때를 제외하면 그는 언제나 이곳저곳을 돌아다니면서 온종일 떠들어 대기만 했다. 그의 발길이 머무는 곳에서는 늘 너털웃음의 합창이 울려 퍼졌다. 심지어는 밴디 부장에게서 마지못한 듯한 킬킬거림을 얻어 내는 때도 있었고, 요르겐슨 부인의 경우에는 자지러지는 듯한 웃음을 멈출 수 없어 눈물을 흘리게 만들 때도 있었다.

오드웨이가 설명을 시작했다. "우선, 토요일에 샐리의 끝내주는 사나운 친구들이 서해안에서 날아온 거야. 기대를 잔뜩 갖고서 말이지. 시내 구경하게 좀 데리고 다녀 줄 수 있냐? 아, 당연히 그래야지. 아내의 옛날 친구들인 데다 워낙 막역한 그런 관계니까. 게다가 그 사람들은 언제나 실탄을 왕창 쟁여 다니거든. 그래서 앙드레에서 점심을 함께하는 것으로 시작했지. 세상에, 그렇게 훌륭한 마티니는 그 어디에서도 맛보지 못했을 거야. 아, 그리고 뭐 한두 잔 어쩌고저쩌고하는 것은 우리 성깔엔 안 맞지. 몇 잔을 마셨는지 기억도 못 하겠어. 그러고는 뭐 했더라. 아, 그래. 뭐 딱히 달리 할 것도 없고 해서 그냥 퍼지르고 앉아 저녁 전 칵테일 시간까지 계속 마티니를 마셨어. 그러고는 칵테일 시간이 됐지." 그는 이미 일하는 척하는 자세를 풀고서 서류를 한쪽으로 치운 다음 조심스럽게 의자에 등을 기대고 얼굴을 두 손으로 받치고 있었다. 자기 말의 리듬에 따라 머리를 이쪽저쪽 돌리며 웃기도 하고 또 웃으면서도 계속 나불거리는 그의 모습을 프랭크는 연민과 혐오가 섞인 감정을 느끼며 지켜보았다. 그의 숙취담은 대부분 샐리의 끝내주는 친구들이 호주머니를 두둑이 채워 서해안 아니면 바하마라든가 유럽 같은 데서 비행기를 타고 왔다는 것으로 시작하고, 재미있는 일은 언제나 샐리가 그 중심이 되어 벌어지는 것으로 전개됐다. 그의 이야기 속에서 샐리는 결혼 전 사교계에 데뷔했던 이력이 있으며, 세련되고, 출산을 해 본 적이 없는 아내이자 지칠 줄 모르는 놀이 동무였다. 적어도 15층에서 그의 이야기를 듣는 사람이라면 누구나 그의 아내에 대해 그런 식으로 짐작할 수밖에 없었다. 프랭크 역시 그랬다. 오드웨이 부부가 사는 집은 인기 배우 노엘 카워드가 등장하는 영화에서나 그려지는 세련되고 고상한 분위기의 아파트 같으리라 생각했던 적도 있었다. 그러다 그는 오드웨이의 손에 이끌려 그의 집으로 가서 술을 한잔하게 되면서 샐리를 직접 만나 보게 되었다. 샐리는 온몸이 부풀어 올라 곳곳에 주름이 깊게 잡힌 거대한 지방 덩어리였다. 이 늙어 가는 중년 여성의 입술에는 젊은 시절 늘 그렸던 그대로 앙칼진 큐피드의 활 모양으로 립스틱이 칠해져 있었다. 그날 밤 당황한 그녀는 삭아 가는 가죽 소파와 먼지를 뒤집어쓴 은세공 유리 제품들이 놓인 방들을 뒤뚱뒤뚱 오가며 끝도 없이 잭의 이름을 불러 댔다. 그 목소리와 억양에서 묻어나는 불만의 정도로 미루어 보면 자신의 모든 것을 망쳐 버린 남편에 대한 원망이 얼마나 강한지 알 수 있었다. 한번은 마치 천벌을 내려 달라고 신에게 빌기라도 하듯, 잭의 이름을 언급하며 페인트칠이 벗겨지고 있는 천장 쪽으로 눈을 치켜뜬 적도 있었다. 그녀는 남편을 위해 인생 전부를 희생했는데, 남편은 그저 유약하고 어리석으며 보잘것없는 인물에 불과했다. 남편은 몇 푼 되지도 않는 그놈의 돈을 따지느라 자기 친구들과의 관계를 다 망쳐 놓았으며, 따분하기 짝이 없는 사무직 직장에 붙어 있겠다고 고집을 부리고 따분하기 그지없는 사무실 사람들을 집에 데려오는 작자였다. 그동안 잭은 굽신굽신 그녀의 주변을 얼쩡거리며 실없는 농담이나 던졌고, 그녀를 '엄마'라고 부르기까지 했다.

"…… 그리고 우리가 공항에서 어떻게 돌아왔느냐에 관해선 말이야." 그가 말을 이어 갔다. "그건 나로선 도저히 알 수가 없어. 내가 또렷이 기억하는 마지막 장면은 새벽 3시에 내가 공항 라운지에 서서 누군가 애초에 우리가 거길 어떻게 왔느냐를 설명해 주면 좋겠다고 생각하고 있었단 거야. 아니면, 아냐, 잠깐만. 그 후에 햄버거 가게와 관련된 뭔가가 있었던 것 같은데, 아니면, 아, 그게 그 이전이었던가?" 마침내 이야기가 끝나자 그는 실험적으로 머리에서 손을 떼고 눈을 찌푸리면서 몇 번 깜박였다. 그러고는 조금 괜찮게 느껴지기 시작한다고 선언했다.

"잘됐군." 프랭크는 서랍에서 발을 내리고 자세를 고쳐 책상 앞에 똑바로 앉았다. 생각할 필요가 있었다. 그러자면 일하는 척해 보는 것이 가장 효과적이었다. 오늘 아침 새로 전달된 서류들은 '미결'이라 적힌 바구니에 들어 있었다. 지난 금요일에 들어온 서류들 위에 놓여 있었으므로 그는 책상 위에 바구니 전체를 뒤집어엎어 맨 아래 서류부터 처리하기 시작했다. 매일 해 왔던 대로(사실은 '미결' 바구니에 신경이 많이 쓰이는 날이라고 해야 맞다. 거들떠보지도 않는 날이 많았으니까.) 그는 내용을 훑어볼 필요도 없이 그냥 없애 버릴 수 있는 서류가 몇이나 되는지 가늠해 보려 했다. 내버려도 괜찮을 만한 서류들도 있었고, 여백에다 "고견 요망"이라 적고 자기 이니셜을 붙여 밴디 부장 앞으로 보내거나, "보충 설명 요함"이라 적어 옆 칸의 에드 스몰 같은 직원에게 보내 버림으로써 처리할 수 있는 것들도 있었다. 그런데 두 번째 처리 방식의 경우, 같은 서류가 며칠 뒤 밴디 부장의 "시행"이란 지시나 스몰의 "없음"이란 답이 덧붙여져 되돌아올 위험이 있었다. 좀 더 안전한 길은 그렇게 긴급을 요하지 않는 사안이라는 확신이 들면 "정리 보관"이라 적어서 요르겐슨 부인과 타자수들 앞으로 보내 버리는 것이었다. 긴급히 처리해야 할 만큼 중요하다고 생각되면, "정리 보관 그리고 일주일 추이 주시"라고 적어 두거나 그냥 옆으로 제쳐 두고 다음 서류로 넘어갔다. 이런 식으로 제쳐 둔 서류가 점점 쌓여 가면 그는 '미결' 서류들을 다 훑어보거나 훑어보는 일 자체가 지겨워졌을 때 다시 그 서류들로 돌아갔다. 제쳐 둔 서류들을 대충 그 중요도에 따라 분류한 다음, 그 순서에 따라 책상 중앙 가까이 15에서 20센티미터 높이로 언제나 쌓여 있는 서류 사이사이에 끼워 넣었다. 제니퍼가 유치원 활동 시간에 만든 도자기 문진으로 눌러 놓은 이 서류 뭉치가 그의 현안 서류들이었다. 여기에는 밴디 부장이 "시행"이라 첨부한 서류와 에드 스몰이 "없음"이라 적어 놓은 서류들이 많이 들어 있었고, "정리 보관 그리고 일주일 추이 주시"라 적혀 있되 그 기한을 서너 번 더 넘긴 것도 있었다. "프랭크, 이 건에 대해 좀 더 알아보시게."라고 적혀 있는 것들은 자기가 에

드 스몰을 이용하는 것처럼 자신을 이용하는 사람들이 보내
온 선물이었다. 가끔은 현안 뭉치에서 서류를 일부 빼내 책상
오른쪽 끝에 비슷한 높이로 쌓아 둔 두 번째 서류 뭉치에 합
쳐 놓기도 했다. 납으로 주조한 녹스 '500' 전자식 컴퓨터 모
형이 올려진 이 서류들은 지금 당장은 정말 들여다보기 싫은
것들로, 그중에서도 최악은 타자로 작성된 문서 위에 이런저
런 손글씨가 잔뜩 적혀 있는 서류들과 밀어서 끼우는 클립으
로 덧대어진 서류들이 합쳐져 전체적으로 두툼하게 부풀어
오른 것들로, 오드웨이가 '진짜배기'라 부르는 이런 서류들은
결국 책상의 오른쪽 맨 아랫단 서랍 안으로 들어가기 마련이
었다. 프랭크가 발을 올려놓을 때 사용하는 서랍의 반대쪽에
있는 이 서랍의 존재는 프랭크의 양심 속에 언제나 껄끄러운
부분으로 남아 있었다. 그는 뱀이라도 들어 있는 듯 이 서랍
을 열어 보는 것 자체를 꺼렸다.

왜 안 돼? 그냥 뚜벅뚜벅 걸어가서 점심 같이 먹자고 하는
게 그리 어려울까? 아니, 그렇지 않을 것이다. 그런데 그게 문
제이다. 크리스마스 파티를 제외하고 업무 이외의 건으로 남
녀가 함께 뭔가를 하는 것은 15층의 불문율을 어기는 것이다.
여자들은 화장실을 따로 쓰는 것처럼 점심도 자기들끼리 따
로 해결한다. 그런 규칙을 공공연하게 어기려는 녀석은 멍청이
나 다름없다. 이 문제는 궁리를 좀 더 해 볼 필요가 있다.

그가 여전히 '미결'을 처리하고 있는데 미소를 띤 갸름한 얼
굴과 진지한 표정의 둥근 얼굴이 옆 칸 칸막이 유리 위로 나
타나 이쪽 안을 굽어보았다. 빈스 래스럽과 에드 스몰의 얼굴

이었고, 이들이 나타났다는 것은 커피 마시러 내려가는 시간이라는 의미였다.

"신사분들. 슬슬 움직여 볼까요?" 빈스 래스럽이 입을 열었다.

삼십 분쯤 지나 그들은 사무실로 돌아왔다. 커피를 마시면서 그들은 롱아일랜드에 집이 있는 에드 스몰이 잔디 씨앗과 잔디밭 관리에 어려움을 겪고 있다는 이야기를 한참 들었다. 커피를 마시고 오드웨이는 기력을 조금 회복한 듯했다. 하지만 결과적으로 보니 그에게 실제로 필요했던 것은 해장술이었음이 분명했다. 완전히 기력을 회복한 그는 이제 머리를 건들거리며 업무 공간 안을 천천히 왔다 갔다 했다. 그러면서 어금니 쪽으로 바람을 빨아들여 키스하는 듯한 소리를 계속 내면서 밴디 부장 흉내를 냈다.

"아, 하지만 난 우리가 정말 효율적인지가 의문이야. 그게 문제이지.(키스 소리) 왜냐하면 우리가 정말 효율적이고 싶다면, 그럼 우린 정말로 팔을 걷어붙이고, 더 열심히, 더,(키스 소리) 더 효율적이어야……."

프랭크는 벌써 두 번째인가 세 번째로 현안 서류 뭉치 맨 위에 있던 서류를 읽어 보고 있었다. 오하이오주 털리도 지점장이 보낸 편지로 보였는데, 외국어로 작성했나 싶을 정도로 첫 번째 문단부터 내용을 파악하기가 힘들었다. 그는 눈을 감고 손으로 눈을 문지른 다음, 다시 한번 첫 문단을 읽어 보았다. 그제야 무슨 말인시 이해됐다.

녹스의 전통에 따라 본인을 '우리'라 칭하는 이 털리도 지점장은 동봉한 SP-1109에 있는 무수한 오기와 부정확한 정보와 관련해 자신들이 보낸 이전 문건과 관련해 어떤 조치가 시행 중인지를 알고 싶어 했다. 동봉된 것은 코팅지에 4도로 인쇄하고 '녹스 500으로 귀사의 생산 관리를 정조준하십시오'라는 제목이 붙은 두꺼운 안내 책자였다. 이것을 보자 프랭크는 불안한 기억이 되살아났다. 여러 달 전에 어떤 광고 회사의 직원이 작성했지만, 그 광고 회사와의 거래가 끊기면서 "질문이 있으면 본사의 프랭크 휠러에게 문의하십시오."라는 문구를 박은 책 수천, 수만 권이 현장에 뿌려졌다. 그 당시 프랭크는 그 책자가 엉망이란 사실을 알고 있었다. 빽빽하게 인쇄된 내용은 전혀 앞뒤가 맞지 않았고, 당연히, 읽어 봐도 무슨 소린지 이해하기 힘들었고, 예시로 든 그림들과 설명의 상관관계도 너무나 자의적이었다. 그렇지만 그는 그냥 배포되도록 내버려두었다. 그럴 수밖에 없었던 것은 어느 날 복도에서 마주친 밴디 부장이 어금니 쪽으로 키스 소리를 내면서 "그 안내 책자 아직 안 내보냈어?"라고 물어 왔기 때문이었다.

그 이후 프랭크 휠러를 수신자로 한 문의가 미국 전역으로부터 서서히, 그러나 꾸준하게 들어왔다. 그런데 털리도에서 보내오는 것들은 막연하게나마 뭔가 특별하게 긴급한 것 같다는 느낌이 들었다. 두 번째 문단이 그의 기억을 되살려 주었다.

귀하께서 기억하시겠지만, 우리는 이곳에서 6월 10일부터 13일까지 개최되는 생관책연(전미 생산 관리 책임자 연합회) 총회에 배포하기 위해 안내 책자를 5000부 더 주문할 계획을 세우고 있었습니다. 그러나 지난번 서신에서 밝혔다시피, 저희 소견으로 해당 안내 책자는 그 어떤 방식이나 형태로든 소기의 목적을 달성하기가 불가능할 정도로 열악합니다.

따라서 지난번 저희 서신에서 문의한 내용에 대한 신속한 답신을 부탁 드립니다. 문의 내용은, 안내 책자의 수정본을 요청한 수량에 맞추어 늦어도 6월 8일 이전까지 저희 지점으로 송부하기 위한 조치가 어떻게 시행되고 있는가입니다.

그는 재빨리 편지의 왼쪽 상단을 훑어보고는 밴디 부장에게 가는 복사본이 첨부되지 않았다는 사실을 확인하고 안심했다. 운이 좋았다. 하지만, 그렇다 하더라도, 이 건은 오드웨이가 '진짜배기'라 부르는 것에 해당할 가능성이 곳곳에 묻어 있었다. 안내 책자를 새로 제작할 수 있는 시간 여유가 있다 하더라도(그럴 여유는 없어 보였지만), 그러려면 어차피 밴디 부장의 재가를 받아야 하는데, 그러면 밴디 부장은 왜 두 달 전에 미리 자기에게 알려 주지 않았냐고 따질 게 분명했다.

문건을 두 번째 서류 더미에 올려놓으려는데 심란한 그의 머리에 아주 좋은 생각이 떠올랐다. 그는 칸막이 밖으로 후다닥 나가 초조한 듯 사무실 앞쪽으로 걸어갔다.

할 일이 없어 안내 책상에 우두커니 앉아 있던 그녀는 행복한 기대를 가득 담은 눈길로 그를 올려 보았다. 거의 공모자에 가까운 눈실이었다. 그 통에 그는 그녀를 찾아오는 이유로 가장하기로 작정했던 것이 무엇이었는지를 잊을 뻔했다.

"모린." 그는 가까이 다가가 그녀가 앉은 의자 등받이를 손으로 잡으며 말했다. "아주 바쁘지 않으면 중앙 자료실에서 뭐 좀 찾는 것 도와줄 수 있을까 싶어서요. 이것 좀 보세요." 그는 안내 책자를 은밀한 증표라도 되는 듯 그녀의 책상 위에 내려놓았다. 그러자 그녀는 확인차 엉덩이를 살짝 들고 몸을 앞으로 숙였다. 그녀의 가슴이 책자를 가리키고 있는 그의 손가락 가까이서 흔들거렸다.

"뭐죠?"

"사실은, 이것, 수정해야 하거든요. 그 말은 제가 이 책에 수록된 내용과 관련된 자료들을 모두 다 뒤져 봐야 한다는 거죠. 원본들 말입니다. SP-1109라고 '보류 중'으로 분류된 파일이 하나 있는데, 거길 들여다보면 우리가 광고 회사에 보냈던 자료의 복사본들이 있을 겁니다. 그 복사본을 잘 살펴보면 그와 관련된 다른 자료를 가리키는 분류 기호가 또 있겠죠. 그러면 우린 원자료들을 찾아낼 수 있을 겁니다. 갑시다. 제가 처음엔 조금 도와드리죠."

"알겠습니다."

그녀의 엉덩이를 뒤좇아 통로를 걸어가며 그는 승리에 대한 확신으로 가슴이 부풀어 오르는 것을 느꼈다. 이내 그들은 중앙 자료실의 복잡한 미로 속에 단둘이 있게 됐다. 파일 함 하나를 초조하게 뒤지고 있는 그들 주위로 그녀의 향수 냄새가 퍼져 나갔다.

"하나, 하나, 공, 몇이라 그러셨죠?"

"하나, 하나, 공, 구. 그 근처에 있을 겁니다."

처음으로 그는 그녀의 얼굴을 찬찬히 뜯어보았다. 둥근 편이었고 코도 약간 넓어 보였으며 아주 예쁜 얼굴은 아니었다. 이제는 그런 점도 인정할 만큼 그에게는 여유가 생겼다. 화장을 지나치게 짙게 한 것은 아마도 좋지 않은 안색을 가리기 위함일 테고, 눈가에 검은색 꼬리를 그려 놓은 것도 눈을 더 크게 보이게 하고 또 눈과 눈 사이를 더 넓어 보이게 하려는 의도였을 것이다. 공들여 손질한 게 분명한 머리는 아마 그녀의 최대 골칫거리인 듯했다. 어릴 적에는 봉두난발의 곱슬머리였을 것이고, 지금도 비가 오면 골칫거리가 될 것이 틀림없었다. 하지만 그녀의 입은 정말 멋있었다. 치아도 완벽했고, 섬세한 윤곽의 도톰한 입술은 마치 팬케이크처럼 부드럽고 말랑말랑해 보였다. 그는 그녀의 입에만 초점을 맞추고 쳐다보면 그 외의 다른 부분은 살짝 흐릿해진다는 사실을 깨달았다. 그리고 거기서 살짝 뒤로 물러나 그녀의 늘씬하고 육감적인 몸매 전체를 그 흐릿한 이미지에 덧붙이면, 자신이 세상에서 가장 탐낼 만한 여인을 바라보고 있다고 믿을 수 있었다.

"여기 있네요." 그녀가 입을 열었다. "이제 이 여러 가지 분류 기호와 관련된 다른 서류들을 모두 찾아내면 된다는 거죠, 그렇죠?"

"맞아요. 시간이 좀 걸릴 겁니다. 점심 일찍 먹겠단 계획이 없었길 바라요."

"아뇨. 그럴 생각 없었어요."

"좋아요. 조금 있다 어떻게 되어 가나 한번 보러 오겠습니다. 고마워요, 모린."

“천만의 말씀이세요.”

그러고는 그는 자기 칸으로 돌아와서 자리에 앉았다. 완벽한 작전이었다. 그는 이제 여기 앉아 다른 사람들이 모두 점심 먹으러 나가고 사무실이 비기만 기다리면 되었다. 그러면 그는 돌아가 그녀를 차지할 셈이었다. 당장 급한 문제는 늘 같이 점심 먹으러 나가던 녀석들과 함께 나가지 않을 구실을 찾아내는 것이었다. 기왕이면 오후 통째로 자리를 비울 구실이면 더 좋았다.

“먹지?” 깊은 저음의 남성적인 목소리가 들려왔다. 이번에는 세 명의 얼굴이 칸막이 위로 떠올랐다. 래스럽, 스몰, 그리고 말을 걸어온 남자였다. 짙은 눈썹에 파이프를 입에 물고 있는 이 남자는 덩치가 회색 곰처럼 거대해서 칸막이 너머로도 어떤 옷을 입고 있는지가 다 드러났다. 분명히 사무용 정장은 아니었다. 체크무늬 셔츠에 보푸라기가 핀 모직 넥타이를 하고 희끗희끗한 회색 재킷을 걸친 이 사람의 이름은 시드 로스코였다. 그는 15층에서는 알아주는 문학 비평가이자 정치 전문가로, 평사원을 위한 사보인 《녹스 소식》의 편집을 맡고 있기에 본인을 ‘늙은 신문팔이’라 비하해서 부르고 있었다. “자, 가자고, 이 얼치기 양반들아.” 그는 호탕하게 말했다. “발딱 일어서.”

잭 오드웨이는 지시에 따랐다. “갈까; 프랭클린?”이라고 물어보느라 잠시 주춤했을 뿐이었다. 프랭크는 일어나지 않고 시간에 쫓기는 사람의 표정으로 시계를 들여다보았다.

“오늘은 안 되겠는데. 오후에 저 외곽 쪽에서 만날 사람이 있어. 그리로 가서 간단히 해결할 것 같아."

"아, 도대체 왜, 휠러." 오드웨이가 그를 돌아보며 탄식했다. 그의 얼굴에는 사안에 비해 지나치게 강한 충격과 실망의 기색이 어려 있었다. 꼭 같이 가 줘야 한다는 표정이었고, 이를 본 프랭크는 곧 무엇이 문제인지를 눈치챘다. 오드웨이에게는 그가 필요했던 것이다. 프랭크가 옆에서 지원해 주면 오드웨이 본인이 '멋진 데'라 부르는 곳으로 일행을 몰아갈 수 있었다. 그곳은 어둠침침한 독일식 식당으로 그리 강하지는 않은, 그렇지만 적당할 정도로는 진한 마티니가 끊임없이 식탁 위에 오르는 것이 당연한 곳이었다. 프랭크가 없으면 로스코가 앞장설 것이고, 그러면 오드웨이가 '끔찍한 데'라 부르는 간이식당, 그러니까 환하고, 더할 나위 없이 깨끗한 와플 천국 같은 곳을 택할 것이었다. 그런 데서는 맥주 한 잔도 마실 수 없을 뿐더러 버터 녹는 냄새며 메이플 시럽 같은 것들의 느끼한 냄새 때문에 종이 냅킨 위에 구토를 쏟아 낼 수도 있었다. 그럴 경우, 잭 오드웨이로서는 평정심을 유지하며 가만히 앉아 있다가 사무실로 돌아오는 수밖에 없을 것이고, 그때에야 사람들의 눈을 피해 살짝 나가서 한두 잔 홀짝여서 오후를 버텨 낼 기력을 회복할 수 있을 터였다. '제발.' 일행이 그를 데리고 떠나자 그의 희극적으로 동그래진 눈이 애원했다. '제발 나 좀 구해 줘.'

하지만 프랭크는 꿈쩍도 하지 않고 자신의 현안 서류들을 엄지로 넘겨 보았다. 그는 그들이 엘리베이터 안으로 완전히 다 들어갈 때를 기다렸다. 그리고 좀 더 기다렸다. 십 분이 지났다. 이십 분이 지났다. 그런데도 사무실에는 여전히 사람들이 많았다. 마침내 그는 의자에서 반쯤 몸을 일으켜 칸막이 너머로 사방을 훔쳐보았다.

모린의 머리만 중앙 자료실의 수표면 위에서 오가고 있었다. 엘리베이터 근처에는 머리가 몇몇 모여 있었고 저 멀리에도 몇몇이 흩어져 있었지만, 더 기다릴 필요는 없었다. 사무실이 이보다 더 한산해지지는 않을 것이었다. 그는 재킷을 걸치고 살그머니 자기 칸을 빠져나왔다.

"그만하면 됐어요, 모린." 들러붙기라도 하듯 그녀 가까이 접근한 그는 그녀의 손에 들린 서류 뭉치며 다른 문건들을 낚아채며 말했다. "이걸로도 충분할 것 같아요."

"아, 그렇지만 이건 거의 반밖에 되지 않는데요. 전부 다 필요하다 그러지 않으셨나요?"

"자, 그건 이제 신경 쓰지 맙시다. 점심이나 같이하는 게 어때요?"

"좋아요. 저도 그러고 싶어요."

자기 책상으로 돌아와 서류를 떨어뜨려 놓고 남자 화장실로 들어가 간단히 손을 씻고 나올 때까지만 하더라도 그는 거침이 없었다. 그렇지만 엘리베이터 앞에 서서 그녀가 여자 화장실에서 나오기를 기다리는 동안 무척 초조해졌다. 엘리베이터 근처에 선 사람 중에 점심을 먹고 돌아온 사람들이 섞이기 시작했기 때문이었다. 그녀가 서둘지 않으면 오드웨이 일행과 맞닥뜨릴 수도 있었다. 도대체 안에서 뭘 하고 있는 거지? 휠러 씨와 외출하게 됐다고 다른 여자 셋과 어깨를 걸고 자지러지게 웃고 있기라도 하는 건가?

그러다 갑자기 그녀가 그를 향해 걸어왔다. 가벼운 재킷만 걸친 모습이었다. 엘리베이터 문이 열리고 운전원의 목소리가 들려왔다. "내려갑니다."

아래로 내려가는 동안 그는 그녀의 뒤쪽에 열중쉬어 자세로 뻣뻣하게 서 있었다. 근처 식당은 모두 녹스 직원으로 넘쳐 날 것이 분명했다. 그녀를 데리고 이 근방을 벗어나야 했다. 로비를 통과할 때 그는 그녀의 가슴에 손을 갖다 대기라도 하듯 팔꿈치에 손을 댔다. 그는 웅얼거렸다. "실은, 이 근처엔 괜찮은 데가 없어요. 좀 멀리 가도 되겠죠?"

이제 그들은 보도로 나와 행인들 틈에 섞였다. 잠시 바보처럼 맹한 표정으로 어떻게 해야 할지 몰라 빙긋이 웃고만 있던 그에게 갑자기 '택시'라는 단어가 떠올랐다. 그러자 즉시 허공을 휘젓고 있는 그의 팔 아래로 택시 한 대가 속도를 줄이며 굴러왔고, 그는 기분이 나아졌다. 게다가 그녀가 미소 지으며 몸을 숙여 우아하게 택시에 올라타 뒷좌석 깊숙이 자리 잡는 모습을 지켜보며 너무 신이 난 그는 사무실 동료들이 이쪽으로 걸어오는 모습을 목격한 것조차 무시해 버렸다. 어디서나 눈에 띌 수밖에 없는 시드 로스코의 거대한 덩치 좌우로 래스럽과 스몰과 오드웨이가 늘어서서 '끔찍한 데'가 있는 쪽에서 오고 있었다. 그들이 그를 봤는지 못 봤는지 확인할 길은 없었다. 하지만 그는 즉시 상관없다고 결론지었다. 그는 택시 문을 닫았고, 택시가 도롯가에서 벗어나려 하자 다시 한번 창문 너머로 힐끗 내다봤다. 잭 오드웨이의 오렌지색 로퍼 신발이

수많은 다리와 발 사이에서 퍼덕거리고 있는 것을 본 그는 함
박웃음을 터뜨리고 싶었다.

여섯

"눈앞이 흐릿해요." 그녀가 입을 열었다. "제 말은, 몸이 이상하다든가 그런 건 아닌데, 뭘 좀 먹어야 할 것 같아요."

그들은 웨스트 10번가에 있는 한 식당에 자리를 잡았다. 벽돌로 지은 고급 식당이었다. 모린은 거의 삼십 분 동안이나 숨도 쉬지 않고 자신의 신변에 관한 이야기를 토해 냈다. 그녀가 잠시 말을 멈추었을 때는 그가 요르겐슨 부인에게 전화를 걸어 오후 동안 안내 데스크를 대신 맡아 줄 사람을 구해 달라고 부탁할 때뿐이었다.(그는 둘러댔다. "사실은 제가 시각 자료실에서 자료를 찾고 있는데, 좀 도와달라고 모린 양을 모시고 왔습니다. 그런데 지금 보니까 오후 내내 여기 일이 끝날 것 같지 않습니다." 녹스 빌딩에는 시각 자료실이라는 이름의 부서도 없었고 그런 팀조차 없었다. 그렇지만 그에게는 요르겐슨 부인이 그런 사실을 모를 뿐만 아니라, 그녀가 그런 부서에 관해 물어볼 만한 사람들 역시 그런 사실을 정확히 알고 있지는 못할 것이라는 꽤 그럴듯한 확신이 있었다. 이 문제를 너무나 능숙하게 처리했기에 그는 자신이 거의 취했다는 사실조차 깨닫지 못했다. 전화 부스에서 돌아오는 길에 프랑스식 페이스트리 한 판을 뒤집어엎을 뻔하고 난 뒤에야 자신이 취했다는 사실을 알게 됐다.) 그 이후 그는 복잡한 감정으로 꾸준히 술을 마시면서 그녀의 이야기를 듣고 있기만 했다.

그가 알게 된 사실은 다음과 같았다. 그녀의 나이는 스물둘이었고, 뉴욕주 북부 조그만 읍 출신이었다. 아버지는 그곳에서 건재상을 하고 있었다. 그녀는 자신의 이름을 싫어했다. ("제 말은, '모린'은 괜찮아요. 하지만 '그루브'는 같이 붙이면 너무 이상하게 들려요. 아마 그래서 제가 결혼하려고 그렇게 안달했나 봐요.") 열여덟에 결혼했고 반년 후 무효화시켰다.("완전 웃기지도 않았다니까요.") 그 후 일 년인가 이 년인가를 '집 안에서 걸레질이나 하고 가스 회사에 다니면서 우울하게 지내다가' 문득 자신이 늘 정말 하고 싶었던 것이 뉴욕시로 와서 '사는 것처럼 살아 보는 것'이라는 사실을 깨달았다.

이 모든 게 재미있기는 했다. 그녀가 가끔 수줍어하면서 자신을 '프랭크'라고 친구 부르듯 격의 없게 부르기에 이르는 과정도 재미있었고, 실제로 다른 여자와 같이 '완벽하게 사랑스러운' 아파트에 살고 있으며, 그 아파트가 이곳 그리니치 빌리지에 있다는 소식도 마음에 들었다. 하지만 시간이 조금 더 지나자 그는 재미있어해야 한다고 계속해서 자신을 일깨워야 한다는 사실을 깨달았다. 문제는, 그의 짐작으로는, 주로 그녀가 말을 너무 많이 한다는 점이었다. 그리고 그녀가 하는 말이 어딘지 꾸며 낸 듯한 느낌을 주기 때문인지는 몰라도, 매력적이고 흥미롭게 들릴 가능성이 묻혀 버리고 귀여운 척하는 애교스러운 말투와 자세만 부각되는 결과만 낳는 것 같기도 했다. 곧 그는 그녀의 이런 어리석은 약점들이 모두, 아니라면 적어도 부분적으로는, 함께 사는 친구 때문에 형성됐다는 사실을 짐작할 수 있었다. 친구의 이름은 노마였고, 모린은 그녀를 무조건 존경하는 듯했다. 그녀가, 이 다른 여자 또는 '여사친'이 자기보다 나이가 많으며, 두 번 이혼했고, 큰 잡지사에 근무하면서 '온갖 멋진 사람들'과 알고 지낸다는 등의 이야기를 하면 할수록, 그는 이 두 사람이 일종의 여성만을 위한 쾌락주의 종교 체계에서 전형적인 스승과 제자의 역할을 맡고 있다는 확신을 갖게 됐다. 모린의 화장이 지나치게 짙다는 점, 머리를 지나치게 공들여 세팅했다는 점, 거기에 학습한 티가 역력한 상투적인 말투, 특히 '미친'이라든가 '끝내주는'이라든가 '끔찍한' 같은 단어를 지나치게 자주 조잘거리는 어법이라든지, 아파트 관리와 관련된 이야기를 하면서도 눈을 동그랗게 치켜뜬다든지 하는 것은 모두 그녀가 노마의 교육을 받고 있다는 사실을 드러내는 증표였다. 그뿐만 아니라 쉴 새 없이 쏟아 내는 일화의 내용 역시 마찬가지였다. 그녀의 일화에는 유독 식료품 가게의 마음씨 좋은 이탈리아계 아저씨라든가 마음씨 좋은 중국계 세닥소 아저씨, 또는 순찰에 나선 퉁명스럽지만 사랑스러운 경찰관 등이 자주 등장했는데, 그녀의 이야기를 듣고 있으면 이들은 모두 맨해튼에 사는 미혼 여성

들을 주인공으로 하는 달콤한 할리우드식 로맨스물의 조연들
로 변해 버렸다.

그녀의 입에서 흘러나오는 이야기가 하도 많아서 그는 계속
해서 술을 주문해야 했다. 그리고 이제는 눈앞이 흐릿하게 보
인다는 그녀의 은근한 표현에 대해 미안함을 느꼈다. 그녀의
얼굴에는 여태껏 노마가 가르쳐 준 대로 띠고 있던 허위적인
생기마저 지워지고 없었다. 그녀는 이제 파티 드레스에 토하기
직전인 어린아이처럼 아무런 꾸밈 없이 가엾기만 한 표정이었
다. 그는 웨이터를 불러 너그러운 아빠처럼 그녀가 메뉴에서
가장 몸에 좋은 음식을 고르도록 도와주었다. 그녀가 본격적
으로 음식을 먹으면서 이제는 괜찮아졌다는 걸 보여 주기 위
해 이따금 고개를 들어 자신을 쳐다봐 주자 그는 자기 이야기
를 시작했다.

그는 최상의 성과를 거두었다. 문장은 물 흐르듯 술술 흘러
나왔고, 문단은 저절로 다음 문단으로 이어져 날개 단 듯 날
아올랐다. 적절한 일화는 필요할 때면 언제나 즉시 튀어나왔
고 곧 적절한 경구로 마무리되었다.

신속하고 대담하게 녹스 사무용 기기 주식회사를 발가벗
기는 것으로 시작하자 모린은 재미있다는 듯 웃었다. 그는 자
신 있게 비판의 주제를 확장해 자유로운 기업 활동이라는 신
화에 칼을 꽂아 그녀의 발밑에 갖다 바쳤다. 그러고는 경제에
대해 한마디만 더 하면 그녀가 지루하다고 느낄 수도 있는 그
순간 그녀를 낚아채 철학이라는 모호한 영역으로 데려갔다가
재치 있는 농담으로 마무리 지으며 그녀를 지상으로 가볍게

되돌려 놓았다.

그리고 불세출의 천재 시인 딜런 토머스의 죽음에 대해 그녀는 어떻게 생각했을까? 그리고 근대가 시작된 이래 현세대가 사상 최악으로 공포에 질려 활력을 잃어버린 세대라는 데 그녀도 동의하지 않았던가? 그는 최고의 솜씨를 발휘했다. 그는 밀리 캠벨이 "아, 정말 그래요, 프랭크!"라고 외칠 수밖에 없었던 이야기들과 한때 에이프릴 존슨이 자신을 이 세상에서 가장 흥미로운 인물이라고 판단하는 근거로 활용했던 이전의 더 풍성한 이야기들도 모두 활용했다. 심지어 그는 자신이 부두 하역꾼으로 일한 적이 있다는 것까지 언급했다. 그렇지만 이 모든 이야기를 하나로 정교하게 꿰어 묶는 실은 뚜렷하게 드러나 있었다. 오로지 모린이라는 젊은 여성만을 위해 마련된 것으로, 프랭크 자신을 결혼 생활에 환멸을 느끼고 있는, 그러면서 세상의 불의에 비장하게 맞서 싸우는 점잖은 젊은 남자로 각인시키는 주제였다.

커피가 왔을 때쯤에는 이야기의 효과가 확실하게 나타났다. 그녀의 얼굴은 그가 하는 말 하나하나에 대한 반응을 즉각적으로 반영하는 거울이 되었다. 그는 언제든 이 거울이 즐거운 웃음을 터뜨리게 할 수도 있었고, 진지한 동의의 뜻으로 인상을 찌푸리며 고개를 끄덕이게 할 수도 있었으며, 달콤한 연애담을 상상하며 부드러운 표정으로 변하게 할 수도 있었다. 정말 원한다면 그녀가 눈물을 흘리며 슬게 민드는 것도 어려운 일은 아니었다. 그녀가 잠시 그에게서 눈을 떼고 커피잔을 내려다본다든가 촉촉해진 눈을 들어 허공을 쳐다본다든가 하는 것은 북받치는 감정을 조금이나마 진정시켜 보기 위한 행동이었다. 한번은 그녀가 오늘 밤 노마에게 이 남자를 어떻게 설명해야 하나("오, 세상에서 제일 매력적인 분이시고…….") 고민하는 것을 눈치챘노라고 맹세할 수 있을 정도였다. 그리고 재킷을 걸치는 것을 거들어 줄 때 그녀가 그저 녹아내리듯 흐늘거린다든가 햇살 아래 잠깐 산책을 하기 위해 식당 밖으로 나올 때 그에게 슬쩍 몸을 기대 오는 것을 알게 된 그는 그때까지 마음속에 미심쩍게 남아 있던 마지막 의심의 조각마저 내던져 버렸다. 성공이었다.

남은 문제는 어디로 가느냐였다. 두 사람은 막연히 워싱턴 광장의 숲 쪽을 향하고 있었다. 그 공원을 산책한다는 것은 귀한 시간을 허비하게 된다는 문제는 차치하고 이 시간쯤이면 그곳이 이전에 에이프릴의 친구나 이웃이었던 여자들로 바글바글할 것이라는 문제가 있었다. 앤 스나이더와 수전 크로스는 물론 다른 여자들이 얼마나 많이 있을지 알 수 없었다. 여자들은 처지는 볼살에 햇볕을 쬐기 위해 고개를 하늘로 쳐들고 있거나 아이들의 입에 묻은 아이스크림을 닦아 주면서 유치원과 터무니없는 집세와 완벽하게 멋진 일본 영화를 화제로 이야기들을 주고받을 것이고, 남편이 퇴근할 시간이 되어야 아이들 장난감이며 그레이엄 크래커를 주섬주섬 주워 담아 남편에게 줄 칵테일을 준비하기 위해 집으로 슬슬 돌아갈 것이 분명했다. 그리고 그 여자들은 그를 금방 알아볼 것이었다.("어, 맞아, 프랭크 휠러 맞아. 그런데 같이 있는 여잔 누구지? 이상하지 않아?") 그렇지만 그의 이런 불안은 모린이 보도 위에서 발걸음을 멈추면서 증폭될 기회를 놓쳤다.

"여기가 제가 사는 곳이에요. 올라와서 뭐라도 한잔 드시겠어요?"

다음 순간 그는 그녀의 엉덩이를 따라 침침한 카펫 계단을 올라가고 있었다. 다음으로 그의 등 뒤에서 문이 짤까닥 닫혔고 그는 진공청소기를 돌린 냄새와 베이컨 냄새가 향수 냄새와 섞인 냄새가 나는 방 안에 서게 되었다. 천장이 높고 조용한 방이었다. 방 안의 모든 것은 창문을 통해 들어오는 노란 빛에 흠뻑 젖어 있었다. 창문에는 잘게 쪼갠 대나무 블라인드가 내려져 있어 대나무 조각의 틈 사이로 해가 연한 갈색과 황금색의 가느다란 끈을 옆으로 층층이 쌓아 놓은 것처럼 내다보였다. 스타킹만 신은 그녀가 우두커니 서 있는 그의 주변에서 몸을 숙이거나 무릎을 꿇으며 재떨이와 잡지 같은 것을 똑바로 정리하는 동안("집 안이 너무 어지러워서 죄송해요. 좀 앉으시겠어요?") 그는 자신감으로 우쭐해졌다. 그녀는 블라인드를 올리려고 침대 겸용 소파 위에 한쪽 무릎을 올려놓았다. 그녀가 소파 너머에 있는 블라인드 끈을 잡으려고 팔을 뻗었을 때 그는 뒤로 다가가 그녀의 허리에 손을 올려놓았다. 그것으로 충분했다. 콧소리가 섞인 촉촉하고 짧은 신음과 함께 그녀는 몸을 돌려 그의 품에 안기며 입술을 내맡겼다. 그러자 두 사람 모두 소파 위에 오르게 됐고 세상천지 유일한 문제는 옷이라는 속박에서 놓여나는 것밖에 없었다. 서로 뒤엉켜 가쁜 숨을 몰아쉬면서 두 사람은 서둘러 매듭과 단추와 버클과 고리를 풀었고, 마침내 마지막 장애물까지 완전히 제거했다.

그녀의 따뜻한 살이 움직이는 것을 느끼면서 그는 '바로 이거야. 바로 이걸 난 원했던 거야.'라는 깨달음에 휩싸였다. 그는 자신에게 너무 깊이 매몰되어 그녀가 "오, 그래요, 좋아요, 좋아요……."라고 속삭이는 것도 거의 의식하지 못했다.

하지만 모든 게 끝났을 때, 두 사람의 몸이 떨어졌다가 살짝 땀이 난 팔과 다리로만 다시 엉키게 됐을 때 그는 지금까지 이 여자보다 더 고마웠던 사람이 없었다는 사실을 확실하게 깨달았다. 문제는 뭐라고 말을 해야 할지 도무지 생각이 나지 않는다는 것이었다.

그는 그녀의 얼굴을 찬찬히 들여다보려 했다. 뭔가 실마리를 찾을 수 있을까 해서였다. 하지만 그녀는 이미 머리를 그의 가슴팍에 묻어 버렸고, 그의 눈에 들어오는 건 그녀의 헝클어진 머리밖에 없었다. 그녀는 그가 먼저 입을 열기를 기다리고 있었다. 그는 머리를 옆으로 조금 돌렸다. 그녀가 자기 품에 안기기 전에 삐죽이 올려놓은 블라인드 덕분에 창에 생긴 좁은 틈 사이로 바깥 풍경이 내다보였다. 그는 길 건너 건물의 처마를 한동안 쳐다보았다. 벽돌로 된 그 처마에는 세월의 흔적이 역력했다. 지붕 위로 솟은 굴뚝 꼭대기에 얹힌 통풍관과 텔레비전 안테나가 새파란 하늘을 배경으로 정교한 윤곽을 드러내고 있었다. 저 멀리 높은 데서 비행기 한 대가 천천히 날아가는 소리가 희미하게 들려왔다. 그는 고개를 돌려 방 안을 둘러봤다. 피카소 복제화들이며, 이달의 책 클럽 선정 도서들이며, 캔버스 천으로 씌운 간이 의자들이며, 스냅 사진들을 꽂아 놓은 벽난로 선반이며, 방 안의 모든 것이 짙은 노란

빛 속을 떠다니고 있었다. 그가 처음으로 일관성을 갖고 생각했던 것은 급하게 벗어젖힌 재킷과 셔츠는 저쪽, 의자 근처에 있고, 그의 구두와 바지, 그리고 속옷은 여기, 손 닿을 곳에 있다는 것이었다. 일어나 곧바로 옷을 입고 이곳을 나가는 데는 삼십 초도 걸리지 않을 것이었다.

드디어 그가 입을 열었다. "어, 오늘 출근할 때 이런 일이 있을 거라고는 생각도 못 했겠지?"

침묵이 이어졌다. 옆방의 자명종 시계가 째깍거리는 소리를 내고 있다는 것을 처음으로 알게 될 만큼 깊은 침묵이었다. 그러다, "네. 생각지도 못했죠." 그녀가 대답했다. 그러고는 재빨리 일어나 앉았다. 더듬더듬 진보라색 스웨터를 찾고는 홱 집어 올려 몸을 가렸다. 다음 순간, 잠시 주저하더니, 지금에 와서 조신하게 처신한다는 것은 아무 의미가 없다고 판단했는지 스웨터를 내려 버렸다. 그러나 갑자기 당황하면서 스웨터를 다시 집어 올렸다. 조신하게 처신해야 하는 때가 있다면 바로 지금이 아닌가라는 의심이 생겼던 게 틀림없었다. 다시 스웨터로 가슴을 가린 그녀는 그 위로 팔짱까지 꼈다. 그녀의 머리는 이제 어린 시절 그랬던 것처럼 봉두난발이 되어 버렸다. 머리 꼭대기에서 위쪽으로 폭발이라도 일어난 듯 머리카락이 엉켜 수백 개의 곱슬머리 뭉치로 뻗쳐 버린 것이다. 그녀는 손가락 끝으로 머리를 몇 군데 매만졌다. 굳이 단정하게 펴 보겠다는 의도에서라기보다 거의 무의식적으로 반쯤 장난스럽게 그래 본 것이었다. 그도 열여섯 살일 때 가끔 그렇게 여드름을 만져 보곤 했다. 그 끔찍한 것들이 아직도 그대로 있나 확인해 보는 것이었다. 그녀의 얼굴과 목은 희었지만, 그녀의 두 뺨에는 마치 귀싸대기라도 맞은 듯 붉은 홍조가 어리기 시작했다. 너무나 애처로운 표정이었다. 그가 단박에 그녀가 무슨 생각을 하고 있는지 짐작할 수 있을 정도였다. 노마는 뭐라고 할까? 그녀가 너무 쉽게 넘어갔다는데 깜짝 놀랄까? 아니야, 노마는 정말로 어른스럽고, 정말로 세련된 관계에서는 '쉽다'라든가 '까다롭다'라든가 '넘어간다'라는 식의 단어로 생각한다는 것 자체가 너무나 구태의연하다고 생각할 거야. 맞아. 그런데 정말 어른스럽고 세련된 그런 일이라면, 그런데 왜 그녀는 스웨터를 들고서 어쩔 줄 몰라 하는 거지? 왜 그녀는 이 남자에게 무슨 말을 해야 할지 몰라 이토록 당혹스러워하는 걸까?

마침내 그녀는 정신을 가다듬었다. 그녀는 부드럽고 묵직한 머리채를 뒤로 튕기듯 턱을 치켜들고는 텔레비전 코미디 시리즈에 나오는 전형적인 미소를 애써 지으며 처음으로 그를 정면으로 바라보았다.

"담배 있으세요, 프랭크?"

"그럼, 여기." 그러고는 드디어, 다행스럽게도, 대화가 이어지기 시작했다.

"그때 꾸며 댔던 부서 이름이 뭐였어요?"

"뭐?"

"있잖아요. 우리가 갔다고 했던 곳 말이에요, 요르겐슨 부인에게."

"아, 시각 자료실. 사실은 내가 만들어 낸 것도 아니야. 이전에 그런 비슷한 이름의 부서가 있긴 있었어. 8층인가 그쯤에.

156

근데 걱정할 것 없어. 그 양반은 절대 모를 거야.”

“정말 정말 진짜로 들려요. 시각 자료실이라니. 잠깐만요, 프랭크.” 그러고는 그녀는 벗은 몸을 조금이나마 가리려는 요량인지 몸을 엉거주춤 웅크린 채 아파트를 잽싸게 가로질러 자명종 시계 소리가 들려왔던 방으로 들어갔다.

그녀가 발끝까지 오는 실내복을 입고 이전의 형태를 완전히 회복한 머리로 나왔을 때 그는 옷을 다 갖춰 입고 이제 막 집 안에 들어선 손님처럼 점잖게 벽난로 선반 위의 사진들을 들여다보고 있었다. 그녀는 그에게 화장실이 어디 있는지 말해 주었다. 그가 화장실을 나왔을 때는 이미 소파가 반듯하게 정리되어 있었고 그녀는 부엌 근처를 서성거리고 있었다.

“술이나 뭐 마실 것 한잔 드릴까요?”

“아니, 됐어, 모린. 실은, 지금 나가 봐야겠어. 조금 늦은 것 같아.”

“저런, 그렇네요. 좀 늦었네요. 기차를 놓친 거예요?”

“괜찮아. 다음 것 타면 되지.”

“이렇게 급하게 가셔야 해서 어쩌죠?” 그녀는 차분하고 위엄 있게 처신하기로 마음을 단단히 먹은 듯했다. 그리고 실제로 그를 위해 문을 열어 줄 때까지는 우아함을 유지하면서 그렇게 행동할 수 있었다. 하지만 문을 여는 순간 잠시 그녀의 시선이 소파 근처 구석진 곳으로 향했고, 브래지어인지 가터벨트인지 얇은 천으로 된 하얀 무언가가 눈에 띄었다. 이끼 소파를 정리하면서 미처 발견하지 못했는지 아직도 카펫 위에 널브러져 있었다. 그녀는 흠칫 놀랐다. 생각 같아서는 달려가서 집어 올린 다음 소파 쿠션 뒤에 박아 넣든지, 가능하다면 발기발기 찢어버리든지 하고 싶은 충동을 가까스로 억누르고 있는 것이 분명했다. 그녀는 애처롭게도 휘둥그레진 눈으로 그를 돌아보았다.

더 미룰 수는 없었다. 지금은 뭔가 말을 해야 했다. 그렇지만 정말 있는 그대로를 말하자면 다른 누구에게보다도 고마움을 느낀다고 해야 할 것이고, 그 말은 곧 '감사합니다.'라는 말밖에 되지 않았다. 그러면 아마도 잘못된 의미로, 마치 그녀에게 돈을 지불하는 것과 같은 잘못된 의미로 받아들여질 가능성이 있을 것 같았다. 다른 식으로 말하는 것도 생각해 보았다. 슬프고 감상적인 표정으로 그녀의 어깨를 잡고서 "이봐, 모린. 이런 식의 관계에서는 미래가 없어."라고 말하는 것이었다. 그러면 그녀는 "아, 알아요, 전."이라고 말하며 얼굴을 그의 가슴에 묻을 것이고, 그러면 그는 선택의 여지도 없이 "난 내가 널 악의적으로 이용했다고 생각하긴 싫어. 만약 그랬다면, 난, 난⋯⋯."이라고 말해야 할 것이었다. 그리고 그게 바로 문제였다. "미안해."라고 말해야 할 텐데, 그게 싫었다. 세상천지에서 제일 하기 싫은 것이 미안하다고 사과하는 것이었다. 레다를 겁탈했을 때 제우스 백조가 미안하다고 했던가? 독수리가 사과하는가? 사자가 사과하는가? 절대 아니다.

그 대신 그는 웃어 주었다. 섬세하고 세속적이며 매력적인 미소였다. 그렇게 미소 지으며 그녀가 머뭇거리며 미소를 되돌려줄 때까지 그 표정을 유지했다. 그런 다음 그는 몸을 숙여 그녀의 입술에 가볍게 입을 맞추고 말했다. "이봐, 너 아주 멋있었어. 잘 지내."

그는 계단을 내려갔고 도로로 나와 걸었다. 그 구역을 채 벗어나기도 전에 그는 미친 듯이 달리기 시작했다. 5번가까지 계속해서 달려갔다. 한번은 유모차와 부딪치기 직전에 몸을 틀어 피해야 했다. 여자의 고함이 들려왔다. "앞을 똑바로 보고 가지 못해?" 하지만 그는 독수리가, 사자가 그러듯 뒤돌아보지 않았다. 그는 남자가 된 기분이었다.

남자가 기차를 타고 집으로 돌아올 때 뒤쪽 흡연칸에 앉아 바지 무릎을 꼼꼼하게 조정해서 주름이 지워지지 않도록 조심하고 옆 좌석에 앉은 사람의 공간을 침범하지 않도록 팔을 좁게 벌린 채 석간신문을 뒤적거릴 수 있을까? 기가 꺾여 상냥한 남자의 빈 껍데기들이 신문 잉크 냄새며 담배 냄새며 고약한 입 냄새며 과열된 라디에이터 냄새로 퀴퀴한 곳에 앉아 흔들거리면서 하는 카드 게임의 소음을 참으며 두통을 가시게 하려고 머리를 마사지하며 얌전하게 앉아 있을 수 있을까?

절대로 그렇지 않다. 남자가 기차를 탈 때는 객실 바깥 탁 트인 곳에서, 굉음이 무쇠를 울려 대는 칸과 칸 사이의 통로에서, 광풍이 넥타이를 사정없이 휘날리는 그런 곳에서 꼿꼿하게 서서 간다. 두 발을 쫙 펴서 흔들거리며 쿵쾅대는 철판 바닥을 딛고 서서 손가락에 긴 담배를 깊게 빨아 꽁초가 바람에 건들거리는 종이 재만 달린 불 바늘로 변하면 포효하며 내달리는 철로 위로 총알처럼 그내로 내팽개친다. 그게 남자이다. 그사이 분홍색과 회색이 섞인 먼지 낀 저녁 7시의 하늘을 배경으로 교외 주택 마을이 하나씩 기차를 따라 원호를 그리며 서서히 지나간다. 마침내 도착역에 닿았을 때 남자가 기차에서 내리는 방식은 휭하니 철 계단을 내려가 기차가 멈추어 서기 전에 뛰어서 땅에 발이 닿자마자 달음박질치다가 서서히 속도를 줄여 여유롭고 활발하게 큰 보폭으로 주차해 둔 자기 차로 걸어가는 것이다.

전망 창에는 커튼이 드리워져 있었다. 그는 차고 진입로에 이르기 전에 이미 그 사실을 눈여겨보았다. 그러다 핸들을 꺾어 차고 진입로로 들어서는 순간 에이프릴이 부엌문에서 나와 차고 안으로 쪼르르 달려가 자신을 기다리는 것을 보았다. 그녀는 검은색 짧은 원피스 차림에 발레 슬리퍼를 신고 있었고, 앞에는 얇은 흰색 천으로 된 앙증맞게 작은 앞치마를 두르고 있었다. 이전에는 본 적이 없는 앞치마였다. 차의 시동을 채 끄기도 전에 그녀가 차 문을 홱 열어젖히고는 두 팔로 그의 손을 잡아당기며 말을 걸어왔다. 그녀의 손은 모린 그루브의 손보다 가늘고 섬세했다. 그녀는 키도 더 컸고, 나이도 많았고, 완전히 다른 향수를 사용하고 있었으며, 더 높은 톤으로 더 빨리 말을 하고 있었다.

"여보, 들어 봐요. 집 안으로 들어오기 전에 제 말부터 들어봐야 해요. 정말 중요하거든요."

"뭔데?"

"아, 여러 가지죠. 일단 오늘 하루 내내 당신이 보고 싶었어요. 그리고 전부 제가 잘못했어요. 미안해요, 그리고 사랑해요. 나머지 얘기는 나중에 해요. 이제 들어가요."

일 년이라는 시간이 주어지고 또 다른 할 일이 전혀 없어

오직 거기에만 매달린다고 하더라도, 팔에 찰싹 붙은 에이프릴과 함께 부엌으로 오르는 계단을 올라가는 이삼 초의 짧은 시간에 그를 사로잡았던 감정이 도대체 어떤 것이었는지, 또 그 의미가 무엇인지 그는 결코 헤아릴 수 없을 것이었다. 모래 폭풍 속을 걷는 것 같기도 했고, 바다 밑바닥을 걷는 것 같기도 했으며, 또 허공을 걷는 것 같기도 했다. 은근히 웃기는 부분도 없지 않았다. 당혹감에 사로잡혀 쩔쩔매는 와중에도 그는 에이프릴의 목소리가 모린 그루브의 목소리와는 완전히 다른 것이 분명한데, 어딘지 모르게 모린이 노마가 친하게 지낸다는 멋진 사람들에 관해 이야기하거나 '시각 자료'라는 단어를 언급할 때 살짝 묻어나는 연극 대사를 읊을 때처럼 약간은 가장된 듯한, 어쩌면 프랭크라는 사람에게 말을 하고 있다기보다는 어떤 낭만적이면서 추상적인 이상형에게 말을 하는 듯한 느낌을 받았던 것이다.

"여기서 기다려요, 여보." 에이프릴이 말을 하고 있었다. "잠시만요. 제가 부를 때까지만요." 그러고는 그에게서 잠시 떨어졌다. 부엌은 쇠고기 통구이의 뜨거운 갈색 냄새로 가득했고, 이에 그는 눈물을 흘릴 뻔했다. 그녀는 얼음을 잔뜩 넣은 위스키 잔에 위스키를 가득 부어 그의 손에 들려 준 다음 불이 꺼져 깜깜한 거실 쪽으로 사라졌다. 참으려고 애는 쓰지만 그래도 여전히 터져 나오는 아이들의 킬킬거리는 웃음소리와 성냥 긁는 소리가 들려왔다.

"다 됐어." 그녀가 결정을 내렸다. "지금이야."

그들은 모두 식탁에 앉아 있었다. 그는 세 사람의 얼굴을 하나하나 들여다본 다음 그 얼굴들을 펄럭거리며 노랗게 물들이고 있는 것을 내려다보았다. 촛불을 꽂은 케이크였다. 그러자 새된 목소리로 느릿느릿 부르는 노랫소리가 들려왔다.

"새앵일 추욱하하압니다아……."

제니퍼의 목소리가 가장 크게 들렸지만, 고음 부분에서 음정에 맞는 목소리는 에이프릴의 목소리밖에 없었다. "사랑하아는 우리 아아빠 새앵일 추욱하하압니다……." 마이클은 최선을 다했고, 있는 힘껏 활짝 미소 지었다.

일곱

"용서해 달라니, 뭘, 에이프릴?" 두 사람은 거실 카펫 위에 서 있었다. 에이프릴이 머뭇거리며 프랭크 쪽으로 한 발짝 다 가섰다.

"아, 모두 다요. 모두 다. 지난 주말 내내 내 처신에 대해서 요. 그리고 제가 그 처참한 연극 공연에 말려들고부터 지금까 지 저의 모든 행실에 대해서요. 아, 정말 할 말이 너무 많아요. 그리고 제가 최고로 멋진 계획을 생각해 냈어요, 프랭크. 들어 봐요."

그렇지만 머리끝까지 분노가 치밀어 멍해진 그로서는 아 내의 말에 집중하기가 쉽지 않았다. 그는 자신이 괴물이 된 것 같았다. 무슨 굶어 죽을 사람처럼 저녁을 게걸스럽게 먹 어치웠고, 거기다 초콜릿 케이크를 무려 일곱 번이나 포크 가득 떼어 먹었다. 생일 선물 포장을 벗길 때마다 감탄사를 연발했다. 모린 그루브에게 사용했던 바로 그 단어였다. "근사한데……, 근사해……." 아이들이 잠자리에 들기 전 기도를 올릴 때도 함께 있었고, 그런 다음 아이들 방에서 발꿈치로 살금살금 걸어서 빠져나오기도 했다. 그러고는 이제는 아내가 용서를 구한다고 하는 게 아닌가. 이런 생각을 하면서 동시에 그는 냉정한 시선으로 아내가 그렇게 예쁘지만은 않다고, 너무 나이 들었고, 너무 키가 크며, 너무 감정적이라는 사실을 새삼 깨달았다.

그는 밖으로 뛰쳐나가 어떻게든 극적인 방식으로 속죄하고 싶었다. 나무에다 대고 주먹질을 한다든가 돌담을 뛰어넘으며 온몸이 덤불과 진흙 범벅이 된 채 기진맥진해서 쓰러져 버릴 때까지 어디론가 멀리 내달리고 싶었다. 대신 그는 눈을 감고 팔을 뻗어 에이프릴을 자기 쪽으로 끌어당겼다. 격렬한 포옹에 그녀의 칵테일 앞치마가 일그러졌다. 프랭크는 자신의 괴로움을 그녀의 등뼈가 안쪽으로 휘어지는 부분을 쓰다듬고 토닥이는 데 다 쏟아부었다. 그의 입은 헐떡거리며 깊숙이 그녀의 목구멍을 찾아들며 중얼거렸다. "오, 내 사랑. 오, 어여쁜 내 사랑."

"아니, 잠깐만요. 들어 봐요. 오늘 제가 종일 뭘 했는지 알아요? 당신을 그리워했어요. 그리고, 프랭크, 제가 정말 멋진 계획을……, 아니, 잠깐만요. 제 말은 전 당신을 사랑하기도 하고 뭐 다 그래요. 그런데, 제 말 좀 들어 봐요. 전……."

그녀의 말을 막고 그녀의 모습을 보지 않으려면 그녀의 입에 키스하는 수밖에 없었다. 그러다가 바닥이 위험할 정도로 기울어졌고 두 사람은 자칫하면 커피 테이블로 쓰러질 뻔했다. 두 사람은 껑충거리며 세 걸음 이동했고 푹신한 소파 위로 나뒹굴게 되었다.

"여보?" 에이프릴이 숨을 헐떡이며 속삭였다. "정말 당신을 사랑해요. 무척. 그렇지만 우린 정말…… 아, 아니, 멈추지 말아요. 계속해요."

"우리가 정말, 뭐?"

"정말 침실로 들어가야 한다고요. 하지만 당신이 불편하면 그러지 않아도 돼요. 그냥 여기 있어도 된다고요. 사랑해요."

"아니야. 당신 말이 맞아. 들어가자고." 그는 힘겹게 몸을 일으켰다. 에이프릴은 여전히 그에게 매달린 채였다. "먼저 샤워부터 해야 하기도 하고."

"아, 아니에요. 그러지 말아요. 샤워하지 말아요. 제가 못하게 할 거예요."

"해야 돼, 에이프릴."

"왜요?"

"그냥. 해야 돼." 그는 자기 안의 모든 의지를 최대한으로 끌어 올려 후들거리는 다리로 발걸음을 옮겼다.

"당신 지금 너무 짓궂어요." 에이프릴이 여전히 그의 팔에 매달리며 말했다. "너무, 너무 짓궂어요. 여보, 선물은 마음에 들었어요? 넥타이 좋았어요? 제가 열네 군데나 다녀 봤는데 맘에 드는 게 하나도 없더라고요."

"근사하던데. 내가 매어 본 것 중에 최고였어."

세차게 퍼붓는 뜨거운 물 아래에서 모린 그루브는 그의 몸에 달라붙은 제2의 피부가 되어 버렸는지 아무리 문질러도 잘 벗겨지지 않았다. 그는 아내에게 털어놓아야겠다고 다짐했다. 차분하게 아내의 두 손을 잡고 말하리라. "사실은, 에이프릴, 오늘 오후에 내가……."

그는 뜨거운 물을 완전히 잠그고 다시 찬물을 틀었다. 몇 년째 하지 않던 일이었다. 헉하는 소리와 함께 그는 깜짝 놀라 펄쩍 뛰어올랐다. 하지만 군대에 있을 때처럼 서른을 셀 때까지 참아 냈다. 밖으로 나오자 너무나 상쾌한 느낌이 들었다. 말을 해? 무슨 소리, 물론 말은 하지 않을 것이었다. 그래서 얻는 게 뭐겠어?

"아, 당신 정말 깔끔해졌네요." 옷장 쪽에서 하얀 잠옷 가운을 펄럭이며 다가온 그녀가 말했다. 그녀가 가진 것 중에서 제일 좋은 잠옷이었다. "당신 아주 깨끗하고 평화로워 보여요. 이리 와요. 옆에 앉아 일단 이야기부터 나눠요, 괜찮죠? 내가 뭘 가져왔게요?"

침대 옆 탁자에 브랜디 한 병과 술잔 두 개가 마련되어 있었다. 하지만 그녀가 브랜디를 따르거나 아니면 무슨 말이라도 입 밖에 낼 수 있었던 것은 한참이나 지나서였다. 딱 한 번 그녀가 그의 품에서 빠져나온 것도 가운을 벗어 버리기 위해서였다. 어깨에서 끌어내려진 레이스 끈은 그녀의 젖가슴을 스치며 흘러내렸다. 그녀의 젖꼭지가 부풀어 오르며 딱딱해졌고, 그의 두 손이 그 위를 감쌌다.

사랑을 나누는 행위가 끝나고 아무 말도 하고 싶지 않아질 수 있다는 사실을 깨달은 것은 그날 들어 두 번째였다. 그는 그녀도 이야기를 내일까지 미루어 주기를 바랐다. 무슨 이야기인지는 모르겠지만 일단은 연극 대사를 읊는 듯한 이상한 어투가 될 것이 분명했고, 그는 지금으로서는 그런 어투에 어떻게 반응해야 할지 몰랐다. 그저 어두운 그곳에 그대로 누워 어둠 속에서 미소 지으며 혼란스럽고 죄스럽고 또 행복한 상태로 짙어 가는 졸음에 몸을 맡기고 싶었다.

"여보?" 그녀의 목소리가 아득히 들려왔다. "여보? 지금 자는 것 아니죠, 그쵸? 하고 싶은 이야기가 정말 많거든요. 기껏 브랜디도 가져왔는데 한 잔도 안 마시는 것도 좀 그렇고, 또 내가 생각해 둔 계획에 대해선 말도 꺼내지 못했어요."

시간이 조금 지나자 그는 깨어 있는 게 그리 힘들지 않게 되었다. 달빛을 받으며 에이프릴과 함께 같은 담요 아래에서 브랜디를 홀짝이며 높아졌다 낮아졌다 하는 그녀의 목소리를 듣고 있는 것도 꽤 괜찮게 여겨졌던 것이다. 대사를 읊는 듯한 느낌이 있건 없건 사랑을 나눌 때면 그녀의 목소리는 언제나 듣기 좋았다. 마침내, 썩 내키지는 않았지만, 그는 그녀의 말에 귀를 기울이기 시작했다.

그녀의 계획이란, 슬프고 종일 남편을 보고 싶어 하면서 또 오로지 남편을 사랑하는 마음에서 생각해 낸 것으로서, 오는 가을 유럽으로 '완전히' 이민을 가자는 꽤 구체적인 구상이었다. 지금 우리 집에 돈이 얼마나 있는지 남편은 알고 있나? 저축에다가 집과 차를 처분하고, 거기다 지금부터 9월까지 돈을 모아 보태면 반년은 거뜬히 버틸 수 있을 것이었다. "게다가 우

리 힘으로 벌어서 먹고사는 문제를 완전히 해결하는 데 육 개
월까지 걸리지는 않을 거예요. 이게 이 계획에서 제일 멋진 부
분인데요.”

그는 헛기침으로 목청을 가다듬었다. “근데 말이야. 우선 내
가 어떤 직장을 구할 수…….”

“취직을 안 하는 거예요. 아, 당신이 세상 어딜 가든 언제든
지 취직할 수 있다는 건 잘 알아요. 하지만 그건 중요하지 않
아요. 중요한 건 당신이 일을 안 할 거란 사실이죠. 내가 할 거
니까요. 웃지 말아요. 더 들어 봐요. 당신 그 많은 해외 주재
공관에서 비서직에게 급료를 얼마나 주고 있는지 생각해 본
적 있나요? 나토라든지 미국 문화원 같은 데 말이에요. 그리
고 여기에 비하면 생활비가 얼마나 싼지 알아요?” 그녀는 속
속들이 다 파악해 둔 거였다. 잡지에서 무슨 기사 같은 걸 본
모양이었다. 자신의 타자 실력이며 속기술이면 생활비는 충분
히 벌 수 있을 것이고, 잘하면 일 나간 사이 아이들을 돌봐 줄
사람도 시간제로 고용할 수 있을 것이었다. 그녀는 왜 이전에
는 이런 생각을 해 보지 못했을까 놀랄 정도로 너무나 단순한
계획이라는 점을 강조했다. 하지만 그녀는 자신의 계획을 설
명하는 내내 참지 못하고 중간중간 말을 중단하고서 남편에
게 웃지 말라는 경고를 반복해야만 했다.

남편이 이렇게 자꾸 웃은 것은 그녀의 계획에 정말 웃기는
데가 있어서가 아니었다. 마치 그 모든 게 애교로 봐 넘길 정
도의 변덕에 불과하다는 듯 그녀의 어깨를 잡고 계속 힘을 더
해 주던 손길에도 진심은 들어 있지 않았다. 그런 행동은 모

두 그 계획을 듣자마자 두려움을 느꼈다는 사실을 자신은 물론 그녀에게 감추고 싶어서 나온 것이었다.

"난 진심으로 하는 말이에요, 프랭크." 그녀가 따져 물었다. "내가 농담이나 뭐 그딴 시시한 소리 하는 것 같아요?"

"아니야. 나도 알아. 그냥 한두 가지 확인해 볼 게 있다는 정도이지. 우선은 말이야, 당신이 나가서 그 모든 돈을 버는 동안 난 정확히 뭘 해야 하는 거지?"

그녀는 몸을 뒤로 젖히고 어두운 가운데서도 그의 얼굴을 찬찬히 들여다보려 했다. 자기가 지금 무슨 말을 하고 있는지 남편이 이해하지 못하는 것이 믿기지 않는다는 표정이었다. "모르겠어요? 그게 이 계획의 핵심이란 걸 모르겠어요? 당신은 칠 년 전에 하고 싶었지만 할 수 없었던 일을 하는 거죠. 당신 자신을 찾는 거예요. 책을 읽고 공부를 하고 느긋하게 산책하면서 생각하는 거죠. 시간을 갖는 거예요. 당신은 평생 처음으로 진정 하고 싶은 일이 뭔지를 찾을 수 있는 시간을 갖게 되겠죠. 그리고 그걸 찾아냈을 때 당장 시작할 수 있는 자유와 시간적 여유도 갖게 되는 거란 말이에요."

그는 고개를 젓고 킬킬거리면서 깨달았다. 그가 여태 두려워하던 것은 그녀의 입에서 바로 이 말이 나오는 것이었다. 그는 잠시 불안한 광경을 눈앞에 그려 보았다. 아내가 하루 일을 마치고 집으로 퇴근해서 온다. 파리 스타일의 맞춤복을 입은 그녀는 서둘러 장갑을 벗는다. 달걀 물로 얼룩진 잠옷을 입은 채 흐트러진 침대에 구부정하게 앉아 코나 후비고 있는 그를 발견한다.

“자, 내 말 좀 들어 봐.” 그는 입을 열었다. 그는 그녀의 어깨에 올렸던 손을 내려 그녀의 팔 밑으로 허리께부터 쓸어 올리며 부드럽고 앙증맞은 젖가슴을 어루만지려고 했다. “우선은, 당신 이야기는 아주 고맙고 또 아주……”

“‘고맙다’니요!” 그녀는 그 단어가 자신이 경멸하는 모든 것의 근본적인 특징을 나타내는 말이기라도 한 것처럼 발음했다. 그러고는 그의 손을 잡아 그 역시 역겨운 것인 양 내동댕이쳤다. “아, 제발 좀, 프랭크, 난 지금 ‘고맙게’ 여기라고 이러는 게 아니에요. 내가 무슨 다른 사람을 위해 대단한 희생을 하겠단 말이 아니라고요. 이해가 안 돼요?”

“알았어, 알았다고. 근사하다는 말 취소할게. 너무 기분 나빠하지 마. 근데 정확히는 모르겠지만, 그 계획이란 거, 좀 현실적이지 않은 데가 있다는 건 당신도 동의할 것 같은데? 내 말은 뭐 그런 정도야.”

“그게 비현실적이라 보는 데 동의하려면, 내 현실 감각이 형편없거나 아주 이상하거나 그래야 돼요. 왜냐하면 난 오히려 지금 이 현실이 아주 비현실적이라고 생각하거든요. 훌륭한 지성을 소유한 남자가 직업이랍시고 정말 하기 싫은 역겨운 일을 몇 년째 소처럼 계속해 왔다는 사실, 그러다 역겨운 지역에 있는 역시 역겨운 집으로 퇴근해서는, 같은 문제로 역겨움을 느끼는 아내에게로 돌아오는 이 현실이 너무나 비현실적이에요. 우리 주변엔 모두 공포에 질려 소심해진 떼거지들밖에 없고……. 세상에, 프랭크, 우리가 어떤 곳에서 살고 있는지는 새삼 설명할 필요 없겠죠. 지금 당신이 했던 말을 그대로 옮기고 있을 뿐이니까요. 캠벨네가 와 있던 간밤만 해도, 당신 교외 지역이란 게 현실로부터 철저하게 유리된 공간이라고 설명했던 것 기억나죠? 다들 아이들을 감상에 찌든 어른으로 키우고 있다고 말했잖아요. 그리고 당신은 또……."

"내가 무슨 말 했는지는 나도 알아. 난 또 당신은 내 말 안 듣고 있는 줄 알았는데. 지루해하는 듯한 표정이었거든."

"실제로 지루했어요. 그게 내가 지금 하려는 말의 요점이기도 하죠. 난 어젯밤만큼 지루하고 우울하고 지겨웠던 적이 없는 것 같아요. 헬렌 기빙스 부인의 아들 이야기가 압권이었죠. 우린 다들 고깃덩이를 뜯어 먹으려는 개처럼 그 이야기에 달려들었어요. 그러다 당신을 쳐다보았죠. 그러고는 생각했어요. '아, 저 사람이 제발 입 좀 닥쳐 주었으면.' 당신 이야기는 전부 우리 자신은 어쨌든 아주 특별하고 우월하다는 전제를 깔고 있었거든요. 근데 난 외치고 싶었죠. '하지만 우린 그렇지 않아요! 우릴 봐요! 우린 당신이 이야기하는 그 사람들과 꼭 같다고요! 우리 자신이 바로 그 사람들이란 말이에요!' 난 어찌 보면 당신에 대해, 뭐라 할까, 경멸 같은 걸 느꼈어요. 자신이 하는 이야기의 치명적인 오류를 못 보고 있다고 판단했거든요. 그런데 오늘 아침 당신이 출근할 때, 차고 진입로를 벗어나려고 모퉁이에서 차를 후진하고 있을 때 난 당신이 집 쪽으로 돌아보는 모습을 보았어요. 당신의 표정은 자신을 잡아먹으러 하는 집을 쳐다보는 것 같았어요. 당신이 너무 비참해 보였어요. 울음이 터지더군요. 그러고는 너무나 외롭게만 느껴졌어요. 난 생각해 봤죠. 도대체 어쩌다가 모든 게 다 엉망진창이 돼 버린 거지? 어쩌다 우리는 이런 이상한 꿈 같은 세상에, 도널슨네며, 크레이머네며, 윈게이트네가 사는 세상에 빠져들게 되었을까? 아, 그렇죠, 캠벨네도 포함해야겠네요. 왜냐하면 오늘 내가 알아낸 또 다른 사실은 캠벨 부부 둘 다 너무나, 너무나도 엄청난 시간 낭비에 불과하다는 것이었거든요. 그리고 불현듯 깨달았죠. 솔직히 말해, 여보, 무슨 계시를 받은 것 같았다고나 할까요. 저기 부엌에 그냥 서 있었는데 갑자기 그런 생각이 확 들어 버린 거죠. 다 내 잘못이구나. 언제나 내가 잘못한 것이었구나. 그리고 이제 당신에게 분명히 말할 수 있어요. 언제 이 잘못이 시작됐는지. 시간상으로 정확히 언제 내 잘못이 시작됐는지 말해 줄 수 있다고요. 제 말 끊지 말아요."

하지만 그는 지금 그녀의 말을 끊을 만큼 어리석지는 않았다. 그녀는 오전 내내 고민 속에서 고통스럽게 보낸 게 틀림없었다. 완전하게 적막하고 완전하게 깨끗한 집 안의 방을 왔다 갔다 하면서, 그리고 허리춤에 올려 둔 손가락을 아프도록 비틀어 대면서 괴로워했을 것이다. 오후에는 쇼핑센터를 미친 듯이 뒤진 게 분명했다. 좌회전 금지 팻말과 교통경찰을 요리조리 피해 다니며 과속 운전을 하며 이 가게 저 가게를 뛰다시피 드나들면서 생일 선물이며, 구이용 쇠고기며, 케이크며, 칵테일 앞치마를 샀을 것이다. 오늘 하루 전체가 그녀에게는 자신을 낮추고 잘못을 고백하는 바로 이 순간을 위한 영웅적인 준비 과정이었던 셈이다. 누구든 끼어들어 방해한다면 절대 참지 않을 게 분명했다.

"그건 한참 전에 우리가 베듄 스트리트에 살 때였어요. 처

음으로 제니퍼를 임신하고 내가……, 알잖아요, 떼어 버리겠다
고, 유산시키겠다고 했을 때이죠. 무슨 말이냐면, 그 전까지는
당신도 나만큼 아이를 원하지 않았어요. 그럴 필요가 없었죠.
그런데 내가 그 고무 관장 펌프를 사 오면서 모든 부담을 당신
에게 떠넘긴 것이죠. 일종의 선언이었으니까요. 좋아. 이 아이
를 낳고 싶다고? 그렇다면 이 아이는 전부 네 책임인 거야. 이
제부턴 네 속을 다 까발려서라도 나와 아이를 먹여 살려야 할
걸. 아버지라는 것 외에 세상천지 그 어떤 다른 존재가 되겠
다는 생각 따윈 포기해야 할 거야. 아, 여보, 그때 당신이 내게
마땅한 벌을 내렸더라면 얼마나 좋았을까요. 망할 년이라 욕
하면서 냉정하게 등을 돌렸더라면 말이에요. 그랬더라면 내
허세는 단박에 허물어졌겠죠. 난 끝까지 버텨 아이를 낳진 못
했을 거예요. 그럴 용기가 없었을 거니까요. 하지만 당신은 그
러지 않았어요. 당신은 너무 착하고 젊고 또 무서웠으니까요.
그저 내가 하자는 대로 따르기만 했죠. 그렇게 이 사달이 벌
어지기 시작한 거예요. 그렇게 해서 우리는 어마어마한 착각
에 빠지게 된 거예요. 맞아요, 가족을 이루면 현실적인 삶을
버리고 '정착'해야 한다는 생각이야말로 정말 터무니없으면서
도 어마어마한 착각이에요. 이른바 교외 지역을 대표하는 위
대한 감상적 허위의식이죠. 그런데 난 언제나 당신에게 그런
허위의식에 빠져 있도록 종용해 온 거죠. 아니, 그런 착각을
삶의 원칙으로 지키도록 강요해 온 기예요! 세상에, 더 니아가
나 자신에 대해서도 난 말도 안 되는 이상한 연속극 주인공의
이미지를 만들어 냈어요. 내가 보기엔 이 부분이 내가 현실을

제대로 인식할 수 있게 해 준 직접적인 계기가 된 것 같은데, 이런 이미지이죠. 너무 일찍 결혼하지 않았더라면 당대 최고의 배우가 될 수 있었던 여자. 근데 내가 그런 재능을 갖고 있지도 않을뿐더러 스스로 배우가 되고 싶어 하지 않았다는 건 나도 알고 당신도 충분히 잘 알고 있던 사실이죠. 내가 극예술 대학교에 들어간 건 그저 집을 떠나고 싶어서란 걸 당신도 알죠. 물론 저도 잘 알아요. 그리고 그 사실을 잊어버린 적이 없어요. 그런데 지난 석 달 동안 난 고상한 척 고통을 즐기는 듯한 표정으로 활보하고 다녔던 거예요. 이보다 더 심한 자기기만이 있을까요? 정말 미친 짓 아니에요? 난 꿩도 먹고 알도 먹고 싶었던 거예요. 당신 인생을 망친 것도 모자라서 이 모든 사태의 전말을 완전히 뒤집어서 당신이 내 인생을 망쳐 놓은 것처럼 보이게 한 거예요. 그래야 내가 희생자가 되니까요. 정말 못된 짓 아닌가요? 하지만 사실이에요! 사실이라니까요!"

'사실'이라는 단어를 발음할 때마다 그녀는 움켜쥔 작은 주먹을 자신의 허벅지에 내리쳤다. "이제 당신이 뭘 용서해야 하는지 알겠어요? 그리고 왜 우리가 가능한 한 빨리 이곳을 벗어나 유럽으로 이사 가야 하는지도 알겠죠? 이건 내가 '근사하게' 처신한다든가 관대하게 군다든가 하는 그런 것과는 전혀 상관없는 경우라니까요. 내가 당신을 위해서 뭘 하려는 게 아니라고요. 내가 지금 당신에게 주겠다는 건 애초에 당신의 것이었던 거예요. 이렇게 늦게 돌려주게 돼 미안할 따름이에요."

"알았어. 이제 내가 말해도 돼?"

“그래요. 하지만 내 말은 무슨 뜻인지 다 알아들었죠, 그
죠? 그리고 브랜디 좀 더 부어 줄래요? 조금만…… 됐어요. 고
마워요.” 브랜디를 들이켠 그녀는 머리를 뒤로 쓸어 넘겼다. 그
러자 담요가 어깨로부터 미끄러져 내렸고, 그녀는 그로부터
조금 뒤로 물러나 벽에다 등을 대고 기대며 뻗고 있던 다리를
접고 그 위에 앉았다. 그녀는 여유만만해 보였고 확신에 찬 모
습이었다. 하고 싶은 말을 시원하게 다 했으니 이제 듣기만 하
면 되는 것이었다. 푸르스름한 빛을 받고 하얗게 빛나는 그녀
의 몸은 압도적이었다. 그녀를 똑바로 바라보면 생각이 제대
로 될 것 같지 않다고 판단한 그는 자신의 발 사이 달빛이 비
치는 바닥에 시선을 고정하기로 했다. 담배에 불을 붙일 때도
필요 이상으로 시간을 끌었다. 정신을 똑바로 차릴 필요가 있
었다. 퇴근한 그녀가 파리의 아파트로 들어설 때면 그녀의 하
이힐은 타일 바닥 위에서 단호하게 또각거릴 것이고, 머리는
뒤로 모아 트레머리로 묶여 있을 것이며, 얼굴에는 피로한 기
색이 역력해서 웃음을 지어도 양미간의 자그마한 수직선 주
름이 또렷하게 드러날 것이었다. 한편 그 자신은…….

“우선, 첫째.” 마침내 그가 입을 열었다. “당신은 당신 자신
에 대해 너무 가혹하게 판단하고 있는 것 같아. 그렇게 잘잘못
이 뚜렷한 건 세상에 없어. 내가 녹스에 취직한 건 당신이 강
요해서가 아니야. 게다가 이런 식으로 한번 보자고. 당신은 당
신이 대단한 배우가 될 수 없다는 걸 길 일었노라고, 그래서
나한테 속은 것처럼 하면서 살아온 게 정당하지 않았다고 그
러지. 근데 잘 따져 보자고. 나와 관련해서도 똑같다고 할 수

있지 않겠어? 내 말은, 내가 무슨 대단한 위인이라도 될 거라고 누가 그랬어?”

“무슨 말인지 이해가 안 돼요.” 그녀는 차분하게 말했다. “당신이 지금 정말 대단한 인물이라면 오히려 따분하겠죠. 하지만 당신이 특출한 가능성을 가졌다고 말한 사람, 당신이 독창적인 최고의 지성을 갖추었다고 말한 사람이 누구냐고 묻고 있는 거라면, 내가 말해 줄게요. 세상에, 프랭크, 모두였어요, 주변 사람들 모두. 내가 처음 당신을 만났을 때 당신은…….”

“아, 제기랄, 난 그저 허풍만 센 뺀질이였다고. 없는 지식을 가지고 있는 척 뻐겼을 뿐이야. 난 그때…….”

“아니에요! 당신 어떻게 그렇게 말할 수 있어요? 프랭크, 사는 데 지쳐 당신 자신에 대한 믿음도 잃어버린 건가요?”

아, 그렇지는 않다고. 그는 그 정도로 나빠지지는 않았노라고 말해 두는 수밖에 없었다. 더구나 그녀의 목소리에서 순수한 의문, 그러니까 자신이 결국 그저 잘난 척하는 놈에 불과했다는 사실을 그녀가 믿어 버릴 수도 있겠다는 희박한 가능성이라도 감지될까 봐 걱정됐다. 그건 안 될 일이었다.

“알았어.” 그는 물러났다. “알았어. 내가 장래가 촉망되는 젊은이였다고 해 두자고. 하지만 콜롬비아 대학교에는 그런 녀석들이 쌔고 쌨었어. 내가 꼭 대단한 인물이 된다는 법 같은 게…….”

“당신 같은 사람 흔치 않았어요.” 그녀는 확신을 담아 말했다. “전 잊히지 않아요. 그 이름이 뭐더라, 기억나요? 당신이 늘 우러러보던 사람? 전투기 조종사였나, 늘 여자들에 둘러싸여 있던 사람? 빌 크로프트. 그 사람이 당신에 대해 늘 하던 말을 잊을 수가 없어요. 언젠가 내게 그랬죠. '내 머리가 저 자식 반만 되도 난 걱정이 없겠어요.' 진심으로 하는 말이었어요! 다들 진정한 자기를 찾을 기회만 주어진다면 당신이 할 수 없는 일은 이 세상에 하나도 없을 거라고 믿었어요. 어쨌건 그건 다 상관없어요. 당신에게 실제로 특출한 잠재력이 전혀 없다고 하더라도 그런 기회를 갖는 건 꼭 필요하잖아요. 그걸 모르겠어요?"

"내 말 좀 끝까지 들어 봐. 우선……." 그렇지만 그는 곧 목소리를 계속 내기보다는 잠시 조용히 있는 게 좋겠다는 생각이 들었다. 그는 브랜디를 한입 가득 들이켰다. 브랜디가 식도를 타고 짜릿하게 넘어가면서 어깨에서부터 등줄기를 타고 내려가는 따뜻한 온기가 느껴졌다. 그는 엄숙한 표정으로 마룻바닥을 응시했다.

빌 크로프트가 그런 말을 했다고?

"당신 말에 일정 정도의 일리가 없다고 할 수는 없을 거야." 그는 다시 입을 열었다. 하지만 그는 자신의 주장이 설득력을 잃어 가고 있는 것을 느꼈다. 그의 목소리가 그녀의 목소리만큼이나 대사를 읊는 것처럼 들려왔다. 영웅의 목소리, 빌 크로프트 같은 사람에게나 어울리는 목소리였다. "어느 정도 일리 있는 말이긴 해. 내게 분명하고 확실한 재능이 있다면 말이야. 예컨대 내가 화가라면, 아님, 작가라거나, 아님,……."

"아, 프랭크. 설마 화가나 작가 같은 사람만 자신만의 진정한 삶을 사는 사람들이라고 생각하는 건 아니겠죠? 잘 들어요. 난 당신이 아무것도 안 하고 오 년을 허송세월하며 보내도 상관없어요. 그 오 년이 지나 당신이 진정으로 되고 싶은 사람이 벽돌공이나 자동차 수리공이나 상선의 선원이라도 상관 안 해요. 내가 지금 무슨 말을 하고 있는지 모르겠어요? 분명하고 확실한 재능이 있느냐 없느냐와는 아무 상관없어요. 지금 여기서는 당신의 본질 자체가 질식되고 있어요. 이런 식의 삶의 방식에서는 당신이라는 사람 자체가 부정되고, 부정되고, 또 부정될 뿐이라고요."

"그래서 그게 어떤 사람인데?" 그는 처음으로 그녀를 쳐다봤다. 그냥 쳐다보는 데서 그치지 않고 술잔을 내려놓으며 다른 손으로 그녀의 다리를 잡기까지 했다. 그녀는 두 손으로 그의 손을 꼭 감싸 쥐었다.

"아, 모르겠어요?" 그녀는 그의 손을 가만히 이끌어 엉덩이까지 올렸다가 자신의 아랫배에서 멈추고는 손아귀에 힘을 주어 다시 한번 꽉 쥐었다. "모르겠어요? 당신은 이 세상에서 가장 소중하고 가장 멋있는 존재예요. 당신은 남자랍니다."

그는 지금까지 자신의 인생에서 겪은 수많은 일 중에서 승리라고 할 것이 있다면 이것이야말로 진정한 승리에 해당한다는 생각이 들었다. 지금보다 더 강렬하게 희열이 차오르는 걸 느껴 본 적이 없었다. 진실로부터 아름다움이 탄생한다고 했을 때 지금보다 더 순수하게 진실이 아름답게 여겨진 적은 없었다. 아내와 관계를 맺어 오면서 지금보다 더 완벽한 승리의 기쁨을 느껴 본 적은 이전에는 결코 없었다. 과거는 그 자신의 의지로 녹여 버릴 수 있었다. 미래도 그럴 수 있을 것이었다.

그렇다면 이 집을 둘러싸고 있는 벽도 녹여 버리고, 그 너머로 사람을 옥죄며 펼쳐진 황량한 황무지, 그리고 그 위에 선 마을이며 나무들도 모두 그럴 수 있을 것이었다. 그에게는 온 우주를 마음대로 처분할 수 있는 권세가 있었다. 남자이기 때문이었다. 그리고 경이로운 존재 하나가, 부드러우면서도 강한 여자가 그의 앞에서 자신의 마음을 열고 그를 위해 스스로 행동을 취했기 때문이었다.

촘촘하게 모여 선 나무들이 피어오르는 안개 속에서 회색에서 옅은 연두색으로 변해 가고 깨어난 새들이 주저하듯 처음으로 내어 보는 청명한 울음소리가 들려올 즈음 그녀는 자신의 손가락 끝으로 그의 입술을 부드럽게 만졌다.

"여보? 우리 정말 그렇게 할 거죠, 그쵸? 지금까지 한 이야기가 이야기만으로 끝나지는 않겠죠, 그렇겠죠?"

그는 등을 바닥에 대고 누워 자신의 가슴이 천천히 오르내리는 것을 흡족한 마음으로 지켜보았다. 중세 갑옷의 가슴받이 광고의 모델로 내세워도 될 만큼 넓고 깊은 근육질의 가슴으로 느껴졌다. 그가 할 수 없는 일이 세상에 있을까? 그가 나설 수 없는 모험의 항해가 있을까? 그 어떤 상이건 쟁취해서 그녀에게 갖다 바칠 수 없는 그런 상이 세상에 있을까?

"아니지." 그가 대답했다.

"난 당장 준비를 시작하고 싶거든요. 내일부터요. 편지나 문서 같은 걸 작성한다거나 어권도 알아봐야겠죠. 그리고 세니퍼와 마이클에게도 즉시 알려 줘야 할 거예요, 그쵸? 아이들도 익숙해지는 데 시간이 좀 필요할 테니. 그리고 전 걔들이

제일 먼저 알았으면 해요. 당신도 그렇죠?”

“그래.”

“하지만 난 당신이 확실하게 결정하기 전에는 알리지 않을 거예요.”

“난 확실하게 결심했어.”

“정말 잘됐네요. 아, 여보, 시간 좀 봐요. 바깥이 거의 밝았어요. 당신 아주 피곤하겠네요.”

“아니야, 괜찮아. 기차에서 좀 자면 돼. 사무실에서도 잘 수 있고. 괜찮아.”

“그럼 됐네요. 사랑해요.”

그리고 두 사람은 어린아이처럼 잠에 빠져들었다.

2부

하나

　이제 들뜬 기분에 정신이 하나도 없이 일상이 어수선하게 지나가는 기간이 시작됐다. 얼마나 얼이 빠진 채 지내 왔던지 프랭크 휠러는 나중에 그 기간이 얼마나 됐는지 기억조차 할 수 없었다. 한 주일 수도 있었고 이 주 또는 그보다 길었을 수도 있다. 그런 기간이 지난 다음에야 그는 자신의 일상에서 초점을 회복하고, 실제로 시간이 어떻게 지나가는지 평소처럼 제대로 짐작한다든지, 어떤 일에 어느 정도의 시간을 써야 하는지 등을 가늠하고 적절히 안배하는 등의 조치를 할 수 있었다. 그리고 이미 그때쯤 되어서는 그런 식으로 살지 않았던 기간이 어느 정도였는지 되짚어 보는 것이 불가능했다. 그 기간에서 가장 뚜렷하게 기억에 남아 있는 날은 첫 번째 날, 그러니까 그의 생일 바로 다음 날이었다.

그는 통근 열차 안에서 머리를 뒤로 젖혀 지저분한 머리받이에 기대고 무릎 위에 올려 둔 《뉴욕 타임스》 신문이 미끄러져 내리게 내버려둔 채 잠을 잤다. 그랜드 센트럴 역사의 황갈색 돔 아래에서는 지각을 감수하고 한참이나 머물면서 뜨거운 커피를 마셨다. 다른 남자들은 하나같이 참으로 하찮고, 단정하며, 우스꽝스러울 정도로 진지한 표정으로 출근길을 서두르고 있었다. 희끗희끗한 머리는 짧고 각지게 깎아 단정한 스타일로 하고, 와이셔츠의 목깃은 단추로 여민 채 짤따란 다리를 재게 놀리는 모습들이라니! 그런 사람들이 떼거지를 이루어 기차역과 거리를 가득 채우며 끝도 없이 밀려 가고 있었다. 한 시간 후면 그곳은 모두 쥐 죽은 듯 고요해질 것이었다. 맨해튼 중심부에서 기다리는 사무실 빌딩들이 이들을 모두 집어삼키고는 배 속에 가두어 둘 것이었다. 그래서 한쪽 빌딩에 서서 깊은 계곡 너머를 건너다보면 반대편 빌딩은 다른 곤충 사육장이 되어 버린다. 그 안에서는 깨알 같은 분홍색 점으로만 보이는 사람들이 하얀 셔츠 차림으로 끊임없이 서류를 뒤적거리고, 전화기를 들여다보며 인상을 쓰고, 자신들의 시시하고 멍청한 드라마를 열정적으로 연기하고, 그 위로는 무심한 구름이 봄 하늘을 도도하게 흘러가는 것이다.

그 와중에, 프랭크 휠러의 커피는 너무나 맛있었고, 종이 냅킨은 유난히 하얀 데다가 보송보송했으며, 커피를 가져다 준, 할머니처럼 인상이 푸근한 여인은 너무나 깍듯했다. 그녀는 손님을 응대할 때의 자신만의 효율적인 리듬("네, 손님, 감사합니다, 따로 주문하실 건 없으신가요, 손님?")에 한껏 취해 있는

듯했다. 그는 몸을 기울여 그 주름진 얼굴에 키스해 주고 싶
었다. 사무실에 도착할 때쯤 그는 지친 몸을 반쯤은 회복했을
때의 나른한 무아지경에 빠져 있었다. 소리가 모두 작고 부드
럽게 들렸고 눈에 들어오는 모든 것이 흐릿했으며 모든 일이
손쉽게 느껴졌다.

　우선 처리할 일이 있었다. 15층에서 엘리베이터 문이 미끄
러지듯 열리면 그가 제일 먼저 할 일은 그루브에게로 가서 남
자답게 대면하는 것이었다. 그녀는 안내 데스크에 홀로 앉아
있었다. 검은 정장 차림이었다. 아마 자기가 가진 것에서 가장
엄숙하고 가장 튀지 않는 옷이라 선택한 듯했다. 자기에게 다
가오는 그를 본 그녀의 얼굴에 무척 당혹스러워하는 표정이
비쳤다. 하지만 그의 미소는 너무나 노련했다. 희롱하려는 의
도나 가식적인 데라고는 하나도 없는 완벽하게 순수하고 친근
한 미소였다. 그가 가까이 다가오기도 전에 그녀의 얼굴이 안
도하는 표정으로 바뀌는 것이 보였다. 자신을 헤픈 여자라고
생각할까 봐 두려웠을까? 오늘 내내 다른 남정네들과 자신을
두고 키들거리며 시시덕거릴 것이 걱정됐을까? 그런 우려가
있었다면 그 미소는 그녀에게 안심해도 된다는 확신을 주었
다. 아니면 다른 한편으로 그가 이 일로 진정한 사랑이니 하
면서 야단법석을 피울지도 모른다는 걱정도 했을까? 아니면
사무실 구석으로 끌고 가서는 지저분하게 치근덕거려서 ("나
정말 자기 ㅂ ㄱ 싶었어…….") 꼭지가 돌 정도로 난감히게 할지도
모른다고 걱정했을까? 그의 미소는 의심조차도 말끔히 지워
주었다. 그리고 현재로서는 이 두 가지 외에는 별달리 걱정할

것이 없었다.

"안녕." 그가 정답게 인사를 건넸다. "어제 일로 뭐 힘든 건 없었어? 요르겐슨 부인 말이야."

"아니요. 아무 말씀도 없었어요." 그녀는 그와 눈이 마주치는 것을 피하는 듯했다. 그녀의 눈은 주로 그의 넥타이 매듭에 머물렀다. 두 사람의 말이 들리지 않을 만큼 거리를 두고 뒤쪽의 메마른 호수에서는 사람들이 쉴 새 없이 오가며 부산대고 있었다. 그 소리를 배경으로 그렇게 서서 그녀를 내려다보며 웃고 있는 그의 모습은 영락없이 심심해서 잡담을 나누거나 타이핑할 일이 있어서 그녀를 찾은 사람으로 보였을 것이다. 그의 표정이나 자세에는 우연히 쳐다보는 사람의 호기심을 자극할 만한 요소는 전혀 없었다. 하지만 그는 가까운 거리에서, 즉 그녀가 앉은 곳에서라면 사적인 친밀함에 담긴 진지함이 분명히 드러날 것이라고 믿었다.

"이봐, 모린, 난 우리 둘 중 누구에게든 득이 되겠다 싶으면 오후에 어디론가 가서 이야기를 나눠 보자고 제안했을 거야. 네가 원한다면, 내게 뭐든 말하고 싶다든가 물어보고 싶은 게 있다면, 그렇게 할 거야. 뭐 그런 게 있어?"

"아니요. 단지 전…… 아, 아니에요. 없네요, 정말. 맞는 말씀이세요."

"이건 누가 '맞느냐' 하는 문제가 아니야. 네 생각엔 내가 널…… 아, 관두자. 하지만 말이야. 이런 일에서 중요한 건 후회하지 않는 거야. 난 후회할 게 없어. 너도 없었으면 좋겠어. 있다면 내게 이야기해 주길 바라고."

“아니요. 저도 후회 안 해요.”

“다행이군. 그리고 말이야, 넌 정말 근사한 여자야, 모린. 뭐든 내가 할 수 있는 게 있다면, 네가 원한다면 말이야, 내게 알려 줘. 말하고 보니 좀 천박하게 들리네. 내 말은, 우리가 친한 친구 사이로 지냈으면 한다는 거야.”

“알겠어요. 저도요.”

그러고서 그는 칸막이 공간들이 늘어선 통로를 따라 올라갔다. 천천히 여유롭게 걸어가는 그의 걸음걸이는 이전 베듄 스트리트 시절 ‘엄청 섹시하다’는 평을 들었던 예의 그 걸음걸이였지만 지금은 훨씬 더 새롭고 원숙한 느낌을 주었다. 이렇게 간단하다니! 몇 날 며칠을 두고 끙끙대면서 연습을 해 보고, 여러 장의 종이 위에 하고 싶은 말을 쓰고, 수정하고, 지워 버리기를 계속했다 하더라도 이보다 더 위엄 있고 더 만족스러운 연설은 절대로 하지 못했을 것이다. 그런데 그 모든 걸 그냥 즉석에서 생각나는 대로 해치웠다! 세상에 그가 못 할 일이 뭐겠는가?

“안녕하세요, 아빠.” 그는 잭 오드웨이에게 인사를 건넸다.

“프랭클린, 내 새끼. 오늘 아침엔 신수가 훤하니 좋구나.”

하지만 할 일은 해야 했다. 다음으로 처리할 것은 그의 ‘미결’ 바구니였다. 아니었다. 어제 책상 위 가운데 던져 두었던 서류 뭉치가 바로 다음으로 처리할 일이었다. 모린이 중앙 자료실에서 뽑아 냈던 지료들로서 생산 관리 안내 책지에 대히 털리도 지점장이 제기한 아주 복잡한 문제와 관련된 것이었다. 그깟 문제로 그가 괴롭힘을 당해야 할까? 안 될 말이었다.

"털리도에 보내는 사내 편지." 그는 회전의자에 앉은 채 등을 뒤로 젖히면서 다리를 뻗어 책상 서랍 가장자리 자신의 전용 발걸이에 발을 얹으면서 구술 녹음기의 송화구에 대고 입을 열었다. "수신 B. F. 채머스, 지점장. 주제: 생총연 총회. 문단 나누기. 최근과 그 이전 통신문과 관련하여, 이 편지는 해당 문제가 만족스럽게 처리되고 있다는 점을 고지하기 위한 것입니다. 마침표. 문단 나누기."

그는 그 문제를 어떻게 처리해야 할지 아무 생각도 없이 거기까지 읊었다. 하지만 그곳에 앉아 송화기를 만지작거리자니 아이디어가 떠오르기 시작했다. 이내 그는 문장을 연이어 술술 구술했다. 구술을 멈출 때는 만족스러운 미소를 지을 때뿐이었다. 일단 시작해 보니 털리도 지점장 역시 모린 그루브만큼이나 다루기 쉬웠다.

F. H. 휠러, 또는 '우리'는 기존 안내 책자가 적절하지 않다는 데 전적으로 동의했다. 다행히 그 문제는 지점장님의 기대를 충족시킬 것이 확실한 방식으로 해결하고 있다. 지점장께서 분명 숙지하고 계실 것이지만, 생총연 참석자들은 경쟁사의 안내 책자들도 많이 받게 될 것이고, 대부분은 총회장 바닥의 쓰레기통에 처박힐 것이다. 문제는, 그렇다면, 녹스에서는 뭔가 색다른 것, 뭔가 참석자들의 눈길을 사로잡을 수 있는 것, 호주머니 안에 넣어서 호텔 방까지 가지고 갈 만한 어떤 것을 개발하는 것이다. 그런 목적에 완벽하게 부합하면서, 특히 이번 생총연 총회에 적절한 것을 목하 제작 중이다. 간단하고 명료한 영업용 설명서로서 제목은 '생산 관리를 말하자

면'이다. 지점장님께서 곧 확인하시겠지만, 해당 문서는 매끈한 형식을 갖추지도 않고, 현란한 장식도 없으며, 내용 전달에서 상투적인 광고 문안을 사용하지도 않는다. 명료하고 큼지막한 흑백 글씨체로 인쇄될 해당 설명서는 친근감을 주는 일상적인 어투로 작성될 것이다. 해당 설명서는 "생총연 참석자들이 원하는 것 이상도 이하도 아닌 바로 그것, 쌍점. 사실들"을 제공할 것이다.

구술 녹음기에 새 띠를 걸고 난 뒤 그는 다시 몸을 뒤로 젖히고 구술하기 시작했다. "인쇄용 타자기 베리타이프를 위한 문안. 제목: 생산 관리를 말하자면. 점, 점, 점. 문단 나누기. 생산 관리라 함은, 쉼표, 결국, 쉼표, 다양하게 변하는 작업 일정에 맞추어, 쉼표, 적절한 재료를 적절한 시기에 적절한 곳에 공급하는 것이다. 마침표. 문단 나누기. 이는 실로 단순한 산술의 문제이다, 마침표. 다양한 변수들을 고려해 보면, 쉼표, 이는 연필과 종이만 있으면 누구든 할 수 있는 작업이다, 마침표. 하지만 녹스의 '500' 전자 컴퓨터는 이 작업을, 대시, 말 그대로, 대시, 수천 배 더 빨리 처리할 수 있다, 마침표. 그런 이유로……."

"커피 마시러 내려갈 거야, 프랭클린?"

"안 되겠는데, 잭. 이 일 마저 끝내야겠어."

실제로 그는 그 일을 다 끝냈다. 대신 오전이 통째로 다 날아갔다. 중앙 자료실에서 가져온 자료들을 일일이 손으로 뒤져 가며 여기서 한 문장 저기서 한 문단씩 따 와서 열심히 구술 녹음기에 입력해 넣었다. 마침내 그는 컴퓨터를 이용하여 공장 생산과 관련된 세부 사항들을 조정하는 데 있어서의 장점에 대한 설명을 모두 마쳤다. 구술된 내용을 다시 돌리며 들어 보니 상당히 권위 있는 설명 같았다. "소요 자재 요청서의 세부 내역을 정리하고 나면 이 컴퓨터는 그다음 단계로 자재 재고에 대한 최신 자료를 검색하기 시작합니다." 그 누구도 자기도 모르는 소리를 늘어놓았다고 생각하지는 않을 것이었다. 타자로 인쇄된 판본이 돌아오면 그때 수정할 것을 수정하고, 어쩌면 전문 기술자에게 넘겨 감수를 한번 받아 본 다음, 베리타이프로 깔끔하게 인쇄해서 털리도가 요청한 수대로 우송할 요량이었다. 면책 방안으로 밴디 부장에게도 한 부 보내며 "이 정도로 해결되면 좋겠음. 털리도가 생총연 건에 맞게 더 짧고 짜릿한 걸 요청해 왔음."이라고 해 두면 만약의 경우에도 자기 혼자 책임을 뒤집어쓸 일은 없을 것이었다. 그래서 그는 털리도에서 보내온 골치 아픈 통신문들과 안내 책자 관련 자료들을 현재로서는 들여다보기 싫다고 분류해 둔 서류 더미에서 통째로 들어내 "파일로 정리할 것"이라 적힌 '완결' 바구니에 집어넣을 수 있었다.

그러고 보니 책상 위 어지러이 널렸던 서류 더미의 상당량이 줄어들었고, 그는 이에 고무되어 점심을 먹은 후 당장 하기 싫은 일 더미에 남아 있던 다른 두세 가지 일도 처리하기 시작했다. 첫 번째 문제는 어떻게 했길래 '우리'는 시카고 사무용품 전시회에 이미 신제품으로 대체된 이전 계산기 모델을 내보내게 됐는가라는 질의에 낯간지러운 답장을 쓰는 일이었다. 그는 면피성 설명으로 완벽한 걸작을 완성했다. 몇 주째 들여다보는 걸 피했던 다른 편지 묶음은 알고 보니 예상과 달리 너무나 간단한 문제였다. 자기 혼자 결정을 내리면 해결되는 문제였던 것이다. 미니애폴리스와 세인트폴 지역 도표 작성기 영업 사원들의 할당 물량 상회 판매 기록 경진 대회의 부상으로 어느 것이 더 적절한가, 순금 넥타이핀(14.49달러) 혹은 순금 라펠 핀(8.98달러)? 넥타이핀! 그러고는 '완결' 바구니행.

그의 온몸에 활력이 넘쳐났다. 그 이유를 알게 된 것은 오후 4시가 거의 다 되어 축 늘어진 몸을 이끌고 정수기 쪽으로 ("커다란 공기 방울이 올라오는 걸 보렴. 꿀럭! 신기하지 않아?") 걸어갈 때였다. 그것은 어젯밤 에이프릴이 그가 "몇 년째 소처럼 일하고 있다."라는 말로 그의 마음속에 일말의 죄책감을 심어 두었기 때문이었다. 그는 그 자리에서 자기가 몇 년째 뭘 했는지는 잘 모르겠지만 적어도 소처럼 일해 온 것은 아니라는 사실을 밝혀 두고 싶었으나 그녀는 그럴 기회를 주지 않았다. 그래서 이제, 하루 안에 책상 위 모든 서류 더미를 다 치워 버림으로써 그녀가 오해하도록 한 데 대해 어느 정도 속죄하는 시늉을 해 준 것으로 생각했다. 그렇지만 얼마나 어리석은 짓인가? 그가 몇 년째 여기서 실제로 어떻게 일해 왔는가라든지, 그가 어떻게 일해 왔다고 그녀가 생각하고 있는지라든가, 아니면 그가 해 온 일에 대해 그녀가 어떻게 생각하는지에 대해 그 자신이 어떻게 생각하는지 같은 것이 무슨 문제가 되겠는가? 이제 그런 것은 아무 의미도 없었다. 이렇게 그걸 깨단지 못했던 거지? 정수기에서 돌아오며 시원해진 입술을 따뜻한 손으로 닦으면서 그는 처음으로 깨달았다. 몇 달 후면 그는 이곳을 영원히 떠날 것이었다. 모두, 조명, 유리 칸막이, 철컥거리는 타자기들, 이곳의 모든 쇼, 모든 퍽퍽한 고통은 뇌 속의 종양을 도려내듯 그의 인생으로부터 완전히 제거될 것이었다. 속이 다 후련했다.

사무실에서 그날 마지막으로 그가 했던 일은 특별한 노력이 필요한 것도 특별히 힘들지도 않았다. 용기가 조금 필요하기는 했다. 그는 책상 맨 밑의 커다란 서랍을 연 다음, 전화번호부 두 권 정도의 무게가 나가는 '진짜배기' 더미를 전부 다 들어내서는, 쓰레기통에 던져 넣어 버렸다.

그 후 한동안 그의 의식에서 사무실은 완전히 사라지고 없었다. 사무실에서의 일상은 그대로 이어졌다. 그는 늘 하던 대로 움직이고, 서류를 뒤적거리며, 밴디 부장과 회의를 하고, 오드웨이며 다른 직원들과 함께 점심을 먹었다. 오가며 모린 그루브와 마주치면 늘 점잖은 미소로 인사했고, 가끔은 그녀 앞에 멈춰서서 일상적인 대화를 나누면서 친구 사이임을 확인시켜 주었다. 하지만 그에게 낮은 이제 푹 쉬면서 저녁을 준비하는 시간이라는 것 외에 아무런 의미가 없었다.

그가 몽롱한 상태에서 깨어나는 것은 황혼 무렵 기차에서 뛰어내려 주차해 둔 자기 차에 올라타는 때였다. 그 후 아이들이 텔레비전 곁에 조용히 누워 있는 동안 에이프릴과 함께 술을 한잔 마시며 짜릿한 기분을 즐기고, 그런 다음에는 느긋하게 저녁 식사를 하는 기쁨을 만끽했다. 저녁 식사 자리에서는 결혼하기 전처럼 대화가 활발하게 오갔다. 그렇지만 정작 그날의 정수는 한참 지나 아이들이 방으로 자러 들어가 문을 확실하게 닫고 난 이후에나 시작됐다. 두 사람은 거실에 자리를 잡고 앉았다. 에이프릴이 언제나 그렇듯 소파 위에 매혹적으로 몸을 꼬고 앉으면 프랭크는 책장을 등지고 그 앞에 섰다. 각자의 손에는 이탈리아식 커피와 담배가 들려 있었다. 이제 사랑을 나눌 차례였다.

그가 천천히 방 안을 맴돌며 이야기를 시작하면, 그녀는 흔히 고개뿐만 아니라 어깨까지 젖히면서 그에게서 눈을 떼지 않았다. 뭔가 통렬하고 날카로운 말을 했다고 느낄 때면 그는 승리감에 도취해서 홱 돌아서며 그녀를 뚫어지게 쳐다보았다. 그러면 이제는 그녀가 입을 열 차례였다. 그러면 그는 다시 발걸음을 옮기며 고개를 주억거렸다. 그리고 그녀가 말을 마치면 두 사람은 열띤 표정으로 다시 서로를 쳐다보았다. 가끔은 그 눈길에 웃음기가 어리기도 했다. 무언의 대화가 오가는 경우였다. 내가 잘난 척하고 있다는 것 나도 알아. 근데 당신도 마찬가지잖아. 사랑해.

그리고 실제로 그게 무슨 문제가 되었겠는가? 두 사람이 주고받는 대화의 핵심, 그러니까 그 주제가 무엇이건 상관없이 그 말의 내용이나 그 말에 뒤따르는 응답의 실제 의미는 두 사람이 앞으로 새롭고 더 나은 사람이 되리라는 것이었다. 치마를 허리께부터 무릎까지 우아하게 펼치고, 은은한 조명 아래 꼿꼿이 세운 목을 하얗게 빛내며, 얼굴에는 완전한 평정심을 보여 주는 표정을 띠고, 소파 위에 다소곳이 앉아 있는 에이프릴에게서는 수치심을 느끼며 뻣뻣하게 서서 커튼콜을 받던 때의 모습 따위는 보이지 않았다. 땀범벅이 되어 잔디깎이를 끙끙대며 끌던 화난 아내의 모습도 아니었고, 가식적인 우정을 쌓는답시고 캠벨 부부를 불러 저녁 내내 힘들게 견뎌야 했던 권태로운 표정의 안주인 모습도 아니었으며, 생일 파티에 남편을 맞이하면서 보는 사람을 당황하게 할 만큼 적극적이면서도 당혹스러워하던 아내의 모습과도 완전히 달랐다. 그녀의 목소리는 「화석 숲」의 첫 번째 장을 연기할 때처럼 섬세하고 나긋나긋했다. 그리고 웃느라고 머리를 뒤로 젖힐 때라든가, 담뱃재를 떨기 위해 몸을 앞으로 숙이며 팔을 뻗어 담배 끝을 손가락으로 톡톡 칠 때면, 동작 하나하나가 고전적인 아름다움 그 자체인 듯했다. 유럽이 그녀의 발아래 놓이는 것은 분명 시간문제였다.

프랭크 본인도 그와 비슷한 변화가 자신에게 일어나고 있음을 어렴풋이 느꼈다. 일단 그의 말투가 새로워졌다. 보통 때보다 신중하고 천천히 말을 했고, 목소리는 더 깊어졌으며, 좀 더 유창하게 말을 하게 됐다. 이제 말을 더듬는 경우가 거의 없었으며, 늘 그의 말에 빈번하게 등장하던 간투사들(“아니지, 내 말은…… 잘은 모르지만 말이야……, 알다시피…….”)도 거의 없어졌다. 자기 말의 뜻을 더 명료하게 전달하려고 머리를 조아리며 흔들어 대던 버릇도 사라졌다. 깜깜한 전망 창 앞을 걸어가다 어쩌다 유리에 비친 자기 모습을 보게 되면, 그는 아직 자기 모습이 아내만큼 세련되게 보이지 않는다는 사실을 인정할 수밖에 없었다. 얼굴에는 군살이 너무 많았고, 입술은 너무 밋밋했으며, 바지 주름은 너무 또렷했고, 셔츠는 너무 상업적이었다. 하지만 가끔 늦은 밤 말을 너무 많이 해서 목이 따 갑고 눈은 뜨겁게 느껴질 때, 지친 어깨를 동그마니 앞으로 말 고 입을 앙다문 채 넥타이를 느슨하게 풀어 끈처럼 대롱거리 게 내버려둔 모습으로 전망 창 앞에 서게 되는 경우, 유리를 뚫어지게 들여다보면 그럴듯한 인물로 변화하기 시작한 자신 의 모습을 확인할 수 있었다.

그때는 아이들에게도 이상한 시기였다. 가을에 프랑스로 이사 간다는 게 도대체 무슨 말일까? 그리고 어째서 엄마는 재미있을 거라고 자꾸만 강조해서 재미없을 수도 있겠구나 생 각하게 만드는 걸까? 말이 나왔으니 말이지만, 엄마는 요즘 왜 그렇게 이상한 데가 많을까? 오후만 되면 꼭 크리스마스이 브 때처럼 한껏 들떠서는 품에 꼭 안아 주면서 이것저것 많이 도 물어보고, 또 대답하고 있노라면 눈의 초점이 흐려지면서 듣는 둥 마는 둥 하고는 이내 "그렇구나, 얘야. 하지만 그렇게 말을 너무 많이 하면 안 돼요, 알았지? 엄마도 숨 좀 돌려야 하잖니."라고 한단 말이야.

아빠가 퇴근해서 집에 와도 사정은 크게 나아지지 않았다. 물론 공중에 높이 던져 올려 주고 또 눈앞이 어지러워지도록 집 주위를 돌며 비행기를 태워 주기도 했다. 하지만 그것은 언 제나 자신들은 거들떠보지도 않은 채 부엌 문간에서 무슨 큰 일이 났나 싶게 오랫동안 엄마와 인사를 나눈 다음이었다. 그 리고 저녁 먹을 때의 그 대화라니! 아이들은 거기 끼이드는 것이 아예 불가능했다. 마이클은 의자에 앉아 몸을 건들거린 다든가, 어린 아기나 쓰는 말을 새된 목소리로 계속 질러 댄다거나, 으깬 감자로 입안을 가득 채우고서 입을 벌리고 있어도 아무도 뭐라 하지 않는다는 사실을 알게 됐다. 제니퍼는 식탁에 똑바로 앉아 동생에게는 눈길도 주지 않고 어른들의 말에만 귀를 기울이는 척했다. 하지만 식사 시간이 끝나고 자러 갈 시간까지 기다리다가는 혼자서 아무 말 없이 자기 방으로 들어가 엄지손가락을 빨아 대곤 했다.

좋은 점도 하나는 있었다. 잠자리에 들어 한 시간만 지나면 갑자기 쿵쿵하는 소리와, 씩씩거리는 거친 숨소리에, 문이 쾅 닫히는 소리같이 엄마 아빠가 싸우는 소리에 잠을 깨게 되지나 않을까 걱정할 일이 없어졌다. 이제는 가만히 누워 거실에서 소곤소곤 들려오는 다정한 목소리를 들으며 잠에 빠져들게 되었고, 그러면 목소리가 높아졌다 낮아지기를 반복하며 만들어지는 미묘한 리듬은 서서히 아이들이 꾸는 꿈나라의 내용으로 바뀌었다. 어쩌다 중간에 시트 아래에서 몸을 뒤척이며 좀 더 시원한 데를 찾아 엄지발가락을 꼼지락거리며 잠에서 어렴풋이 깨어날 때도 그 목소리는 여전히 들려왔다. 아주 깊숙한 목소리와 아주 부드럽고 예쁜 목소리였다. 두 목소리가 끊이지 않고 이어지는 걸 듣고 있으면 깊고 높은 산줄기를 멀리서 바라볼 때처럼 아주 듬직한 느낌이 들면서 마음이 아주 편안해졌다.

“온 나라가 감상주의로 썩어 버렸어.” 어느 날 밤 창가에서 상념에 잠겨 있던 프랭크가 뒤돌아서 카펫 위로 발을 떼면서 입을 열었다. “질병처럼 퍼지고 있어. 오래됐어. 세대를 거듭하며 퍼져 나가 이제는 손에 닿는 건 무엇이건 다 물렁물렁한 곤죽이 돼 버렸어."

"정말 그래요." 반색을 하며 에이프릴이 말을 받았다.

"내 말은, 문제의 근본을 헤아려 보자면 그게 지금 정말 핵심 아니냐는 거야. 이윤 추구나 영적 가치의 상실이나 원자 폭탄에 대한 공포나, 아니면 그와 비슷한 다른 어떤 것보다도. 아니면 이게 그 모든 것들의 결과라 할 수도 있겠지. 또는 이 모든 것들이 한꺼번에 영향을 미치는데, 그 종합적인 악영향을 흡수할 문화적 전통이 부재하기 때문일 수도 있고. 어쨌건 어떤 원인에서 나온 결과이건 간에, 이게 미합중국을 죽이고 있다는 거야. 그렇지 않아? 모든 사상과 모든 감정을 집요하게 통속화해서는 반쯤 가공해 놓은 이유식 같은 천박한 지식으로 전환해 버리는 이 현상. 이 낙관주의적이며, 언제나 미소를 잃지 않는, 모든 걸 쉽게 해결하려는 감상주의가 만인의 인생관이 되어 버린 것 아니겠어?"

"그래요. 맞아요." 그녀가 맞장구쳤다.

"그러니 사내들이 전부 계집애처럼 되어 버린 것도 너무 당연하지 않아? 정말 실제로 그렇게 되고 있다니까. '조정'이니 '안전'이니 '연대'니 하는 말들을 그렇게 요란하게 떠들어 대는 게 바로 이런 현실을 반영하는 거야. 그리고 맙소사, 천지 사방에 쫙 깔렸어. 텔레비전만 봐도 우스개라는 게 전부 아빠는 멍청이이고, 늘 엄마 손바닥 안에 있다는 전세를 기초로 한다니깐. 게다가 요즘 사람들이 자기 앞마당에 세운 그 빌어먹을 표지판들. 당신도 여기 힐 지역에서 본 적 있겠지?"

“그런 표지판 말이죠? 무슨 무슨 ‘네’라고 쓴 것 말이에요. ‘도널슨네’처럼요.”

“맞았어!” 그는 돌아서며 그녀에게 미소 지었다. 자기가 무슨 말을 하고 있는지 정확하게 짚어 낸 아내를 치하하는 의기양양한 표정이었다. “그냥 ‘도널슨’도 아니고, ‘존 J. 도널슨’도 아니고, 뭐가 됐던 가장의 이름 자체를 도통 쓰지 않는 거야. 언제나 ‘도널슨네’인 거지. 그 집 식구들 어떤 꼬락서니일지 한번 상상해 봐. 다들 파자마를 입고서 토끼 새끼들처럼 옹기종기 모여 앉아서는, 한심스럽게도, 마시멜로나 구워 먹고 있을 거라고. 캠벨 부부는 아직 그런 표지판을 세우지는 않았겠지. 하지만 조금 있음 곧 세울걸. 이런 유행이 퍼져 나가는 속도를 보면 그 사람들도 머지않았어.” 그는 말을 멈추고 폐부 깊숙한 데서 울려 나오는 웃음을 터뜨렸다. “근데 맙소사, 우리도 자칫했다간 그런 삶의 방식에 안주할 뻔했던 것 한번 생각해 봐.”

“하지만 우린 아니죠. 중요한 건 그 점이에요.”

이런 때도 있었다. 늦은 밤 그가 소파 가까이 다가가 그녀를 마주 보며 커피 탁자 가장자리에 걸터앉았다. “지금 우리가 하고 있는 이게 뭔지 알아, 에이프릴? 이렇게 이야기를 주고받는 것? 이렇게 유럽으로 훌쩍 떠나 버린다는 계획 그 자체 말이야.” 그는 짜릿한 흥분으로 들뜬 기분이었다. 이렇게 커피 탁자에 걸터앉는 것이 상당히 창의적이고 멋진 동작으로 여겨졌기 때문이었다. “비닐봉지에서 나오는 것과 같아. 투명한 비닐봉지 속에 갇힌 줄도 모른 채 오랫동안 지내다가 갑자기 그걸 찢고 나오는 것과 같다는 말이야. 어떻게 보면 2차 세계 대전 당시 내가 전선에 처음 배치될 때와 비슷한 것 같아. 난 그때 아주 침울하고 잔뜩 겁먹은 듯이 행동했던 걸로 기억해. 그때는 다들 그렇게 하는 게 멋있는 거였으니까. 하지만 난 실제로는 그렇게 겁먹거나 침울하지 않았어. 아, 물론 겁이 나기는 했지. 그렇지만 그게 중요한 건 아냐. 내가 실제로 느꼈던 감정은 무섭다거나 그러지 않다거나 하는 것과는 상관이 없었어. 난 그냥 내가 살아 있다는 사실을 생생하게 느꼈지. 온몸의 피가 들끓는 느낌이랄까. 눈에 보이는 모든 게 너무나 생생했어. 들판 위의 눈, 도로, 나무, 그리고 비행운이 어지럽게 뻗은 눈부시게 파란 하늘까지 모두. 그리고 전우들의 전투 헬멧과 동절기 외투, 소총, 그리고 그들의 걸음걸이까지 모두 다. 난 전우들이 모두 다 사랑스러웠어. 내가 평소에 싫어하던 놈들까지 말이야. 그리고 난 내 몸이 움직이는 방식과 내 코가 숨을 들이마시는 소리를 아주 민감하게 의식했던 기억이 나. 그러다 포격으로 박살이 난 마을을 지나간 적이 있어. 벽은 다 부서지고 모든 게 다 무너져 파편으로 쌓여 있었지. 그런데 난 그 모든 게 아름다웠어. 정말이지, 난 그때 누구 못지않게 멍청하고 또 겁먹고 있었을 거야. 그렇지만 속으로는 기분이 그렇게 좋을 수 없었어. 난 계속 생각했지. 이게 정말 진짜라는 거구나. 이게 진실이야.”

“나도 그렇게 느낀 적 있어요.” 그녀가 끼어들었다. 입술이 머뭇거리는 것을 본 그는 대단히 사랑스러운 밀이 이어질 것으로 짐작했다.

“언제?” 그는 아이마냥 부끄러워져서 그녀의 얼굴을 똑바로 쳐다볼 수 없었다.

"당신이 처음 절 사랑해 줬을 때요."

커피 탁자가 이상한 각도로 기울더니 쿵 하는 소리와 함께 원래 위치로 되돌아왔다. 탁자 위 컵들이 쨍그랑거렸다. 그가 소파 가장자리로 옮겨 간 것이었다. 그는 그녀를 두 팔로 꼭 껴안았다. 그렇게 그들의 밤이 시작됐다.

*

그런 식의 밤이 여러 번 지나갔다. 그러고는 프랭크가 일상과 시간의 흐름을 연결하여 의식하게 된 때가 찾아왔고, 사실상 그때부터 두 사람의 대화에서 미약하나마 부조화가 끼어들기 시작했다.

한번은 그가 그녀의 말을 막고 끼어들었다. "근데 우리는 왜 파리에 관해서만 이야기하는 거지? 정부 기관은 유럽 거의 어디든 있잖아? 로마는 왜 안 돼? 아님 베네치아나 그리스 어디쯤도 생각해 볼 수 있지 않아? 가능성을 열어 두자고. 파리만 있는 건 아니잖아."

"물론 아니죠." 그녀는 무릎께에 떨어진 담뱃재를 손으로 황급히 떨어내고 있었다. "그렇지만 파리가 새출발을 하기에는 가장 합리적인 곳이잖아요, 안 그래요? 당신이 프랑스어도 할 줄 알고, 또 여러 가지로 그렇잖아요?"

그때 유리창을 돌아다봤더라면 그는 화들짝 놀란 거짓말쟁이의 모습을 봤을 것이었다. 프랑스어라니! 자기가 프랑스어를 할 줄 아는 척한 적이 있던가?

"글쎄." 그가 키득거리며 그녀에게서 멀어지면서 말했다. "나라면 그렇게 확신하지는 않을 텐데. 쬐끔 알고 있던 것도 지금쯤은 다 잊어먹었을 거야. 내 말은, 내가 원래 무슨 유창하게 말을 줄줄 할 만큼 그 말을 잘 아는 것도 아니고. 그저 겨우 생존할 수 있는 정도였다고나 할까."

"그 정도면 우린 됐죠. 당신은 금방 다시 따라잡을 거예요. 우리 둘 다 그러겠죠. 게다가 적어도 당신은 거기서 살아 봤잖아요. 파리가 대충 어떤지 그 지리도 알 테고 또 어떤 지역에 어떤 특색이 있는지도 잘 알겠죠. 그런 게 중요하니까요."

입 밖으로 뭐라 말은 하지 않았지만, 그는 결국 아내의 말이 어느 정도는 맞다고 생각했다. 오래전 삼 일짜리 휴가를 몇 번 받은 덕분에 그는 그림 엽서에 등장하는 유명한 장소가 대부분 어디에 있는지 알고 있었다. 또한 그런 곳에서부터 이전에 미군 피엑스와 적십자 클럽이 있던 곳으로 가는 길도, 또 거기서 피갈역으로 가는 길도, 역 주변에서 좀 더 나은 창녀를 고르는 법도, 또한 어떤 창녀의 방 안에서는 어떤 냄새가 날 것 같은지도 짐작할 수 있었다. 그가 확실하게 아는 것은 그런 정도였다. 그리고 또 한 가지 그가 파리에 대해 아는 것은 파리에서 가장 좋은 지역, 즉 산다는 게 어떤 건지 제대로 알고 있는 사람들이 사는 곳은 생제르맹 데프레 성당 부근에서 시작해서 그 서남쪽으로(남서쪽이었던가?) 르 돔 카페까지 쭉 이어지는 구역이라는 사실이었다. 실제로 그는 이 지역을 외로이 혼자서 다리 아프게 걸어 다닌 적이 있었다. 하지만 이곳에 대해 그가 아는 것은 대부분 고등학교 시절 읽었던 헤밍웨이의 소설 『태양은 다시 떠오른다』를 통해 얻은 것이었다. 그때는 이 구역 오래된 건물들의 고색창연함, 밤이면 부드러운 가로등 불빛이 푸르른 나무 사이로 아련하게 퍼져 나오는 풍경, 그리고 거리를 걸으면 환하게 밝혀진 카페의 기다란 차양들이 그 아래에서 지적인 대화를 나누는 수많은 얼굴들을 드러내 보여 주는 광경을 상상하며 그 매력에 흠뻑 빠져 있었다. 그렇지만 막상 그 거리를 헤매고 다닐 때 그는 이미 마신 백포도주로 머리가 아팠고, 카페의 차양 아래에서 대화를 나누던 사람들은 가까이서 보니 턱수염이 더부룩한 위협적인 인상의 남자들과 자신을 단박에 가늠하고는 무시해 버릴 것 같은 눈길을 가진 여인들뿐이었다. 그 전에 그곳은 그에게 손을 뻗으면 가 닿을 거리 바로 너머에 지혜가 있을 것 같은 느낌, 길모퉁이만 돌면 형언할 수 없는 은총 같은 것이 완성된 채 자신을 기다리고 있을 것 같은 느낌을 주었다. 그러나 현실에서 그는 끝없이 이어지는 푸르스름한 새벽녘 길을 너무 오래 걸어 이미 너무 지쳐 버린 상태였고, 어떻게 살아야 하는지에 대한 비밀을 알고 있을 것 같은 사람들은 결코 그 비밀을 알려 주지 않았다. 그곳으로의 외출이 끝날 때면 그는 매번 고주망태가 되었고, 우당탕거리며 부대로 복귀시켜 줄 군용 트럭의 꼬리 번호판 너머로 토하기 바빴다.

즈 쉬. 에이프릴이 말을 이어가는 중에 그는 불어 문법을 연습해 보았다. 투 에, 누 솜, 부 젯, 일 송.

"……게 좋겠죠. 일단 자리를 잡게 되면요." 그녀가 말을 하고 있었다. "그렇게 생각하죠? 내 말 듣고 있어요?"

"그럼, 듣고 있지. 아냐, 미안, 안 듣고 있었나 봐." 아내의 불만을 누그러뜨리려고 가능한 한 솔직해 보일 것 같은 미소를 가득 머금고 커피 탁자에 앉으며 그가 말했다. "난 그저 이 모든 게 그리 쉽지는 않겠다 생각하고 있었어. 아이들을 데리고 외국으로 훌쩍 떠난다는 것 말이야. 내 말은, 여기서는 예상해 볼 수조차 없는 문제들에 많이 부닥치게 될 거라는 거지."

"그건, 확실히 그렇죠. 그리고 쉽지 않을 것도 확실해요. 근데, 뭐 쉬운 일치고 할 만한 일이 어디 있나요?"

"당연히 없지. 당신 말이 맞아. 오늘 밤 내가 좀 피곤한 모양이야. 한잔할 거야?"

"아뇨, 됐어요."

그는 부엌으로 가서 직접 술을 한잔 따라 마셨고, 기분이 훨씬 좋아졌다. 그러고는 그다음 날 밤까지, 그리고 사흘째 밤이 되기까지는 아무 문제가 없었다. 그런데 그날 밤 그녀가 하루를 어떻게 보냈는지 말해 주자 그는 깜짝 놀랐다.

그는 그녀 역시 낮 동안은 자기처럼 아무 생각 없이 빈둥거리며 시간을 보냈으리라 생각했다. 그가 상상했던 그녀의 모습은 한동안 느긋하게 목욕을 즐기고 난 뒤 몇 시간이고 거울 앞에서 이런저런 옷을 입어 보고 머리 스타일을 바꾸어 보는 모습이었다. 잠깐 거울 앞을 떠날 때면 머릿속에서 들려오는 바이올린 음악에 맞춰 왈츠를 추면시 꿈꾸듯 경쾌하게 빙빙 돌며 햇살 가득한 집 안을 이리저리 오가다 거울로 돌아와서는 거울을 등지고 서서 고개만 돌려 싱긋 웃으며 상기된 자신

의 얼굴을 들여다보리라. 그러고는 그의 퇴근 시간에 맞춰 침
대도 정리하고 집 안도 치우느라 서둘렀을 것이다. 그런데 이
날 그녀는 아침을 먹자마자 차를 몰고 뉴욕 시내로 들어가서
는 해외 공관 직원 모집 사무소에 들러 면접을 보고, 쓸 것도
많은 지원서까지 작성하고, 그 길로 여권 발급에 필요한 절차
까지 다 밟고, 유럽 여행 안내책 세 권과 여객 선사와 항공사
의 운행 일정표 여섯 개를 확보하고, 여행용 가방 두 개, 프랑
스어 사전 한 권, 파리 시내 관광 안내서 한 권, 아이들을 위
해 장 드 브뤼노프의 『코끼리 바바르』 영역본 한 권, 『똑똑한
프랑스어』('프랑스어를 이미 조금 알고 있는 똑똑한 사람들을 위한
학습서') 한 권을 구입한 다음, 다시 차를 몰고 집으로 횡하니
돌아와 아이 돌보미를 보내 주고, 가까스로 그의 퇴근 시간에
맞춰 저녁을 준비하고는 마티니 칵테일까지 만들어 놓은 것이
었다.

"당신 피곤하지 않아?"

"아뇨, 별로. 뭔가 힘이 막 샘솟던걸요. 내가 시내에서 종일
시간을 보낸 게 얼마 만이었는지 알아요? 점심시간에 당신 사
무실에 잠깐 들러 깜짝 놀라게 할까 했는데 시간이 없었어요.
왜, 무슨 문제라도 있어요?"

"아냐. 그냥 좀 어리둥절할 뿐이야, 그게 다야. 하루 만에 그
많은 일을 다 해치우다니. 아주 인상적인걸."

"당신 조금 심기가 상했나 보네요, 그렇죠. 아, 이해해요."
그녀는 다 이해한다는 듯 선웃음을 머금고 인상을 찡그리며
그를 쳐다보았다. 텔레비전 코미디에 나오는 아내들이 전형

적으로 짓는 표정이라 보는 그로서는 마음이 조금 불편했다. "내가 뭔가 모르게 주도권을 쥐고 흔드는 것 같아서 그렇죠, 모든 걸 혼자서 다 해치우니까."

"아니야." 그가 부인했다. "아니야, 정말로, 말도 안 돼. 난 아무렇지도 않아. 아무래도 상관없다고."

"그래도 상관이 있기는 해요. 내가 잔디를 깎았을 때랑 비슷한 거죠. 여권이랑 여행사 같은 문제는 당신이 처리하도록 내버려둬야 했다는 걸 알아요. 하지만 내가 있는 데서 너무 근처다 보니까 안 들르는 게 더 이상하더라고요. 하지만 정말 미안해요."

"아, 진짜, 그만할 수 없겠어? 당신 계속 그 문제로 뭐라 하면 내가 진짜로 기분이 안 좋아지겠어. 그만하자고."

"알겠어요."

"이건 우리한테는 별 소용이 없겠어." 그는 손가락으로 『똑똑한 프랑스어』의 책갈피를 넘겨 보며 말했다. "내 말은, 이건 좀 우리보다 상급자용 같다는 거지."

"아, 그 책. 맞아요. 그건 좀 잘난 척하는 유의 책 같더라고요. 내가 좀 서두르는 바람에. 그것도 당신이 처리하도록 내버려뒀어야 하는데. 당신이 그런 쪽은 나보다 훨씬 나으니까."

그녀가 후회하는 표정으로 별로 좋지 않은 일이 생겼다고 알려 온 것은 바로 다음 날 밤이었다. "정말 나쁜 일은 아닌데, 좀 성가시긴 해요. 처음에 기빙스 부인이 오늘 전화를 했더라고요. 내일 저녁 식사에 정식으로 초대하겠다는 거예요. 당연히 거절했죠. 아이 돌보미를 구할 수 없다고 하면서 말이에요.

그러자 부인은 그럼 다음 주 어느 날이 좋겠는지 나보고 정하라고 몰아붙였고, 난 계속 안 되겠다고 하다가 딱 생각이 났던 거예요. 어쨌거나 곧 이 양반을 한번은 만나야겠구나 하고 말이에요. 우리 집을 내놔야 하잖아요. 그래서 내가 두 분이 우리 집으로 오면 안 되겠냐고 물었죠.”

“아이쿠 맙소사.”

“아니, 걱정할 필요 없어요. 오지 않겠대요. 그 양반 어떤 분인지 알잖아요. 우리를 귀찮게 하고 싶지 않다고 계속 주절거리더라고요. 세상에, 얼마나 사람을 귀찮게 하는지. 난 계속 어쨌건 우리는 뵙고 싶다고 말씀드렸죠. 일 때문이라고. 이런 식으로 한 삼십 분쯤 끌고 나서야 부인이 마음을 돌리고는 내일 저녁 혼자서 오시겠다고 했어요. 그러니까 저녁 먹고 난 후에, 오로지 사업상으로 오는 거예요. 그리고 재수가 좋으면 우린 그 양반을 아마 집이 팔리는 때를 제외하면 다시는 볼 필요가 없을 거예요.”

“좋아.”

“네, 하지만 문제가 있어요. 내일 저녁 우리가 캠벨네로 가기로 되어 있었다는 걸 깜박한 거죠. 그래서 내가 밀리에게 전화해서 아이 돌보미 문제로 둘러댔더니, 왜 그런지는 모르겠는데, 아주 기분 나빠하더라고요. 밀리가 가끔 이상하게 구는 거 알죠? 꼭 어린아이를 상대하는 느낌이라니까요. 어느새 내가 그럼 오늘 밤 가겠다고 해 버린 거예요. 그렇게 이번 주말은 날아가 버렸네요. 오늘 밤은 캠벨네, 내일은 기빙스 부인네. 정말 미안해요, 프랭크.”

"크으, 그건 괜찮아. 안 좋은 일이라는 게 그게 다야?"

"괜찮다는 거 정말이에요?"

그는 전혀 상관하지 않았다. 사실, 그는 샤워를 마치고 셔츠를 갈아입으면서 이미 캠벨 부부에게 그 계획을 알려 주는 순간을 자신이 내심 고대하고 있다는 사실을 깨달았다. 이런 일은 다른 사람에게 발설하고 나야 진짜 현실로 느껴지는 그런 종류의 일이었다.

"그래도 말이야, 에이프릴." 그는 셔츠 자락을 바지춤에 넣으며 말했다. "기빙스 부인에게 우리 계획을 이야기할 때 말이야. 유럽으로 건너가서 우리가 뭘 하고 살지까지 이야기할 필요는 없겠지, 그치? 내 말은, 그 여편네는 지금 이대로의 나도 충분히 머저리 같다고 여길 거란 말이지."

"당연히 아니죠." 그녀는 기빙스 부인에게 단순히 집을 팔아야겠다고 말하는 것 이상으로 뭘 알려 준다는 생각 자체에 놀라는 표정이었다. "그게 부인에게 무슨 상관이 있겠어요? 그건 캠벨 부부에게도 말할 필요 없잖아요."

"아, 아니야." 그는 재빨리 끼어들었다. "그 사람들에게는 말해 줘야 해." 그러고는 이렇게 덧붙일 뻔했다. "그 사람들은 우리 친구잖아." 가까스로 이 말을 참아 낸 그는 아내의 말에 동의했다. "내 말은, 알잖아, 말해 줄 필요가 없는 건 당연하지. 그렇지만 꼭 말하지 말아야 할 이유가 있는 것도 아니잖아?"

둘

　세퍼드 시어스 캠벨은 구두 닦는 걸 좋아했다. 군에 있을 때 갖게 된 취미였다.(그는 아주 유명한 공수 부대 소속으로 세 개의 전투에 참전한 경력이 있었다.) 그 옛날 육중한 군화에 비하면 닦는 보람이 훨씬 작은 가벼운 코도반 염소 가죽 구두이지만, 지금도 그는 열심히 닦고 있었다. 톡 쏘는 구두약 냄새를 맡으면서 몸을 웅크리고 힘들게 구두를 닦고 있으면 잃었던 군인 정신이 되살아나는 것 같았다. 그는 구두를 닦으면서 옛 시절의 빅 밴드 스윙 노래를 흥얼거렸다. 쉰 목소리로 가사를 부르다가는 눈을 게슴츠레하게 뜨고 입술을 비죽이 벌리면서 금관 악기 연주 부분을 "바다빠 밤! 밤! 밤!" 하면서 흉내 내고는 다시 가사로 돌아가기를 반복했다. 이따금 손을 멈추고 옆쪽 바닥에 놓아 둔 맥주를 집어 들고 한 모금 가득 들이켜기도 했다. 그러고는 등을 쭉 펴 보며 색 바랜 티셔츠의 팔꿈치를 긁으며 길고 만족스러운 트림을 토해 냈다.

"휠러네가 언제 오기로 했지, 자기야?" 그는 아내에게 물었고, 아내는, 현명하게도, 주름 장식을 단 화장대 거울 속 자신의 모습을 들여다보고 있었다.

"8시 30분이에요, 자기."

"어이쿠야, 샤워를 해 두려면 서둘러야겠군." 눈을 가늘게 뜨고서 발가락을 놀려 오른쪽 구두의 광택을 확인한 그는 다시 몸을 숙이면서 구두닦이 천을 허공에 대고 탁 턴 다음 왼쪽 구두로 손을 옮겼다.

구두를 닦고 있는 지금 그의 얼굴에 드리운 무덤덤한 농부의 표정은 요즈음 셉 캠벨이 잘 보여 주지 않는 표정이었다. 구두를 닦을 때나 넥타이를 고를 때 정도만 이런 표정을 짓곤 했다. 하지만 이 표정은 한때 그의 온 마음을 지배했던 의지를 반영하는 흔적 같은 것이었다. 소년 시절에나 성인 남자가 되고 나서도 오랫동안 그는 무감각하고 막돼먹은 사람으로 보이기를 간절히 원했다. 무뚝뚝한 소년들과 남자들 사이에서 실제에서였건 상상에서였건 그들의 비웃음을 받지나 않을까 전전긍긍했던 그로서는 자신의 체면을 유지하는 방책이었고, 오랫동안 자신이 인생에서 가장 수치스러운 부분으로 여겨 왔던 사실들을 순전히 의지의 힘으로 부정하려는 노력이었다. 그가 감추려 한 사실은 그가 유년 시절을 사임 벽돌로 고풍스럽게 건축된 고급 아파트들이 즐비한 맨해튼 중심가 서턴 플레이스 근처의 펜트하우스에서만 보냈고, 개인 교사 밑에서 교육을 받았으며, 영국계 보모나 프랑스계 여자 가정교사가 만면에 미소를 띠고 지켜볼 때만 다른 아이들과 놀 수 있었고, 부유한 이혼녀였던 엄마의 고집으로 무려 열한 살이 될 때까지 매주 일요일이면 뉴욕 최고의 명품점 버그도프 굿맨에서 구입한 '너무나 깜찍한' 스코틀랜드 체크무늬 치마를 입어야 했다는 것 등이었다.

"엄마는 날 무슨 알록달록한 막대 사탕으로 만들고 싶었나봐!" 지금도 그는 자기 엄마에 관해 이야기할 수 있는 몇몇 친구들에게 소리를 지르곤 했다. 하지만 차분하고 현명한 시간을 통해 그는 이미 오래전에 엄마를 용서하기로 했다. 완벽한 부모가 어디 있겠는가. 게다가 엄마는 무슨 의도로 그랬는지는 모르지만, 그는 엄마의 생각대로 될 가능성은 애초에 없다는 것을 잘 알고 있었다. 사춘기 초입부터, 그 이전부터일 수도 있지만, 그가 아이의 몸에서 레슬링 선수처럼 듬직한 등짝을 가진 거친 사내의 몸으로 변해 가던 그때부터 그는 엄마의 호리호리한 손길로부터 완전히 벗어나기 시작했다. 엄마가 '교양 있다'라든지 '고상하다'라고 부르는 것과 조금이라도 연관된다 싶은 것은 인격 형성기의 셉 캠벨에게는 혐오스러운 금기가 되었고, 엄마가 '천박하다'라고 하는 것은 그 어떤 것이건 그가 진심으로 원하는 것이 되었다. 작은 규모의 비싼 사립학교에서 그는 별 어려움 없이 옷을 아무렇게나 입고 늘 소란의 중심에 있는 질 나쁜 학생이었다. 그는 두려움과 동경의 대상이 되었고, 저소득층 자녀 특별 장학금으로 진학한 학생의 하나일 것이란 짐작에 은근한 연민의 대상이 되기도 했다. 졸업반이던 해 사립 학교에서 퇴학당한 그는 곧장 콩나물 시루 같은 맨해튼 공립 고등학교로 전학해 엄마를 질겁하게 만들었다. 그 후 몇 번 경찰과 작은 마찰이 있었고, 마침내 열여덟 번째 생일날이 되자 환호작약하며 낙하산 부대로 입대해 버렸다. 남다른 용기를 가진 사나이에 더해, 그는 다른 군인들이 매우 대단하다고 인정하는 그 외의 자질, 즉 천하에 몹쓸 놈으로서의 자질을 갖춘 사나이가 될 작정이었다.

그는 이 두 가지 면을 모두 손에 넣었다. 게다가 2차 세계 대전에 참전하면서 그런 희망은 더 절박해졌다. 제대 후 그가 프린스턴이나 윌리엄스 같은 명문 대학교로 진학하라는 엄마의 눈물 어린 호소쯤은 가볍게 무시하고 대신 구부정한 자세로 뭉그적거리며 중서부의 삼류 공과 대학교로 떠나 버린 것은 너무나 당연했다.(개인 재력으로 대학교를 다닌다면 사내답지 않다고 여길까 봐 그는 계속 "참전 군인 지원 장학금으로 간 거야."라고 강조하곤 했다.) 그곳에서 그는 가죽 재킷을 걸치고 강의 시간을 졸면서 때우거나, 또래의 거친 친구들과 어울려 침과 톱밥으로 바닥이 어지러운 술집에 웅크리고 앉아 있거나, 맥주에 잔뜩 취해 인문학이라는 것 자체를 경멸하는 장광설을 늘어놓으면서, 명백하게 남성적이고, 명백하게 중산층적인 기계 공학의 기술을 익혔다. 지금의 아내를 만난 것도 그곳이었다. 재무관리처 직원으로 자그마하고 부드러우며 충직한 여자였다. 첫아들도 그곳에서 태어났다. 엄청난 반전이 시작된 것은 그 후 몇 년이 지난 다음이었다.

그 계기는 나중에 그가 "어떻게 보면 내가 돌아 버린 거지."

라고 회상하는 순간에 왔다. 어느 날 잠에서 깨어난 그는 어느 수력 발전기 공장에 근무하고 있는 자신을 발견했다. 애리조나 주 피닉스시에서 160킬로미터 이상이나 떨어진 곳이었고, 사는 집은 사막 위에 똑같은 형태로 빽빽하게 들어찬 400여 채의 사택 중 하나였다. 뜨거운 햇살 아래 통으로 구워지고 있는 사각형 사택 안에는 벽마다 싸구려 할인 매장에서 파는 액자가 걸려 있었고, 액자에는 모두 산을 그린 풍경화가 들어 있었다. 서가랍시고 있는 가구에 꽂혀 있는 것은 갈색 표지의 공학 관련 교본 다섯 권이 전부였다. 골판지 상자 같은 사택은 밤이면 옆집에서 울려 오는 텔레비전 소리와 카나스타 카드 게임을 하러 모인 이웃들의 왁자지껄한 소음으로 공명통으로 변해 버렸다.

셰퍼드 시어스 캠벨은 이웃들 사이에서 고립감을 느꼈다고 인정할 수밖에 없었다. 남자들은 무디고 겉늙은 얼굴을 한 젊은 사내들이었고, 여자들은 화장실에서나 주고받는 농담에 숨이 넘어갈 듯 새된 웃음을 터뜨리거나("해리, 해리, 여자 화장실에서 잡혔다는 남자 이야기 좀 해 줘요.") 남편을 공경한답시고 조용히 입을 다물고 사내들이 자동차에 관해 열띤 토론을 벌이는 것을("자, 셰보레를 보자고. 적어도 내가 보기엔 말이야, 쉐보레는 언제 것이건 언제나 믿을 수 있어. 최고라고.") 지켜보았다. 캠벨은 급속히 자신을 가짜에다 어리석은 바보로 인식하기 시작했다. 원래의 자신이 아닌 다른 사람으로 행세해 왔으며, 그 재미에 빠져 어느새 자신이 원하지도 않고 견뎌 내기도 힘든 방식의 삶을 살아가고 있고, 엄마에게 반항한답시고 자신의 태생적 권리에 스스로 등을 돌려 버렸다는 생각이 불현듯 든 것이다.

자신의 것이어야 했고 또 그렇게 될 수 있었던 세계, 지성과 세련된 감수성의 세계에 대한 찬란한 상상이 머릿속에서 떠나지 않았다. 그리고 그 세계는 마음속에서는 언제나 '동부'라는 단어와 불가분의 관계로 엮였다. 동부는, 당시 그의 생각으로는, 대학 진학은 직업 교육을 받기 위해서가 아니라 지혜와 아름다움을 체계적으로 추구하기 위한 것인 곳이었으며, 열두 살만 넘으면 그 누구도 그런 단어들은 계집애 같은 사내들이나 입에 올리는 말이라고 생각하지 않는 그런 곳이었다. 동부에서라면 그도 구깃구깃한 모직 재킷과 바지를 입고서 느릅나무 고목들 사이로 시계탑이 솟아 있는 거리를 당대 최고의 친구들과 함께 이야기를 나누며 몇 시간이고 어슬렁거릴 수 있을 것이었다, 동부의 여자들은 모두가 놀랄 만치 날씬하고 우아했다. 그들의 몸가짐에는 버몬트주의 베닝턴이나 매사추세츠주의 홀리요크처럼 유서 깊은 도시가 가진 권위에 버금가는 위엄이 실려 있었다. 동부의 여자들은 낮고 미묘한 목소리로 지적인 대화를 주고받았으며, 깔깔대며 웃는 법이 절대로 없었다. 매서운 겨울날 저녁 호사로운 빌트모어 호텔 칵테일 라운지에서 그들을 만나 연극 공연에 데려가고, 그런 다음 브랜디로 따뜻해진 그들을 태우고 시외로 드라이브를 나가 눈 덮인 어느 뉴잉글랜드풍의 자그마한 여관에 도착하면, 그들은 선뜻 오리털 누비이불 밑으로 들어올 것이었다. 동부에서는 대학교를 졸업하면, 전업 직장을 잡기 전 몇 년간은 책이

즐비하게 늘어선 아파트에 머물며 가끔 유럽 여행이나 다녀오
며 살다가, 다양한 정보를 바탕으로 여유롭게 선택한 끝에 마
침내 진정 자신이 원하는 직업을 찾게 될 것이었다. 그러다 결
혼하게 된다면 그것은 오랜 기간 지속된, 그리고 아주 세련된
많은 연애 경험의 마지막이자 최고였던 연애를 엄숙한 의식을
통해 축하하는 행사가 될 것이었다.

이런 환상에 빠져 헤어나지 못하고 있는 동안 셉 캠벨은 수
력 발전기 공장에서 도도한 자식이라는 평을 듣게 되었다. 밀
리 역시 그에게 반감을 품는 동시에 두려움을 느꼈다. 남편이
우울한 표정으로 클래식 음악을 듣거나 심각한 표정으로 문
예 계간지들을 읽기 시작했기 때문이었다. 그는 그녀에게 말
도 잘 걸지 않았으며, 설사 말을 건넨다 해도 그 말투가 완전
히 바뀌어 있어 사람을 놀라게 했다. 이전에는 뉴욕 길바닥의
거친 소년과 인디애나의 농부를 섞어 놓은 듯해서 '정말 귀엽
게' 느껴지는 말투였다면, 새 말투는 딱딱하고 매몰찬 것이 무
슨 영국식 억양이 들어 있는 것 같아서 아주 생경하게 들렸
다. 그러고는 어느 일요일 밤, 종일 술만 마시고 아이들에게 신
경질을 부리던 남편은 그녀를 무식한 쌍년이라 부르면서 주
먹으로 벽을 쳐 손가락뼈 세 개를 부러뜨렸고, 그녀는 아기를
품에 안은 채 눈물범벅이 되어 몸을 웅크리고 있어야 했다.

그로부터 일주일 후, 아직도 충격에서 벗어나지 못한 그녀
는 파리한 얼굴로 남편을 도와 옷가지며 담요며 부엌 세간을
차에 실었다. 그리고 그들은 먼지 나는 도로를 따라 동쪽으
로의 순례길에 올랐다. 뉴욕에 정착한 그들은 육 개월을 그곳

에서 보냈다. 셉 캠벨이 엔지니어로 계속 일을 할지 다른 길을 택할지를 고민하는 기간이었다. 그렇지만 밀리에게는 평생에 가장 힘든 시기였다. 셉 캠벨도 이 사실을 잘 알았다. 첫 번째 충격은 어머니의 돈이 다 사라지고 없다는 사실이 드러나면서 찾아왔다.(애초에 그리 돈이 많았던 것도 아니지만, 지금은 고양이 한 마리와 함께 장기 투숙 호텔에서 몰락한 가문 출신의 잔소리 심한 노인네로 겨우 살아갈 수 있을 정도였다.) 그 외에도 뉴욕시라는 어마어마한 대도시에서의 일상은 충격의 연속이었다. 뉴욕은 더럽고, 시끄럽고, 매정했다. 값싼 식료품과 방세로 모아 둔 돈은 점점 줄고, 남편이 어떤 기분으로 집으로 돌아올지 언제나 전전긍긍해야 하고, 그가 음악이나 철학 전공 대학원 과정을 들먹이면서 이 말 했다 저 말 했다 할 때 어떻게 대꾸해야 할지 난감해하고, 또 그가 수염을 나흘이나 깎지 않은 채 물도 나오지 않는 워싱턴 광장의 분수대를 바라보며 몇 시간이고 앉아 있곤 하는 이 기간에, 그녀가 전화번호부에서 '정신과 개업의' 광고를 찾아보기까지 한 것이 한두 번이 아니었다. 하지만 셉이 마침내 뉴욕 근처 스탬퍼드시의 연합 정밀에 취직하기로 마음을 굳히면서, 그들은 집을 얻어 셋방을 나왔고 곧 이곳 레볼루셔너리 힐 이스테이트로 들어오게 되었다. 그러면서 밀리의 인생은 다시 한번 정상적인 모습을 띠게 되었다.

셉 자신에게도 지난 몇 년은 비교적 평화로운 날들이었다. 아니면 오늘 같은 봄날 황혼이 물들어 가는 저녁 무렵에는 어쨌건 그렇게 보였다. 그는 양고기와 맥주로 기분 좋게 배가 부른 상태였으며, 지금은 휠러 부부와 좋은 대화를 나누는 시간을 기다리고 있었다. 생각해 보면, 사정은 이보다 좋지 않을 수도 있었다. 실제로 스탬퍼드에서의 직장 생활이며 레볼루셔너리 힐 이스테이트에서의 생활, 그리고 로럴 극단의 일까지 모두 애리조나에 있으면서 동부에 대해 가졌던 상상에는 정확히 들어맞지 않았다. 그렇지만 뭐 어쩌겠는가. 적어도 지난 몇 년 평온했던 시절만으로도 굳이 과거의 결정을 후회하지 않을 이유는 충분했다.

왜냐하면 반미친 상태였건 아니건, 지난 시절 거칠게 살아온 시절이 결국 좋은 결과를 가져다줬다는 걸 어느 누가 부인할 수 있겠는가? 그랬기 때문에 스물한 살의 약관에 은성무공훈장도 따고 사병에서 장교로 야전 특진하는 영광을 누릴 수 있지 않았던가? 장난이 아닌 일이었다. 같은 세대의 사내들에게는 그런 일은 꿈도 꾸지 못할 대단한 업적이 아닐 수 없었다. (야전 특진! 이 단어만 떠올려도 뿌듯한 자부심이 넝쿨이 뻗어 가듯 그의 목과 가슴에 번져 나갔다.) 그 어떤 정신 분석의도 그런 영광을 앗아 가진 못할 것이었다. 자신이 다른 친구들에 비해 교양을 쌓을 기회가 적었고, 그래서 뒤처진 것 같다는 열등감 같은 것도 이제는 완전히 사라졌다. 그는 자신이, 굳이 예를 들자면, 프랭크 휠러 같은 사람 정도의 수준에는 속한다는 확신이 있었다. 그리고 프랭크야말로 한때 미칠 것처럼 괴로워하며 부러워했던 그 모든 것들, 동부의 대학 교육, 인문학, 그리니치빌리지에서 좌충우돌하며 방황하는 시절 등의 결과물이 아니던가. 그러니 주립 공과 대학교에 다녔던 게 뭐 그리

억울하겠는가?

게다가 자기가 주립 공대에 가지 않았다면 밀리를 만나지도 못했을 것이고, 만약 밀리를 만난 걸 다시 한번 후회하게 된다면, 그때는 정신과 의사가 자기 정신에 문제가 있다고, 정말 심각하게 아프다고 알려 줄 필요조차 없을 게 분명했다. 두 사람의 성장 배경이 서로 다른 건 사실이었다. 결혼할 때 무슨 생각이었는지 지금으로서는 가물가물한 것도 사실이었다. 뭐 대단히 낭만적이거나 그렇지는 않았다. 하지만 그에게는 밀리밖에 없었다. 그녀와 관련해서는, 생각하면 언제나 그의 가슴이 뭉클해지는 감동적인 사실이 두 가지 있었다. 하나는 그가 애리조나와 뉴욕에서 넋이 나간 채 방황하던 시절 내내 그녀가 그의 곁을 지켜 주었다는 것이었다. 그는 이 사실을 결코 잊지 않겠노라 맹세까지 했다. 다른 하나는 그녀가 자기 앞에 새로이 펼쳐진 삶에 너무나 잘 적응하고 있다는 사실이었다.

그녀의 적응력이란! 페인트공으로 글도 제대로 못 읽는 아버지에게서 태어나 모두 "아무 상과이 읍써."라는 식으로 말하는 형제자매 틈에서 자란 여자로서는 쉽지 않은 일이었을 것이다. 그런 그녀가 거의 에이프릴 휠러만큼이나 맵시 있게 옷을 입을 줄 알고, 화제가 무엇이건 말도 그녀만큼은 잘한다거나, 이 집처럼 보기 흉하고 효율만 고려한 교외 주택에 살면서 그 사실에 대해 왜 그리고 어떻게 남편의 직장이리 든가 아이들을 핑계로 변명을 늘어놓아야 하는지까지("그렇지만 않다면야 저흰 당연히 뉴욕 시내나 아니면 아예 좀 더 나가서 진짜 전원 지역에서 살았겠죠.") 이해하고 있다는 점은 사실 생각할수록 놀라운 일이었다. 게다가 밀리는 그런 집을 방마다 군더더기 장식 없이 깔끔하고 지적인 분위기로 꾸며 냈다. 에이프릴도 그걸 보고 '흥미롭다'고 평할 정도였다. 어쨌건 거의 모든 방이 그랬다. 다정하고 넉넉한 기분으로 구두닦이 천을 원통 모양의 구두약 통 안에 말아 넣으면서 셉 캠벨은 아무리 그래도 이 방, 이 침실만은 그리 세련됐다 하기는 힘든 것을 인정하지 않을 수 없었다. 분홍색과 라벤더 연보라색의 커다란 꽃무늬 벽지를 바른 좁은 벽에는 까치발로 받친 선반이 층층이 달렸고, 다시 그 선반 위에는 눈을 찡긋거리고 있는 조그만 유리 인물상들이 줄줄이 진열되어 있었다. 창문은 그 본래의 목적보다는 풍성하게 늘어뜨린 격자 무늬의 면직 커튼을 걸어 놓는 곳으로 활용되는 듯했고, 침대와 화장대의 가장자리에도 같은 격자 무늬의 장식 천이 풍성한 주름으로 바닥 카펫에까지 넘쳐흐르듯 장식되어 있었다. 이 방은 여자아이가 꾸며 놓은 것처럼 보였다. 부서진 오렌지 상자들과 천 조각들만 널린 뒷마당의 은밀하고 그늘진 어느 구석을 같이 놀 친구가 인형밖에 없어 오로지 인형들을 기쁘게 해 주려는 마음뿐인 외로운 여자아이. 이 여자아이는 아무것도 없는 맨땅바닥을 쓸고 또 쓸고, 티끌이라도 나오면 또 쓸어서 빵 껍질처럼 반질거리게 만들어 놓을 아이였고, 종종거리며, 혼자 속삭이고, 손가락은 땀으로 젖어 촉촉하며, 얇은 망사 조각을 매만지거나 때 묻은 리본을 다시 조여 맬 때마다 빰을 실룩거릴("자아, 됐다…… 아이, 됐네…….") 아이였다. 열심히 공간을 꾸미는 내내 놀란 듯 동그마니 뜬 채 이쪽저쪽을 분주하게 훑어보는 움직이는 여자아이의 눈은 지금 거울을 들여다보며 점점 다가오는 중년의 흔적을 찾아내려는 여인의 눈과 많이 닮았을 것이 분명했다.

"자기?" 그녀가 남편을 불렀다.

"음?"

그녀는 누비 쿠션으로 감싼 등 없는 의자에 앉은 채 천천히 몸을 돌렸다. 심각한 걱정거리가 생긴 듯한 표정이었다. "아, 저, 뭐냐면, 당신은 웃긴다고 생각하겠지만, 그냥 한번 들어 보세요. 휠러 부부가 요즘 좀, 뭐랄까, 거들먹거리는 거 같지 않아요?"

"아이고, 실없는 소리 하고 있네." 그는 상식이 가득 찬 듯한 묵직한 목소리로 대꾸했다. "그딴 생각을 어떻게 하게 됐을까?"

"뭐 딱히 그럴 만한 뭐가 있다는 건 아니고요. 그냥 전 그런 느낌이 들어요. 제 말은, 연극 공연이며 뭐 그런 걸로 에이프릴이 기분이 안 좋은 건 이해해요. 하지만 그건 우리 잘못이 아니죠, 그렇잖아요? 그런데 지난번 그 집에 갔을 때 모든 게, 뭐랄까, 아이, 딱 꼬집어 말할 순 없네요. 이전에 당신 어머님이 처음 절 보셨을 때 어떤 표정이었는지 제가 설명한 것 기억하죠? 뭐랄까, 그날 밤 에이프릴이 절 쳐다보는 눈길이 꼭 그랬다니까요. 그리고 이젠 우리가 초대했다는 사실조차 잊어버리질 않나. 뭔지는 모르겠지만, 뭔가 이상하다는 기예요. 그게 다예요."

그는 구두약 통 뚜껑을 탁 닫고는 돌돌 말아 놓은 구두닦이 천이며 구둣솔과 함께 한쪽으로 치우며 말했다. "여보, 그 것 다 당신 상상이야. 이러다간 당신 지레 오늘 저녁 분위기 다 망쳐 놓겠어."

"당신 그렇게 말할 줄 알았어요." 그녀는 화장대 의자에서 일어섰다. 분홍색 슬립 차림의 그녀는 무기력하고 측은해 보였다.

"내가 없는 말 하는 것 아니잖아. 왜 이래, 지금. 기분 풀고 오늘 밤 즐겁게 지내자고." 그는 그녀에게 다가가 가볍게 안아 주었다. 그러나 그의 미소는 그녀의 귀 근처에서 얼어붙으며 심란한 듯 찌푸려졌다. 그녀의 어깨 쪽으로 고개를 숙이면서 희미하게 쿰쿰한 냄새를 맡았기 때문이었다.

"아, 당신 말이 맞는 것 같아요." 그녀는 그의 품 안에서 말을 이었다. "미안해요. 가서 샤워하세요, 이제 전 부엌 정리 좀 할게요."

"서두를 것 없어." 그가 말했다. "그 사람들 언제나 조금 늦게 오잖아. 당신도 샤워 좀 하지 그래? 하고 싶다면 말이야."

"아뇨, 전 준비 다 됐어요, 옷만 입으면."

샤워실에서 묵묵히 비누칠을 한 뒤 몸을 문질러 씻으면서 그는 도대체 어째서 그녀의 몸에서 가끔 그런 냄새가 나는 건지 생각해 보았다. 목욕을 자주 하지 않는 건 아니었다. 어젯밤에도 목욕을 한 걸 확실히 알고 있었다. 그렇다고 달거리와도 아무 상관이 없었다. 그 정도쯤은 이미 오래전에 다 파악하고 있었다. 피부 발진이나 복통처럼 신경이 예민해지면 생기는 현상인 듯했다. 그는 그저 긴장할 때면 땀을 좀 많이 흘리기 때문에 그런가 보다 해 두었다.

하지만 사우나에서 수건으로 몸을 감싸면서 생각해 보니 그것은 단순히 땀 냄새의 문제가 아니라 그 이상의 무언가가 있는 것 같다는 사실을 인정할 수밖에 없었다. 이 문제는 여성에게만 특별하게 있는 문제로 그 누구도 확실하게 답을 알 수 없는 신비로운 현상일 수도 있었다. 그러자 갑자기 지난 여름밤 에이프릴의 몸을 안았을 때의 느낌이 너무도 생생하게 떠올랐다. 숨이 턱턱 막히도록 사람들이 빈틈없이 들어찬 비토의 통나무집에서 그는 반쯤 술에 취한 에이프릴을 안고 춤을 추었다. 쇳소리를 내며 울려 대는 스네어 드럼과 흐느끼는 색소폰 소리에 맞춰 몸을 움직일 때 땀에 전 그녀의 옷은 등에 찰싹 붙어 있었고 그녀의 번들거리는 이마는 그의 뺨 밑을 스치듯 비껴 갔다. 아, 그녀는 땀을 흘리고 있었다. 분명했다. 그리고 그녀의 냄새는 레몬의 냄새처럼 강렬하고 깨끗했다. 키 큰 몸이 박자에 맞춰 움직이는 느낌만큼이나 그녀의 냄새는 너무나 자극적이어서 그의 그…… 그는 그냥 막…… 오, 맙소사. 그게 일 년 전의 일이었다. 그런데 그 기억을 떠올린 지금도 셔츠 단추를 꿰고 있는 그의 손가락은 떨고 있었다.

집 안은 이상하리만치 조용했다. 빈 맥주 깡통을 들고서 그는 밀리가 뭘 하고 있나 보려고 아래층으로 내려갔다. 거실을 반쯤 통과했을 때 그는 자신에게 아들이 넷이나 있다는 사실을 깨달았다.

그는 자칫 아이들에게 걸려 넘어질 뻔했다. 아이들은 하나같이 파란색 메리야스 잠옷을 입고 바닥에 한 줄로 배를 깔고 누워 있었다. 여덟 살, 일곱 살, 다섯 살, 네 살인 아이들은 모두 팔꿈치를 세워 턱을 괴고는 푸른빛으로 일렁이는 텔레비전 화면을 바라보고 있었다. 금발 머리에 콧날이 뭉툭한 얼굴의 옆모습들은 영락없는 밀리였다. 풍선껌을 씹으며 턱을 주억거리는 아이들 주변 카펫에는 껌 포장지가 흩어져 있었다.

"안녕, 얘들아." 그가 말을 건넸지만 아무도 올려다보지 않았다. 그는 얼굴을 찌푸린 채 조심스럽게 발을 옮겨 아이들 옆을 돌아 부엌으로 들어갔다. 다른 남자들도 자기 아이들을 보고 혐오스럽다고 느낄까? 아이들과 부닥뜨리게 된 게 너무 의외라서 그런 건 딱히 아니었다. 흔히 있는 일이었다. 사실 그는 아이들과 갑자기 마주치고는 의아해하는 경우가 많았다. 저 넷은 도대체 누구지? 그러고는 일이 초 있다가 자기 아이들이란 사실을 상기하곤 했다. 하지만, 제기랄 것, 누군가 바로 그 순간 실제로 어떤 느낌이었냐고 묻는다면 그는 거짓말 하나도 섞지 않고 깊은 울림을 주는 기쁨이라고, 잠자리에 든 아이들을 확인할 때나 잔디밭에서 그가 높이 던진 소프트볼 공을 쫓아가는 아이들을 바라볼 때의 그 느낌과 꼭 같은 기쁨이라고 설명했을 것이다. 이건 달랐다. 이번에는 분명 희미한 역겨움을 느꼈노라 인정하지 않을 수 없었다.

밀리는 부엌에 있었다. 간간이 손가락을 입으로 가져가 빨면서 크래커에 고기를 갈아 넣은 반죽 같은 것을 바르고 있었다.

"미안, 자기." 그녀의 옆을 돌면서 그가 말했다. "곧 나가 줄게."

냉장고에서 차가운 맥주를 꺼낸 그는 뒤뜰로 나가 천천히 홀짝였다. 이곳에서 내려다보면 나무 꼭대기들이 줄줄이 늘어서 이룬 희미한 선 너머로 휠러 부부가 사는 집의 지붕 가장자리를 간신히 분간할 수 있었다. 거기서 더 멀리 아래쪽 오른편으로 전선이 늘어진 곳 아래로 12번 고속 도로가 뻗어 있고, 그 위를 줄지어 달리는 자동차들은 이제 막 불빛을 밝히기 시작한 참이었다. 그는 고속 도로가 아물거리면서 멀리 뻗어 나가는 것을 가늠하며 한참이나 바라보았다.

혐오가 아니었다면 그럼 내가 느낀 그건 뭐지? 자신이 지나치게 까다롭고 고상한 척하는 성격이라서 못마땅하게 느꼈던 것일 수도 있었다. 배를 깔고 널브러진 채 껌을 씹으면서 빤히 올려다보는 모습이 멍청해 보이기도 했고 또…… 음, 전형적인 중산층 느낌이랄까? 하지만 그게 도대체 얼마나 말도 안 되는 생각이야? 그럼, 맙소사, 뭐 조그만 다탁에 앉아 홍차라도 마시기를 바란 거야? 스코틀랜드 체크무늬 치마를 입고서? 아니었다. 단순히 그런 문제는 아니었다. 아마 에이프릴 휠러를 생각하던 중에 갑자기 아이들을 보면서 생각이 끊어졌기 때문일 것이다. 사실 그는 에이프릴을 얼마나 자주 생각하고 있었던가! 그것도 가지가지로! 그런 생각이 자꾸 드는 걸 무조건 부정하기보다는 그냥 인정해 버리는 게 정신적으로 더 바람직하지 않을까? 어쨌건 에이프릴에 대해 그런 생각을 품고 있는 걸 아이들의 모습을 발견함으로써 방해받았고, 그래서 잠시 살짝 놀랐던 것이다. 그뿐이었다. 이제 그런 생각 자체를 인정해 버렸으므로 그는 자신이 12번 고속 도로를 그만 보고 대신 휠러네 집 지붕에 집중하는 것을 허락했다. 나무들이 잎을 모두 잃어버리는 겨울이면 여기서 저 집 거의 전체와 앞마당 일부까지도 보였고, 밤이면 불 켜진 침실 창도 건너다보였다. 그는 지금쯤 에이프릴이 뭘 하고 있을지 궁금했다. 머리를 빗고 있을까? 스타킹을 신고 있을까? 그는 오늘 밤 그녀가 검푸른 드레스를 입고 왔으면 했다.

"사랑해요, 에이프릴." 그는 가만히 속삭였다. 그냥 어떤 느낌이 드나 보고 싶었다. "사랑해요. 사랑해요."

"자기?" 밀리가 부르고 있었다. "거기서 뭐 하는 거예요?" 그녀는 불빛이 환한 부엌 문간에서 어둑한 땅거미 속을 내다보려고 눈을 가늘게 뜬 채 서 있었다. 그 뒤로 미소 짓고 있는 휠러 부부의 모습이 보였다.

"아!" 잔디밭을 가로지르며 그가 인사를 했다. "안녕! 차가 올라오는 걸 못 봤네." 그러고는, 자신이 어리석게 여겨져서, 발을 멈추고 남아 있는 맥주를 마지막으로 들이켜려고 했지만 이미 몇 분 전에 다 마셔 버렸다는 사실을 깨달았다. 손아귀의 깡통은 이미 미지근해져 있었다.

이날 저녁은 시작부터 분위기가 어색했다. 사실 너무 어색해서 밀리의 눈길을 피해야 했다. 밀리가 그의 표정을 보고 자신의 우려가 현실이라는 사실을 확인하지 못하게 하고 싶었다. 그는 부정할 수 없었다. 뭔가 아주 특이한 상황이 전개되고 있었다. 휠러 부부는 대화에 일절 참여하지 않았다. 둘 중 누구도 술 따르는 걸 도와주겠노라고 부엌 쪽으로 외치며 자리를 박차고 일어나지도 않았다. 오로지 점잖게 소파에 달라붙어 있을 뿐이었다. 그것도 나란히 앉아서. 둘을 떨어뜨리려면 권총이라도 쏴야 할 판이었다.

에이프릴은 정말 검푸른 드레스를 입고 왔다. 그렇게 아름다울 수 없었다. 하지만 그녀의 눈가에는 평소와 다른 무관심한 눈빛이 어려 있었다. 친구는커녕 손님이라고도 할 수 없는 그저 얌전한 구경꾼의 눈빛이었다. 그녀의 입에서 흘러나오게 할 수 있는 말이란 고작 "네."라든가 "아, 그래요."밖에 없었다.

프랭크도 마찬가지였다. 오히려 열 배는 더 안 좋았다. 말을 하지 않아서(물론 말을 하지 않는다는 것 자체가 평소와는 너무나 다른 모습이었다.)만은 아니었다. 밀리가 하는 말을 도통 듣고 있지 않다는 사실을 굳이 숨기려 하지 않아서이기도 했다. 프랭크는 고상한 척 자신들을 깔보는 것 같았다. 그의 눈은 한시도 한곳에 머무르지 않고 이처럼 너무나 전형적인 교외 주택의 거실에 한 번도 있어 본 적이 없다는 듯 방 안 전체를 휘두르며 가구 한 점, 그림 한 점을 일일이 검사하고 있었다. 그런데 빌어먹을, 저 녀석은 지난 이 년간이나 재떨이를 뒤엎는다든지 술을 쏟는다든지 해서 이 방을 어느 한구석 빼놓지 않고 어지럽히지 않았던가. 고주망태가 되어 지금 앉아 있는 바로 저 소파에다 담뱃불로 구멍을 내고는 바로 저 깔개 카펫 위에서 코를 골며 곯아떨어졌던 것이 바로 작년 여름의 일 아닌가 말이다. 밀리는 한창 무슨 말을 하고 있었다. 그런데 프랭크가 몸을 슬쩍 수그리고는 눈을 가늘게 뜨고서 어두컴컴한 쥐새끼 우리의 창살 사이를 늘여나보듯이 밀리 너머의 어딘가를 주시했다. 잠시 후 셉은 그가 무엇을 쳐다보고 있는지 알아차렸다. 방 건너편 서가에 꽂힌 책의 제목들을 확인하는 중이었다. 그런 프랭크의 행동에서 정말 사람의 신경을 긁는 최악의 부분은 셉 자신이, 짜증이 치밀어 오름에도 불구하고, 쾌활한 척 자리에서 벌떡 일어나 변명을 늘어놓고 싶은 충동을("아, 물론 이건 좀 구색이 변변치 않지. 저걸로 우리 취향을 판단할까 봐 걱정되네. 사실은, 저것들은 그냥 그동안 어쩌다 쌓이게 된 쓰레기들이야. 우리 집에서 진짜 좋은 책들은 말하자면 일종의…….") 억눌러야 했다는 점이었다. 그 대신 그는 턱을 악물고 술잔들을 그러모아 부엌으로 갔다. 제기랄!

그는 휠러 부부에게 줄 잔에다 술을 두 번 따랐다. 분위기를 좀 살려 볼 셈이었다. 밀리의 잔에는 반만 부었다. 지금 마시는 양대로 계속 마시다간, 현재 그녀의 상태로 봤을 때, 한 시간 후면 완전히 뻗어 버리도록 취할 것 같았기 때문이었다.

그러고는 마침내 휠러 부부는 긴장을 풀기 시작했다. 그렇지만 두 사람이 긴장을 다 풀고 나자, 셉은 이전의 뻣뻣한 상태가 더 좋았던 것 같다는 느낌을 지울 수 없었다.

프랭크가 먼저 시작했다. 목청을 가다듬더니 입을 열었다. "실은 우리한테 아주 중요한 소식이 있어. 우리는 곧……." 거기서 말을 멈춘 그는 얼굴을 붉히더니 에이프릴을 쳐다봤다. "당신이 말하지."

에이프릴은 남편을 보고 미소 지었다. 구경꾼도, 손님도, 친구도 아닌 모습이었다. 그걸 지켜보는 셉은 부러움에 가슴이 뒤집힐 것 같았다. 에이프릴은 몸을 돌리고 입을 열었다. "우리 유럽으로 가요. 파리로요. 아주 가는 거예요."

뭐라고? 언제? 어떻게? 왜? 캠벨 부부는 남편이고 아내이고 할 것 없이 무자비하게 질문 폭탄을 쏟아 냈고 휠러 부부는 소파 깊숙이 앉아 웃으면서 질문에 일일이 답했다. 다들 한꺼번에 한꺼번에 말을 쏟아 내고 있었다.

"……아, 한 일이 주쯤 됐나 보네요." 에이프릴이 이주 계획을 세운 게 얼마나 됐느냐고 집요하게 캐묻는 질문에 대답했다. "정확히 기억나진 않아요. 갑자기 그렇게 하기로 했어요. 그냥 그렇게."

"아, 근데, 도대체 무슨 바람이 불어서?" 셉은 프랭크에게 서너 번이나 같은 질문을 하고 있었다. "뭐, 거기 직장이라도 잡은 거야?"

"그게, 아냐, 그런 건 아냐." 에이프릴과 프랭크가 다시 한번 사람 속을 뒤집는 표정으로 서로를 바라보는 동안 아무도 입을 열지 않았다. 좋아. 셉은 핀잔을 주고 싶었다. 말을 해 주든가, 아님 안 해 주든가. 누가 듣고 싶대?

그러다 휠러 부부가 다시 입을 열었다. 몸을 앞으로 기울여 아이들처럼 서로의 손을 꽉 쥐고는 서로의 말끝을 이어 주면서 전말을 모두 털어놓았다. 셉은 듣기 싫은 소식이 연이어 쏟아질 때면 늘 하던 대로 대처했다. 별다른 저항 없이 그 충격을 그저 그렇게 받아들이는 것이었다. 그는 한 가지 사실이 들려오면 그냥 받아들여서 별다른 고통 없이 마음 깊숙한 곳에 차곡차곡 묻어 두었다. 그래, 좋아, 그건 다음에 생각해 보지, 그다음엔 그다음 것, 그리고 또 다음 것. 이 방법내로라면 그의 마음 전면부는 언제나 열려 있게 되므로 현재 상황을 나름대로 통제할 수 있었다. 그러기에 그는 항상 들려오는 말의 내용에 따라 적절한 표정을 유지하면서 적절한 말로 응답할 수 있었다. 심지어 그는 적어도 이 모임의 분위기가 활발해진 것, 적어도 이제는 뭔가가 진행되고 있다는 사실에 고마움을 느끼기도 했다. 그리고 밀리 역시 이 상황에 잘 대처하는 것을 보고 놀라움과 함께 뿌듯함도 느꼈다.

"우와, 대단한 것 같아요." 두 사람이 말을 마치자 밀리가 말했다. "정말이에요. 정말 대단해요. 그렇지만 우린 보고 싶어질 거예요. 그렇잖아요, 여보? 세상에나." 밀리의 눈가에는 이슬이 맺혔다. "세상에. 우린 정말 두 사람이 무척 보고 싶을 거예요."

섑은 밀리의 말이 맞다고 확인해 주었고, 휠러 부부 역시 점잖고 고상한 감정에 빠져들어 숙연해졌다. 자신들 또한 캠벨 부부를 그리워할 것이 확실하다고, 아주 많이 그리울 거라고 말했다.

나중에, 모든 게 끝나고 휠러 부부도 돌아가서 온 집 안이 조용해지자 섑은 조심스럽게 마음속에 고통이 조금 고개를 디미는 것을 허용했다. 아주 조금, 자신의 첫 번째 의무가, 지금 현재로서는, 아내를 위하는 것임을 잊지 않을 만큼이었다. 나머지 고통은 나중을 위해 고이 모셔 두었다.

"내가 무슨 생각하는지 말해 볼까, 자기야?" 부엌 싱크대 앞에 서서 술잔이며 재떨이를 씻고 있는 밀리 옆으로 다가서며 그가 말했다. "내가 보기엔 저치들 계획이란 게 너무 어설픈 것 같아." 그러자 고맙다는 듯이 그녀의 어깨에 들어가 있던 힘이 조금 빠져나가는 것이 보였다.

"아, 저도 그렇게 생각해요. 뭐라고 꼭 짚어 말하고 싶진 않지만, 그래도 당신과 꼭 같은 생각이었어요. 어설프다는 게 딱 맞는 말이죠. 제 말은 과연 두 사람이 잠시 여유를 두고 아이들 생각이나 해 봤겠어요?"

"맞아. 그리고 그 점만 있는 건 아니지. 마누라가 남편을 먹여 살리겠다는 씨알도 안 먹히는 생각은 또 뭐지? 어떤 사내자식이 그따위 제안을 덥석 받아들이겠어?"

"아, 정말 그래요. 저도 같은 생각을 했어요. 전 두 사람을 정말 좋아하고 또 그 사람들은, 아시잖아요, 우리에게 제일 친한 친구들이니까 이런 말 하긴 좀 그렇지만, 사실은 사실이니까요. 저도 내내 같은 생각을 했다니까요. 정말 그 생각이 정확히 제 생각이었어요."

하지만 한참 후 불 꺼진 2층에 누워 등을 바닥에 붙이고 있을 때 그는 그녀에게 아무런 위안을 줄 수 없었다. 그는 옆에 누운 아내가 긴장한 나머지 잠을 이루지 못하고 있다는 것을 느낄 수 있었다. 들이마시는 호흡의 정점에서 가볍게 떨리는 소리를 내며 쌕쌕거리는 그녀의 숨소리 역시 그녀가 깨어 있다는 표시였다. 살짝 건드리기라도 하면, 그녀 쪽으로 몸을 돌리며 깨어 있다는 기척이라도 보인다면 바로 그 순간 그녀는 그의 품에 안기며 울음을 터뜨릴 것이 분명했다. 그의 목에 얼굴을 기대고 속내를 모두 털어놓으려 할 테고, 그는 또 그녀의 등을 쓰다듬으며 속삭일 것이다. "왜 그래, 사기? 응? 무슨 일이야? 이 아빠에게 다 말해요."

그런데 그는 그럴 수 없었다. 그런 노력 자체를 할 수 없었다. 그녀의 눈물이 잠옷 목깃을 적시는 적이 싫었고, 들썩이는 그녀의 따듯한 등을 손바닥으로 느끼고 싶지 않았다. 어쨌건 오늘 밤은 아니었다. 지금은 싫었다. 어느 누굴 위로해 줄 수 있는 상태가 아니었다.

파리! 그 도시를 일컫는 이름의 소리는 이미 그의 온몸에 고스란히 전해져 폐부 깊숙이 울려 퍼지고 있었다. 그 이름을 떠올리면 그는 어느새 온 세상의 무게가 허공을 자랑스레 날아다니는 한 마리 새처럼 가볍고 깔끔하게 느껴졌던 그 시절로 돌아갔다. 그 시절 누구의 눈에도 보이지 않던 이 새는 늘 그의 소위 계급장, 아이젠하워 군복 상의의 견장에 달린 황금색 작대기 하나를 움켜쥐고 날아다녔다. 아, 그는 파리의 거리를 기억하고 있었다. 늘어선 나무이며, 저녁이면 너무나 손쉽게 이루어지던 정복이며("큰 애로 할래, 캠벨? 좋아, 넌 겨다리 가져. 난 작은 애로 할게. 여보세요, 아가씨…… 실례합니다, 아가씨…….") 아침이면 파르스름한 기색이 남은 채 노랗게 밝아 오는 여명에 마시던 그들 식의 뜨겁고 자그마한 커피잔이며, 갓구운 빵이며, 그리고 무엇보다 삶이 영원히 이어질 것이라 약속하는 듯한 그들의 모습까지 모든 것을 생생하게 기억하고 있었다.

그래, 좋아, 좋아. 그 모든 게 치기 어린 젊은 시절의 일이고, 군인들이나 하는 짓이며, 뭐 야전 특진 같은 그런 일이었을 수도 있지. 그래.

하지만, 오 맙소사, 에이프릴 휠러와 함께 그곳에 간다면. 에이프릴 휠러의 서늘한 손가락을 자신의 손으로 깍지 끼고 그거리를 신나게 걸어간다면, 무너진 오랜 회색 건물의 계단을 그녀와 함께 올라가 본다면, 붉은색 바닥에 푸른 색조로 치장한 천장 높은 방을 그녀와 함께 춤추듯 걸어 들어간다면, 그곳에 살짝 쉰 듯한 소리를 내는 그녀의 웃음소리와 함께 그녀의 목소리가 울려 퍼진다면("제 사랑을 받고 싶지 않으세요?"), 레몬 껍질 같은 그녀의 냄새와 크고 깔끔한 그녀의 몸을 느끼면서 자기가…… 하고 또 그녀가……. 오, 세상에.

오, 맙소사, 에이프릴 휠러와 그곳에 갈 수 있다면.

셋

　1936년 뉴욕시에서 완전히 떠나온 이후 하워드 기빙스 부부는 이삼 년을 주기로 사는 집을 계속 바꿔 왔다. 그러면서 두 사람은 그 이유를 헬렌이 주택에 관한 한 특별한 재주가 있어서 그런 것이라고 설명해 왔다. 아주 형편없는 상태인 주택을 사들여서, 그리로 이사한 다음, 열심히 가꾸어서 그 가치를 높이고는, 이문을 남기고 팔아 넘기고, 그 돈으로 또 다른 집을 사들이는 식이었다. 뉴욕시 바로 북쪽 웨스트체스터에서 시작해서 점차 옮겨 가며 퍼트넘 카운티까지 올라갔다가 마침내는 코네티컷주로 넘어오면서 그녀는 그 과정을 여섯 번이나 반복했다. 그렇지만 일곱 번째이자 현재의 집은 이야기가 달랐다. 올해로 오 년 넘게, 거의 육 년이 다 되도록 지금 집에서 살아왔고, 앞으로 또 다른 집으로 이사 갈 것 같지 않았다.

본인이 늘 말했던 것처럼 기빙스 부인은 이 집을 사랑하게 된 것이었다.

이 집은 이 지역에서 몇 남지 않은 독립 전쟁 이전의 주택으로 양옆에 포도주 잔처럼 균형 잡힌 몸매의 흔치 않은 느릅나무 고목을 거느리고 있었다. 기빙스 부인은 이 집을 세상의 상스러움에 맞서는 최후의 보루쯤으로 생각했다. 생계를 위해 일을 나가야 하는 낮이면 그녀는 어쩔 수 없이 꾸역꾸역 몰려드는 적군의 무리를 향해 적진 깊숙이 들어가야 했다. 조그만 랜치 농장 주택 스타일의 흉물스러운 단층 주택이나 난평면 주택의 부엌에서 무례한 사람들을 대하면서도, 아이들이 세발자전거로 자기 정강이를 들이박거나 가루를 녹인 싸구려 주스를 옷에 쏟아도 그녀는 언제나 미소를 잃지 않아야 했고, 12번 고속 도로를 누비며 온갖 매연을 다 마시고, 슈퍼마켓이니 피자집이니 아이스크림 가게 같은 것들이 즐비한 황량하기 그지없는 풍경을 견뎌 내야 했지만, 이 모든 고역은 집으로 돌아오는 기쁨을 배가시켜 줄 뿐이었다. 그녀는 집에 다 와 간다는 것을 알려 주는 나무 그늘 짙은 마지막 몇백 미터의 길을 사랑했으며, 잘 정돈된 자갈 바닥이 타이어에 눌려 부드럽게 잘그락거리는 소리를 사랑했고, 깔끔하게 정돈된 차고 안에 들어서 시동을 끌 때의 느낌도 사랑했으며, 피곤하지만 씩씩한 기세로 향기로운 꽃밭을 지나 식민지 시대풍의 멋진 현관문으로 걸어가는 것을 사랑했다. 안으로 들이서면 곧바로 삼나무 목재와 마루 광택제 냄새가 코를 자극했고 골동품 우산꽂이 위로 커리어 아이브스 인쇄 회사의 복제화 한 점이 눈

에 들어왔다. 그때마다 그녀는 '내 집'이라는 단어가 불러일으
키는 아늑한 느낌에 푹 빠져들었다.

오늘은 특별히 힘든 날이었다. 토요일은 부동산 업계에서
언제나 가장 바쁜 날이기도 했거니와, 그 와중에 오후에 그린
에이커스까지 운전해서 갔다 와야 했기 때문이었다. 물론 아
들을 보러 간 것은 아니었다. 그럴 때는 언제나 남편과 함께였
지 혼자서는 아니었다. 오늘은 의사와 면담하기 위해서였다.
의사를 만나고 나면 그녀는 언제나 자신이 타락해서 천박해
진 느낌을 받았다. 정신과 의사라면 원래 현명하고, 깊은 목소
리에, 아버지같이 인자한 사람이어야 하지 않나? 그러니 흰색
바지 위에 흰색 셔츠를 입고 거기다 울워스 슈퍼마켓에서나
파는 넥타이핀을 한 왜소한 체격의 이 의사가 충혈된 눈으로
손톱을 물어뜯고 있으면, 그 앞에 앉은 그녀는 자신의 수준이
떨어져 상스러워진 듯한 느낌이 들 수밖에 없었다. 더구나 이
의사는 어느 환자의 보호자가 면담을 왔는지 알지 못해 엄지
에 침을 묻혀 가며 10여 개가 넘는 환자 기록 폴더를 뒤적이
다가는 마침내 "아, 여기 있네요. 근데 방금 뭘 물어보셨더랬
죠?"라고 되묻기까지 했다.

하지만 어떤 성인의 덕을 봤는지는 모르겠지만, 피곤한 몸
으로 길을 나섰던 그녀는 이제 무사히 집에 돌아왔다. "여보,
저 왔어요!" 그녀는 현관에서부터 명랑한 목소리로 분명 거실
에서 신문을 읽고 있을 남편에게 외치고는 정작 거실로 가 남
편과 말을 섞지는 않고 곧바로 부엌으로 들어섰다. 홍차를 마
실 수 있도록 가사 도우미가 모든 걸 다 준비해 둔 상태였다.

김을 내뿜고 있는 주전자를 보니 얼마나 마음이 놓이면서 또 유쾌해지던지! 그리고 키 큰 창을 줄줄이 단 부엌은 또 어찌나 넓고 깨끗하던지! 그 정경은 그녀가 어린 시절 필라델피아에서 아버지의 멋진 저택에 딸린 부엌에서 하녀들과 수다를 떨면서 느꼈던 것으로 기억하는 평화로움을 가져다주었다. 그런데 웃기는 사실은, 그녀가 자주 언급하듯이, 이전에 살았던 집들은 어느 모로 보나 이 집에 비해 결코 떨어진다고는 할 수 없지만, 지금 이 집 같은 느낌을 준 적이 없었다.

어, 물론 사람들은 변하니까. 가끔 그녀가 자신에게 하는 말이었다. 내가 점점 늙어 가고 기력이 달리니까 그런 거겠지. 그렇지만 그녀의 마음 한구석에는 자신만 알고 있는 완전히 다른 이유가 있었다. 그녀의 확고한 믿음에 의하면, 이 집과 사랑에 빠지게 된 것은 지난 몇 년간 자신에게 일어난 근본적인 변화의 하나에 지나지 않으며, 이 근본적이며 긍정적인 변화로 인해 그녀는 자신의 과거를 새로운 관점에서 바라볼 수 있게 되었다는 것이 그녀의 확고한 믿음이었다.

"사랑하니까 그렇죠." 아주 오래전 왜 시내까지 들어가야 하는 직장을 그만두지 않겠다는 거냐는 하워드의 짜증 섞인 질문에 이렇게 답하는 자신의 목소리가 들려오는 듯했다.

"그 일이 그리 재미있을 리가 없잖아." 남편은 늘 그렇게 대꾸했다. "그리고 우리가 그 돈이 꼭 필요한 것도 아니고. 그런데 왜?" 그러면 그녀의 대답은 한결같이 그 일을 사랑한다는 것이었다.

"호스트 볼 베어링 회사를 사랑한다고? 속기사로 일하는 걸 사랑한다고? 어느 누가 그런 걸 사랑할 수 있겠어?"

"제가 그러잖아요. 게다가 그 돈이 필요하다는 거 당신도 잘 알잖아요. 온종일 집안일 해 줄 사람을 쓰려면요. 그리고 제가 속기사가 아닌 것도 당신 알잖아요." 그녀는 총무과 직원이었다. "정말로 하워드, 더 거론할 필요가 없는 문제예요."

그녀가 정말 사랑한 것이 그 일자리가 아니었다는 사실은 그녀로서는 설명할 수도 없었거니와 이해 자체도 할 수 없었다. 다른 일자리여도 상관없었다. 직장에 나가면서 가능해진 독립적인 삶의 가능성 자체도 아무 상관이 없었다.(물론 언제나 이혼 직전의 상황까지 내몰리던 여자에게는 중요한 문제이긴 했다.) 그녀에게 정말 필요하고 또 그녀가 실제로 사랑했던 것은 일한다는 것 자체라는 사실이 바닥 깊숙이 깔려 있었다. 그녀의 아버지는 늘 강조했다. "열심히 일한다는 것은 남자에게 있어 지금까지 개발된 모든 약 중에서도 최고의 약이야, 만병통치의 약이지. 아, 여자에게도 마찬가지이고." 그녀는 아버지의 말을 믿어 의심치 않았다. 언제나 쫓기며 부산하고 요란한 사무실 업무며, 식판에 담아 뚝딱 먹어 치워야 하는 점심 식사, 서류이건 전화 통화이건 명쾌한 처리, 장시간의 잔업으로 인해 쌓이는 피로, 한밤이 되어 구두를 벗을 때의 상쾌함, 그 이후 온몸에 힘이라고는 하나도 없어도 머리만은 너무나 맑은 상태에서 아스피린 두 알을 털어 넣고, 뜨거운 물로 목욕을 한 후 저녁을 대충 때우고 잠자리에 드는 것, 이 모두가 그녀가 일을 사랑하는 직접적인 이유였다. 이런 것들 덕분에 그녀는 결혼을 유지하고 아이를 건사하는 데서 오는 중압감을 이겨 낼 수 있었다. 이런 것이 없었다면 그녀는, 늘 하는 말이지만, 미치고 말았을 것이다.

직장을 그만두고 뉴욕을 벗어나 부동산 중개업에 뛰어들었을 때는 어려움이 많았다. 중개업에서는 할 일이 그렇게 많지 않았다. 그 당시에는 부동산을 사겠다는 사람도 별로 없었고, 주택 담보 대출 관련 법률이나 건축법을 공부하는 데 시간을 많이 할애할 필요가 없었다. 그래서 종일토록 자신의 자단목 책상 앞에 앉아 서류를 다시 정리하거나 하염없이 전화가 오기만을 기다리다 하루가 저무는 경우가 많았다. 그녀의 신경은 비명을 지르고 싶을 만큼 팽팽하게 긴장됐고, 마침내 그녀는 주변의 환경을 더 좋게 가꾸는 데 집중함으로써 그 긴장감을 해소할 수 있다는 사실을 알게 됐다. 그녀는 자신의 두 손으로 벽지와 석고 칠을 벗겨 내고 원래 벽의 마감재였던 참나무 판자를 복원시켰다. 2층으로 오르는 계단의 난간을 새것으로 교체했고, 평범한 창틀을 뜯어내고 작은 사각형 창틀이 많이 배열된 식민지풍 창틀로 바꾸었다. 그녀는 직접 설계도를 그린 다음 공정을 세세하게 감독하면서 새 테라스와 새 차고를 마련했다. 그러고는 마당 한구석을 깨끗이 치우고, 새 흙을 깐 다음, 그 흙을 다지고, 잔디 씨를 뿌려 약 세 평 정도의 잔디밭을 새로 만들었다. 삼 년이 되지 않아 집의 시장 가격이 5,000달러나 더 올랐다. 그녀는 하워드를 설득해서 집을 팔고 다른 집을 샀다. 두 번째 십노 첫 번째 집과 마친가지로 그녀의 손을 거쳐 가치가 올라갔다. 그러고는 세 번째, 네 번째 이런 식으로 이어졌고, 그녀의 부동산 중개업도 덩달아 번창하기 시작했다. 한창 경기가 좋았던 해에 그녀는 중개업에 열 시간, 집수리에 여덟 시간 해서 총 하루 열여덟 시간을 일에 매달렸다. "내가 정말 사랑하니까요." 몸을 웅크리고는 한밤이 이슥하도록 깎아 내고 망치질하고 칠을 입히고 수리하면서 그녀는 한결같이 강조했다. "난 이런 일 하는 거 너무 사랑해요, 당신은 안 그래요?"

그런 그녀가 어리석었던 건 아닐까? 차를 마시기 위해 이것저것 필요한 것들을 차반에 올리면서 그녀는 너무나도 편안하고 차분한 현재 상태를 기준으로 봤을 때 그 시절 자신이 참으로 어리석었으며, 정말 바보같이 살았다는 생각을 하고는 그래도 다행스럽다는 듯 한숨을 폭 내쉬었다. 오, 그녀는 많이도 변했다. 의심의 여지가 없는 사실이었다. 사람들은 변한다. 변화는 시드는 변화일 수 있듯이 꽃 피우는 변화일 수도 있다. 그렇지 않은가? 그녀의 변화는 후자인 것 같았다. 인생 마지막 개화기, 여성으로서의 본성이 오랫동안 미루어졌다가 드디어 발현된 것이었다.

아, 이 집에 대한 애정이 깊어지고 일에 대한 집착이 줄어든 건 그런 변화에서 지극히 사소하고 피상적인 부분에 불과했다. 더 심오한 변화들, 놀랍지만 의외의 쾌감을 주는 변화들, 육체로 느끼는 변화들이 있었다. 어떤 때는 부엌에서 라디오를 듣다가 베토벤 음악의 격정적인 소절을 듣고는 고통스러울 만큼 환희에 휩싸여 눈물을 흘리기도 했다. 또 어떤 때는 남편 하워드와 수다를 떨다가 갑자기, 어, 말하자면, 욕망이 꿈틀거리는 것을 느끼기도 했다. 남편을 두 팔로 감싸안고 세월의 흔적이 역력한 그의 머리를 자신의 가슴에 대고 비비고 싶은 충동이었다.

"오늘은 그냥 간단하게 차만 마시기로 합시다." 차반을 들고 거실로 들어오며 그녀가 말했다. "괜찮겠죠? 지금 차랑 뭘 같이 먹으면 저녁 먹기 전에 배가 안 고플 거잖아요. 근데 우린 오늘 저녁을 좀 일찍 먹어야 해요. 제가 8시까지 휠러네에 들르기로 되어 있거든요. 여러모로 좀 애매한 시간이긴 하죠." 그녀는 차반을 예스럽게 생긴 거실 탁자 위에 얌전히 내려놓았다. 탁자 윗면에는 접착제 흔적이 희미하게 남아 있었다. 경찰까지 출동했던 그 끔찍했던 밤에 존이 거실 저편으로 내던지는 바람에 깨졌던 것을 이어 붙인 자리였다.

"아이, 이렇게 앉으니까 참 좋네요. 종일 힘들게 일하고 이렇게 앉아 보는 것보다 더 좋은 게 어디 있겠우?"

남편이 좋아하는 대로 설탕 세 조각을 홍차에 넣어 그에게 내밀고 나서야 그녀는 남편이 있기나 한지 고개를 들어 올려다보았다. 그제야 갑자기 홍차 냄새를 맡고 그녀의 모습을 본 하워드는 아내가 집에 돌아왔음을 알아챘다. 오후 내내 보청기를 꺼 두었기 때문이었다. 화들짝 놀란 그의 얼굴이 놀란 아기처럼 찌푸려졌지만, 그녀는 눈치채지 못했다. 그녀가 계속 뭐라고 말하는 동안 그는 《헤럴드 트리뷴》을 내려놓고, 한 손을 부들거리면서 보청기의 다이얼을 더듬으며 다른 손을 내뻗어 찻잔과 잔 받침을 받았다. 그의 손에서 찻잔과 받침이 달그락거리며 떨었다.

하워드 기빙스는 예순일곱보다는 더 늙어 보였다. 그는 성인이 된 이후 일생을 세계에서 일곱 번째로 큰 보험 회사의 말단 관리직 사원으로 근무했다. 은퇴한 지금 그를 보면 늙은 선원이 바람과 해에 시달린 흔적을 고스란히 보여 주듯이 사무직 근무의 따분함이 끼친 영향을 그대로 보여 주는 듯했다. 그는 매우 하얗고 부드러웠다. 얼굴은 나이를 먹어 감에 따라 주름지고 움푹 꺼지는 대신 오히려 어린 아기의 얼굴처럼 부드럽고 포동포동하게 살이 붙었다. 새하얀 머리칼 역시 어린 아기의 머리칼처럼 가늘었다. 그는 평생 건장한 체격을 가졌던 적이 없으며, 이제 노년에 들어 몸이 유약해졌음은 점점 심해지는 복부 비만으로 여실히 드러나고 있었고, 또 이 때문에 그는 빈약한 무릎을 넓게 벌려야만 자리에 앉을 수 있었다. 그는 다소 산뜻한 붉은색 체크무늬 셔츠, 회색 면바지, 회색 양말 차림이었고, 목이 긴 검은색 걸음걸이 교정용 신발을 신고 있었다. 신발은 그의 얼굴이 주름 없이 매끈한 만큼이나 잔주름이 엄청나게 많이 나 있었다.

"케이크 같은 건 없나?" 목청을 가다듬은 후 그가 말했다. "전에 먹었던 코코넛 케이크가 좀 남았을 텐데."

"아, 그럼요. 근데 우린 오늘 그냥 차만 마실 거예요. 저녁을 일찍 먹어야 하니까……." 그녀는 휠러네와의 약속에 대해서 다시 한번 전부 설명했다. 말하면서도 그녀는 조금 전에 이미 다 이야기했던 내용이라는 사실을 거의 인식하지 못했고, 듣고 있던 그도 고개는 끄덕였지만, 그녀가 하는 말을 어렴풋이 짐작으로만 이해했다. 계속해서 입으로는 말하고 있었지만, 그녀는 지는 해가 남편의 귓불을 통해 주홍빛으로 빛나며 또 그

의 머리칼 끝에 삐져나온 비듬을 불꽃처럼 타오르게 하는 광
경을 멍하니 쳐다보며 경탄을 금치 못했다. 그렇지만 그녀의
생각은 이내 오늘 밤에 관한 것으로 재빨리 앞서갔다.

  평소 휠러네를 찾아가던 것과는 많이 다른 방문이 될 것이
었다. 이번 방문은, 사실 몇 달 전 그녀에게 불현듯 떠오른 모
종의 큰 그림을 완성하는 데 아주 조심스러운 첫걸음이 될 수
도 있었다. 어느 날 저녁 희끄무레한 여명에 예민해진 신경을
가라앉히려고 푸르스름한 빛이 가득한 뒷마당 잔디밭을 산책
하던 중 그녀의 머릿속에 가족 모임이라는 형식으로 모인 사
람들로 그 그림의 등장인물들이 채워졌다. 에이프릴 휠러는
저쪽에 흰색으로 칠한 주조 철제 의자에 앉은 채 그 예쁜 머
리를 돌려 애정이 듬뿍 담긴 미소를 지으며 하워드 기빙스를
쳐다보고 있다. 얼음과 칵테일 재료들이 올려진 역시 흰색 주
조 철제 탁자 근처에서 에이프릴 휠러 바로 옆에 앉은 하워드
기빙스는 방금 아버지가 딸에게 하듯 지혜로운 말을 해 주었
다. 두 사람 맞은편으로 프랭크 휠러가 손에 술잔을 들고 서
서 몸을 앞으로 살짝 수그리고는 존과 예의 진지한 내용의 대
화를 하고 있다. 품위를 잃지 않으면서 병에서 회복 중인 존
은 흰색 주조 철제 침대 의자에 등을 기대고 반쯤 뒤로 누워
있다. 존이 미소 지으며 차분하고 예의를 지키며 프랭크와 생
각이 다르다는 점을 설명하는 것이 보인다. 정치나 책이나 야
구나 뭐 젊은 사람들이 즐겨 화제에 올리는 그런 것과 관련해
사소한 의견 차이를 피력하는 중일 것이다. 존이 고개를 돌려
그녀를 올려다보며 말을 건넨다.

“어머니? 이리로 오실래요?”

이 그림은 며칠이고 계속 떠올라서 마침내 잡지의 삽화처럼 생생해졌고, 그녀는 점점 더 구체적으로 살을 붙여 나갔다. 그녀는 심지어 휠러네의 아이들까지 그림 속에 배치했다. 아이들은 장미 덤불 뒤 그늘에서 조용히 놀고 있다. 흰색 반바지에 운동화를 신은 아이들은 개똥벌레를 잡아 투명한 메이슨 유리병에 넣어 두려 한다. 그림이 생생해지면 생생해질수록 실현 가능성과 관련된 결함은 점점 더 은폐되었다. 비슷한 연배의 섬세하고 다감한 사람들과 어울리면 존이 회복하는 데 엄청난 도움을 받지 않겠는가? 그리고 휠러 부부에게 다른 사람을 기꺼이 도와주려는 마음이 있으리라는 점은 의심의 여지가 없었다. 자신들과 비슷한 친구가 있으면 정말 좋겠다는 말을 한 게 한두 번이 아니지 않은가? 이스테이트 힐에 산다는 그 따분한 부부는(크렌달이랬나? 캠벨이랬나?) 그 사람들에게 그, 뭐랄까, 좋은 대화 상대가 된다든가 뭐 그런 면에서 별 도움이 되는 것 같지는 않았다. 그런데 존은 누가 뭐래도 일단은 지식인이었다.

아, 정말 모두에게 두루두루 도움이 되는 계획이었다. 분명했다. 확실했다. 하지만 그녀는 절대 서둘러서 될 일이 아니란 점도 잘 알았다. 아예 처음부터 그녀는 아주 천천히, 한 걸음 한 걸음씩 진행해야 한다는 것을 명심하고 있었다.

지난 몇 번의 면회에서 그녀와 하워드는 병원 경내에서 차로 한 시간 정도 걸리는 거리까지 존을 데리고 나갈 수 있었다. 시험적인 조치로 결정된 허락에 의한 것이었다. “댁으로 데려가는 건 지금으로서는 현명하지 않은 일이라고 생각합니다." 지난달 의사는 잉크로 쓴 글씨가 번지지 않도록 눌러서 불필요한 잉크를 빨아들이는 기구에다 자신의 잉크 묻은 손가락을 하나씩 갖다 대고는 괴기스럽게도 관절 꺾이는 소리가 나도록 꾹꾹 누르면서 말했다. "여전히 그, 저, 뭐랄까, 집 안의 분위기랄까 뭐 그런 것에 대한 적의가 상당량 남아 있는 것 같습니다. 현재로서는 예비적인 단계로서 이런 식의 외출만 허용하는 제한을 두는 것이 옳을 듯합니다. 나중에는 그 결과가 어떠냐에 따라, 환자에게 다소간 중립 지대라 여겨질 만한 가까운 친구의 집에 한번 데려가 볼 수는 있습니다. 그게 다음 단계로서는 합리적인 선택입니다. 판단은 보호자에게 맡기겠습니다."

그녀는 하워드와 의논했다. 심지어 존에게도 외출하는 기회를 틈타 슬쩍 지나가는 말로 몇 번 언급해 두기도 했다. 그러고는 지난주 이런저런 부분들을 샅샅이 따져 본 끝에 그 합리적인 다음 단계라는 걸 밟을 때가 됐다는 결론에 도달했다. 오늘 의사와 면담 약속을 잡은 것도 이 결정을 통보하고, 또 한 가지 사항에 대해 의사의 의견을 들어 보기 위해서였다. 의사가 보기에는 휠러 부부에게 존의 병에 대해 어느 정도까지 알려 줘야 하는가? 그 점과 관련해서 의사는, 그녀가 진작 예상할 수 있었던 답이긴 했지만, 역시 그녀 자신의 판단에 맡길 수밖에 없노라고 말해 주었다. 최소한 반대는 하지 않은 셈이었다. 이제 남은 것은 휠러 부부의 의사를 타진해 보는 것이었다. 애초 그녀의 계획대로 이 집에서 촛불을 밝힌 정찬을 들면서 말을 꺼내는 편이 훨씬 더 편안하고 기품 있었겠지만, 지금으로서는 어쩔 수 없었다.

"전 정말이지 부담으로 여기지 않으셨으면 해요." 부엌에서 그녀는 차 마실 때 썼던 식기들을 설거지하면서 나직하게 속 삭이며 미리 연습해 보았다. "하지만 부탁을 하나 드려도 될까 싶네요. 제 아들 존에 관한 겁니다만……." 오, 어떻게 말을 만 들어 봐도 소용이 없었다. 때가 되면 적절한 말을 찾게 될 것 이고, 휠러 부부도 이해해 줄 게 분명했다. 고맙기도 하지. 고 마운 사람들이야. 이해해 줄 게 틀림없었다.

그녀는 다른 생각을 할 여유가 없었다. 이른 저녁을 준비하 고, 식탁에 차리고, 또 설거지까지 해치워야 했기 때문이다. 마침내 준비가 다 됐을 때, 현관 앞에서 잠시 멈춰서서 립스틱 을 고치고 남편에게 "그럼 다녀올게요, 여보."라고 외치고는 집 을 나설 때, 그녀는 어린 소녀처럼 한껏 들뜬 기분이었다.

하지만 막상 깔깔대며 수다를 떨면서 휠러네 거실로 들어 서는 순간 그녀는 바짝 얼어붙어 버리고 말았다. 자신이 무슨 침입자가 된 듯한 느낌이었다.

그녀는 부부가 정신이 반쯤 나간 것처럼 허둥지둥할 줄 알 았다. 두 사람이 동시에 입을 열고 말을 한다거나, 몸을 숙였 다 폈다 하면서 자기 주위를 바삐 돌아다닌다거나, 자기가 막 앉으려고 하는 의자에 놓인 뾰족한 장난감을 보고는 그걸 치 우겠다고 두 사람이 동시에 벌떡 일어선다거나 하겠거니 예상 했다. 하지만 부부는 아주 차분하게 그녀를 맞이했다. 에이프 릴은 집 안이 엉망이라고 변명을 거듭할 필요가 없었다. 전혀 그렇지 않았기 때문이었다. 프랭크는 퉁명스럽게 "마실 것 좀 드릴게요."라는 말과 함께 휭하니 가서 냉장고 문을 왈칵 여닫으며 고생할 필요가 없었다. 이미 탁자 위에 술이며 잔이며 다 마련되어 있었다. 휠러 부부는 그녀가 도착하기 전부터 한동안 여기 가만히 앉아서 술잔을 기울이며 이야기를 주고받고 있었던 것이 분명했다. 부부는 그녀를 반갑게 맞이해 주었지만, 그녀가 찾아오지 않았더라도 둘이서 아무런 부족함 없이 잘만 지냈을 것 같았다.

"오, 전 아주 조금만 주세요. 고마워요. 딱 됐네요." 기빙스 부인은 계속 뭐라고 말을 내뱉고 있는 자신의 목소리를 의식했다. "아유, 이렇게 앉으니 참 좋네요." "세상에, 집이 참 멋있네요." 그러고는 계속 몇 마디를 더 보태고는 본론을 꺼냈다. "전 정말이지 부담으로 여기지 않으셨으면 해요. 하지만 부탁을 하나 드려도 될까 싶네요. 제 아들 존에 관한 거예요."

휠러 부부의 얼굴 근육이 희미하게 움찔거렸지만, 세상 제 아무리 민감한 카메라라도 포착할 수 없을 정도에 불과했다. 하지만 기빙스 부인은 어딘가를 걷어차이는 느낌이었다. 이 사람들은 알고 있었다! 그럴 가능성은 있었지만, 그녀가 간과한 유일한 가능성이었다. 누가 이야길 했지? 얼마나 알고 있는 거지? 집 안을 풍비박산내고 전화선도 끊고 경찰까지 출동했단 것까지 아는 건가?

그렇지만 그녀는 계획대로 밀고 나갈 수밖에 없었다. 실세로 이미 그녀의 목소리는 부부에게 술술 이야기를 털어놓고 있었다. 아들이 좀 상태가 좋지 않았다. 과로에다 이것저것 겹치는 바람에 신경 쇠약에 이르게 됐다. 다행히 지금은 당분간 이지만 이 근방에 있다. 집에서 멀리 떨어진 곳에서 아이가 아픈 걸 생각하니 견딜 수 없었다. 그렇지만 아이 아빠나 그녀는 여전히 걱정이 된다. 의사는 아무것도 하지 않고 완전히 휴양하는 게 좋겠다고 했고, 그래서 지금은…….

"…… 아, 사실, 지금으로서는 그린에이커스에 있다오." 기빙스 부인에게서 살아 있는 건 목소리뿐이었다. 몸의 나머지 부분은 아무런 감각이 없었다.

그리고 실제로, 그녀의 목소리는 부부를 설득하려고 설명을 늘어놓고 있었다. 그린에이커스가 얼마나 훌륭한 시설인지 알게 되면 깜짝 놀랄 것이다. 어, 시설이나 의료진이나 그 밖의 여러 가지 면에서 그렇다. 예를 들자면, 이 지역의 다른 사설 요양 기관들이나 뭐 그런 비슷한 시설들에 비하면 훨씬 좋다.

그녀의 목소리는 점차 힘이 빠지고 있었지만 그칠 줄 모르고 계속 이어졌다. 그러다 드디어 핵심에 이르렀다. 어느 가까운 일요일에, 아, 지금 당장은 아니고요, 당연히 머지않은 어느 일요일에, 휠러 부부가 그럴 의향이 있으시면…….

"어머, 당연히 그래야죠, 헬렌." 에이프릴이 말을 받았다. "저희도 아드님 뵙고 싶어요. 저희를 생각하셨다니 오히려 고마운데요." 프랭크 휠러는 그녀의 잔을 다시 채우며 아드님이 상당히 흥미로운 분일 것 같다고 말했다.

"다음 일요일이 어떠세요, 그럼?" 에이프릴이 제안했다. "괜찮으시다면요."

"다음 일요일이요?" 기빙스 부인은 따져 보는 척했다. "가만

있자, 될는지 모르겠네, 되겠네, 좋아요, 그럼." 이 상황에 그녀는 기뻐하는 것이 옳다고 생각했다. 결국 이 결과가 여기까지 방문한 애초의 목적이 아니었던가. 그런데 그녀는 어서 빨리 이곳을 벗어나 집으로 가고 싶었다. "어, 물론, 그렇게 급한 건 아니니까. 다음 주 일요일이 불편하다든가 뭐 그러면 다른 날로 잡아도……."

"아니에요, 헬렌. 다음 주 일요일 괜찮아요."

"아, 그렇군요. 됐어요, 그럼. 아이고 이런, 시간 좀 봐. 가 봐야겠……. 잠깐, 그런데 제게 뭐 하실 말씀이 있다 그러셨지, 맞아. 그런데도 내 말만 하고 있었으니, 늘 그랬지만." 그녀는 잔을 들어 한 모금 들이켰다. 입안이 칼칼하게 느껴졌다. 부어오른 듯했다.

"아, 사실은, 헬렌." 프랭크 휠러가 입을 열었다. "저희에게 아주 중요한 일이 생겼습니다."

삼십 분쯤 후 기빙스 부인은 차를 몰고 집으로 돌아오고 있었다. 놀라움으로 한 번 치켜 올라간 그녀의 눈꼬리는 내려올 줄을 몰랐다. 남편에게 빨리 이 소식을 전하고 싶어 안달이 날 지경이었다.

남편은 여전히 노란 스탠드 불빛 아래 안락의자에 앉아 있었다. 바로 옆에는 귀하디귀한 괘종시계가 서 있었다. 그녀가 2차 세계 대전 전에 경매를 통해 구한 완벽한 물건이었다. 그는 《헤럴드 트리뷴》은 이미 다 읽은 후였고 이제는 《월드 텔레그램 앤드 선》을 읽고 있었다.

“하워드. 그 젊은 양반들이 뭐라고 했는지 아세요?”

“젊은 양반 누구 말이오?”

“휠러 부부 말이죠. 오늘 내가 만나러 간다고 하지 않았어요? 레볼루셔너리 로드에 있는 작은 집에 사는 부부? 존이 맘에 들어 할 것 같다고 했던?”

“아, 난 몰라. 근데 무슨 말을 했는데?”

“음, 일단은 제가 알고 있기로 그 사람들 재정적으로 그렇게 여유가 없어요. 일례로 그 사람들 그 집 살 때 선금을 전액 대출로 냈거든요. 그게 겨우 이 년 전 일이란 말이에요. 둘째로는…….”

하워드는 집중해서 듣고 싶었으나 눈길이 자꾸만 무릎 위의 신문 쪽을 향했다. 인디애나주 사우스 벤드의 열두 살 소년이 스폿이란 이름의 자기 개를 치료할 약을 사기 위해 은행에 대출을 신청했다. 지점장은 직접 공동 명의로 수표에 서명함으로써 대출을 허락했다.

“……그래서 제가 그랬죠. ‘그럼, 팔 필요가 없잖우? 돌아오면 그 집이 다시 필요하게 될 테니까.’ 그랬더니 그 남편이 뭐라 그랬는지 아세요? 이렇게 제 눈치를 살피는 듯한 표정을 짓더니 이러더라고요. ‘아, 그게 좀 중요한 부분인데요. 저흰 돌아오지 않을 겁니다.’ 제가 그랬죠. ‘아, 거기서 직장을 구하셨나 보네요?’ ‘아뇨.’ 그냥 그렇게만 대답하더라고요. ‘아뇨, 일 안 합니다.’ 그래서 제가 ‘그럼 친척 집에서 사나요, 아님 친구네, 아님 뭐 다른 데서?’ 하니까 또 ‘아뇨.’” 여기서 기빙스 부인은 무책임의 극한을 나타내려는 듯 눈을 휘둥그렇게 치켜

뜨고서 말을 이어 나갔다. "그 대답이란 게 '아뇨. 아는 사람 하나도 없습니다. 우린 그냥 가는 거예요. 그뿐입니다.'였어요. 정말이지, 하워드, 얼마나 당혹스러웠는지 뭐라 표현을 할 수 없을 정도였어요. 상상이나 가요? 내 말은, 그게, 뭐랄까, 설익은 것 같지 않아요? 모든 게?"

하워드 기빙스는 보청기를 조절하면서 말했다. "설익었다니, 그게 무슨 말이오?" 그는 아내의 말을 듣다 헷갈려 버렸구나 생각했다. 처음에는 누군가가 유럽으로 간다는 이야기이겠거니 했는데, 이제 보니 분명 뭔가 완전히 다른 이야기였다.

"아니, 그렇잖우?" 그녀가 물었다. "자기 명의로 땡전 한 푼도 없고, 아이들은 이제 막 학교 들어갈 나이가 된 사람들이? 아니, 보통 사람들은 그런 짓을 저지르지 않아요, 그렇잖아요? 혹 야반도주나 뭐 그런 거 하는 사람들이라면 모를까? 뭔 일이 있어서 도망가는 거라 생각하긴 싫은데, 아유, 어떻게 봐야 할지 나도 도통 모르겠어요. 그게 문제예요. 그런데 그 사람들은 언제나 차분하게 한 곳에 눌러살 건실한 부부 같았거든요. 어딘지 미심쩍지 않아요? 그리고 좀 꺼림칙한 게, 그 사람들이 이런 이야기를 털어놓기 전에 내가 존과 관련된 이야기를 먼저 꺼내 버렸다는 거예요. 이제 그 문제를 다시 한번 꼼꼼히 따져 봐야겠어요, 그래 봤자 무슨 별 의미가 있을 것 같지는 않지만요."

"뭘 다시 따져 본다는 거지, 여보? 당신이 지금 무슨 말을 하는지 난 당최……."

"아, 걜 데리고 그 집에 방문하는 거요, 하워드. 제가 말하는 거 여태 하나도 안 들었어요?”

“아, 다 들었지, 당연히. 난 무슨 말이냐면, 어째서 그렇게 하는 게 별 의미가 없다는 거냐고?”

“아, 왜 그러냐면!” 그녀는 참지 못하겠다는 듯 쏟아 냈다. “그 사람들이 가을에 떠나 버린다는데 그런 사람들에게 존을 소개하는 게 무슨 가치가 있겠어요?”

“가치?”

“아, 내 말은, 당신도 알고 있으면서. 존에게는 항구적인 사람들이 필요해요. 아, 물론, 걔가 그 사람들을 만난다고 해서 나쁠 건 없겠죠. 그 사람들이 떠나기 전에 한두 번 데려가서…… 그냥 전 어떤 식으로건 그보단 훨씬 장기적인 걸 생각했단 말이에요. 아이고, 여보, 너무 혼란스럽지 않아요? 왜 사람들은 그럴까요? 사람들이 좀 더…….” 이제 그녀는 자신이 무슨 말을 하고 있는지, 또는 무슨 말을 하려고 했는지도 잊은 것 같았다. 그러고는 자신이 말하는 동안 내내 촉촉한 손수건을 딱딱한 밧줄이 되도록 배배 꼬고 있었단 사실을 알아채고는 깜짝 놀랐다. “그래도 사람 속은 정말 알기가, 알다가도 모르는 건가 봐요.” 그녀는 이렇게 결론짓고는 몸을 돌려 거실을 빠져나가 편한 옷으로 갈아입기 위해 2층으로 총총히 올라갔다.

층계참에서 그늘이 드리워진 거울 앞을 지나며 그녀는 자신의 모습을 보고는 뿌듯함을 느꼈다. 적어도 지나치면서 곁눈질로 흘긋 보았을 때는 여전히 모든 것을 잘 갖춘 저택에 사는 민첩하고 나긋나긋한 소녀의 모습이 남아 있는 것 같았기 때문이었다. 침실로 들어선 그녀는 널따란 카펫 위에 섰다. 서둘러 윗도리를 벗고 치마에서 빠져나오면서 그녀는 아버지의 옛날 집으로 다시 돌아와 오후 다과회에 이어지는 무도회에 참석하기 위해 옷을 갈아입고 있는 것 같다고 느꼈다. 준비 막바지 단계에서 느끼던 긴박함까지(무슨 향수를 쓸까? 아, 서둘러야 해. 뭘 골라야 하지?) 느껴지면서 온몸이 흥분에 휩싸였다. 2층 난간으로 쫓아 나가 외칠 뻔했다. "기다려! 지금 가! 곧 내려갈게!"

옷방 벽에 걸린 낡은 면 셔츠와 헐렁한 바지가 눈에 들어오고 또 그 감촉을 느끼면서 그녀의 흥분은 가라앉았다. 멍청하기는, 멍청하기도 하지. 그녀는 자신을 꾸짖었다. 내가 점점 어리석은 노인네가 되어 가는 거야. 하지만 진짜 충격은 침대에 걸터앉아 스타킹을 벗을 때 찾아왔다. 그녀는 곧고 연약한 골격에 새하얗고 갸름하며 파르스름한 정맥이 내비치는 발을 예상했기 때문이었다. 대신 카펫 위에 두 마리 두꺼비처럼 철퍼덕 내던져진 그녀의 발은 거칠었고 엄지발가락 관절에는 건막류가 생겨 흉하게 튀어나온 데다 기형적으로 삐뚤어진 발톱을 숨겨 보겠다고 발가락을 아래로 말아 웅크린 모습이었다. 그녀는 서둘러 두 발을 밝은색의 노르웨이산 양말 겸용 슬리퍼(집 안을 아무렇게나 돌아다니기에는 세상에서 제일 좋은 녀석들이다.) 속으로 집어넣고는, 나머지 옷가지들을 걸쳤다. 전원풍의 소박하면서도 기품을 잃지 않는 종류의 것들이었다. 그렇지만 이미 너무 늦었다. 그녀는 그 후 오 분간 침대 모서리 기둥을 두 손으로 부여잡고 턱을 꽉 앙다물고 있어야 했다. 울었기 때문이었다.

그녀는 울었다. 오늘 밤 휠러 부부에게 그렇게 큰, 무지무지 커다란 희망을 걸었는데 지금은 너무나, 너무 너무나 실망했기 때문이었다. 그녀는 울었다. 그녀가 쉰여섯 살이나 되었고 두 발은 추하고 퉁퉁 붓고 끔찍했기 때문이었다. 여학교 시절 그녀를 좋아해 준 여자애들이 한 명도 없었고, 그 이후 자신이 좋아했던 사내 중 그 누구도 자신을 좋아해 주지 않았기 때문에도 울었고, 결혼하자고 했던 남자가 하워드 기빙스 하나뿐이었으며, 그리고 그녀가 그 제안을 받아들였고, 하나밖에 없는 아들이 미쳐 버렸기 때문에 그녀는 울었다.

하지만 곧 지나갔다. 그저 욕실로 들어가 코를 한번 풀고는 얼굴을 씻고 머리를 빗기만 하면 되는 일이었다. 그런 다음, 생기를 되찾은 그녀는 양말 슬리퍼 속의 두 발을 경쾌하게 놀려 조용히 아래층으로 내려가 남편의 건너편에 놓인 의자에 앉았다. 나무로 층층이 가로질러 사다리처럼 생긴 등받이를 단 흔들의자였다. 거실에는 조명이 하나뿐이었다. 내려오면서 그녀가 나머지 불을 다 꺼 두었기 때문이었다.

"딱 좋네." 그녀가 입을 열었다. "이러니까 아주 편하네요. 정말, 하워드, 휠러 부부와 그러고 나니 정말 온 신경이 철사처럼 팽팽하게 긴장됐거든요. 당신 지금 제가 얼마나 언짢은지 모를 거예요. 요는, 제가 그 사람들이 아주 건실한 부부일 거라고 여태 믿어 왔단 거죠. 요즈음은 결혼한 사람들이 모두가 다 좀 더 차분하게 자리 잡고 살아야 한다고 생각했던 거예요. 당신도 그렇게 생각하지 않으세요, 특히 이런 동네에서는?

세상에나, 내가 듣기로 여기로 와서 자리 잡고 아이들 키우겠다는 젊은 부부들이 얼마나 많은데……"

그녀의 말은 끊임없이 이어져 거실을 맴돌고 또 맴돌았다. 하워드 기빙스는 적절한 틈에 맞춰 고개를 끄덕여 주고 미소를 지어 주며 불만에 공감하는 혀 차는 소리를 내 주었다. 너무나 적절하게 맞아떨어져 그녀는 그가 그날 밤 마지막으로 보청기를 완전히 꺼 버렸다는 사실을 짐작조차 할 수 없었다.

넷

　"우리를 박차고 날아가겠다?" 커피를 저으면서 오드웨이가 이죽거렸다. "제멋대로 한번 해 보겠다는 거지. 훌쩍 뜨시겠다. 꽤 훌륭한걸, 프랭클린."

　두 사람은 오드웨이가 '멋진 데'라 부르는 독일식 식당의 한쪽 구석 두 명만 앉는 자리에서 케첩 얼룩이 남아 있는 탁자를 마주하고 있었다. 그리고 프랭크는 오드웨이에게 유럽으로 가는 계획을 알려 준 걸 후회하기 시작하고 있었다. 허우대만 멀쩡할 뿐 허수아비 같은 인간에다가 술주정뱅이인 인간. 자신을 도마 위에 올려놓고 이야기할 때 사용하는 주도면밀하게 계산된 냉소적인 어투 외에는 그 어떤 말투로도 대화할 수 없는 상대였다. 이런 일을 털어놓을 상대로는 이런 인간이 더 적절하지 않을까? 어쨌거나, 그는 이미 말해 버렸다. 요 몇 주간 근무 시간 내내 비밀을 혼자서 감당하기가 점점 힘들어지고 있었기 때문이었다. 직원 회의에 참석해서 밴디 부장이 '가을에' 또는 '올해 첫 사업으로' 꼭 이루어 내야 하는 일들을 열거하는 동안 집중해서 듣는 척한다거나, 그로서는 원칙적으로 수개월이 걸려야 완성할 수 있는 영업 지원 방안을 수립하라는 지시를 받고 있으면, 그의 마음도 어느새 밴디 부장의 기획들이 상정하고 있는 일정에 상응해서 조정되어 가다가는 갑자기 아냐, 잠깐만, 그때는 난 여기 있지도 않을 거잖아 하는 생각이 들게 되는 것이었다. 처음에는 이런 작은 충격들이 재미있기도 했다. 하지만 재미는 곧 시들해졌고 이내 골칫거리로 변했다. 6월 중순까지는 이런 상황이 반복됐다. 두 달 반만(열한 주에 불과하다!) 지나면 그는 대서양을 건너고 있을 테고, 그때는 영업 지원 방안 따위는 다시는 신경도 쓰지 않을 것이었다. 그렇지만 사무실의 현실 속에서는 그 사실의 구체적인 느낌이 여전히 모호했다. 집에서는 오로지 그 이야기밖에 하지 않았기 때문에 너무나 구체적이고 불가피한 현실로 느껴졌다. 매일 아침 출근 열차에서도 그리고 매일 저녁 퇴근 열차에서도 마찬가지였다. 하지만 그 중간 사무실에서 근무하는 여덟 시간에는, 깨어나면 반쯤만 기억나고 이내 가물가물해지는 꿈처럼 허황한 것으로 남아 있을 따름이었다. 사무실의 모든 사람과 모든 것들이 공모한 결과였다. 무표정하거나 피곤해 보이거나 살짝 냉소적으로 보이는 동료들의 표정이며, 미결 서류 바구니와 현안 서류 더미의 존재, 또는 전화기 울리는 소리와 밴디 부장이 자신의 업무 공간으로 호출하는 부저 소리 등 이 모든 것은 그에게 끊임없이 그가 이곳에 영원히 남아 있을 운명이라고 말하는 것 같았다.

내가 퍽이나 그러겠다! 이렇게 말하고 싶은 적이 하루 스무 번도 넘었다. 두고 보라고. 하지만 그의 객기에는 무게감이 없었다. 사무실 안의 밝고 건조하며 나른한 호수는 그를 너무나 오랫동안 그리고 너무나 평화롭게 가두어 두었기에 그의 소리 없는 탈주 위협으로는 어떤 파문도 일지 않았다. 호수는 그저 가만히 추이를 지켜보며 기다리고 있을 뿐이었다. 견딜 수 없는 상황이었다. 이 상황을 끝장낼 수 있는 길은 누군가에게 털어놓는 것밖에 없었다. 게다가 잭 오드웨이는 사무실에서 그와 가장 친한 동료였다. 오늘은 요행히도 스몰과 래스럽과 로스코를 따돌리고 점심을 먹으러 나오게 됐다. 진하다고 할 수는 없지만 아쉬운 대로 괜찮은 정도의 마티니 몇 잔으로 시작된 자리에서 이제 그 이야기가 튀어나와 버렸다.

"근데 좀 이해가 안 가는 부분이 하나 있긴 있는데." 오드웨이가 말을 계속했다. "뭘 꼼꼼하게 따지자는 건 아니지만, 자넨 정확히 무슨 일을 할 거라는 거지? 자네 영부인께서 대사관인지 뭔지 왔다 갔다 하는 동안 자네가 길가 카페에 앉아 무한정 도낏자루 썩기만 기다릴 것 같지는 않은데 말이야. 근데 그게 문제라고, 내가 보기엔. 그래서 결국 자네가 하겠다는 게 뭔지 난 도통 모르겠어. 책을 쓴다는 거야? 아님 그림을⋯⋯."

"왜 사람들은 다들 책을 쓴다든지 그림을 그리는 것만 생각하지?" 프랭크는 되물었다. 그러다 자신이 지금 아내가 했던 말을 그대로 하고 있다는 걸 어렴풋이 의식하면서 계속 말을 이어 갔다. "젠장, 자신만의 진정한 삶을 사는 사람들이 화가 나 작가밖에 없는 거야? 이봐. 내가 지금 이런 덜떨어진 직장에 붙어 있는 건 오로지…… 아, 이유가 여러 가지구나. 그렇지만 내가 말하고 싶은 건 이거라고. 그 이유를 내가 쭉 적어 본다고 쳐. 그럴 때 내가 절대로 쓸 수 없는 유일한 이유가 있다면 그건 내가 이 일을 좋아해서라는 거야. 난 좋아하지 않으니까. 그리고 난 사람들이 자기가 좋아하는 일을 하는 게 훨씬 좋다는 요상한 생각을 갖고 있기도 해."

"좋아!" 오드웨이도 물러서지 않았다. "좋아! 다 좋다고! 너무 방어적인 태도로 그렇게 흥분할 필요는 없잖아, 응? 아주 단순한 내 질문은 딱 이거 하나야. 자네가 하고 싶은 일이 뭐야?"

"내가 그걸 알고 있으면 그게 뭔지 알아보겠다고 길을 떠나진 않겠지."

오드웨이는 프랭크의 대답을 곰곰 되씹었다. 그 잘생긴 머리를 옆으로 젖힌 채 눈썹을 치켜뜨고 아랫입술을 비죽이 내밀고 있었다. 반들거리는 분홍색 입술이 밉상으로 보였다. "그래, 그렇지만." 그가 입을 열었다. "내가 하고 싶은 말은, 자네에게 진정한 일이라는 게 자넬 기다리고 있다고 치자고. 그랬을 때 여기 있어도 그걸 찾아낼 수 있지 않을까, 거기서만큼? 그게 가능하지 않느냐는 거지, 내 말은."

"아니야. 가능하지 않다고 봐. 녹스 빌딩 15층에서는 그 누구든 어떤 것도 발견할 수 없어. 그건 자네도 마찬가지일 거야."

"음. 맞는 말 같다고 인정하지 않을 수 없군, 프랭클린. 그래,

맞아." 그는 남아 있던 커피를 마저 마신 다음 더 물어볼 것이 있는 듯한 표정으로 미소를 지으며 허리를 젖혀 의자 등받이에 등을 기댔다. "그래, 그 고귀한 실험이란 거 언제 시작하기로 했나?"

순간적으로 프랭크는 식탁을 뒤집어엎어 버리고 싶었다. 그가 앉은 의자가 뒤로 나자빠질 때 허를 찔려 경악한 그의 표정과 먹던 음식과 접시들이 그의 머리 위로 날아가는 꼴을 보고 싶었던 것이다. '고귀한 실험'이라니! 그 얼마나 시건방진 개수작이었던가.

"9월에 떠나. 늦어도 10월일 거야."

오드웨이는 자기 접시 위 쇠고기와 감자가 남긴 희미한 얼룩에 시선을 고정한 채 고개를 대여섯 번 주억거렸다. 그는 이제 잔망스러워 보이지 않았다. 그는 늙고 지치고 또 진심으로 부러워하는 듯 보였다. 보고 있던 프랭크는 방금까지 그에게 품고 있던 분노가 다감한 연민과 뒤섞이는 것을 느꼈다. 그는 생각했다. 저 불쌍하고 어리석고 늙은 자식 같으니라고. 내가 녀석의 점심을 망쳐 놨군. 녀석의 하루를 망쳐 놓은 거야. 그는 '괜찮아, 잭. 걱정하지 마. 실제로 그러지 않을지도 몰라.'라고 말해 주고 싶은 충동을 가까스로 참았다. 대신에 그는 뜬금없는 호기를 부림으로써 자신의 감정이 혼란스러워지는 상황에서 벗어나려 했다.

"내가 제안을 하나 하지, 잭. 옛날처럼 브랜디 한잔 어때?"

"아냐, 아냐, 아냐, 아냐." 오드웨이는 극구 거절했지만, 웨이터가 음식 접시들을 거두어 가고 그 자리에 호사스럽게 보이는 나지막한 코냑 잔을 내려놓자 주인의 토닥거리는 손길에 신이 난 강아지처럼 흡족한 표정을 지었다. 조금 있다 계산을 마치고 지상으로 걸어 올라와 햇빛 아래 섰을 때 그의 얼굴에는 미소가 귀밑까지 걸려 있었다.

맑고 따뜻한 날이었다. 빌딩 위 하늘은 말라 가며 점점 짙어지는 파란색 빨랫감처럼 깨끗하고 깊은 색깔이었다. 봉급날이기도 했다. 점심을 먹고 나면 은행까지 슬슬 걸어가는 것이 상례였다.

"말할 필요도 없겠지만, 내 이 건은 비밀로 해 두겠네, 이 친구야." 발걸음을 떼면서 오드웨이가 입을 열었다. "다른 사람들이 수군대는 걸 원치 않을 테니까. 밴디 부장에게는 언제 알릴 거야?"

"한 이 주 전쯤이면 안 될까? 생각해 본 적 없어."

햇살이 기분 좋게 따사로웠다. 며칠만 더 지나면 뜨거워지겠지만 지금은 완벽했다. 육중한 대리석으로 둘러싸인 은행 안에서는 데이비드 로스의 「현악기를 위한 휴일」이 배경 음악으로 흘러나오고 있었다. 프랭크는 이곳에서 줄을 서서 기다리는 것이 이번이 마지막이라고 가정하면서 지루함을 달랬다. 열 개의 창구 중 녹스의 직원들을 위해 한 달에 두 번 점심 시간 동안 특별히 예약된 창구 앞에서 오드웨이와 함께 줄을 서서 발을 번갈아 바꿔 짚으며 차례를 기다리는 동안 급여 수표를 만지작거리는 게 이번이 마지막이라면 어떨까 상상해 본 것이었다. "우리가 그 빌어먹을 은행 안에서 어슬렁거리는 걸 봤어야 하는데." 에이프릴에게 몇 년 전에 했던 말이었다. "꼭

어미 젖꼭지가 비기를 기다리는 새끼 돼지들 같았다니까. 아, 물론 우린 아주 행실이 바르고 세련된 아기 돼지들이지. 아주 점잖게 줄을 서서는 지나치게 서로를 밀치고 막 그러지는 않 잖아. 그러고는 창구에 가까이 다가가면 각자 수표를 꺼내서 손가락 사이나 손바닥 안에 접어 둔다거나 뭐 어떤 다른 방법 을 쓰건 의도적으로 숨기는 것처럼 보이지 않도록 감추는 거 야. 신경 쓰지 않는 것처럼 보이는 게 중요하거든. 하지만 정작 더 중요한 건 그 액수가 얼마인지 다른 사람이 보지 못하도록 해야 한다는 거야. 한심하기는!"

"이보게들." 빈스 래스럽이 프랭크의 어깨 쪽에서 말을 걸어 왔다. "바람이나 쐴까?" 그와 에드 스몰과 시드 레스코는 '끔 찍한 데'서 먹은 음식의 찌꺼기를 이 사이에서 빼내느라 혀를 놀리며 연신 쩝쩝거리면서 예금 통장을 호주머니에 집어넣고 있었다. 주변을 슬슬 걸으면서 소화나 시키자는 것이었다.

프랭크는 이것도 이번이 마지막이라고 가정해 보았다. 햇살 을 받으며 사무실 동료들과 함께 느긋하게 산책하는 것도 마 지막이며, 뒤뚱거리던 비둘기들이 자신의 잘 닦인 구둣발에 화들짝 놀라 침 자국과 땅콩껍데기가 낭자한 보도 위를 가로 질러 내달리다 날개를 퍼덕거려 솟아올라 빌딩 위 높은 곳에 서 검은색과 흰색이 번갈아 그어진 날개를 펼치고 선회하는 모습을 보는 것도 이번이 마지막인 것처럼 생각해 본 것이다.

누군가에게 털어놓은 것은 잘한 일이었다. 분명 차이가 있 었다. 이들 네 명의 사내들이 떠들어 대는 동안 그들의 얼굴 을 둘러보며 그는 자신과 이들 사이의 거리감을 느낄 수 있었다. 오드웨이, 래스럽, 언제나 전전긍긍하는 키 작은 에드 스몰, 따분하고 나이 든 시드 로스코, 이들 모두에게 이제 곧 안녕을 고할 것이고, 일 년만 지나면 그는 이들의 이름을 기억해 내기조차 힘들 것이었다. 그리고 그때까지는, 가장 좋은 일로서, 그때까지는 이들을 굳이 미워할 필요가 없다. 이들은 그렇게 나쁜 치들이 아니었다. 그는 심지어 이들이 오드웨이의 시답잖은 농담에 웃음을 터뜨릴 때 기꺼운 마음으로 함께 웃어줄 수 있었다. 그리고 마지막 길모퉁이를 돌아 녹스 빌딩 쪽을 향하면서 다섯 명의 사내들이 모두 어깨를 나란히 하고 밝은 햇살 아래 발걸음을 경쾌하게 내디디며 함께 외박 나온 군인들이 소속 부대에 대한 자부심을(어이, 군바리, 소속이 어디야? 영업 지원부, 15층, 녹스 사무용 기기야.) 자랑하듯 팔을 힘차게 흔들면서 보도 위를 휘젓고 걸어갈 때는 뿌듯한 동지애마저 느꼈다.

안녕, 잘 있어. 안녕, 잘 있어. 지나치는 모두에게 그는 마음속으로 작별 인사를 건넸다. 싸구려 잡화점에서 구입한 물건 꾸러미를 껴안고서 수다를 떨고 선 속기사 여자들의 무리에게도, 셔츠 차림으로 자신들이 근무하는 건물 입구에 기대서서 담배를 뻑뻑 피워 대는 시큰둥한 젊은 남자 사원들에게도 안녕을 고했다. 안녕, 착하고 슬픈 군상이여. 난 떠난다.

굉장한 해방감이었다. 그리고 이 해방감은 밴디 부장이 자신을 호출하는 벨 소리가 구슬프게 울어 대는 사무실 자기 자리로 돌아오기까지는 계속됐다.

날씨가 좋은 날이면 데드 밴디 부장은 늘 안색이 좋지 않았다. 그는 실내 생활이 맞는 사람이었다. 피부색이 칙칙한 그의 가냘픈 몸은 지금 걸치고 있는 고급 더블 비즈니스 정장을 겨우 채워 넣는다는 용도 이외로는 전혀 다른 쓸모가 없어 보였고, 역시 칙칙한 색깔의 얼굴은 언제나 팽팽하게 긴장하고 있어서 사무실의 창문이 모두 닫히는 겨울이 되어야 겨우 부드러워질 수 있었다. 언젠가 밴디 부장이 버뮤다 휴양지로 포상 휴가를 가는 우수 영업 사원들을 인솔하는 임무를 맡은 적이 있었다. 이때 로스코의 《녹스 뉴스》가 모든 참가자가 수영복 차림으로 바닷가에 늘어서서 활짝 웃으면서 찍은 단체 사진을 실었다. 로스코는 아무도 모르게 그 사진에서의 한 부분만 살짝 확대해서 밴디 부장이 양쪽에서 자기 어깨 위에 걸쳐 놓은 거대한 털북숭이 팔의 무게를 겨우 이겨 내며 최선을 다해 웃어 보려고 하는 모습이 잘 보이도록 해 놓았다. 이 사진은 그 후 여러 날 15층 전체를 돌며 우스갯거리가 됐다. 다들 자기들이 본 것 중 제일 웃기는 사진이라고 자신 있게 선언했다.

지금 밴디 부장은 그때와 비슷한 표정을 짓고 있었다. 처음에 프랭크는 창문으로 불어 들어오는 6월의 산들바람에 대머리 부분을 감추려고 한쪽 머리를 길게 해서 다른 쪽으로 걸쳐 놓았던 부분이 조금 우스운 모양으로 살짝 흐트러져서 그런가 했다. 하지만 그는 밴디 부장이 그런 표정을 짓고 있었던 것은 좀처럼 보기 힘든 중역 한 명이 그곳에 와 있기 때문이라는 사실을 깨닫고 깜짝 놀라지 않을 수 없었다.

"프랭크, 바트 폴록 씨 알고 있겠지, 당연히." 의자에서 일어나며 밴디 부장이 말을 건넸다. 그러고는 턱을 살짝 당겨 의례적인 고갯짓과 함께 말했다. "바트, 여기는 프랭크 휠러네." 옅은 갈색 개버딘 양복을 입은 육중한 체구의 사내가 일어나 그의 앞에 섰다. 곧 햇빛에 그은 얼굴이 미소 지으며 그를 내려다보았고, 그의 오른손은 그 사람의 손에 싸여 따뜻하게 느껴졌다. "정식으로 소개받은 적은 없는 것 같군." 연단에 놓인 유리잔을 떨게 하기에 충분할 만큼 깊숙한 저음의 목소리가 울려 퍼졌다. "반갑네, 프랭크."

여느 회사에서라면 직책명 뒤에 반드시 '님'이라고 경칭을 붙여 불러야만 할 것 같은 이 사람은 전자기기 부문의 영업 총괄 이사였다. 프랭크는 어쩌다 엘리베이터 안에서 마주쳤을 때 의례적인 목례를 주고받은 것 외에는 여태까지 따로 접촉한 적이 전혀 없을 뿐만 아니라, 지금까지 몇 년에 걸쳐 안 보이는 곳에서 욕을 해 댔던 사람이었다. "무슨 말이냐면, 그 자식은 최악의 의미에서 완벽한 대통령감 재목이라 할 수 있지." 언젠가 에이프릴에게 해 준 말이었다. "곰 같은 덩치에 좀체 흥분하지 않는 성격의 아버지 같은 이미지를 가진 새끼이지. 대갈통에는 근육밖에 든 게 없지만, 미소가 100만 불짜리야. 텔레비전에 얼굴만 떴다 하면 상대 후보는 잽도 안 될 거야." 그런데 지금, 자신이 얼굴 근육을 쥐어짜 굴종적인 표정을 짓고 있으며, 겨드랑이에서 맺힌 땀이 한 방울 갈비뼈를 타고 흘러내리는 것을 의식하면서, 그는 자신의 의지와 상관없이 이처럼 비굴하게 반응하는 것에 대한 죄의식을 희석하는 수단으로 오늘 밤 에이프릴에게 이 만남을 어떻게 설명할 것인지를 생각해 보았다. "근데 갑자기 그 자식 면전에서 내가 흐물거리며 녹아내리는 거야. 웃기지 않아? 아니, 그 자식이 개자식이란 건 내가 아주 잘 알고 있다고. 그 자식이 내 인생에서는 아무런 의미도 없다는 걸 잘 알고 있단 말이야. 그런데 자식이 날 완전 주눅 들게 하더라니까. 정말 이상하지 않아?"

"의자에 앉게, 프랭크." 헝클어진 긴 머리를 원래대로 쓸어 넘기면서 밴디 부장이 말했다. 그러고는 자기 자리에 다시 앉으면서 몸무게를 엉거주춤 엉덩이 한쪽에만 실었다가 다시 다른 한쪽으로 옮겼다. 치질 걸린 사람의 전형적인 동작이었다. "바트 이사님과 내가 이번 생총연 총회 관련 보고서들을 훑어보고 있었는데 말이야. 이사님이 자넬 좀 불러들이라고 했다네. 자네에게 뭘 좀……."

하지만 프랭크에게는 밴디 부장의 나머지 말은 귀에 들어오지 않았다. 온 신경을 바트 폴록에게 집중하고 있었기 때문이었다. 진지한 모습으로 의자에서 몸을 앞으로 수그리고 있던 폴록은 밴디 부장의 말이 끝나기를 기다렸다가 손에 들고 있던 서류를 다른 손의 손등으로 가볍게 한번 쓱 훑었다. 『생산 관리를 말하자면』이었다. 그러고는 입을 열었다. "프랭크, 이건 대박이야. 털리도 사람들이 너무 좋다고 난리가 났다네."

"근데, 정말 너무 이상하지 않아?" 그날 밤 프랭크는 에이프릴에게 물었다. 술잔을 손에 든 그는 저녁을 차리느라 왔다 갔다 하는 에이프릴을 졸졸 따라다니면서 말하다가 웃음을 터뜨리고는 다시 말을 이어 가기를 반복했다. "이런 아이러니가 또 있겠어? 밴디에게 한소리 듣기 싫어서 별것도 아닌 일을 조금 했어. 그런데 이런 일이 벌어진 거야. 폴록이 그걸 두고 뭐라 했는지 당신도 들었어야 하는 건데. 몇 년이 되도록 그 사람은 내가 존재하는지도 모르고 있었어. 근데 지금은 자기가 특별히 아끼는 똑똑한 젊은 사원이래. 밴디는 저쪽에 앉아서 좋아해야 할지 부러워해야 할지 몰라 어물거리고 있고, 난 또 이쪽에 앉아서 터져 나오려는 웃음을 참느라 죽을 맛이고. 맙소사!"

"멋지네요." 에이프릴이 대꾸했다. "저것들 좀 안으로 갖다주실래요?"

"그런데 알고 보니 이 양반이 그걸 대규모로, 뭐? 아, 알았어, 괜찮아." 그는 술잔을 내려놓은 다음 건네준 접시를 받아 들고는 그녀를 따라 부엌으로 들어갔다. 아이들이 벌써 식탁에 자리 잡고 앉아 있었다. "그런데 알고 보니 이 양반이 그걸 대규모로 확장해 보자는 거야. 아, 폴록 말이지, 누구겠어. 나더러 별의별 황당한 시리즈를 만들어 달라는 거지. 『재고 관리를 말하자면』, 『판매 분석을 말하자면』, 『원가 회계를 말하자면』, 『임금 대장을 말하자면』 이런 식으로. 이미 전부 기획이 다 돼 있더라고. 다음 주에 같이 나가서……."

"잠깐만요, 프랭크. 마이클, 허리 펴고 앉아. 안 그러면 혼날 줄 알아. 정말이야. 그리고 그렇게 한꺼번에 크게 베어 물지 말라고. 미안해요. 계속해요."

"다음 주에 같이 나가서 점심을 하면서 의논하기로 했지. 정말 웃기지 않아? 물론 너무 진지해지면 가을에 내가 회사를 떠날 거라고 말해 줘야겠지. 아냐, 하지만 이 모든 게 너무 웃겨, 안 그래? 지금껏……."

"왜 그 자리에서 말하지 않았죠?"

"…… 그 자리에 앉아서 아무것도 안 하고 빈둥거리기만 하다가…… 뭐라고?"

"그 자리에서 왜 말을 했냐고요. 동료들에게도 왜 다 알리지 않았죠? 그 사람들이 무슨 해코지라도 할까 봐?"

"그게, 그 사람들이 무슨 짓을 실제로 하느냐 하는 문제는 절대 아니지. 뭐랄까, 조금 어색하달까, 그런 거지. 내 말은, 그 사람들에게 공식적으로 통보하기 전에 미리 뭔가 이야기하는 건 별 의미가 없다는 거지. 그게 다야." 그는 돼지갈비찜을 한 점 잘라 포크로 찍어 입에 넣었다. 얼마나 화가 났던지 고기와 함께 포크까지 깨물어 버렸다. 그러고는 턱에다 잔뜩 힘을 주고 질겅질겅 씹으면서 코로는 날숨을 길게 내뱉었다. 자신이 얼마나 화를 억누르고 있는지 보여 주려는 것이었다. 그러면서 그는 자신이 무엇에 화가 났는지 스스로도 잘 모른다는 사실을 깨달았다.

"그런데." 올려다보지도 않으면서 그녀가 차분하게 말했다. "물론 그건 당신이 하고 싶은 대로 하면 되는 일이죠."

문제는, 그가 짐작해 본 대로라면, 오늘 저녁 집으로 돌아오는 내내 그는 아내가 좋은 말을 해 주리라 기대하고 있었다는 점이었다. "근데 그게 그 사람들은 생전에 보지 못한 정말 기막히게 좋은 판촉물일 수도 있잖아요. 우스울 게 뭐가 있어요?"

그러면 자기도 한마디 보탠다. "그럴 것까진 없지. 하지만 당신은 이해를 잘 못 하고 있나 본데, 이런 일이 바로 그 사람들이 얼마나 멍청한지를 여실히 보여 주는 그런 일이란 말이야."

그 말에 그녀가 대꾸한다. "전 그렇게 보지 않아요. 왜 당신은 늘 자신을 과소평가하는 거예요? 제가 보기엔 이번 일은 당신이 언제든 하고 싶으면, 아니면 해야 한다고 생각하면 무엇이든 훌륭하게 해내는 사람이란 걸 보여 주는 일이에요."

그러면 그가 받는다. "어, 잘 모르겠어. 그럴 수도 있지. 난 그냥 그런 쓰레기 같은 일을 하면서 잘하고 싶지는 않다는 거지."

그녀가 맞장구친다. "당연히 당신이야 그렇죠. 그래서 우리가 여길 뜨는 거잖아요. 하지만 그때까지는, 그 사람들로부터 좀 인정받는 게 뭐가 나빠요? 당신이 원하지 않고, 또 필요하다고 생각지 않는다 해도 그렇게 경멸할 일은 아니잖아요, 안 그래요? 내 말은 당신이 기쁘게 받아들여야 하는 게 아닌가 하는 거예요, 프랭크. 정말로요."

그렇지만 그녀는 이런 말은커녕 이런 말과 비슷하다고 우겨 볼 만한 말조차 꺼내지 않았다. 그녀는 그런 생각을 떠올린다는 것 자체가 불가능하다는 듯한 표정이었다. 그저 한 점 흐트러짐도 없이 여기 앉아 고기를 썰고 씹을 뿐이었다. 그녀의 마음은 이미 어디론가 먼 곳에 가 있는 듯했다.

다섯

　"난 내 인형 집을 가져갈 거야." 토요일이었던 그날 오후 제니퍼가 다짐했다. "인형 유모차도 가져가고, 곰돌이도 가져가고, 부활절 토끼 세 마리도 가져가고, 기린도 가져가고, 내 인형 전부하고, 내 책 전부하고, 내 음반 전부하고, 또 내 북도 다 가져갈 거야."

　"너무 많은 것 같은데, 그렇지 않니?" 눈살을 찌푸리고 재봉틀 앞에 앉은 채 에이프릴이 대꾸했다. 그녀는 주말을 겨울 옷을 정리하는 데 보내기로 했다. 어떤 것은 내다 버리고, 어떤 것은 수선하면서, 유럽에서 겨울을 날 때 필요한 것들로 단순하면서 튼튼한 것들만 골랐다. 제니퍼는 그녀의 발치에 앉아 옷감 조각과 자투리 실을 가지고 무심하게 놀고 있었다.

　"아, 내 찻잔 세트도 가져가야지, 그리고 돌멩이 모은 것도,

그리고 놀이 도구들과 내 스쿠터도 가져갈 거야.”

“그런데, 얘야, 그것 다 가져가면 너무 많을 것 같은데? 안 가져가도 될 만한 건 없니?”

“없어요. 기린을 두고 갈지도 몰라요. 아직 정하진 않았어요.”

“네 기린? 아니야, 나라면 안 그럴 거야. 동물 인형이나, 다른 인형이나, 또 다른 작은 것들은 모두 충분히 가져갈 수 있어. 엄마는 큰 것들을 걱정하는 거지. 인형 집이라든가, 마이클의 흔들 목마라든지, 그런 것들 말이야. 그런 건 짐을 꾸리기가 아주 힘들거든. 하지만 인형 집을 버릴 필요는 없어. 매들린에게 주면 되잖아.”

“가지라고?”

“응, 그럼, 가지라고 주는 거지. 그게 버리는 것보단 낫잖아, 그렇지?”

“네.” 제니퍼는 이렇게 대답했지만 잠시 후 다시 입을 열었다. “어떡할지 생각났어요. 매들린에게 다 줄 거야. 인형집 하고, 기린하고, 인형 유모차하고, 곰돌이하고, 부활절 토끼 세 마리하고, 또……”

“큰 것들만이라고 했잖니, 내가. 내 말 이해 못 했니? 방금 다 설명해 줬는데. 왜 듣질 않는 거니?” 에이프릴의 목소리가 높아졌다가 소용없겠다 싶었던지 다시 보통으로 돌아왔다. 에이프릴은 한숨을 내쉬었다. “자, 이제 그만 밖으로 나가서 마이클이랑 노는 게 어때?”

“싫어요. 그러고 싶지 않아요.”

“아, 그래, 나도 맹하고 지루해서 남의 말도 잘 안 듣는 누구에게 열다섯 번이나 일일이 설명해 주고 싶지 않구나. 그럼 됐네.”

그들의 말소리가 멈추자 프랭크는 다행이다 싶었다. 소파에 앉아 『똑똑한 프랑스어』 대신으로 자기가 산 초급 프랑스어 학습서의 서문을 읽고 있었는데, 그들의 대화가 들려오는 바람에 같은 문단을 읽고 또 읽고 있었기 때문이었다.

하지만 삼십 분쯤 지나고 한동안 방 안에서 일정한 간격으로 희미하게 재봉틀 돌아가는 소리만 들려오자 그는 의아해하며 책에서 눈을 뗐고, 제니퍼가 보이지 않는다는 사실을 알아챘다.

“얘는 대체 어디로 간 거지?” 그가 물었다.

“마이클과 같이 밖에 있겠죠.”

“아니야. 걘 나가지 않았어. 나가는 걸 내가 못 봤는걸.”

두 사람은 일어나 함께 아이들 방으로 갔다. 아이는 엄지를 입에 넣은 채 멍하니 허공을 바라보며 누워 있었다.

에이프릴은 침대 가장자리에 앉아 손바닥을 제니퍼의 이마에 갖다 댔다. 열이 없는 걸 확인한 그녀는 아이의 머리를 쓰다듬기 시작했다. “무슨 일이지, 우리 아기?” 그녀의 목소리는 아주 부드러웠다. “무슨 일인지 엄마에게 얘기해 줄래?”

문간에서 이를 지켜보던 프랭크의 눈이 딸의 눈처럼 둥그렇게 커졌다. 그는 침을 꼴깍 삼켰고, 딸도 입에서 엄지를 빼내면서 침을 삼켰다.

“아무것도 아니에요.” 아이가 입을 열었다.

에이프릴은 아이가 엄지를 다시 입에 넣지 못하도록 아이의 손을 잡았다. 아이의 꼭 쥔 주먹을 펴자 제법 긴 파란색 실이 집게손가락을 칭칭 동여매고 있는 것이 눈에 띄었다. 그녀는 실을 풀기 시작했다. 실을 아주 단단히 매었던지 아이의 손가락은 자두색으로 변해 있었다. 실이 풀리면서 드러난 물기 어린 피부는 주름투성이였고, 핏기라고는 하나도 없었다.

"프랑스로 이사 가는 거 땜에 그러는 거야?" 여전히 실을 풀면서 에이프릴이 물었다. "그것 땜에 기분이 안 좋아?"

실이 다 풀리도록 제니퍼는 아무 말이 없었다. 실이 다 풀리자 아이는 겨우 눈에 뜨일락 말락 하게 고개를 까닥이고는 불편한 자세로 허리를 꺾어 엄마의 무릎에 머리를 파묻으며 울기 시작했다.

"아유. 그것 때문이지 싶었어. 제니퍼가 참 안됐구나." 그녀는 아이의 어깨를 토닥여 주었다. "근데, 애야, 사실은 말이야, 이사 간다고 걱정할 필요는 없어."

하지만 일단 시작된 제니퍼의 울음을 멈추게 할 수는 없었다. 아이의 흐느낌은 점점 더해 갔다.

"시내에서 이리로 처음 이사 올 때 기억나니?" 에이프릴이 물었다. "정든 공원이며 모든 걸 떠나올 때 정말 슬펐던 것 기억하지? 유치원 친구들과도 헤어지고? 그런데 어떻게 됐지? 일주일도 안 돼서 매들린 엄마가 매들린을 데리고 와 주셨지. 그다음에는 도리스 도널슨을 만났고, 또 캠벨네 오빠들도 만났고, 그다음에는 바로 학교에 들어가서 다른 친구들도 많이 만났잖니. 걱정할 게 싹 없어졌지. 프랑스에 가도 마찬가지란다. 가 보면 알 거야."

제니퍼는 통통 부은 얼굴을 들어 무슨 말을 하려고 했다. 하지만 격하게 흐느끼면서 말하려니 잠시 머뭇거릴 수밖에 없었다. "우리 거기서 아주 오래 살 거예요?"

"물론이란다. 그래도 걱정할 것 없어요."

"영원히 영원히?"

"음, 영원히 영원히는 아닐 수 있지. 하지만 아주 오래 살 거는 분명하단다. 너무 걱정할 필요가 없어, 우리 아기. 날도 좋은데 너무 안에만 있어서 그랬나 봐. 그렇지? 이제 우리 가서 얼굴 씻자. 그다음엔 넌 밖으로 뛰어나가 마이클이 뭘 하고 있나 찾아보는 거야. 알았지?"

아이가 나가고 나자 에이프릴은 다시 재봉틀 앞에 앉았고, 프랭크는 어깨를 축 늘어뜨린 채 그 뒤에 섰다. "거참, 난 정말 가슴이 미어지더군. 당신은 안 그랬어?"

그녀는 돌아보지 않았다. "무슨 말이에요?"

"나도 잘 모르겠어. 하지만 생각해 보면 아주 가혹할 것 같아, 아이들의 관점에서 보자면 말이야. 무슨 말이냐면, 솔직히, 아이들에겐 아주 힘들 거라고."

"아이들은 극복해 낼 거예요."

"물론, 극복하기야 하겠지." 그는 가능한 한 냉정한 어조를 유지하려 했다. "우리가 발을 걸어 애들을 고꾸라지게 해서 팔을 부러뜨린다 쳐. 그것도 애들은 극복할 거야. 극복한다는 게 중요한 게 아니지. 핵심은……."

"이봐요, 프랭크." 그녀는 입술을 일자로 얇게 만들고 그를 올려다봤다. 그녀 특유의 단호한 표정이었다. "당신은 지금 계획을 다 포기하자는 거예요?"

"아니야!" 그는 그녀 곁을 물러나 카펫 위를 거닐었다. "당연히 그건 아니지." 짜증이 치밀어 오르긴 했지만, 집중하기 힘든 프랑스어 학습서를 들여다보면서 오랫동안 말없이 소파에 앉아 있던 그로서는 이렇게 일어나서 다시 말하게 된 것이 잘됐다는 생각이 들었다. "당연히 난 그렇게 생각하지 않아. 왜 당신은 또 그런 식으로……."

"당신이 그렇게 생각하지 않는다면 이 문제를 거론하는 건 아무 의미 없다고 생각하니까 그런 거죠. 이건 누가 주도권을 쥐고 밀어붙이느냐를 결정하는 문제예요. 아이들이 주도권을 가져야 한다면, 그러면 걔들이 최선이라 생각하는 대로 우리가 따라야죠. 그럼 우린 죽을 때까지 여기 남아 있겠죠. 그게 아니라면……."

"아니! 잠깐만. 내가 언제 그런 말을……."

"당신이 잠깐만 있어 봐요. 그게 아니라면, 우리가 주도권을 쥐어야 한다면, 근데 난 우리가 그래야 한다고 생각해요. 당신도 그렇죠? 그래야 한다면, 그게 그저 우리가 아이들보다 스물대여섯 살 더 살아서인 건가요? 아니라면 우린 떠나는 거예요. 그리고 그에 따라 우리는 아이들이 그 과정이 가능한 한 수월하게 견뎌 낼 수 있도록 최선을 다해야 하는 거고요."

"내 말이 그 말이라니까!" 그는 팔을 휘저었다. "왜 그렇게 흥분하고 난리야? 이민 과정을 가능한 한 편하게 해 주는 거, 그게 내가 하려는 말이라고."

"알았어요. 중요한 건 우리가 그대로 추진할 것이고, 아이들이 모든 걸 극복해 낼 수 있도록 할 수 있는 한 최선의 노력을 멈추지 않는다는 거예요. 그러니까 그때까지는 우리가 잘난 척하면서 아이들이 얼마나 힘들겠느냐 걱정한다든지 자빠뜨려서 팔을 부러뜨린다는 따위의 말을 한다든지 하는 건 정말 무의미하다고 생각해요. 솔직히 말해 난 그런 게 무의미한 감정 낭비라고 봐요. 그러니 당신도 앞으로는 그러지 말았음 해요."

지난 여러 주의 기간에는 없었던 싸움에 가까운 언쟁이었다. 그 후 종일 두 사람은 서로 조심하며 불필요할 정도로 사근사근하게 대했으며 잠자리에 들어서도 거리를 유지했다. 아침이 되자 빗소리를 들으며 잠에서 깬 두 사람은 오늘이 귀찮게도 존 기빙스를 맞이해야 하는 일요일이라는 사실을 깨달았다.

밀리 캠벨은 자진해서 오후에 아이들을 맡아 주겠다고 제안했다. "그 사람이 여기 왔을 때 아이들이 근처에 없었으면 하고 바랄 것 같아서 그래요. 그렇죠? 완전히 미쳤거나 뭐 그런 사람일 수도 있잖아요?" 에이프릴은 거절했다. 그런데 오늘 아침 존 기빙스가 찾아올 시간이 다가오면서 그편이 낫겠다는 생각을 하게 됐다.

"저희 결국 그 말을 따르기로 했어요, 밀리." 전화로 그녀는 알려 주었다. "아직 그럴 의향이 있으시다면요. 밀리 말이 맞는 것 같아요. 아이들에게 노출하기에는 뭔가 좀 이상한 일인 것 같아요." 그러고는 필요보다 한두 시간 더 일찍 아이들을 차에 태워 캠벨네로 데려다주었다.

“아휴.” 깨끗하게 청소한 부엌에서 프랭크와 함께 앉은 그녀가 입을 열었다. “신경을 곤두서게 하는 일이네요, 그쵸? 그 사람 어떤 사람인지 궁금해요. 난 정신이 정상이 아닌 사람은 만나 본 적이 없어요. 당신은요? 의사 진단까지 받은 진짜 환자는 처음이에요.”

그는 자신이 일요일 오후에 즐겨 마시는 깔끔한 맛의 세리 포도주를 두 개의 술잔에 가득 따르면서 말했다. “얼마를 걸겠어? 그 사람이 의사의 진단을 받지는 않았어도 정신이 나간 게 틀림없는 우리 주변 사람들과 별반 차이가 없을 거라는데? 좀 느긋하게 두고 보자고.”

“그래야죠. 맞는 말이에요.” 그리고 그녀는 존경하는 듯한 시선으로 그를 쳐다보았고, 그로써 어제의 불미스러운 언쟁은 아주 오랜 과거의 일이 되어 버렸다. “당신은 이런 일에 대해선 언제나 올바른 판단을 내리는 본능 같은 게 있어요. 당신은 정말 너그럽고 관대한 사람이에요, 프랭크.”

비는 그쳤지만, 여전히 구름 짙은 우중충한 날이라 실내에 있는 편이 더 나았다. 라디오에서는 희미하게 모차르트가 흘러나왔고, 셰리 포도주 향이 곁들여진 온화한 휴식의 분위기가 부엌을 가득 채웠다. 그가 늘 바랐던 결혼 생활이란 바로 이런 것이었다. 격하지 않고, 서로 의지하며, 달콤한 사랑으로 이어져 다정함이 묻어나는 이런 분위기를 원했던 것이다. 두 사람이 조용히 대회를 주고받으며 기빙스 부인의 스테이션왜건이 아직 물방울을 떨어뜨리고 있는 나무 사이로 모습을 드러내기를 기다리는 동안 프랭크는 기분 좋은 느낌으로 두어

번 가볍게 몸을 떨었다. 새벽부터 일을 나간 사내가 목 뒤에 처음으로 햇살이 와닿는 온기를 느낄 때 떠는 것과 비슷했다. 그는 마음이 평온해졌다. 기빙스 부인의 차가 마침내 모습을 드러냈을 때 그는 완전히 준비가 되어 있었다.

차에서 제일 먼저 내린 사람은 기빙스 부인이었다. 환한 미소를 만면에 띠고 집 쪽을 한 번 바라본 다음 그녀는 몸을 돌려 뒷좌석에 둔 외투며 그 밖의 것들을 챙겼다. 하워드 기빙스는 운전석 쪽에서 내려 느긋한 동작으로 김이 서린 안경을 닦았다. 뒤이어 야윈 몸집에 키가 크고 얼굴색이 붉은 젊은이가 내렸다. 모직 사냥 모자를 눌러쓰고 있었다. 뒤쪽으로 크기를 조절할 수 있는 조절 끈이 달린 모자로 최근에 한창 유행하기 시작한 발랄한 느낌의 신문팔이 모자는 아니었다. 넓적하고, 평평하며, 구식인 데다, 싸구려 느낌이 물씬 풍기는 모자였다. 그가 걸친 칙칙한 옷가지도 마찬가지로 보육원이나 감옥을 떠올리게 하는 것들이었다. 바지는 튼튼한 능직 옷감으로 된 것이었지만 헐렁하니 볼품이 없었고, 단추로 여미게 된 짙은 갈색의 스웨터는 그에게 너무 작았다. 10여 미터는커녕 50미터나 떨어진 데서 봐도, 그가 입은 옷가지가 주립 공공시설의 피복창에서 구한 것임을 한눈에 알아볼 것 같았다.

그는 집을 올려다보거나 다른 데로 시선을 돌리지 않았다. 앞서가는 어머니와 아버지 뒤를 따르지 않고 그 자리에 그대로 서 있었다. 자갈 바닥 위에서 발끝을 살짝 안쪽으로 꺾어 모은 채 두 발을 한껏 벌리고 서서 담뱃불을 붙이는 데 온통 집중하고 있었다. 담배 한 개비를 세워 필터 쪽으로 엄지손톱

위를 톡톡 내리치고는, 눈썹을 찌푸리면서 꼼꼼히 점검한 뒤, 입술 사이에 조심스럽게 끼워 물고, 몸을 수그린 채 양손을 오그려 성냥불을 붙인 다음, 마치 그것이 평생 마지막으로 피우는 담배이기라도 한 것처럼, 혹은 감각적인 쾌락을 맛보는 기회로서는 마지막이기라도 한 것처럼, 첫 모금을 천천히 그리고 깊숙이 빨아들였다.

기빙스 부인은 몇 마디 인사말과 사과의 말을 쏟아 내고, 그녀의 남편도 끼어들어 한두 마디 보탰을 때쯤 존이 차도 진입로 위 담배 피워 물던 지점에서 움직이기 시작했다. 일단 발걸음을 떼자 그는 민첩하게 움직였다. 그는 발바닥의 앞꿈치로 바닥을 내디디며 성큼성큼 걸었다. 가까이서 보니 그의 얼굴은 커다랗고 야윈 편이었으며, 눈은 작고, 입술은 얇았다. 잔뜩 찌푸린 얼굴에는 만성적인 신체 고통으로 수척해진 기색이 역력했다.

"에이프릴 씨…… 프랭크 씨." 그는 어머니가 중간에서 소개 말을 하자 부부의 이름을 외워 두겠다는 듯 또박또박 발음했다. "만나서 반가워요. 들은 게 많수다." 그러더니 갑자기 비정상적으로 환하게 웃는 표정으로 바뀌었다. 두 뺨은 수직으로 주름을 만들며 치켜 올라갔고, 옆으로 팽팽하게 당긴 나머지 허옇게 변해 가는 두 입술 사이로 담뱃진에 절어 누렇게 된 커다란 이가 두 줄 그대로 고스란히 드러났으며, 눈은 거의 다 감겨 앞이 보이지도 않을 것 같았다. 잠시 그의 얼굴은 진실감을 나타내고 사람들의 환심을 사는 일반적인 사교적 미소를 지나치게 과장한 괴상한 표정으로 영구히 박제된 것처럼 보였지만, 사람들이 줄줄이 얌전하게 집 안으로 들어가자 이내 서서히 지워졌다.

에이프릴은 아이들이 생일 파티에 초대되어 나가고 없다고 설명했고(프랭크 생각에는 너무나 적절했다.) 기빙스 부인은 12번 고속 도로의 교통 상황이 얼마나 끔찍한지에 대해 이야기를 늘어놓기 시작했지만, 휠러 부부의 관심이 온통 아들 존에게 쏠아지고 있다는 것을 알아채고는 말꼬리를 흐렸다. 존은 모자도 벗지 않은 채 뻣뻣한 걸음걸이로 천천히 거실을 돌면서 눈에 들어오는 모든 것을 꼼꼼하게 들여다보았다.

"나쁘지 않군." 고개를 끄덕이며 그가 입을 열었다. "나쁘지 않아. 아담한 게 아주 적당한 집이네요."

"다들 앉으실까요?" 에이프릴이 물었고, 아버지 기빙스는 그 말에 따랐다. 존은 모자를 벗어 책장 선반 위에 올려놓았다. 그러고는 다리를 벌리고 그대로 쪼그려 앉았다. 농장 일꾼처럼 발뒤꿈치로 엉덩이를 받치고 주저앉으면서 살짝 몸을 위쪽으로 한 번 튕겨 올리기까지 한 그는 양손을 무릎 안쪽으로 모아 내리며 담뱃재를 입고 있는 작업복 바짓단 안에 정확히 떨어 넣었다. 사람들을 올려다보는 그의 얼굴에는 이제 편안한 표정이 깃들었다. 카우보이 익살꾼 월 로저스 같은 그 표정은 그를 똑똑하고 유머러스하게 보이도록 했다.

"여기 계신 우리 헬렌 여사께서 당신네 이야기를 몇 달이나 해 주더군요." 그는 부부를 쳐다보며 말했다. "레볼루셔너리 로드에 사는 훌륭한 젊은 부부 휠러네, 아니, 휠러 로드에 사는 훌륭한 젊은 레볼루셔너리 양반들이었던가? 뭐 그런 식으로 알아들었죠. 여사님 말의 반쯤은 알아듣질 못했으니까요. 왜냐하면 그건 일부는 제가 듣고 있질 않은 탓이라 볼 수 있어요. 이 여자 말할 때 어떤지 알아요? 주저리주저리 늘어놓고 또 늘어놓지만 정작 알맹이는 하나도 없잖아요. 그런 식이니까 조금만 지나면 그냥 안 듣고 흘려버리게 되죠. 근데 아니었어요. 이번에는 인정해 줘야겠군요. 제가 생각했던 것과는 완전 딴판인데요. 꽤 훌륭해요. 제가 '훌륭하다' 할 때는 저 여자가 '훌륭하다' 할 때와는 다른 의미로 그러는 거니까 걱정 안 해도 돼요. 정말 괜찮다는 말이거든요. 여기, 제 맘에 듭니다. 사람 사는 곳 같군요."

"어, 고마워요." 프랭크가 대꾸했다.

"누구 셰리 좀 드실 분 있나요?" 에이프릴이 물어 왔다. 허리춤에 손이 올라가 있고 손가락을 비틀고 있었다.

"오, 아니에요, 그럴 필요 없어요, 에이프릴." 기빙스 부인이 말했다. "우린 괜찮아요. 수고스럽게 그러지 말아요. 사실 우린 조금만 있다가 곧 가야……."

"엄마, 분위기 좀 맞춰 주면 안 돼요?" 존이 끼어들었다. "잠시 아가리 좀 닥치라고요. 주세요, 전 셰리 한잔 하겠습니다. 고마워요. 우리 부모님 것도 갖다주세요. 엄마가 먼저 달려들지 않는다면 그건 제가 처리하죠. 오, 근데, 부탁이 하나 있는데요." 그러고는 익살스러운 표정을 거둔 얼굴로 쪼그리고 앉은 채 그는 야구 코치가 내야수에게 작전 지시를 할 때처럼 한쪽 팔을 에이프릴 쪽으로 쭉 내밀고 흔들어 댔다. "하이볼 잔 있나요? 자, 잘 들어 봐요. 하이볼 유리잔에다 얼음을 두 개, 아니 세 개 넣는 겁니다. 그러고는 셰리를 넘치도록 따라야 해요. 전 그렇게 마시는 걸 좋아합니다.”

똬리 튼 뱀처럼 잔뜩 긴장한 채 소파 가장자리에 앉아 있던 기빙스 부인은 가만히 눈을 감았다. 죽고만 싶었다. 셰리를 하이볼 잔에다! 모자를 서가에다 내려놓고, 오, 저 옷차림새 하며! 지난 몇 주에 걸쳐 면회 갈 때마다 자기 옷을 갖다주었건만, 좋은 셔츠와 바지에다 팔꿈치에 가죽을 덧댄 모직 재킷이며 캐시미어 스웨터까지 일일이 다 챙겨 갖다주었건만, 아들은 끝내 병원에서 내준 옷으로 차려입었다. 엄마의 속을 뒤집어 놓고 싶었던 것이다. 그리고 또 이렇게 무례하게 굴다니! 게다가 하워드는 이럴 땐 왜 언제나, 언제나 아무짝에도 쓸모가 없단 말인가? 저기 구석에 처박혀 앉아서 미소를 지으며 눈만 껌벅거리는 저 화상, 오, 하나님, 왜 저이는 도움이 안 되는 겁니까? “아, 예쁘네요, 에이프릴, 정말 고마워요.” 그녀는 떨리는 손으로 쟁반에서 셰리 잔을 집어 올리며 말했다. “오, 그리고 이 음식 좀 봐요. 기가 막히네요!” 에이프릴이 아침에 식빵 껍데기를 떼어 내고 만들어 작은 크기로 잘라 놓은 샌드위치를 보며 그녀가 짐짓 놀란 듯 뒤로 주춤 물러나며 호들갑을 떨었다. “정말 우릴 위해 이렇게까지 수고하실 필요는 없었는데.” 존 기빙스는 셰리를 두어 모금 마시고는 잔을 책장 위에 내려놓았다. 그러고는 떠날 때까지 손도 대지 않았다. 하지만 샌드위치는 거의 반이나 먹어 치웠다. 한 번에 서너 개씩 집어 들고는 거실 안을 이리저리 걸어 다니며 게걸스럽게 입 속으로 욱여넣었다. 콧구멍으로 숨 쉬는 소리가 들렸다.

기빙스 부인은 한동안 분위기를 주도할 수 있었다. 말을 천천히 하면서 문장과 문장 사이에 적절한 틈을 유지함으로써 다른 사람들이 말을 꺼내기 어렵게 했다. 그녀는 이날 오후 방문 내내 이런 식으로 때워 보낼 셈이었다. 휠러 부부는 지역 선거구 설정 위원회의 최근 결정을 들어 알고 있는지? 개인적으로 자신은 그런 결정이 터무니없다고 생각하지만, 그래도 그렇게 되면 궁극적으로는 세율이 낮아지는 결과로 이어지지 않겠느냐, 그러면 그건 언제나 환영할 만한 일이고…….

잠자코 샌드위치를 깨작거리던 하워드 기빙스는 이런 말이 오고 가는 동안 아들의 일거수일투족을 면밀하게 주시했다. 공원에 아이들을 데리고 나와 벤치에 앉아서 엉뚱한 짓을 저지르지 않나 지켜보는 나이 든 유모 같은 모습이었다.

존은 고개를 옆으로 꺾은 채 엄마를 쳐다보고 있었다. 그러고는 먹고 있던 샌드위치를 마지막으로 꿀꺽 삼킨 다음 엄마의 말을 중간에 끊고 불쑥 끼어들었다.

"당신, 변호산가요, 프랭크?"

"나요? 변호사? 아니요. 왜요?"

"그랬으면 싶어서 물어본 거요. 난 변호사가 필요하거든. 뭐해요, 그럼? 광고쟁이? 뭐 다른 거?"

"아니요, 난 녹스 사무기기에 다닙니다."

"거기서 뭐 해요? 기계를 설계하시나, 만드시나, 아님, 영업? 그것도 아니면 뭐 수리하시나? 뭘 하셔?"

"영업을 지원한다고나 할까요. 난 기계 자체와는 별 상관이 없소. 사무실에서 일하니까. 사실 내 일은 뭐 맹하기 그지없어요. 그 어떤 점도, 말하자면 흥미롭다거나 뭐 그런 게 하나도 없으니까."

"'흥미롭다?'" 존 기빙스는 그 단어가 마음에 들지 않는 모양이었다. "하는 일이 '흥미로운지' 그렇지 않은지 같은 걸 신경 쓰시나? 그런 건 여자들이나 신경 쓰지 않나? 여자들과 아이들. 그런 사람으로 보이진 않는데."

"아, 저기 봐요. 해가 나오고 있어요!" 기빙스 부인이 소리쳤다. 그녀는 벌떡 일어나 전망 창으로 다가가 밖을 내다봤다. 그녀의 등이 팽팽하게 긴장되어 있었다. "무지개를 볼 수 있을지 몰라요. 정말 멋지겠죠?"

프랭크는 기분이 상한 나머지 목뒤가 따끔거리기 시작했다, 그는 설명했다. "내 말은, 내가 그 일을 싫어하며, 또 좋아해 본 적도 없다는 거요."

"그럼 왜 하는 거요? 오, 알았어요, 알았어……." 존 기빙스는 궁지에 몰려 쏟아지는 질책을 피할 길 없지만 어떻게든 무마해 보려고 하는 사람이 그러듯 목을 거북이처럼 집어넣고 한쪽 팔을 힘없이 들어 올렸다. "알았다고요. 나도 알아요. 내가 상관할 바가 아니라는 거. 이게 우리 헬렌 여사께서 늘 지적했던 요령 부족이란 거죠. 사실 난 이게 문제랍니다. 언제나 문제였지요. 제가 뭐라 한 것 잊으십시오. 가정 꾸리기 놀이를 하고 싶다면 일을 해야지요. 아주 좋은 가정, 아주 다정한 가정을 꾸리는 놀이를 하고 싶다면 싫어하는 일이라도 해야 하죠. 그런 거죠. 이게 바로 98.9퍼센트의 사람들이 살아가는 방식입니다. 그러니 날 믿어요, 친구 양반. 나한테 사과할 필요는 없다고요. 누군가 나타나서는 '뭣 땜에 그러고 있어?'라고 묻는 놈이 있다면, 그놈은 분명 주립 또라이 농장에서 네 시간짜리 외출증을 끊어서 나온 놈이라 보는 게 맞을 겁니다. 내말이 맞죠. 엄마, 엄마도 제 말이 맞다고 생각하는 거죠?"

"오 저기 봐요, 진짜 무지개가 떴어요." 기빙스 부인이 또 외쳤다. "아니, 잠깐만, 아닌가 보네. 오, 하지만 햇살을 받아 너무 아름다워요. 우리 모두 산책 가는 게 어때요?"

"사실 말하자면." 프랭크가 입을 열었다. "당신이 정곡을 짚었다고도 할 수 있어요, 존. 방금 한 말에 모두 동의해요. 우리둘 다. 그리고 그게 바로 가을이면 내가 회사를 그만두고 우리가 여길 뜨려는 이유랍니다."

존 기빙스는 믿을 수 없다는 듯이 프랭크를 쳐다보다 에이프릴 쪽으로 눈길을 옮기고 다시 프랭크로 되돌아왔다. "예? 어디로 뜬다고? 오, 참, 잠깐, 엄마가 뭐라고 얘길 해 준 것 같은데. 유럽으로 가는 거죠, 맞죠? 예, 이제 기억나네. 근데 엄마는 그 이유는 말 안 해 줬는데. 그냥 '아주 이상하다'라고만 했지요." 그러고는 그는 갑자기 공기를 찢는 듯한, 아니, 집 전체까지 반으로 쪼개는 듯한 너털웃음을 터뜨렸다. "엄마, 들었어요? 아직도 '아주 이상하다'고 생각해요? 네?"

"좀 진정해라." 구석에 있던 하워드 기빙스가 부드러운 어조로 말했다. "진정하려무나, 얘야."

하지만 존은 그를 거들떠보지도 않았다.

"우와!" 그는 크게 소리 질렀다. "와, 지금 우리 대화가 아주, 아주 이상하시겠어요, 엄마. 그렇죠?"

　그때까지 기빙스 부인이 한결같이 유지해 온 아주 낭랑한 목소리에 익숙해져 있던 사람들은 다음 순간 그녀의 입에서 나온 말을 듣고 깜짝 놀랐다. 여전히 전망 창을 향해 선 그녀는 애처로울 정도로 긴장되고 촉촉한 목소리로 흐느끼듯 내뱉었다. "오, 존, 제발 좀 그만."

　하워드 기빙스가 일어나 총총걸음으로 거실을 가로질러 그녀에게로 다가갔다. 저승꽃이 점점이 박힌 새하얀 손을 들어 올려 그녀의 몸에 갖다 대려 했다. 하지만 그는 그러지 않는 것이 좋겠다고 생각한 듯했고, 손은 다시 내려왔다. 두 사람은 전망 창을 내다보며 가까이 붙어 서 있었다. 서로 속삭이고 있는지는 알 수 없었다. 그들을 쳐다보는 존의 얼굴에는 방금 웃을 때 끓어오른 열기가 완전히 가시지 않은 듯 홍조가 아직 남아 있었다.

　"자, 자. 뭐 나가서 좀 걷든지 그러는 게 좋겠습니다." 프랭크가 어색하게 입을 열었고, 에이프릴이 냉큼 대답했다. "예, 그래요, 우리."

　"이렇게 합시다." 존 기빙스가 제안했다. "산책은 우리 셋이 합시다. 우리 부모님은 무지개가 뜨나 지켜보시게 하죠. 노구에 긴장한 것도 두루두루 푸시게."

　그는 성큼성큼 카펫을 가로질러 책장으로 가 모자를 집어 들었다. 돌아오면서 그는 거의 발작적인 동작으로 부모님이 있는 쪽으로 급격하게 방향을 꺾었다. 그의 오른쪽 주먹이 빠르게 커다란 호를 그리며 엄마의 어깨로 향했다. 순간 지켜보던 하워드 기빙스의 안경이 반짝이며 빛을 반사했으나 그 주먹을 막기에는 너무 시간이 없었다. 하지만 주먹은 곧 풀렸고, 엄마의 어깨에 닿은 손은 부드럽고 다정한 손바닥이었다.

"그럼, 어머니, 좀 있다 봬요." 그가 말을 건넸다. "그때까지 지금처럼 자애로우셔야 해요."

집 뒤쪽 언덕의 숲속은 햇살 아래 피어난 안개로 자욱했고, 이제 막 빗물에 씻긴 흙에서 나는 상쾌한 냄새가 가득했다. 생각지도 않게 따로 떨어져 한 무리로 엮인 것에 흡족해하며 휠러 부부와 손님은 언덕 위 경사를 한 줄로 걸으며 나무 사이로 조심스럽게 나아갔다. 위로는 비에 젖어 아래로 처진 나뭇가지를 자칫 건드리기라도 하면 빗방울 세례를 받아야 했으며, 옆으로는 반짝이며 햇살을 반사하는 젖은 나뭇가지를 스치기만 해도 거칠고 거뭇거뭇한 얼룩이 옷에 남았기 때문이었다. 얼마 지나 그들은 숲에서 나와 뒷마당을 돌아 천천히 걸어 나왔다. 말은 대부분 두 남자가 했고, 프랭크의 팔에 매달린 에이프릴은 잠자코 듣기만 했다. 이따금 고개를 돌려 그녀를 내려다보는 프랭크의 눈길은 남편이 하는 말에 감탄하며 올려다보는 그녀의 눈길과 마주쳤다.

유럽행 계획의 실제적인 면은 존 기빙스에게 관심의 대상이 아닌 듯했다. 하지만 그리로 떠나는 이유에 대해서는 이것저것 집요하게 질문을 던져 댔다. 프랭크가 무슨 이야기를 하면서 '이 나라의 절망적인 공허함'이란 말을 내뱉었을 때, 그는 잔디밭 위에서 발걸음을 멈추고는 벼락이라도 맞은 듯 그대로 얼어붙었다.

"우와, 지당한 말씀이네요. 가망 없는 공허함. 정말 공허함을 언급하는 사람들은 많죠. 내가 일하던 곳, 서부 해안가 지역에서는 늘 그 얘기만 했습니다. 둘러앉아 밤새도록 공허함에 관해 이야기하곤 했죠. 그래도 '가망 없음'을 입 밖에 낸 사람은 아무도 없었습니다. 그 부분과 관련해서는 다들 자신이 없었던 거죠. 왜냐하면 그 공허함이란 걸 직시하려면 어느 정도는 용기가 필요하겠지만, 가망 없음이란 걸 직시하려면 그보다는 훨씬 더 많은 용기가 필요하니까요. 제 생각엔 그 가망 없음이 눈에 들어왔을 때, 그때는 떠나는 수밖에 없을 겁니다. 떠날 수 있을 때 말입니다."

"그럴지도 모르죠." 프랭크가 대꾸했다. 하지만 그는 조금 불편해지기 시작했다. 화제를 바꿔야 할 때였다. "수학자라 들었습니다만."

"잘못 들으셨군요. 한동안 가르치긴 했죠. 그뿐입니다. 어쨌거나 지금은 다 지워지고 없어요. 전기 충격 요법이 어떤 건지 아세요? 왜냐하면 지난 두어 달간 전 서른다섯 번, 아니, 잠깐, 서른일곱 번이었던가……." 그는 멍한 표정으로 하늘을 올려다보며 눈을 찡그렸다. 햇빛 아래 드러난 그의 얼굴을 처음으로 본 프랭크는 그의 뺨에 난 주름이 실제로는 수술용 메스 자국이며, 얼굴 피부 곳곳이 흉터가 남긴 얼룩덜룩한 덧살로 덮여 있다는 것을 알게 됐다. 이전 어느 시기 그의 얼굴이 부스럼이나 피지 낭포로 뒤덮인 적이 있었던 것 같았다. "……서른일곱 번의 전기 충격 요법을 받았단 말이죠. 아시다시피 전기 충격으로 모든 감정적인 문제들을 머리에서 다 쫓아내겠다는 게 목적이었겠죠. 하지만 저의 경우 전혀 다른 결과가 나왔어요. 그 빌어먹을 수학이란 걸 다 쫓아낸 겁니다. 완전히 텅 비었어요."

"아이 끔찍해." 에이프릴이 놀랐다.

"'아이 끔찍해.'" 존 기빙스가 모호하면서 간드러진 목소리로 그녀의 말을 흉내 냈다. 그러더니 만면에 득의양양한 미소를 담고서 그녀를 돌아봤다. "왜요?" 그가 물었다. "수학이 아주 '흥미로운' 거라서?"

"아니요." 그녀가 대답했다. "전기 충격 자체가 끔찍했을 테니까요. 그리고 누구든 자기가 기억하고 싶은 걸 잊어버린다는 것도 끔찍한 일이니까요. 사실 전 수학이 아주 따분할 거라고 봐요."

그는 그녀를 한참 쳐다보더니 맞는 말을 했다는 듯 고개를 끄덕였다. "당신 여자 맘에 드네요, 휠러 씨." 그가 마침내 결론을 내렸다. "저분은 여자에 속하는 것 같군요. 여자와 여성적인 여자의 차이가 뭔지 아시나요? 네? 자, 힌트를 드리지요. 여성적인 여자는 큰 소리로 웃지도 않고 언제나 겨드랑이 털을 민답니다. 그런 점에서 우리 헬렌 여사가 전형적인 예라 할수 있지요. 평생 살면서 여자를 만나 본 게 대여섯 번쯤 됩니다만, 여기 이분도 그런 여자에 해당하는 것 같군요. 물론 생각해 보면 당연한 일이네요. 당신은 남자 같으니까. 요즘은 남자도 흔치 않다니까요."

기빙스 부인은 집 안에서 이들을 몰래 훔쳐보면서 도무지 갈피를 잡을 수 없었다. 그녀는 아직도 충격에서 벗어나지 못하고 있었다. 오늘 오후 시작은 엉망이었다. 상상했던 것보다 훨씬 나빴다. 그렇지만 지금 휠러 부부의 뒷마당을 거닐며 이야기를 주고받는 존의 모습이 그 어느 때보다 행복하고 편안해 보인다는 사실을 인정할 수밖에 없었다. 휠러 부부 역시 편안해 보였고, 그것 또한 아주 놀라운 일이었다.

"저 사람들은 쟤가, 어, 마음에 드나 봐요, 그런 것 같죠?" 그녀는 휠러의 《선데이 타임스》를 뒤적거리고 있는 하워드에게 말했다.

"음, 이런 일은 너무 조바심 내면 안 돼요, 헬렌. 저 사람들 들어오면 좀 느긋하게 있으면서 서로 이야기나 주고받게 두고 보는 게 어떻소?"

"아이, 저도 알아요. 알고 있어요. 당신 말이 맞아요. 그렇게 할 거예요."

그리고 그녀는 약속을 지켰다. 효과가 있었다. 방문 마지막 한 시간 동안 존은 포도주 한 잔을 더 마셨고, 그녀는 거의 입도 뻥긋하지 않았다. 그녀와 하워드는 젊은 사람들이 대화를 주고받는 동안 그저 배경으로만 존재하듯 가만히 앉아 있었다. 아무런 충돌 없이 목소리들이 이어졌다. 존의 목소리가 다른 목소리보다 거슬리게 들리는 적도 없었다. 그들은 1930년대 라디오 어린이 프로그램을 회상하고 있었다.

"「바비 벤슨」." 프랭크의 목소리였다. "에이치바오 목장의 바비 벤슨이요. 전 그 사람 쭉 좋아했죠. 그 사람 「작은 고아 소녀 애니」 직전에 나왔을걸요."

"아, 그리고 「잭 암스트롱」도 있잖아요." 에이프릴이 가세했다. "그리고 「그림자」도 있었고, 또 다른 미스터리물도 있었는데…… 벌과 관련된 거 있었잖아요? 「녹색 말벌」.”

“아니, 「녹색 말벌」은 그 후에 나왔죠.” 존이 대꾸했다. “그 프로그램은 40년대에도 계속됐어요. 제가 말한 건 그보다 훨씬 이전 것입니다. 35년인가, 36년인가, 그 무렵 말입니다. 그 해군 장교 나오는 것 기억나세요? 이름이 뭐였더라? 지금 이 시간대쯤 방송이 나왔던 것 같은데? 주중에요?”

“아, 기억나요.” 에이프릴이 대답했다. “뭐였더라…… 「돈 윈슬로」.”

“맞습니다! 「미해군 돈 윈슬로」였죠.”

기빙스 부인이 기대했던 것과는 거리가 먼 주제였지만 어쨌건 그들은 그 대화를 즐기고 있는 듯했다. 그들 사이에서 울려 퍼지는 느긋하면서도 향수를 불러일으키는 웃음소리를 들으며 그녀는 온몸에 짜릿한 쾌감을 느꼈다. 세리 포도주의 맛 역시 쾌감을 더해 주었고, 바람에 나부끼며 고개를 끄덕이는 잎사귀며 가지들을 포함하고 있어 생동감이 강조되는 창틀의 그림자 안에 담겨 여러 개의 사각형으로 벽에 비치고 있는 세리 색 석양도 마찬가지였다.

“오, 정말 재미있었어요.” 가야 할 시간이 되자 그녀가 입을 열었다. 그러고는 존이 다시 자기를 공격하며 뭔가 끔찍한 말을 할까 봐 잠시 겁이 났다. 그렇지만 존은 조용히 있었다. 그는 프랭크와 악수하면서 이야기를 나누었다. 일행은 차고 진입로에서 입을 모아 유감스럽다느니, 잘 지내라느니, 꼭 곧 다시 보자느니 떠들어 대고는 헤어졌다.

“당신 정말 멋있었어요.” 차가 모습을 감추자 에이프릴이 말했다. "그 사람 다루는 솜씨가 대단했어요! 당신이 없었으면 난 어떻게 해야 했을지 상상도 안 돼요."

프랭크는 손을 뻗어 셰리 포도주병을 집으려다 마음을 바꿔 위스키병을 꺼냈다. 그럴 자격이 있다 싶었다. "뭐, 그치를 '다룬다'는 문제는 아니었지. 난 그저 다른 사람과 똑같이 대해 줬을 뿐이니까."

"하지만 내 말이 그 말이에요. 그래서 정말 멋있었다는 거고요. 저라면 아마 동물원 짐승 대하듯 했거나 뭐 그랬을 거예요, 헬렌처럼요. 엄마에게서 떼어 놓으니까 그 사람 얼마나 멀쩡하게 처신했는지 생각해 보면 웃기지 않아요? 그리고 좀 괜찮은 사람 같았어요, 그렇죠? 똑똑하기도 하고요. 그 사람이 했던 말 중에는 귀가 번쩍 뜨일 만한 것도 있었던 것 같아요."

"음, 그래."

"확실히 우리를 좀 좋게 본 것 같아요, 그죠? '남자'와 '여자' 운운하는 부분 괜찮지 않았어요? 그리고 이런 것 생각해 봤어요, 프랭크? 그 사람, 처음으로 우리 계획을 제대로 이해해 준 듯한 사람이었어요."

"그건 맞아." 그는 위스키를 한 모금 가득 넘기고는 전망 창 앞에 서서 석양의 마지막 순간을 지켜보았다. "그 말은 우리도 그 사람만큼 미쳤다는 거겠지."

그녀는 그의 뒤로 가까이 다가가 두 팔로 그의 가슴을 껴안고 그의 등에 머리를 묻었다. "그래도 난 상관없어요. 당신은?"

"나도."

하지만 이미 그는 일요일 저녁이면 스며드는 여느 서글픔으로는 설명할 수 없는 우울함을 느끼고 있었다. 들뜬 기분으로 보낸 이 특이한 하루는 이제 저물었고, 옅어지는 석양을 받으며 그는 이제 오늘 하루가 일주일 내내 그를 괴롭혔던 긴장감에서 극히 일시적으로 벗어나게 해 주었을 뿐이라는 사실을 깨닫고 있었다. 아내가 등 뒤에 붙어 응원해 주고 있음에도 다시 긴장감이 엄습하는 것을 느낄 수 있었다. 사람의 기를 옥죄는 두렵고 무거운 느낌, 무언가 불가피한 상실이 임박했다는 전조 같은 느낌이었다.

그리고 그는 그녀 역시 같은 느낌을 받고 있다는 것을 서서히 알아차렸다. 그를 붙들고 있는 그녀의 몸에서 긴장감이 느껴졌다. 즉흥적인 동작으로 보이게 하려고 의도적으로 노력한 흔적이었다. 그의 등에다 얼굴을 묻은 것도 그 동작 자체가 그 의도를 관철하는 데 가장 효과적이면서도 가장 자연스럽다고 판단한 결과인 것 같았다. 두 사람은 꽤 오랫동안 그대로 서 있었다.

"내일 출근 안 했으면 좋겠어." 그가 말했다.

"하지 말아요, 그럼. 집에 있어요."

"아냐, 가야 할 것 같아."

여섯

　"테디 밴디 꽤 괜찮은 친구이지." 도심지를 벗어나려 걸음을 재촉하면서 바트 폴록이 말했다. "부서장으로서도 잘해 내고. 솔직히 말하자면," 그는 개버딘 재킷의 어깨 너머로 솔깃하게 귀를 기울이고 있는 프랭크의 얼굴을 내려다보았다. "솔직히 말하자면, 난 그 사람이 자넬 여태껏 썩혀 두고 있었다는 게 좀 유감스럽단 말이야."

　"어, 가당찮은 말씀이십니다, 폴록 이사님." 프랭크는 자신의 얼굴이 겸연쩍은 미소를 머금은 표정으로 순식간에 바뀌는 것을 느낄 수 있었다. "그렇지만 감사합니다."("아니, 내가 무슨 말을 할 수 있었겠어?" 나중에 필요하다면 에이프릴에게는 그렇게 설명할 참이었다. "그런 말을 듣고 어떻게 다른 대꾸를 할 수 있었겠냐고.") 그는 폴록의 껑충거리는 걸음걸이를 따라잡느라 폴짝

뛰며 한 발을 두 번 연달아 디디고서 발걸음을 더 재게 놀려야 했다. 그러면서 그는 이처럼 조금 서두르는 동작에다 넥타이가 재킷 밖으로 삐져나오지 않게 하려고 손가락으로 잡아누르는 동작이 겹치면 전형적인 똘마니의 모습으로 보이겠다는 생각을 했다.

"이곳 괜찮겠어?" 폴록은 그를 달고서 커다란 호텔 로비로 쓱 들어서더니 식당 안으로 들어갔다. 고무 밑창 구두를 신은 웨이터들이 음식 접시를 무겁게 받쳐 들고는 분주하게 돌아다니고 대기업 임원들이 업무에 관한 이야기를 주고받는 소리가 포크며 나이프가 쩔렁거리는 소리와 함께 술렁거리는 곳이었다. 자리에 앉자 프랭크는 얼음물을 한 모금 마신 후 주위를 둘러보았다. 그 옛날 오트 필즈 씨와의 점심 식사를 위해 아버지와 함께 왔던 곳이 바로 여기였나 싶어서였다. 근방에는 그 같은 규모의 호텔이 여럿 있었다. 하지만 같은 호텔일 가능성이 있었기에 그는 아이러니한 우연의 일치를 경험하는 듯한 느낌을 받았다. "정말 웃기지 않아?" 그는 오늘 밤 에이프릴에게 말할 작정이었다. "정확히 똑같은 식당에, 똑같은 야자수 화분에, 똑같은 짭짤이 크래커까지. 세상에, 꼭 꿈을 꾸는 것 같았다니까. 거기 앉아 있자니 꼭 열 살 때로 돌아간 것 같더라고."

어쨌건 앉게 된 것은 다행이었다. 폴록은 키가 그리 크게 보이지 않았고, 프랭크의 경우에는 폴록이 실문 세례를 퍼붓는 동안 식탁 밑으로 왼쪽 엄지손톱 옆에 까슬하게 붙은 거스러미를 집어서 떼어 내는 데 열중하는 모습을 숨길 수 있었다.

프랭크가 결혼은 했는지. 아이는 있는지. 어디 사는지. 그래, 아이들이 있을 때는 전원에 나가 사는 게 현명한 선택이지. 하지만 멀리서 통근하는 게 귀찮지는 않은지. 야구며 학교 생활에 대해 어떻게 생각하는지 물어보던 오트 필즈와 다를 게 하나도 없었다.

"자네 작품에서 내가 제일 인상 깊게 생각하는 점이 뭔지 아나?" 폴록은 마티니를 마시면서 물어보았다. 그의 손아귀에 잡힌 얇은 다리의 마티니 잔이 무척 연약해 보였다. "논리 정연함과 명징함이라네. 자넨 정확하게 요점을 짚어서 알기 쉽게 설명했어. 내가 보기엔 그건 눈으로 읽어야 하는 인쇄물이 아니었어. 그냥 사람이 말해 주는 것 같았어."

프랭크는 고개를 움츠리며 어깨를 으쓱 들어 올렸다. "그게, 사실은, 그 말씀이 맞습니다. 전 그냥 구술 녹음기에다 대고 말을 한 겁니다. 사실 그 모든 게 우연한 사고 같은 거였습니다. 아시다시피, 저희 부서는 원래 그런 사안과 관련하여 홍보 쪽이라든지 생산 쪽은 다루지 않습니다. 그런 건 광고 회사가 맡아야죠. 저희는 그냥 그쪽 사람들이 만들어 놓은 걸 현장에 적절히 배포하는 업무를 담당합니다."

폴록은 마티니 잔에 들어 있던 올리브를 씹으면서 고개를 끄덕였다. "그런데 말이지. 내가 그런 것 하나 더 만들려고 하거든, 무슨 말인지 알겠나? 좋네. 그런데 말이지, 프랭크. 난 홍보 문구라든지 생산 관리라든지 또는 유통을 누가 담당하는지에 관해선 아무 관심이 없네. 내 관심사는 단 한 가지, 오로지 한 가지뿐이네. 전자 컴퓨터를 미국의 사업자들에게 파는 것. 프랭크, 요즈음은 그저 단순하고 오래된 분야라고 영업을 폄훼하는 사람들이 많아. 그렇지만 말이야. 옛날에 내가 처음 영업 분야에 발을 디뎠을 때 영리하고 멋진 선배 한 분이 해 준 말을 난 아직도 명심하고 있다네. 그분이 그러더군. '바트, 영업이 전부야.' 그분이 그랬지. '세상에는 어떤 일도 일어나지 않고, 어떤 것도 존재할 수 없어, 누군가가 뭘 팔지 않는다면 말이야.' 그분이 그랬지. '내 말이 안 믿기나? 좋아, 이렇게 한번 보자고.' 그분이 그랬지. '바트, 자네 부친이 자네 모친에게 가짜를 팔아먹지 않았다면 자네가 이 세상에 나올 수 있었겠어?'"

"그런데 난 거기 앉아 점점 취해 가면서 생각했지. '이 작자가 나한테 원하는 게 뭐지?'" 밤에 에이프릴에게 이렇게 말할 작정이었다. "물론 난 이 모든 게 아무 의미가 없다는 생각은 줄곧 하고 있었어. 그렇지만 도대체 무슨 꿍꿍이인가 궁금하기도 했지. 그리고 이런 덩치 크고 퉁명스럽고 다이아몬드 원석 같은 사람들에 대한 말은 맞는 데가 있어. 당신 그게 뭔지 알아? 그런 사람들 어딘가 끌리는 데가 있더라고. 어쨌건 그 사람은 그랬어."

"아, 물론 요즘은 영업을 잘하려면 여러 가지가 필요하지. 여러 군데가 협업을 잘해야지. 그리고 단순하게 제품만 달랑 파는 게 아니라 아이디어 자체를 팔아야 할 때는 특히 더 그렇다는 건 지네도 잘 알겠지. 우리 같은 사람들의 업무를 한번 보자고. 사무 전반에 걸친 통괄 관리라고 하는 완전히 새로운 개념을 소개해야 하는 거야. 그럼, 분명히, 나무를 보느

라 숲을 놓치는 일이 있어서는 절대 안 되지. 시장 조사 부서
도 있고, 광고 부서도 있고, 또 그 뭐냐, 홍보 부서도 있고, 그
렇단 말이지. 그런데 이 모든 조직이 판매라고 하는 단 하나의
기본적인 영업 목적에 복무할 수 있도록 잘 조율해야만 한다
이거지. 난 이게 다리를 놓는 일과 같다고 생각하네." 그는 눈
을 가늘게 뜨고는 검지를 들어 재떨이와 올리브와 샐러리로
만든 요리를 담은 접시 사이의 허공에 천천히 호를 그었다.
"이해의 다리, 소통의 다리이지." 그는 딸꾹질했다. "실례했네.
전자 기술 과학과 사업 경영이라는 일상적이고 실제적인 세계
사이의 다리라네. 그럼, 녹스 같은 회사를 생각해 보세." 그는
유감스럽다는 듯 자신의 빈 잔을 내려다보았다. 두 번째 아니
면 세 번째 마티니 잔이었다. "아주 낡고, 아주 느리며, 아주 보
수적인…… 이런, 자네도 나만큼 잘 아는 사실이겠지. 우리 회
사는 모두 타자기라든가 서류 보관함이라든가 덜컥거리는 구
닥다리 펀치 카드 기계 같은 거나 팔아먹는 데 집중하고 있고,
월급 받아먹는 늙은 영감탱이들 반은 아직도 매킨리가 백악관
주인인 줄 알고 있지. 다른 한편으론, 자네 지금 주문해도 되
겠어? 좀 더 기다릴까? 알겠네. 여기요, 어디 좀 들여다봅시다.
여긴 라구 스튜가 맛있지. 훈제 연어도 그렇고, 버섯 오믈렛도
좋고, 가자미도 맛있지. 좋아요, 그렇게 합시다. 2인분으로 주
세요. 이것들도 두서넛 부탁합니다, 주문받으시는 김에. 그래
요. 자, 이 회사는 늙고 지친 늙은이 같다고 치자고. 다른 한
편으로는……." 그는 갑자기 두 팔을 쭉 뻗어 와이셔츠 소맷동
이 재킷 소매 밖으로 튀어나오도록 한 다음 거구를 식탁 위로

기울이고는 눈을 부라리며 프랭크를 쳐다보았다. 갈색 기미가 깔린 대머리에는 땀방울이 맺히고 있었다. "다른 한편으로는 말이야. 전자식 자료 처리라는 혁명적인 개념이 도래하고 있어. 프랭크, 솔직히 말하자고. 이건 갓 태어난 신생아야." 그는 두 손으로 보이지 않는 아기를 감싸고 어르는 시늉을 했다. 그러더니 곧 그는 끈적한 액체라도 떨어내듯 양손을 빠르게 흔들었다. "내 말은 이 아긴 아직 젖어 있다고! 내 말은 이제 막 끄집어내서 뒤집고는 방뎅이를 후려쳤다는 거지. 세상에, 아직 배꼽이 종기처럼 바깥으로 튀어나와 덜렁거리고 있다니까! 무슨 말인지 알겠나? 다행이네. 알에서 갓 깬 새끼 새 같은 이 갓난아기를 데려다 늙은이, 영감이든 할멈이든, 늙은 부부에게 맡겼다고 해 봐. 어떻게 될 것 같나? 어떻게 되긴, 시들시들하다 죽어 버리겠지. 노인네들 어디 옷장 서랍 같은 데다 처박아 두고는 쉰 우유 나부랭이나 처먹이고 기저귀도 안 갈아 줄 거야. 근데 그 아기가 건강하고 튼튼하게 자랄 거라고? 그 아기는 비렁뱅이 따라다니는 암캐 새끼보다도 더 가망이 없어. 내 예를 하나 들어 줌세."

그러고는 그는 줄줄이 예를 들기 시작했다. 프랭크는 그저 잠자코 듣고 있는 수밖에 없었다. 조금 있다가 그는 당혹스러운 표정으로 말을 멈추고는 손수건으로 머리에 난 땀을 찍어 냈다. "그게 바로 문제라고. 우리가 직면한 과제가 바로 그것이라니까." 침울히게, 그리고 조심스럽게 남은 마티니의 양을 가늠하던 그는 한 모금에 다 삼켜 버리고 식어 가는 음식에 손을 대기 시작했고, 그러면서 그는 흥분을 조금 가라앉히는 듯했다. 그는 음식을 먹으면서도 말은 계속 이어 나갔다. 하지만 이제는 목소리도 낮아지고 말도 훨씬 품위 있게 했다. '영감탱이'라든가 '방뎅이' 같은 단어 대신 '명백히'라든가 '부가적으로' 등의 단어를 사용했고, 눈알을 부라리지도 않았다. 단순하고 우직한 거물 사업가의 역할을 버리고 이제는 원래 역할이었던 조심스럽고 온건한 관리직 임원으로 돌아온 것이다. 미래의 일상적 기업 활동에 컴퓨터가 미칠 어마어마한 영향에 대해 프랭크는 생각해 본 적이 있으신가? 두고두고 곰곰이 생각해 볼 화두일 것이다. 바트 폴록은 확언했다. 그러고는 계속해서 기술적인 부분에 대해선 자신이 아는 게 별로 없다고 겸손을 떨다가, 자신이 무슨 선지자라도 되는 양 이야기할 자격도 제대로 갖추지 못했노라고 겸허하게 고백하는 등 주저리주저리 말을 잇다가 마침내는 스스로 무슨 말을 하는지도 모를 정도로 갈피를 잡지 못했다.

그에게서 눈을 떼지 않고 그가 하는 말을 알아들으려고 집중하면서, 프랭크는 마티니를 세 잔(네 잔이었던가?) 마시고 자신이 취했다는 사실을 알게 됐다. 식당 안의 소음이 굉음이라 할 정도로 증폭되어 그의 고막을 두드리고 있었고, 사위가 온통 침침해졌다. 그러면서 자기 음식이며, 얼음물이 담긴 컵 안의 거품이며, 바트 폴록의 쉴 새 없이 움직이는 입 등 바로 코앞에 있는 것들만 눈에 들어왔는데, 그것도 평소와 달리 유난히 또렷하게 보였다. 그는 가능한 한 정신을 차리고 바트 폴록이 식탁에서 하는 거동을 면밀히 관찰했다. 잔 가장자리에 허연 자국을 남기는지, 롤빵을 그레이비에 담그는지를 확인하고 싶어서였다. 바트 폴록이 그러지는 않는다는 사실을 확인한 그는 크게 안심했고, 이 느낌은 취기로 한껏 증폭됐다. 얼마 지나지 않아 폴록은 눈에 띄게 차분해졌고 이제는 추상적인 주제를 벗어나 일상적인 대화 주제로 회사 내 사람들에 대해 이러쿵저러쿵 이야기하고 있었다. 프랭크가 꾹 참아 왔던 질문을 할 수 있는 절호의 기회였다.

"이사님, 여기 본사에 근무했던 오티스 필즈라는 분 혹시 기억하십니까?"

폴록은 짙은 담배 연기를 질게 내뿜고는 연기가 사라지도록 지켜보았다. "아니, 난 기억 안 나는데……." 그는 말을 시작하다가 갑자기 눈을 깜박이면서 기억이 난 듯 말했다. "아, 오트 필즈. 아, 이런, 기억나지. 오래전이야. 오트 필즈 씨는 우리 회사 영업본부장님이셨지. 언제 적이야, 아주 오래전에…… 아니, 근데, 잠깐만. 그때라면 자네는 없었을 텐데."

그러자 프랭크는 자기 목소리가 아주 자연스럽게 흘러나온 데 놀라면서 지금과 거의 비슷한 곳에서 오찬을 했던 지난날의 이야기를 간단하게 들려주었다.

"얼 휠러 씨라." 폴록은 의자 등받이에 몸을 기대며 눈을 가늘게 뜨고 기억을 더듬었다. "얼 휠러 씨, 뉴어크라 그랬지? 잠깐만. 휠러 씨라고 기억나는 분이 있어. 그 양반 이름이 얼이었을 거야. 아냐, 그건 해리스버그였을 건데, 아니면 월밍턴이었던가, 어쨌건 그분은 훨씬 연배가 높으신 분이있어."

"해리스버그 맞습니다. 나중에 근무하셨던 곳이죠. 퇴직하기 전 마지막 지점이었습니다. 뉴어크 지점은 훨씬 전이었죠.

삼십오 년이나 삼십육 년쯤이었을 겁니다. 그 후에는 필라델피아에서도 한동안 근무하셨고, 프로비던스에서도 근무하셨죠. 동부 쪽 지점은 거의 다 근무하셨을 겁니다. 그래서 제가 대략 열네 곳이나 옮겨 다니며 자라야 했던 거죠." 프랭크는 자신의 목소리에 자기 연민이 배어드는 것에 깜짝 놀랐다. "어디서건 고향 같은 푸근함을 느낄 수 없었던 겁니다."

"얼 휠러 씨." 폴록이 말을 이었다. "그렇지, 정말, 당연히 그분 기억하지. 뉴어크 지점과 그분을 연관시킬 수 없었던 건 그게 내가 입사하기 전 일이라 그렇다네. 하지만 난 해리스버그에서 근무하셨던 얼 휠러 씨를 똑똑히 기억하고 있네. 문제는 그 기억에서 또렷하게 남은 건 그분이 나보다 훨씬 연장자셨다는 것밖에 없군. 난 아마……."

"맞습니다. 그랬을 겁니다. 제가 태어났을 땐 이미 장성한 아들이 둘이나 있으셨거든요." 그러고는 연이어 '사실 전 사고였습니다, 두 분이 원치 않았던 아이였으니까.'라고 덧붙일 뻔했다. 몇 시간 후 취기에서 깨어나 이 부분에 대한 기억을 더듬으면서 그는 자신이 그 말을 실제로 하지 않았다는 확신이 서지 않았다. 심지어 그는 크게 너털웃음을 터뜨리며, "아시겠죠? 아시겠죠, 바트 씨? 두 분은 절 옷장 서랍 같은 데다 처박아 두고는 쉰 우유 나부랭이나 빨게 했던 겁니다."라고 농담을 던지고, 이 농담이 너무나 웃겼던 나머지 그와 바트 폴록이 동시에 벌떡 일어나서 서로의 팔을 주먹으로 치며 한참을 깔깔대며 웃다가 나중에는 눈물까지 흘리며 커피잔 속으로 고꾸라지지 않았다는 것도 확신할 수 없었다.

하지만 그런 일은 일어나지 않았다. 그 대신 바트 폴록은 놀란 듯 고개를 저으며 말했다. "정말 기가 막히는 일 아닌가? 게다가 그토록 오랫동안 자네가 이 식당을 기억하다니. 오트필즈 씨의 성함을 기억하는 것도 그렇고."

"아, 그건 그렇게 놀랄 만한 일이 아닙니다. 그게 아버님께서 처음으로 절 뉴욕시로 데려갔던 날이거든요. 게다가 그날은 아주 중요한 날이었습니다. 아버님은 그날 필즈 씨가 본사 내근직을 맡길 것이라고 철석같이 믿으셨습니다. 아버님이며 어머님은 모든 계획을 다 세워 놓고 계셨더랬죠. 웨스터체스터의 집이며 나머지 모두 다 말입니다. 아버님은 끝내 그 충격을 극복하지 못하셨던 것으로 기억합니다."

폴록은 그의 눈을 내리깔면서 유감을 적절히 표시했다. "아, 물론, 그런, 그런 일이 바로 이 업계 특유의 불행이랄 수 있지. 불가피하게 발생하고 하릴없이 당할 수밖에 없는 그런 일." 그러고서 그는 이야기의 밝은 쪽으로 황급히 옮겨 갔다. "아니, 근데 이건 정말 흥미로운데 말이야, 프랭크. 난 자네가 녹스 직원의 아들이라는 건 짐작도 못 했어. 테드가 귀띔해 주지 않은 것도 이상하고."

"테드 부장님은 모르실 겁니다. 입사할 때 제가 밝히질 않았거든요."

이제 바트 폴록은 이마를 찌푸림과 동시에 미소 지었다. "가만있어 보자. 자네 아버님께서 한평생 우리 회사를 위해 영업에 헌신하셨는데 자네는 언급조차 하지 않았다는 말인가?"

"아, 예. 사실, 그렇습니다. 안 그랬습니다. 그때는 그러지 않는 게 중요하다고 생각했습니다.”

“솔직히 말해서, 프랭크, 난 그거 대단하다고 보네. 자넨 누구든 이렇게 봐주고 저렇게 봐주고 하는 걸 원치 않은 거지. 혼자 힘으로 해내려고 했던 거야, 그렇지?”

프랭크는 불편함을 느끼고 의자에 앉은 채 자세를 고쳤다. “아니, 정확히 그랬던 건 아닙니다. 이유가 정확히 기억나는 건 아닙니다만, 그때는 꽤 복잡한 사정이 있었습니다.”

“그런 일은 원래가 복잡하지.” 바트 폴록은 정색을 하며 말했다. “그런 걸 이해하지 못하는 사람들도 많다네, 프랭크. 하지만 솔직히 말해, 난 그게 대단하다고 생각하네. 자네 아버님도 그렇게 생각하셨을 걸세. 안 그러셨나? 아니면, 잠깐.” 그는 몸을 뒤로 기대고 싱긋이 웃으며 미간을 좁혔다. “가만있어 보자. 내가 사람을 얼마나 잘 보는지 한번 시험해 봐야겠군. 어떻게 돌아갔는지 알 것 같아. 추측에 지나진 않지만.” 그는 한쪽 눈을 찡긋했다. “나름 근거가 있는 추측이네. 자넨 선수를 쳐서 자네가 입사할 때 아버님 덕을 좀 봤던 것으로 생각하시게 했던 거지, 아버님 기분 좋으시라고. 내 말 맞나?”

그런데 유감스럽게도 그것은 사실이었다. 그해 어느 가을날 그는 서지 옷감의 정장을 차려입고서 약간은 어색하지만, 어느 정도 예의를 갖췄다는 느낌으로 아내를 데리고 부모님 댁을 방문했다. 해리스버그까지 가는 내내 그는 주도면밀하게, 그리고 아주 세련되게 마치 지나가다 툭 던지듯 임신과 취업 소식을 전할 작정이었다. “아참, 그리고 저 좀 더 안정된 직장도 구했어요. 좀 맹한 일자리이긴 해요, 저로선 도무지 할 맛이 안 나는. 하지만 뭐 돈은 두둑이 주더군요." 그런 다음 나중에 아버지가 사실의 실체를 알게 할 심산이었다.

그렇지만 막상 결행에 옮길 순간이 도래했을 때, 임박한 죽음과 쇠약함과 각종 의약품 냄새가 진동하는 해리스버그의 거실이란 공간에서, 최선을 다해 점잖게 대하고 계신 아버지와 임신했다는 말에 눈물까지 흘리며 기뻐하시는 어머니, 또 지나치지 않을 정도로 사랑스러우면서도 자랑스럽게 처신하려고 나름대로 최선을 다하는 에이프릴의 모습에 담긴 다정함이 한데 어우러져 극에 달하면서 그는 실천에 옮길 기백을 잃어버렸고, 좋은 성적표를 집에 가져온 아이처럼 그저 큰 소리로 외쳐 버리고 말았다. 본사 근무예요!

"거기 누가 있든?" 얼 휠러는 십 분 전보다 십 년은 젊어 보이는 표정으로 물어왔다. "테드 누구? 밴디? 모르는 사람 같은데. 잊어버린 이름이 하도 많으니 그렇기도 하겠지. 그래도 그 사람은 날 알겠지, 그렇지?"

그러고는 "아, 그럼요."라고 대답하는 자신의 목소리를 들으면서 프랭크는 터무니없이 목이 메어 옴을 느꼈다. "아, 그럼요. 당연히 알죠. 아버지에 대해 좋은 말을 아주 많이 해 주셨어요."

뉴욕으로 돌아가는 기차 안에서야 그는 평정심을 되찾고 주먹으로 무릎을 내리치면서 혼잣말을 내뱉었다. "내가 졌이! 정말 짜증스럽지 않아? 늙은 영감탱이가 날 또 이겨 먹은 거야."

"내 그럴 줄 알았지." 진심에서 우러나는 따뜻함이 어린 눈을 반짝이며 바트 폴록이 말했다. "내 솔직히 말함세, 프랭크. 사람에 관한 한 내 육감은 틀린 적이 거의 없다네. 후식과 함께 가볍게 코디얼주나 비앤비 칵테일 한잔 더 하겠나, 아니면 뭐 다른 거라도?"

"근데 당신 지금 점심 식사 시간 내내 자리를 뜨지 않았단 말이네요?" 그날 밤 에이프릴이 물어 올 수도 있었다. "당신 일 평생에 걸친 이야기를 다 하면서도 가을이면 회사를 떠난다는 말을 할 여유는 없었다는 거군요? 그렇다면 뭣 때문에 그렇게 오래 앉아 이야기를 주거니 받거니 하고 있었을까요?"

하지만 이제 폴록은 이야기에 너무 열중하기 시작했으므로 끼어들어 무슨 말을 하기가 점점 힘들어졌다. 그는 마침내 본격적인 사업 이야기에 돌입했다. 누가 그 아기를 돌볼 것인가? 누가 그 다리를 지을 것인가?

"……홍보 전문가? 전자 공학자? 경영 고문? 아, 당연히 이 사람들 모두가 전체 그림 속에서는 각기 중요한 역할을 맡겠지. 각자 전문 영역에서 아주 귀중한 지식을 제공해 줄 거야. 하지만 중요한 건 이걸세. 그들 중 어느 한 사람도 이 일에 적합한 경험이나 자격을 갖추지 못했다는 거지. 프랭크, 난 업계 최고의 광고 전문가하고도 의논을 해 봤네. 컴퓨터 분야에서 최고의 기술자들과도 이야기를 해 봤고, 이 나라 최고의 경영자하고도 의논을 해 봤다네. 하지만 우린 모두 같은 결론에 도달했네. 이건 완전히 새로운 일이고, 따라서 이 일을 맡길 만한 완전히 새로운 종류의 능력을 개발하지 않으면 안 된다고 말이야.

해서 난 지난 육 개월에 가까운 기간 동안 사람을 알아보고 다녔다네, 회사 안이나 밖을 가리지 않고. 지금까지 한 대여섯 정도 아주 다양한 배경을 가진 젊은이를 눈여겨봐 뒀네. 앞으로도 그 정도 더 찾아볼 생각이고. 내가 지금 뭘 하고 있는지 알겠나? 팀을 하나 짜고 있는 거지. 자, 내가 좀 더……." 그는 어떤 방해도 받지 않겠다는 듯이 두툼한 손 한쪽을 들어 올렸다. "내가 좀 더 구체적으로 설명하지. 지금 자네가 만드는 것들은 겨우 시작에 불과하네. 자넨 일단 지난번 테드의 사무실에서 기획했던 대로 마무리를 지어 주게. 그러면 돼. 하지만 지금 내가 의중에 품고 있는 계획은 그런 걸 훨씬 넘어서는 것이라네. 내가 말한 것처럼, 이 계획은 아직 윤곽을 잡는 단계에 있으니 뭐 하나 확실하게 정해진 건 없네. 하지만 내가 어떤 생각을 하고 있는지 짐작할 수 있는 말은 해 주겠네. 난 자네가 이 나라 전역에 걸쳐 다양한 사람들에게 내보낼 수 있는 인재라는 예감이 들었네. 시민 단체라든가, 업종별 세미나라든가, 우리와 같은 업계의 현장 영업 종사자들은 물론, 소비자와 잠정적 소비자 등을 망라하겠지. 자넨 그저 그 사람들 앞에 나가 이야기를 해 주면 되네. 컴퓨터에 대해서 말일세. 하나에서부터 열까지 다 이야기해 주는 거지. 그리고 질문에 답도 하고. 전자식 자료 처리 과정을 사업자들이 알아들을 수 있는 언어로 설명하는 거야. 프랭크, 이게 아마 내 속에 존재하는 구식 영업 사원의 본능인지는 모르겠지만, 내가 언제나 확실하게 믿는 게 한 가지 있다네. 그건 바로 아이디어를 팔아야 할 때는, 그게 아무리 복잡하고 골치 아픈 것이라도, 살아 있는 사람의 목소리보다 효과적인 설득 수단은 없다는 거야.”

“아, 이사님. 더 깊게 들어가시기 전에 제가 드릴 말씀이…….” 그는 가슴이 답답해지면서 호흡이 가빠지는 것을 느꼈다. “제 말은 지난번에 테드 부장님 사무실에서는 제가 미처 말씀드리질 못했습니다. 부장님 본인도 모르는 일이라서요. 실은 저 이번 가을에 회사를 떠날 생각입니다. 진작에 말씀드렸어야 하는데. 그래서 전 지금…… 너무 죄송스럽게도 생각하고 계시는 계획에는 맞지 않는…….”

“당신이 사과했다는 말이에요?” 에이프릴이 확인하러 들 수도 있었다. “그 사람 허락이 있어야 퇴사할 수 있는 거예요?”

“아니야!” 그는 항변할 것이었다. “물론 내가 사과를 한 건 아니지. 내 말 좀 끝까지 들어 볼래? 난 그저 알린 거야, 그뿐이야. 당연히 분위기가 조금 싸해지긴 했어. 그렇게 한창 이야기하고 있는데 불쑥 그런 말을 했으니 어색해질 수밖에 없었지. 그게 이해가 안 돼?”

“자, 이제 나는 진짜로 밴디가 원망스러워지는걸.” 폴록의 반응이었다. “자네 같은 능력자를 칠 년이나 썩혀 둔 걸로 모자라 이제 와서는 다른 조직에 뺏기게 됐으니.” 그는 고개를 저었다.

“아, 다른 데로 이직하는 건 아닙니다. 제 말은, 그게, 다른 사무용 기기 회사로 가는 게 아니란 말씀입니다.”

“음, 그건 다행이군. 프랭크, 나한테 솔직하게 말해 준 것 아주 고맙네. 이제 나도 자네에게 솔직하게 말하지. 내 일도 아닌데 캐물어서 미안한데, 한 가지만 말해 주겠나? 우리 회사 그만두고 다른 길을 찾겠다는 것, 그것 얼마나 확정적인 건가?”

“아, 좀 확정적이랄 수 있습니다. 바꾸기 좀 어렵게 되……
어, 예, 아주 확정적입니다.”

“내 이런 말을 하고 싶어 그랬네. 만약 돈이 문제라면 우린
얼마든지 의논해서 만족할 만한 합의에 도달할 수 있을 것이
고…….”

“아닙니다. 그렇게 말씀해 주시니 감사할 따름입니다만, 돈
의 문제가 아닙니다. 좀 개인적인 겁니다.”

그러자 더는 질문이 이어지지 않았다. 폴록은 천천히 그리
고 반복적으로 고개를 끄덕였다. 개인사를 무한히 존중한다
는 표시였다.

“하지만 그 때문에 지금 제가 맡은 일에 지장을 주거나 하
진 않을 겁니다.” 프랭크가 덧붙였다. “시간은 넉넉할 겁니다.
문제는 그걸 끝내고 난 뒤 그다음 단계는…… 아시다시피, 불
가능한 거나 마찬가지입니다.”

폴록의 주억거림은 계속됐다. 그러다 그가 입을 열었다. “프
랭크, 내 이렇게 말해 두겠네. 아무리 확고한 결정이라도 사람
의 마음은 얼마든지 달라질 수 있어. 내가 원하는 것은, 오늘
우리가 나눈 이야기를 자네가 좀 고민해 보라는 걸세. 시간
을 두고 곰곰이 생각해 보는 거지, 아내하고도 의논해 보고.
그게 중요하지, 그렇잖나? 아내와 이야기를 한번 해 보는 것?
그 사람들 없으면 우리가 시금 어먼 꼴이겠나? 그리고 언제든
날 찾아와도 되네. 와서 ‘폴록 이사, 다시 한번 이야기해 봅시
다.’라고만 하면 된다네. 그렇게 생각해 주겠나? 그 정도로 하

고 이야길 정리해도 되겠지? 좋네. 그리고 한 가지 더, 내가 방금 말한 기획안에 참여하게 되면 새로운 직책을 부여받을 수 있을 걸세. 어떤 사람에게든 아주 힘들지만 그만큼 보상이 두둑한 자리랄 수 있지. 지금 자네에겐 그 다른 일이라는 게 더 매력적으로 느껴지겠지만……." 그는 한쪽 눈을 찡긋했다. "난 내 경쟁 상대를 헐뜯거나 하는 그런 사람은 절대 아닐세. 그리고 당연히 선택은 전적으로 자네가 하는 것이고. 하지만 프랭크, 진심으로 하는 말인데, 자네가 녹스 회사를 선택한다면 절대 후회하지 않을 걸세. 그리고 다른 것도 하나 있지. 내가 보기엔 말이야……." 그는 목소리를 낮추었다. "아버님의 영전에 바치는 아주 훌륭한 선물이 되겠지."

이토록 터무니없이 감상적인 말을 듣자 즉각적으로 그의 울대에 피가 쏠렸다는 사실을 에이프릴에게 어떤 식으로 고백할 수 있을까? 먹고 있던 초콜릿 아이스크림 속에 눈물을 쏟지나 않을까 잠시나마 걱정했다는 사실을 설명해도 한결같은 그녀의 냉소적인 반응을 피할 길이 있을까?

다행히 그날 밤 그 어떤 것도 설명할 기회가 없었다. 그녀는 하루 종일 평소 제일 하기 싫어하고 최근에는 아예 손을 놓아 버렸던 일을 해치웠다. 눈에 띄지 않는 구석을 청소하는 일이었다. 먼지를 마시고 거미줄을 뱉어 내면서 그녀는 굉음을 지르는 진공청소기를 끌고 다니며 방마다 구석구석 밀어 댔으며 침대 밑까지 기어들어 갔다. 욕실의 도기며 타일 하나하나를 일일이 세제 가루를 뿌려 닦아 냈다. 세제 냄새로 두통이 올 지경이었다. 그러고는 오븐에 머리와 어깨까지 통째로 집어 넣고서는 뒷벽의 찌든 얼룩을 암모니아로 닦았다. 그녀는 레 인지 주변의 들뜬 리놀륨 타일을 걷어 냈다. 갈색의 기다란 얼 룩이 눈에 들어오는가 싶었지만, 그것은 얼룩이 아니라 개미 가 뭉쳐 만든 띠였다. 몇 시간이나 지난 지금도 그녀의 옷 속 을 기어다니는 느낌이 가시질 않았다. 그러고서 그녀는 온갖 것들이 어지러이 쌓인 다용도실까지 정리했다. 잡동사니가 든 젖은 골판지 상자를 들어 올리자 상자가 찢어지면서 곰팡이 가 잔뜩 핀 물건이 쏟아졌다. 그 사이에서 오렌지색 점이 박힌 도마뱀 한 마리가 튀어나와 그녀의 신발을 타고 넘어 도망갔 다. 프랭크가 퇴근해서 집에 돌아왔을 때쯤 그녀는 기진맥진 해서 말을 섞을 기분이 아니었다.

그다음 날 밤도 그녀는 이야기하고 싶은 기분이 아니었다. 대신 두 사람은 텔레비전 드라마를 봤다. 프랭크는 너무 재미 있다고 했고, 그녀는 쓰레기라고 했다.

그다음 날 밤인가 다음다음 날 밤인가였다.(정확한 날짜는 그의 기억에 남아 있지 않다.) 에이프릴이 부엌에서 왔다 갔다 하 고 있었다. 「화석 숲」의 2장을 연기하며 무대 위를 오갈 때처 럼 어깨를 잔뜩 웅크린 게 잔뜩 긴장한 기색이 역력했다. 거실 쪽에서는 어린아이의 목소리처럼 앵앵거리는 말소리 사이사 이 실로폰 소리와 나팔 소리가 희미하게 들려왔다. 아이들이 텔레비전으로 만화를 보고 있었다.

“무슨 일 있어?”

“아무것도.”

"거짓말. 오늘 무슨 일이라도 있었던 거야?"

"아뇨." 그러면서 커튼콜을 받을 때 보여 주었던 것과 같은 미소가 흐트러지면서 그녀의 얼굴은 절망에서 온 찌푸림으로 주름지면서 일그러졌고, 호흡은 채소를 익히는 레인지의 끓는 물처럼 거칠어졌다. "며칠이고 이미 알고 있던 일이 아니라면 오늘 새로 일어난 일은 아무것도 없어요. 오, 맙소사, 프랭크, 그렇게 아둔한 척 말아요. 정말 당신은 눈치채지 못했다고, 아니면 짐작도 하지 못했노라고 할 건가요? 나 임신했어요. 그래요."

"맙소사." 다소곳이 핏기를 잃어 가는 그의 얼굴은 입이 벌어지면서 불길한 소식을 들은 사람의 표정으로 변했다. 하지만 그는 이런 표정을 오래 유지할 수 없으리라는 것을 알고 있었다. 이미 가슴 깊은 곳에서 환희의 미소가 터져 나오려고 꿈틀거리는 것이 느껴졌기 때문이었다. 그 사태를 막으려면 손으로 입을 가리는 수밖에 없었다. "우와." 그는 손가락 사이로 나직이 말했다. "확실한 거야?"

"그래요." 그러고는 그녀는 그 소식을 알리는 것만으로 힘이 다 빠져 버린 것인지 그의 품 안으로 와락 무너져 안겼다. "프랭크, 난 퇴근 칵테일도 한잔 마시기 전에 이런 일로 당신 힘들게 하고 싶지는 않았어요. 저녁 먹고 난 후에나 말하려 했는데, 내가 그만……. 사실은요, 지난주 내내 거의 그럴 것이다 생각은 하고 있었는데, 오늘 병원에 가서 틀림없다고 확인하고 나니 이제 더는 그렇지 않은 척할 수가 없는 거예요."

"우와." 그는 표정을 숨겨야겠다는 생각을 버렸다. 그녀의 어깨 뒤 그의 얼굴은 이제 기쁨의 미소로 근육이 아플 지경이었다. 그는 아내를 안은 팔에 힘을 주고 등을 두 손으로 쓰다듬으며 그 뒤통수에 대고 마음에도 없는 말을 속삭였다. "오, 이봐, 그렇다고 우리가 못 떠나는 건 아니잖아. 그러니까 떠나긴 하는데 좀 다른 방법이 없나 알아볼 필요가 생겼다 정도로 생각하면 되잖아."

압박감은 사라졌다. 이제 모든 게 정상으로 돌아왔다.

"다른 방법이 없어요. 일주일 내내 내가 그 생각 말고 무슨 생각을 했겠어요? 다른 길이 없더라고요. 우리가 여길 떠나기로 했던 제일 중요한 이유가 당신에게 자신을 찾을 기회를 주기 위해서였죠. 그런데 이제 다 망쳤어요. 다 내 잘못으로! 나 스스로 그런 멍청하고 부주의한……."

"아니야, 내 말 좀 들어 봐. 망친 건 하나도 없어. 당신 지금 너무 혼란스러울 뿐이야. 최악이라 해 봤자 조금 더 기다렸다가 뭐가 다른 방법이 생기게 되면……."

"조금이요! 이 년? 삼 년? 사 년? 내가 다시 전업으로 취업하는 데 얼마나 걸릴 것 같아요? 여보, 제발 생각 좀 해 봐요. 절망적이라고요."

"아니야, 그렇지 않아. 자 봐."

"아니에요, 지금은. 일단 그만 이야기하기로 해요, 네? 아이들이 잠들 때까지라도 좀 기다려 보자고요." 그녀는 레인지 쪽으로 뒤돌아서서 울다가 들킨 아이처럼 손목 안쪽으로 눈물이 흘러내리는 눈을 훔쳤다.

"알았어."

거실에는 무릎을 껴안은 아이들이 멍하니 텔레비전을 보고 있었다. 못이 박힌 곤봉을 든 불도그가 고양이를 쫓아 엉망이 되어 버린 집 안을 돌고 있는 만화였다. "안녕." 프랭크는 알은체하고는 저녁에 앞서 씻기 위해 욕실로 들어갔다. 에이프릴과 단둘이 남게 될 때 할 말의 가사와 박자가 머릿속에 흘러넘쳤다. "이봐." 이렇게 시작할 작정이었다. "시간이 좀 더 걸린다고 해 보자고. 이런 식으로 생각할 수 있지……." 그러면서 그는 새로운 삶을 그려 나간다. 기다려야 하는 기간이 이 년에서 삼 년쯤 된다 치자. 그럴 때 폴록이 준다는 돈이 도움이 좀 되지 않을까? "아, 물론, 시답잖은 일이겠지. 하지만 그 돈! 그 돈을 생각해 봐!" 더 좋은 집을 구할 수도 있을 것이다. 아니, 교외에서 사는 게 지겹다면 뉴욕 시내로 다시 들어갈 수도 있을 것이다. 아, 어둠침침하며, 바퀴벌레 득실거리고, 지하철의 굉음이 울려오는 옛날 아파트가 아니라, 산뜻하고, 짜릿하게 새로운 시내, 돈이 있어야만 살 수 있는 그런 곳으로 이사할 수도 있다. 그러면 더 폭넓고, 더 흥미로운 새로운 삶을 살게 될지도 모르지 않나? 게다가, 게다가…….

그는 은은한 비누 냄새와 에이프릴의 각질 제거제 향기를 들이마시며 손을 씻었다. 거울 속에 비친 얼굴에 혈색이 도는 것이 요 몇 달 보아 온 것보다 훨씬 좋아 보였다. 열심히 들여다보고 있자니 불현듯 '게다가' 다음에 나올 구절에 무슨 내용을 담을 것인지에 대한 명확한 생각이 떠올랐다. 게다가 폴록의 돈을 받아들이는 게 어째서 명분을 해치는 타협안이라고, 파리에서 그녀가 취직할 수 있는 상태로 회복할 때까지 활

용할 임시방편이라고만 생각해야 하는 거지? 그 자체로 명분
도 살리고 의미도 있는 그런 아이디어 아닌가? 그 일을 맡으
면 나중에 어떻게 될지 아무도 모르지 않나? 새로운 사람들
을 만나고, 새로운 곳으로 가 볼 수 있을 것 아닌가? 아니, 어
쩌면 우리가 결국 유럽으로 이주하게 될 수도 있다. 머지않아
녹스가 컴퓨터를 녹스 인터내셔널을 통해 해외로 판매망을
확장하려 할 가능성이 농후하지 않은가?(헨리 제임스의 소설에
나오는 백작 부인 같은 여자가 베네치아의 대운하 난간에 매혹적인
자세로 비스듬히 기대선 채 달콤한 베르무트 포도주를 홀짝이면서
"당신과 당신 부인은 평소 미국인 회사원에 대해 갖고 있던 우리 생
각과는 완전히 다르네요."라고 말하는 경우가 생길지도 모르…….)

　"음, 그렇지만 당신은 어쩌고요?" 에이프릴은 반문할 것이
다. "당신은 어떻게 진정한 자신을 찾을 수 있겠어요?" 온수
꼭지를 꽉 틀어 잠그면서 그는 이 질문에 대한 답도 생각해
두었다.

　"그건 내가 알아서 할 일이라 해 두지."

　거울 속에서 그에게 고개를 끄덕여 주는 다정하면서도 결
연한 표정의 얼굴에는 전에 보지 못한 성숙함과 사내다운 기
백이 흘러넘쳤다. 수건을 집으려 수건걸이로 손을 뻗은 그는
아내가 미처 수건을 준비해 두지 못했다는 것을 알게 됐고,
수건 보관함으로 갔다. 문을 여니 맨 위 칸에 약국 포장지로
썬 작은 사각 꾸러미가 눈에 들어왔다. 전에 못 보던 것인 데
다 수건이며 시트를 개어 두는 곳에 있는 게 이상하다는 생각
에 숨겨 둔 크리스마스 선물이라도 발견한 듯 호기심이 강하

게 일었다. 이런 호기심에 원인 모를 두려움 등이 뒤섞인 기분으로 그는 그것을 내려 열어 보았다. 포장지에 싸인 것은 '현명한 집안 살림 품질 보증 마크'가 찍힌 푸른색 골판지 상자였다. 안에는 칙칙한 분홍색의 고무 관장 펌프가 들어 있었다.

생각할 겨를도 없이, 저녁을 다 먹고 난 뒤로 미루는 게 나을 수도 있겠다는 고려의 여지도 없이 그는 꾸러미를 들고 거실을 가로질렀다. 아이들이 만화(이제는 고양이가 너른 야외에서 개를 뒤쫓고 있었다.)를 보며 앉아 있는 곳을 부리나케 지나 부엌으로 들어섰다. 꾸러미를 보고 놀란 그녀의 얼굴이 굳어지고, 그런 다음 그와 눈이 마주치자 그는 그녀의 의도가 무엇인지 확실하게 알게 되었다.

"이봐." 그는 따져 물었다. "도대체 이걸로 무슨 짓을 하려는 거야?"

그녀는 채소를 익히고 있는 물에서 피어오른 수증기 너머로 주춤거리며 물러났다. 단순한 후퇴가 아니라 맞설 준비를 하려는 것이었다. 그녀의 손이 엉덩이 뒤를 위아래로 빠르게 쓸기 시작했다. "그러는 당신은 지금 뭘 하는 거예요? 날 막을 수 있을 것 같아요?"

3부

하나

시간의 흐름을 인지하고 적절한 시간을 안배하는 능력이 있기에 우리는 거의 어떤 불행도 극복할 수 있다.

"전원 시계를 06시에 맞춘다." 중대장이 명령을 내렸고, 머리 위로 엄청난 포화가 쏟아지는 가운데 엄폐한 위관급 부하들은 두 개의 조그만 시곗바늘을 일렬로 정렬시키는 동작을 함으로써 두려움으로부터 해방될 수 있었다. 특별하지도 않고 일반 민간인들이 사용하는 것과 별반 다르지 않은 숫자판은 잠시나마 자신의 삶을 자신이 통제하고 있다는 착각을 불러일으키기에는 충분했다. 좋아. 허약하기 이를 데 없는 손목의 핏줄과 털 위에서 단정하게 주인을 올려다보며 시계는 말해주었다. 괜찮아, 현재로서는. 모든 게 시간에 딱딱 맞게 진행되고 있다니까.

"월말까지는 약속이 완전히 다 잡혀 있군요." 관리직 임원은 불룩한 볼 밑에다 두툼한 전화기를 낀 채 손가락으로 앞에 놓인 업무 수첩의 페이지를 넘기며 중얼거렸다. 빳빳한 종이에 일별로 칸을 나눈 두툼한 업무 수첩은 지금부터 월말까지는 예상치 못한 그 어떤 우연이나 운명의 장난으로도 그의 일상이 흔들릴 수 없음을 입증하고 있었다. 파멸이라든가 치명적인 질병 같은 것은 저 멀리 물러나 있으며, 심지어 죽음조차도 기다려야 할 터였다. 그의 일정은 완전히 결정되어 있었다.

"아, 어디 좀 볼거나." 이 말과 함께 노인은 핼쑥한 얼굴을 들어 해를 바라보며 가늘게 뜬 눈을 깜박거리면서 곤혹스러운 회상에 잠겼다. "내 첫 아내가 죽었던 그해 봄이 그러니까……." 순간 그의 얼굴에 공포의 기색이 떠올랐다. 몇 년도 봄이었지? 과거였나? 미래인가? 봄이란 게 도대체 뭔가? 허공에 뜬 채 스스로 회전하며 궤도를 따라 하염없이 태양의 주위를 돌고 있는 땅덩이에서 껍질의 조직이 무심히 재조정되는 것에 불과하지 않은가? 태양이란 또 무엇인가? 아무런 지각이 없는 항성. 한 방향으로 한없이 나아가기만 하는 수억 개의 항성 중 하나. 어디로? 아무 데도 아닌 곳으로. 무한! 하지만 노인의 뇌 속 배관과 스위치 등이 고맙게도 지겹게 반복되어 왔던 일을 다시 하기 시작했고, 그는 '1906년 봄'이라고 말할 수 있었다. "아니, 잠깐." 우주가 다시 어지럽게 돌기 시작하고 그의 피가 굳어 버린다. "아니! 1904년이야." 이제 확신이 든다. 다시 마음의 평화가 찾아오고 그의 손은 무의식중에 허공으로 올라가 허벅지를 치면서 만족을 표시한다. 첫 아내의 미소나 울먹이던 목소리는 기억조차 나지 않는다. 그렇지만 그녀의 죽음에 명확한 숫자를 붙이고 나니 그 자신의 삶에, 그리고 인간의 삶이라는 것에 일관성이 생겨난다. 이제 모든 다른 연도들은 가지런히 제자리를 찾는다. 인생 전체에서 각기 담당하는 의미를 부여받는 것이다. 1910년, 1920년. 그렇지, 당연히 노인은 기억한다. 1930년, 1940년, 그리고 그 후 힘겹게 획득한 마음의 평화를 누리는 지금 현재에 이르기까지의 세월과 평온하게 다가올 것이 분명한 미래에 이르기까지의 세월. 지구라는 땅덩이는 다시 한번 은혜롭기 그지없는 고요함을 아무 문제 없이 유지할 것이다.(새로 돋아난 풀의 냄새를 맡아 보라!) 저기 저 태양 역시 여태껏 노인을 향해 과묵하고 장엄한 미소를 보내 주었던 그 태양이다. 노인은 이제 확신에 찬 목소리로 단언한다. "그럼. 1904년이야." 오늘 밤 별들은 노인에게 천국에서의 영원한 안식을 약속하고, 노인은 기뻐할 것이다. 혼돈에 질서를 가져온 자가 아니던가.

*

부엌 벽에 걸린 달력이 아니었더라면, 1955년 초여름은 훨씬 더 부부에게 견디기 힘든 시간이었을 것이고, 완전히 다른 결과를 낳을 수도 있었을 것이다. 'A. J. 스톨퍼와 그 아들'이라는 건구상이 신년 선물로 제공한 이 딜력은 달마다 북농부 뉴잉글랜드 지역의 전원 풍경 아래 이전 달과 다음 달이 함께 인쇄되어 있어 사사분기 전체를 일람할 수 있었다.

휠러 부부는 5월 첫째 주 후반으로 임신 날짜를 특정할 수 있었다. 프랭크의 생일 다음 주였고, 그날 두 사람 사이에 오갔던 대화를 둘 다 기억했기 때문이었다. "이것 좀 느슨해진 것 같은데." "아이, 아니에요. 괜찮은 게 확실해요. 멈추지 말아요……." (그다음 주 그녀는 만약을 위해 새로운 페서리를 구했다.) 따라서 그로부터 사 주 후, 새로운 페이지로 달력을 넘긴 8월 첫째 주가 '임신 삼 개월의 제일 마지막'인 때로 특정됐다. 안전하게 고무 관장 펌프를 사용할 수 있는 신묘한 시기라고 대학 시절 친구가 알려 준 시기였다.

그날 오후 병원에서 나오자마자 그녀가 약국으로 직행한 것은 공포 때문이었다. 그날 저녁 그가 그것을 발견하자마자 집어 들고서 한달음에 집 안을 가로질러 그녀를 찾았던 것도 공포 때문이었다. 거실에서 들려오는 만화 영화의 노래가 흐르는 부엌에서 채소 삶는 냄비가 피워 올리는 김을 사이에 두고 두 사람이 죽음과도 같은 침묵 속에서 꼼짝 않고 대치하면서 서로를 노려본 것 역시 공포 때문이었다. 하지만 그날 밤 이슥해질 때쯤 두 사람의 공포는 잦아들었다. 마지막 시기에 이르기까지 앞으로도 많은 날이 남아 있고, 가지런하게 줄줄이 늘어선 이 많은 날을 현명하게 활용할 수 있으리란 데 두 사람의 생각이 미쳤기 때문이었다. 이런 문제에 대해 옳은 결정을 내리고 해결책을 찾아내기에는 충분한 시간이 남아 있었다.

"여보, 난 그렇게 날카롭게 반응할 생각은 아니었어요. 당신이 그걸 들고 나를 닦달하겠다는 듯 그런 식으로 들이닥치니까 그런 거죠. 그러기 전에 당신이나 나나 어떤 식으로든 좀 합리적으로 의논해 볼 수도 있었잖아요.”

“그래, 맞아.” 그는 잔잔하게 흐느끼는 그녀의 어깨를 토닥였다. 이 눈물이 그녀가 완전히 항복했음을 의미하는 것은 아니었다. 그쯤은 그도 알고 있었다. 그에게 최선의 의미라면, 처음부터 그가 희망을 섞어 예상했던 것, 즉 그가 열심히 설득하고, 그러면 그녀가 못 이기는 척 그 계획을 포기하는 것을 그녀 자신도 반쯤은 원하고 있다는 의미였을 것이다. 최악의 경우, 그 눈물은 그저 현재로서는 남편을 더 자극해서 사태를 악화시키지 않아야 한다는 것, 다시 말해, 달력을 보고 사 주의 여유가 남아 있다는 것을 알게 되고, 그 기간을 조금씩 그를 설득해서 자신의 계획에 동의하도록 만들 기회로 활용할 수 있다는 확신에서 나오는 눈물일 수도 있었다. 하지만 어느 쪽 의미든 그녀가 그를 생각해 주고 있다는 사실을 입증하는 눈물이었고, 이 점이 그녀를 안고서 토닥이고 있던 그에게는 무척 고마운 일이었다. 그녀가 그를 신경 써 주고 있는 것이다. 현재 그에게는 그 점이 제일 중요했다.

“왜냐하면 이건 우리가 함께 해결해야 하는 문제잖아요, 그렇죠?” 그의 품에서 몸을 조금 빼내며 그녀가 확인했다. “안 그러면 아무 의미가 없어요. 그렇잖아요?”

“당연하지. 이제 이야길 조금 해 볼까? 난 몇 가지 하고 싶은 말이 있거든.”

“좋아요. 나도 그러고 싶어요. 그렇지만 우리 싸우지는 말아요, 알았죠? 싸운다고 해서 해결될 문제는 아니잖아요.”

“나도 알아. 그래서 하는 말인데……”

이렇게 해서 조용하고 절제된, 그리고 아주 심각한 토론으로 이어지는 길이 열렸다. 두 사람은 달력의 날짜들을 하나씩 하나씩 이런 토론으로 메워 나갔다. 토론을 이어 가며 두 사람의 신경은 예민하게 유지됐다. 아주 기분 나쁘지만은 않은 긴장 상태였다. 연애 초기의 밀고 당기기와 비슷했다.

역시 연애 초기와 마찬가지로 토론은 세심하게 준비된 다양한 배경에서 이어졌다. 장소를 물색하는 일은 프랭크가 도맡았다. 실내에서, 실외에서, 한밤중 산과 언덕을 누비는 자동차 안에서, 그리고 한적한 교외와 뉴욕 시내의 고급 식당에서도 두 사람은 헤아릴 수 없이 많은 말을 나누었다. 두 주 동안 두 사람이 함께 외출한 횟수가 지난 한 해 내내 외출한 횟수보다 많았다. 두 번째 주 초반 그는 자신이 이기고 있다고 생각했다. 돈을 많이 쓰는 데 그녀가 별로 반대하는 기색이 없었기 때문이었다. 가을에 유럽으로 이주할 계획이 확고하다면 그런 지출에 당연히 반대했어야 하는 것 아닌가.

그렇지만 그때쯤 되어서는 그런 식의 작은 신호 같은 것은 필요 없게 되었다. 거의 시작부터 주도권은 그에게 있었고, 자신의 승리를 확신할 근거는 충분했다. 일단 자기 생각은 천사들이 찬성할 만한 것임이 명백했다. 이기적이지 않고, 성숙하며, (그가 일부러 도덕적 잣대를 들이대려고 한 것은 아니지만) 도덕적으로도 비난받을 데가 없는 생각이었다. 하지만 반대쪽 생각은, 그녀 본인은 용기 있는 행동이라고 강변하겠으나, 어쩔 수 없이 비도덕적이었다.

"그렇지만 프랭크, 내가 그러려는 건 오직 당신을 위해서란 것 모르겠어요? 제발 내 말을 믿어 줘요. 아니 적어도 믿어 보려고 노력은 해 볼 수 있잖아요?"

그러면 그는 확신의 요새 위에 서서 그녀를 내려다보며 빙그레 미소 지었다. "그게 어떻게 날 위한 거지? 생각만 해도 속이 다 울렁거리는데? 생각을 좀 해 봐, 에이프릴. 제발."

이 전쟁의 초기 단계에서 그의 전략상 문제는 자신의 주장이 도덕적으로 우월할 뿐만 아니라 더 매력적인 선택이기도 하다는 점을 입증하는 것이었다. 이런 관점에서 볼 때 뉴욕 시내나 교외 지역의 고급 식당은 도움이 되는 장소였다. 그런 데서 그녀는 슬쩍 둘러보기만 해도 잘생기고, 우아하고, 의심할 바 없이 훌륭한 남자와 여자가 넘쳐 난다는 사실을 깨달을 것이었다. 어떻게든 주어진 환경을 극복해 낸 사람들이었다. 따분한 직업이지만 자신에게 유리하도록 잘 활용하고, 조직에 굴복하는 대신 오히려 이용해서 이득을 취하며, 휠러 부부의 경우와 관련하여 이런저런 사실들을 알게 된다면 분명히 남편의 입장에 동의할 사람들이었다.

"좋아요." 남편의 말을 다 들은 그녀는 으레 질문을 던졌다. "당신 설명대로 다 된다고 쳐요. 한 이 년 지나면 우리 둘 다 엄청 세련되고 멋있는 사람이 되고, 우리 주위엔 환상적인 친구들이 넘쳐 나고, 여름이면 유럽으로 건너가 긴 휴가를 보내게 된다고 해 보자고요. 그러면 당신 정말 더 행복할 거라고 생각해요? 그때도 당신은 인생의 황금기를 허비하고 있지 않을까요? 무의미하고 무가치한 일이나 하면서……"

그런 식으로 그녀는 그가 친 함정에 곧장 걸려들곤 했다.

"내 인생이 그렇게 흘러가도록 결정했다고 가정해 보지." 그러고서 그는 그녀에게 되묻곤 했다. 내 인생의 황금기가 그녀 자신을 무참히 난도질한다는 조건에서 그 가치를 발한다면 그 가치는 도대체 얼마인가? "당신이 그래야 할 거니까 말이야, 에이프릴. 우회로 같은 건 없어. 당신이 자신의 본질을 훼손하는 잘못을 저지를 거니까. 그러면서 내 것까지도."

가끔 그녀는 넌지시 그가 지나치게 이야기를 부풀린다고 항의하기도 했다. 그 일은 여자들이 늘 아무 문제 없이 해 왔던 일이다. 그때 그 학교 친구는 적어도 두 번은 해 본 적이 있었다. 오, 삼 개월이 지나서 하는 건 완전히 다른 이야기이다. 그 정도는 그녀도 인정했다. "그런 경우라면 걱정하는 게 당연하죠. 하지만 이런 식으로, 가임 시점을 거의 정확하게 짚을 수 있는 이런 경우라면 세상에서 제일 안전하다고요."

하지만 그녀가 안전이라는 말을 입에 올릴 때마다 그는 두 볼에 바람을 잔뜩 넣었다 푸 뱉어 내면서 인상을 찡그리고 머리를 흔들었다. 학살을 정당화하는 윤리적 근거를 찾아내는 것이 가능하다는 데 동의하라는 요구를 받은 사람 같았다. 아니, 그는 절대로 수긍할 수 없었다.

얼마 지나지 않아 그녀는 낙태 시술을 '해 버리는 것'이라 칭할 때마다 살짝 당황한 듯 머뭇거리면서 그와 눈이 마주치는 걸 피하는 모습을 보이기 시작했다. 그것을 하는 것이 얼마나 절대적으로 필요한지를 진심으로 역설하는 상황에서조차 그런 모습을 보였다. 애정이 가득 담긴 그의 얼굴에 고통스러워하는 기색이 도는 것을 바라보면 그런 문제를 입에 올리는 것이 부끄럽게 여겨지는 듯했다. 역시 얼마 지나지 않아 그는 예기치 않은 시점에 때때로 그녀가 동경하는 듯한 눈빛으로 자신을 몰래 훔쳐본다는 사실을 알게 됐다. 다른 무엇보다 훨씬 더 그의 자신감을 더해 주는 현상이었다.

이런 순간들이 언제나 우발적으로 찾아오는 것은 아니었다. 대체로 이런 순간들은 그의 쪽에서 은근히 매력을 드러내려는 시도, 그러니까 남자들이 여자의 관심을 끌기 위해 끼를 부리려는 것 같은 행동이 있고 난 다음에 발생했다. 이런 점에서 그의 솜씨는 여느 여자 못지않았다. 예컨대 식당 같은 곳에서 그녀에게 다가가거나 멀어질 때면 그는 언제나 예전에 그녀가 '엄청 섹시하다.'라고 추켜세웠던 걸음걸이를 유지하도록 신경 썼으며, 그녀와 함께 나란히 걸을 때면 머리를 지나치게 꼿꼿이 세우고, 그녀가 붙잡고 있는 팔이 있는 쪽의 어깨를 다른 쪽 어깨보다 5~6센티미터 더 높게 추켜올려, 그의 키가 더 크게 느껴지도록 하는 또 다른 옛날 기술을 써먹었다. 어둠 속에서 담뱃불을 붙일 때면 그는 의도적으로 얼굴을 찌푸려 거친 남성미를 풍기는 인상을 만든 다음에야 성냥을 긋고 손으로 불꽃을 감쌌다.(오래전 욕실에서 불을 다 끈 다음 거울 앞에 서서 연습을 많이 해 두었던 터라 그런 행동이 아주 날렵하면서도 강렬한 느낌을 주는 모습을 만들어 준다는 사실을 잘 알고 있었다.) 또한 그는 아주 세세한 부분에까지 꼼꼼하게 챙기는 치밀함을 잃지 않았다. 목소리를 언제나 낮게 울리도록 냈고, 머리는 단정하게 빗었으며, 물어뜯은 손톱이 드러나지 않도록 조심했다. 아침이면 무방비로 잠들어 퉁퉁 부은 얼굴을 보이지 않도록 언제나 먼저 활기차게 일어나 침대를 벗어났다.

때때로 이런 식의 노력이 자신이 보기에도 조금 과하다 싶을 때, 예를 들면 침침한 조명 아래 턱선을 단호하게 만들어 결연한 표정을 연출하려 했으나, 너무 오래 이를 꽉 깨물고 있느라 어금니란 어금니가 다 아플 때 같은 경우, 이런 술수까지 다 써야 하나 싶은 자괴감에 빠져들기도 했다. 동시에 아주 희미하게나마 그녀에게 정나미가 떨어지기도 했다. 그런 술수에 그렇게 쉽게 넘어가는 것이 못마땅했던 것이다. 무슨 유치한 짓거리야? 하지만 이런 양심의 가책 같은 것은 금방 사그라들었다. 사랑이건 전쟁이건 모든 게 순조롭게 진행되었기 때문이다. 더구나 그녀 자신도 이런 식의 게임에 똑같이 능하지 않은가? 지난달 유럽 이주 계획에 그를 끌어들이려고 할 수 있는 모든 술수를 다 쓰지 않았던가? 그렇다면 좋아. 어쩌면 아주 터무니없는 짓거리일 수도 있어. 다 자란 성인의 처신으로서는 그리 바람직하지 못하다고도 할 수 있어. 하지만 그런 문제는 나중에 다시 생각해 봐도 되지. 지금 이건 너무 심각해. 지금으로선 그런 문제로 고민할 여유가 없어.

그리하여 그는 자신의 연기를 좀 더 세련되게 포장하는 데 주력했다. 그는 특히 회사에서 있었던 일을 언급한다든가 열차로 퇴근하느라 힘들었다는 표시를 내는 일이 절대 없도록 주의했다. 식당의 웨이터나 주유소의 직원을 대할 때에도 과묵하게, 거의 유럽의 귀족처럼 능숙하게 처신했다. 공연을 보고 난 뒤 평을 할 때는 언제나 모호한 문학적 개념과 인물의 이름 등을 양념처럼 첨가했다. 이는 모두 녹스의 회사원으로서 살아갈 운명을 짊어진 사람이라도 얼마든지 흥미로운 존재가 될 수 있다는 사실을 보여 주기 위한 노력이었다.("당신처럼 흥미로운 사람은 처음이에요.") 그는 아이들과 열심히 뛰어놀았고, 잔디가 웃자라는 것을 수치스럽게 생각하는 듯 유례없이 자주 잔디를 깎아 놓았으며, 어느 날은 밤늦게 운전하는 내내 그녀가 웃어 준다는 이유만으로 코미디언 에디 캔토의 노래 「그런 여자가 나는 좋아」를 그대로 흉내 내며 불러 주었다. 결혼 생활에서 가장 암울하면서도 가장 비정상적인 문제, 그러니까 자신의 아이를 낳지 않겠다는 아내와 함께 살아가는 남편도 다정다감할 수 있다는 것을 입증하기 위한 노력이었다.("다정하게 대해 줄 땐 당신 정말 사랑스러워요.")

남은 사 주의 기간 내내 이 같은 강도를 일정하게 유지하면서 시간을 보낼 수 있었더라면, 그는 이 전쟁에서 쉽고 빠르게 승리할 수 있을 터였다. 문제는 일상의 삶 역시 그대로 흘러가고 있다는 점이었다.

여전히 그는 회사에 출근해 하루 대부분을 사무실에서 죽여야 했고, 그러자면 훌쩍 뜨겠다는 생각이 기발하다면서 축하한다는 잭 오드웨이의 말을 계속해서 듣고 있을 수밖에 없었다. 그녀 역시 마찬가지였다. 매일 집이라는 감옥에 갇혀 현실과 직면해야 했다.

기빙스 부인도 상대해야 했다. 그녀는 최근 어떻게든 건수를 찾아 전화를 걸어오거나 찾아왔다. 겉으로 내세우는 이유는 일 때문이었다. 그 자체로도 성가신 문제였다. 집을 내놓기 위해서는 여러 가지 세부 사항들을 의논해야 한다는 것이었고, 휠러 부부는 그녀가 하는 말을 묵묵히 듣고 있을 수밖에 없었다. 하지만 그녀는 집 이야기를 하다가도 언제나 아들 존과 '그날 모두가 정말 재미있게 보냈던 시간'을 계속 들먹였다. 그러다 보니 어느샌가 휠러 부부는 '언제건 편한 때에, 지금부터 떠나시는 날 사이 어느 일요일이건 너무 바쁘지 않은 날' 오후를 잡아 존과 함께 방문하겠다는 계획에 동의하게 되었다.

캠벨네와의 관계도 신경 써야 했다. 그 때문에 캠벨네의 제안으로 아이들을 데리고 바닷가로 소풍 가느라 어느 토요일 하루를 꼬박 바쳐야 했다. 핫도그이며, 아이들의 칭얼거림이며, 모래이며, 땀이며, 어질어질한 눈부심하며, 온갖 가지 신경 쓸 일이 많았던 부부는 그날 저녁 거의 신경 발작을 일으키기 직전의 상태가 되었다. 그리고 사실, 이날 밤을 기화로 그 탐색전, 또는 서로의 입장을 상대방에게 강매하는 영업 작전, 아니면 그게 어떤 것이었건, 어쨌건 그 노력은 갑자기 그다음 단계, 즉 사랑이라는 사탕발림이 사라진 단계로 돌입했다.

"으휴, 하루가 이렇게 힘들어서야." 에이프릴은 아이들의 방문을 닫자마자 내뱉었다. 그러고는 뻣뻣한 자세로 거실을 왔다 갔다 하기 시작했다. 골치 아픈 문제가 곧 발생할 전조였다. 이 탐색전 또는 작전이 시작되자마자 그가 깨달은 것이 하나 있다면 그것은 이 거실이 자신의 주장을 관철하기에 최악의 공간이라는 사실이었다. 100와트의 전구에서 뿜어져 나오는 밝은 빛에 노출된 이 방의 모든 사물은 그녀의 입장을 지지하는 것 같았다. 오늘 밤처럼 열기가 뜨거운 밤에 그것들이 풍기는 총체적인 분위기 때문에 자신이 공들여 쌓아 올린 유리한 고지가 한꺼번에 무너져 버릴 뻔한 적이 한두 번이 아니었다. 가구들은 아직도 자리를 잡지 못한 것처럼 보였고, 앞으로도 영원히 그러지 못할 것 같았다. 켜켜이 쌓인 선반 위에는 어마어마한 변화를 가져다줄 것이라 기대했지만, 결코 그러지 못한 책들, 읽지 못한 책과 반쯤 읽다 만 책과 읽고도 무슨 내용인지 잊어버린 책들이 꽂혀 있었다. 가증스러운 텔레비전은 시커먼 아가리를 벌린 채 놓여 있었다. 아이들이 더는 관심을 보이지 않아 버려진 장난감들은 오줌에라도 담근 듯 찌든 냄새를 풍기며 한쪽 구석에 지저분하게 널려 있었다. 이 모든 것들이 어우러져 보는 이와 목구멍을 즉각적으로 죄의식과 자책의 통렬한 고통으로 공격하고 있었다.("하지만 우린 부모가 되어서는 안 되는 사람들인가 봐. 우린 괜찮은 부모가 될 수 있는 사람들이 아닌…….")

오늘 밤 그녀의 앞이마이며, 광대뼈이며, 콧잔등 모두는 햇볕에 그을려 분홍색으로 변해 있었다. 종일토록 선글라스를 쓰고 지낸 통에 눈 부위만 하얗게 도드라져 놀란 듯한 눈망울을 하고 있었다. 머리는 가닥이 져서 미역 줄기처럼 어지러이 늘어지는 바람에 눈을 가리는 머리 가닥을 치우느라 연신 아랫입술을 삐죽이 내밀고 불어 내야 했다. 몸 전체도 어딘가 불편해 보였다. 블라우스는 물에 젖어 몸에 착 달라붙었고, 쪼글쪼글한 푸른색 반바시는 이제 막 허리께를 조이기 시작하는 중이었다. 원래 그녀는 반바지 입는 것을 좋아하지 않았다. 지난 몇 년 사이 살이 붙어 처지고 정맥이 도드라진 허벅지가 드러나는 것이 싫었기 때문이었다. 하지만 프랭크는 그런 별것도 아닌 것에 신경 쓸 것까지는 없지 않느냐고 누누이 말해 주었고("아주 사랑스러운데 뭘. 지금이 난 훨씬 더 좋아. 이제야 여성스러워진 거거든.") 이제 와 그녀는 일부러 보란 듯이 드러내고 활보하는 듯했다. 그래, 그럼 실컷 봐. 이 정도면 네 눈엔 아주 '여성스럽게' 보이는 거야? 네가 원하는 게 이런 거야?

어쨌거나 그는 그녀가 거실 안을 이리저리 오가는 동안 들어 올려졌다 내려졌다 반복하는 그녀의 육중한 허벅지에서 눈을 뗄 수 없었다. 그는 아주 강한 술로 한 잔을 채워 부엌문 근처에 선 채 홀짝거리며 다가올 폭풍에 대비해 마음을 다잡았다.

한참 지나 그녀는 소파에 푹 주저앉더니 묵은 잡지들을 무심하게 뒤적거렸다. 그러다 잡지를 내던지고 소파 등에 몸을 기대고 누우며 운동화 신은 발을 커피 탁자 위에 올리고는 입을 열었다. "당신은 진짜 나보단 훨씬 도덕적인 사람 같아요, 프랭크. 아마 그래서 내가 당신을 존경하나 봐요." 하지만 그녀의 낯빛이나 목소리에는 존경의 기색이 전혀 없었다.

그녀의 맞은편 자리에 앉으며 의식적으로 어깨를 한번 으쓱함으로써 그는 그 말에 별로 신경 쓰지 않는 척하려고 했다. "글쎄, 그럴까. 난 이게 '도덕'과는 전혀 상관없는 문제라고 보는데. 내 말은, 전통적인 의미에서의 도덕이란 관점에서는 아니라는 거지."

그녀는 발목을 고정한 채 무릎만 좌우로 흔들거리면서 한참이나 이 말을 곱씹었다. 그러다가 불쑥 입을 열었다. "그것 말고 다른 도덕이란 게 있나? '도덕'이나 '전통'이나 그게 그것 아닌가요?"

그는 하마터면 그녀의 얼굴을 후려칠 뻔했다. 이 교활하고 음흉한 년 같으니……. 맙소사! 결혼 이후 늘 그래 왔지만, 다른 때 같았으면 그는 당장 벌떡 일어나 고함을 질렀을 것이다. "맙소사! 당신 그 겉만 번드르르한 노엘 카워드식 말버릇 언제 버릴 거야? 20년대에나 통하던 것 아냐? 인간적인 가치가 조금이라도 들어 있다면 그 어떤 것이건 닥치는 대로 비아냥거리고 말겠다는 그 허약한 논리에, 개뿔도 없이 뭐라도 있는 척하는 말버릇 말이야." 그러고는 분노를 쏟아 냈을 것이다. "명심해! 당신 부모님은 그렇게 살았을 수도 있어. 당신은 그런 멋있고 현학적인 척하는 그런 쓰레기를 보고 배우며 자랐을 수도 있다고. 하지만 지금쯤은 당신도 그런 허접한 짓거리가 현실에서는 개똥만큼도 효과가 없다는 걸 깨달았어야 한단 말이야." 그가 입 밖으로 소리를 내지 않았던 것은 순전히 달력 때문이었다. 아직 열이틀이라는 날이 남아 있었다. 지금 섣불리 터뜨릴 필요가 없었다. 그래서 그는 그 말을 내지르는 대신 턱을 앙다물고 술잔만 내려보았다. 너무 힘주어 쥔 탓에 잔이 흔들려 술이 흘러내릴 뻔했다. 그는 별로 힘들이지 않고 그 어느 때보다 훌륭한 솜씨를 발휘하여 얼굴의 표정을 평온하게 유지하는 데 성공했다. 충동이 완전히 사그라들자 그는 나직한 목소리로 말했다.

"여보, 당신 지금 피곤하지. 그 문젠 지금 꺼내지 않는 게 좋겠어. 알 만한 사람이 왜 그래. 그냥 넘어가자고."

“뭘 넘어가요? 뭘 제가 알 만하다는 거예요?”

“알면서 그래. ‘도덕’이니 ‘전통’이니 하는 것 말이야.”

“그치만 전 그 차이를 모르겠는데요.” 그녀는 소파에 앉은
채 몸을 앞으로 숙여 그의 쪽으로 바싹 다가왔다. 탁자에 올
렸던 발은 밑으로 내려갔고 무릎 위에는 근육이 잔뜩 긴장한
팔뚝이 올려져 있었다. 혼란스러워하는 듯한 그녀의 표정이
너무나 천진난만해서 그는 그녀를 똑바로 바라볼 수가 없었
다. “모르겠어요, 프랭크? 난 정말 그 차이를 모른다니까요. 다
른 사람들은 아는 것 같아요. 당신도요. 난 몰라요. 그뿐이에
요. 사실 난 알았던 적도 없는 것 같아요.”

“이봐.” 그가 말했다. “우선 ‘도덕’이란 말은 당신이 꺼냈어.
내가 아니라. 난 전통적이건 뭐건 도덕적 관점에서 그런 식의
주장을 했던 적이 없어. 내가 말했던 건 단순히, 우리가 처한
이 상황에서 분명히 성숙한 선택은 아이를 낳는……”

“또 같은 소리 하네요. 모르겠어요? 난 ‘성숙하다’는 말도
무슨 말인지 모르겠어요. 당신이 밤새 설명해 줘도 모를 거예
요. 모두 내겐 그저 말에 불과하다고요, 프랭크. 당신이 말하
는 걸 지켜보며 난 생각하죠. 정말 놀라운 일 아냐? 저 사람
은 정말 그런 식으로 생각하나 봐. 이 말들이 저 사람에게는
실제로 어떤 의미가 있는 거야. 사람들이 말하는 걸 듣고 있
으면서도 머릿속으로는 그런 생각을 하면서 전 평생을 살아왔
나 봐요.” 여기서부터 그녀의 목소리는 조금 흔들렸다. “아마
내게 무슨 심각한 문제가 있어서 그럴 수도 있겠지만, 그건 사
실이에요. 아, 아니에요, 그냥 거기 있어요. 제발 다가와서 키

스한다든가 뭐 그러지 말아요. 안 그러면 우린 정말 엉망진창이 될 거고, 결국 아무것도 해결하지 못할 거예요. 거기 그대로 앉아 있어요. 그리고 우리 어떻게든 서로 대화를 이어 가도록 해요. 알겠죠?”

“알았어.” 그는 그대로 자리에 앉아 있었다. 하지만 다시 이야기를 시작하는 건 또 다른 문제였다. 두 사람은 서로를 바라보고 있을 수밖에 없었다. 무겁고 불안한 마음으로 더운 열기 속에 마주 앉은 두 사람의 눈만 빛났다.

“내가 아는 건,” 마침내 그녀가 먼저 입을 열었다. “내 느낌이에요. 그리고 내가 지금 꼭 해야 한다고 느끼는 게 뭔지 나는 분명히 알아요.”

그는 일어나 불을 모두 끄며 “열기를 좀 식혀야겠어.”라고 중얼거렸다. 하지만 어둠도 별 도움은 되지 못했다. 이건 교착 상태야. 자기가 하는 말이 ‘그저 말에 불과하다’면, 이야기를 더 하는 게 무슨 소용 있을까? 저렇게 옹골찬 고집을 이겨 내는 것이 과연 가능할까?

그렇지만 얼마 지나지 않아 그의 목소리는 다시 제 할 일을 찾았다. 의지와는 거의 상관없이 목소리는 이전의 전략으로 돌아가 최후의 필살기를 펼치기 시작했다. 패배가 임박했다고 생각되는 시점에 써먹기 위해 마지막 순간까지 보류해 두고 싶었던 위험한 술수였다. 일종의 무리수였다. 아직 열이틀이나 시간이 남아 있었기 때문이었다. 하지만 일단 입이 열리자 그는 멈출 수가 없었다.

“이봐, 지금 내가 하는 말이 당신에게 무슨 ‘심각한’ 문제가 있는 것처럼 들릴 수는 있겠지만, 그렇다는 말은 아니야. 하지만 내 생각엔, 이 일과 관련해 지금까진 우리가 의논해 보지 않았지만, 지금에 와서는 꼭 이야기해 봐야 할 점이 한두 가지는 있다고 봐. 예를 들면, 나는 당신의 진짜 의도가 정말 당신 생각처럼 그렇게 단순한 건지 의심스러워. 내 말은, 당신이 완전히 의식하지 못하고 있는 어떤 힘이 작동할 가능성은 없을까 하는 거야. 당신이 존재를 인정하지 않는 그런."

아무 대답이 없었다. 어두웠기 때문에 그녀가 듣고 있는지 확인할 길도 없었다. 그는 숨을 깊게 들이마셨다. "유럽과도 그리고 나와도 아무 상관이 없는 그런 것들 말이야. 내 말은, 당신 자신 안에 있는 것들, 당신의 어린 시절에 그 뿌리를 두고 있는, 그러니까 성장 과정이라든가 뭐 그런 것과 관련된 것들 말이지. 정서적인 문제랄까."

한참 침묵이 흐른 뒤에 그녀가 입을 열었다. 단도직입적인 건조한 목소리였다. "내가 정서적으로 문제가 있단 말이죠."

"난 그렇게 말하지 않았어!" 하지만 그 이후 약 한 시간 동안 그의 목소리가 계속 이어지는 과정에서 그는 여러 다른 방식으로 같은 요지의 말을 여러 번 반복했다. 태어나자마자 부모로부터 버림받은 여아는 나중에 아이를 낳기 싫어하는 경향을 발달시킬 확률이 결국에는 높지 않겠는가?

"내 말은, 당신이 그런 어린 시절을 견뎌 내고 살아남았다는 게 기적 같단 거지." 어느 지점에선가 그는 이렇게도 말했다. "게다가 아무 상처도 없이, 당신의, 뭐랄까, 당신의 자아라든가 뭐 그런 것에 말이야." 그는 그녀에게 상기시켜 주었다.

베듄 스트리트 시절 처음 임신했을 때 낙태 시술을 하고 싶어 했던 그녀의 마음속에는 '신경증적인' 뭔가가 있었노라고 말했던 사람은 바로 그녀 자신 아니었던가. 그래, 맞아, 맞다고. 당연히 이번은 상황이 많이 다르지. 그렇지만 지금의 태도에도 그때의 혼란스러운 마음과 비슷한 것이 여전히 존재한다고 보는 것이 가능하지 않을까? 오, 지금 그가 자기 말이 사실 그 자체라고 주장하는 것은 아니지 않은가. "난 그렇게 말할 수 있는 전문 지식 같은 건 없으니까." 그렇지만 그의 생각으로는 그 문제 역시 조심스럽게 따져 보는 게 논리적으로 합당했다.

"하지만 난 아이를 둘이나 낳았잖아요. 그건 나한텐 유리한 사실로 쳐야 할 것 같은데요?"

그는 그 말의 여운이 어둠 속에서 맴돌도록 잠시 기다렸다. "당신이 그런 식으로 말했다는 게 어떤 면에서 보면 아주 의미심장해." 그는 조용히 말했다. "그렇지 않아? 아이를 낳는 걸 왜 무슨 벌이라도 받는 것처럼 말하는 거지? 아이 둘을 낳은 것을 아이 하나를 더 낳아야 하는 의무를 면하게 해 줄 근거로 '쳐야' 한다는 거야? 그리고 그 말을 할 때의 어투도 그래. 너무나 방어적인 데다 완전히 싸우자는 말투잖아. 제발이지, 에이프릴, 계속 그런 식으로 말하면 나도 또 다른 통계 수치로 되받아칠 수 있어. 당신 세 번 임신에 두 번 낙태시키고 싶어 했어. 아주 좋은 기록은 아니잖아? 아, 이봐." 그는 목소리를 아주 부드럽게 바꾸어 제니퍼에게 하듯 말했다. "여보, 내 말의 요지는 이 문제에 관한 한 당신이 전적으로 합리적이지는 않다는 거야. 좀 더 생각해 줬으면 좋겠어. 그게 다야."

"좋아요." 그녀의 목소리는 암울했다. "좋아요. 당신 말이 다 사실이라고 해요. 내가 강박적으로, 아님, 그 뭐라고 하든 뭐 그런 식으로 처신하고 있다고 쳐요. 그래서 뭐 어떤데요? 내가 그렇게 느끼는 걸 어떡하겠어요? 아니, 우리가 그걸 어떻게 해 볼 여지가 있느냐 이거예요. 그런 느낌을 내가 어떻게 극복할 수가 있죠? 그저 '문제를 직시'하고 내일 아침부터는 새로운 사람이 되기로 하면, 그럼 되는 건가요?"

"아, 여보." 그가 대답했다. "아주 간단해. 당신이 일종의 정서적인 어려움을 겪고 있다면, 그런 종류의 문제가 있다면 말이야. 우리가 취할 수 있는 해결 방안이 있다는 걸 당신은 몰라? 우리가 당연히 선택해야 할 지극히 논리적이며 현명한 방안?" 그는 자신의 목소리가 마음에 걸렸다. 몇 년이고 계속 말을 한 것 같은 느낌이 들었다. 그는 혀로 입술을 축였다. 입술에서는 치과 의사의 손가락 같은 이물감이 느껴졌다.("더 벌리세요, 아!") 그러고는 마침내 그 말이 나와 버렸다. "우리 당신 정신과 상담 예약하자."

그녀의 표정이 보이지는 않았다. 하지만 그는 그녀의 입술이 일자로 얇아지면서 한쪽 입꼬리가 일그러져 있을 거라고 짐작할 수 있었다. 단호한 표정을 지을 때의 버릇이었다. "그러면 바트 폴록의 그 일이 상담 비용도 대겠네요?"

그는 한숨을 내쉬었다. "당신 그런 식으로 말할 때 자기가 무슨 짓을 하는 건지 알기는 해? 당신 지금 나와 싸우자는 거야."

"아뇨, 그런 것 아니에요."

"맞아, 그러고 있어. 더 안 좋은 건, 당신은 지금 당신 자신과 싸우고 있어. 우린 이 짓거리를 몇 년째 반복했어. 이제는 우리도 그런 짓을 그만둘 만큼 성숙해질 때가 됐단 말이야. 폴록이 제안하는 그 일에서 나오는 돈으로 당신 상담 비용을 충당하게 될지는 나도 몰라. 솔직히 말해 누구의 일로 무슨 돈을 대든 나한텐 전혀 중요하지 않아. 우린 둘 다 성인답게 처신할 나이가 됐어. 둘 중 누가 됐든 이런 식의 도움이 필요하게 되면 그것에 대해 성인답게 이야기할 수 있어야 해. 그 돈을 '어떻게 충당하느냐' 하는 건 하나도 중요하지 않아. 필요하다면 내가 어떡하든 비용을 댈 거니까. 내 약속할게."

"아이고 고마우셔라." 그림자가 어슴푸레 움직이고 소파의 천이 부스럭거리는 소리가 나는 것으로 그녀가 일어나고 있음을 짐작할 수 있었다. "우리 이쯤에서 그 얘기 그만하면 안 될까요? 난 정말 피곤해요."

복도 쪽에서 멀어져 가는 그녀의 발걸음 소리와 그에 이어 잠자리를 준비하는 소리, 그리고 그 후의 정적을 들으면서, 그는 임박한 패배의 쓴맛을 느끼며 남은 술을 마셨다. 최후의 기회를 노려 보았으나 거의 확실히 실패해 버린 것이 분명했다.

그렇지만 다음 날이 되자 그에게 힘을 실어 줄 새로운 원군이 예기치 않게 출현했다. 일요일이었고 존 기빙스의 두 번째 방문이 있는 날이었다.

"안녕하세요!" 차에서 내리면서 존은 크게 외쳤다. 그리고 그가 안짱걸음으로 차고 진입로를 가로지르는 와중에 그를 둘러싼 기빙스 부부가 움찔거리면서 연신 미안해하는 모습을 지켜보면서, 프랭크는 이날 오후가 지난번과는 다르면서도 훨씬 더 어려울 것 같다는 예감에 휩싸였다. 함께 산책하는 일도 없을 것이며 지난 시절 즐겨 듣던 라디오 프로그램을 들먹이는 일도 없을 터였다. 존은 지나치게 흥분한 상태였다. 처음에는 그의 모습을 바라보고 그의 목소리를 듣는 것만으로도 프랭크는 상당히 걱정스러웠다. 그러다 그는 이번 존의 방문이 아내에게는 경종을 울리고, 따라서 자신에게는 유리하게 작용할 수도 있겠다는 점을 깨닫기 시작했다. 여기, 어쨌건 에이프릴이 자기 눈으로 직접 관찰하면서 곱씹어 볼 수 있는 진정한 정신병자가 있지 않은가. 오늘 저 녀석을 겪어 보고 나서도 여전히 그녀는 자기가 미쳐도 상관없다고 말할 수 있을 것인가?

"떠나기 전까지 얼마나 남았소?" 오늘 날씨가 얼마나 찬란하게 좋은지 입에 거품을 물고 떠들던 엄마의 말을 가로채며 그가 물어 왔다. 그들은 뒷마당 잔디 위에 앉아 있었고, 에이프릴은 얼음 띄운 홍차를 권했다. 존은 자리에서 일어나 왔다 갔다 하고 있었다. 그는 이따금 멈춰 서서 눈을 가늘게 뜨고서 멀리 숲속이라든가 집 너머라든가 집 앞 도로 너머의 풍경을 한참 바라보곤 했다. 마치 심중에 묻힌 중대하고 비밀스러운 문제를 골똘히 생각하는 사람처럼 보였다. "9월, 그렇게 말씀하셨나? 난 기억이 나지 않아서."

"아직 확정된 건 아닙니다." 프랭크가 대답했다.

"그래도 아직 한 달 정도는 더 있겠네요, 어쨌든 그렇죠? 왜

냐하면 사실은, 누군가에게 도움을 청……." 그는 하던 말을
끊고서 어리둥절한 표정으로 잔디밭을 둘러보았다. "아니, 그
런데, 아이들은 어디 두셨지? 우리 어마 마마는 아이들 얘기
를 많이 하셨는데, 난 한 번도 못 봤네. 아이들이 일요일마다
생일 파티에 가거나 뭐 그러나?"

"아이들은 지금 친구네 갔어요." 에이프릴이 알려 주었다.

존 기빙스는 그녀를 한참 찬찬히 들여다보다가 시선을 프랭
크에게로 돌렸다. 그러다 시선을 내리깔고는 쪼그리고 앉아 잔
디 이파리를 뜯기 시작했다. "어, 이해가 가네. 편집성 조현병
환자가 내 집에 찾아온다면 나라도 아이들을 다른 데로 보낼
거야. 아이들이 있다면 말이지. 집도 있어야겠지만."

"오, 이 달걀 샐러드 정말 맛있네요, 에이프릴." 기빙스 부인
이 끼어들었다. "조리법 좀 알려 줘요."

"닥쳐요, 엄마, 예? 나중에 알려 주겠죠. 근데, 이봐요, 휠러
양반. 이건 중요해요. 사실은 말입니다, 내가 누구에게 부탁을
할 게 좀 있습니다. 근데 한 달 정도는 여기 더 있겠다니 내 생
각엔 당신이 좀 도와주면 좋겠는데. 시간을 많이 쓰거나 뭐
돈이 들거나 하는 일은 아니에요. 변호사 하나 소개해 줄 수
없겠소?"

하워드 기빙스가 목청을 가다듬었다. "존, 변호사 얘긴 또
꺼내지 않는 게 좋겠다. 좀 진정해."

존의 얼굴에는 침을 수 있는 한 참는나는 인내의 표정이
떠올랐다. "아버지," 그가 입을 열었다. "그냥 거기 가만히 앉아
서 달걀 샐러드나 드시면서 제발 참견 좀 안 하면 안 되겠어

요? 보청기를 끄든가 그래 보세요." 프랭크를 보고는 "갑시다. 우리끼리 이야기를 좀 해야겠소. 아, 아내분도 같이 가십시다." 그는 대단한 꿍꿍이속이라도 있는 것 같은 표정으로 두 사람을 데리고 뒷마당의 한쪽 구석으로 갔다. "저 양반들이 들으면 안 되거나 뭐 그런 내용은 아니오." 그가 설명했다. "그냥 쉬지 않고 말참견을 해 오니까 그래요. 뭐냐면 말이죠. 난 정신병동에 수감 중인 환자에게도 법률적 권한이 있는지 알고 싶소. 그것 좀 알아봐 줄 수 있겠소?"

"어, 그건." 프랭크가 말했다. "지금 당장은, 내가 어떻게 알아보기가……."

"좋아요, 좋아. 그 부분은 잊어버립시다. 그 답을 알아내려면 아마 당신 돈을 좀 써야 할 거니까. 그냥 시간만 좀 내 줘요. 좋은 변호사 이름과 연락처만 알아봐 주쇼. 그다음은 내가 알아서 할 테니까. 사실은 말입니다, 내가 좀 물어볼 게 많아요. 그 답을 위해서는 내가 돈은 얼마든지 내지요. 내 생각엔 내가 분명 이길 수 있을 것 같은데, 그놈의 법률적 권한 문제가……."

그의 시선은 잠시도 쉬지 않고 프랭크와 에이프릴의 얼굴 사이를 오갔으며, 가끔은 잔디밭 건너편 그의 부모가 어쩌고 있나 확인하기 위해 두 사람의 등 뒤쪽을 향하기도 했다. 그의 입술은 핏기가 없었고 바싹 말라 있었으며, 머리 가죽을 뚫고 나온 칫솔모처럼 뻣뻣한 머리카락은 곤두서 있었다.(오늘은 모자를 쓰지 않고 왔다.) 이 모든 건 그저 단순한 겉모습에 지나지 않을 수 있었다. 하지만 뙤약볕 아래 그의 말이 길어지면서 그는 점점 망가져서 눈이 돌아 버린 미친 사람의 전형적인 모습으로 보이기 시작했다.

"……그러니 커피 탁자로 자기 엄마를 위협한 놈은 법정에서 불리한 입장에 설 수밖에 없다는 말은 내게 할 필요조차 없소. 그건 명백하니까. 그 사람이 그걸로 엄마를 때려서 죽였다면, 그건 형사 사건이겠지요. 그런데 그냥 그걸 부수기만 하고 엄마에게 어느 정도 정신적인 충격을 가했을 때 엄마가 그 사건을 법정으로 끌고 간다면, 그건 민사 사건이 되겠죠. 좋아요. 어느 쪽이든, 그 사람은 불리한 입장일 겁니다. 그렇지만 중요한 건 이겁니다. 어느 쪽이든 그 사람의 법적 권리가 말소당할 위험은 발생하지 않는다는 거지요. 자, 두 가지 가능성 중에서 두 번째 경우가 발생했다고 칩시다. 그 사람이 엄마는 때리지 않았고, 커피 탁자는 실제로 부쉈고, 또 실제로 엄마에게 정신적 충격을 가했습니다. 그런데 그 여자, 그 엄마는 그 사건을 법정으로 끌고 가는 선택을 하지 않았죠. 그 대신 주립 경찰에 신고하는 선택을 했다 칩시다. 주립 경찰과 통화하게 됐을 때 그 엄마가…… 아버지!"

얼핏 무슨 의미인지 모를 이 외마디 외침과 함께 그는 마치 도망치는 죄수처럼 두 사람에게서 멀어져 갔다. 그의 일그러진 얼굴에는 위협적인 표정과 공포에 질린 표정이 한데 뒤섞여 있었다. 프랭크는 뒤돌아보았고, 이내 이런 갑작스러운 사태의 원인을 알 수 있었다. 하워드 기빙스가 잔디밭을 거슬러 천천히 다가오고 있었다.

"아버지! 제가 말할 때 끼어들지 말라 했잖아요, 예? 예? 전 지금 거짓말하는 거 아네요, 아버지. 제가 말할 땐 끼어들지 말라니까요.”

“진정해라, 얘야.” 하워드 기빙스가 말했다. “자, 진정하자. 돌아갈 시간이야.”

“진짜라니까요, 아버지······.” 돌담에 등이 닿도록 뒤로 물러나 있던 존은 무기라도 찾는 듯이 절박하게 주위를 두리번거렸다. 순간 프랭크는 그가 돌담의 돌을 집어 들어 던지지나 않을까 걱정했다. 하지만 하워드 기빙스는 아들을 진정시키려는 전진을 멈추지 않고 서서히 그에게 접근했다. 그의 손이 아들의 팔꿈치에 가볍게 닿자 상황이 종료되었다. 존은 계속 고함을 지르긴 했지만, 이제는 미친 사람이라기보다는 떼를 쓰는 어린아이에 가까워 보였다. “끼어들지 말라는 거잖아요. 그뿐이에요. 뭔가 하실 말씀이 있으면 제가 말을 마친 다음에 하시면 되잖아요.”

“알았어, 존.” 하워드 기빙스는 중얼거리면서 그를 데리고 잔디밭의 가장자리를 따라 걸으며 그의 흥분을 가라앉히려 했다. “그래, 알았다고, 얘야.”

“아유, 세상에.” 기빙스 부인의 말이 들려왔다. “정말 죄송해요. 애가 신경이 예민해져서, 아시잖아요.” 그녀는 처치 곤란의 달걀 샌드위치를 손에 들고서 곤혹스러운 표정으로 휠러 부부를 올려다보고 있었다. “미안하지만, 가 봐야겠네요. 오늘 찾아오질 말았어야 했나 봐요.”

“맙소사.” 손님들이 물러간 후 홍차를 내갔던 유리잔을 닦으면서 에이프릴이 탄식했다. "그 사람 어린 시절이 어땠을지 궁금하네요."

"그리 좋지는 않았겠지. 저런 부모를 뒀으니."

설거지를 마치고 접시닦이 수건을 널 때까지 그녀는 아무 말이 없었다. 그러다 불쑥 입을 열었다. "하지만 그 사람은 적어도 양부모가 있었다, 그래서 적어도 나보다는 정서적으로 더 안정됐을 것이다, 뭐 그런 말인가요?"

"내 말이 그 말이라고? 맙소사 너무한 것 아냐, 당신?"

하지만 그녀는 이미 방충망 문을 탕 닫고서 떠나고 없었다. 캠벨네로 아이들을 데리러 간 것이었다. 그 후 밤이 깊도록 그녀는 차분하고 냉정한 분위기를 풍기며 저녁 준비이며 설거지를 마치고, 아이들이 잠자리에 드는 것을 도왔다. 프랭크는 그녀에게 방해가 되지 않도록 주의했다. 그날 밤은 서로 아무 말 없이 보내는 그런 밤, 호텔 로비에 정중하게 앉아 있는 낯선 사람들처럼 거실의 다른 공간을 차지하고 앉아 각자의 신문을 읽는 그런 밤이 될 듯했다. 그러나 10시가 되자 예고도 없이 그녀가 휴전 조약을 깨뜨렸다.

"일종의 여성성에 대한 거부. 그런 식으로 표현하겠네요?"

"내가 뭘 그런 식으로 표현한다고? 도대체 무슨 말이야?"

그녀는 계속 이어지고 있던 토론의 흐름을 제대로 따라오지 못하는 그가 못마땅하다는 듯 살짝 짜증스러운 표정을 지었다. "무슨 말인지 알잖아요. 낙태 건과 관련한 심리적 문제 말이에요. 아이를 낳고 싶어 하지 않는 여자들의 심리를 지칭하는 표현 아니에요? 그런 여자들은 진정한 여자들이 아니며,

여자가 되고 싶어 하지도 않는다, 뭐 그런 말이죠?”

“여보, 난 잘 모르겠어.” 그는 부드럽게 말했다. 내심 너무나 고마웠다. “진짜로 하는 말인데, 그 문제에 관해선 당신처럼 나도 확실히는 모르겠어. 그렇지만 그럴듯하게 들리기는 해, 안 그래? 어디선가 읽어 본 기억이 있는데…… 아, 프로이트인가 아니면 크라프트 에빙인가, 아님, 뭐 그런 사람 중 하나였을 거야. 대학 시절이야. 지금 기억나는 건 여자아이가 유아기에 일종의 남근 선망을 발달시키고 그게 성인기로 이행된 여자에 관한 내용이었다는 거야. 여자들에게는 이런 경우가 아주 흔한가 봐. 잘은 모르지만. 어쨌건 그 여자는 계속 임신 중절을 시도해. 그걸 그 사람은 자신을, 이를테면 열어 두려는 시도라고 설명하는 거야. 남근이 나와서 그곳에 달리기를 기다린다는 거지. 내가 제대로 기억한 건지는 확실치 않아. 읽은 지 오래됐으니까. 하지만 뭐 그런 식의 설명이었어.” 사실 그는 실제로 그런 글을 읽었는지조차 확신할 수 없었다.(그렇지만 실제로 읽지 않았다면 그런 내용은 어떻게 알고 있겠는가?) 그리고 그 이야기를 이 시점에 끄집어낸 것이 현명한 일이었는지에 대해서도 확신할 수 없었다.

하지만 그녀는 이 이야기를 특별히 놀라거나 하지 않고서 잘 받아들이는 듯했다. 팔꿈치를 무릎 위에 세우고 두 손을 오그려 턱을 받친 채 그녀는 허공을 응시했다. 조금 당혹스러워하는 표정이었다. 별달리 동요의 조짐은 보이지 않았다.

“어떤 경우이든,” 그는 말을 이어 나갔다. “책에서 읽은 내용을 바탕으로 무슨 결정을 내린다든가 하는 건 옳지 않을 거야. 어떻게 될지 알고?" 그는 이쯤에서 말을 멈추고 잠시 그녀가 말하도록 해야겠다고 생각했다. 하지만 그녀는 전혀 입을 열지 않았고, 그는 침묵을 메워야 했다.

"그렇지만 일반 상식에 근거해서 이렇게 가정해 볼 수는 있다고 봐. 여자아이 대부분이 남자가 되고 싶어 하는 게 사실이라면, 성장 과정에서 자기 엄마를 관찰하고 동경하며 모방하려고 함으로써, 그러니까 남자의 접근을 허락하고, 가정을 꾸리고, 아이를 낳고 하는 식으로 그걸 극복해 낸다는 거지. 그런데 당신 경우에는, 말하자면 그런 쪽의 삶이랄까 경험의 폭이 아예 처음부터 허락되지 않았던 거지. 나도 잘은 몰라. 이런 이야기 자체가 워낙 모호한 데다 납득…… 이해하기가 쉽지 않은 것 같아서."

그녀는 일어나 책장 근처로 가 그에게 등을 보이고 섰다. 그러자 그는 아주 오래전 그녀를 처음 보았을 때를 떠올렸다. 모닝사이드 하이츠의 어느 집 지금은 누군지 잊어버린 사람들로 가득 찬 거실의 맞은편에 서 있는 그녀는 큰 키에, 당당하고, 비할 바 없는 최상급의 여인이었다.

"그럼 우리 어떻게 찾죠?" 그녀가 물어 왔다. "정신과 의사 말이에요. 돌팔이가 아주 많다고들 하잖아요. 어, 하긴, 그게 그렇게 큰 문제는 아닐 것 같긴 해요, 그렇죠?"

그는 잠시 호흡을 멈추었다.

"그래요." 그녀가 돌아서며 말했다. 그녀의 눈은 눈물이 고여 반짝였다. "당신 말이 맞는 것 같아요. 그럼 이제 이러쿵저러쿵 더 이야기할 필요 없는 거죠, 그렇죠?"

그날 밤 그녀 옆에 누워 자는 둥 마는 둥 하는 사이 깨어 있을 때마다 그는 이것으로 자신의 승리가 확정된 것은 절대 아니라는 점을 자신에게 주지시켰다. 마지막 시점까지는 아직도 십일 일이나 남았고, 그사이 어느 날이건 그녀가 갑자기 마음을 바꿔 먹을 가능성이 있었다. 앞으로도 십일 일이라는 기간에는 언제든 그녀와 함께 있게 된다면 자신의 논리를 즉각적으로 그리고 탁월하게 써먹을 수 있도록 최대한 강력하게 유지할 필요가 있었다.

이제 그가 할 일은 이번에 거둔 이 아슬아슬한 승리를 가능한 한 다양한 방식으로 활용해서 현재 확보한 유리한 고지를 지켜 내는 것이었다. 먼저 다른 사람들, 특히 캠벨네와 모두에게 계획이 바뀌었다는 사실을 한시바삐 알려야 했다. 그렇게 되면 휠러 집안의 유럽 이주는 순식간에 과거의 일이 되어 버릴 것이다. 그러면서 동시에 그는 느긋하게 굴다가 자신의 입지를 위험하게 만드는 일은 절대로 일어나지 않도록 조심해야 했다. 위험 구간이 끝날 때까지는 어느 순간이건 그녀의 마음을 다독여 주고 안심시켜 주는 의지처의 역할을 할 수 있도록 만반의 태세를 갖추고 있어야 했다. 그런 의미에서 그는 일단 오늘은 출근하지 않고 집에 있기로 했다.

둘

"안 가요?" 그날 오후 제니퍼가 물었다. 아이는 마이클과 마찬가지로 수영복 차림에 수건을 망토처럼 어깨 위로 두른 채 거실 카펫 위에 서 있었다. 잔디밭 스프링클러가 뿜어 내는 물을 맞으며 놀고 있던 두 아이를 엄마가 '우유와 쿠키를 먹으면서 잠시 몸을 좀 말리라'는 핑계로 안으로 불러들인 것이었지만, 막상 들어와 보니 엄마와 아빠로부터 프랑스로 이사 가지 않기로 했다는 결정을 공식적으로 전해 듣게 되었다. "우리 안 가는 거예요? 어째서요?"

"아빠와 엄마가 지금은 안 가는 게 좋겠다고 결정했기 때문이란다." 에이프릴이 대답해 주었다. 몇 분 전에 둘이 이미 입을 맞춰 놓은 답이었다.(아기에 대해서는 아직 말해 봤자 의미 없을 것이라 생각했였다.) 하지만 그렇게 말하는 에이프릴의 목소

리는 딱딱한 데다 지어낸 말을 하는 듯 부자연스러워 그녀는
아주 부드러운 목소리로 덧붙였다. "그래서 그런 거란다."

"아." 아이들의 반응은 시들했다. 강한 햇살 아래 있다 방금
들어와 아직도 멍해 보이는 눈이며 찬물을 맞으며 너무 오래
있느라 푸른색으로 변해 버린 입술에 우유를 묻힌 채 미소
짓는 표정이 무심함을 더해 주었다. 맨발인 제니퍼는 한쪽 발
을 들어 다른 발 발목에 난 모기 물린 자국을 긁었다.

"그렇게 대답하고 끝이야?" 프랭크가 물었다. 원래 의도했던
것보다 더 명랑한 목소리였다. "뭐 '만세'라든지 그런 것도 없
어? 우린 너희가 아주 기뻐할 줄 알았는데."

아이들은 잠깐 서로를 쳐다보더니 배시시 웃었다. 요즈음
들어 무슨 일이 일어날지 눈치채기가 점점 힘들어지고 있던
아이들이었다. 제니퍼는 입술의 우유 자국을 훔쳐 냈다. "우리
그럼 프랑스는 나중에 가는 건가요?"

"글쎄." 엄마가 대답했다. "그럴지도 몰라. 두고 봐야 해. 그
렇지만 가도 아주 한참 후일 거야. 그러니까 너희는 이제 그런
건 생각할 필요가 없어진 거지."

"그러니까 우리 여기 사는 거네요." 제니퍼가 결론을 내려
주었다. "하지만 영원히 영원히는 아니고."

"그래, 얼추 맞았어, 제니퍼. 이제 엄마에게 뽀뽀. 그리고 이
제 둘 다 나가서 햇볕을 좀 쬐는 게 어때? 한동안 물에는 들
어가지 말고, 알았지? 입술이 죄다 파랗구나. 쿠키는 먹고 싶
으면 하나 더 먹으렴."

"나 좋은 생각이 있어. 같이 할래, 누나?" 바깥으로 나오자

마이클이 졸랐다. "저기 언덕 위에 큰 나무가 쓰러진 데 알지? 거기 작은 가지가 하나 있는데 거기 앉아서 간이식당 놀이 할 수 있어. 누나는 가게에 오는 손님이 되고 난 가게 주인이 되는 거야."

"난 하고 싶지 않은데."

"아, 하자. 내가 '오늘 뭘로 하실까요, 손님?' 하면, 누나는 '쿠키 하나 주세요' 하고, 그럼 내가……."

"하고 싶지 않다니까. 너무 더워." 그 말과 함께 제니퍼는 동생에게서 멀리 떨어져 열기가 피어오르는 잔디밭에 앉았다. "지금은 안 가는 게 좋다."라니 무슨 말이지? 그리고 "얼추 맞았어."라고 말할 때 엄마는 왜 슬프고 이상한 표정이었을까? 그리고 아빠는 왜 오늘 몸도 아프지 않은 것 같은데 집에 계시는 거지?

마이클은 쿠키를 다 먹고는 앞마당 잔디밭의 내리막 경사가 시작되는 가장자리 선을 따라 팔을 휘저으며 부리나케 달리기 시작했다. "나 좀 봐, 누나. 나 좀 봐, 나 좀 봐……. 나 쓰러져 죽는 거야!" 비틀대다가 쓰러지더니 몇 바퀴 뒹굴고 잔디밭에 찰싹 엎드린 마이클은 가만히 있었다. 아이는 얼마나 우스꽝스럽게 보였을까 생각하며 혼자 키들거렸다. 하지만 제니퍼는 그쪽을 쳐다보지 않았다. 전망 창 가까이 걸어간 제니퍼는 집 안을 몰래 들여다보았다.

엄마와 아빠는 서로에게서로 몸을 약산 기울인 채 여전히 소파에 앉아 있었다. 엄마는 고개를 끄덕이고 있었고 아빠는 말을 하는 중이었다. 아빠의 손은 허공에서 가만가만 손짓을 계속하고 입은 소리가 전혀 들리지 않는데 계속 움직였다. 그 모습이 우습게 보였다. 조금 후 엄마는 부엌으로 가고 아빠는 그 자리에 홀로 남았다. 그러다 아빠는 일어나 지하실로 내려 갔고 삽을 들고 바깥으로 나섰다. 잔디밭 길에 돌 놓는 일을 할 참이었다.

"오, 이거 기뻐해야 할지 슬퍼해야 할지 모르겠네요." 그로 부터 며칠이 지난 어느 날 밤 밀리 캠벨은 소파에 몸을 깊숙 이 파묻으며 말했다. "두 분에게는 정말 안된 일이지만, 그리고 실망이 이만저만 아니겠지만, 저 개인적으로는 정말 잘됐다 싶 어요. 당신은 안 그래요?"

떨면서 진토닉 잔을 홀짝거리다가 앞니가 얼음에 부딪쳐 통증을 느끼던 셉은 그렇고말고라고 대답했다.

하지만 사실 그는 지금 갈피를 못 잡고 있었다. 여태 몇 주 째 그는 에이프릴 휠러를 마음속에서 지우려고 십 년의 세월 이 흐른 후를 상상했고, 이것이 그에게 유일한 위안거리였다. 휠러 부부가 유럽에서 돌아온다. 캠벨 부부는 여객선으로 마 중 나가고, 에이프릴이 배에서 내리는 순간 그는 그동안 가족 을 먹여 살리려 고생한 탓에 살이 쪄서 통통하고 작달막해진 그녀의 모습을 목격한다. 뺨이 홀쭉해져 움푹 파인 그녀는 사 내처럼 행동한다. 담배를 입에 문 채 곁눈질로 사람을 바라보 며 냉소적인 어투로 말한다. 이런 식의 장면을 떠올려도 효과 가 없을 때는 에이프릴의 흠결을 집요하게 떠올렸다.(허벅지 부 분이 지나치게 뚱뚱하다. 긴장하면 목소리가 쇳소리로 변한다. 미소가 좀 인위적이고 부자연스럽다.) 그리고 스탬퍼드 시내로 매일 차를 몰고 출퇴근하며 신호 대기에 걸릴 때나 해변으로 놀러 나갔을 때이거나 어느 때든 상관없이 예쁜 여자가 눈에 띄면, 언제나 그 여자를 세상에는 에이프릴보다 더 아름답고 더 지적이며 더 탐나는 여자들이 널렸다는 믿음을 강화하는 증거로 활용했다. 같은 기간 그는 또한 밀리를 각별하게 더 좋아하도록 자신을 다독여 왔다. 그는 그녀의 일거수일투족에 세심한 주의를 다정하게 기울였다. 한번은 스탬퍼드 시내에서 제일 좋은 가게를 찾아 아주 비싼 블라우스를 사다 주기도 했다.("아니, 뭣 때문에라니? 당신은 내 여자이잖아, 그러니까…….") 이런 그의 노력으로 밀리는 새로운 안정을 찾는 듯했고, 이런 아내의 모습에 그는 흡족해했다.

그런데 이제 그 모든 게 나락으로 떨어져 버렸다. 휠러네는 그대로 있을 것이다. 밀리는 지금 여기 앉아 임신과 아기에 대해 조잘거리고 있다. 사다 준 블라우스는 이미 단추 하나가 떨어져 나갔고, 팔꿈치 주변에는 땟자국이 묻었다. 에이프릴 휠러는 여전히 차분하고 아름다웠다. 그는 목청을 가다듬었다. "그러면 한동안은 여기 그대로 있기로 한 거네요?" 그는 슬쩍 떠봤다. "아니면, 뭐 집을 더 늘려 가거나 뭐 그런 건가요?"

"아." 잭 오드웨이가 입을 열었다. "그렇군. 피임 실패로 틀어졌다. 그런데 프랭클린, 난 안됐다고 말해 주긴 싫네. 여기 이정든 공간에서 자네를 아주 그리워할 수도 있었거든. 그건 내가 장담해. 그건 그렇다 치고……." 그는 회전의자를 삐걱거리며 우아하게 몸을 뒤로 젖히고는 한쪽 발을 들어 다른 발 무릎 위에 올리고 말을 이었다. "그건 그거이고, 이런 말 해도 되는진 모르겠지만, 자네 그 유럽 간다는 계획 말이야. 그것 좀, 약간은 비현실적이긴 했어. 내가 상관할 바는 아니지만. 암만."

"앉게, 응, 프랭크." 바트 폴록은 자리를 권했다. "그래, 무슨 일인가?"

그해 들어 가장 더운 날이었다. 15층 사람들 모두가 입을 모아 녹스 같은 규모의 회사가 에어컨을 갖추지 않았다는 건 말도 안 되는 일이라 성토하는 그런 날이었다. 그렇지만 프랭크는 폴록의 개인 사무실이 있는 20층은 그래도 좀 시원할 것으로 예상했다. 또한 그는 폴록이 일어나서, 그리고 아마도 손을 앞으로 내뻗고 카펫 위를 성큼성큼 가로질러 다가오며 자신을 맞아 줄 것이며, 의례적인 인사치레가 끝나자마자 ("프랭크, 이렇게 반가울 데가 있나…….") 냉방이 잘된 어느 칵테일집으로 자리를 옮겨 톰 콜린스를 마시며 이야기를 나누게 될 줄 알았다. 그 대신 두 사람은 덜덜거리며 돌아가는 전기 선풍기 아래 땀에 젖은 채 뻣뻣한 자세로 앉게 됐다. 사무실은 밖에서 보기보다 작았고, 폴록은 땀에 젖은 속옷의 윤곽이 또렷하게 내비치는 얇은 여름용 셔츠를 입고 있은 것이 고위직 임원이라기보다는 업무에 지친 영업 사원처럼 보였다. 사무용 책상은 적절한 크기에 유리까지 덮여 있었지만, 그 위에는 프랭크의 책상에 놓인 서류만큼이나 많은 서류 더미가 어지러이 널려 있었다. 직함의 권위를 보여 주는 장식품이라고는 코르

크로 가장자리를 감싼 은제 차반뿐이었다. 차반에는 얼음물을 담아 놓은 작달막한 보온병과 텀블러 잔이 올려져 있었다. 자세히 들여다보니 차반 자체이며 그 위에 올려진 것들이며 모두가 뽀얀 먼지를 뒤집어쓰고 있었다.

“음.” 프랭크가 말을 마치자 폴록이 입을 열었다. “어, 잘됐군. 자네가 그렇게 결심했다니 나로선 아주 반가운 일이야. 이제 그러니까, 전에 내가 말했던 대로……” 그는 튀어나온 눈을 감고는 부드럽게 눈두덩을 문질렀다. 그렇다고 그가 뭘 잊었던 것은 아니었다. 프랭크는 알 수 있었다. 모든 게 아무 문제 없었다. 그저 이런 환경의 방에서는, 그리고 이런 날에는 그 누구도 기운이 처질 수밖에 없을 따름이었다. 게다가 지금 두 사람이 주고받는 이야기는 결국 일과 관련된 것이었다. “그날 점심 먹으면서 이야기했듯이 이 기획 전체는 아직 개발 단계에 있네. 구체적으로 완성하는 단계에서 가끔 내가 부르면 와서 회의에 참석하게. 그동안 자네는 하던, 그 뭐냐, 판촉용 인쇄물 만드는 작업을 계속하는 게 좋겠네. 테드 부장에게는 내가 전화해서 자네가 날 위해 뭘 하고 있다고 알려 두겠네. 테드 부장은 당분간 그 정도만 알고 있어도 되겠네. 알겠나?”

“뭘 바꿨다고요?” 잔뜩 찌푸린 표정으로 작은 구멍이 송송 뚫린 수화기를 노려보며 기빙스 부인이 되물었다. 그녀에게는 매우 피곤하고 암울한 하루가 저물고 있던 무렵이었다. 오후 내내 그녀는 그린에이커스 정신병동 안에 있어야 했다. 처음에는 왁스를 칠하고 소독까지 한 병원 복도에 놓인 벤치를 옮겨 가며 부지하세월을 앉아서 존의 담당 의사와 면담을 하길 기다려야 했고, 그런 다음에는 의사의 책상 옆에 앉아 비참하리만치 공손한 태도로 그가 하는 말을 듣고 있어야 했다. 지난 몇 주 존의 행동이 "유감스럽게도, 그렇게 희망적이지 않았다."라며 시작한 의사는 이어 "당분간은 외출을 중단하는 게 좋을 것 같습니다, 한 대여섯 주 정도요."라고 덧붙였다.

"하지만 우리와 같이 있을 땐 아무 문제 없었어요." 그녀는 거짓말했다. "방금 제가 먼저 말씀드리려던 거였어요. 아, 저번에 문제가 전혀 없지는 않았죠, 말씀드렸던 것처럼. 하지만 전체적으로 보면 우리 아이는 아주, 아주 느긋했어요. 아주 쾌활했고요."

"그렇군요. 그렇지만 이 병동에서는 저희 나름의, 어, 관찰 결과에 따라 조치를 취할 수밖에 없습니다. 그런데 그날 방문이 끝날 때, 그때 환자의 태도는 어땠나요, 말씀해 주시겠습니까? 또 병원으로 돌아오는 것에 대해서는 어떻게 느끼는 것 같았나요?"

"정말 그렇게 고분고분할 수가 없었죠. 정말로요, 선생님, 양처럼 순하고 협조적이었다니까요."

"그렇군요." 의사는 예의 흉물스러운 넥타이핀을 손으로 매만졌다. "사실 굳이 말씀드리자면, 좀 싫어하는 기색을 내비치는 게 더 좋았을 겁니다. 그러면……." 그는 달력을 쳐다보며 미간을 찌푸렸다. "9월 첫째 일요일까지 중단하는 것으로 하죠. 그리고 그 이후 다시 시도해 보는 것으로 하고."

다시는 시도해 보지 않는다는 말이나 마찬가지였다. 9월 첫째 일요일쯤이면, 무슨 일이 있더라도, 휠러네 식구들은 지구 저편으로 가고 있을 게 틀림없었다. 녹초가 되도록 지친 몸으로 그녀는 방금 휠러 부부에게 전화를 걸었다. 다음 일요일에 잡아 놓았던 방문 계획을 취소할 작정이었다. 나머지 일요일에 대해서는 앞으로 차차 변명거리를 생각하면 될 터였다. 그런데 에이프릴 휠러가 멀리 떨어져 말하듯 작은 목소리로 뭐라고 하는데, 뭔가가 바뀌었다고 하는 것 같았다. 왜 뭔가가 자꾸 바뀌는 거지? 세상만사 자기가 원하는 건 오직 하나, 적어도 뭔가는 바뀌지 않고 그대로 있어 주었으면 하는 것밖에 없는데?

"뭘 바꿨다고요?" 그러자 기빙스 부인은 갑자기 온몸에 피가 돌기 시작하는 것을 느꼈다. "……오, 그 계획이 바뀌었다고요. 아, 그럼 집을 팔지 않아도……." 그녀가 들고 있던 연필이 메모장 페이지 위쪽에 검은색으로 모서리가 다섯 개인 별을 연속적으로 그려 대기 시작했다. 얼마나 꾹꾹 눌러서 그렸던지 그 밑의 페이지마다 그 환희의 별 모양이 또렷이 새겨질 정도였다. "아, 그 말을 들으니 정말 얼마나 기쁜지 모르겠네요, 에이프릴. 진짜 얼마 만에 들어 보는 희소식인지. 그러니까 여기 계속 사신다는 거죠……." 그녀는 울음을 터뜨릴까 봐 걱정됐다. 하지만 다행히도 에이프릴은 '집을 내놓느라 애를 많이 쓰신 것에' 대해 죄송하게 되었다고 사과를 하기 시작했고, 이내 그녀는 여성 사업가 특유의 침착하면서도 여유로운 웃음 뒤로 감정을 숨길 수 있었다. "아, 아뇨, 그러실 필요 없어요. 정말 내가 뭐 한 일이 있다고요…… 그래요, 그럼…… 네, 그래요, 에이프릴…… 그래요. 또 연락해요.”

그녀는 귀한 보석을 벨벳 상자에 돌려놓기라도 하듯 수화기를 내려놓았다.

기분 나쁜 꿈 때문이었는지 날카로운 새 울음소리 때문이었는지, 아니면 둘 다 때문이었는지 그는 너무 이른 새벽에 잠을 깼다. 그래서인지 불안한 느낌을 떨칠 수 없었다. 숨을 한 번 더 들이마시거나 눈을 깜박여 완전히 깨어나면 어젯밤 있었던, 그러나 잠이 들면서 잠시 잊을 수 있었던, 아주 흉한 사고나 슬픈 소식이 다시 떠오를 것 같은 느낌이었다. 그 일이 나쁜 일이 아니라 실제로는 좋은 일이었다는 사실을 깨닫는 데는 잠시 시간이 걸렸다. 어제는 8월 첫째 주의 마지막 날이었다. 최종 기한이 지나간 것이었다. 논쟁은 이제 끝났고, 승리는 그의 것이었다.

그는 한쪽 팔꿈치를 받치고 몸을 반쯤 일으키고는 푸르스름한 여명을 더듬어 아내를 찾았다. 그녀는 그에게서 떨어져 등을 보이며 잠들어 있었고, 흘러내린 머리카락이 얼굴을 가리고 있었다. 그녀의 등에 바싹 다가붙으며 그는 팔로 그녀를 감싸안았다. 흡족한 미소를 떠올리는 표정을 지으며 온몸에 평안함이 깃든 듯 사지를 편하게 뻗어 보려 했지만 그렇게 되지 않았다. 삼십 분 정도가 지나도 다시 잠들 수 없었다. 담배 생각이 간절했고, 그대로 누워 새벽하늘이 뿌옇게 밝아 오는 것을 지켜볼 수밖에 없었다.

이상한 것은 지난주 내내 두 사람은 그 일에 대해 전혀 언급하지도 않았다는 사실이었다. 매일 저녁 퇴근할 때면 그는 막바지에 다다라 그녀가 제기할 가능성이 있는 모든 반론을 사전에 차단하기 위해 마음의 준비를 단단히 하고 집으로 들어섰다. 심지어 그는 마시는 술의 양도 줄였다. 토론에 대비해 머리를 맑게 유지하려는 의도였다. 그렇지만 매일 밤 두 사람은 그 일과는 상관없는 다른 이야기를 했다. 심지어 아예 아무 이야기도 하지 않고 지나가는 밤도 있었다. 지난밤에 그녀는 텔레비전 바로 앞에다 다리미판을 세우고 옷을 다렸다. 다리미질하는 내내 그녀는 잠시 손을 멈추고 다리미에서 뿜어져 나오는 증기 너머로 눈살을 찌푸리며 한동안 텔레비전 화면을 쳐다보곤 했다.

이야기를 더 할 필요가 있나요? 건너편에서 불안한 눈빛으로 자신을 지켜보는 그의 시선을 의식하며 그녀가 온몸으로 물어보는 것 같았다. 이야기할 게 뭐 더 남았나요? 이야기라면 여태 충분히 하지 않았나요?

그녀가 텔레비전을 끄고 다리미판 접기를 기다리던 그는 다가가 그녀의 팔에 손을 갖다 댔다.

"이날이 뭔지 알아?"

"이날이라니요? 무슨 말이에요?"

"오늘 말이야. 오늘이 마지막 날이라고……, 알잖아. 그 일을 해치우려 했다면 오늘이 마지막 기한이었다는 거지."

"아, 그렇죠. 그런 것 같네요."

그는 어색함을 느끼며 그녀의 어깨를 다독여 주었다. "후회 안 해?"

“글쎄요. 후회 같은 거 안 하는 게 낫겠죠, 그렇죠? 그러기엔 좀 늦은 것 같아요, 안 그래요?” 그녀는 부자연스러운 자세로 다리미판을 들고 걸음을 옮겼다. 다리미판 다리 하나가 바깥으로 삐죽이 매달려 덜렁거렸다. 도와주어야겠다는 생각이 들었을 때 이미 그녀는 부엌문에 다다라 있었다. 그는 재빨리 그 곁에 다가갔다.

“줘 봐. 내가 들게.”

“아, 고마워요.”

침대에 들어서도 두 사람은 지나치지 않고 말없이 적당한 정도의 성숙한 사랑을 나누었다. 잠들기 전에 마지막으로 그는 그녀에게 말했다. “이봐. 우린 괜찮을 거야.”

“그랬으면 좋겠어요.” 그녀가 대답했다. “나도 그랬으면 좋겠어요, 정말로.”

그러고서 그는 이내 잠들었고, 이제 일어난 것이었다.

그는 자리에서 일어나 조용한 집 안을 어슬렁거리며 돌아다녔다. 부엌에 아침 햇살이 가득했다. 아름다운 아침이었다. 달력은 이제 아무 의미가 없었다. 스톨퍼와 아들이란 건구상의 호의로 부엌 벽에 걸려 요금 납부일이나 치과 예약일 등을 알려 주는 데만 유용할 뿐이었다. 하루 또 하루가 지나고, 일주일 또 일주일이 흘러도 아무도 신경 쓰지 않을 것이고, 그러다 한 달이 지나면 누군가 지난달의 숫자가 인쇄된 낱장을 뜯어낼 것이었다.

프랭클린 H. 휠러는 차가운 오렌지 주스를 한 잔 가득 따랐다. 그러고는 식탁에 앉아 찬란한 태양의 황금색 음료를 조금씩 천천히 마시기 시작했다. 한꺼번에 들이켜면 탈이 날 수도 있기 때문이었다. 이긴 것은 분명한데 이겼다는 기분이 들지 않았다. 자기 인생의 진로를 바로잡는 데는 성공했다. 하지만 자신이 세상의 무심함에 휘둘리는 희생자일 뿐이라는 느낌이 그 어느 때보다 강하게 들었다. 이건 불공평했다.

식탁에 그대로 앉은 채 그는 잠에서 깨어나면서 느꼈던 불안감의 원인이 무엇이었는지 곰곰이 되짚어 보기 시작했고, 마침내 그 정체가 드러났다. 그러자 오렌지 주스를 마시던 그는 갑자기 사레에 걸려 캑캑거렸고, 창밖 햇살 아래 찬란하게 빛나던 잔디이며 나무이며 하늘은 그 빛을 잃었다.

그 원인은 아이가 하나 더 생긴다는 사실, 그리고 자신이 그걸 바라는지 확신하지 못한다는 사실이었다.

"현재 확보한 물량을 파악하는 것, 쉼표." 구술 녹음기에서 사람의 목소리가 흘러나왔다. "부족한 물량을 파악하는 것, 쉼표, 확보하지 않아도 되는 물량을 파악하는 것, 대시. 그것이 바로 재고 관리이다. 문단 바꾸고……."

어느새 8월도 중순을 지나고 있었다. 폴록을 만난 지도 이 주가 지났다. 아니, 어쩌면 삼 주가 지났을 수도 있다. 이제 그는 시간의 흐름을 확인하고 매사에 시간을 적절히 안배하지 않아도 되었고, 따라서 시간을 거의 의식하지 못하게 되었다. "벌써 금요일이 됐단 말이야?" 자기 생각에는 화요일이나 수요일쯤이지 않을까 싶은 날 그가 자주 확인하는 물음이었다. 게다가 오늘은 점심때가 되어 길을 걷다 상점의 전시창 안으로 가을 낙엽 장식과 '개학 세일'이라는 문구를 발견하고는 여름이 다 지났다는 사실을 깨달았다. 이제 곧 외투를 입어야 할 시기가 다가올 것이고, 그러면 이내 크리스마스가 될 모양이었다.

"지금 내겐 이 '말하자면' 시리즈를 끝마치는 게 중요해." 최근 그는 에이프릴에게 설명했다. "그러기 전에는 그 양반에게 돈 이야기를 꺼내기가 좀 곤란하잖아, 그렇지?"

"그런 것 같네요. 당신이 알아서 해요."

"음, 그런 것 같아. 이런 일은 뭐 하루아침에 기적처럼 확 바뀐다든가 하는 일이 아니란 말이지. 서두르면 안 되는 사안이라고 봐."

"내가 당신 다그치는 것 같아요? 정말, 프랭크, 어떻게 더 확실하게 말해 줘요? 당신 하고 싶은 대로 하면 돼요."

"그래, 알아. 안다고, 당연히 알지. 어쨌건 난 이 빌어먹을 '말하자면' 시리즈를 가능한 한 빨리 끝마치고 싶어. 이번 주에는 한 이틀 야근을 해야 할 것 같아."

그러고는 그는 매일 퇴근 시간을 넘겨 늦게까지 회사에 남았다. 시내에서 홀로 저녁을 먹고 밤거리를 어슬렁거리다 밤늦게 열차를 잡아타고 돌아오는 일정이 은근히 싫지만은 않았다. 독립적인 일상을 누리는 데서 오는 쾌감과 통근 시간의 번잡함으로부터 해방된 데서 오는 쾌감을 즐길 수 있었다. 게다가 이런 일정은 앞으로 이어질 것이 분명한 새로운 종류의 결혼 생활, 성숙하고 덜 감상적인 결혼 생활을 위한 준비 단계로서 적절한 것 같았다.

유일한 골칫거리는 새로이 시작한 이 '말하자면' 시리즈가 첫 번째만큼 쉽지 않았다는 것이었다. 벌써 두 번이나 새로 썼는데, 매번 새로 작성할 때마다 논리적인 허점이 드러나거나 강조해야 할 부분을 빠뜨리거나 해서 완전히 새로 작성해야 했다.

그가 세 번째이자 마지막인 판본을 다시 듣고 있을 때 사무실 벽에 걸린 시계는 5시 45분을 가리키고 있었다. 칸막이 너머로 사위가 조용한 것으로 보아 15층에 근무하는 사원 중에서 가장 소심하고 양심적인 사람도 퇴근하고 없는 것이 분명했다. 곧 대걸레며 양동이를 든 미화원 아주머니 부대가 들이닥칠 것이었다. 단조로운 녹음이 마지막 부분에 다다르자 그는 후련해지는 느낌이 들었다. 썩 잘된 것은 아니지만 이 정도면 괜찮은 것 같았다. 이제 그는 중심가를 벗어나 호젓한 곳에서 한두 잔 한 다음 저녁 식사를 즐길 수 있게 되었다.

그가 음성 녹음기를 끄려고 몸을 앞으로 숙이는데 칸막이 너머 통로 저쪽에서 또각, 또각, 또각, 여자의 하이힐 소리가 아련하게 들려왔다. 직감적으로 그는 그것이 모린 그루브의 발소리이며, 그녀가 그와 단둘이 있게 되도록 의도적으로 늦게 남은 것이고, 오늘 밤 자신이 그녀와 함께 시간을 보내리라는 사실을 알아차렸다. 그녀가 지나갈 때 통로 쪽을 드러내 놓고 쳐다보지 않도록 주의할 필요가 있었다. 그래서 그는 음성 녹음기 위로 몸을 숙인 채 그대로 있으면서 출입구 쪽을 힐끗 훔쳐보았다. 모린이 틀림없었다. 슬쩍 본 것만으로도 확실했다. 걸음을 옮길 때마다 치맛단 갈라진 틈으로 살짝살짝 수줍게 드러나는 속치마하며, 자기가 그러듯 눈이 마주치지 않도록 고개를 살짝 옆으로 돌리고 있는 품을 확인하는 것만 봐도 충분했다.

그녀의 발소리가 물러나고, 곧 다시 돌아올 것이라 확신하며 기다리는 동안 그는 녹음기를 다시 '시작' 위치로 조작한 다음 의자에서 몸을 뒤로 젖히고 녹음 내용을 들었다. 통로 쪽을 곧장 쳐다보면서도 그녀가 되돌아와 통로를 지나가면서 보면 당연히 일에 열중하고 있는 모습으로 볼 수밖에 없는 자세였다.

"타자기 인쇄본을 위한 녹음." 음성 녹음기가 그의 음성을 들려주었다. "제목, 쌍점, 재고 관리를 말하자면, 괄호 열고, 세 번째 수정본. 문단 바꾸고. 현재 확보한 물량을 파악하는 것, 쉼표, 부족한 물량을 파악하는 것, 쉼표, 확보하지 않아도 되는 물량을 파악하는 것, 대시. 그것이 바로……."

"어머." 그녀는 그의 시선 정면에 서 있었다. 놀란 듯한 소리를 냈지만, 얼굴과 목 전체에 번진 또렷한 홍조 때문에 그 효과는 미미했다. "안녕하세요, 프랭크. 늦게까지 일하시나 봐요?"

그는 녹음기를 끄고 천천히 몸을 일으켜, 그녀 앞으로 다가갔다. 그의 움직임에는 확신에 찬 사내의 여유만만함이 묻어났다.

"잘 지냈어?"

<h1 style="text-align:center">셋</h1>

매주 금요일과 토요일 밤 12번 고속 도로변 비토의 통나무 집에서는 스티브 코빅 사중주단의 '고객 여러분에게 춤추는 기쁨을 드리는' 공연이 있었다. 공연이 있는 이틀간은 (스티브 본인이 라이 앤 진저 칵테일 잔 너머로 한쪽 눈을 찡긋거리며 즐겨 표현하듯) 그 술집은 사람들로 북적거렸다.

피아노, 베이스 기타, 테너 색소폰, 드럼으로 구성된 그들은 다양한 곡을 연주할 수 있다는 점을 자랑스러워했다. 누가 어떤 장르의 어떤 곡을 신청해도 그들은 연주할 수 있었고, 자부심이 가득 담긴 그 눈빛을 보면, 자기들이 얼마나 형편없는 연주자들인지 전혀 모르는 것이 분명했다. 이런 근거 없는 자신감은, 사중주단의 리더를 제외한 세 명의 보조 연주자들의 경우, 연주 경력이 많지 않다든가, 연주자로서의 진지한 마음가짐이 부족하다든가, 아니면 둘 다일 수도 있는 사정을 헤아리자면 어느 정도 이해해 줄 수 있었다. 하지만 드럼을 맡은 리더의 경우, 이런 점은 용서하기 힘들었다. 우람한 몸집에 말수가 적고 짙은 턱수염을 파르스름하게 깎고 다니는 이 사람은 마흔을 바라보는 나이로, 드럼 연주 경력이 이십 년이 다 되어 가고 있었다. 하지만 연주 실력은 경력에 미치지 못했다. 진 크루파의 드럼 연주를 듣고 그의 영화를 보면서 영감을 받아 드럼 연주에 입문했지만 한창 재능을 꽃피울 젊은 시절을 뛰어난 연주자들을 모방하는 데 골몰하면서 허비해 버렸다. 그는 처음에는 전화번호부나 뒤집어 놓은 개수대를 열심히 두드리는 것으로 시작해 나중에는 땀 냄새와 타박상 연고 냄새가 진동하는 고등학교 체육관 안에서 진짜 드럼 세트를 연주하게 되었다. 그러다 3학년이던 해 6월의 어느 날 밤 밴드부의 다른 부원들이 모두 연주를 중단하고, 체육관을 가득 메운 수백 쌍의 연인들도 자리에서 일어난 채로 그대로 서 있는 상황에서, 스티브 코빅은 이 모든 이들의 끓어오른 열정을 식히지 말아야 한다는 부담을 잔뜩 의식하며 드럼 독주를 하게 됐다. 끊임없이 머리를 위아래로 까딱거리고 좌우로 뒤흔들면서 그는 장장 삼 분에 걸쳐 드럼 세트를 두드렸다. 독주는 심벌즈를 내리치는 멋진 소리로 끝났다. 하지만 이 소리는 그의 드럼 연주자로서의 경력에서는 최고의 순간이 되었고, 기량 발달 측면에서는 최악의 순간이 되었다. 그 이후 그는 한 번도 그만큼 훌륭한 연주를 할 수 없었고, 그만큼 열렬한 환호를 받아 볼 수 없었다. 게다가 그는 자신이 위대한 드럼 연주

자이며, 언제나 기량이 성장하고 있다는 터무니없는 망상에서
헤어나오지 못했다. 하물며 지금 비토의 통나무 집이라는 피
자 안주에 맥주를 파는 허름한 술집에서조차 그는 대단한 연
주자인 양 으스대고 있었다. 무대 위로 오를 때의 태도라든가,
잔뜩 인상을 찌푸리고 드럼 스틱과 브러시 스틱, 하이햇 심벌
즈의 위치와 거리 등을 조정할 때 모습이라든가, 그러고 나서
는 이마에 주름을 잔뜩 잡고서 스포트라이트를 아주 살짝 옮
겨 달라고 부탁한 다음 자리에 앉는 과정 전체에서 그런 권위
적인 면모가 그대로 드러났다. 시작 곡으로 폭스트롯을 연주
할 때 탐탐과 베이스를 치는 태도에서나, 중간 곡으로 라틴을
연주할 때 귀로 박을 다루는 방식에서는 짐짓 시큰둥해하는
듯한 모습을 보였다. 누가 보더라도 그가 그저 시간만 흘려보
내고 있다는 걸 알 수 있었다. 그가 진정 기다리는 순간은 익
숙한 베니 굿맨의 스윙 재즈곡을 연주하도록 단원들에게 신
호를 보내는 때였다.

그때에만, 그러니까 한 시간에 한두 번 정도, 그는 연주에
열중했다. 술집 안에 있는 모든 손님의 귀싸대기라도 갈기듯
베이스 드럼을 후려치고, 스내어 드럼과 탐탐에 혼신의 열정
을 쏟아부으면서 스스로 경지에 올랐다고 착각하며 자신의
연주 기량을 뽐내는 데 취해 황홀경에 빠져들었다. 이 엉터리
대가의 연주는 옷이 땀에 흠뻑 젖고 온몸에 힘이 다 빠질 때
까지 사정없이 이어졌고, 그는 어린아이처럼 행복해했다.

춤곡을 연주해 주는 날 이곳 통나무 집을 찾아오는 손님은
주로 고등학교 졸업반 학생들이었다.(세상 둘도 없이 후진 밴드

였지만 인근에서는 유일하게 생음악을 연주했고, 입장료도 없는 데다가, 신분증 없이도 술을 팔았고, 또 주차장이 아주 너른 데다 컴컴하기까지 했다.) 그 외 근처 가게 주인들과 도급업자들도 일부 있었다. 이들은 각자 아내의 허리를 팔로 두르고 앉아, 끊임없이 웃음을 터뜨리며, 젊은 아이들이 흥겹게 노는 모습을 쳐다보니 다시 젊어지는 것 같다는 말을 나누었다. 가끔 조금 난폭한 치들이 섞이기도 했다. 검은 가죽 재킷 아래 검은 가죽 부츠를 신은 이들은 청바지 뒷주머니에 엄지를 걸치고 구부정한 자세로 오줌 냄새가 나는 화장실 근처 구석에 모여 있었다. 이들은 위협적으로 느껴질 만큼 눈을 가늘게 뜨고서 여자아이들을 흘끔거리다가는 화장실로 들어가 머리를 빗고 나오기를 반복하고 있었다. 마지막 부류는 단골들이었다. 중년의 나이에 혼자 살거나, 없느니보다 못한 가정을 꾸리고 살기에 외로운 이 사람들은 연주가 있건 없건 매일 밤 이곳 통나무 집을 찾아 배판이 일어나고 빛 반사도 되지 않는 거울 아래 허름한 바에 앉아 술을 마시면서 감상에 젖어 들었다.

두어 해쯤 전부터 춤추는 날 밤이면 이 손님들과는 전혀 다른 부류로 상당히 젊은 축에 드는 아주 쾌활한 네 명의 새로운 사람들이 자주 출현하기 시작했다. 캠벨 부부와 휠러 부부였다. 시내를 떠나 이 근처로 이사 온 지 얼마 되지 않아 프랭크가 이곳을 먼저 찾아냈다. 어느 날 밤 아내와 심하게 다툰 뒤 잔뜩 취하고 싶어 술집을 찾아다니다 우연히 알게 된 것이었다. 그 이후 아내와 화해하자마자 프랭크는 그녀를 데리고 이곳으로 와 함께 춤을 추었다.

“통나무 집이라고 가 본 적들 있으신가요?” 친하게 지내게 되면서 곧 프랭크는 캠벨 부부에게 물어보았다. 그러자 에이프릴이 나서서, “아이, 안 돼요, 여보. 두 분은 싫어하실 거예요. 최악이에요.” 캠벨 부부는 어색한 미소를 지으며 서로의 얼굴을 쳐다보았다. 싫어하건 좋아하건 어떤 의견이건 휠러 부부가 좋아할 만한 말을 해 주고 싶었던 것이다.

“아니야, 두 분은 싫어할 리가 없어.” 프랭크가 우겼다. “분명히 좋아하실 거야. 좀 특별한 취향이 있어야 하긴 하지만. 무슨 말이냐면 그 통나무 집의 전체적인 분위기는 말이야…….” 마침내 그는 이유를 설명했다. “너무 형편없어서 오히려 근사하달까.”

처음에는, 1953년 봄과 여름까지, 네 사람은 이곳에 가끔 들르는 정도였다. 훨씬 더 진지하고 거창한 오락거리에 물렸을 때 장난 삼아 찾아오는 곳이었다. 하지만 이듬해 여름이 될 때쯤에는 무슨 값싸고 나쁜 버릇에 빠진 듯 이곳을 찾게 됐고, 이후 점차 이곳을 찾아오는 행동을 일종의 타락이라고 의식하게 되었다. 그리고 바로 그 사실이 지난겨울 로컬 극단 이야기가 나왔을 때 그렇게 반색하며 좋아했던, 물론 다른 이유도 있었지만, 주된 이유였다. 「화석 숲」 공연 연습에 들어가면서 이들이 통나무 집을 찾는 횟수는 현저히 줄어들었다.(고등학교에서 집으로 돌아오는 길에 한잔하기 좋은 조용한 곳은 다른 데도 있었다.) 그리고 연극이 실패한 이후 우여곡절이 많았던 지금까지 그들은 한 번도 이곳에 들르지 않았다. 이곳에 들르면 일종의 도덕적 패배를 인정하는 꼴이 될 것으로 생각했기 때문이었다.

하지만 "제기랄," 오늘 밤 캠벨 부부 거실에서의 대화가 번번이 길게 이어지지 못하고 흐지부지되자 프랭크가 제안했다. "우리 다 집어치우고 통나무 집에나 가는 게 어때?"

그렇게 해서 여기 네 사람은 조용히 앉아 술잔을 거푸 비우며, 일어나 짝을 이뤄 춤추러 나갔다가, 요란한 점프 재즈곡이 연주될 때는 다시 돌아와 말없이 앉아 있기를 반복했다. 뭔가 찜찜한 구석이 없지는 않았지만, 오늘 저녁은 이상하게 마음이 푸근했다. 아니, 적어도 프랭크는 그렇게 느꼈다. 에이프릴은 속으로 무슨 생각을 하는 건지 도무지 알 수 없을 정도로 냉담했으며, 일행과는 동떨어져 있는 듯했다. 사이가 아주 좋지 않았을 때보다도 더했다. 그렇지만 이번에는 달랐다. 이제 그는 그런 문제로 마음을 끓이지 않았다. 이전이라면 그녀에게 애정 어린 따뜻한 미소를 받아 보려 한없이 지껄이고 웃어젖히거나, 아니면 그녀가 캠벨 부부에게 무례하게 처신하는 것을 보상하려고 한없이 유쾌한 척 굴었을 것이다.(실제로 무례라는 말이 합당했다, 긴 목을 뻗치고 눈을 내리깔면서 평민들에게 둘러싸인 여왕처럼 처신하는 건 무례 그 자체가 아니겠는가.) 그 대신 지금 그는 의자에 느긋하게 앉아, 한 손으로는 스티브 코빅의 드럼 소리에 맞춰 가볍게 탁자를 두드리면서, 오가는 말에 그저 형식적인 대꾸나 하며 자신만의 생각에 빠져 있었다.

아내가 우울했는가? 참 안된 일이긴 했다. 하지만 그건 어쨌건 아내의 문제였다. 그도 나름의 문제가 없는 건 아니었다. 이런 식으로 간명하게 생각을 정리하는 방식, 죄의식을 느끼거나 혼란스럽게 받아들이지 않는 사고방식은 새롭고 편안했다. 지금 입고 있는 가벼운 가을 양복 같다고나 할까.(경쾌한 짙은 갈색의 모직 개버딘으로 바트 폴록이 입었던 것과 비슷하지만 더 젊고 세련돼 보여서 중간 간부직 임원에게 어울리는 새 옷이었다.) 모린과의 관계를 다시 시작한 것도 그의 자긍심을 다시 찾는 데 도움이 됐다. 그래서인지 요즘 오다가다 거울에 비친 자기 얼굴을 보면 무심하고 태평한 시선이 되돌아왔다. 영웅의 얼굴은 아니었다. 그렇다고 자기 연민에 빠진 소년의 얼굴도 아니었고, 비참하게 초조해 보이는 남편의 얼굴도 아니었다. 그저 마음에 걸리는 문제가 한두 개 있긴 하지만 침착하고 안정된 남자의 얼굴이었고, 그는 그 얼굴이 아주 마음에 들었다. 모린과의 관계는 머지않아 점잖은 방식으로 끝내야 할 것이었다. 이미 목적은 달성했으니까. 그렇지만 그러기까지는 조금 더 즐겨도 되겠다는 생각이었다. 사실 지금 그의 머릿속 생각도 그런 것이었다. 스티브 코빅의 탐탐에서 울려 퍼지는 감각적인 소리를 들으며 그는 모린의 엉덩이를 떠올리고 있었다. 냉소적인 시선으로 춤추는 군상을 멍하니 응시하며 그는 관능적인 쾌락의 기억 속으로 빠져들었다.

최근 세 번의 만남에서는 같이 사는 친구 때문에 그녀의 아파트를 이용할 수 없었다. 그는 호텔로 가자고 제안했고 그녀는 흔쾌히 그 제안을 받아들였다. 냉방이 잘된 고층 건물의 호텔로 간 두 사람은 잠금 장치가 이중으로 날린 방문 뒤에서 그 누구의 시선도 의식하지 않고서 룸서비스로 올라온 양고기와 포도주로 저녁을 먹었다. 시내 한복판 도로의 자동차 소음이 이십 층 아래에서 아련하게 떠올라 들려왔다. 두 사람은 기다랗고 너른 침대 위에 푹 파묻혀 한바탕 거사를 치렀고, 커다란 수건이 켜켜이 쌓인 궁전 같은 욕실에서 깨끗하게 샤워를 마쳤다. 호텔을 나와 마침내 그녀를 택시에 태워 주고 홀로 그랜드 센트럴 역으로 향할 때면 그는 결혼한 남자라면 누구나 갈망할 소망을 이렇게 완벽하게 이루었다는 뿌듯함에 함박웃음을 터뜨리고 싶었다. 성가신 일도 없고, 복잡할 일도 없으며, 남은 흔적이라곤 누군지 모를 사람의 이름으로 잡았던 호텔 방 안에 어지러이 널려 있을 것이며, 그리고 이 모두를 다 마무리하고도 11시 10분발 기차에 오를 수 있었다. 믿을 수 없을 정도로 완벽했다. 몇 살 위 경험 많은 동료 병사들이 삼 일짜리 휴가에 적십자 아가씨들과 놀았던 이야기를 들려주었을 때처럼 황당하게 여겨졌다. 물론 이런 식으로 오래 가지는 못할 것이고, 또 그래서도 안 되었다. 그동안은…….

그동안 그는 느린 댄스곡에 이어 다음 느린 곡이 흐르는 내내 밀리 캠벨과 성의를 다해 춤을 추었다. 땀에 젖어 흐트러진 작은 체구를 그의 팔에 맡긴 밀리는 무의미한 말만 내뱉고 있었다.("어휴, 솔직히 말하자면요, 프랭크, 이렇게 많이 마신 건 정말, 정말, 정말 몇 년이나 되었을걸요…….") 그러자 그는 지금 에이프릴과 춤추고 있다면 그녀는 "정말 최악이야. 제발이지, 우리 집으로 돌아가요."라는 말만 했을 것이고, 자신은 그러고 싶어 하지 않았으리라는 생각이 들었다. 그는, 그럴 리는 없겠지만, 혼자서 집으로 돌아가는 것도 나쁘지만은 않을 것 같았다.(누워서 볼 책을 챙기고 침대에 들기 전 마지막 칵테일 한 잔도 만드는 등 총각 때처럼 혼자서 잠자리 준비를 깔끔하게 마치는 자신의 모습을 흐뭇하게 떠올리기까지 했다.) 그렇지 않다면야 여기, 술값은 싸고, 밴드의 연주가 쿵쾅거리고, 입은 옷은 몸에 딱 맞는 새것이라는 사실을 의식하며 완전히 편안한 마음으로 죽칠 수 있는 술집에, 어수선하고 활기찬 이곳에 남아 있는 편이 더 좋았다.

"어머나, 이런, 프랭크, 제가 몸이 좀 안 좋은…… 잠깐만요." 밀리는 힘들어하며 황급히 여자 화장실로 뛰어갔다. 덕분에 프랭크는 바에 앉아 느긋하게 술을 한 잔 더 마실 수 있었다. 한참이 지나고 화장실을 나왔을 때 그녀는 푸른 조명 탓인지 창백하고 지쳐 보였다. "세상에." 그녀는 희미한 구토 냄새를 풍기며 미소를 지어 보이려 했다. "셉과 전 집에 가야겠어요, 프랭크. 제가 몸이 좀 안 좋은 것 같거든요. 좋은 분위기를 다 망쳐 놓나 봐요. 제가 아주……."

"아니, 무슨 말씀을. 잠시만 기다려요. 내가 셉을 데려올게요." 그는 실내를 가득 메우고 춤을 추는 군상을 뚫어지게 노려봤고, 마침내 불그스레한 캠벨의 두툼한 목덜미와 에이프릴의 자그마한 얼굴이 맞은편 벽 근처에서 움직이고 있는 것을 찾아냈다. 그는 두 사람에게 이리로 오라는 신호를 다급하게 보냈고, 곧 네 사람 모두 바깥의 자갈 마당 위를 헤매게 되었다. 차들이 하도 많아서 어디가 어딘지 도무지 알 수가 없었다.

"어느 쪽이……?"

"이쪽이야…… 이쪽으로……."

"당신 괜찮아?"

"너무 어두워요……."

턱 높이까지 오는 매끈한 차 지붕들이 구불구불 이어져 사방으로 뻗어 있고, 그 끝은 깜깜한 어둠 속으로 사라져 분간이 되지 않았다. 그 밑으로는 앞바퀴를 덮은 흙받기며 물고기 지느러미처럼 생긴 장식이며, 네온 불빛을 받아 헤아릴 수 없이 많은 밝은 점으로 반사하고 있는 범퍼와 그릴들이 미묘한 곡선을 이루며 불룩하게 튀어나와 끝없이 늘어서 있었다. 한번은 프랭크가 방향을 분간하기 위해 몸을 웅크리고 성냥불을 켰는데, 그러자 그의 얼굴 바로 앞에서 벌거벗은 사람의 몸이 화들짝 놀라며 오그라들었다. 차 안에서 사랑을 나누던 연인들을 놀라게 했던 것이었다. 프랭크는 잽싸게 다음 칸으로 옮겨 가면서 투덜거렸다. "도대체 우리 차를 어디에 뒀던 거지? 누구 기억나는 사람 없어?"

"여기야." 셉이 외쳤다. "여기 이쪽이야, 맨 마지막 줄. 아, 제기랄, 이것 좀 봐. 내 차가 완전히 가로막혔어." 몇 시간 전에 덩치 큰 그의 폰티액을 나무에 바짝 대 주차해 두었는데, 지금 다른 차 두 대가 바로 앞에 있어서 어느 쪽으로든 빠져나올 도리가 없게 되어 버렸다.

"맙소사, 엉망이군……."

"하필 지각 없는 자식들이……."

"저 빌어먹을 나무만 없어도……."

"어, 그래도 이렇게 하면 되잖아." 프랭크가 제안했다. "우린 차가 한 대 더 있잖아. 밀리를 집에 데려다주고 셉을 태우고 다시 이리로 돌아오면 되지. 그때쯤이면 이 차도……."

"그렇지만 그러면 시간이 너무 많이 걸릴 거예요." 밀리가 조그맣게 말했다. "아이 돌보미한테 줄 돈이 엄청 많아질 텐데. 아이고, 어쩌나."

"아니, 잠깐만." 셉이 나섰다. "우리 모두 다 자네 차를 타고 집으로 가는 거야. 그러고선 내가 자네 차를 빌려서 이리로 돌아오는 거지…… 아님, 어, 아닌가……."

"아, 이렇게 해요." 에이프릴은 전혀 취하지 않았기에 그녀의 목소리는 다들 허둥대는 와중에도 명료하게 들렸고, 모두 하던 말을 멈추었다. "아주 간단해요. 당신이 밀리를 집에 데려가세요, 프랭크. 그러고는 우리 집으로 곧장 가는 거예요. 그럼, 두 집 돌보미 문제는 해결되는 거죠. 셉과 전 폰티액이 빠져나올 수 있을 때까지 기다릴게요. 그게 제일 합리적이에요."

"좋아." 프랭크가 찬성했다. 벌써 자동차 열쇠를 꺼내 들고는 발걸음을 옮기고 있었다. "다들 그렇게 하는 거지?"

셉 캠벨이 다시 정신을 차렸을 때는 휠러 부부의 차가 이미 미폭등을 깜박이며 12번 고속 도로를 달려 멀어지고 있었고, 자신은 에이프릴의 늘씬한 팔꿈치를 손으로 잡고서 통나무 집으로(지금은 느리고 감미로운 왈츠가 울려 퍼지고 있었다.) 향하고 있었다. 그동안 죄의식과 함께 숱한 상상 속에서 단둘이 남게 되는 장면을 설정해 왔지만, 지금처럼 절묘하게 그 꿈이 이루어진 적은 없었다. 웃기는 것은 자신이 나서서 뭘 꾸며낼 필요조차 없었다는 사실이었다. 이렇게 된 것은 이것이 오로지 합리적이었기…… 아니, 잠깐. 두 사람이 붉고 푸른 조명이 명멸하는 계단을 오르는 동안 그는 혼란스러운 머리로 상황을 이해하려 애썼다. 잠깐만…… 왜 그녀가 밀리를 데려다주고 프랭크가 남으면 안 됐던 거지? 그것도 합리적인 건 마찬가지이잖아?

섭이 거기까지 생각의 실마리를 풀어 나갔을 때 두 사람은 춤추는 무대 가장자리로 돌아와 있었다. 그녀는 차분하게 몸을 돌려 그의 재킷의 오른쪽 접은 깃에 시선을 고정했고, 그는 그녀의 허리에 가볍게 팔을 두르고 춤을 추는 수밖에 없었다. 이 상황이 그녀가 의도한 것인지 묻는 건 정말 어리석은 짓이겠지. 그녀가 실제로 이렇게 의도했던 것으로 믿는 건 더더욱 어리석은 짓일 것이고. 조심스럽게 손가락을 펴 그녀의 가냘픈 허리께에 붙이고 뜨거워진 뺨을 그녀의 머리칼에 기대고서 그는 음악에 맞춰 춤추었다. 이런 일이 일어나다니 너무나 감사했다. 일이 어떻게 그렇게 된 건지는 신경 쓸 필요도 없었다.

오늘은 지난해 여름에 일어났던 일과 비슷했다. 하지만 훨씬, 훨씬 더 좋았다. 지난번에는, 한 가지만 예로 들자면, 그녀는 많이 취해 있었고. 그녀에게 마구 들이대면서 필사적으로 몸을 밀착시키면서도 그는 자신이 일방적으로 그러고 있다는 사실을 깨달을 수 있었다. 그녀로서는 그에게 얼마만큼의 여지를 허락하고 있는지 알아차릴 수 없을 정도로 취한 상태였다. 그 상황이 일방적이었다는 사실을 알아차릴 수 있었던 것은 그녀가 계속해서 고개를 뒤로 젖히면서 그의 얼굴에다 대고 말을 하면서 수다를 떨었기 때문이었다. 빗장뼈 아래 온몸이 완전히 밀착해 있는 연인들이 아니라 브리지 카드 게임판이나 그 비슷한 상황에서 마주 앉은 사람들처럼 구는 것이 분명했다. 지금 그녀는 전혀 취하지 않았다. 말도 거의 하지 않았다. 그리고 그녀는 자기만큼이나 미묘한 신체 접촉에 민감하게 반응하는 것 같았다. 조금씩 조심스럽게 파고들면 그 정도는 허락하는 듯하다가 살며시 빠져나가고, 그러면 다시 파고들기 시작했다. 수줍고 소극적인 그의 심장으로는 도저히 견뎌 내기 힘들 정도였다.

"한잔 더 할까요?"

"좋죠."

하지만 막상 바로 와서 단골들과 섞여 쭈뼛거리며 술을 홀짝이고 담배를 뻑뻑 피워 대도 도무지 할 말이 생각나지 않았다. 그는 처음 데이트에 나간 소년, 동정을 잃은 적이 없어 은밀하고 무지한 욕망에 사로잡혀 괴로워하는 소년이 된 듯한 기분이 들었다. 땀이 났다.

"그러면 말이에요." 그가 마침내 입을 열었다. 퉁명스럽게 들릴 정도였다. "가서 차를 한번 살펴보겠습니다." 그러면서 그는 맹세했다. 그녀가 조금이라도 암시 같은 걸 준다면, 살짝 미소 지으며 "급할 게 뭐 있어요, 셉?"이라든가 그 비슷한 말을 해 준다면, 그는 모든 걸 다 잊어버릴 수 있었다. 아내, 자신의 두려움, 모든 걸 다 버리고 그녀를 쟁취하기 위해 끝까지 가 볼 작정이었다.

그녀의 회색 눈에는 그 어떤 공모의 기색도 비치지 않았다. 몸이 약간 지쳤을 뿐 그저 교외에 사는 다정하고 젊은 새댁의 눈빛이었다. 잠자리에 드는 시간을 넘겼을 뿐이었다. 그게 전부였다. "네, 그러세요." 그녀가 입을 열었다. "어서 가 보세요."

나무 계단을 터덜터덜 내려가 술집 밖 컴컴한 자갈 마당으로 내려선 그는 발밑의 자갈을 콱콱 힘주어 걸었다. 생각할 수 있는 모든 당연한 것, 예측 가능한 것, 정상적인 것들의 힘이 밧줄처럼 자신을 꽁꽁 묶고 있다는 느낌이 들었다. 어떤 일도 일어나지 않을 것이 분명했다. 망할 년. 왜 집구석에 처박혀 있지 않는 거지? 왜 유럽으로 가 버리든가, 사라져 버리든가, 죽어 버리지 않는 거지? 이 고통스럽고 괴롭고 멍청하고 얼치기 같은 착각, 그녀가 나와 '사랑'에 빠졌다는 착각도 집어치워야 해. '사랑'조차도 개똥도 아니야. 세상 모든 다른 허위적이고, 시간 낭비이며, 덜떨어진 감정 따위 다 마찬가지야. 하지만 주차된 차들의 마지막 줄에 이르렀을 때쯤 그는 후들거리는 다리로 비틀대며 마음속으로 기도를 올리고 있었다. '오, 하나님, 제발 아직 차가 못 나가게 해 주세요.'

차는 움직일 수 없었다. 다른 차들이 아직 앞을 막고 있었고 뒤로는 나무에 막혀 있었다. 뒤돌아서는데 술집의 불빛들이 기우뚱 한쪽으로 치우치면서 길게 선을 그었고, 그는 정신을 잃고 쓰러질 뻔했다. 엄청나게 취해 있었던 것이다. 마지막 잔이…… 어휴. 폐가 납작해진 듯 호흡이 가빠 왔고, 불빛이 이런 식으로 계속 기우뚱거리며 돌아가도록 내버려두면 몸이 심하게 아플 수도 있겠다고 생각한 그는 당장 뭐라도 해야겠다 싶었다. 그는 제자리에서 뛰기 시작했다. 주먹 쥔 손을 위아래로 힘차게 흔들고 무릎을 높이 올려 뛰자 내딛는 발에 자

같이 밟혀서 나는 소리가 규칙적으로 울려 퍼졌다. 그는 숨을 깊게 들이마시며 100을 셀 때까지 계속 뛰었다. 뜀뛰기를 마치자 불빛들이 더는 움직이지 않았다. 마음이 조금 누그러졌고 혈압이 조금 높아졌다고 느끼면서 그는 통나무 집으로 돌아갔다. 악단은 이제 자체 편곡으로 개악한 어느 대규모 재즈 악단의 「1시의 점프 재즈」인지 「진주 목걸이」인지를 연주하고 있었다. 그가 훈련소에서 기초 군사 훈련을 받던 시절을 떠올리게 하는 곡들이었다.

그녀는 바에서 물러나 칙칙한 모조 가죽 부스에 자리를 잡고 있었다. 의자 깊숙이 상체를 꼿꼿이 세우고 앉은 그녀는 몸을 조금 틀어 자욱한 담배 연기 사이로 그가 다가오는 것을 지켜보다 가벼운 미소로 맞이했다.

"아직도 꼼짝할 수 없게 생겼네요."

"아, 그렇군요. 여기 좀 앉아 있어 봐요. 전 괜찮아요. 그쪽은요?"

그는 의자 위를 가로질러 기어가서 그녀의 허벅지에 머리를 파묻고 싶었다. 하지만 그 대신 그는 용기가 허락하는 한 바싹 그녀 가까이에 앉았고, 재떨이를 받치고 성냥갑을 찢기 시작했다. 먼저 엄지손가락 손톱으로 성냥갑 바닥을 둘로 찢고서 판지를 만들고는 그것을 자신의 작품에 집중하는 시계 장인처럼 눈살을 잔뜩 찌푸린 채 조심스럽게 가는 띠로 하나씩 하나씩 찢어 냈다.

그녀는 멍하니 춤추는 사람들을 바라보면서 살짝 치켜든 머리를 리듬에 맞춰 가볍게 까딱거리고 있었다. "우리 나이대

사람들이 들으면 옛날 생각이 나게 하는 그런 곡이네요." 그녀가 말을 건넸다. "그렇죠?"

"글쎄요. 딱히 그런 것 같지는 않은데요."

"저도 그래요. 그랬으면 하는데, 딱히 그러지는 않네요. 지나간 십 대 시절 왕성한 혈기로 날뛰던 뭐 그런 일들이 떠올라야 하는데, 전 뭐 그런 일이 하나도 없었거든요. 2차 세계 대전이 끝날 때까지도 제대로 된 데이트도 한번 못 해 봤죠. 전쟁이 끝날 무렵에는 이미 이런 노래들은 인기가 시들었고, 또 듣게 됐다 하더라도 그때는 제가 이런 것에 아주 심드렁할 때였으니까. 그러니까 대규모 스윙 재즈 밴드 시대를 건너뛴 거죠, 전. 지르박이라든지 트러킹 온 다운 같은 것 말이에요. 아니면, 아니, 그건 그 이전이죠, 그쵸? 사람들이 트러킹 온 다운이란 말을 하는 걸 들었던 게 초등학교 6학년 때 라이 군민 페스티벌에서였던 것 같거든요. 하여튼 전 교과서 표지에다가 온통 '아티 쇼'이니 '베니 굿맨'이란 이름을 적어 놓았던 기억은 있어요. 누군지도 잘 모르면서 말이에요. 나보다 위에 언니들이 다들 책에다 적어 놓았고, 그게 너무나 멋있게 보였거든요. 발목 양말이 못 내려가게 발목에다 매니큐어를 바르는 것만큼요. 휴, 열두 살 땐 얼마나 열일곱 살이 되고 싶었던지. 난 열일곱 살인 언니들이 학교가 파하고 남자 친구 차를 타고 떠나는 걸 지켜보기만 했죠. 그리고 난 그 언니들은 세상 모르는 게 하나도 없을 거라고 믿었어요."

셉은 그녀의 얼굴을 찬찬히 뜯어보았다. 그녀의 얼굴 이외에 다른 모든 것들은 그의 의식에서 지워졌다. 그녀가 무슨 말을 하는지는 아무 상관이 없었다. 그녀가 혼잣말을 중얼거리고 있는지 자기 들으라고 말하고 있는지조차 상관없었다.

"그러다 내가 정작 열일곱 살이 됐을 때는 그 암울하기 짝이 없는 기숙 학교에 갇혀 있었더랬죠. 지르박을 춰 본 것도 다른 여자애하고였고, 그것도 학교 탈의실에서였어요. 우린 개의 구식 빅트롤라 휴대용 전축에 글렌 밀러의 음반을 걸어 놓고 몇 시간이고 지르박을 연습하고 또 연습했죠. 지금 이런 음악을 들으면서 내가 떠올릴 수 있는 옛날 추억은 이런 것밖에 없어요. 진짜 인생이 날 그냥 지나쳐 버렸구나 하는 생각에 안타까워하며 땀 냄새 풀풀 나는 탈의실에서 끔찍한 체육복을 입고서 폴짝거렸던 거죠."

"설마 그랬을 리가."

"뭐가 안 믿기는데요?"

"남자 친구니 뭐 그런 거 있어 본 적이 없다는 거요, 내내."

"왜요?"

그는 말해 주고 싶었다. "아이고 맙소사, 에이프릴. 잘 알잖아요. 사랑스러우니까. 다들 사랑해 줬을 게 틀림없잖아요, 항상." 하지만 그에겐 용기가 없었다. 대신 그는 얼버무렸다. "음, 말하자면, 거. 방학 때 재미있게 놀고 그러지 않았어요?"

"방학 때 재미라." 그녀는 별 감흥 없이 그의 말을 되뇌었다. "아뇨. 난 그런 적 없어요. 이제 뭔가 정곡을 찔렀다는 느낌이 오죠, 셉? 기숙 학교에 다녀서만은 아닌 것 같죠, 그쵸? 재미있었던 적 없어요. 방학 때면 난 책을 읽거나 혼자 영화 보러 가거나 숙모님이든, 사촌이든, 엄마의 친구든 여름 또는 크리스마스에 재수 없게 날 떠맡게 된 사람하고 싸우거나 그러면서 지냈어요. 들어 보니까 상당히 적응 못 하는 여학생이었을 것 같죠, 그렇죠? 맞아요. 기숙 학교의 잘못도 아니고 다른 사람들의 잘못도 아니었어요. 저의 정서적인 문제 때문이었죠. 그러니까 이 경우에도 일종의 경험에 의한 법칙 같은 게 적용된다고 봐야죠. 인생이 그냥 스쳐 지나가는 것 아닌가 초조해하는 사람들은 십중팔구 정서적인 문제가 있는 거예요."

"난 뭐 그런 문제를 지적하고 그럴 생각은 아니었는데." 셉은 곤란해하며 변명했다. 그는 그녀의 한쪽 입꼬리가 삐죽이 내려가면서 생긴 냉소적인 주름이며, 그녀의 목소리가 혼잣말할 때처럼 단조로워지는 것이며, 담뱃갑에서 엄지와 검지 손톱으로 집어 담배를 하나 꺼내 입에 갖다 붙이는 품 등이 싫어졌다. 그런 모습은 십 년 후의 모습으로 그가 상상했던 심술궂은 모습에 너무 가까웠기 때문이었다. "그저 내 말은, 그렇게 외로웠던 적이 있었으리라곤 상상이 되지 않는다는 겁니다."

"다행이네요." 그녀가 대꾸했다. "고마워요, 셉. 난 남들이 내가 그렇게 외로움을 많이 탄다는 걸 눈치 못 채기를 바랐거든요. 전쟁이 끝나고 뉴욕에서 살 때 제일 좋은 점이 바로 그 점이었어요. 사람들은 알아채질 못했어요."

그녀 입으로 직접 뉴욕에서의 생활을 언급한 김에 그는 그녀를 처음 만났을 때부터 뇌리를 병적으로 사로잡고 있던 질문을 꼭 하고 싶었다. 프랭크를 만났을 때 처녀였던가? 아니었다면, 어쨌든 그의 질투심이 조금은 누그러질 것이고, 만일 프랭크 휠러가 첫 남자이면서 남편이 됐다면, 그의 질투심은 감당하기 어려울 정도가 될 것이 분명했다. 지금이 그 사실을 확인해 볼 수 있는 최적의 기회였다. 하지만 그런 질문을 옮길 수 있는 말이 있는지는 몰라도, 어쨌든 그 말을 입 밖으로 내볼 기회도 지나가 버렸다. 그는 결코 확인할 수 없을 것이었다.

"……오, 재미있었어요, 내 생각엔, 그 시절엔 말이죠." 에이프릴은 말을 이어 가고 있었다. "난 늘 그때를 즐겁고 활기찼던 시절로 기억해요. 실제로도 그랬을 거예요. 하지만 그래도." 그녀의 목소리는 더는 단조롭지 않았다. "여전히 난…… 확실치 않아요."

"인생이 자신을 지나쳐 간다는 생각이 들었단 말인가요?"

"그런 셈이에요. 난 여전히 세상 어딘가에는 너무나 멋진 최상의 황금 같은 사람들이, 라이에서 초등학교 6학년 때 봤던 언니들처럼 나보다 훨씬 앞선 사람들이 사는 곳이 있을 거라고 생각해요. 그런 사람들은 별달리 애쓰지 않아도 자기가 원하는 삶을 살 것이고, 손만 대면 뭐든 완벽하게 해내지 못한다는 것 따윈 상상도 못 해 좋지 않은 직업을 갖고서 최선을 다해 버텨 내려고 노력할 필요가 없겠죠. 일종의 영웅적인 초인간 같은 사람들이에요. 모두가 아름답고 재치 있고 차분하고 친절하죠. 난 언제나 상상했죠. 그런 사람들을 만나면 난 단박에 내가 그들과 같은 유에 속한다, 내가 바로 그런 사람들의 하나이다, 여태껏 나는 이들과 함께할 운명이었다, 지금까지는 전부 잘못된 것이었다는 사실을 깨닫게 될 것이고, 또 그 사람들 역시 나를 보면 그렇게 생각할 것이라고 믿었죠. 백조에 둘러싸인 미운 오리 새끼가 되는 거죠, 내가."

섭은 그녀의 옆얼굴을 지긋이 바라보았다. 말하지 않아도 그의 사랑에 의해 그녀가 고개를 돌리고 자신을 쳐다봐 주기를 바랐다. "그런 기분 나도 알 것 같네요."

"아닐 거예요." 그녀는 그를 쳐다보지 않았다. 그리고 그녀의 입가에 희미한 주름이 다시 나타났다. "하여튼 그러지 않으셨으면 해요, 그게 좋아요. 어떤 누구도 그런 느낌 안 가졌으면 해요. 가장 어리석고, 가장 파괴적인 방식으로 자신을 기만하는 느낌이거든요. 그렇게 느낀다면 인생이 무척 괴로워진답니다."

그는 폐 속의 공기를 모두 내뿜으며 한숨을 쉬고는 의자 깊숙이 몸을 묻었다. 그녀는 누군가에게 말하고 있지 않았다. 적어도 그에게 들으라고 하는 말은 아니었다. 그저 말을 입 밖에 내고 싶었을 뿐이다. 장난 삼아 삶에 지치고 상념에 잠긴 척하면서 자기 기분을 풀려는 것이었고, 그 상대가 우연히 그였을 뿐이다. 그가 이 이야기에 무슨 끼어들 여지는 애초에 마련되어 있지 않았다. 그리고 여기 아무리 있어 봐야 그에게 무슨 건수가 얻어걸릴 것 같지도 않았다. 그의 역할은 그저 덩치만 크고, 멍청하며, 우직한 섭의 역할이었고, 그것도 차가 빠져나갈 수 있게 되는 순간, 아니면 그녀가 자신의 목소리를 듣는 걸 더 이상 즐기지 않게 되는 순간 끝나 버릴 게 분명했다. 그런 다음에는 그녀를 태워 집으로 데려다줄 것이고, 운전하는 동안 그녀는 몇 마디 더 세상 다 아는 듯한 소리를 지껄여 댈 것이며, 심지어는 슬쩍 몸을 기울여 여동생이 오빠에게 하듯 뺨에다 쪽 뽀뽀를 해 주고는, 차 밖으로 몸을 빼내 문을 쾅 닫은 다음, 집 안으로 들어가 프랭크 휠러와 침대에 들 것이었다. 그런 거 말고 그는 뭘 기대했던 것일까? 도대체 언제쯤 그는 정신을 차릴 것인가?

"셉?" 그녀의 가냘프고 차가운 두 손이 뻗어 나오더니 그의 한쪽 손을 잡았다. 코앞에 바싹 다가온 그녀의 얼굴에 장난기 어린 미소가 번졌다.

"오, 셉…… 우리 해요."

그는 기절할 것 같았다. "뭘 해요?"

"지르박이요. 어서요."

스티브 코빅은 오늘 밤 연주의 절정에 다가가고 있었다. 문 닫을 시간이 거의 다 됐고, 손님들은 대부분 집으로 돌아가고 없었으며, 지배인은 돈을 세고 있었다. 스티브는, 재즈와 관련된 할리우드 영화의 주인공들이 다 그렇듯, 지금이 자신의 연주를 절정으로 몰아붙여야 할 순간임을 직감하고 있었다.

셉은 정식으로 춤을 배운 적이 없었다. 이런 장르의 춤을 말할 것도 없었다. 그렇지만 세상 어떤 힘도 지금 그를 막을 수 없었다. 어지러이 돌아가는 춤판의 중앙에서 홀린 듯이 몸을 돌리고, 어설프게 폴짝 뛰고, 발을 끌다 내딛기를 반복하며 그는 소음과 담배 연기와 조명이 자신을 중심으로 돌고 돌도록 내버려두었다. 이제는 그녀가 그와 함께 있다는 사실을 확연히 느낄 수 있었기 때문이다. 그녀는 그와 손을 맞잡고 두 사람의 팔이 허용하는 한 멀리 휘청이며 튀어 나갔다가, 고개를 가볍게 까딱이면서 엉덩이를 틀고, 무릎을 살짝 굽혀 정중한 인사를 보낸 뒤 몸을 뒤틀면서 그의 품으로 돌아왔다. 살아 있는 한 그보다 아름다운 모습은 볼 수 없을 것 같았다. 오, 저 여자 좀 봐! 그의 심장이 노래했다. 저 여자 좀 봐! 저 여자 좀 보라고! 그는 음악이 끝나면 그녀가 웃음을 터뜨리며 자기 품에 안길 것이라고 예상했다. 그녀는 그의 팔 안에 몸을 맡겼다. 다정하게 그녀를 이끌고 바를 향하면서 그는 술을 한 잔씩 더 마시는 동안은 그녀가 그녀의 몸 가까이 두르고 있는 그의 팔을 내치지 않을 거라고 예상했다. 그녀는 역시 내치지 않았다. 바에 앉아 속삭이듯 낮은 목소리로 말을 주고받으면서 그는 자기 입에서 무슨 말이 나오는지 더는 조심하지 않았다.(무슨 말을 하든 무슨 상관이겠는가? 원래 말이란 게 도대체 무슨 의미가 있는가?) 허무맹랑한 계획이 그의 머리를 가득 채우고 있었기 때문이었다. 모텔 하나가 눈앞에 떠올랐다. 그녀가 바깥에 세워 둔 차 안에서 기다리는 동안, 떡갈나무 판자로 벽을 꾸민 접수대의 환한 불빛 아래 그가 숙박부를 작성하고 있다.("감사합니다, 손님. 65달러 되겠습니다. 12호 객실이고요…….") 그는 단풍나무 탁자와 의자 그리고 시선을 사로잡는 2인용 침대가 놓인 모텔 방 특유의, 갑자기 그리고 놀랍도록 완벽하게 조성되는 은밀함을 떠올려 보았다. 그 순간 그의 상상이 잠깐 흔들렸다. 에이프릴 휠러 같은 여자를 모텔에 데려가도 되는 걸까? 그러지 못할 것도 없잖아? 게다가 모텔만 있는 것도 아니잖아. 사방으로 멀리멀리 널린 게 허허벌판 아닌가. 춥지 않은 밤이고, 차 안에는 옛날 군용 우의도 하나 들어 있다. 언덕 위 높은 데 있는 목초지로 올라가 남의 시선과 소음이 닿지 않는 곳에서 자신만의 침대를 만들고 별을 볼 수 있을 것 아닌가.

시작은 주차장에서였다. 붉고 푸른 조명으로 장식된 계단에서 10미터도 떨어지지 않은 곳이었다. 그가 멈춰서서 그녀의 몸을 두르고 있던 팔 안에서 그녀의 몸을 돌려세워 자신의 몸에 밀착시켰다. 그의 입술에 짓눌린 그녀의 입술이 벌어졌다. 그녀의 손이 미끄러져 올라와 그의 목을 그러안았고, 그는 그녀의 등을 주차된 차의 옆면에 밀어붙였다. 두 사람은 떨어졌다가 다시 붙었다. 그러고서 그는 그녀를 이끌고 주차장을 가로질러 휘청거리며 허위허위 걸어갔다. 차가 빠지고 거의 비어 있었다. 두 사람은 속삭이듯 바람 스치는 소리가 나는 시커먼 나무 밑에 홀로 주차된 폰티액 차가 있는 곳에 도달했다. 크롬 장식이 별빛을 받아 희미하게 빛났다. 그는 오른쪽 앞문을 찾아 그녀를 차에 태웠다. 그런 다음 정확한 발걸음으로 유유히 차 앞을 돌아 운전석 쪽으로 왔다. 그의 뒤로 차 문이 닫히자마자 그녀의 팔과 입술이 다시 그에게 달려들었고, 그녀의 느낌과 그녀의 맛이 느껴졌다. 그의 손가락들은 기적처럼 그녀의 옷을 벗겨 냈으며, 그녀의 봉긋한 젖가슴이 그의 손아귀에 들어왔다. "오, 에이프릴. 오, 세상에, 난…… 오, 에이프릴……."

차 안에는 두 사람의 거친 호흡 소리만 울려 퍼졌다. 근처에서는 날벌레가 시끄럽게 울어 댔고, 12번 고속 도로에서는 질주하는 자동차의 소리가 웅웅거리며 올라왔으며, 그보다는 약하지만, 통나무 집에서는 관악기와 피아노와 드럼의 소리에 녹아든 여자의 날카로운 웃음소리까지 들려오고 있었지만, 두 사람에게는 들리지 않았다.

"자기야, 잠깐만. 어디든 좀 가야겠어. 여길 벗어나서……."

"아뇨." 그녀가 속삭였다. "여기서. 지금. 뒷좌석에서요."

그래서 뒷좌석이 그 현장이 되었다. 바깥에서는 스티브 코빅의 마지막 드럼 독주가 부드러운 바람에 실려 가벼운 파도처럼 밀려오는 동안 셉 캠벨은 휘발유 냄새와 아이들의 장화 냄새와 폰티액의 합성 가죽 냄새가 짙게 뒤섞여 풍기는 비좁고 어두운 그곳에서 온몸을 잔뜩 구긴 채 그토록 오래 갈망했던 것을 획득하기 위해 끙끙거렸다. 마침내 그는 자기 사랑의 결실을 찾았고, 쟁취했다.

"오, 에이프릴." 뒤처리를 끝내면서 그가 한 말이었다. 그는 부드럽게 그녀의 몸에서 떨어졌고, 그녀의 옷을 여며 주었으며, 그녀가 뒷좌석에 홀로 동그마니 누워 있을 수 있도록 자기 외투를 말아 베개로 받쳐 주고, 그녀의 두 손을 부여잡은 채 차 바닥에 어정쩡한 자세로 쭈그리고 앉았다. "오, 에이프릴. 이건 그냥 우연이 아니야. 무슨 말인지 알아? 이건 정말 내가 언제나…… 사랑해."

"아뇨. 그런 말 하지 말아요."

"하지만 사실이야. 난 언제나 당신을 사랑했어. 난 지금 그저…… 무슨 말이냐면,"

"그만이요, 셉. 잠시 아무 말도 하지 말고 이대로 있어요. 그러고서 날 데려다주면 돼요."

약간 충격을 받은 그는 저녁 내내 무시해 버리려고 그렇게 열심히 노력했던 사실, 잠시 뇌리에 떠오르기는 했으나 달아오른 그의 욕망을 식히기에는 역부족이었던 그 사실, 그러고는 이제 처음으로 도덕적 무게로 자신을 억누르기 시작한 그 사실을 떠올렸다. 그녀는 임신한 몸이었다. "좋아. 난 하나도 잊지 않을 테니까." 그는 그녀의 손을 잡고 있던 두 손에서 한 손을 떼서 눈 주위며 입가를 열심히 비비고는 입을 열었다. "내가 무슨 바보 천치거나 뭐 그런 사람으로 보이겠지."

"셉. 그런 건 아니에요."

컴컴해서 그녀의 얼굴이 어디쯤 있는가는 짐작할 수 있었지만, 그녀가 어떤 표정인지, 혹은 무슨 표정을 떠올리기는 하는지도 확인할 수 없었다.

"그런 것 아니에요. 정말이에요. 난 그저 그쪽이 어떤 사람인지 모르겠다는 것뿐이에요."

침묵이 흘렀다. "수수께끼 같은 말 하지 마." 그가 작게 말했다.

"그게 아녜요. 난 정말 당신이 어떤 사람인지 모른다니까요."

그녀의 얼굴을 볼 수는 없어도 만질 수는 있었다. 그는 눈 먼 사람처럼 섬세한 손길로 그녀의 이마에서부터 홀쭉한 뺨 밑까지 더듬었다.

"그리고 실제로 내가 그쪽이 어떤 사람인지 안다 해도, 별 도움이 되진 않을 거예요. 나는 나 자신이 어떤 사람인지도 모르니까요."

넷

삼사 일 지나, 6번가 노선버스가 푸슉 섰다가 부웅 떠나간 뒤 프랭크 휠러는 해치울 것은 해치워야겠다는 듯 가벼운 마음으로 모린 그루브가 사는 거리로 접어들었다. 오늘 저녁 딱히 그녀를 만나고 싶은 것은 아니었는데, 그는 또 그게 정상이라고 생각했다. 오늘 그녀를 찾아가는 건 이 관계를 끝내기 위해서인만큼 그녀를 보고 싶어 하는 충동이 일었다면 상당히 곤란했을 것이다. 해야 할 일의 성격과 자신의 기분이 정확히 일치할 때면 언제나 그는 놀라워하면서 무척 기뻐했다. 그런데 요즈음 들어 이 흔치 않은 상황이 거의 습관처럼 자주 벌어졌다. 예를 들자면, 그는 남아 있던 '말하자면' 시리즈를 거의 하루에 하나씩 해치워 모두를 완성했다. 『판매 분석을 말하자면』과 『원가 회계를 말하자면』, 『임금 대장을 말하자면』

세 권 모두가 지금 기존의 『생산 관리를 말하자면』과 『재고 관리를 말하자면』과 함께 멋진 판지 종이철 속에 고이 모셔져 바트 폴록의 책상 위에 올라가 있었다.

　"어이, 프랭크, 다들 훌륭한데." 엄지로 종이철을 들춰 보며 폴록이 칭찬한 것이 어제였다. "그리고 다행히 오늘 자네에게 들려줄 좋은 소식이 있네." 좋은 소식이란 폴록의 기획이 '최종적으로 승인'받았다는 것이었고, 프랭크는 아무런 동요도 내비치지 않고 폴록의 말을 들어 주었다. 다음 주 월요일 '조직 재정비를 위한 비공식 회의'가 개최될 것이며, 거기서 프랭크는 새 동료들과 함께 '목표를 명확히 설정하는' 작업을 할 것이고, 그 회의를 계기로 프랭크는 밴디 부장의 휘하를 벗어날 예정이었다. 그 문제는 그렇다 치고, 이제는 '둘이 머리를 맞대고 연봉에 관해 이야기해 봐야 할 때'였다. 연봉을 정하는 이야기를 하고 있어도 프랭크는 전혀 초조하지 않았고, 셔츠 밑으로 땀을 흘리지도 않았다. 얼 휠러의 유령이 얼씬거리며 그 과정을 지켜보는 터무니없는 사건도 일어나지 않았다. 눈으로 폴록의 사무실 가구들이며 장식품들을 음울하게 평가하느라 이리저리 힐끔거리지도 않았으며, 에이프릴은 어떻게 생각할까 하는 걱정으로 마음이 무거워지지도 않았다. 그저 사무적으로 처리해야 할 일 한 가지에 불과했다. 그날 아침 폴록의 두툼한 손과 악수를 하고 났을 때 그의 연봉은 3,000달러 더 많아졌다. 꽤 두둑하고 흡족한 액수였고, 다른 건 차치하고, 산부인과 의사와 정신 분석의에게 줄 돈은 충분히 충당할 정도의 액수였다.

"잘됐네요." 에이프릴은 그 숫자를 듣고서 말했다. "그 정도로 예상했죠, 당신도?"

"그 정도였지, 맞아. 어쨌건 그 문제를 매듭지었으니 잘됐어."

"그래요. 그럴 것 같네요."

그렇게 해서 업무와 관련된 문제가 완전히 정리됐으므로, 그는 이제 개인적인 문제에 온전히 집중할 수 있었다. 사실 현재로서는, 이 개인적인 문제는 상당히 심각한 상황이었다. 지난 이틀 또는 사흘간 그의 결혼 생활은 나쁜 쪽으로 방향을 전환한 상태였다. 이전 같았으면 그의 마음을 상당히 괴롭혔을 변화였다. 에이프릴이 다시 거실에서 자기 시작한 것이다. 그렇지만 지금은, 천만다행으로, 지난날과 달랐다. 일단 이번에는 서로 싸우고 나서 그렇게 된 것이 아니었고, 또 그녀 쪽에서 별다른 앙심을 품고 있는 것 같지도 않았다.

"요즘 잠을 영 잘 못 자네요." 첫날 그녀가 설명했다. "혼자 자는 게 편할 것 같아요."

"알았어." 그렇게는 말했지만, 그는 그날 밤만 그럴 줄 알았다. 그런데 다음 날 밤에도 그녀가 흰 빨래 장에서 이부자리를 한 아름 안고서 터덜거리며 와서는 소파에 잠자리로 마련하는 것을 지켜본 그는 약간 초조해졌다.

"무슨 일이야?" 그는 술잔을 들고서 부엌문의 문설주에 등을 기대며 시트를 펄럭거리며 펴고 있는 그녀에게 부드럽게 물었다. "나한테 기분 나쁜 거라도 있는 거야?"

"아뇨. 내가 당신한테 '기분 나쁠' 게 뭐 있겠어요."

"쭉 이렇게 할 셈이야, 뭐야?"

"몰라요. 당신 마음을 불편하게 한다면 미안해요."

그의 대답은 뜸을 들인 다음에 나왔다. 처음에 그는 술잔 속의 얼음을 검지로 느릿느릿 눌러 댔다. 그러다 그 손가락을 입으로 가져가 빨고는, 문가를 떠나며 대수롭지 않다는 듯 어깨를 한번 들어 올렸다 내렸다. "아니. 불편하지는 않아. 당신이 잠을 잘 자지 못한다니 안됐군."

그리고 바로 그 점이 이전과는 다른, 근본적으로 다른 점이었다. 전혀 불편하지 않았다. 살짝 신경 쓰이기는 했지만, 기분이 나쁘거나 하지는 않았다. 내가 왜? 그건 그녀의 문제일 뿐이었다. 최근에 습득하게 된 이 새로운 능력, 서로가 별개의 인격체라는 사실을 확인하며, 이건 나의 문제이고 저건 너의 문제라고 구분할 수 있게 해 주는 이 능력으로 말미암아 얼마나 무한한 건강과 안녕을 확보하게 되었는가. 지난 몇 달 동안 두 사람은 압박감을 느낄 수밖에 없는 이런저런 일들로 각자 나름대로 일종의 위기를 겪어야 했다. 이제 와 보니 분명 그랬다. 지금은 두 사람에게 회복기였다. 따라서 이 기간에 상대의 관심사에 대해 어느 정도 거리를 두는 것은 분명 자연스러운 현상이며, 긍정적인 신호라 할 수 있었다. 그는 이 새로운 상황에 적응하는 것이 그녀에게는 유난히 힘들 것이라고 짐작했고, 또 그에 대해 연민을 느끼기도 했다. 그 때문에 그녀가 우울증이나 불면증에 시달린다면 충분히 이해할 수 있는 일이었다. 어쨌건 지금은 그가, 오로지 어른스럽고 신중한 방식으로만 그러겠지만, 그녀에게 도움이 되어 줄 수 있는 때였다. 다음 주, 아니면 가능한 한 이른 시일 안에 괜찮은 정신 분석의를 구하는 데 필요한 조치들을 취해 볼 참이었다. 이미 그는 정신 분석의와의 사전 면담에서 어떤 이야기가 오고 갈지 예상할 수 있었다. 그가 떠올린 그림에 의하면, 그 정신 분석의는 올빼미처럼 눈이 부리부리하고 얼굴이 둥근 사내로, 아마 전형적인 정신 분석의의 말투를 쓰는 사람이었다. ("이 문제에 관한 보호자 본인의 평가는 근본적으로 정확한 것 같습니다. 하지만 현재로서는 상담 치료를 어느 정도의 기간을 두고 지속해야 할지 예단하기는 어렵습니다. 그렇지만 한 가지는 분명히 말씀드릴 수 있겠습니다. 보호자분의 관심과 이해가 계속 이어지는 한, 확실시되는 예후는 환자의 조속한…….")

그와는 별개로, 그가 당면한 주요 과제는 모린과의 관계를 끝내는 일이었다. 그는 할 수만 있다면 시내 중심가를 벗어나서 술집이나 카페 같은 곳에서 그 일을 처리하고 싶었다. 모린을 중앙 자료실 안 반침 구석으로 데려갔던 오늘 오전만 해도 그럴 생각이었다. 하지만 그렇게 만나자고 말을 꺼냈을 때 그녀는 폴더를 펼쳐서 입을 가리고서 "아뇨, 제 아파트로 오세요."라고 속삭였다. "노마가 일찍 나가요. 제가 저녁 차려 드릴게요."

"아니야, 진짜." 그는 사양했다. "그러지 않는 게 좋겠어. 사실은……." 실제로 하고 싶었던 말은, "사실은 너와 이야기 좀 하고 싶어."였지만 그녀의 눈을 보자 겁이 덜컥 났다. 여기 회사에서 질질 짠다든지 하면 어쩔 건가? 그래서 그는 "나 때문에 고생할까 봐 그래."라고 말하고 말았다. 그 말은 사실이기도 했다. 하지만 결국 그녀의 말을 따르기로 했다.

그 이야기를 꺼내는 장소가 어디인지는 별문제가 되지 않
았다. 중요한 건 이야기의 내용 자체였다. 그리고 정말 중요한
건 그로써 모든 것이 확실하게 끝나야 한다는 것이었다. 미안
하게 생각할 필요는 없었다. 그는 수백 번 다짐했다. 지난 몇
년 동안 비루하게 남에게 미안해하는 데 얼마나 헛되이 힘을
쏟아 왔던가 생각하면 화가 났다. 이제부터는, 무슨 일이 있어
도, 절대로 미안해하지 않으리라.

"여보세요." 보도 쪽에서 그를 부르는 여자 목소리가 들려
왔다. "프랭크 휠러 씨 맞으시죠?" 자그마한 여행 가방을 든 여
자가 보도를 가로지르며 그에게로 다가왔다. 남자를 후리는
꽃뱀의 미소를 연상시키는 그녀의 미소를 보자마자 그녀가
누구인지 금방 알 수 있었다. 그가 모린의 아파트 건물로 올라
가는 분홍색 사암 계단에 첫 발을 올렸을 때 그녀가 그를 발
견했던 것이었다.

"전 노마 타운센드예요, 모린과 같이 살아요. 잠깐 말씀 좀
나눌 수 있을까요."

"그러시죠." 그도 물러서지 않았다. "무슨 말씀이신지요?"

"아니." 그녀는 뚱한 아이를 나무라듯 고개를 한쪽으로 까
딱 기울였다. "여기서 말고요." 그러고는 그를 지나쳐 두어 건
물 옆의 신식 에스프레소 카페로 향했다. 그는 그녀를 따라갈
수밖에 없었다. 하지만 그렇게 고분고분한 것을 보상이라도 하
듯 마뜩잖은 눈길로 씰룩거리는 그녀의 탱탱한 엉덩이를 노려
보았다. 다부진 몸매의 그녀는 두툼한 살집과 우락부락한 근
육이 다 드러나는데도 불구하고 몸에 딱 붙는 튜브 원피스를

입고서 팔자걸음으로 앞서고 있었다. 그녀는 로드 앤 테일러 백화점 진열장에서 '어두우면서 자극적인'이란 선전 문구를 달고 있을 법한 향수의 냄새를 풍겼다.

"시간 많이 뺏지 않을게요." 자그마한 대리석 탁자 앞으로 그를 몰아넣은 그녀는 여행 가방을 발밑에 갈무리하고, 베르무트 포도주를 한 잔 주문한 뒤, 한동안 요란스레 손을 놀려 속이 난해한 듯한 핸드백을 재깍거리고, 딸깍이며, 정리해서 담뱃갑을 하나 꺼내 놓은 다음 입을 열었다. "아페리티프 한 잔 마실 시간밖에 없어요. 곧 가야 하거든요. 이 주 동안 케이프에 있을 거예요. 모린은 저와 같이 가기로 했는데, 마음을 바꿨네요. 휴가 기간 전부를 여기서 보내려나 봐요. 당신도 알고 있겠죠. 전 간밤에야 알았죠. 그래서 찾아가기로 한 거기 친구들에겐 제가 좀 곤란하게 됐죠. 정말 한잔 안 해도 괜찮으시겠어요?"

"아뇨, 괜찮습니다." 그녀를 지켜보며 그는 그녀가 그렇게 못생긴 편은 아니라는 점을 인정하지 않을 수 없었다. 바싹 붙여 뒤로 넘겨 고정하는 대신 머리를 풀어 헤친다면, 볼살을 조금만 뺀다면……. 하지만 이내 그는 그 정도로는 안 될 것 같다는 결론에 도달했다. 말할 때 눈썹을 좀 덜 꿈쩍이는 법을 배워야 할 것 같았고, 술 한 잔을 굳이 프랑스어인 아페리티프라 한다든지 케이프 코드를 케이프라 줄여 부른다든지 하는 상류층 말버릇은 확실히 버려야 할 듯했다.

"전 지금 모린에게 상당히 짜증이 나 있거든요." 그녀의 말은 이어졌다. "이번 휴가 계획을 이렇게 멍청하게 망쳐 놓은 짓은 여태껏 걔가 저지른 수많은 어리석은 짓의 일례에 불과해요. 그렇다고 그 이야길 여기서 할 필요는 없겠지만. 중요한 건……." 여기서 그녀는 그를 날카로운 눈빛으로 쏘아보았다. "중요한 건, 짜증도 나지만, 전 걔가 무척 걱정되기도 한다는 거예요. 전 당신보다는 걔를 안 지 훨씬 더 오래됐고 당신보다는 더 잘 알죠, 휠러 씨. 걘 아주 어리고, 아주 여리고, 아주 고운 애예요. 근데 최근 몇 년 아주 힘든 시기를 보냈어요. 지금으로서는 조언도 해 주고 다정하게 대해 줄 사람이 필요해요. 당장 보기에는, 제가 이렇게 솔직히 말하는 것 용서해 주셨으면 해요, 당장 보기에는 걔가 절대로 말려들지 말아야 하는 게 유부남과의 무의미한 불륜 관계라는 거죠. 오해하진 마세요. 전 절대로, 제 말 끊지 마세요. 전 지금 무슨 도덕적 잣대를 들이대자는 게 아니에요. 그저 당신과 내가 점잖은 성인으로서 이 문젤 의논했으면 싶을 뿐이에요. 하지만 좀 거북할 수도 있는 질문으로 이야기를 시작할 수밖에 없네요. 모린은 당신이 자길 사랑하고 있다고 믿는 것 같은데 사실인가요?"

대답은 너무나도 간단한 것이었기에 그 말을 입 밖으로 내는 것 자체가 그에게는 아주 재미있는 일이었다. "죄송하지만, 그건 당신이 상관할 바가 아닌 것 같네요."

그녀는 몸을 뒤로 젖혔다. 그러고는 뭔가를 생각하는 듯한 표정으로 그를 쳐다보며 미소 지었다. 그녀의 콧구멍에서는 가는 담배 연기가 구물거리며 새어 나왔다. 그녀는 입술에 달라붙은 담배 종이 부스러기를 매니큐어 칠한 새끼손가락과 엄지손가락 손톱으로 집어서 떼어 냈다. 그는 바트 폴록이 점심 먹으며 했던 "내가 사람을 얼마나 잘 보는지 한번 시험해 봐야겠군."이란 말이 생각났고, 탁자를 타고넘어 그녀의 목을 조르고 싶은 충동을 느꼈다.

"당신 맘에 들어요, 프랭크." 마침내 그녀가 입을 열었다. "그렇게 이름 불러도 돼요? 당신이 그렇게 화내는 것도 맘에 들어요. 성깔이 있다는 표시니까." 그녀는 몸을 다시 앞으로 당겨 세우고는, 술을 한 모금 애교스럽게 홀짝인 후, 한쪽 팔꿈치를 탁자 위에 세웠다. "아, 이봐요, 프랭크. 우리 서로 좀 이해해 보도록 해요. 당신은 아마 아주 선량하고 진지한 남자겠죠. 코네티컷에 있는 집에는 예쁜 아내와 귀여운 아이 두엇이 있을 테고. 그리고 아마 여기 이곳에서 일어난 일의 본질은 당신이 지극히 인간적이고, 지극히 자연스러운 상황에 말려들었다는 것이겠죠. 얼추 사실에 가깝지 않나요?"

"아니." 그가 대답했다. "전혀 그렇지 않습니다. 이제 제가 좀 맞혀 볼까요?"

"그래요."

"좋습니다. 난 당신이 아마도 따분하고, 남의 일에 참견이나 하는 그런 여자일 거라고 봅니다. 어쩌면 잠재적인 레즈비언일 수도 있겠네요. 그리고 확실히 당신은……." 그는 1달러 지폐를 탁자 위에 내려놓았다. "성가신 년이 확실하고요. 휴가 잘 보내시길 바랍니다."

그러고는 단 네 발짝으로 성큼성큼 걸어 카페를 나와 버렸다. 부실해 보이는 웨이터 하나가 그 기세의 당당함에 화들짝 놀라 드미타스 에스프레소 잔을 받친 소반과 함께 나뒹굴 뻔했다. 모린의 아파트 입구의 분홍색 계단을 오르면서 그는 가슴속에서 부풀어 오르는 웃음을 참아 내기가 힘들었다. 그 여자의 표정이라니! 현관에 다다라 청동 주물로 된 우편함이 늘어선 벽에 몸을 기댄 그는 마음껏 웃어 보려 했다. 하지만 막상 그의 웃음은 깔깔거리는 큰 웃음이 아니라 끝이 힘없이 잦아드는 키들거림에 불과했다. 그것도 자신도 어쩔 수 없이 발작적으로 터져 나오는 데다 허파 전체가 아니라 위쪽 끝부분만 활용하는 것이어서 횡경막이 아려 왔다. 그는 숨을 쉴 수가 없었다.

그런 상황이 끝나자, 혹은 거의 끝날 때쯤, 그는 현관문 쪽으로 어기적거리며 다가가 유리창의 먼지 풍기는 그물망 커튼을 열어젖히고 아래를 내려다보았다. 이제 막 보도 끝으로 나와 서서 핸드백을 흔들며 택시를 부르고 있는 노마의 뒷모습이 눈에 들어왔다. 등이 뻣뻣한 것이 무척 화가 난 듯했고, 그녀의 여행 가방은 어딘지 모르게 아주 처량한 느낌을 주었다. 가방은 새것으로 비싸 보였다. 아마 하루를 바쳐 그 가방을 구하고, 몇 주에 걸쳐 주단으로 감싼 가방 속을 채울 물건들, 새 수영복, 바지, 자외선 차단제, 새 카메라 등 모두 젊은 여자가 즐거운 한때를 보내기 위해 요란스럽고 세심하게 고른 장비를 사 모았을 것이 분명했다. 갈비뼈 쪽에서 여전히 솟구치고 있는 키들거림을 느끼면서 동시에 그는 엉뚱하게도 따뜻한 연민의 감정이 일어나는 것도 느꼈다. 그녀는 택시에 올라 벌어져 갔다.

그는 미안했다. 하지만 이제는 감정을 추슬러야 했다. 모린을 상대해야 할 때였다. 그는 몇 번 숨을 크게 들이마신 다음 초인종을 눌렀다. 버저 소리가 들리고 현관 안으로 들어선 그는 계단을 서둘러 올라가지 않도록 조심했다. 모린의 아파트에 도착했을 때 호흡이 가빠서는 안 되었다. 침착을 유지하는 것이 관건이었다.

문에는 걸쇠가 걸려 있었다. 그는 한두 번 문을 두드렸고, 그녀의 목소리가 들렸다. 침실 쪽에서 들려오는 듯했다. "프랭크? 당신이에요? 들어오세요. 곧 나갈게요."

아파트 안은 무슨 파티라도 준비하듯 티끌 하나 없이 깨끗했고, 부엌에서는 고기가 익어 가는 듯한 냄새가 희미하게 새어 나왔다. 카펫 주위를 어슬렁거리던 그는 그제야 전축에서 음악이 흘러나오고 있으며, 계단을 올라오는 내내 들려왔던 것으로 어렴풋이 기억나는 음악이 이 음악이었다는 사실을 깨달았다. 여러 대의 바이올린으로 연주한 빈풍의 부드러운 왈츠곡으로, 칵테일 파티에서 흔히 듣는 음악이었다.

"소파 앞 탁자에 술이며 뭐 그런 것 좀 있어요." 모린의 목소리가 다시 들려왔다. "그거라도 드세요."

그는 잘됐다 싶어 독한 술을 한 잔 따르고는 소파 깊숙이 몸을 묻고, 긴장하지 않으려고 노력했다.

"문은 닫았어요?" 그녀가 물어 왔다. "잠그기도 하고요?"

"그런 것 같은데. 뭔 일인데 이렇게……."

"혼자 있는 것 맞죠?"

"그럼, 혼자이지. 사람 궁금하게 왜 이래, 뭐야?"

그녀는 침실 문을 열고는, 미소 지으며 그대로 서 있었다.

머리에서부터 발끝까지 실오라기 하나 걸치지 않은 채였다. 그러다 그녀는 왈츠 리듬에 맞춰 방 안을 돌며 꿀렁꿀렁 춤을 추기 시작했다. 부끄러움에 얼굴이 발그레해진 그녀는 아마추어 발레리나처럼 팔목을 휘젓고 까닥거리며 고조되는 현악기 연주에 맞추어 그의 앞에서 몸을 빙글빙글 돌렸다. 키득거리지 않으려고 필사의 노력을 다하고 있었다. 그가 술잔을 탁자 위에 채 내려놓기도 전이었다. 그녀가 몸을 던져 그의 팔 안으로 푹 쓰러졌다. 술이 조금 넘쳤고, 그는 헉하고 숨을 들이마셨다. 그녀는 노마에게서 냄새 맡았던 향수와 같은 향수로 목욕한 듯했다. 그녀는 그의 머리를 감싸안고 환영의 표시로 입을 맞추었고, 그는 바로 코앞에서 그녀가 눈화장을 평소보다 훨씬 진하게 했다는 것을 알 수 있었다. 속눈썹 하나하나가 다 울퉁불퉁하고 두툼한 거미 다리처럼 뺨에 들러붙어 있었다. 마침내 그녀의 입에서 놓여나자 그는 상체를 좀 더 반듯하게 세운 자세로 돌아가려 했다. 배를 짓누르는 그녀의 무게를 얼마간 줄여 보려고 그런 것이었는데, 쉽지 않았다. 여전히 그녀가 두 팔로 그의 목을 꽉 껴안고 있는 데다, 몸을 비비적거리는 통에 그의 재킷과 셔츠가 등과 가슴께로 지나치게 팽팽하게 당겨졌기 때문이었다. 마침내 그는 한쪽 팔을 자유롭게 쓸 수 있게 되었고, 목을 조이던 셔츠 목깃의 단추를 풀 수 있었다. 그제야 그는 미소를 지어 보려 했다.

"안녕." 그녀는 쉰 듯한 목소리로 낮게 속삭이고는, 다시 그의 입술에 자신의 입술을 포갰다. 그의 입안 가득 그녀의 혀가 밀려들었다.

이번에 그는 물에 빠져 죽어 가는 듯한 절박함을 느꼈고, 물 위로 헤어 나오려고 버둥거렸다. 그가 숨을 돌리게 되자 그녀는 몸을 뒤로 빼고 실망스럽다는 듯 그를 쳐다보았다. 그녀의 젖가슴이 두 개의 놀란 얼굴처럼 건들거렸다. 그는 호흡이 정상으로 돌아올 때까지 한동안 말을 할 수 없었다. 그러다 그는 그녀를 쳐다보는 대신 자신의 손을 한참 내려다보았다. 그의 손은 그의 무릎 위에 가로질러 놓인 그녀의 두툼한 허벅지를 움켜쥐고 있었다. 그는 손의 힘을 풀었고, 손가락을 펴고는 회의용 탁자의 가장자리를 치듯이 그녀의 허벅지 위쪽 부분을 가볍게 톡톡 쳤다.

"이봐, 모린." 그가 입을 열었다. "우리 이야기 좀 해야겠어."

그 이후 벌어진 일은, 실제로 그 일이 벌어지던 당시에도 그랬지만, 현실이 아니라 꿈에서 일어난 일 같았다. 그 일에 실제로 관여한 그의 의식은 극히 일부에 지나지 않았고, 나머지 의식 대부분은, 당혹하고 무기력했지만 어쨌건 이 꿈에서 깨어날 순간이 곧 오리라 어느 정도 확신하면서, 그 일이 벌어지는 현장을 그저 지켜보기만 했을 뿐이다. 그가 말을 꺼내기 시작하자 그녀의 얼굴이 어두워지는 모습이며, 그의 무릎에서 뛰쳐나가 실내복을 집으러 달려가는 모습, 실내복을 목까지 끌어 올려 폭우 속 비옷처럼 꽁꽁 여미고서 카펫 위를 오가는 모습, ("아니, 그렇다면, 더는 말할 필요가 없는 것 아닌가요, 안 그래요? 오늘 여기 올 필요도 없었던 거고요, 그렇죠?") 이 장면들 모두가 지금 실제로 일어나고 있는 일이라기보다는 고통스러운 기억 속의 장면처럼 느껴졌다. 그녀를 좇아 방 안을 돌며

비굴하게 한 손을 다른 한 손에 대고 비비면서 변명에 변명을
더하는 자신의 모습 역시 마찬가지였다.

"모린, 이봐. 좀 합리적으로 생각해 보자고. 네가 내, 우리,
내 결혼 생활이 행복하지 않다거나 뭐 그렇다고 생각하도록
내가 유도한 부분이 있다면, 그건 정말 미안해. 미안하다고."

"그러면, 나는? 내 기분은 어떻겠어? 이러면 내 입장이 얼마
나 곤란해지는지 생각은 해 봤어?"

"미안해. 내가……."

그리고 마지막 장면이 펼쳐졌다. 모린은 부엌에서 뭉게뭉게
뿜어져 나오는 시커먼 연기 속에 등을 구부리고 주저앉았다.
그녀의 송아지 고기 볶음이 숯덩이로 변하고 있었다.

"완전히 망친 건 아냐, 모린. 먹을 수도 있다는 거지, 네가
먹겠다면 말이야."

"아뇨. 망쳤어요. 모든 게 다. 당신도 이제 가요."

"오, 이봐. 이러지 않아도 되잖아. 우리가 이런 식으로……."

"가라고 그랬죠."

그랜드 센트럴 역에서 잔뜩 취하도록 술을 마셨지만, 여전
히 이 장면들은 지워지지 않았다. 배는 고프고, 피곤하고, 술
에 취해 기차를 타고 집으로 돌아오는 동안에도 애절함이 듬
뿍 담긴 동그란 눈과 연신 움직이는 입술, 그리고 그녀를 설득
하려고 열심인 자신의 모습이 눈앞을 떠나지 않았다.

회사에서 그녀와 마주치면 어쩌나 하는 두려움이 얼마나
컸던지 그는 다음 날 엘리베이터를 내려서고 나서야 그녀가
회사에 없다는 사실을 깨달았다. 그녀는 휴가 중이었다. 노마

를 뒤쫓아 케이프로 떠났을까? 아니다. 이 주의 휴가 동안 그녀는 새로운 일자리를 찾아다닐 공산이 컸다. 어찌 되건, 다시는 그녀를 만나지 않으리란 건 분명했다. 자신의 의지를 확인하자마자 이번에는 다른 걱정으로 마음이 무거워졌다. 다시는 만나지 않을 거라면, 그럼 그런 기회, 어, 그녀에게 자초지종을 설명할 기회도 함께 날아가 버리는 것 아냐? 변명하는 어투가 아니라 담담한 어투로 담담하고 변명할 필요 없는 그의 모든 사정을 들려줄 기회가?

모린과 관련해서 초조한 생각은(전화를 걸어 봐야 할까? 편지를 써 볼까?) 토요일에도 그의 뇌리를 사로잡았다. 현기증 나는 불볕더위를 무릅쓰고 새로 만드는 통행로에 돌을 까는 일을 할 때도 그랬고, 집을 떠나 있을 핑계로 뭔가를 구하겠다며 왜건 차를 몰고 나와 혼자 중얼거리며 한적한 도로를 하염없이 운전할 때도 달라지지 않았다. 일요일이 되고 이른 오후 신문을 사야겠다며 차를 몰고 집을 나서 한참이나 멍하니 달리고 나서야 "잊어버려."라는 말이 그의 입 밖으로 새어 나왔다.

화창한 날이었다. 그는 긴 언덕을 올라 햇살이 내리비치는 꼭대기 부근을 달리고 있었다. 잎이 노랗게 물들기 시작한 느릅나무 군락을 스쳐 지나다가 그는 갑자기 웃음을 터뜨리며 주먹으로 표면이 갈라진 플라스틱 운전대를 내려치기 시작했다. 잊어버려! 그딴 것 계속 생각해서 도대체 어쩌자는 거야? 모린의 문제는 이제 자기 인생의 핵심 줄거리와는 상관없는 지엽적인 사건으로, 짧고 사소하며 무엇보다 우스꽝스러운 일로 치부될 것이었다. 여행 가방을 들고서 씩씩거리며 보도 끝으로 걸어 나왔던 노마, 발가벗은 채 그의 무릎 위로 뛰어올랐던 모린, 고기 타는 연기 속에서 손을 비벼 대며 모린을 쫄래쫄래 따라다니는 그 자신, 이들 모두 이제는 끝나 버린 만화 영화의 왜곡되고 어리석은 등장인물들 같았다. 루니 툰 만화는 끝났다. 방정맞은 금속성의 음악이 점점 커지고 커다란 원이 중심을 향해 줄어들기 시작하면서 만화의 마지막 장면이 점점 빠르게 졸아드는 원 안에 갇히다가, 마침내 완전히 잠식되어 밝은 빛 한 점으로 변해 흔들거리다가, 그 유명한 "다 끝났어요, 여러분!"이란 대사가 화면 전체를 가로질러 써지면서 깜박 꺼져 버린 것이다.

그는 길가에 차를 세우고 웃음이 잦아들기를 기다렸다. 기분이 한결 나아진 그는 차를 돌려 집으로 향했다. 잊어버려! 레볼루셔너리 로드에 진입하기까지 그는 좋은 일만 떠올리도록 노력했다. 화창한 날씨, 완성하여 폴록의 책상 위에 올려 놓은 시리즈, 그리고 3,000달러 연봉 인상, 심지어는 내일 아침 있을 '조직 재정비 회의'까지 모두 기분 좋은 일들이었다. 그러고 보면 이번 여름은 그렇게 나쁘지만은 않았던 것 같았다. 차를 몰고 집으로 돌아가면서, 이제 그는 샤워를 마치고 깨끗한 옷으로 갈아입을 때의 상쾌함을 아무 걱정 없이 기대할 수 있었다. 그러고 나면 셰리 포도주를 한 잔 홀짝이고(생각만으로도 그는 입맛을 다셨다.) 남은 오후에는 깜박깜박 졸면서 《뉴욕 타임스》를 훑어볼 셈이었다. 그리고 오늘 밤은, 만사가 제대로 돌아간다면, 에이프릴이 소파에서 따로 자는 이 짜증스러운 사태와 관련하여 그녀와 이성적이고 상식적인 대화를 나누기에 완벽한 시점이 될 것이었다. 그녀를 괴롭히는 문제가 있다면 어떤 것이건 오늘 밤, 물론 며칠 전에도 가능했겠지만, 그가 마음먹고 나서 그녀와 마주 앉아 이야기하면 자연스럽게 해결될 것이 분명했다.

"이봐." 그는 이렇게 말을 시작할 작정이었다. "이번 여름은 정말 정신없었지. 당신도 아주 힘들게 지냈을 거야. 지금 당신은 외롭고 혼란스럽고 막 그렇겠지. 상황이 아주 암울하게 느껴지리란 것도 알아. 근데 말이야, 난 정말로……."

노란색과 파란색 나뭇잎 사이로 모습을 드러낸 하얀 집은 아주 단정하게 보였다. 어쨌건 그렇게 나쁜 집은 아니었다. 그의 집은, 존 기빙스가 언젠가 말했던 것처럼, 사람 사는 곳처럼 보였다. 집은 삶이라는 어렵고 섬세한 과정이 진행되는 곳이기에 때로는 행복이라는 놀라운 조화가 이루어지기도 하고, 때로는 비극에 가까운 혼란이 발생하기도 할 뿐만 아니라, 터무니없이 우스꽝스러운 촌극 역시 발생하는("다 끝났어요, 여러분!") 그런 곳이다. 집은 또한, 여름 한 철을 미친 듯 정신없이 보내다가도, 여러 가지로 혼란스럽고 외롭게 느끼게 될 수도 있고, 가끔은 상황이 암울하게 여겨질 수도 있지만, 결국에는 모든 것이 다 정상을 되찾게 되는 그런 곳일 수도 있었다.

에이프릴은 라디오를 크게 켜 두고 부엌에서 뭔가를 하고 있었다.

"우와." 두툼한 일요판 신문들을 탁자 위에 내려놓으며 그가 말을 걸었다. "오늘 날씨가 너무나 좋아."

"그래요. 아주 좋네요."

그는 따끈한 물로 오랜 시간 호사스럽게 샤워를 한 다음 머리를 빗고 다듬는 데 오랫동안 공을 들였다. 침실로 들어선 그는 엉덩이에 착 달라붙는 깨끗한 바지를 입었다. 녹색과 검은색으로 바둑판 문양이 들어간 아주 비싼 면바지였다. 그런 다음 그 위에 받쳐 입을 셔츠를 고르기 위해 세 벌을 꺼내 찬찬히 비교한 후 하나를 골랐다. 셔츠를 어떻게 입을 것인가 이리저리 시험해 보던 그는 마침내 소매를 두 번 접어 걷어 올리고, 목뒤 깃을 세우고, 단추는 가슴께까지만 채우기로 결정했다. 그는 에이프릴의 화장대 거울 앞에 허리를 굽히고 서서 그녀의 손거울을 이용해 옆에서 봤을 때 목뒤 깃이 원하는 대로 세워졌는지 확인하고는 턱에 힘을 주고 근육을 당겼을 때의 효과도 확인해 두었다.

부엌으로 돌아온 그는 라디오에서 흘러나오는 재즈 음악의 리듬에 맞춰 가볍게 손가락을 팅기면서 신문을 훑어보았다. 그녀에게 보통 때와는 다른 점이 있다는 사실을 깨달은 것은 두 번째로 그녀를 쳐다보았을 때였다. 그녀는 예전에 입었던 임신복을 입고 있었다.

"잘 어울리는데."

"고마워요."

"셰리 좀 남았나?"

"안 남았을걸요. 다 마셨어요."

"젠장. 맥주도 없겠네, 그럼?" 그는 대신 위스키를 한 잔 마실까 생각해 봤지만, 그러기에는 너무 이른 시간이었다.

"차가운 홍차 만들어 둔 게 좀 있는데 그거라도 드세요. 냉장고에 있으니까."

"알았어." 그는 딱히 마시고 싶지는 않았지만 한 잔 가득 따랐다. "그건 그렇고, 애들은 어디 있어?"

"캠벨네에 갔어요."

"오, 안 되겠네. 만화 읽어 줄까 했는데."

그러고서 그는 몇 분 더 신문을 뒤적였고, 그녀는 개수대에서 하던 일을 계속했다. 그러다 그는, 별달리 할 일이 없었기 때문에, 그녀의 뒤로 다가가 팔을 잡았다. 그녀의 몸이 굳어졌다.

"이봐." 그가 시작했다. "이번 여름은 정신이 없었지. 나도 당신이…… 당신도 힘들었다는 것 나도 알아. 내 말은 내가 알고 있다는 거지. 당신이……."

"내가 당신과 같이 자지 않는다는 걸 알고 있단 말이겠죠. 그리고 왜 그런지 알고 싶은 거잖아요." 그녀는 그의 손에서 벗어나며 말했다. "근데 미안해요, 프랭크. 지금 난 이야기하고 싶지 않아요."

그는 잠시 주춤했다. 그러고는 대화하기 좋은 분위기를 만들 목적으로 그녀의 목덜미에 정중하게 키스했다. "알았어. 그럼 당신은 뭘 이야기하고 싶은데?"

그녀는 설거지를 마치고 개수대의 물을 뺐다. 이제 그녀는 행주를 헹구고 있었지만 아무 말도 하지 않았다. 행주를 비틀어 물을 다 짜낸 다음, 행주걸이에 널고 나서야 그녀는 개수대에서 떨어지며 몸을 돌려 처음으로 그를 쳐다보았다. "우리 아무 이야기도 안 하면 안 되겠어요?" 그녀가 물었다. "그냥

우리 하루하루 그냥, 뭐든 꼭 이야기를 해야 한다는 강박 따
위 없이, 나름대로 최선을 다하면서 이대로 지내면 안 되겠냐
고요."

그는 참을성 많은 정신 분석의처럼 그녀를 보고 미소 지었
다. "뭐든 꼭 이야기해야 한다고 말한 적 없는데, 나는. 그러고
싶은 마음도 없었고. 나는 그저 제안을……."

"좋아요." 한 발 뒤로 물러서며 그녀가 내뱉었다. "당신을 사
랑하지 않아요. 그래서 그래요. 속이 시원해요?"

다행히 정신 분석의의 무미건조한 미소가 그의 얼굴에 그
대로 남아 있었다. 그 덕분에 그는 그녀의 말이 진심이란 걸
받아들이지 않을 수 있었다. "그건 대답이라고 하기 힘든데."
그는 다정한 목소리로 말했다. "난 당신 기분이 정말 어떤지
알고 싶어. 당신이 지금 하고 있는 일이 모든 걸 회피하려는
노력의 일종이 아닐까 걱정돼. 당신이…… 그러니까 당신이 정
신과 상담을 받을 때까지 말이야. 지금부터 치료를 시작하는
시점까지는 개인적인 책무나 의무 같은 건 모두 내팽개치려는
시도 같은 것일 수 있잖아. 당신 생각에도 그런 것 같아?"

"아뇨." 그녀는 이미 그를 등지고 있었다. "아, 잘 모르겠어
요. 그래요. 당신 맘대로 생각해요. 당신 맘이 제일 편하겠다
싶은 대로 해석하라고요."

"글쎄." 그가 말을 받았다. "이건 내 마음이 편하냐 아니냐
의 문제가 아닌 것 같은데. 내 말의 요지는 일상은 계속되어
야 한다는 거지, 정신과 치료를 받든 안 받든. 제길, 난 알고
있다고. 당신이 지금으로서는 아주 힘들다는걸. 여름 내내 그

랬지. 중요한 건 우리 둘 다 힘들게 버텨 왔고, 그러니 이제는 가능한 한 서로를 돕도록 노력해야 한다는 거야. 도대체 왜 그랬는지는 모르겠지만, 나도 최근에는 아주 이상한 짓을 저질렀단 말이야. 사실 말이지만, 정신과 상담을 받아야 하는 사람이 오히려 내가 아닐까 생각 중이라니까. 실제로……" 그는 몸을 돌려, 턱에 힘을 주고, 창밖을 내다보며 섰다. "실제로, 당신이 좀 정신을 차렸으면 하고 바랐던 건 내가 당신에게 털어놓고 싶은 일이 있어서이기도 해. 그 일이란 게, 일종의…… 어, 몇 주 전에 내게 어찌 보면 신경증적이고 비이성적이라 할 일이 있었거든."

그러고는 자기가 무슨 말을 하는지, 완전히는 아니지만, 거의 의식하지 못한 채 자기 입으로 모린 그루브에 대해 이야기하기 시작했다. 그의 이야기에는 은폐와 왜곡이 자연스럽게 스며들었다. 모린 그루브는 같은 회사에 근무하는 타자수가 아니라 그저 '뉴욕시에 사는 아가씨인데 잘 모르는 여자'가 됐고, 자기는 아무 감정이 없었다는 점이 누누이 강조되면서 동시에 그 여자는 자기에 대해 짙은 감정을 품었고 또 그 감정을 주체하지 못했노라는 암시를 깔고 있기도 했다. 그의 목소리는 부드러웠지만 분명했다. 가끔 쉰 목소리로 변하면서 떨리거나 말이 끊어지는 경우가 있었지만, 그런 경우는 모두 이야기에 리듬감을 더해 주는 역할을 했다. 그의 이야기에는 고백의 강렬함과 낭만적인 연애 이야기의 우아함이 잘 결합되어 있었다.

"그러니까 핵심이 뭐냐면, 이게, 그냥 그 낙태 시술 건과 관련해서, 그러니까, 어, 단순하게 말해, 나 자신의 남성성이 위협받고 있다고 느꼈기 때문에 일어난 사달이라는 거야. 뭔가를 입증하고 싶었던 거지. 잘은 모르겠지만. 어쨌건 지난주에 난 끝냈어. 멍청한 짓거리 전부 정리했다고. 이젠 진짜 전부 다 끝난 일이야. 다 끝냈다는 확신이 없었으면 내가 지금 당신에게 이런 이야길 하지 않겠지.”

“왜 그랬어요?” 그녀가 물어 왔다.

그는 머리를 가로저었다. 시선은 여전히 창밖을 향하고 있었다. “여보, 나도 잘 몰라. 지금 어떻게든 당신에게 설명해 보려고 하고 있잖아. 나 자신에게도 왜 그랬는지 설명해 보려고 하는 중이야. 그래서 내가 그 일이 신경증적이고 비이성적인 데가 있다고 말했던 거고. 난……”

“아뇨.” 그녀가 말을 잘랐다. “왜 그 여자하고 그랬나 물어본 것 아니에요. 내 말은, 왜 내게 그 이야길 한 거죠? 그게 무슨 의미가 있어요? 내가 질투나 뭐 그런 걸 하길 바랐던 건가요? 그럼 내가 뭐 당신과 다시 사랑에 빠진다거나, 다시 한 침대에서 잔다거나 뭐 그럴 줄 알았나요? 도대체 내가 무슨 말을 해야 하는 거예요, 지금?”

그는 그녀를 쳐다보았다. 얼굴이 달아오르더니 당혹스러운 미소로 변하려고 꿈틀거리는 것이 느껴졌다. 그는 예의 정신과 의사 같은 미소로 바꿔 보려 했지만 소용없었다. “당신이 지금 어떤 감정인지 한번 말해 보는 게 어때?”

그녀는 이 말을 듣고 잠시 생각해 보는 듯하더니 별것 아니라는 듯 어깨를 으쓱였다. “말했잖아요. 난 아무 느낌이 없어요.”

"그 말은 내가 무슨 짓을 하든, 어떤 여자와 자든 당신은 아무렇지도 않다는 말이네. 그렇지?"

"그래요. 맞는 것 같네요. 상관 안 해요."

"하지만 난 상관해 주길 바라!"

"나도 알아요. 나도 그랬을 거예요, 당신을 사랑한다면요. 근데 난 아니거든요. 더는 당신을 사랑하지 않아요, 그리고 진정으로 사랑해 본 적도 없어요. 그걸 깨달은 건 이번 주가 돼서이죠. 그 이전엔 몰랐으니까요. 그래서 지금 당장 아무 이야기도 하고 싶지 않은 거예요. 알겠어요?" 먼지 닦는 마른걸레를 집어 든 그녀는 거실로 들어가 버렸다. 해야 할 집안일을 앞둔 지친, 그러나 당당한 주부의 모습이었다.

"자, 여러분 귀 기울여 보세요." 라디오에서 다급한 목소리가 울려 퍼졌다. "지금, 로버트 홀에서 진행되고 있는 가을맞이 재고 대행사에 오시면 모든 남성 반바지와 활동성 청바지를 엄청나게 저렴한 가격에 만나 보실 수 있습니다!"

장승처럼 뻣뻣하게 서서 입도 대지 않고 식탁 위에 그대로 두었던 홍차 잔만 뚫어지게 내려다보던 그는 머릿속이 너무나 혼란스러웠다. 그나마 일관성 있게 떠올릴 수 있었던 생각은 하나밖에 없었다. 오늘이 어떤 일요일인지가 갑자기 기억났고, 그래서 아이들이 캠벨네에 맡겨진 이유를 알게 됐고, 그러니 아내와 이야기를 나눌 수 있는 시간이 많지 않다는 사실을 깨달은 것이었다.

"어, 잠깐만." 그는 몸을 휙 돌리고는 단호하게 성큼성큼 걸어 그녀를 좇아갔다. "그 빌어먹을 마른걸레 내려놓고 내 말 좀 들어 봐. 잘 들어. 우선, 당신 자신이 똑똑히 알고 있잖아.
당신은 날 사랑해.”

다섯

“아, 운전 안 하고 이렇게 얻어 타고 가니 호사스러운 게 너무 좋네요.” 승객석 쪽 문의 안쪽 손잡이를 꽉 잡은 기빙스 부인이 감탄을 발했다. 아들이 있는 병원을 갈 때면 언제나 남편이 운전대를 잡았고, 그러면 그녀는 편하고 좋다는 말을 빼먹지 않았다. 그녀는 늘 날마다 하루 종일 운전을 하는 사람에게는 다른 사람에게 운전대를 맡기고 자리에 느긋하게 앉아 가는 것만큼 멋진 휴가는 없다고 말하곤 했다. 하지만 습관을 버릴 수는 없었다. 자신이 운전대를 잡은 것처럼 길 앞쪽에서 시선을 떼지 않았으며, 회전을 하거나 정지 신호와 마주칠 때면 오른발을 뻗어 발밑의 고무 매트를 밟았다. 이런 습관적인 동작을 하고 있다는 것을 의식하게 되면, 그녀는 일부러 눈을 돌려 지나치는 바깥 풍경을 바라본다든가, 허리 근육에 힘을 빼고 좌석 깊이 몸을 묻어 보려고 노력했다. 이런 자기 통제의 마지막 시도로 문짝의 손잡이를 잡고 있던 손을 풀어 자신의 무릎 위에 올려놓기도 했다.

"어머, 오늘 날이 너무 좋지 않아요?" 그녀가 남편에게 물었다. "와, 저 나뭇잎들 너무 예뻐요. 막 물들기 시작했네요. 막 시작되는 가을보다 멋진 게 있을까요? 울긋불긋한 색깔들하며 공기는 또 얼마나 상쾌하게요. 이맘때면 언제나 난 옛날 그, 조심해욧!"

그녀의 신발이 바닥 매트를 콱 밟았고, 그녀의 몸은 앞으로 휘어지며 충격에 대비하는 자세를 취했다. 정면에서 빨간 트럭 한 대가 옆길에서 돌아 나오고 있었다.

"내가 다 보고 있어요, 여보." 하워드 기빙스는 이렇게 말하면서 부드럽게 브레이크를 밟아 트럭이 옆으로 지나갈 공간을 충분히 두고 차를 세웠다. 그런 다음 다시 부드럽게 가속 페달을 밟으면서 덧붙였다. "긴장 좀 풀어요, 이제. 운전은 내가 하니까 신경 쓰지 말고."

"아, 알아요. 그럴게요. 미안해요. 내가 좀 바보 같았네요." 그녀는 숨을 몇 번 크게 들이쉬고 손을 자기 허벅지에 올려놓았지만, 손은 놀란 새처럼 좀처럼 가만있지를 못했다. "이렇게 면회 가는 날이면 내가 마음이 늘 편하질 않아서 그래요. 특히 오늘처럼 오래간만에 가는 날은 더 그래요."

"환자 성함은요?" 면회 신청 접수처의 깡마른 여자애가 물었다.

"존 기빙스예요." 기빙스 부인은 정중하게 머리를 까닥이며 대답했다. 그러고는 잇자국이 선명한 여자애의 연필이 등사지에 나열된 이름을 더듬어 내려가는 것을 지켜보았다. 연필은 기빙스, 존에서 멈추었다.

"관계는요?"

"부모입니다."

"여기 서명하시고 이 쪽지 가져가시면 돼요. 제2병동 A입니다. 2층으로 올라가서 오른쪽입니다. 환자는 오후 5시까지는 복귀시켜 주셔야 합니다."

제2병동 A 외벽에 달린 대기실 앞에서 '안내를 원하시면 눌러 주세요'라는 문구가 붙은 단추를 누른 후 안으로 들어간 기빙스 부부는 다른 면회객들과 조용히 합류했다. 그들은 전시된 환자들의 그림을 둘러보고 있었다. 크레용으로 도널드 덕을 충실하게 모사한 그림이 있는가 하면, 자주색과 갈색으로 십자가에 매달린 예수를 공들여 묘사한 그림도 있었는데, 이 그림에서는 해인지 달인지가 예수의 갈빗대 상처에서 정확하게 일정한 간격으로 떨어지고 있는 핏방울과 같은 진홍색으로 표현되어 있었다.

잠시 후 잠긴 문 뒤쪽에서 둔탁한 고무창이 바닥을 쿵쿵거리는 소리와 열쇠 꾸러미가 쩔렁거리는 소리가 희미하게 들려왔다. 이내 문이 열리자 커다란 덩치에 흰 가운을 입고 안경을 쓴 젊은 남자의 모습이 드러났다. "쪽지들 제게 제출해 주십시오." 그 말에 면회객들은 두 사람씩 남자를 지나 병동 안쪽의 면회실로 들어갔다. 바깥 대기실보다는 훨씬 넓고 흐릿한 조명이 비추는 이 공간에는 밝은 색상의 플라스틱 탁자와 의자가 마련되어 있었다. 특별 면회가 허용되지 않은 면회객들이 이용하는 공간이었다. 빈 곳이 거의 없을 정도로 탁자에는 많은 사람이 앉아 있었지만, 대화를 주고받는 소리는 별로 들리지 않았다. 출입구 가까운 쪽 탁자에는 젊은 흑인 한 쌍이 서로 손을 잡고 앉아 있었다. 얼핏 보기에 누가 환자인지 구별하기 힘들었다. 하지만 남자가 다른 한 손으로 관절 부위의 피부색이 노랗게 변할 정도로 힘을 주어 크롬 빛 탁자 다리를 마치 요동치는 배 위의 난간을 잡고 버티듯 필사적으로 움켜쥐고 있는 모습을 보면 누가 환자인지 분명히 알 수 있었다. 더 먼 곳에서는 어떤 노인이 아들의 뒤엉킨 머리를 빗으로 풀어 주고 있었다. 스물다섯에서 마흔 사이 어떤 나이로 봐도 무방할 듯 보이는 아들은 엄마의 손길 아래 머리를 다소곳이 숙이고 껍질 깐 바나나를 먹고 있었다.

안내 담당관은 열쇠 꾸러미를 허리춤에 찬 고리에 꿰면서 큰 걸음으로 병동 복도를 따라 내려가며 면회객들로부터 받은 쪽지를 내려다보며 쩌렁쩌렁 울리는 목소리로 하나하나 이름을 부르기 시작했다. 눈으로 그를 좇아 병동 입구에서부터 안쪽으로 내다보면 왁스로 광을 낸 길게 뻗은 복도 바닥과 병실 안의 철제 침대 모서리들만 눈에 들어왔다. 복도에는 저마다 제각각의 주파수에 맞춘 라디오 소리가 가득했다.

한참 지난 후 흰 가운을 입은 단정한 모습의 담당관이 일렬로 늘어선 남루한 행색의 환자 넷을 뒤에 날고서 출입구로 돌아왔다. 키가 큰 존 기빙스는 종종걸음으로 맨 뒤에서 따라왔다. 한 손으로는 모직 사냥 모자를 들고, 다른 한 손으로는 스웨터의 단추를 여미고 있었다.

양친을 보고 알은체를 하며 그가 말을 건넸다. "어, 오늘 죄수들 햇빛 좀 보라고 내보내는 날인가 봐요? 굉장하네요." 그는 모자를 똑바로 머리에 썼다. 이로써 환자가 민폐를 끼치지 않고 바깥 출입을 할 수 있는 요건이 모두 갖춰졌다. "갑시다."

병원 경내를 다 빠져나갈 때까지 아무도 입을 열지 않았다. 차는 길쭉하게 벽돌로 올린 건물들이 줄지어 늘어선 병동 구역을 지나고, 행정 본부 건물과 사각형의 소프트볼 구장을 지나, 주기와 국기를 단 두 개의 하얀 깃대를 둥글게 둘러싸고 있는 깔끔한 잔디밭을 돌아서, 고속 도로로 이어지는 아스팔트 도로에 올라섰다. 기빙스 부인은 뒷좌석에 앉아(아들과 함께 차를 타고 갈 때면 그녀는 늘 뒷좌석에 앉는 것이 편했다.) 존의 기분이 어떤지 가늠하기 위해 그의 뒷덜미를 열심히 들여다보았다. 그러다 그녀가 입을 열었다. "존?"

"네?"

"좀 좋은 소식이 있어. 휠러네 알지, 네가 무척 마음에 든다고 했던? 그 사람들이 친절하게도 우리더러 오늘 좀 들르지 않겠냐고 물어 왔어, 참, 네가 좋다고 하면 말이야. 그게 한 가지이고. 진짜 좋은 소식은 그 사람들 떠나지 않기로 했다는 거야. 유럽으로 이사 가지 않는 거지. 잘됐지 않아?" 그러고는 천천히 몸을 돌려 등받이 너머로 자신을 쳐다보는 존의 얼굴을 어색한 미소를 지으며 바라보았다.

"무슨 일이 생겼나요?" 그가 물었다.

"어, 난 잘 모르…… 근데, 무슨 일이 생겼냐니, 무슨 말이니? 난 무슨 '일이 생겼다'고 보기는 어려울 것 같은데. 그냥 자기들끼리 이야기하다가 마음을 바꿨겠지."

"물어보지도 않았단 말이에요? 그런 큰일을 하겠다고 마음 먹었다가 그걸 완전히 포기했다는데 엄마는 왜 그랬는지 물어 보지도 않았다는 거잖아요. 왜?"

"어, 존. 난 그저 그게 내가 신경 쓸 일이 아니라고 생각했던 거지. 그런 일에 대해서는 물어보지 않는 게 예의란다. 상대방 이 먼저 이야기를 꺼낸다면 모를까." 그녀의 목소리에 방어적 인 느낌이 배어 나오기 시작했고, 그게 존의 화를 돋울 것이 틀림없었기에, 그녀는 그 느낌을 억누를 목적으로 이마와 입 주변의 근육을 쥐어짜서 명랑한 미소의 형태로 변형시켰다. "우리 그냥 그 사람들이 떠나지 않기로 한 걸 기뻐하면 안 될 까, 왜 그러는지 이유를 캐물을 필요 없이? 어머, 저 예쁜 빨간 사일로 좀 봐. 저게 여기 있는 줄 몰랐는데, 넌 알았니? 근방 에서 제일 높은 사일로가 틀림없어."

"예쁜 사일로 맞네요, 엄마." 존이 대꾸했다. "휠러 집안 이야 기도 좋은 소식이고요. 엄마도 좋은 사람이에요. 그렇잖아요, 아버지?"

"됐다, 존." 하워드 기빙스가 나섰다. "좀 진정하자, 이제."

손가락으로 성냥갑을 갈기갈기 찢어 촉촉하게 젖은 작은 조각으로 만들고 있던 기빙스 부인은 눈을 질끈 감았다. 다가 올 오후는 당혹스럽기 짝이 없을 것이 틀림없었고, 그에 대비 해 마음을 추슬러 두려는 것이었다.

그녀의 불안감은 휠러 부부의 부엌문 앞에서 더 심해졌다.

부부가 집에 있는 것은 분명했다. 차 두 대가 다 주차되어 있었다. 그렇지만 집은 전체적으로 사람이 찾아오길 기다린다는 느낌을 주지 않았다. 기빙스 부인이 부엌문 유리창을 가볍게 두드렸지만, 안에서는 아무 기척이 없었다. 유리창은 하늘이며 나무, 목을 길게 뺀 그녀의 모습과 그 뒤에 선 하워드와 존의 얼굴만 선명하게 반영하고 있었다. 그녀는 문을 다시 두드렸고, 이번에는 해를 가릴 때처럼 한쪽 손의 손가락을 가지런히 모아 유리창에 갖다 대고 안을 들여다보려 했다. 부엌에는 아무도 없었다.(식탁 위에 홍차를 담은 듯한 잔이 놓여 있는 것을 볼 수 있었다.) 바로 그때 프랭크 휠러가 거실 쪽에서 부엌으로 왈칵 뛰어 들어왔다. 엄청나게 격앙된 모습이었다. 곧바로 고함을 지르거나 울음을 터뜨리거나 광포한 짓을 저지를 듯했다. 그녀는 그가 문 두드리는 소리를 듣지 못했으며, 그녀가 거기 있는 것도 몰랐음을 알 수 있었다. 그는 문을 열어 주러 나온 것이 아니라, 거실로부터, 아니면 집으로부터, 절박하게 벗어나려 하는 중이었다. 그런데 그녀가 미처 뒤로 물러날 새가 없이 그가 그녀를 봐 버렸다. 그녀는 몸을 앞으로 수그리고 그의 눈을 정면으로 바라보았다. 그는 깜짝 놀라 주춤하더니 이내 표정을 바꿔 미소를 지으며 그녀의 얼굴에 떠오른 미소에 화답했다.

"이런." 그는 문을 열며 인사했다. "안녕하세요. 들어오세요."

모두들 우르르 거실로 들어갔다. 에이프릴이 있었다. 에이프릴 역시 형편없어 보였다. 창백하고 초췌한 모습으로 허리춤에 올린 손의 손가락을 뒤틀어 대고 있었다. "다들 반가워요." 그녀는 조그맣게 말했다. "앉으시겠어요들? 집안 꼴이 말이 아니네요."

"우리가 너무 일찍 온 건 아닌가요?" 기빙스 부인이 말했다.

"일찍요? 아뇨, 아뇨. 우린 그저…… 술 한잔하실 분 있나요? 아니면 뭐 홍차 같은 거라도?"

"오, 아무것도 필요 없어요. 고마워요. 사실 우린 조금 있다 가야 돼요. 우린 그냥 인사만 하러 들른 거예요."

거실 안에서 그들은 어색하고 불편하게 둘로 나뉘게 되었다. 기빙스 집안의 세 사람은 한쪽에 쪼르르 앉고, 휠러 부부는 책장을 등지고 다른 쪽에 섰다. 부부는 말을 시작하면 서로 가까이 붙었다가 이내 다시 멀어지기를 반복했다. 이것을 눈여겨보던 기빙스 부인은 그제야 두 사람이 그렇게 어색하게 행동하는 이유를 짐작할 수 있었다. 부부는 싸우고 있었던 것이었다.

"이봐요." 존이 입을 열었고, 이 말에 다른 사람들은 일제히 입을 닫았다. "무슨 일이오, 도대체? 두 사람 마음을 바꿔 먹었다고 들었소. 어째서 그랬소?"

"어, 그게." 프랭크는 이렇게 대답하고, 당혹해하며 키들거렸다. "어, 정확히 그런 건 아니고. 우리 마음이, 말하자면…… 바뀔 수밖에 없게 됐다고나 할까."

"어째서?"

프랭크는 옆으로 슬쩍 한 발짝 옮겨 그의 아내 쪽으로 다가가 그녀의 등 뒤 옆쪽에 섰다. "자, 지금쯤은 분명히 눈치챘으리라 생각했는데." 그러자 기빙스 부인의 시선이 처음으로 에이프릴이 입고 있는 옷에 가 닿았다. 임신복이었다!

"오, 에이프릴!" 그녀가 소리를 질렀다. "어머나, 정말 이런 경사가!" 그녀는 이럴 때 어떻게 해야 하는지 생각해 보았다. 일어나서, 그러고는, 키스를 해 주거나 뭐 그래야 하는 건가? 그렇지만 에이프릴은 키스를 받고 싶어 할 여자는 아닌 것 같았다. "오, 이건 정말 신나는 일이지 뭐예요." 기빙스 부인은 계속 말했다. "정말 얼마나 기쁜지 몰라요." 그러고는 덧붙였다. "오, 그렇담 더 큰 집이 필요하겠네요, 이젠, 그쵸?" 이렇게 너스레를 떠는 와중에도 그녀는 존이 아무 말도 하지 말아 주었으면 하는 헛된 바람을 버리지 않았다. 하지만.

"잠깐만요, 엄마." 그가 일어서며 입을 열었다. "잠깐만요. 난 이거 이해가 안 가는데." 그러고는 피의자를 심문하는 검사의 눈길로 프랭크를 노려보았다. "뭐가 그렇게 분명히 눈치챌 만하다는 거요? 그래, 아내가 임신했다고요, 그게 뭐 어째서? 유럽에서는 임신 같은 건 안 한답니까?"

"오, 존, 왜 이러니." 기빙스 부인이 끼어들었다. "우리가 상관할 일이 아닌 것 같은데……."

"엄마, 좀 빠져 주시겠어요? 저 양반에게 제가 질문을 했잖아요. 대답하기 싫다면 나한테 대답하기 싫다고 말해 줄 지각 정도는 있겠죠."

"물론이죠." 프랭크가 자신의 발을 내려다보며 입을 열었다. "먹여 살릴 여유도 없으면서 아이를 낳으라고 하는 건 아주 어리석은 조언에 불과하다는 것 우리 모두 잘 알고 있지요. 그런데 공교롭게도, 우리로서는 이 아이를 잘 키울 수 있는 유일한 길이 이곳에 남는 것이었어요. 이건 돈의 문제인 겁니다, 그러니까."

"그렇군요." 존은 부부의 얼굴을 차례로 들여다보며 고개를 주억거리는 것으로 대답에 만족한다는 표시를 했다. "그래요. 그럴듯한 이유네요." 휠러 부부는 안도하는 모습이었다. 그렇지만 기빙스 부인은 잔뜩 긴장했다. 곧 최악의 상황이 펼쳐질 것을, 오랜 경험을 통해, 그녀는 알고 있었기 때문이었다.

"돈 문제는 언제나 훌륭한 이유가 되죠." 존이 다시 입을 열었다. 그러고는 손을 호주머니에 찌른 채 카펫 주위를 슬슬 돌기 시작했다. "그렇지만 그게 진짜 이유인 적은 거의 없지요. 진짜 이유는 뭐요? 아내가 하지 말자고 꼬드기기라도 했나요?" 그는 몸을 홱 돌려 활짝 미소 지으며 에이프릴을 쳐다봤다. 그녀는 재떨이에 담배를 비벼 끄기 위해 거실을 가로질러 와 있었다. 그녀는 눈을 살짝 치켜 존을 흘끗 쳐다본 뒤 이내 눈을 내리깔았다.

"그런 건가?" 존은 멈추지 않았다. "꼬마 숙녀께서 소꿉놀이를 좀 더 하시겠다 하신 것이다? 아니, 아니, 그건 아니지. 확실해. 이 숙녀께선 그러기엔 너무 단호하신 분이거든. 단호하고 여성스럽고 한없이 정상적이시지. 그렇담 범인은 당신이겠네." 그는 프랭크 쪽으로 홱 돌아섰다. "왜 그랬죠?"

"존, 제발." 기빙스 부인이 끼어들었다. "넌 지금 아주……."

그렇지만 존은 그만둘 기색이 없었다.

"왜 그랬죠? 덜컥 겁이 났던 건가? 결국 여기가 더 좋다는 결론을 내렸다? 여기 익숙한 '절망적인 공허함' 속에서 사는 게 더 편하겠다는 계산이 나오기라도…… 우와, 내 말이 맞았어! 이 양반 표정 좀 보소! 왜 그러시나, 휠러 씨? 내가 정곡을 찌른 건가?”

“존, 너 정말 그렇게 무례하게 굴면 안 돼. 하워드, 제발 좀…….”

“그만 됐다, 애야.” 하워드가 일어서며 말했다. “우리 이제 가 보는 게 좋겠…….”

“우와!” 존이 갑자기 노새 울음소리 같은 웃음을 터뜨렸다. “우와! 내가 방금 무슨 생각을 했는지 알아? 당신이 의도적으로 아내를 임신시킨 게 아닌가, 그래서 남은 평생 저 임신복 뒤에 숨어서 살려고 했던 게 아닌가였어, 전혀 놀랄 일은 아니지.”

“이봐.” 프랭크 휠러가 대꾸를 하고 나서자 기빙스 부인은 깜짝 놀랐다. 그의 주먹 쥔 손에 힘이 불끈 들어가 있고 머리부터 발끝까지 온몸을 부르르 떨고 있었기 때문이었다. “헛소리 그만 지껄이는 게 어때. 도대체 당신이 뭐야? 뭐라고 내 집에 들어와서 빌어먹을 미친 말을 마음대로 지껄여도 된다고 생각하는 거야? 그만하면 이제 누군가는 그 빌어먹을 주둥이 좀 닥치라고 경고할 때도 됐다고…….”

“걔는 아픈 애예요, 프랭크.” 기빙스 부인이 가까스로 말리려 들었다. 그러다 그녀는 너무 놀란 나머지 입술 안쪽을 깨물어 버리고 말았다.

“오, 아프긴 뭐가 아파요, 제기랄. 미안해요, 기빙스 부인. 하지만 저 친구가 아프건 안 아프건 죽었건 살았건 전혀 상관 안 해요. 난 그저 저 친구의 빌어먹을 의견 따위는 그 빌어먹을 정신 병원을 벗어나서는 안 된다는 겁니다. 미친 거니까.”

이다음 고통스럽게 이어진 침묵 속에서 기빙스 부인은 그녀의 입술을 계속해서 깨물었고, 모두들 일어나 거실 중앙에 모여 선 형국이 되었다. 하워드는 꼼꼼하게 바바리코트를 접어 팔에 걸쳤다. 에이프릴은 붉게 상기된 얼굴로 마룻바닥만 노려보았다. 프랭크는 분노와 모멸감이 뒤섞인 무시무시한 눈빛을 하고 부들부들 떨면서 씩씩거리고 있었다. 이제는 조롱기가 사라진 미소를 짓고 있는 존만이 평온해 보였다.

“대단한 남자를 남편으로 두셨네요, 에이프릴.” 존은 그녀에게 눈을 찡긋거리고는 모자를 썼다. “대단한 가장에다 훌륭한 시민이네요. 당신에게 미안하다는 생각이 드는군요. 그렇지만 뭐 끼리끼리일 수도 있으니까요. 까놓고 말해서, 지금 당신 형색을 보니 당신 남편에게도 미안하게 느껴지고요. 생각해 보면, 당신이 남편에게 얼마나 못되게 굴었으면 남편이란 작자가 마누라를 임신시키는 게 자신이 불알 달린 사내라는 걸 증명하는 유일한 길이라고 생각했겠습니까.”

“그만 됐어, 존.” 하워드가 웅얼거렸다. “빨리 나가 차로 가자.”

“에이프릴.” 기빙스 부인이 속삭였다. “얼마나 미안한지 제가 몸 둘 바를 모르겠……”

“그래요.” 존이 아버지를 따라 나가며 말했다. “미안하고, 미안하고, 미안합니다. 됐어요, 엄마? 미안하다는 말 내가 몇 번이나 했잖아요? 나 역시 미안하게 느껴요. 제기랄. 아마 내가 지금 세상에서 제일 미안하게 느끼는 놈일걸요? 물론 솔직히 따져 봤을 때, 내가 뭐 기분 좋을 만한 일이 그리 많은 놈도 아니잖아요, 안 그래요?”

　그래도 적어도, 기빙스 부인은 생각했다, 이 엉망진창이 되어 버린 오후에서 그래도 굳이 위안이 될 만한 것을 꼽자면, 그건 존이 말없이 하워드에게 이끌려 나가고 있다는 점이었다. 이제 그녀가 할 수 있는 것이라곤 두 사람을 따라서, 어떻게든 이 거실을 벗어나고 집을 벗어나는 것이었다. 그러면 모든 상황이 종료될 것이었다.

　하지만 존은 아직 그만둘 생각이 없었다. “어이, 그래도 다행인 게 하나 있기는 있어.” 그는 부엌문을 나서기 직전 돌아서며 말했다. 그러고는 다시 킬킬대기 시작했다. 그가 담뱃진으로 노랗게 변한 길쭉한 검지를 뻗어 봉긋하게 살짝 부풀어오른 에이프릴의 배를 가리키며 한마디를 더하자 기빙스 부인은 숨이 넘어갈 것 같았다. “내가 다행으로 생각하는 게 뭔지 아시겠소? 내가 저 아이가 아니란 겁니다.”

여섯

　기빙스 식구들이 집을 나가자 프랭크는 무엇보다 먼저 버번 위스키를 손가락 셋을 겹친 높이로 부어, 한 모금 가득 들이켰다.

　"그래." 그는 아내를 돌아보며 말했다. "그래, 아무 말도 하지 마." 위 속에 덩어리진 위스키 때문에 그는 몸을 부르르 떨며 기침을 했다. "말하지 마. 내가 맞혀 볼게. 내가 완전히 상종 못 할 잡놈처럼 굴었단 거지. 그렇지? 오, 그리고 하나 더." 그는 부엌을 지나 거실로 들어가는 그녀를 바싹 따라붙으며 수치심과 분노와 비참한 애원이 한데 뒤섞여 불타오르는 눈길로 그녀의 반반한 뒤통수를 노려보았다. "나른 한 가지는 그자가 한 말이 모두 사실이라는 거지, 그렇지? 그 말을 내게 하고 싶은 것 아냐?"

"내 입으로 말할 필요가 없다는 건 확실하네요. 당신이 나 대신 해 주고 있으니까."

"오, 그렇지만, 에이프릴. 그 말이 틀린 말이란 걸 모르겠어? 그 말이 얼마나 터무니없고, 귀신도 곡할 만큼 엉터리인지 몰라?"

그녀는 뒤돌아서며 그와 마주했다. "몰라요. 어째서 틀린 말이죠?"

"그 사람은 정신이 정상이 아니니까." 그는 위스키 잔을 창문틀에 올려놓아 두 손을 자유롭게 했다. 그러고는 두 손으로 열정적으로 진심을 전달하려는 동작을 해 보였다. 먼저 열 손가락을 모두 쫙 편 채 두 손을 가슴께에 모았다가 앞쪽 상단으로 서서히 내뻗었다가 손가락을 접어 주먹을 꽉 쥔 다음, 다시 두 손을 턱밑으로 가져와 움켜쥔 두 주먹을 부르르 떨었다. 그는 다시 한번 읊조렸다.

"그 사람은 정신 이상이야. 정신 이상의 정의가 뭔지 알아?"

"아뇨. 당신은 알아요?"

"알지. 그건 타인과의 교감 능력 상실이야. 사랑할 수 있는 능력의 상실."

그녀는 소리 내어 웃기 시작했다. 웃음소리가 거실 안에 울려 퍼질 때마다 그녀의 머리가 뒤로 젖혀지고, 위아래 두 개의 완벽한 치열이 앞으로 튀어나왔으며, 그녀의 눈은 반짝이며 가늘게 좁아졌다. 그녀는 말해 보려고 했다. "느, 느, 능력, 능력 상실……."

그녀는 히스테리 상태에 빠져들었다. 그녀가 웃음을 멈추지 못하고, 온몸을 건들거리다가 휘청대며, 가구 하나를 짚고서 지탱하다 다른 가구로 옮겨 몸을 가누고, 그러다 벽에 기댔다가 다시 가구를 짚고 하는 모습을 지켜보면서, 그는 어찌할 바를 몰라 곤혹스러웠다. 영화에서는 여자가 저렇게 히스테리 상태에 빠지면 남자가 뺨을 후려쳐서 진정시켰다. 하지만 영화 속의 남자는 침착해서 뺨을 때리는 행동의 목적이 무언지 분명히 알고 있었다. 그 자신은 그렇지 못했다. 사실 그는 아무것도 할 수 없었고, 그저 그곳에 서서 바보처럼 입만 떡떡 벌리면서 그녀를 지켜보기만 했다.

마침내 그녀가 의자에 주저앉았다. 여전히 웃음은 멈추지 않은 채였다. 그는 웃음이 울음으로 변하는 과정을 보게 되겠거니 했다. 영화에서는 대개 그랬으니까. 그렇지만 그녀는 이상하리만큼 정상적으로 웃음을 진정시켰다. 히스테리 상태라기보다는 웃기는 농담을 듣고 난 후에 진정을 되찾는 과정과 비슷했다.

"오." 그녀가 다시 입을 열었다. "오, 프랭크. 당신은 정말 말을 청산유수로 잘해요. 말로 검은 걸 희게 만들 수 있다면, 당신이 그 일에 딱 맞아요. 그래, 당신을 사랑하지 않으니 내가 미쳤다, 그건가요? 그게 당신이 하려는 말이죠?"

"아냐. 틀렸어. 당신은 미치지 않았어. 그리고 당신은 정말 날 사랑해. 그게 내가 하려는 말이야."

그녀는 일어나서 그로부터 뒷걸음쳤다. 그녀의 눈이 빛났다. "하지만 난 사랑하지 않아요. 사실 난 당신 꼴도 보기 싫어요. 정말 당신이 더 가까이 다가오면, 날 건드리거나 그러면, 난 소리 지를 거예요."

그러자 그가 정말 그녀를 잡으며, "아, 여보, 내 말 좀 들어……."라고 말을 꺼내는 순간, 그녀는 정말로 비명을 질렀다.

가짜로 내지르는 비명이 분명했다. 그녀는 차가운 시선으로 그의 눈을 똑바로 들여다보며 소리를 내질렀다. 그렇지만 높고 날카롭고 커다란 소리여서 집 전체를 뒤흔들 정도였다. 비명이 그치자 그가 말했다.

"망할 년. 콧대만 높고 증오심만 가득한 네 지질한 수법들도 다 망할 짓이지…… 이리 와, 씨발."

그녀는 재빠르게 몸을 날려 그를 지나치고는 등받이 의자를 집어 그의 접근을 막았다. 그는 그 의자를 빼앗아 벽에 휙 던졌고 다리 하나가 부러졌다.

"그래서 이제 어쩔 건데요?" 그녀는 그를 더 자극했다. "날 때리겠다는 거예요? 당신이 날 얼마나 사랑하는지 보여 주려고?"

"아니지." 갑자기 그는 힘이 마구 솟아나는 것을 느꼈다. "아, 아니지. 걱정하지 마셔. 난 굳이 그럴 생각이 없으니까. 네게 쓸 힘도 아까워. 총으로 쏜다 해도 그 총알이 아깝지. 넌 속이 텅 빈……." 목소리가 점점 높아지면서 그는 오랜만에 후련함이 느껴졌다. 아이들이 집에 없기 때문이었다. 아무도 없었고, 아무도 오지 않을 것이었다. 목소리가 울려 퍼지는 이 집 안에는 두 사람뿐이었다. "넌 속이 텅 빈, 아무것도 든 게 없는, 꼬락서니만 여자인 쭉정이에 불과해……." 몇 달 만에 일어난 싸움인 데다 대놓고 모든 걸 쏟아붓는 본격적인 싸움이었고, 그는 이 기회를 최대한으로 활용하고 있었다. 집요하게 그녀를 따라다니며 그녀의 주위를 빙빙 돌면서, 거친 호흡과 부들부들 떠는 몸으로 고함을 질러 댔다. "그럼 도대체 왜 내 집에서 살고 있는 거야, 날 그렇게 싫어한다면서? 어? 대답할 수 있겠어? 내 아이를 배고 있는 건 또 뭣 때문인 거야?" 존 기빙스가 그랬던 것처럼 그는 손가락으로 그녀의 배를 가리켰다. "아이를 지우지 않은 건 도대체 무슨 생각으로 그런 거야. 기회가 없었던 것도 아닌데? 왜냐하면, 들어 봐. 들어 보라니까. 내가 하나 알려 줄게." 여기에 이어지는 말을 천천히 나직하게 읊조리며 그는 마음을 짓누르고 있던 응어리가 녹아내리기 시작하는 걸 느꼈고, 이 때문에 이 말을 내뱉는 것 자체가 자신이 지금까지 경험했던 그 어느 경우와도 비교할 수 없을 정도로 시원하고 깔끔하게 진실을 깨닫게 해 주는 획기적인 돌파에 해당하는 것처럼 여겨졌다. "하늘에 맹세코, 난 네가 그랬으면 해."

꽁무니를 빼면서 할 수 있는 대사로 완벽했다. 그는 돌진하듯 그녀를 지나쳐 거실 밖으로 나갔다. 좌우로 흔들리며 기우뚱거리는 복도를 지나 침실로 들어선 그는 뒷발질로 문을 걷어차 닫아 버리고, 침대 위에 털썩 주저앉아서는, 오른손으로 주먹을 쥐어 왼손 손바닥을 힘차게 쳤다. 와우!

정말 멋진 말이었어! 근데 사실이지 않아? 실제로 그녀가 실행하기를 바랐던 것 아닌가? "그래, 맞아. 그럼, 그랬지." 그는 입으로 빠르고 깊게 숨을 들이마시고 내쉬었다. 가슴이 북처럼 쿵쾅거렸다. 잠시 후 그는 바싹 마른 입을 다물고 짐을 꿀꺽 삼켰다. 방 안에는 공기가 그의 콧구멍을 드나들며 내는 쌕쌕거리는 소리만 들렸다. 그러다 맥박이 정상으로 돌아오면서 그 소리도 서서히 잦아들었다. 그의 눈에 주위의 물건들이 들어오기 시작했다. 창문의 유리창과 커튼이 지는 해의 찬란한 빛을 받아 빛나고 있었다. 에이프릴의 화장대 위에는 향기로운 냄새를 풍기는 조그만 단지며 병이 반짝였다. 열려 있는 벽장 안에는 에이프릴의 잠옷이 옷걸이에 걸려 있었고, 그 아래 바닥에는 굽이 높은 구두며, 발레화며, 꾀죄죄한 침실용 파란 실내화 등 그녀의 신발이 단정하게 늘어서 있었다.

사방이 고요했다. 그는 여기 들어와 스스로 갇히지 말았어야 했다고 후회하기 시작했다. 우선 그는 위스키를 한 잔 더 마시고 싶었다. 그때 부엌문이 닫히는 소리에 이어 방충망 닫히는 소리가 들려왔고, 그는 해묵은 공포감에 휩싸였다. 그녀가 그를 떠나고 있었다.

그는 일어나 아무 말도 하지 않고 집 안을 되짚어 뛰쳐나갔다. 차에 시동을 걸기 전에 그녀를 붙잡고서 뭐라고, 무슨 말이든 해야겠다 싶었다. 그러나 그녀는 차 안에 없었다. 그 근방에도 없었다. 어디에 있는지 알 수 없었다. 사라져 버린 것이었다. 그는 그녀를 찾아 집 바깥 주위를 한 바퀴 돌았다. 뺨이 늘어져 덜렁거릴 지경으로 뛰었다. 정신없이 다시 한 바퀴를 돌던 그의 눈에 집 뒤 숲속에 있는 그녀의 모습이 들어왔다. 그녀는 주춤주춤 언덕을 오르고 있었다. 바위며 나무로 에워싸인 그녀는 아주 왜소해 보였다. 그는 잔디밭을 박차고 뛰어나갔다. 나지막한 돌담을 단숨에 뛰어넘고, 그녀를 좇아 덤불속으로 허둥지둥 들어갔다. 이번에는 그녀가 정말 미쳐 버린 건 아닐까 하는 생각이 들었다. 도대체 왜 저 위에서 저렇게 헤매고 있는 거지? 따라잡아서 그녀의 팔을 잡고 돌려세우면, 미친 사람의 멍한 눈길에 실없는 미소를 보게 되는 걸까?

"더 가까이 오지 말아요." 그녀가 외쳤다.

"에이프릴, 내 말 좀 들어 봐. 난……."

"더 가까이 오지 말랬어요. 숲속에서까지 난 당신을 벗어날 수 없는 거예요?"

그는 약 10미터 아래에서 숨을 헐떡이며 멈춰 섰다. 적어도 그녀는 멀쩡한 것 같았다. 그녀의 얼굴에는 별 이상한 점이 없었다. 하지만 이곳에서 싸울 수는 없었다. 두 사람은 지금 길 아래 집에서도 훤히 보이고 또 들릴 수 있는 곳에 있었다.

"에이프릴, 내 말 좀 들어 봐. 진심으로 한 말이 아니었어. 솔직히 말해, 당신이 그랬기를 바랐다고 한 말은 사실이 아니야."

"아직도 말을 하고 있는 거예요? 도대체 어떻게 해야 당신 입을 닥치게 할 수 있죠?" 그녀는 커다란 나무 둥치를 등지고 서서 그를 내려다보며 경계 태세를 취하고 있었다.

"제발 내려와. 거기서 뭐 하는 거……."

"또 내가 비명을 질러야겠어요, 프랭크? 난 그럴 거거든요, 당신 입에서 한마디만 더 나오면. 정말이에요."

언덕의 중간에 해당하는 여기서 비명을 지른다면 언덕 아래 레볼루셔너리 로드에 사는 사람들이 다 듣게 될 것이었다. 언덕 꼭대기에 사는 사람들도 들을 것이고, 캠벨네도 마찬가지였다. 그는 하는 수 없이 혼자 돌아서서 숲을 내려가 잔디밭으로, 그러고는 집 안으로 들어섰다.

부엌으로 돌아온 그는 유리창을 통해 그녀를 지켜보는 한

심한 짓을 하는 데 온 힘을 집중했다. 그녀가 자신을 볼 수 없도록 유리창에서 멀리 집 안 깊숙이 그늘진 곳에 섰다가, 쪼그리고 앉았다가, 그러고는 마침내는 의자에 앉아 그녀를 지켜보았다.

그녀는 그곳에서 아무것도 하지 않는 듯했다. 나무에 등을 대고 하염없이 서 있기만 했다. 날이 어둑어둑해지자 그녀의 모습을 확인하기가 어려웠다. 한번은 담뱃불을 붙이는지 노란 불빛이 일었다. 그는 담배 피우는 동작에 따라 빨간 점이 호를 그리며 움직이는 것을 지켜보았다. 빨간 불빛이 사라졌을 때쯤 숲속은 칠흑같이 어두워졌다.

그는 끈질기게 그녀가 있던 지점을 지켜보았다. 그러다 희미한 그녀의 형체가 예기치 않게 훨씬 가까운 곳에서 포착되자 깜짝 놀랐다. 그녀는 잔디밭을 가로질러 집으로 오고 있었다. 그는 서둘러 부엌에서 벗어났고, 그러자마자 그녀가 안으로 들어섰다. 거실 안에 몸을 숨긴 채 그는 그녀가 전화기를 들고 다이얼을 돌리는 소리를 들었다.

그녀의 목소리는 여느 때와 같이 차분했다. "여보세요, 밀리? 안녕하세요…… 아, 그래요, 조금 전에 떠나셨어요. 그런데요, 부탁할 게 하나 있는데요. 사실은 지금 제가 몸이 좀 좋질 않아서요. 독감인지 뭐 그런 거에 걸렸나 봐요. 프랭크도 지금 완전히 지쳤고. 애들 하룻밤 좀 재워 주시면 안 될까요? …… 오, 다행이네요, 밀리, 고마워요……. 아뇨, 그러실 필요 없어요. 둘 다 어젯밤에 목욕했는걸요……. 어, 걔네들도 좋아할 거예요. 그 집에 가면 늘 재미있게 노니까……. 그래요, 좋아요,

네. 내일 아침에 전화드릴게요."

그리고는 거실로 들어온 그녀는 스위치를 켜 불을 밝혔다. 갑자기 쏟아진 밝은 빛에 두 사람은 모두 눈을 깜빡거리며 가늘게 떴다. 그는, 무엇보다, 당혹스러웠다. 그녀도 당혹스러워하는 것 같았다. 곧 그녀는 거실을 가로질러 소파로 가서 얼굴을 가리고 몸을 뉘었다.

과거에는, 이럴 경우, 그는 밖으로 나가 차에 올라타 기어를 박아 넣고는 멀리까지 운전하면서 붉고 푸른 조명이 비치는 술집마다 들렀다. 술집에 들어서면 그는 젖은 계산대 위에 돈을 뿌리고는, 웨이트리스와 술에 취한 막노동꾼들 사이에 오가는 지루한 대화를 시무룩하게 듣고 있거나, 주크박스에서 쿵쾅거리는 노래를 골라 틀어 놓고 들었다. 다시 차에 오르면 밤이 이슥하도록 과속으로 내달리다 돌아와 곯아떨어졌다.

그렇지만 오늘 밤은 그러고 싶지 않았다. 과거에는 이런 일이 한 번도 없었다는 것이 마음에 걸렸다. 그는 밖으로 나가 차를 운전하기는커녕 시동 걸 힘도 없었다. 그의 무릎은 흐물흐물했고, 머리는 지끈지끈 아팠으며, 집이라는 공간이 자신을 둘러싼 껍질처럼 보호막이 되어 주는 것이 감사할 따름이었다. 간신히 다시 침실로 들어가 그 안에 처박히는 것이 그가 할 수 있는 유일한 행동이었다. 절망적인 상황에서도 이번에는 위스키병을 빠뜨리지 않은 것이 천만다행이었다.

그 밤, 옷을 그대로 입은 채 땀을 흘리며 침대 위에 널브러져 잠든 그에게 생생한 악몽이 이어졌다. 가끔 깨어 있었거나, 깨어 있는 꿈을 꾸었거나, 에이프릴이 집 안을 돌아다니는 소리를 들었다고 생각했다. 그러다 한번은, 분명히, 아침이 다 되어 갈 무렵이었는데, 그가 눈을 뜨니 그녀가 자기 바로 옆 침대 가장자리에 앉아 있었다. 꿈이었던가, 아니었던가?

"오, 여보." 그는 갈라지고 부어오른 입술 사이로 나지막하게 속삭였다. "오, 여보, 떠나지 마." 그는 손을 뻗어 그녀의 손을 잡았다. "오, 내 곁에 있어 줘."

"쉬, 쉬, 쉬. 괜찮아요." 그녀는 그의 손가락을 꽉 쥐며 말했다. "괜찮아요, 프랭크. 자요." 그녀의 목소리와 그녀의 손에서 전해지는 시원한 느낌은 기적처럼 평온을 안겨 주었고, 그는 그게 꿈이건 생시건 상관하지 않았다. 다시 잠에 빠져들 수 있었고, 다시는 꿈을 꾸지 않았다.

그러고는 아침이 되어 밝은 노란색 속에서 정말로 깨어나는 고통이 찾아왔다. 혼자였다. 오늘은 도저히 출근할 수 없겠다고 결론짓자마자 그럴 수 없다는 생각이 번쩍 들었다. 조직 재정비 회의가 있는 날이었다. 부들부들 떨면서, 그는 간신히 몸을 일으켜 욕실로 들어갔다. 그는 가만가만 힘겹게 샤워를 하고 면도를 마쳤다.

비논리적이고 비합리적인 희망으로 옷을 입고 있는 그의 심장이 빨리 뛰기 시작했다. 꿈이 아니었을 수도 있잖은가? 정말 그녀가 다가와서 침대 위에 앉아 그에게 그런 말을 했을 수도 있잖은가? 부엌에 들어섰을 때는 그의 희망이 사실로 드러나는 것 같았다. 놀라운 일이었다.

식탁 위에는 두 사람의 아침 식사가 정성스럽게 준비되고 있었다. 부엌에는 햇살이 가득했고, 커피 향기와 베이컨 냄새가 진동했다. 에이프릴은 레인지 앞에 서 있었다. 새로 꺼내 입은 임신복을 입은 그녀는 수줍은 미소를 지으며 그를 올려다보았다.

"잘 잤어요?"

그는 주저앉아 무릎을 꿇고 그녀의 허벅지를 껴안고 싶었다. 하지만 참았다. 왜 그랬는지는 모르지만, 아마도 그녀의 미소에 어린 수줍음 때문이었던지, 그런 행동은 하지 않는 것이 좋겠다는 생각이 들었다. 마치 어제 아무 일도 일어나지 않았던 것처럼 정성을 다하는 이 이상한 연기에서 그녀의 호흡을 맞춰 주는 것이 옳다고 생각했다. "당신도 잘 잤어?" 그녀의 눈길을 피하며 그도 인사를 건넸다.

그는 자리에 앉아 냅킨을 펼쳤다. 믿을 수 없었다. 싸우고 난 뒤 이처럼 쉽게 넘어가는 아침은 처음이었다. 하지만 오렌지 주스를 찔끔찔끔 마시면서 그는 생각했다. 이전에는 이번처럼 심하게 싸운 적이 없었다. 둘이 싸울 수 있는 싸움을 모두 다 싸워 버린 걸까? 상대를 자극하기 위해 쏟아 내는 신랄한 말이건 너그러이 용서하려는 말이건 정말 더는 할 말이 남지 않았을 때는 이렇게 되는 걸까? 어쨌든 일상은 계속되어야 하니까.

"오늘 정말, 어, 날이 최고로 좋네, 그렇지?" 그가 입을 열었다.

"네, 그러네요, 달걀은 스크램블로 하겠어요, 프라이로 하겠어요?"

"오, 아무래도 난 상관없……, 아, 그래, 스크램블로 하지, 손이 더 가지 않는다면."

"알았어요. 나도 스크램블로 할게요."

곧 두 사람은 환한 식탁에 다정하게 마주 앉아 버터 토스트를 서로에게 건네주며 의례적인 감사의 말을 속삭이게 됐다. 처음에 그는 너무 부끄러워 음식을 먹을 수가 없었다. 열일곱 살에 처음으로 데이트를 나가 소녀를 데리고 식당에 갔을 때 같았다. 그때는 그 소녀를 바로 앞에 두고 입에 음식을 넣고 씹는다는 것 자체가 너무나 비속한 짓처럼 느껴졌다. 하지만 그때나 지금이나 그를 구해 준 것은 똑같은 사실이었다. 참을 수 없을 만큼 배가 고프다는 느낌이었다.

음식을 삼키는 사이사이 그가 말했다. "이것도 괜찮은데, 아이들 없이 아침 먹는 것, 오랜만이잖아."

"그래요." 그녀는 자신의 달걀은 건드리지도 않았다. 그리고 커피잔을 잡기 위해 뻗은 그녀의 손이 가늘게 떨리는 것이 그의 눈에 띄었다. 그 점만 빼면 그녀는 침착함 그 자체였다. "오늘 아침 잘 드시고 싶어 할 거라고 생각했어요. 당신에겐 중요한 날이잖아요, 그렇죠? 오늘이 폴록과 회의가 잡혀 있는 날 맞죠?"

"그래, 맞아." 그녀가 그런 것까지 기억해 주다니! 하지만 그는 기쁜 속내를 감추며 별것 아니라는 식으로 입술을 옆으로 비죽이 내리는 미소를 지어 보였다. 오랫동안 녹스 회사에 관한 이야기를 그녀에게 할 때면 언제나 보여 주던 모습이었다. "별것 아냐."

"아, 내 생각엔 아주 중요한 일일 것 같아요, 적어도 그 사람들에게는요. 정확히 무슨 일을 하게 되는 건가요? 출장 다니기 시작하기 전에 말이에요. 그 얘긴 당신 내게 잘 안 해 줬잖아요.”

뭐 농담하고 있는 건가, 뭐지? “이야기 안 했던가? 어, 물론, 나도 아직은 잘 몰라. 사실이야. 폴록이 ‘목표를 명확히 설정하는 작업’이라고 했는데 그것과 관련된 일이겠지, 모여들 앉아서 그치가 말하는 걸 들어 주는 거겠지. 우리가 뭐 컴퓨터에 관해 뭐라도 좀 알고 있는 척하면서. 근데 물론, 이 모든 걸 하는 핵심적인 이유는, 적어도 나는 이게 그 핵심이라 보는데, 그건 녹스가 아주 커다란 컴퓨터를, ‘500’보다도 더 큰 컴퓨터를 만드는 회사를 매수할 때를 대비하는 것이지. 그 컴퓨터 내가 설명한 적 있어?”

“아뇨, 없는 것 같은데요.” 꼭 설명을 듣고 싶어 하는 듯한 그녀의 표정이 놀라웠다.

“음, 그런 것 있잖아, 유니백같이 괴물처럼 덩치가 큰 것들이 있어. 일기 예보나 선거 결과 예측 같은 데 쓰이는 것들 말이야. 근데 그런 기계는 하나당 거의 200~300만 달러나 한단 말이야. 그래서 녹스가 그런 제품을 생산하기 시작하면 완전히 새로운 판촉 프로그램을 짜야 할 필요가 있단 말이지. 아마 그런 일과 관련이 있지 않나 싶어.”

그의 폐가 점점 커지거나, 아니면 주변의 공기에 산소가 점점 많아지는 것 같은 이상한 느낌이 들었다. 지금까지 긴장해서 움츠려 있던 그의 어깨는 이제 의자 등받이에 기대어졌고 점점 편하게 느껴졌다. 다른 남편들도 아내에게 자기 일을 설명할 때 이렇게 느낄까?

"……간단히 말하자면, 이건 엄청나게 크고 엄청나게 빠른 계산기라 할 수 있지." 컴퓨터가 어떻게 작동하는 건지 이야기해 달라는 그녀의 진지한 부탁에 그는 설명하기 시작했다. "대신 다른 점은, 말하자면 기계적인 부품 대신 수천 개의 작은 진공관이 들어 있는 점이랄까……." 잠시 후 그는 그녀를 위해 종이 냅킨에 그림을 그리기 시작했다. 이진법 숫자로 된 신호가 어떻게 회로를 통해 전달되는지 설명하는 그림이었다.

"오, 그렇군요. 알 것 같기는 하네요. 그렇군요. 말하자면 정말로 이건…… 흥미롭네요, 그렇죠?"

"오, 글쎄, 그런가, 이건…… 그래. 흥미롭다고 할 수 있지. 물론 나도 잘은 몰라. 기본적인 것만 알 뿐이지."

"당신은 꼭 그렇게 말하더라. 실제로는 분명히 말하는 것보단 훨씬 많이 알 거예요. 어쨌건 설명을 잘 해 줬잖아요."

"오 그래?" 시선을 내리고 볼펜을 빳빳한 개버딘 재킷 안주머니에 꽂으면서 미소 짓는 그의 뺨이 달아올랐다. "어쨌건 고마워." 그는 두 번째 커피를 마지막까지 마시고 일어섰다. "지금쯤은 나서야겠는걸."

그녀도 치마를 쓸어내리며 일어났다.

"근데, 에이프릴. 난 아주 좋았어." 그는 목이 메었다. 금방이라도 울음이 터질 것 같았지만 참아 냈다. "정말 훌륭한 아침 식사였다는 말이야." 그는 눈을 깜박이며 말했다. "정말이야. 생전 처음인 것 같아, 이렇게 훌륭한 아, 아침은."

"고마워요." 그녀도 말해 주었다. "그렇게 말해 주니. 나도 잘 먹었어요."

그냥 이대로 나가면 되는 걸까? 아무 말도 없이? 함께 문으로 걸어가며 그는 그녀를 쳐다보며 속으로 어떤 말을 해야 할까 고민했다. "어젯밤에 대해선 내가 정말 얼마나 미안하게 생각하는지 몰라."라든가 "난 정말 당신을 사랑해."라든가 그 비슷한 말을 해야 하나, 아니면 문제를 다시 일깨울 수도 있으니 그저 입을 닫고 있는 게 더 나을까? 그는 몸을 돌려 그녀를 마주하며 망설였다. 그러자 그의 입이 어색한 모양으로 일그러졌다.

"그럼, 당신은 정말로 날……." 그는 말을 시작했다. "당신은 정말로 날 미워하거나 하는 건 아니지?"

그녀의 눈빛은 깊어지며 진지해졌다. 그가 그런 질문을 해 주어서 기쁜 듯했다. 그 질문에 자신 있게 답할 수 있는 사람은 세상에서 자신뿐이라고 받아들이는 것 같았다. 그녀는 머리를 저었다. "아뇨, 당연히 아니에요." 그러고서 그녀는 그를 위해 문을 열고 잡아 주었다. "좋은 하루 보내요."

"그럴게. 당신도." 그다음 처신을 어떻게 해야 할지 결정하는 것은 전혀 어렵지 않았다. 그는 그녀의 몸에 손을 대지는 않으면서 마치 영화배우처럼 그녀의 입술 쪽으로 천천히 허리를 굽혔다.

가까이 다가가자 그녀의 얼굴에는 순간적인 놀람 혹은 주저함의 표정이 떠올랐지만, 이내 부드럽게 변했다. 그녀는 눈을 반쯤 내리깔았고, 이것이, 비록 짧기는 하지만, 서로가 원하고, 서로에게 부드러운 키스임을 확인해 주었다. 키스가 끝나자 그의 손이 그녀의 몸에, 팔에 닿았다. 그녀는, 어쨌건, 아주 아름다운 여자였다.

"자, 그럼." 그는 쉰 듯한 목소리로 작별 인사를 건넸다. "잘 있어."

일곱

에이프릴 존슨 휠러는 남편의 얼굴이 물러나는 것을 지켜보았고, 그의 손이 자신의 팔을 가볍게 잡는 것을 느꼈으며, 그의 작별 인사를 들었고, 그에게 미소를 보였다.

"잘 가요." 그녀도 인사를 건넸다.

그녀는 그를 따라 바깥으로 나가 부엌문 앞 계단에 섰다. 그리고 아침 한기를 이기려고 팔짱을 낀 채로, 그가 출퇴근용 차에 시동을 걸고 햇살이 비치는 곳으로 부르릉거리며 몰고 나가는 것을 지켜보았다. 후진으로 그녀 앞을 지나칠 때 그는 몸을 차창 밖으로 빼고 차 꽁무니를 돌아보았다. 그녀는 홍조 띤 그의 옆얼굴에서 경사진 구릉이지만 아무 어려움 없이 후진으로 운전할 수 있다는 정도의 자연스러운 자긍심을 가진 남자의 진지한 표정만 확인할 수 있었다. 그녀는 처마 밑의 간이 차고 앞쪽 햇살이 비치는 곳으로 나와 그를 배웅했고, 고물 포드 자동차의 찌그러진 형상이 점점 작아지는 것을 지켜보았다. 차고 진입로의 끝까지 후진으로 내려간 그의 차가 도로 위로 진입하며 옆으로 꺾일 때 앞 유리에 햇빛이 반사되면서 그의 얼굴이 순간적으로 시야에서 사라졌다. 그래도 그녀는 손을 들고 흔들어 주었다. 그가 쳐다보고 있을 수도 있기 때문이었다. 차가 도로 위로 곧바로 나아가기 시작하고 그의 모습이 다시 보였을 때 그가 그녀를 보고 있었다는 것이 분명해졌다. 그는 몸을 수그리고 그녀를 올려 보며 싱긋 웃었다. 개버딘 양복을 새하얀 셔츠 위에 받쳐 입고 검은색 넥타이를 맨 그는 단정하고 행복해 보였다. 그녀가 손을 흔들어 준 데 대한 답으로 그는 자신의 손을 경쾌하게 살짝 흔들어 보였다. 그러고는 떠나갔다.

부엌으로 돌아와 아침 먹은 접시들을 개수대의 김이 피어오르는 비눗물에 넣을 때까지도 그녀의 얼굴에는 미소가 그대로 남아 있었다. 사실 컴퓨터 그림이 그려진 종이 냅킨이 눈에 띄었을 때에도 계속 미소 짓고 있었다. 그 그림을 본 순간에도 미소가 지워진 것은 아니었다. 다만 그 형태가 일그러지면서 옆으로 길게 늘어나고 떨리다가 마침내 확고한 찡그림으로 고정됐다. 그녀의 칼칼한 목에서는 울컥하는 경련이 일어났고, 반복되면서, 그녀의 눈에서 눈물이 솟아 뺨으로 흘러내렸다. 닦아 내면 흘러내리고, 닦아 내면 또 흘러내렸다.

그녀는 라디오로 음악을 켰다. 마음을 진정시키기 위해서였다. 접시 설거지를 마칠 때쯤 그녀는 다시 차분해졌다. 간밤에 담배를 너무 많이 피운 탓인지 잇몸이 아파 왔다. 손은 계속 떨렸고 여느 때보다 심장 박동이 더 또렷하게 느껴졌다. 그 외에는 별문제가 없는 듯했다. 그러다 라디오에서 아나운서가 "8시 45분입니다."라고 했을 때 그녀는 깜짝 놀랐다. 그녀에게는 정오나 이른 오후쯤으로 느껴졌기 때문이었다. 그녀는 찬물로 세수를 하고 심호흡을 몇 번 크게 했다. 심장 박동을 늦출 필요가 있었다. 그런 다음, 그녀는 담배에 불을 붙이고 전화기 앞에 차분하게 앉았다.

"여보세요, 밀리? ……안녕하세요. 괜찮으세요? ……제 목소리가 어떻다고요? 아, 그건, 아뇨, 아니에요. 사실, 더 심해졌나 봐요. 그래서 이렇게 전화를 건 거고요……. 정말 그래도 괜찮으시겠어요? 또 하룻밤 전체는 아닐 수도 있어요. 저녁에 프랭크가 가서 데려오려고 할 수도 있거든요, 사정이 어떻게 되느냐에 달렸지만. 하지만 정작 어떻게 될지는 모르니까, 일단은 시간을 정하지는 못하겠네요. 아이, 정말 고마워요, 밀리. 내 잊지 않을게요……. 오, 아니에요, 심각한 건 아니에요. 그냥, 좀, 뭐 그럴 때 있잖아요……. 그래요, 그럼. 제가 사랑한다고 전해 주시고요, 그리고 우리 중 누구든 오늘 밤이든 내일이든 꼭 데리러 올 거라고 좀 말해 주세요……. 네? ……오, 그건…… 아뇨, 바깥에서 놀고 있으면 그냥 놔두세요. 불러들이실 필요 없어요." 손가락 사이에서 타들어 간 담배가 재가 되어 부러졌고, 그녀는 재떨이에 재 부스러기를 떨어뜨리고는 두 손으로 수화기를 붙잡았다. "그냥 애들에게 제가 사랑한다고, 있잖아요, 안부 전한다고, 잘 있으라고 해 주시고, 그리고 말해 주시면 돼요, 거 왜…… 그래요, 밀리. 고마워요.”

수화기를 겨우 제자리에 돌려놓기도 전에 그녀의 눈에서 눈물이 왈칵 쏟아졌다. 감정을 추스르려고 담배를 피워 물었으나 속이 울렁거렸고, 그녀는 욕실로 가야 했다. 아침으로 겨우 넘겼던 것을 다 게워 낸 다음에도 그녀는 한참이나 서서 헛구역질을 했다. 그 후 그녀는 다시 얼굴을 씻고 양치질을 했다. 이제는 서둘러야 할 시간이었다.

“충분히 심사숙고해 본 거니, 에이프릴?” 클레어 숙모는 관절염이 있는 뚱뚱한 손가락 하나를 곧추세우며 늘 말씀하셨다. “무슨 일이든 생각하고 생각한 다음에 시작하는 거다. 그런 다음에는 최선을 다하는 거지.”

일단 해치워야 할 일은 집 안을 정리하는 것이었다. 특히 지난밤 몇 시간에 걸쳐 숙고에 숙고를 거듭하며 엉망으로 만들어 놓은 책상을 정리해야 했다. 산더미처럼 수북한 재떨이며, 어질러진 담뱃재에 둘러싸인 뚜껑 열린 잉크병에다, 커피가 갈색 띠로 말라붙은 커피잔도 그대로 있었다. 책상 앞에 앉아 등에 불을 밝히자마자 지난 새벽 느꼈던 황량하고 쓸쓸한 기분이 고스란히 되살아났다.

쓰레기통 안에는 쓰려다 실패한 편지들이 구겨진 종이 뭉치가 되어 쌓여 있었다. 그녀는 하나를 집어 올려 펼친 다음 손바닥으로 눌러 납작하게 만들었다. 그렇지만 처음에는 뭐라고 쓴 건지 알아볼 수가 없었다. 글자 하나하나가 파리채로 때려잡은 모기처럼 일그러지고 시커멓고 화가 잔뜩 난 형상이라 놀라지 않을 수 없었다. 그러다 중간쯤 내려왔을 때 비로소 무슨 말인지 알아볼 수 있었다.

　……당신이 말하는 '사랑'이란 겁쟁이들에게나 어울리는 자기기만에 불과해요. 당신도 알고 나도 알다시피 우리 사이에는 경멸과 불신과 서로의 약점을 이용하여 자신의 욕망을 채우려는 더럽고 병적인 의존성 말고는 그 무엇도 존재하지 않죠. 그래서예요. 그래서 오늘 당신이 사랑할 수 있는 능력의 상실 운운했을 때 제가 그렇게 웃음을 멈출 수 없었던 것이고, 그래서 당신이 내 몸에 손대는 것조차 견딜 수 없어 했던 것이고, 그래서 당신이 무슨 생각을 하든 앞으로는 절대 믿지 않을 것이고, 당연히 무슨 말을 하든 절대 믿지 않을 거예요.

　나머지는 읽고 싶지도 않았다. 읽을 가치가 없다는 걸 알았기 때문이었다. 증오심이 짙게 배어 있어 설득력이 없었다. 다른 뭉치에 적혀 있는 다른 실패한 편지들도 마찬가지였다. 모두 태워 버려야 했다.
　편지를 쓰려는 노력을 포기했던 것은 오늘 아침 5시가 되어서였다.(그게 겨우 네 시간 전의 일이었던가?) 그녀는 억지로 자신을 설득해 책상 앞에서 물러났다. 피로에 절어 아픈 몸을 이끌고 욕실로 들어간 그녀는 오랫동안 고요한 물 아래 몸을 담그고 물 치료를 받는 환자처럼 따뜻하고 깊은 목욕을 했다. 목욕을 마친 그녀는 머릿속 잡념이 걷히고 차분해진 상태로 옷을 갈아입으리 침실로 들어갔다. 그가 등을 보이고 누워 있었다.
　첫새벽의 푸르스름한 빛 속에서 그가 구겨진 일요일 일상복을 입은 채로 널브러져 있는 모습을 본 그녀는 침대에서 낯선 사람을 본 것마냥 경악했다. 코를 찌르는 위스키 냄새 속에 침대에 앉으며 붉게 달아오른 채 잠든 그의 얼굴을 더 가까이 들여다보려 했을 때, 그녀는 그 충격의 진정한 이유를 깨달았다. 그녀가 그를 사랑하지 않기 때문만은 아니었다. 그것은 그녀가 그를 미워하지 않았으며, 미워하는 것이 불가능하다는 사실 때문이었다. 누가 그를 미워할 수 있을까? 그는…… 음, 그는 프랭크였다.

그때 그가 약하게 코를 골며 끙끙댔고, 그녀의 손을 찾아 더듬거리는 사이 그의 입술이 움직이면서 말이 새어 나왔다. "오, 여보, 떠나지 마요……."

"쉬, 쉬, 쉬. 괜찮아요. 괜찮아요, 프랭크. 자요."

그녀의 숙고가 종료된 것은 바로 그때였다.

그러므로 오늘 아침 그가 자신을 미워하냐고 물어 왔을 때 그녀가 아니라고 대답한 것은 거짓이나 잘못이 아니었다. 그에게 정성을 다해 아침을 마련해 주고, 그의 일에 세심한 관심을 보여 주고, 또 키스로 그를 배웅한 것이 거짓이거나 잘못이 아니었던 것과 마찬가지였다. 그 키스는, 같은 관점에서 보자면, 정확히 적절한 것이었다. 완벽하게 올바른, 다정한 키스였다. 파티에서 방금 만난 젊은 사내, 방금 같이 춤춰 주고 웃겨 주고 그런 다음 집에까지 바래다주면서 내내 자기 이야기만 줄곧 해 대는 청년에게 할 수 있는 가장 적절한 키스였다.

단 하나의 진짜 실수, 단 하나의 잘못이면서 거짓이었던 것은 그를 그런 젊은 사내 이상의 존재로 본 것이었다. 아, 처음 한두 달은, 재미 삼아서, 젊은 사내를 상대로 그런 놀이를 해 보는 것도 괜찮았을 것이다. 그런데 그걸 여태 몇 년이나 해 왔다니! 더구나 그 이유라는 것이, 오래전 정서적으로 외로웠던 시기에, 이 사내가 지껄이고 싶은 대로 마구 내뱉는 말을 곧이곧대로 믿어 주는 편이 손쉽기도 하거니와 자기 기분도 좋게 해 준다는 사실을 알게 되고, 또 그런 기쁨을 느끼게 해 준 데 대한 감사의 표시로 자신도 손쉽고 상대를 기분 좋게 할 만한 거짓말을 해 주면서, 상대가 가장 듣고 싶어 할 말만 주고받다가, 드디어는 "당신을 사랑해."라는 말이 그의 입에서 튀어나오고 또 자기 입에서는 "맞아요, 프랭크, 정말이라니까요. 당신처럼 흥미로운 사람은 처음이에요."라는 말이 나오는 지경에 이르러 버렸다는 사실이었음에랴.

사태가 그 지경에 이르게 하다니 얼마나 교모하고 자기 기만적인 처신이었던가! 왜냐하면 일단 한번 시작하면 그만두기가 너무나 어렵기 때문이다. 그래서 이내 자기 입에서 "미안해요, 당연히 당신 말이 옳아요."라든가 "당신 생각이 최선이에요." "당신은 이 세상에서 가장 소중하고 가장 멋있는 존재예요."라는 말이 튀어나오게 되고, 그런 다음에는 그 어떤 정직함, 그 어떤 진실도, 마치 최상의 사람들만 모여 사는 세상처럼, 오로지 저 멀리서 희미하게 빛을 발하기만 할 뿐, 결코 닿을 수 없는 것으로 변해 버렸다는 사실만 깨닫게 되는 것이다. 그렇게 되면 이제는 자신이 싫을 「화식 숲」을 무대 위에 올린 로럴 극단 단원들처럼, 혹은 드럼을 연주할 때의 스티브 코빅처럼 살고 있다는 사실을 발견하게 된다. 진지하지만 서툴고,

허세만 가득할 뿐 모든 게 잘못된 삶이다, '아니오'라고 대답하려 했는데 '예'라고 했음을 직감하며, "이건 우리가 함께 해결해야 할 문제잖아요."라고 말했지만 실제로는 정반대로 생각하면서, 무슨 꽃향기처럼 휘발유 냄새를 들이마시며 서툴고, 헐떡거리는, 얼굴이 붉게 상기된 남자, 그것도 자신이 좋아하지도 않는 남자의(셉 캠벨이라니!) 무게에 짓눌리면서 사랑이라는 망상에 자신을 내팽개치고는, 마침내 칠흑 같은 어둠 속에서 자신이 어떤 사람인지도 모르고 있다는 사실과 대면하는 그런 삶이다.

그리고 다른 누구에게 그 책임을 물을 수 있단 말인가?

책상을 정리한 그녀는 프랭크의 침대 시트를 새것으로 갈아 둔 후, 쓰레기통을 집어 들고 바깥으로 나가 뒷마당으로 갔다. 가을날 같은 날이었다. 따뜻했지만 약간은 쌀쌀한 바람이 몇몇 흩어진 낙엽을 잔디밭 위로 몰아가고 있었다. 그녀는 어린 시절 경험했던 멋진 시작들, 개학을 며칠 앞두고 받은 새 스웨터이며 사과와 연필에 대한 기억을 떠올렸다.

그녀는 쓰레기통을 들고 잔디밭을 가로질러 소각용 드럼통으로 가져가 구겨진 편지 뭉치들을 쏟아붓고 성냥불을 붙였다. 그러고는 햇빛을 받아 따뜻해진 돌담에 걸터앉아 그것들이 다 타기를 기다렸다. 눈에는 거의 보이지 않는 불꽃이 서서히 기어오르더니 점점 기세를 더해 종이 뭉치를 완전히 에워싸며 열기를 피워 올려, 주변 풍경이 아른거리기 시작했다. 새들이 지저귀는 소리와 스치는 바람에 나무들이 바스락거리는 소리가 멀리서 아이들이 뛰노는 소리와 한데 어우러져 희미하게 들려왔다. 그녀는 귀를 쫑긋 세워 봤지만 어떤 목소리가 제니퍼의 것인지 마이클의 것인지 캠벨네 아이들의 것인지 구별할 수 없었고, 더구나 그 목소리들이 언덕 위 캠벨네 집 쪽에서 들려오는 것인지에 대해서도 확신할 수 없었다.

멀리서 들어 보면 아이들의 목소리는 다 똑같이 들린다.

"야, 들어 봐! 들어 보라고! ……그것 말고 또 뭘 갖다주셨는지 알아, 마지? 좀 들어 봐. 내가 얘기하고 있잖아."

"뭐라고?"

마지 로텐버그와 그녀의 남동생 조지 그리고 메리 제인 크로퍼드와 에드나 슬레이터가 다 같이 울타리 옆 잔디가 다 벗겨져 나간 공터에 놀고 있었다. 조그만 동굴과 납작한 바위가 있어 그들이 모아 둔 딕시 종이컵 뚜껑들을 보관하는 곳이었다.

"그 외에 뭘 더 갖다주셨는지 아느냐고 물어봤잖아. 우리 엄마 말이야. 엄만 나 학교 갈 때 입으라고 예쁜 푸른색 캐시미어 스웨터와 그에 어울리는 색깔의 양말도 갖다주시고 또 정말 예쁜 향수 분무기도 갖다주셨거든. 이렇게 누르는 장치가 달린 작고 예쁜 병? 진짜 향수까지 다 들어 있는? 아, 그리고 우린 민튼 아저씨랑 화이트 플레인즈까지 차를 타고 갔더랬어. 아이스크림이랑 다른 것도 다 사 먹었어. 그리고 난 11시 10분까지도 안 자고 있었다니까."

"너희 엄만 왜 이틀밖에 안 계셨어?" 마지 로텐버그가 물었다. "네가 일주일 계실 거라고 했잖아. 조지, 당장 그만두지 못해!"

"내가 언제? 일주일 계실 수도 있다 그랬지. 다음번엔 그러실 거야. 아님 내가 엄마한테 가서 일주일 있다 오거나. 그러면 난……."

"조지! 한 번만 더 코 파서 먹으면 이를 거야! 진짜야!"

"……그러면 난, 너희 모르지? 그러면 난 일주일 내내 학교 같은 데도 안 갈 거야. 하, 하. 얘, 마지. 우리 집에 가서 내 스웨터며 다른 것들 볼래?"

"안 돼. 난 「돈 윈슬로」 할 때까지는 집에 가야 해."

"우리 집에서도 「돈 윈슬로」 들을 수 있잖아. 가자."

"안 돼. 집에 가야 해. 가자, 조지."

"얘, 에드나? 얘, 메리 제인? 우리 엄마가 뭐 갖다주셨는지 알아? 엄만 아주 예쁜…… 얘, 들어 봐, 에드나. 내 말 좀 들어 봐……." 2층의 창문이 덜컹거리며 열리는 소리가 들렸고, 그녀는 지금 뒤돌아보면 바깥을 내다보는 클레어 숙모의 어렴풋한 형체가 구리로 된 방충망을 통해 보일 것임을 알고 있었다.

"에이이프릴!"

"엄만 정말 예쁜 파란색 스웨터를 갖다주셨어. 캐시미어야. 그리고 또 아주 예쁜……."

"에이이프릴!"

"왜요? 저 여기 있어요."

"그럼, 왜 대답을 안 했어? 지금 당장 들어와서 씻고 옷 갈아입어. 지금 막 아빠가 전화했다. 지금 차 타고 오고 있는데, 십오 분이면 도착하실 거래."

그러자 그녀는 집으로 달려갔다. 운동화가 땅에 닿는 게 눈에 보이지도 않을 정도였다. 이런 일이 있었던 적은 절대로, 절대로 없었다. 엄마와 이틀이나 계속 같이 있었는데, 바로 그다음 날 또…….

그녀는 계단을 두 개씩 한꺼번에 뛰어올라 자기 방으로 들어가 옷을 벗기 시작했다. 얼마나 서둘렀던지 블라우스의 단추 하나가 터져 나갔다. "아빠가 언제 전화했어요? 뭐라고 하셨어요? 얼마나 계신대요?"

"그야 모르지. 아빠는 보스턴으로 올라가시는 중이래. 옷을 그렇게 찢어 놓으면 어떡하니. 아직 시간은 많아."

그녀는 제일 예쁜 드레스를 입고 현관 밖으로 나가 길을 내다보며 아빠의 기다랗고, 바퀴가 커다란, 멋진 장거리 여행용 자동차가 나타나기를 기다렸다. 사거리를 두어 개 사이에 두고 아빠의 차가 눈에 들어왔을 때 그녀는 뛰쳐나가지 않도록 인내심을 발휘해야 했다. 그녀는 차가 집 앞까지 들어와 멈춰 설 때까지 기다렸다. 아빠가 차에서 내리는 모습을 보고 싶어서였다.

그러고는 오, 얼마나 훤칠하고, 얼마나 날씬하며 꼿꼿하신지! 아빠의 머릿결과 활짝 웃는 얼굴, 내리비치는 황금빛 햇살은 얼마나 찬란했는지……. "아빠!" 이윽고 그녀는 달려 나가 아빠의 품에 안겼다.

"우리 딸, 잘 있었어?" 아빠에게선 아마포 냄새와 위스키 냄새와 담배 냄새가 났다. 아빠 목 뒤 짧은 머리칼은 뻣뻣한 촉삼을 주었고, 아빠의 턱은 따뜻한 활석 느낌이 났다. 하지만 제일 멋진 것은 아빠의 목소리였다. 토기 항아리 입구를 가로질러 입김을 불었을 때 나는 소리처럼 깊게 울리는 목소리였다. "우리 딸 한 1미터는 더 자란 거 알아? 이렇게 큰 아가씨를 아빠가 감당할 수 있을지 자신이 없는걸. 안고 갈 수도 없구나. 그건 확실해. 자, 들어가서 클레어 숙모님 뵙자. 어떻게 지냈어? 남자 친구들은 다들 어때?"

거실에서 클레어 숙모와 이야기를 나누는 아빠는 너무나 멋있었다. 딱 알맞은 높이로 접어 올린 바짓단 밑의 늘씬한 발목에는 주름골이 패인 검은 모직 양말이 착 달라붙어 있었다. 흑갈색 구두는 너무나도 멋졌고, 또 카펫 위에 너무나도 우아하게, 하나는 조금 앞쪽에, 다른 하나는 조금 뒤쪽에 놓여 있어 그녀는 한동안 들여다보면서 남자의 발은 어떻게 보여야 이상적인지를 기억 속에 각인해 두어야겠다고 마음먹었다. 하지만 그녀의 시선은 아빠의 발에서 머무르지 못하고 자꾸만 위쪽으로 옮겨 가 우람한 무릎으로, 가느다란 시곗줄이 살짝 드리워진 몸에 꼭 맞는 조끼로, 의자에 앉은 아빠의 자세 전체로, 한쪽에는 하이볼 잔을 들고 다른 한쪽으로는 허공에서 천천히 자연스러운 동작으로 움직이는 흰색 소매 끝의 팔목과 손으로, 그러고는 마침내 아빠의 찬란한 얼굴에 가 닿았다. 그녀는 아빠의 멋있는 모습을 한눈에 다 담을 수 없었다.

아빠는 농담을 마무리하고 있었다. "……그래서 엘리너가 다가가서 말했죠. '젊은 양반, 취했구려.' 그 친구가 그녀를 쳐다보면서 한 말이, '그렇습니다, 루스벨트 여사님, 전 취했습니다.' 그러고는 덧붙였어요. '그렇지만 차이가 있습니다, 루스벨트 여사님. 전 아침이면 말짱해질 거랍니다.'"

클레어 숙모가 웃느라 뚱뚱한 상체를 무릎까지 웅크렸고,

에이프릴은, 농담의 앞부분을 듣지도 못했고, 또 설사 들었더라도 무슨 농담인지 알아들었을 것 같지도 않았음에도, 자기도 그 농담이 무척이나 웃기다고 생각한 척했다. 그렇지만 거실 안의 웃음이 채 가라앉기도 전에 아빠는 떠나려고 몸을 일으켰다.

"정말, 정말 저녁도 안 먹고 벌써 가시려고요, 아빠?"

"우리 예쁜이, 나도 그러고 싶단다. 그런데 보스턴에서 아빨 기다리고 있는 사람들이 있어요. 아빠가 빨리 가지 않으면 그 사람들이 아빠에게 무지, 무지 화를 낼 거예요. 아빠에게 뽀뽀해 주련?"

그러자 그녀는 자신도 내키지는 않았지만, 아기처럼 굴기 시작했다. "하지만 아빤 겨우 한 시간만 있었잖아요. 그리고 아빤, 아빤 선물 같은 것도 안 사 오고, 또……."

"오, 에이이프릴." 클레어 숙모가 나섰다. "자꾸 그러면 기분 좋게 오신 아빠가 서운할 수 있어."

하지만 적어도 아빠는 다시 일어서지는 않았다. 대신 그녀 바로 곁에 민첩하게 쪼그려 앉아 팔로 감싸 안았다. "우리 예쁜이, 미안하게도 선물에 관해서는 네 말이 맞구나. 정말 내가 면목이 없어. 그렇지만 말이야. 우리 이렇게 하면 어떨까. 너랑 나랑 나가서 아빠 차로 가는 거야. 그래서 안을 뒤져 보는 거야. 뭔가 나올 수도 있잖아? 그래 볼까?"

두 부녀가 클레어 숙모를 남겨 두고 차를 향해 길을 내려갈 때는 이미 어둠이 내리고 있었고, 조용한 차 안에는 감춰진 힘과 속도를 짐작하게 하는 분위기로 충만했다. 아빠가 대시

보드의 불을 켜자 두 사람만을 위해 단출하게 가죽으로 꾸민 집에 있는 느낌이었다. 부녀가 함께 사는 데 필요한 것들은 모두 다 갖춰져 있었다. 편하게 앉을 자리이며, 여행을 나설 때 필요한 물품들, 아빠가 담배 피울 때 필요한 라이터, 길을 떠나 끼니를 해결해야 할 때 그녀가 샌드위치와 우유를 펼쳐 놓을 수 있는 작은 선반까지 다 있었다. 거기다 앞좌석과 뒷좌석은 훌륭한 잠자리가 될 만큼 아주 넓었다.

"운전석 옆 수납함부터 볼까?" 아빠가 말했다. "없는걸. 낡은 지도 같은 것들밖에 없어. 그럼, 아빠 여행 가방을 뒤져 볼까?" 아빠는 몸을 뒤틀어 뒷좌석으로 손을 뻗어 커다란 글래드스톤 가죽 가방의 잠금쇠를 풀었다. "어디 보자, 양말, 셔츠. 이건 소용없고. 이런, 이거 문제이네. 아빠가 한 가지 알려 줄까? 남자는 말이야, 길을 나설 때면 언제나 반짝거리는 장신구를 잔뜩 갖고 다녀야 한단 말이지. 언제 멋있는 아가씨를 만나게 될지 모르거든. 오, 잠깐. 여기 뭐가 있네. 대단한 건 아니야, 물론. 하지만 쓸 만하겠는걸." 아빠는 말 그림과 '화이트 호스'라는 글자가 인쇄된 상표가 붙은 길쭉한 갈색 병을 꺼냈다. 병의 목 부분에는 리본으로 뭔가 아주 작은 것이 매여 있었는데, 아빠는 그녀가 보지 못하게 가린 채 주머니칼을 꺼내 잘라 냈다. 그러고는 그것을 매단 리본을 잡고서 그녀의 손 위에 가만히 올려놓았다. 아주 작은, 완벽한 형태의 하얀 말이었다.

"여기 있어요, 우리 공주님." 아빠가 말했다. "이제 영원히 네 것이란다."

불이 사그라들었다. 그녀는 작대기로 검은 덩이로 변한 종이 뭉치를 헤집어 완전히 탔는지 확인했다. 남은 건 재밖에 없었다.

쓰레기통을 들고서 잔디밭을 가로질러 오는 내내 희미한 아이들의 목소리가 따라왔다. 집 안에 들어서 문을 닫고 난 뒤에야 들리지 않게 되었다. 그녀는 라디오도 껐다. 집 안은 믿을 수 없을 만큼 조용해졌다.

쓰레기통을 원래 자리에 가져다 놓고 그녀는 책상에 앉아 새 종이를 한 장 올려놓았다. 이번 편지를 쓰는 데는 시간이 전혀 걸리지 않았다. 할 말이라곤 아주 중요한 한 가지밖에 없었고, 그 말을 쓰는 데는 여러 단어가 필요하지 않았다. 말을 곱씹어 보거나 왜곡해서 해석할 여지를 없애려면 최소한이어야 했다.

프랭크에게,

　　무슨 일이 일어나도 당신 자신을 탓하지 마세요.

자기도 몰래 튀어나오는 오랜 습관으로 그녀는 하마터면 당신을 사랑해요라는 문구를 적을 뻔했지만, 퍼뜩 정신을 차리고는, 아무 문구 없이 에이프릴이란 글자만으로 서명했다. 그녀는 편지를 봉투에 넣고, 바깥에 프랭크라고 적어, 책상 한가운데에다 놓아 두었다.

부엌에서 그녀는 스튜를 만들 때 쓰는 제일 큰 냄비를 꺼내 물로 가득 채운 다음 레인지에 올려 불을 켰다. 지하실 창고

에서는 그 밖의 다른 필요한 것들을 꺼내 왔다. 아이들 분유
병을 소독할 때 썼던 집게와 약국에서 받은 파란색 상자였다.
상자에는 고무로 된 알전구 모양의 펌프와 막대 모양의 기다
란 플라스틱 관이 들어 있었다. 그녀는 이것들을 모두 막 김이
나기 시작한 냄비 속에 집어넣었다.

그런 다음 나머지 준비를 하기 시작했다. 욕실에 깨끗한 수
건을 몇 장 가져다 놓았고, 종이쪽지에 병원의 전화번호를 적
어 전화기 옆에 기대어 놓았다. 그러자 물이 펄펄 끓기 시작했
다. 냄비 뚜껑이 들썩거렸고, 관장 펌프는 냄비 가장자리로 밀
려나 안쪽 벽을 치며 달그락거렸다.

9시 30분이 됐다. 십 분이 더 지나면 그녀는 불을 끌 생각
이었다. 그러고도 한참을 기다려야 물이 식을 것이었다. 그때
까지는 기다리는 수밖에 없었다.

"충분히 심사숙고해 본 거니, 에이프릴? 무슨 일이든 생각
하고 생각한 다음에야 시작하……."

하지만 그녀에게는 어떤 도움도 어떤 가르침도 필요 없었
다. 그녀는 이제 침착했고 차분했다. 그동안 그녀가 늘 알고
있었던 사실, 부모님도, 클레어 숙모도, 프랭크도, 그 누구도
그녀에게 가르쳐 줄 필요가 없었던 사실, 정말 절대적으로 순
수한 동기에서 해야만 하는 일, 진심으로 원해서 하는 일을
하고 싶다면, 그런 일은 언제나 오직 혼자서 할 수밖에 없다
는 사실을 잘 알았기 때문이다.

여덟

그날 오후 2시 밀리 캠벨은 이제 막 집안일을 끝냈다. 그녀는 텔레비전 앞의 긴 소파에 누워 쉬고 있었다. 먼지 냄새며, 마루 왁스 냄새며, 바깥에서 아이들이 떠드는 소리(고작 이틀이었지만 아이 여섯은 한 사람이 감당하기에 너무 많았다.) 등으로 그녀는 녹초가 되어 있었다. 그 일이 있고 난 뒤로 늘 그녀는 '뭔가 불길한 일이 터질 것 같다는 강렬한 느낌'이 들었노라고, 그리고 채 일 분도 지나지 않아 그 느낌이 근거가 없지 않았음을 확인해 주는 소리를 들었노라고 주장했다.

화재나 살인이나 경찰 출동 같은 위급 상황을 알리는 소리였다. 이제 막 출발한 사이렌 자농차가 큰길로 나서 전속력으로 달리기 직전에 길모퉁이를 돌기 위해 속도를 줄였을 때 나는 충격적으로 요란하면서 깊은 사이렌 소리였다. 그녀는 즉시 창문으로 다가가 밖을 내다보았고, 잔디밭 아래쪽의 나무 꼭대기 너머로 구급차의 길쭉한 형체가 레볼루셔너리 로드를 돌아 나오는 장면을 목격했다. 큰길로 돌아 나오며 햇빛을 받아 순간적으로 번쩍거린 구급차는 12번 고속 도로를 향해 질주하며 사이렌을 울려 댔다. 사이렌 소리는 점점 커졌고, 참을 수 없을 만큼 날카로운 소음으로 계속 이어지다, 구급차가 멀리서 모습을 감추고 난 후에도 공중에 긴 여운을 남겼다. 그녀는 걱정스러운 마음에 입술을 깨물었다.

"그 길에는 다른 사람도 많이 살고 있다는 걸 알고 있었죠." 그날 이후 밀리가 한 말이다. "그런 사람 중 누구일 수도 있었어요. 그렇지만 난 에이프릴일 거란 느낌이 확 들었어요. 에이프릴에게 전화를 걸다가, 곧 그만뒀죠. 어리석게 들릴지 모르지만, 그녀가 자고 있을 수도 있다고 생각했거든요."

그래서 그녀는 불안한 마음으로 전화기 앞에 앉아 있었고, 갑자기 전화기가 울려 대기 시작했다. 기빙스 부인이었다. 수화기의 진동이 너무 강해 고막이 아플 지경이었다.

"휠러네에 무슨 일이 있는지 아세요? 그 집을 지나오는데 차고 진입로에서 구급차가 나오는 걸 봤어요. 얼마나 놀랐는지. 지금 계속 전화해 보고 있는데 받지를 않네요……."

"거의 숨넘어갈 뻔했죠, 저는." 밀리는 나중에 설명했다. "부인과 전화를 끊고 나서 불안한 마음으로 그냥 그 자리에 주저앉아 있었어요. 그러다 안 좋은 일이 생길 때면 언제나 하던 대로 했어요. 셉에게 전화했습니다."

연합 정밀 주식회사의 창문을 내다보며 목덜미를 천천히 주무르고 있던 셉 캠벨의 머릿속은 여러 가지 생각으로 어지러웠다. 그날 밤 통나무 집에서 환상적인 그 일이 있고 난 후 일주일이 다 되도록 그는 연합 정밀에게나, 밀리에게나, 자신에게도 별 도움이 못 되고 있었다. 첫째 날에는, 사랑에 빠진 아이가 으레 다 그러하듯, 공중전화로 그녀에게 전화해 "에이프릴, 언제 만날 수 있겠어?"라고 물었다. 그러자 그녀는 너무나도 똑 부러지게 절대로 그럴 일은 없을 걸 분명히 했고, 그런 멍청한 질문을 할 만큼 어리석냐고 화를 냈다. 그날 밤과 그다음 날 내내 이 아픈 기억은 그의 뇌리에 사무쳤다. 세상에, 그녀는 날 얼마나 무식하고 단순한 얼치기로 생각했을까. 그래서 그는 다시 그녀에게 전화를 걸면 들려줄 멋있고, 성숙하며, 사려 깊은 말들을 궁리하고 혼자 중얼대며 몇 시간이고 연습해 두었다. 하지만 다시 공중전화 부스에 들어섰을 때 그는 모든 걸 엉망진창으로 만들어 버렸다. 그렇게 신경 써서 준비하고 연습했던 말은 모두 잘못 나왔고, 바보같이 그의 목소리는 떨렸으며, 그는 이번에도 사랑한다는 말을 반복했다. 통화는 다정하지만 확고한 그녀의 목소리로 끝났다. "이봐요, 셉. 통화 중에 제가 먼저 끊고 싶진 않네요. 하지만 죄송하게도 전화 먼저 끊지 않으면 제가 먼저 끊는 수밖에 없겠어요."

그녀를 본 건 딱 한 번뿐이었다. 어제, 아이들을 맡기러 집으로 왔을 때였다. 그는 침실에서 몸을 떨면서 면사 커튼 틈으로 그녀가 차에서 내리는 모습을 훔쳐보았다.(지친 임신부의 모습이었다.) 그는 가슴이 떨려 그녀를 오래 지켜볼 수가 없었다.

“전화 왔어요, 캠벨 씨.” 여직원 하나가 외쳤다. 책상 위에 놓인 전화기의 수화기를 집어 들려고 몸을 움직이면서 그는, 자기 생각에도 터무니없지만, 에이프릴일 수도 있다고 생각했다. 아니었다.

“어, 여보…… 뭐라고? 아, 이봐, 좀 진정해. 누가 병원에 있다고? 언제? 오, 세상에.”

하지만 놀랍게도 그에게는 일주일 내내 느낄 수 없었던 자신감이 차올랐다. 그의 엉덩이는 펠트 의자 위에 천천히 내려앉았고, 의자 밑의 다리는 힘이 들어가며 책상다리를 할 때처럼 교차하며 꼬였다. 그는 한 손으로 수화기를 뺨 밑에 괴면서 다른 손으로는 샤프펜슬을 집었다. 침착한 군기 만점 공수 부대원의 임무 수행 준비 완료였다.

“좀 진정해 봐.” 그는 밀리에게 말했다. “병원에 전화해 봤어? 여보, 그것부터 제일 먼저 해 봤어야지. 그래야 우리가 프랭크에게 전화해 볼 수 있잖아…… 그래, 그래, 당신이 지금 황망한 건 알아. 내가 전화해서 알아볼게. 그다음에 프랭크에게 연락하고. 자, 잘 들어. 마음을 좀 진정시켜, 알았지?” 그의 샤프펜슬은 메모장에 단호한 평행선을 여럿 그어 놓았다. “알았어.” 그는 덧붙였다. “그리고 뭐가 잘못돼도 애들에게는 절대 말하면 안 돼, 우리 애들이건 그 집 애들이건…… 알았어……. 알았어, 그래. 내가 전화할게.”

그러고는 병원에 전화를 건 그는 어지러운 전화 교환 체계를 신속하게 돌파하며, 도움이 못 되는 목소리들을 제치고 적임자를 찾아, 재빠르고 위엄 있는 목소리로 질문을 퍼부었다.

"……긴급 뭘 하는 중이라고요? ……아, 그런데 뭘 위한 처치란 거죠? 오, 유산이란 말씀이군요. 어, 그럼, 지금 상태가 어떤지 말씀해 주실 수 있을까요? ……그렇군요. 그리고 시간이 얼마나 걸릴 것 같은가요? ……담당 의사분 성함은요?" 그의 샤프가 잠시 움찔하더니 꾸물꾸물 의사 이름을 적었다. "알겠습니다. 한 가지만 더요. 남편분에게 연락은 했던가요? ……그렇군요. 감사합니다."

여전히 전화기 쪽으로 몸을 숙인 채 그는 뉴욕의 녹스 사무용 기기로 전화를 넣었다.

"프랭크 휠러 씨 부탁드립니다……. 어디 계신다고요? ……그렇다면 지금 회의실에서 불러내십시오. 긴급 상황입니다." 그제야, 전화기를 붙들고 기다리는 지금에 와서야 처음으로 그는 불안으로 몸이 얼어붙기 시작했다.

곧 프랭크가 수화기를 넘겨받았고, 충격을 받은 그는 불분명한 목소리로 "오, 맙소사"란 말만 되뇌었다.

"아니, 잠깐만, 잘 들어 봐, 프랭크. 진정하라고. 내가 알아본 바로 그녀는 지금 괜찮은 상태야. 병원에선 그 사실만 이야기해 줬어. 자, 잘 들어. 가능한 한 빨리 스탬퍼드로 오는 기차를 타. 내가 마중 나갈 테니까. 거기서 병원까지는 오 분밖에 안 걸려……. 그래. 나도 지금 당장 출발할게. 전화 끊는다, 프랭크."

주차상으로 나온 그는 필릭거리는 재깃을 꿰면서 차기 있는 쪽으로 전속력으로 질주했고, 귀에 스치는 신선한 공기와 함께 활력이 되살아나는 것을 느꼈다. 예전에 전투에 임할 때 느꼈던 느낌, 그러니까 모든 다른 것들이 엉망인 상황에서 꼭 해야 하는 일을 재빨리 또 잘하고 있을 때의 느낌이었다.

기차역에서 프랭크가 탄 기차를 기다리는 시간을 이용해 밀리에게 다시 전화를 걸고(그녀는 이제 평정심을 되찾은 상태였다.) 병원에도 연락을 해 보았다.(새로운 소식은 없었다.) 그러고는 오후 햇살이 내리쬐는 플랫폼 위를 오가며 호주머니 속 동전들을 짤랑거리면서 낮게 중얼거렸다. "제발, 제발." 이처럼 예기치 않게 찾아온 일시적인 평온함 역시 서두르면서도 기다린다는 점에서 전쟁 때와 같았다. 하지만 곧 기차가 플랫폼을 뒤흔들며 그에게 달려왔고, 미친 사람처럼 기차 옆에 매달린 프랭크는 거의 앞으로 고꾸라질 뻔하면서 뛰어내려 휘둥그레진 눈으로 넥타이를 휘날리면서 셉에게 달려왔다.

"왔구먼, 프랭크……." 두 사람은 나란히 주차장으로 달려갔다. 기차가 아직 완전히 정지하기도 전이었다. "차는 이쪽에 있어."

"그녀는 지금…… 병원 측에서는 아직도?"

"자네에게 전화할 때와 달라진 게 없어."

두 사람은 얼마 안 되는 거리이지만 다른 차들과 섞이는 바람에 예상보다 느린 속도로 병원으로 가는 차 안에서 아무 말도 주고받지 않았다. 셉은 설사 말하려 해도 목소리가 제대로 나올지 모르겠다고 생각했다. 옆에 앉은 프랭크의 눈빛이라든지 몸을 잔뜩 웅크린 채 벌벌 떠는 모습을 보니 공포감이 엄습했다. 그는 자신이 나서서 활약할 수 있는 시간이 끝나 가고 있다는 사실을 잘 알았다. 여기 이 마지막 언덕을 올라 저기 보이는 추한 갈색 건물로 차를 몰고 가면 그는 더는 어찌할 도리가 없는 영역으로 들어가게 될 것이었다.

두 사람은 '방문객 출입구'라고 적힌 문을 휭하니 열어젖히고 안으로 뛰어들어, 안내 데스크 앞에서 쉰 목소리로 더듬거리며 몇 마디 하고는, 경보 선수처럼 발을 재게 놀려 뛰다시피 복도를 따라 들어갔다. 셉의 마음은 다행스럽게도 옛날 전투에 임했을 때 늘 그랬던 것처럼 초점을 잃어버렸다. 머릿속 어디선가 자기방어적인 목소리가 희미하게 들려왔다. 이건 진짜가 아니야, 아무것도 믿지 마.

"누구 말씀이신지? 휠러 부인이요?" 복도 끝 쪽에서 주근깨가 많은 통통한 간호사가 위생 마스크 너머로 눈을 깜박이며 되물었다. "위급 환자 말씀이세요? 어, 바로 기억나지는 않는데요. 죄송하지만 저는 할 수가 없……." 그녀는 위에 붉은 등이 켜진 문을 불안한 듯 힐끗 쳐다보았다. 그러자 프랭크는 그쪽을 향해 몸을 날렸다. 그녀는 재빨리 그의 앞을 가로막았다. 필요하다면 완력으로라도 제지할 기세였다. 하지만 셉이 먼저 프랭크의 팔을 잡아 멈춰 세웠다.

"이 사람도 못 들어갑니까? 남편인데요?"

"안 됩니다. 절대로 안 되세요." 책임감으로 눈이 점점 커지며 그녀가 선언했다. 그렇지만 그녀는 결국, 마지못해, 안으로 들어가서 의사에게 물어보겠다고 약속했다. 조금 후 의사가 나왔다. 호리호리한 체격에 구깃구깃 주름이 간 수술복을 입은 남자로 당황한 듯한 표정이었다.

"휠러 씨가 어느 분이신가요?" 그는 이렇게 묻고, 프랭크의 팔을 잡아 이끌면서 단둘이 이야기하기 위해 자리를 옮겼다.

셉은 두 사람과의 거리를 적절히 유지하면서 그녀가 죽는 것은 아니라고 자신을 설득하고 있었다. 사람은 이런 식으로 죽는 게 아니다. 오후가 한창인 대낮에 이처럼 인적 없는 복도의 끝에서 죽는 건 아니다. 그녀가 죽어 가는 거라면, 어떻게 저 청소부는 리놀륨 바닥에 저렇게 천연덕스럽게 걸레를 밀고 있겠으며, 더구나 노래까지 흥얼거리겠는가. 얼마 떨어지지 않는 병실 안에서 저렇게 커다랗게 라디오 소리가 울려 나오지도 않을 것이다. 에이프릴 휠러가 죽어 가고 있다면, 병원에서 이렇게 직원을 위한 무도회를(“즐거운 분위기! 간식 제공!”) 공지하는 듯사 인쇄물이 붙은 게시판을 벽에다 걸어 놓지는 않을 것이며, 이렇게 등의자들을 갖다 놓고, 그 앞 탁자에 가지런하게 잡지를 늘어놓지도 않을 것이다. 도대체 무슨 생각으로 이렇게 해 놓았겠는가? 사람이 죽어 가는데 다리를 꼬고 앉아 《라이프》 잡지라도 뒤적이고 있으란 말인가? 당연히 아닐 것이다. 이곳은 아기들을 출산하거나 아주 단순한, 지극히 일상적인 유산 후유증을 간단한 시술로 처리하는 곳이다. 조금 기다리며 걱정하다 이내 모든 것이 아무 문제가 없다는 걸 확인하고는 걸어 나가, 한잔 걸친 후 집에 돌아가는 그런 곳이다.

시험 삼아서, 그는 등의자 하나에 앉아 보았다. 잡지 중에 《미국의 사진 작품》이 있었다. 그는 그 잡지를 집어 들어 발가벗은 여자 사진이 들어 있는지 훑어볼까 하는 유혹을 잠시 느꼈지만, 즉시 몸을 일으켜 세워 몇 발짝 이쪽으로 갔다가 다시 몇 발짝 저쪽으로 갔다. 화장실이 급했기 때문이었다. 방광에서 느껴지는 고통은 급작스럽고 날카로웠다. 그는 화장실을 찾아갔다가 다시 돌아오려면 시간이 얼마나 걸릴지 계산해 보았다.

하지만 이미 의사가 안으로 돌아가 버렸고, 이제 프랭크 혼자 그 자리에 서서 손바닥 아랫부분으로 관자놀이를 주무르고 있었다. "제기랄, 셉, 의사가 말해 준 것 반도 못 알아들었어. 의사 말이 태아는 그녀가 이곳으로 실려 오기 전에 자궁 밖으로 나왔다는 거야. 의사 말이, 수술을 해야 했대, 그 뭐야, 태반, 그걸 들어내려고, 그리고 그렇게 했대. 그런데 지금 출혈이 멈추지 않는다는 거야. 의사 말이, 구급차가 오기 전에 이미 피를 많이 잃었다고, 지금 출혈을 멈추게 하려고 노력하는 중이래. 그리고 뭐라고 말을 많이 했는데, 난 하나도 이해를 못 했어. 모세 혈관이 어떻고 그런 말이었는데. 그리고 지금 에이프릴이 의식이 없대. 세상에."

"잠깐 앉아 보는 게 어때, 프랭크?"

"의사도 그랬지. 내가 지금 앉아 있게 생겼어?"

그래서 두 사람은 그대로 선 채 청소부가 흥얼거리는 소리와 그의 걸레가 벽에 부딪는 소리와 어쩌다 부리나케 지나가는 간호사의 고무 뒤축이 바닥을 울리는 소리를 듣고 있었다. 그러다 프랭크는 잠시 눈에 초점을 찾고는 셉이 내민 담배를 받아 들었다. 셉은 친밀감과 예의를 조금 과장하면서 담배를 내밀었다. "담배 피울래? 그래. 여깄어. 성냥은 나한테 있어." 그러고는 자기 목소리에 담긴 호기로운 느낌에 스스로 고무되어 말했다. "이봐, 프랭크. 내가 가서 커피 좀 가져올게."

"아냐."

"아냐, 괜찮아. 일 분도 안 걸릴 거야." 그는 복도를 벗어나 모퉁이를 돌고는 다시 다른 복도로 접어들어 걸어가다 남자 화장실을 발견했다. 그는 몸을 부르르 떨며 신음에 가까운 소리를 내면서 천천히 방광을 비웠다. 그 후 다시 복도로 나가 사람들에게 물어물어 매점을 찾았다. '환대의 가게'라는 이름의 매점은 건물의 반대쪽 끝 몇백 미터 떨어진 곳에 있었다. 그는 장난감이며 컵케이크며 잡지들을 서둘러 지나쳐 커피 두 잔을 주문했다. 그런 다음 뜨거운 종이컵 두 개를 들고 손가락을 데지 않도록 조심하면서 위급 환자 병동으로 돌아가기 시작했다. 하지만 그는 길을 잃어버렸다. 복도가 모두 똑같아 보였다. 하나를 선택해서 들어가 봤지만, 거의 끝까지 다 가서야 자기가 반대 방향으로 가고 있다는 사실을 깨달았다. 원래 자리로 되돌아오기까지 한참이나 걸렸다. 그리고 그는 언제나 이 짓을 하고 있었노라고 기억할 것이었다. 여기가 어딘가 어리둥절해 보이는 멍청한 미소를 지으며 커피 두 잔을 들고서 거북이걸음으로 복도를 걸어가는 것, 그것이 그가 하고 있던 짓이었다. 에이프릴 휠러가 죽었을 때.

마지막 모퉁이를 돌아 반대쪽 끝에 붉은 등이 켜진 문이 있는 긴 복도로 접어들자마자 그는 직감할 수 있었다. 프랭크는 보이지 않았다. 복도 전체가 텅 비어 있었다. 약 50미터쯤 걸어갔을 때 그는 문이 열리는 것을 보았다. 간호사들이 우르르 나와 제각기 다른 방향으로 신속하게 흩어졌다. 그 뒤로, 천천히, 의사 서너 명이 나왔다. 두 명은 정중하고 세심한 웨이터가 취객을 술집 밖으로 안내하듯 프랭크를 부축하고 있었다.

셉은 커피를 내려놓을 곳을 찾아 미친 듯이 두리번거렸다. 주저앉으며 벽 아래 바닥에 커피잔을 내려놓은 그는 튀어 나갔고, 곧 의사들과 뒤섞였다. 그에게 의사들은 그저 흰옷과 분홍색 얼굴이 덩어리진 일단의 사람들에 불과했고, 그들이 하는 말은 불분명한 어구들의 나열에 불과했다.

“……쇼크가 심했어…….”

“……과다 출혈이 너무 심해서…….”

“……이쪽으로, 이봐요, 좀 앉아서…….”

“……모세 혈관이…….”

“……사실 환자는 상당히 오래 버틴…….”

“……아니, 이봐요, 앉아서 좀…….”

“……이런 일은 늘상 있는 일이고, 정말 뭐라…….”

그들은 프랭크를 등의자에 앉히려고 했고, 그 와중에 의자는 바닥에 미끄러지며 뻑뻑거리는 소리를 냈다. 하지만 프랭크는 고집스럽게 두 발로 버티고 선 채 아무 말도 하지 않고 아무 표정도 없이 숨을 거칠게 쉬고 있었다. 숨을 쉴 때마다 그의 머리가 조금씩 흔들거렸고, 그의 시선은 허공에 고정되어 있었다.

그 이후 어떤 일이 어떻게 일어났는지 셉의 기억에는 영원히 불확실하게 남을 것이었다. 집에 도착했을 때는 이미 밤이었으므로 적지 않은 시간이 흐른 게 틀림없었다. 거리도 상당했을 수밖에 없었다. 셉 본인이 내내 운전대를 잡고 있었지만 정작 자신이 어디로 가고 있는지 거의 의식하지 못하고 있었기 때문이었다. 언젠가 어느 작은 마을에서 차를 세우고 주류 소매점에 들어가 반 리터짜리 버번위스키를 한 병 샀다. 시동을 켜 둔 채 도롯가에 정차한 차 안에서 그는 위스키병의 뚜껑을 따고 프랭크에게 넘겼다. "야, 마셔." 프랭크는 어린 아기처럼 부드러운 입술로 위스키병의 입구를 빨아 댔다. 다른 어딘가에서는(아니, 같은 곳이었던가?) 길가에 있는 전화 부스에 들어가 밀리에게 전화를 걸었다. 그녀가 "어머나 세상에! 그럴 수가!"라고 소리 지르자 그는 아이들이 들을 수 있으니까 제발 좀 조용히 하라고 말해 주었다. 그는 그녀가 진정할 때까지 통화를 계속해야 했고, 바깥에 서 있는 차 안에 있는 프랭크의 머리가 아무런 미동도 하지 않는 것을 지켜보았다. "이봐, 잘 들어." 그는 그녀에게 일러 두었다. "아이들이 잠들기 전에는 이 친구 집에 들일 수 없으니까, 당신이 가능한 한 이른 시간에 아이들을 재워 보도록 해. 제발 좀 자연스럽게 행동하고. 그러면 내가 프랭크를 우리 집으로 데려가 오늘 밤을 지내게 할 테니까. 지금 자기 집으로 가게 둘 수는 없지 않겠어……."

나머지 시간에 두 사람은 정처 없이 길 위를 떠돌았다. 이 시간과 관련해서 그의 기억에 남아 있는 것은 주마등처럼 스쳐 지나가는 사물들이 전부였다. 교통 신호등, 전깃줄과 나무들, 집들과 쇼핑 센터, 흐릿한 하늘 밑 끝도 없이 이어지는 언덕들, 그리고 프랭크의 모습이 있었다. 프랭크는 조용히 있다가도 희미하게 신음인 듯 중얼거림인 듯 계속해서 같은 말을 웅얼거렸다.

"……그리고 오늘 아침 그녀는 정말 다정했단 말이야. 정말 속이 뒤집힐 일 아니겠어? 그녀는 오늘 아침 너무나 다정했다고……."

차를 출발시키고 얼마 안 돼서였는지 집에 도착하기 얼마 전이었는지는 기억할 수 없지만, 프랭크는 이렇게 털어놓기도 했다. "자기가 저지른 일이었어. 셉. 자기를 죽인 거야."

셉은 언제나처럼 적절히 대꾸하고 그냥 넘어가려고 했다. 나중에 다시 곰곰이 생각해 보면 될 일이었다. "프랭크, 그러지 마. 그런 정신 나간 소리를. 이건 늘 있는 일이라고. 그뿐이야."

"이번 일은 아니지. 이건 그냥 일어난 일이 아니라고. 그녀는 지난달에 하고 싶어 했어. 그랬다면 안전했겠지. 그때는 안전했을 텐데 내가 말렸어. 내가 하지 말라고 설득했던 거야. 그런데 어젯밤 우리가 싸웠고, 그리고 지금 그녀는……. 오 맙소사. 그리고 오늘 아침 그녀는 그렇게 상냥할 수가 없었어."

셉은 길 위에서 눈을 떼지 않았다. 마음의 전면부에 긴장감을 유지하며 정신 차리고 주의해야 할 것이 많은 게 다행이었다. 왜냐하면 그 말을 들은 지금, 그게 얼마나 사실인지 아니면 얼마나 거짓인지 그가 어떻게 알겠는가? 그리고 그 일이 자신과 얼마나 많이 관련된 건지 아니면 얼마나 관련이 없는지 또 어떻게 알겠는가?

*

　한참이 지난 후 어두워진 거실에 홀로 앉아 밀리는 손수건을 씹으며 자신이 너무나 비겁하다고 느꼈다. 어느 지점까지는 그녀도 잘해 냈다. 아이들과 있을 때도 잘 처신했고, 이른 시각에, 셉이 도착하기 한참 전에, 아이들을 재우는 데도 성공했다. 나중에라도 누가 배고프면 먹으라고 샌드위치를 만들어(“산 사람은 살아야지.”가 누군가 죽은 날 샌드위치를 만들면서 엄마가 하신 말씀이었다.) 부엌에 놓아두었고, 기빙스 부인에게 전화할 여유까지 있었다. 소식을 들은 기빙스 부인은 “오, 오, 오”라고만 반복할 뿐이었다. 그리고 그녀는 프랭크를 마주할 준비를 마쳤다. 그와 함께 앉아 성경책을 읽어 주든가 하면서 밤을 지새울 수도 있었고, 그를 잡아 주고 그가 기대어 울 수 있도록 가슴도 내어 줄 수 있었으며, 그보다 더한 것도 해 줄 준비가 되어 있었다.

　그렇지만 그녀가 절대 대비할 수 없었던 것은 셉에게 이끌려 부엌 계단에 올라선 프랭크의 눈에 어린 완전한 공허였다. “오, 프랭크.” 그녀는 이렇게 외치고, 울음을 터뜨리면서, 손수건을 입에 물고 거실로 뛰어들었다. 그 이후로 그녀는 그 어떤 도움도 줄 수 없는 존재가 되어 버렸다.

　그녀는 아무것도 하지 않고 가만히 앉아 두 사람이 있는 부엌에서 희미하게 들려오는 소리에만 귀를 기울이며(의자 끄는 소리, 유리병이 쨍하고 부딪는 소리, 그리고 “여깄어, 이 친구야. 다 마셔 버려…….”라고 하는 셉의 목소리) 다시 돌아갈 용기가 생기기를 기다리고 있었다. 중간에 한번은 셉이 위스키 냄새를 풍기며 살금살금 거실로 들어와 그녀의 생각을 물은 적이 있었다.

"오, 여보, 미안해요." 그녀는 그의 셔츠에 머리를 묻고 속삭였다. "내가 아무 도움이 못 된다는 것 알고 있어요. 하지만 난 못 하겠어요. 저 사람 모습을 보고 있을 수가 없어요."

"알았어. 괜찮아, 여보. 좀 진정해. 내가 돌보면 되니까. 그는 지금 일종의 쇼크 상태에 빠진 것뿐이야. 세상에. 이런 일이." 그는 약간 취한 것 같기도 했다. "세상에, 정말 뭐 이런 일이 다 있는지. 차 안에서 그가 내게 무슨 말을 한 줄 알아? 그녀가 스스로 했다는 거야. 믿겨, 그 말이?"

"그녀가 뭘요?"

"낙태를 자기 혼자 했다고, 하려고 했거나."

"오." 그녀는 몸서리를 치며 속삭였다. "오, 어째 그런 일이. 당신도 그녀가 그랬다고 봐요? 그렇지만 왜 그런 짓을 했을까요?"

"그걸 내가 어떻게 알겠어? 내가 뭐든지 다 알고 있어야 되는 거야? 난 그저 그가 한 말을 옮겼을 뿐이야, 제기랄." 그는 두 손으로 머리를 문질렀다. "아, 미안해, 여보."

"괜찮아요. 돌아가 보세요. 난 조금 있다 나가서 같이 앉아 있을게요. 당신은 그때 좀 쉬고요. 우리 돌아가면서 하기로 해요."

"알았어."

하지만 그렇게 하기로 한 지 이미 두 시간이나 됐다. 여전히 그녀는 자기가 한 약속을 지킬 용기가 나지 않았다. 그저 앉아서 무서워하기만 했다. 이제 부엌에서는 한참 전부터 아무 소리도 들리지 않았다. 두 사람은 거기서 뭘 하는 거지? 그냥 앉아 있나, 아니면 뭘 하는 거지?

그래서 결국에는 용기만큼이나 호기심의 도움을 받아 그녀는 거실을 가로질러 복도를 따라 환하게 불이 밝혀진 부엌 쪽으로 갔다. 그녀는 잠시 망설이며 숨을 크게 들이쉰 후, 환한 불빛에 대비해 눈을 가늘게 뜨고는 부엌으로 들어섰다.

셉은 머리를 팔에 묻고 식탁 위에서 잠자고 있었다. 바로 옆에 놓인 샌드위치는 누구도 건드린 흔적이 없었다. 그는 깊이 잠들었는지 가늘게 코 고는 소리를 내고 있었다. 프랭크는 보이지 않았다.

레볼루셔너리 힐 이스테이트는 비극을 수용할 수 있게 설계되지 않은 곳이었다. 한밤중에도 이 개발 단지에는, 무슨 특별한 목적이 있었는지는 모르지만, 커다란 그림자는 물론 수척한 사람의 그림자조차도 허용하지 않았다. 이곳은 그 어떤 것도 위협할 수 없는 명랑함이 도도히 넘치는 곳, 무성한 푸른색과 노란색 나뭇잎 사이의 조그만 틈으로 흰색과 파스텔 색상 저택의 환하고, 커튼을 내리지 않은 창문들이 무심하게 깜박이는 장난감 나라였다. 잔디밭이나, 단정한 현관문이나, 차고에 안전하게 주차된 아이스크림 색상의 자동차 꽁무니들은 더러 길게 늘어선 고성능 투광 조명등을 꼬리처럼 달고 있었다.

절망적인 슬픔을 안고 이들 거리를 달려 내려가는 사내는 이 동네의 분위기와는 전혀 어울리지 않는 존재였다. 그의 구두가 아스팔트 도로를 긁으며 내는 소리와 그가 거칠게 몰아

쉬는 호흡 소리를 제외하면 사위가 너무나 조용해서 나뭇잎 너머 졸고 있는 집 안에 켜 둔 텔레비전의 소리도 들릴 정도였다. 어떤 코미디언의 불분명한 고함에 이어 희미하고 간헐적인 웃음소리와 박수 소리가 들리고, 이내 밴드가 연주를 시작하는 소리로 이어졌다. 그가 길을 벗어나, 황당하게도 레볼루셔너리 로드로 가는 지름길이랍시고 누군가의 뒷마당을 가로질러, 내리막 경사에 서 있는 숲으로 뛰어들었을 때, 그때도 그는 이 동네를 벗어날 수가 없었다. 주변 집에 켜 둔 환한 조명은 얼굴을 때리는 나뭇가지 사이를 뒤뚱거리며 헤쳐 나가는 그를 끝까지 비춰 주었다. 그리고 한번은 그가 발을 헛디뎌 넘어지면서 자갈이 흘러내린 경사지를 손으로 긁으며 미끄러져 내려갔는데, 일어나 보니 그의 손에는 어린아이들이 모래 장난을 할 때 갖고 노는 에나멜 양동이가 걸려 있었다.

레볼루셔너리 힐을 다 내려와 아스팔트 위로 기어 나오는 그의 어지럽고 급한 마음에 잔인한 망상이 자리 잡기 시작했다. 지금까지는 전부 악몽이었어. 다음 모퉁이를 돌면 불을 환하게 밝힌 우리 집을 볼 수 있을 거야. 안으로 뛰어 들어가면 그녀가 옷을 다리고 있거나 소파에 누워 잡지를 뒤적이고 있을 거야.("무슨 일이에요, 프랭크? 바지가 흙투성이가 됐잖아요! 물론, 난 아무 문제 없죠…….")

곧 그의 눈에 집의 모습이 들어왔다.(실제로 보았다.) 집은 달빛 아래 우윳빛으로 빛나며 기다랗게 누워 있었다. 하지만 창은 모두 까만색이었다. 주변에서 유일하게 깜깜한 집이었다.

그녀는 핏자국에 대해서는 아주 세심하게 주의를 기울인

것 같았다. 욕실에서 전화기까지 갔다가 되돌아오는 작은 핏방울 흔적을 제외하면, 핏자국은 욕실에만 있었고, 대부분은 물로 씻어서 지운 듯 보였다. 진홍색으로 젖은 묵직한 수건 두 장이 덩어리져 욕조 안 물 빠지는 구멍 가까이에 놓여 있었다. "난 그게 제일 간단하게 처리하는 방법일 거라고 생각했죠." 설명하는 그녀의 목소리를 들을 수 있었다. "당신은 저 수건 신문지에 둘둘 말아 쓰레기통에 넣고, 욕조는 물로 한번 깨끗이 헹구면 될 거예요. 알겠죠?" 그는 면직물 보관장 바닥에서 차가운 물이 가득 담긴 냄비 속에 들어 있는 관장 펌프를 발견했다. 구급대원들의 눈을 피해 그곳에 두었으리라. "어디 안 보이게 치워 놓는 게 최선이라 생각했단 말이죠. 멍청한 질문에 일일이 대답하기 싫었단 말이에요."

일을 시작하자 그의 머릿속에는 그녀의 목소리가 계속 울려 퍼졌다. "거기요, 이제 됐네." 신문지 뭉치를 부엌 밖에 있는 쓰레기통에 깊숙이 쑤셔 넣을 때 들려온 목소리였다. 돌아와 무릎을 꿇고 엎드려 핏방울 자국을 문질러 지울 때도 그녀의 목소리는 그와 함께했다. "촉촉한 스펀지에 가루 세제를 묻혀서 해 봐요, 여보……. 개수대 밑 수납장 속에 있어요. 그러면 깨끗이 지워질 거예요. 거기요, 되죠? 잘했어요. 카펫 위에는 흘린 것 없죠, 그렇죠? 아, 다행이네요."

집 안 전체에 그녀의 목소리와 그녀의 느낌이 이렇게 생생한데 어떻게 그녀가 죽었단 말인가? 청소를 다 마친 후에도, 할 일이 없어 불을 켰다 껐다 하며 오가는 동안에도 그녀가 집 안 어디에나 그와 함께 있다는 느낌은 침실 옷장에서 맡은 그녀의 체취만큼이나 현실적이었다. 그녀의 옷을 부둥켜안고 한참을 옷장에서 머물고 나서야 그는 거실로 돌아갔고, 책상 위에서 그녀가 남긴 편지를 발견했다. 편지를 읽어 볼 시간도 없이 그는 거실의 불을 꺼야 했다. 캠벨네의 폰티액이 차고 진입로로 꺾어 들어오기 위해 속도를 줄이는 것이 눈에 들어왔기 때문이었다. 그는 재빨리 침실로 돌아가 옷장 속의 옷 사이에 숨었다. 바깥에서 차가 멈춰 서는 소리가 우르르 들려왔다. 곧 부엌문이 열렸고 허둥거리는 발걸음 소리가 들려왔다.

"프랭크?" 셉이 목쉰 소리로 외쳤다. "프랭크? 여기 있나?"

그는 셉이 이 방 저 방 돌아다니는 소리를 들었다. 발을 잘못 디뎌 휘청거리거나 스위치를 찾아 벽을 더듬으며 투덜거리는 소리였다. 마침내 셉이 떠나는 소리가 들렸고, 차 소리가 완전히 들리지 않게 되자 그는 숨었던 곳에서 나와, 편지를 손에 들고, 캄캄한 거실의 전망 창 옆에 앉았다.

그렇지만 셉이 왔다 간 이후로 에이프릴의 목소리는 그에게 말을 걸어 오지 않았다. 그는 몇 시간이고 그 목소리를 되살리려고 노력했다. 다시 말해 보라고 속삭여 보기도 했고, 옷장을 여러 번 들락거리기도 했으며, 그녀의 화장대 서랍도 열어 보았다. 심지어는 부엌에도 가 보았다. 식품 저장 선반이나 가지런히 늘어선 접시들이나 커피잔들 속에 분명 그녀의 유령이 깃들어 있으리라 믿었기 때문이었다. 하지만 목소리는 돌아오지 않았다.

아홉

밀리 캠벨에 따르면, 모든 게 바랐던 대로 잘 마무리됐다. 그녀는 그 후로도 수개월 동안 그 이야기를 수 차례 반복해서 들려주었다. "내 말은,"으로 시작하는 이 문장을 덧붙일 때면 그녀는 살짝 치를 떨기도 했다. "내 말은, 우리도 많은 일을 겪어 봤지만 그 정도로 끔찍한 일은 없었을 거예요. 그렇잖아요, 여보?"

그러면 셉은 분명히 그렇다고 맞장구를 쳐 주었다. 밀리의 이야기가 이어질 때 그의 역할은 앉아서 심각한 눈길로 카펫을 노려본다든가, 가끔 머리를 젓는다든가, 턱에 힘을 주고 입을 꽉 다물어 보인다든가 하다가, 그녀가 넌지시 신호를 보내면 말을 조금 보태 주는 것이었다. 이야기를 그녀가 도맡아 하는 것이 그로서는 고마울 뿐이었다. 아니, 처음에는, 그리고 그해 가을과 겨울까지는 그랬다. 하지만 봄이 되자 그는 그녀가 이제는 다른 이야기를 했으면 좋겠다고 생각하고 있었다.

그리고 그의 짜증은 6월 어느 날 저녁 그녀가 브레이스라는 이름의 새로운 이웃들에게 똑같은 이야기를 반복할 때 참을 수 없을 지경에 이르렀다. 브레이스 부부는 이번에 휠러 부부가 살던 집으로 이사 온 사람들이었다. 그 자체가 문제가 되기도 했다. 이야기를 듣고서 바로 그 집으로 돌아가 그 안에서 그 이야기를 입에 올릴 사람들에게 그 이야기를 한다는 것이 일종의 배신이나 모독에 해당하는 행위로 여겨졌다. 또 한 가지 문제는 이들 부부가 그 이야기를 들으면서 보이는 반응이 너무도 구태의연했다는 점이었다. 그들은 자신들이 전혀 알지 못하는 사람들 이야기를 들으면서도 무척 딱하게 여기는 척 고개를 끄덕이거나 점잖은 척하며 속물적인 계산으로 가득 찬 머리를 가로젓기도 했다. 하지만 그의 짜증이 극에 달한 이유로 가장 큰 것은 밀리의 목소리에 그 이야기를 들려주는 행위 자체를 조금 과하다 싶을 정도로 즐기는 느낌이 묻어났기 때문이었다. 저 여자는 즐기고 있구나. 그녀가 바로 그다음 날 상황이 얼마나 더 끔찍했던가를 이야기하는 부분에서 그는 하이볼 잔 너머로 그녀를 쳐다보며 생각했다. 세상에, 저 여잔 정말 짜릿한가 보네.

"……아침이 밝아 올 때쯤 셉이랑 난 아예 정신이 하나도 없었나니까요. 프랭크가 어디 있는지 도무지 알 수가 없었죠. 우린 병원에 계속 전화해서 프랭크에게 연락이 왔는지 문의했어요. 그러면서도 아이들 앞에서는 아무 일도 없는 척해야 하는 고역을 감내했죠. 그렇지만 아이들은 뭔가 이상하다는 걸 알고 있었어요. 아이들이 어떤지 아시잖아요. 아이들은 느꼈던 거죠. 아침을 차려 주었을 때 제니퍼가 절 보고는 '아줌마? 오늘은 엄마가 와서 우릴 데려가거나 하실 건가요?'라고 물었죠. 그런데 애가 살짝 웃고 있는 거예요, 무슨 말인지 아시죠? 얼마나 어리석은 질문인지 자기는 알고 있는데, 동생이 자꾸 물어보라니까 묻는다는 식이었죠. 전 정말 죽고 싶더라니까요. 난 말해 줬어요. '아, 얘야, 엄마가 어떡하실지 난 모르겠는데, 정확히는.' 정말 끔찍하지 않아요? 그렇지만 다른 말이 생각나지 않았어요.

그러다 오후 2시쯤 우리가 병원에 전화했더니 프랭크가 방금 다녀갔다는 거예요. 와서는 서류라든지 뭐 사람이 죽으면 하는 그런 것들 있잖아요, 거기에 다 서명을 하고 떠났다고 하더라고요. 그러고는 얼마 안 있어 그가 우리 집엘 찾아왔어요. 보자마자 내가 그랬죠. '프랭크, 우리가 도와줄 일 없나요? 그러니까 우리가 도와줄 수 있는 게 있다면 뭐든지 말만 하세요.'

그는 없다고 했어요. 처리할 일은 다 처리한 것 같다고 했죠. 그는 피츠필드에 사는 형에게 연락해 두었다고 했어요. 본인보다 아주 나이가 많은 형이었어요. 사실 그 사람에겐 형이 둘이나 있었는데, 우리한테는 한 번도 그런 얘길 한 적이 없었어요. 난 그에게 다른 가족이 있다는 것도 잊어버리고 있었을 정도니까요. 그 형과 형수가 내일 내려온다고, 와서는 아이들이나 장례식이나 뭐 그런 것 전부 도와줄 거라고 했죠. 그래서 내가 부탁했어요. '잘됐네요. 하지만 오늘은 제발 우리 집에서 주무세요.' 내가 그랬죠. '혼자서 아이들 데리고 집으로 돌아갈 수는 없잖아요.' 그랬더니 그는 알겠다고, 그러겠다고 하며, 먼저 아이들을 데리고 잠시 어디 좀 가서 이야기를 해 주어야겠다고 하더라고요. 그러고는 그렇게 했죠. 그가 마당으로 내려서자 아이들이 그를 보고 달려왔고, 그는 '안녕!'이라 말하면서 번쩍 들어 올려 차례로 차에 태우고는 떠나갔죠. 아마 내가 본 중에 제일 슬픈 장면이었을 거예요. 그리고 난 그날 밤 아이들이 돌아왔을 때 제니퍼가 제게 한 말을 절대로 잊지 못할 거예요. 아이들이 잠자리에 들 시간이 지나 있었고, 아이들은 졸려 하고 있었죠. '아줌마? 그것 아세요? 우리 엄마는 하늘나라에 계세요 그리고 우리 근사한 식당에서 저녁 먹었어요.'"

"세상에!" 낸시 브레이스가 탄식했다. "그런데 결말이 어떻게 된 거죠? 나중에 말이에요." 그녀는 날카로운 인상에 안경을 쓰고, 결혼하기 전에는 뉴욕시에서 제일가는 어느 전문점에서 구매 담당자로 일한 경력이 있는 여자였다. 그녀는 깔끔하고 요점이 분명한 이야기를 좋아했다. 그런데 이 이야기에는 불분명한 데가 너무 많다는 느낌을 받았다. "친척들이 여기 한동안 머물렀던가요? 그다음엔 어떻게 됐나요?"

"오, 아니에요." 밀리가 설명했다. "장례식을 치른 후 곧장 아이들을 데리고 피즈빌느로 올라갔죠. 프랭크도 따라가시 며칠 있으면서 아이들이 적응하는 걸 도와줬고요. 그 후 그는 뉴욕 시내로 이사 갔고, 주말에 아이들을 보러 왔다 갔다 하기 시작했어요. 지금도 그러고 있을 거예요. 내 생각엔 그렇게 그냥 끝까지 갈 것 같아요. 형이랑 형수는 아주 좋은 분들, 착하고 좋은 분들이고, 또 아이들과도 사이가 좋은 것 같아요. 물론 두 분은, 아시다시피 좀 연세가 있지만.

그리고 그다음엔 우린 프랭크를 통 볼 수 없다가 3월에, 언제였는지 정확지는 않지만, 그 집이 팔려 잔금을 받는 날 여기 올라왔고, 그래서 한 번 봤죠. 물론 두 분도 그날 만나 봤겠네요. 올라와서는 한 이틀 우리 집에 머물렀어요. 우린 이야기를 많이 나누었어요. 아내가 남긴 편지를 발견했다는 이야기를 한 게 그때였어요. 그 편지가 없었더라면 자기는 그날 밤 자살했을 거라고 말한 것도 그때였고."

워런 브레이스는 쿵쿵거리며 목에 낀 가래를 올리더니 그대로 삼켜 버렸다. 말이 느리고, 손에 늘 담배 파이프가 들려 있는 이 남자는 머리숱이 줄어들고 있었는데, 그에 어울리지 않게, 입술은 아이처럼 너무나도 부드러워 보였다. 뉴욕 시내에 있는 어느 경영 자문 회사에 근무하는 그는 자기가 하는 일이, 분석적인 경향이 강한 자신의 적성에 잘 맞는 것 같다고 설명했다. "말하자면," 그가 입을 열었다. "이건 정말 일종의……." 그는 잠시 말하다 말고 젖은 파이프의 물부리에서 가늘게 흘러나오는 담배 연기의 상태를 확인했다. "정말 멈춰 서서 생각하게 하는 그런 일이군요."

"아, 그런데, 그 사람 그 외에는 어떻게 보이던가요?" 낸시 브레이스가 캐물었다. "그 사람, 어, 잘 적응하는 것 같았나요?"

밀리는 치마를 아래로 잡아당기며 조금 이상한 자세로 한쪽 다리를 잽싸게 들어 올려 의자 위에 걸치면서 가볍게 한숨을 쉬었다. "몸무게가 많이 줄었더군요. 그렇지만 그것 말곤 건강해 보였어요. 정신과 상담을 받고 있는데, 도움이 많이 된다고 그러더군요. 그 이야기를 좀 했어요. 그러곤 자기가 하는 일에 대해서도 조금 이야기했죠. 지금은 이전과 다른 일을 하고 있거든요? 여전히 녹스 회사와 관련된 일을 하는데, 뭐 새로운 회사라나 뭐라나 그럴걸요? 그 부분은 제가 잘 이해하지 못했어요. 그 새 회사 이름이 뭐랬죠, 여보?"

"바트 폴록 연합."

"아, 맞아요." 워런 브레이스가 알은척했다. "그 회사 59번 스트리트와 매디슨이 만나는 사거리에 있죠. 사실 아주 흥미로운 신생 기업입니다. 전자 업계 쪽에서 일종의 상업적 홍보 영업을 하는 회사이죠. 녹스 관련 건만 갖고 시작했지만, 이제는 다른 두어 개의 회사 일도 도맡고 있는 것으로 알고 있습니다. 앞으로 몇 년 안에 크게 성장할 겁니다."

"그렇군요." 밀리가 하던 말을 계속 이어 나갔다. "어쨌건 그는 바쁘게 지내는 듯했어요. 그리고 그는, 오, 뭐라 할까, '쾌활하다'는 적절한 말이 아닌 것 같은데, 하여간 그 비슷한 느낌을 주었어요. 정말 제가 느끼기에는 그의 태도는, 뭐랄까, 씩씩했다고 할까요. 무척 씩씩했어요."

잔을 다시 채워 주겠다는 핑계를 웅얼거리면서 셉은 거실을 나가 부엌으로 들어갔다. 들고 있던 잔 속의 얼음을 개수대에 패대기치듯 세게 부어 와그작거리는 소리로 그녀의 목소리를 가려 보려고 했다. 왜 아내는 그 일을 무슨 빌어먹을 연속극 이야기하듯 신파조로 이야기하는 것일까? 실제로 일어난 그대로 이야기할 게 아니라면, 그리고 진심으로 그 이야기를 듣고 싶어 하는 사람이 없다면, 애초에 이야기를 꺼내지도 말아야 하는 것 아닌가? 씩씩하다니! 그렇게 멍청하고 무의미한 말이…….

손님들은 잊어버린 채, 아니면 자기들 것은 자기들이 알아서 먹으라는 식의 돌연한 결론에 도달했는지, 그는 자기 술잔만 아주 강한 것으로 채우고 뒷마당의 어둠 속으로 나가 버렸다. 그의 뒤에서 부엌문이 다소 큰 소리로 닫혔다.

씩씩하다니! 그따위 개소리가 어디 있어? 살아 있지도 않은데 어떻게 사람이 씩씩할 수가 있지? 그게 제일 중요했다. 3월 어느 날 오후 찾아왔을 때 자기가 본 그의 모습은 정확히 그랬다. 걷고 말하고 웃지만, 생명이 없는 사람.

차에서 내리는 그의 모습을 처음 봤을 때 그는 이전의 모습과 크게 달라 보이지는 않았다. 윗옷이 조금 느슨하게 처졌고, 그래서 그 처진 부분을 끌어 올리려고 윗단추 단추뿐만 아니라 아랫단추까지 잠그고 있다는 점만 달랐다. 하지만 그의 목소리를 듣고(“안녕하세요, 밀리. 반갑군, 셉.”) 악수를 통해 그의 손아귀 힘이 가볍고 건조하다는 것을 느끼고 난 다음에는 그에게서 얼마나 많이 생기가 빠져나갔는지 짐작할 수 있었다.

그는 너무나도 유약했다! 그는 그곳에 앉아, 무릎 부분의 바지 주름이나 바로 펴고, 허벅지 부근에 떨어진 미미한 담뱃재를 손으로 떨어 냈으며, 동그랗게 구부린 새끼손가락으로 술잔의 밑받침 아래를 받쳐 만약에 대비하는 모습을 보였다.

웃음도 달라졌다. 부드럽고 바보 같은 선웃음으로 키들거릴 뿐이었다. 그가 진짜로 웃거나, 진짜로 울거나, 진짜로 땀을 흘리거나, 진짜로 먹거나, 취하거나, 흥분하는 모습을 상상할 수 없었다. 자기 입장을 내세우는 것도 상상하기 힘들었다. 세상에, 빌어먹을, 그는 그냥 다가가서 한방 후려갈겨 고꾸라뜨려도 그대로 쓰러진 채 그저 가는 길에 방해가 되어 미안하다는 말이나 할 사람처럼 보였다. 그래서 그가 마침내 그녀가 남긴 편지 이야기를 했을 때에도("난 정말 죽어 버렸을 거야, 그게 없었더라면.") 입에서 엉뚱한 말이 튀어나오지 않도록 필사적으로 참아야 했다. 오, 헛소리 그만해! 넌 비겁한 거짓말쟁이야, 휠러. 너한텐 그럴 배짱도 없어.

사실 사정은 그보다 더 나빴다. 그는 지루한 사람이 되어 버렸다. 그는 하고 있던 그 덜떨어진 회사 일을 족히 한 시간은 떠들어 댔던 것 같다. 그가 주로 이야기했던 다른 주제에 대해서는 도대체 몇 시간을 썼는지 가늠할 수조차 없었다. "내 상담 의사가 이러쿵", "내 상담 의사가 저러쿵" 하면서, 그는 빌어먹을 정신 분석의에 대한 이야기만 입에 달고 사는 사람 중 하나가 되어 버렸다. "난 우리가 정말 근본적인 부분에까지 파고들었다고 생각해. 그러니까 아버지와의 관계에 대해 내가 여태껏 전혀 생각해 보지 못한 측면들……." 빌어먹을! 그게 바로 프랭크에게 일어난 결과야. 그리고 그 사건 이후 무슨 일이 어떻게 진행됐는지 정말로 그 결과가 궁금하다면 바로 그 사실을 알아야 하는 거지.

그는 들고 있는 술잔의 둥근 유리를 통해 힐끗 하늘의 별과

달을 보면서, 위스키를 한 모금 가득 들이켰다. 그러고는 집으로 돌아가려고 걷기 시작했다. 그렇지만 그는 집에 들어가지 못했다. 그는 다시 돌아서서 잔디밭 저쪽 끝으로 향했다. 그러고는 작은 원을 그리며 걷기 시작했다. 그는 울고 있었다.

공기 중의 봄 냄새, 흙냄새와 꽃냄새가 뒤섞인 냄새가 원흉이었다. 일 년 전 이맘때가 거의 정확히 로럴 극단의 시기였기 때문이었다. 그리고 로럴 극단을 떠올린다는 것은 에이프릴 휠러가 무대 위를 걷는 모습을, 그녀의 미소를, 그리고 그녀의 목소리를("제 사랑을 받고 싶지 않으세요?") 떠올리는 것과 같았기 때문이었다. 하지만 이 모든 것을 떠올리는 지금 셉 캠벨이 할 수 있는 것은 잔디밭을 빙빙 돌며 우는 것밖에 없었다. 그는 덩치만 큰 아기였다. 뜨거운 눈물을 쏟으며 주먹을 삼키고 있는 아기였다.

우는 것이 너무 쉽고 또 기분 좋아서 그는 한동안 울음을 그치려고 애쓰지 않았다. 그러다 흐느낌이 조금 억지스럽다 싶을 정도로, 그러니까 과하다 싶을 정도로 몸을 떨면서 그 깊이를 과장하고 있다는 사실을 깨달았다. 그러자 부끄러워진 그는 허리를 숙여 술잔을 잔디밭에다 내려놓고 손수건을 꺼내 코를 풀었다.

울 때 중요한 것은 지나치게 감상적으로 변하기 전에 멈추는 것이었다. 애도의 핵심 역시 그 슬픔이 진정한 것일 때, 어떤 의미를 여전히 갖고 있을 때 그만두는 것이었다. 그런 행위는 너무 쉽게 변질되기 때문이었다. 자기 통제를 잃는 순간, 자신의 흐느낌에 장식을 더하거나, 휠러 부부의 이야기를 아주 슬프고 감상적인 미소를 지으며 시작하게 되고, 마침내는 프랭크가 씩씩했다고 말하게 된다. 그러면 대체 뭐가 남는가?

섭이 새로 만든 하이볼을 손님에게 돌리기 위해 집 안으로 들어섰을 때에도 밀리는 여전히 이야기 중이었다. 여전히 부풀리고 있었다. 이제 그녀는 마무리 단계에 도달했다. 살짝 벌리고 있는 주름진 무릎 위에 팔꿈치를 올리면서 몸을 앞으로 기울이며 진지한 표정을 지었다.

"아뇨, 하지만 전 정말 그 경험으로 우리 두 사람이 더 가까워졌다고 믿어요. 셉과 저 말이에요. 그렇잖아요, 여보?"

그러자 브레이스 부부는 밀리의 질문을 말없이 반복하며 그를 노려보았다. 그도 그렇게 생각하는가? 정말 그런가?

정답은, 당연하게도, 하나밖에 없었다. "그래, 그렇지. 그렇고 말고."

그런데 우습게도 그는 불현듯 그 대답에 자신의 진심이 들어 있었다는 사실을 깨달았다. 현재 불빛 아래에 있는 그녀를 바라보면서, 자그마하고 주름이 자글자글하고 어리석은 이 여자를 바라보면서 그는 자신이 진실을 말했음을 알게 되었다. 왜냐고? 젠장, 저 여자는 살아 있잖아, 안 그래? 지금 당장 그녀가 앉은 의자로 다가가서 그녀의 목뒤에 손을 갖다 댄다고 치자. 그녀는 눈을 감고 미소 지을 것이다, 그러지 않겠는가? 당연하다. 그녀는 그럴 것이다. 그리고 브레이스 부부가 자기 집으로 돌아가면(제발이지 좀 빨리 꺼져 주었으면) 그녀는 부엌으로 들어가 부산스럽게 설거지를 하면서 쉴 새 없이 조잘대겠지.("오, 저 사람들 난 맘에 들어요. 당신은요?") 그런 다음 그녀

는 잠자리에 들 것이고, 아침이면 일어나, 잠을 잔 냄새와 오
렌지 주스 냄새와 감기약 냄새와 묵은 탈취제 냄새를 풍기는
찢어진 잠옷을 입은 채 다시 아래층으로 헉헉거리며 내려와서
는, 계속 살아가겠지.

기빙스 부인에게도 에이프릴의 죽음 이후 충격과 고통과 더
딘 회복이라는 양상이 이어졌다.

처음에 그녀는 그 사건을 엄청난 죄책감의 측면에서 바라
볼 수밖에 없었다. 그래서 그녀는 그 사건을 입에 올릴 수조
차 없었다. 심지어 하워드에게도 일절 언급하지 않았다. 하워
드건 그 누구건 그 일은 단순한 사고일 뿐이며, 그 누구에게
도 책임을 물을 수 있는 일이 아니라고 할 것을 그녀도 알고
있었다. 하지만 그녀는 위로받고 싶은 마음이 전혀 들지 않았
다. 열심히 연습해 둔 사과의 말을 가슴에 품고("에이프릴, 어제
일 때문에 그러는 건데, 두 분은 어제 정말 친절하고 고마웠어요. 하
지만 저는 또다시 그런 일을 겪으시라고 부탁드리지 않을 겁니다. 하
워드와 전 이제 결론 내렸어요. 존의 병세가 이미 우리로서는 어쩔
수 없는……") 갔는데, 구급차가 휠러네의 차고 진입로를 후진
으로 빠져나오는 장면을 목격한 기억, 그리고 그날 오후 전화
기 너머로 그 소식을 전해 주는 가여운 캠벨 부인의 목소리에
대한 기억은 그녀의 마음속에 너무나 깊고 순수했기에 오히
려 기쁨을 주기까지 하는 크나큰 죄책감을 심어 놓았다. 그녀
는 거의 일주일이나 몸살을 앓았다.

그러니까 좋은 의도의 결과가 바로 이런 것이었다. 자기 아

이에 대한 사랑이 다른 아이 엄마의 죽음으로 이어지는 것.

"선생님께서는 둘 사이에 어떤 연관도 없을 거라고 말씀하시겠죠." 그녀는 존의 담당 의사에게 설명했다. "하지만 솔직히, 선생님, 전 선생님의 의견을 구하려는 게 아닙니다. 전 그저 그 아이에게 바깥에 있는 사람들과 접촉하는 기회를 줘 본다는 생각 자체를 완전히 배제하겠다고 말씀드리는 거예요."

"음." 정신과 의사는 대답했다. "알겠습니다. 물론, 이런 일은 전적으로 부인과, 어…… 아, 기빙스 씨의 의사가 중요합니다."

"전 개가 아프다는 걸 알아요." 그녀는 말을 이어갔다. 그리고 여기서 다시 한번 훌쩍여 보임으로써 눈물을 흘릴 수도 있다는 위협으로 의사를 긴장시켰다. "개가 아프다는 것, 저도 알아요. 그리고 너무 가엾죠. 하지만 그 아인 너무나 파괴적이에요, 선생님. 손쓸 수 없을 정도로 파괴적이라고요."

"음. 그렇군요……."

그 후 기빙스 부부는 주말 면회를 존이 입원한 병동에 딸린 대기실에서만 했다. 존은 별로 신경 쓰지 않았다. 훨러 집안에 대해 가끔 물어보기는 했지만, 물론 부부는 아무것도 알려 주지 않았다. 크리스마스쯤 되어서는 두세 주 건너뛰면서 면회를 가고 있었다. 그러다 면회 횟수가 점점 줄어들면서 마침내 한 달에 한 번꼴로 가게 됐다.

별것 아닌 것 같은 것이 큰 차이를 만들기도 한다. 진눈깨비가 내리던 1월의 어느 날, 쇼핑센터에서, 조그맣고 갈색에다, 다른 종과 피가 섞인 스패니얼 강아지 한 마리가 애완동물 가게의 진열장 너머로 그녀의 시선을 붙잡았다. 평생 그처럼 어리석고 충동적인 결정을 내려 본 적이 없었기에 자신도 말도 안 된다고 생각하면서, 그녀는 가게로 들어가 그 자리에서 강아지를 사서 집으로 데려왔다.

그런데 어찌나 귀여웠던지! 오, 녀석은 골치 아프기도 했다. 배변 훈련이며, 집 안 적응이며, 구충이며, 갖가지로 손이 많이 갔다. 좋은 반려동물을 원한다면, 단순하고 힘든 노력을 한없이 쏟아부어야 하는 법이다. 하지만 녀석은 그만한 가치가 있었다.

"굴러!" 슬리퍼 양말을 신고 카펫 위에 다리를 꼬고 앉은 그녀는 곧잘 구르기를 시켰다. "굴러, 아가!" 그러고는 강아지의 늑골과 배를 손가락으로 주물러 주었다. 강아지는 등을 바닥에 댄 채 꼬물거리며, 네 발을 허공에 내젓고, 검은 혀를 말아 이빨 뒤로 당겨 낑낑거리면서 황홀경을 헤맸다.

"아유, 착한 강아지! 오, 넌 정말 착하고 귀여운 젖은 코 아기란다, 그렇지? 안 그래? 맞아, 넌 착해! 오, 넌 귀여워!" 그녀가 그 겨울을 견뎌 낼 수 있게 해 준 건 다른 그 누구도 아닌 바로 그 강아지였다.

봄이 되면서 부동산 소개업 경기도 살아나기 시작했다. 봄이면 언제나 그녀는 만물이 소생하는 느낌에 휩싸였다. 하지만 골칫거리가 여전히 해결되지 않고 남아 있었다. 휠러 부부의 집을 처분하는 일이었다. 법무사 사무실에서 프랭크와 마주치는 것이 불가피했기에, 잔금일 전날 밤 그녀는 밤새 전전긍긍하며 잠을 제대로 자지 못했다. 하지만 실제로 대면했을 때는 걱정했던 것보다는 훨씬 덜 어색했다. 그는 친절하고 정중했다. "뵙게 돼서 반갑습니다, 기빙스 부인." 두 사람은 일과 관련된 이야기만 나누었고, 그는 마지막 서류에 서명하자마자 떠나 버렸다. 그 이후 그녀는 그 사건과 관련된 경험에 대해서는 영원히 문을 닫아걸어 두었다.

그 이후 이어진 두 달 동안 그녀는 녹초가 될 정도로 미친 듯이 바쁘게 일했다. 아주 훌륭한 옛날 집들이 더 많이 시장에 나왔고, 더 멋진 새 집들이 더 많이 지어졌으며, 이곳의 분위기에 더 잘 어울리는 사람들, 정말 훌륭한 집에서 살기 원하고 또 그만한 자격이 충분히 되는 사람들, 가격을 낮춰 달라고 귀찮게 굴 필요가 없는 그런 사람들이 더 많이 뉴욕시에서 이주해 왔다. 그러다 보니 이번 봄은 이내 그녀의 소개업 경력에서 가장 실적이 좋은 봄이 되었고, 자신의 직업에 대한 그녀의 자긍심은 날로 커져만 갔다. 하루하루 일은 고되고 힘들었지만, 그로 인해 줄어든 저녁 시간의 휴식은 바로 그 때문에 더 달콤했다.

강아지와 놀거나 하워드와 이야기를 나눌 때 말고 그녀는 집 안 곳곳의 단순하면서도 실질적으로 보람 있는 소소한 일을 해 나갔다.

"정말 아늑하지 않아요?" 5월의 어느 저녁 그녀는 신문지를 간 바닥에 쪼그려 앉아 의자에 니스칠을 먹이며 물었다. 《월드 텔레그램》을 들여다보다 지겨워진 하워드는 팔짱을 낀 채 앉아 창밖을 내다보고 있었다. 바로 옆에는 강아지가 조그만 깔개 위에 몸을 동그마니 만 채 행복에 겨워 잠들어 있었다. "힘들게 하루 일을 마치고 이렇게 쉴 수 있다는 게 얼마나 좋아요. 커피 좀 더 하겠어요, 여보? 아님, 케이크를 좀 더 드릴까?"

"아니, 고맙지만 됐어. 나중에 우유나 한 잔 마시든지 할게."

니스가 흩뿌려진 신문지 위에서 조심스럽게 의자를 뒤집고는 밑부분을 칠하려고 바닥에 아예 주저앉은 그녀는 손에 든 붓을 앞뒤로 밀고 당기며 계속 말을 이었다.

"……레볼루셔너리 로드의 그 오두막에 관해서는 제가 얼마나 기쁜지 말로 표현할 수가 없어요. 겨우내 얼마나 흉측해 보였는지 당신도 알죠, 하워드? 차갑고 어둡고, 어, 음산했죠. 귀신도 나올 것같이. 그렇지만 지금은 거길 지나가면 예쁘게 단장하고 반짝일 정도로 깨끗해 보여요, 밤에는 창에 불도 켜지고요. 그게 얼마나 안심이 되는지. 오, 그리고 사람들도 아주 좋더라고요, 그 브레이스 부부 말이에요. 여자는 아주 친절하고 말도 재미있게 해요. 남자는 좀 과묵한 편이고. 내 생각엔 그 사람 뉴욕에서 뭔가 대단한 일을 하는 것 같아요. 나한테 그러더라고요. '기빙스 부인, 얼마나 감사한지 모르겠네요. 이 집은 우리가 늘 갖고 싶었던 딱 그런 집입니다.' 그렇게 말해 주다니 정말 고맙지 않아요? 근데 방금 생각나서 하는 말인데, 난 오랫동안 그 집을 아주 좋아했거든요. 이번에 처음으로 그 집에 딱 맞는 사람들을 제대로 만난 거예요. 정말 다정하고, 우리와도 잘 맞는 그런 사람들이요."

그녀의 남편은 몸을 뒤척이며 신고 있는 교정 신발의 위치를 살짝 바꾸었다. 그러고는 "글쎄, 휠러 부부는 빼고 말이지?"라고 물었다.

“글쎄요, 하지만 난 정말정말 우리와 잘 맞는 사람들을 말한 거예요.” 그녀가 대답했다. “우리와 같은 사람들이요. 오, 나도 휠러 부부를 좋아했어요. 하지만 그 사람들 항상 약간은…… 좀 변덕스러웠다고나 할까, 취향에 있어서요. 살짝 신경증적이었죠. 내가 그동안 표현을 좀 자제해 왔지만, 그 사람들 대하기가 아주 까다로운 적이 많았어요, 여러모로. 실제로, 그동안 그 집을 파는 게 그렇게 힘들었던 이유 중 가장 큰 건 그 사람들이 집의 가치를 너무 심하게 떨어뜨려 놓았다는 거예요. 창틀은 휘어 버렸고, 지하실은 물이 새고, 벽에는 크레용 낙서투성이이고, 문손잡이며 각종 금속 장식에는 손때가 완연하고, 정말 무신경하고, 값어치를 떨어뜨리는 구석이 한두 군데가 아니었다니까요. 그리고 앞마당 잔디밭 중간까지 이어지다 진흙 구덩이로 끝나는 그 흉측한 돌길은 또 뭐예요? 그런 식으로 집을 망쳐 놓는 사람을 상상이나 할 수 있겠어요? 그 길을 걷어 내고 새로 잔디를 심으려면 브레이스 씨는 거금을 들여야 할 거예요. 아니에요, 그게 다가 아니에요. 내가 의미하는 건 그보다 훨씬 더 깊은 이유예요.”

그녀는 잠시 말을 멈추고 붓에 묻은 니스의 양을 줄이려고 붓을 니스 통 옆쪽에 대고 누르면서, 인상을 잔뜩 찌푸린 채, 그녀가 의미하려는 내용을 적절하게 표현해 줄 다음 말을 찾으려고 입술을 오물거렸다.

“그 사람들 정말 이상한 젊은 부부였다는 거죠. 무책임하달까. 잔뜩 경계하는 듯이 바라보는 눈빛하며, 그냥 하는 말투 자체가, 건전하지 않았다고나 할까. 오, 다른 사실도 있어요.

지하실에서 제가 뭘 봤는지 알아요? 전부 죽어서 말라비틀어진 것들? 비름꽃 모종이요. 그걸 담아 놓은 커다란 상자를 발견했다니까요. 지난봄에 그걸 마련하느라 내가 하루는 꼬박 고생했는데. 정말 신경 써서 제일 싱싱하고 제일 좋은 모종들만 모아서, 제일 적당한 흙에 곱게 심었던 게 기억나는데, 그런 거예요. 내 말은, 무슨 말인지 알죠. 누가 공을 들여서 훌륭한 모종을, 싱싱하고 살아 있고 자라고 있는 완벽한 새싹을 선물하면, 적어도 사람이라면……."

거기서부터 하워드 기빙스에게는 천둥소리처럼 반가운 고요함만이 밀려왔다. 보청기를 꺼 버린 것이다.

냉담과 연민 사이로 난 『레볼루셔너리 로드』

1961년 출판된 『레볼루셔너리 로드』는 이듬해 전미도서상 최종 후보에 오를 정도로 좋은 평을 받았다. 그렇지만 상업적인 성공과는 거리가 멀었다. 비평가들은 작품의 탄탄한 구성과 작가의 탁월한 문장력에 감탄했지만, 일반 독자들은 외면했다. 독자의 주목을 받지 못한 데는 여러 이유가 있겠지만 얼핏 짐작했을 때 두 가지를 들 수 있을 것이다. 하나는 당시 '중산층의 공허한 삶'을 주제로 한 소설이 말 그대로 쏟아지고 있었다는 점이다. 제롬 샐린저의 『호밀밭의 파수꾼』(1951)에서부터 잭 케루악의 『길 위에서』(1957)에 이르기까지 깔끔하고 풍요로운 교외 수택가로 대표되는 미국 사회의 이면에 도사린 각종 병리적 현상을 지적하는 것이 1950년대 미국 소설의 주된 내용이었다. 대중에게 『레볼루셔너리 로드』는 그 나물에 그 밥으로 여겨졌을 것이다. 다른 하나는 이 소설이 흔한 주제를 다루고 있기는 하되 결말은 물론 전체적인 경향이 지나치게 비관적이라는 점이다. 사회에 문제가 있고, 그 문제가 주인공을 괴롭힌다면 주인공은 그 문제에 분연히 맞서다 파멸에 이르거나 승리를 쟁취한다. 현대 소설을 읽는 일반 독자들이 가장 공감하기 쉬운 줄거리이다. 『레볼루셔너리 로드』는 그런 취향에 아첨하지 않는다. 어떤 면에서 보자면, 작가의 시선이 잔인하게 여겨질 정도로 냉담하다. 미국 독자의 공감을 사기는 힘든 특징이다.

소스타인 베블런은 1899년 『유한계급론』에서 '과시적 소비'의 위험을 지적했다. 족장이나 귀족이 과한 소비를 하는 것은 크게 문제가 되지 않는다. 전자의 경우, 그 정치적 효과가 크고, 후자의 경우 생산력이 뒷받침되기 때문이다. 문제는 그 정도의 생산력이 없는 중산층이 지배층의 소비 행태를 모방할 때 발생한다. 이런 비효율적인 유행은 계급이 존재하지 않는, 그래서 적절한 분수라는 개념이 희박한 사회일수록 더 빨리 퍼진다. 베블런은 남북 전쟁 종전 이후 삼십여 년에 걸친 급속한 산업화를 통해 부를 축적한 미국 상류층의 과시적 소비보다는 이를 모방하는 중산층의 과시적 소비에 주목했다. 생산력이 넉넉하지 않거나 확고하지 않은 중산층 가정이 자신의 사회적 지위를 광고하기 위해 아이와 부녀자의 '소중한' 노동력을 낭비한다거나("그이가 난 가만히 집에만 있으래."), 사륜마차에 합승하는 대신 이륜마차를 불러세우는("버스는 좀 그렇지 않아?") 등의 비합리적인 '과시적 소비'에 휩쓸리고 있는 당대 미국 사회는 자신의 발밑을 파고 있는 듯한 모습을 보인다는 것이었다. 하지만 베블런의 우려는 본격적으로 실현되지 않았다. 산업화의 결과로 새로이 중산층으로 합류하고 있던 사무직 종사자들의 숫자가 증가일로에 있기는 했지만, 아직은 미국 사회의 주류가 될 만큼 그 비율이 높지 않았기 때문이다.

미국이라는 나라에서 가용한 노동력을 어느 정도 헛되이 소비할 수 있는 중산층이 사회의 주류로 등장한 것은 1950년대의 초호황기를 맞이하면서였다. 2차 세계 대전이 끝나자 공장이 멀쩡하게 돌아가는 곳은 미국밖에 없었다. 미국은 세계 유일의 강대국이 됐다. 모든 물자가 미국에서 나왔고 모든 돈은 미국으로 빨려들었다. 돈과 상품이 넘쳐 났다. 사회 기반 시설에 대한 투자가 대규모로 이루어졌다. 주와 주를 연결하는 고속도로망이 새로이 건설됐고, 퇴역 군인을 위한 보상 법안으로 젊은이들이 이전에는 상류층에게만 가능했던 대학 교육을 받게 됐다. 급격히 늘어나는 신혼부부를 위해 도시 외곽의 싼 토지를 수용해 신흥 주택지구를 신속하게 마련했다. 이른바 '교외 신흥 주택지구'가 탄생한 것이다. 대학교만 졸업하면 안정된 직장을 얻고 안정된 중산층의 삶을 살 수 있었다. 사회 전체의 생산력이 극대화되면서 중산층도 별 무리 없이 '과시적 소비'를 일상적으로 누릴 수 있게 된 것이다.

1950년대를 이른바 '교외(신흥 주택지구에 사는 중산층) 문화'의 시기로 보는 시각은 이 삶의 방식이 당대 미국 사회 전체의 문화적 특징에 가장 민감하게 반응했기 때문이다. 19세기가 저물 때까지도 유럽 열강의 눈치를 보아야 했던 미국은 이제 세계 유일의 강대국으로 부상했고, 이 위상에 맞는 정체성을 만들어 내야 했다. '미국적인 것'에 관심이 쏟아졌고, 미국의 역사와 문화에 대한 자부심으로 애국심이 강화됐으며, 이 애국심은 냉전이 본격화되면서, 매카시 상원의원이 주도한 '반미국적 행위 조사 위원회' 활동에서 드러나듯이, 반사회주의적인 것으로 규정됐다. 공산주의가 반미국적인 것으로 낙인찍혔던 반면, 같은 유럽발 이론인 실존주의와 정신 분석학이 전후 미국 지식인 사회에서 최첨단의 세련된 이론으로 행세했다. 자본주의 체제는 두 차례의 세계 대전을 통해 식민지 경영을 통해 이윤을 증대시키는 방식이 비효율적임을 확인했다. 생산 확장을 통한 이윤 증대라는 목적을 효율적으로 달성하기 위한 새로운 전략이 필요했다. 소비자의 수를 늘려 수요를 키우는 방식에서 개별 소비자의 욕망을 키움으로써 수요를 키우는 방식이 대두했고, 이는 소비자본주의의 출현을 가져왔다. 절약해서 저축함으로써 생산에 투입되는 자본을 키우는 것이 아니라, 더 많이 소비함으로써 더 많은 생산이 가능하도록 한다는 체제 전환이었다. 갑자기 절약보다는 소비가 애국의 길이 되었다. 대전을 승리로 이끌고 대거 귀국한 참전 군인들을 영웅시하는 경향을 통해 강인한 남성성의 우월성이 강화됐고, 이는 다시 새로운 중산층 가족 모델의 가부장적 성격을 강화했다. 미국에 대한 자부심, 소비를 통한 행복 추구, 안정된 가부장제 가족 등은 1950년대 미국 사회 전체의 가치였고, 이들 가치를 누구보다 충실히 구현하고 따르려 했던 계층이 교외 신흥 중산층이었다.

이 시기 사회적 가치에 따른 삶의 원칙을 지키려는 중산층의 욕망을 한마디로 표현하는 용어가 '순응주의'이다. 1950년대 중산층의 '허위적인/무의미한 삶'을 고발하는 소설은 주로 이 순응주의의 폐해를 지적하고 고발하는 내용을 갖고 있다. 사무직 노동자의 일상을 소재로 한『회색 정장을 입은 사나이』(1955)라든가 전장을 떠나고 싶은 폭격기 조종사의 분투를 다룬『캐치 22』가 대표적이다. 이들 작품은 대개 주인공의 경험을 통해 '은폐된 진실'이 드러나는 일종의 '모험담' 같은 구성적 특징을 갖게 된다. 선량한 의도만 갖고 있거나 진실에 무지한 상태, 즉 체제에 순응하던 주인공이 사건을 겪는 과정에서 기업이든, 가부장제이든, 군대이든, 기성 체제의 비인간적이고 불합리한 구조나 작동을 폭로하는 방식이다.『레볼루셔너리 로드』는 조금 다르다. 대개 '음모'를 폭로하는 소설에서는 전지적 삼인칭 시점의 화자가 줄거리를 중립적인 목소리로 전달하려 한다. 하지만 이 소설은 그렇지 않다. 화자는 주인공까지 포함한 등장인물 모두에 대해 상당히 냉소적이다. 이 점이 이 소설의 진정한 묘미이자 가치라고 여겨진다. 이 소설은 두 주인공의 경우만 국한해서 본다면 일종의 성장 실패기라 할 수 있다. 개인의 성장을 방해하는 세력 혹은 성장을 실패하게 만드는 힘은 흔히 사회 자체 혹은 사회적, 역사적 정황이다. 이런 식의 전형적인 줄거리에서는 주인공이 이들 적대적인 세력에 맞서고, 투쟁하는 결과가 전체의 결말을 결정한다. 영웅적으로 이겨 내거나, 처참하게 실패하거나, 아니면 '진정한 자아를 찾아서' 탈출하거나인 것이다. 그런 전형적인 이야기에서라면 화자는, 중립적인 목소리에도 불구하고, 대개 주인공에 대해 우호적이다. 그래야 독자들이 주인공의 투쟁에 더 관심을 기울이게 될 것이니까. 그런데 이 소설은 좀 다르다. 이 화자는 줄거리의 전 단계에 걸쳐 회의적이다. 말하자면 등장인물과 그들의 배경 혹은 적대 세력이 되는 사회 자체 모두에 대해 냉소적인 셈이다.

화자 또는 작자의 이런 떨떠름한 시선을 가장 잘 보여 주는 대표적인 사건이 있다. 이 소설 전체 구성상 발단이 되기도 하면서 일종의 '극중극' 역할을 하는 로렐 극단의 공연 일화이다. 극단의 구성에서부터 첫 공연이 끝나기까지의 과정을 보고하면서 자연스럽게 주요 등장인물과 배경을 소개하고 있는 이 부분은 '능력이 기대에 미치지 못하는' 인간 군상의 처절한 실패담이라는 점에서 이 소설 전체의 줄거리를 미리 축약해서 들려주는 장치이다. 1950년대는 브로드웨이 극단의 상업성에 반발하며 시작된 지역 공동체 극단 운동이 다수의 전국적 연합으로 조직될 만큼 활발했던 시기였다. 로렐에서도 이 바람이 분다. 상업성보다는 예술성을 보존하되 시민들이 직접 극단의 운영과 공연에 참여함으로써 예술과 일상을 통합한다는 지역 공동체 극단 운동은 소비에트와 이탈리아 공산당의 대중 운동에 그 기원을 두고 있는 만큼, 미국에서는 애초부터 이상주의적이며, 근본적으로 평범한 중산층 사람보다는 지식인 또는 예술가가 중심이 되는 기획이다. 그렇지만 신흥 주택

지구가 들어서고 있는 로렐에 거주하는 중산층 사람들에게 공동체 극단 운동은 일종의 지적 사치이자 유흥에 불과하다. 물질적 안정을 바탕으로 한 안락한 일상의 나른함에 청량감을 제공할 이벤트에 지나지 않는 공연에 이들이 혼신의 열정을 갈아 넣을 리도 없고, 엄격하고 치밀한 훈련을 거치지 않은 어설픈 아마추어들의 공연이 성공으로 마감될 리도 없다.

실패의 예감은 처음부터 있었다. 그렇지만 사람들은 일단 시작해 본다. 잘 되면 다행이고, 잘 안 된다면, 셉의 말처럼, "재미는 있었어." 하고 잊어버리면 된다. 극단을 조직, 운영하고, 공연한다는 기획 자체가 이들에게는 맞지 않는, 분수에 넘치는 일이다. 그렇지만 일단 해본다. '재미'있으니까. 그리고 멋있어 보이니까. 교양이나 문화와는 거리가 있는 신흥 주택지구라는 불모지에서 '예술'을 해 보는 것이다. 이들이 「화석 숲」을 공연작으로 선택한 것도 의미심장하다. 이 극에서 메이플은 보헤미안적인 방랑자 스콰이어를 부추겨 아리조나의 황량한 사막을 벗어나 사랑과 예술과 어머니의 추억이 있는 파리로 가려 한다. 이 여주인공 역을 이 소설의 여주인공인 에이프릴이 맡는 것도 공교롭거니와, 불모지 탈출을 위해 파리로 간다는 주제 역시 이 소설 전체에서 반복된다. 그런 점에서 보자면, 「화석 숲」은 이 소설의 '극중극중극'이 된다. 교양이나 예술, 또는 전문적인 지식 또는 재능과는 상관이 없는 사람들이 그런 쪽에 흥미를 갖는 척하는, 그럼으로써 문화나 교양을 스스로 생산한다는 보람을 느껴 보는 척하는 행위는 일종의 계급 상승 욕구를 드러내는 '속물적인' 일이다. 좀 더 잔인하게 말하자면, 무식한 중산층이 지식인 또는 예술가를 따라 해보는 유희에 불과하다. 유희이기에 전체적으로 희극적인 느낌을 줄 수도 있다. 그렇지만 화자는 이 로렐 극단 공연사를 세세하게, 그러나 냉정한 시선으로 묵묵히 전달한다. 화자의 파노라마 같은 광각 시야에 로렐 극단원들이 우르르 몰려다니는 군상으로 그려진다든가, 공연을 대실패로 몰아가는 연쇄적인 실수와 그 상승 효과를 묘사하면서 연민이라고는 하나 들어 있지 않은 목소리를 유지하는 데서 화자의 냉철함이 잔인하게 여겨지기까지 한다.

프랭크와 에이프릴 두 주인공 자신들도 냉소적이다. 두 사람은 교외 신흥 주택 지역에서 가장은 벌고 아내는 전업 주부인 핵가족을 이루어 전형적인 젊은 중산층 부부로 살고 있다. 그렇지만 이들은 현재의 삶을 부정한다. 뉴욕시에서 자유분방하게 살았던 과거의 보헤미안적인 삶을 떠나 현재의 '중산층 지옥'에 떨어진 것은 '두 아이를 위한 어쩔 수 없는 선택'의 결과이다. 자신들이 원하는 삶이 아니다. 그들의 눈에 주변 사람들은 모두 이 '평범함을 강요하는' '절망적인 공허' 속 중산층의 삶을 아무 비판 없이 받아들이고 유일한 삶의 방식으로 찬양하는 얼빠진 인간들이다. 프랭크와 에이프릴이 그나마 자주 어울리는 가족은 셉과 밀리 부부이다. 그렇지만 주인공 부부는 이들도 은근히 무시한다. 중산층 삶에 대한 혐오의 정도가 자신들에 미치지 못한다고 여기기 때문이다.

문제는 현실에 대해 냉소적인 이 부부에게 대안이 없다는 점이다. '절망적인 공허'를 어떻게 할 것인가. 이들에게는 이 폐허를 보람찬 삶의 현장으로 바꿔 놓을 수 있는 아이디어가 없다. 애초에 이들은 그런 생산적인 계획을 수립할 수 있는 비판적 사고의 역량이 없다. 그저 시대의 유행에 따라 미국 사회를 비판하는 다른 사람들의 어휘를 빌려와 그럴듯하게 늘어놓을 뿐이다. 이들은 자신들이 생각하는 만큼 지적이지 못하다. 이런 그들에게 유일한 해결책은 이곳을 '뜨는' 것이다. 하지만 여의치 않을 때 미국을 떠나는 것도 상투적이기는 마찬가지이다. 미국은 유럽의 식민지로 출발했다. '유럽의 대안'을 건설한다는 거창한 이념과는 별개로 미대륙 식민지 개척민들은 '먹고살 만'해지면 언제나 유럽으로 고개를 돌렸다. 식민지에서 '한탕' 하고 본국으로 돌아와 편안한 여생을 보냈던 초기 농업 투기꾼들에서부터 산업화 과정에서 축적한 부를 기반으로 '문화'와 '교양'을 쌓으라고 자식들을 유럽으로 유학시켰던 19세기 말 미국 가문들에 이르기까지 미국인들에게 유럽은 미국의 대안이었다. 이런 이중성은 미국의 역사가 시작된 이래 언제나 있었다. 말하자면 이 프랭크 에이프릴 부부가 파리로의 이주를 선택한 것 역시 '상투적인' 문제 해결 방식이었다. 이들에게 창의적인 지적 능력은 없다. 다만 셉과 밀리를 포함하여 기빙스 부부와 오드웨이 부부에 이르기까지, 주인공 부부의 주변 사람들은 현재의 일상을 버리고 불확실한 새로운 삶을 택하겠다는 용기가 없다. 이들은 다들 나름대로 어려운 시절을 겪었고, 또 현재 이런저런 문제로 고통받고 있지만, 현재의 삶을 유지하는 것이 현명하다고 믿는다. 셉은 에이프릴에게 마음을 빼앗겼지만, 밀리에 대한 고마움으로 결혼 생활을 유지한다. 헬렌 기빙스는 남편의 사랑 대신 부동산 중개업에 몰두함으로써 일상을 유지한다. 오드웨이 역시 아내로부터 받는 갖가지 구박에도 불구하고 술에 의존함으로써 치욕스러운 현실을 견뎌 낸다.

그렇다면 실제로 '용기 있는' 프랭크와 에이프릴이 호기롭게 파리로 날아가 얻을 수 있는 것, 다시 말해, 1950년대 미국 신흥 주택가에는 없고 유럽에는 있을 것이라고 믿는 것은 무엇일까? 정체성이다. 두 사람은 '진정한 자신으로 존재하는 것' 또는 '자신이 어떤 존재인지 발견하는 것'을 궁극적인 행복의 조건으로 간주하며, 당대 미국 중산층의 평범한 삶은 정체성의 형성을 방해하거나 적극적으로 파괴하고 있다는 데 동의한다. 문제는 이 소설 전체에서 '작가나 화가만 그래야 하는 건 아니지 않냐.'라는 항의성 언급 이외에 두 사람이 추구하는 '정체성'이 어떤 것인지에 대한 언급이 거의 없다는 점이다. 애초에 두 사람이 그렇게 지적인 능력이 뛰어나지 않다는 점을 고려할 때, 그리고 이런 실존주의적 명제가 2차 세계 대전이 끝나며 세계를 휩쓸었던 유럽발 지적 유행의 미국판이었음을 고려할 때, 두 사람의 '정체성' 운운은 실제로는 남에게서 빌린 '공허한 구호'에 불과하다고 봐야 할 것이다. 두 사람은 자신들의 정체성과 관련해서는 현재의 인간 관계나 물질적 기반을 부정하는 모습을 일관되게 보여 준다. 중산층으로 살고 있으며, 신흥 주택지구에 집을 마련했고, 전형적인 가부장

제 가족 구조로, 대기업의 녹을 받아 삶을 영위하고 있다는
자신들의 현실적이고 실제적인 조건들을 '자신들의 것'이 아
니거나, '스스로 선택한 것'이 아니라고 부정하는 것으로 자신
들을 파악하고 있다는 말이다. 이 경우, 우연한 조건들을 초월
함으로써 자신의 정체성을 확보하려는 근대인 특유의 노력과
유사하다고 할 수도 있다. 하지만 두 사람은 이런 부정 혹은
초월을 통해 '보편적 인간성에 대한 인식'에 닿는 과정을 보여
주지 못한다. 그저 부정의 단계에만 그치고 마는 것이다. 그런
점에서 보자면, 주인공 부부에게서는, 실존주의식으로 말하자
면, '진정성'이 없다. 두 사람은 당대 미국 사회의 지적 유행을
답습하고 있는 '가짜'에 불과하다.

　정체성 확보라는 기획과 관련해 이들에게 더 큰 장애가 되
는 사실은 애초에 이들이 각자에 대해, 그리고 상대에 대해
환상을 갖고 있다는 점이다. 중산층 핵가족의 전형을 이루고
사는 이들은 가부장제가 부과하는 역할을 충실하게 수행한
다. 프랭크는 안정된 직장을 다니며 경제력을 제공하고 에이프
릴은 가사와 육아를 전담한다. 문제는 이들이 각자를 엄격하
지만 자상한 아버지와 자애롭고 슬기로운 어머니 이상이 되
기를 원한다는 데 있다. 프랭크에게 에이프릴은 무엇보다 총명
하고, 귀족적이며, 성적 매력이 넘치는 '일등급' 여자로서 자신
에게는 과분한 존재이다. 그런데 이런 멋진 여자가 항상 남편
의 사랑과 관심을 갈망하는 순종적인 아내로서 자신을 남편
으로서 하늘처럼 모시고 살아 주는 것이 눈물 나도록 고맙다.
에이프릴에게 프랭크는 '남자답고' 자상하며, 무엇보다 지적이

다. 지금은 비록 대기업에 소속되어 무의미한 노동을 하며 신흥 중산층의 일상에 얽매여 있지만, 현재의 일상에서 해방되는 기회만 주어진다면 위대한 작가나 예술가의 업적에 버금가는 무언가를 성취할 수 있는 사람이다. 두 사람은 서로가 서로에게서 무엇을 보고 있는지 잘 알고 있다. 그리고 상대가 자기 속에 있다고 믿는 것이 자기 속에는 없다는 것 역시 잘 알고 있다. 에이프릴은 자신이 '일등급' 여자가 아니라는 사실을 잘 알고 있고, 프랭크는 자신이 그렇게 영민하지 못하다는 사실을 잘 알고 있다. 그렇지만 두 사람은 마치 자신이 아닌 사람처럼, 자신에게 없는 것이 마치 있기라도 한 것처럼 최선을 다해 연기한다. 연기자는 원래 정체성이 없다. 최선을 다해 나 자신이 아니라 상대가 원하는 누군가가 되기 위해 노력하는 사람들이 정체성을 찾겠노라 선언하는 자기 소외의 모습은 가소로울 정도여서 오히려 처연해 보이기까지 한다.

정신 분석학적 통찰의 경우도 마찬가지이다. 1950년대 미국에서는 프로이트의 이름을 거론하지 않고서 사회 또는 개인의 행동을 그럴듯하게 설명하기가 힘들었다. 두 주인공 사이의 갈등에서도 정신 분석학 또는 정신 분석학적 추론이 핵심적인 역할을 한다. 처음에는 아내의 제안에 맞장구를 치며 희희낙락하던 프랭크는 정체성을 찾는 일의 허망함 내지는 현실적인 어려움을 감지하면서, 그리고 직장에서 현재보다 더 안락한 중산층 삶을 영위할 수 있는 승진 기회를 잡게 되면서 파리 이주 계획에 대해 회의감을 품게 된다. 그리고 이내 이

회의의 불씨는 가부장적 권위를 상실할 수도 있으리라는 두려움의 부채질로 이주 계획 자체를 불사르는 모닥불이 되어 타오른다. 절묘한 시점에 좋은 핑곗거리가 생겨난다. 아내가 셋째를 가진 것이다. 현실적으로, 경제적으로 파리에서 아내 혼자 벌어 아이 셋을 키운다는 기존 계획은 폐기될 수밖에 없다. 아내의 결심이 필요하다. 이 국면에서 아내와 남편은, 프랭크의 표현을 빌리자면, '전쟁'을 벌인다. 아내는 낙태를 고려하고 남편은 출산을 권한다. 누가 이기느냐에 따라, 누가 누구를 설득하느냐에 따라 두 사람의 삶이 결정된다. 여기서 프랭크의 결정적인 설득 전략으로서 정신 분석학적 분석 또는 추론이 등장한다. 에이프릴이 어린 시절 부모와 떨어져 자라는 과정에서 '남근 선망'을 갖게 됐고, 이로 인해 출산으로 대표되는 자신의 여성성을 부인하려 하는 것 아니냐는 것이 프랭크의 분석이다. 이 분석이 옳으냐 그르냐는 확실하지도 않고, 이 소설의 줄거리를 이해하는 데 중요하지 않다.

핵심은 두 사람의 선택에 결정적인 영향을 미치는 이 담론을 프랭크가 활용하는 방식이다. 프랭크는 에이프릴이 셋째를 출산함으로써 파리 이주 계획을 완전히 포기하게 하려는 목적을 가장 효과적으로 달성하기 위한 전략으로 정신 분석학적 분석을 활용한다. 그런데 이런 행태는 프랭크 자신이 당대 미국 사회를 비판할 때 지적하는 사실과 정확히 부합한다. 프랭크는 미국이 '프로이트 영감의 이름에 휘둘리고 있다.'라고 진단한다. 정신 분석학을 만병통치의 명약이기라도 하는 것처럼 아무 데나 적용하는 세태를 풍자하는 냉소적인 발언이다.

그러면서 정작 본인은 교활하게도 같은 성격의 담론을 에이프릴의 선택에 영향을 미치기 위한 전략으로 활용한다.

프랭크나 에이프릴 개인의 차원에서 정신 분석학을 활용하는 것은 이 소설의 줄거리 차원에 제한되기 때문에 당대 미국 사회의 유행을 좇아가는 행태로 볼 수 있고, 그렇다면 이 등장인물들이 평범한 중산층의 한계를 벗어나지 못하는 것으로 설정되어 있음을 확인하는 증거가 될 수 있다. 그렇지만 이 소설에서 정신 분석학은 등장인물의 선택을 설명하는 차원을 넘어 구성 전체와 관련되어 있다. 왜 등장인물들이 특정한 선택과 행태를 보여 주는가, 또는 왜 이들이 현재 중산층의 순응주의를 비판하거나 냉소적으로 바라보면서도 그 자체의 한계를 넘지 못하는가에 대한 작가의 생각이 프로이트식 정신 분석학에 기초해 있기 때문이다. 등장인물이 어떤 사람인가를 묘사할 때 작가는 예외 없이 그 인물의 애정 결핍이나 부모에 대한 집착 같은 어린 시절의 경험을 동원한다. 그러므로 독자로서는 프랭크와 에이프릴은 물론 모린에서부터 헬렌 기빙스에 이르기까지 모든 인물의 현재를 어린 시절의 트라우마가 발현하는 징후로 받아들일 수밖에 없다. 등장인물이 정신 분석학을 냉소적으로 비판하면서도 전략적으로 활용하는 모습을 통해 인격적 결함을 가진 인물이라는 판단을 유도하고 있는 작가 자신이 소설 자체의 구조적 뼈대로서 정신 분석학적 통찰을 활용하고 있다는 사실은 그 자체로 아이러니이면서, 1950년대 지적 유행을 답습하는 한계를 노출함으로써 등장인물을 창조한 자신을 등장인물과 같은 등급의 존재로 비하하는 자기 희화화로 볼 수도 있다.

　프랭크와 에이프릴 중에서 소설 전체에 걸쳐 더 많이 등장하고, 더 많은 장소를 옮겨 다니며, 더 다양한 사건을 겪는 인물은 프랭크이다. 그렇기에 1950년대 미국 중산층 가부장의 머릿속과 일상 경험을 다양한 층위와 각도에서 보여 주는 인물 또한 프랭크가 될 수밖에 없다. 따라서 이 소설의 주제를 1950년대 미국 중산층 남성의 순응주의, 속물주의, 성차별적 사고 등에 대한 고발로 상정하는 경우, 프랭크가 유일한 주인공이 되고 에이프릴은 조력자가 될 것이다. 그렇지만 1950년대 미국 중산층이 파괴 또는 허구화하는 정체성을 찾는 기획을 더 중요한 주제로 설정한다면 프랭크보다는 에이프릴이 더 중요한 인물이 된다. 프랭크는 에이프릴이 원하는 남자가 되기 위해, 또는 적어도 그런 남자로 보이도록 갖은 잔꾀와 술수를 부리다가 어느 순간 충격적인 사건을 겪게 되자 삶의 의욕을 잃어버린 무기력한 존재로 변해 버린다. 이 변화의 이유에 대해서는 아무런 언급이 없으므로 독자로서는 나름대로 짐작해 보는 수밖에 없다. 다른 사람이 원하는 것을 원하는 행위의 무의미함 내지는 어리석음을 극단적인 사건을 통해 깨닫는 데서 오는 충격 때문이었을 수도 있고, 이 소설의 제사인 존 키츠의 시구와 관련지어, 열렬하고 진실한 사랑을 제대로 전달하지 못하다가 그럴 기회까지 잃어버린 데서 오는 절망감 때문으로 추측할 수도 있다. 그 이유야 어쨌건, 프랭크가 전원 꺼진 로봇이 되어버리는 결말은 그 후유증의 심대함을 강조하는 장치로는 효과적인 것 같다.

하지만 이런 식의 추론과는 별개로, 한결같이 '네가 원하는 내가 될 거야.' 기획에 사로잡혀 있던 프랭크를 돌연 무기력의 심연에 빠뜨리는 직접적인 사건은 에이프릴의 선택이다. 그리고 이 선택은 '네가 원하는 내가 되기' 게임의 다람쥐 쳇바퀴 같은 본질을 꿰뚫어 보고, 더는 그 게임을 계속하지 않겠다는 강력한 의지를 실제 행동으로 옮긴 결과이다. 바로 이 사건으로 에이프릴은 다른 등장인물 모두와 구별된다. 소설 전체에서 다른 사람 또는 사회의 시선에서 놓여나겠다는 '영웅적인' 선택을 실천에 옮기는 인물로는 에이프릴이 유일하기 때문이다. 프랭크 에이프릴 부부의 삶을 포함하여 1950년대 미국 중산층의 삶 전체를 냉소적으로 비판하며 일반적인 중산층의 삶과는 완전히 다른 삶을 선택한 사람으로 존 기빙스를 꼽을 수도 있다. 유일한 '지식인'이지만, 통념에 벗어난 선택의 결과 사회로부터 완전히 격리된 채 살아가는 그는 프랭크와 에이프릴의 이주 포기 결정의 핵심을 지적하는 날카로운 통찰력을 보여 주는 인물이기도 하다. 하지만 존은 정신적으로 또 물리적으로 주변 사람들을 위협하는 폭력을 행사하며, 법의 허점을 이용하여 부모의 재산을 빼돌리려는 모습을 보임으로써 프랭크와 에이프릴에게 잠시나마 각인시켰던 '현자'의 이미지를 잃게 된다. 하워드 기빙스가 가까이 접근할 때마다 겁을 먹고 움츠리는 미묘한 장면들로 미루어 보아 화자는 존 기빙스가 어린 시절 아버지로부터 당한 폭력에 의해 온전한 정신을 잃어버린 사람이라고 판단할 수밖에 없다. 규범 혹은 체제에서 일탈한 사람은 객관적 시각을 확보할 수 있으므로 그 규범 또는 체제의 허점을 간파할 수 있다. 그렇지만 존 기빙스는 외부인이되 '영웅'이 아닌 '악당'으로서의 외부인이다. 정체성 찾기 혹은 중산층 자아 벗어나기 기획에서 프랭크와 에이프릴로서는 결코 선택할 수 없는 대안이다. 그런 점에서 존 기빙스는 프랭크의 직장 동료 오드웨이와 대척점에 있지만 비슷한 역할을 한다고 볼 수 있다. 존 기빙스가 지식인이라면 오드웨이는 술주정뱅이이다. 오드웨이는 녹스 사무기 주식회사와의 관계 설정에서 '최소한의 원칙'을 적용한다는 점에서 프랭크와 비슷하다. 그는 힘든 결혼 생활을 술에 의지해 버텨 낸다. 전원 꺼진 로봇이 되어 버린 프랭크의 미래를 연상시키는 현재의 오드웨이는 프랭크에게는 선택하고 싶지 않은 대안이다. 중산층 정체성과의 관계 설정과 관련해서 객관화가 가능한 위치에 있는 등장인물로서 존 기빙스와 오드웨이 두 사람을 제외하면 유일하게 그런 능력을 실제로 획득하고 비상한, 그러나 정당하지 않다고 보기 힘든 방식으로 실천에 옮긴 사람은 에이프릴밖에 없다.

부자였던 에이프릴의 부모는 그녀를 돌보는 대신 호사로운 여행과 파티를 즐기는 삶을 선택했다. 친척들의 집을 전전하며 성장해야 했던 에이프릴은 프랭크를 만나면서 배우가 되겠다는 꿈을 접고 정착한다. 프랭크에게서 지적인 재능이 있다고 파악한 그녀는 프랭크를 통해 그녀의 부모가 누렸던 '고급 인간'의 세상에 가닿을 수 있을 것이라고 믿었다. 그러나 세 번

째 아이를 임신하고 프랑스로의 이주 계획을 포기하는 과정
에서 그녀는 그에게 있으리라 믿었던 것이 존재하지 않으며,
그렇게 굳건하고 열렬했던 그에 대한 사랑이 그녀가 만들어
낸 허상을 향한 것이었음을 깨닫게 된다. 프랭크는 그저 자신
의 사랑만을 원하는 평범한 사내일 뿐, 자신을 유한 계급으로
되돌려 놓을 사다리가 될 수 없으며, 프랭크가 자신을 사랑하
는 이유 역시 자신에게는 없는 것을 있다고 착각하기 때문이
라는 사실을 직시하게 되는 것이다. 지금까지의 일상을 그대
로 유지할 것인가, 아니면 비상한 조치를 통해 새로운 삶을 개
척할 것인가를 결정해야 하는 '위기'의 순간이다. 마침내 에이
프릴은 지금까지의 삶의 방식 자체를 바꾸기로 작정한다. 그
출발점은 프랭크와의 기존의 관계를 계속하도록 강제할 것이
분명한 세 번째 아이를 낳지 않는 것이다. 로와 웨이드 소송
의 대법원 판결이 1973년이었음을 상기하면, 이 결정이 얼마
나 과감한 것이었는지는 자명하다. 물론 구체적으로 그 결단
이후의 삶에 대한 계획이 어떤 것인지에 대해서는 알 수 없다.
에이프릴이나 화자의 언급이 전혀 없기 때문이다. 하지만 그
선택이 지금까지의 삶과는 다른 삶을 살고자 하는 의지의 발
현이며, 그 새로운 삶은 프랭크를 포함한 다른 어떤 사람과의
관계나 현재와 같은 형태의 가정과는 상관없이 주체적이고 독
립적인 삶일 것은 분명하다. 그러므로 에이프릴의 선택은 타
협이나 무시 또는 폭력 등과 같은 방식으로 현실을 유지 혹은
폭파하려는 다른 모든 등장인물의 선택과 차원을 달리한다.
사회적 경력을 포기하고 남편이나 아이를 통해 간접적으로 삶

의 보람을 찾던 중산층 전업주부가 물질적, 신분적 안정을 내동댕이치고 주체적이고 독립적인 삶을 선택한다는 주제는 지금에서 보면 민망스러울 정도로 낡은 설정 같다. 하지만 이 소설은 1961년에 출판됐고, 그런 주제를 대안으로 해서 1950년대 미국 중산층 전업주부들의 삶에 깃든 불만족과 불안을 짚어 내며 제2 페미니즘을 촉발시킨 베티 프리던의 『성공한 여성의 비결(The Feminine Mystique)』은 1963년에 출판됐다. 그런 점에서 보면 에이프릴은 제2 페미니즘의 핵심 이념을 이 년이나 앞서 선취하는 혁명적인 모습을 보여 주는 인물이다.

프랭크에게 초점을 맞추면 1950년대 미국 중산층의 삶을 비판적으로 묘사하는 냉소적인 시선이 강조된다. 프랭크는 지식인 흉내를 내기 위해 주변 인물과 사회 전반에 대해 비판하며 멸시하는 태도를 유지한다. 화자는 주로 자유 간접 화법으로 프랭크의 그런 머릿속을 그대로 드러낸다. 등장인물의 머릿속을 그대로 드러낸다는 것은 화자의 해석이나 판단이 개입하지 않는다는 것이며, 이럴 때 독자는 그 인물 자신은 의식하지 못하는 그 인물의 사고 수준과 내밀한 의도까지 다 들여다볼 수 있게 되고, 그 인물은 희화화된다. 프랭크의 지식인 흉내 내기와 화자의 자유 간접 화법이 결합하면서 냉소적인 느낌은 배가 된다. 지식인 흉내 내기는 대상의 흠결을 우월한 위치에서 권위적인 목소리로 비판하는 이른바 '지적질'을 포함하는데, 자유 간접 화법을 통해 이 '지적질' 자체의 한계며 결함 등이 그대로 노출되기 때문이다. 그러기에 프랭크의 생각과 움직임을 좇다 보면 프랭크가 접촉하는 다른 사람들은 물론 그 사람들이 구축하고 또 따르고 있는 체제 자체에 이르기까지 프랭크 자신이 내뿜는 냉소적인 생각과 함께 프랭크를 포함한 미국 사회 자체에 대한 화자의 냉소적인 태도가 확연히 느껴진다. 한편 에이프릴의 치명적인 선택에 초점을 맞추면 이 소설은 프랭크와 에이프릴의 관계가 더 강조되고, 이 부분에서 화자의 목소리에는 동정심에 가까운 연민의 정이 실리게 된다. 두 인물의 관계에서만 보자면, 프랭크는 에이프릴의 사랑과 관심을 잃을까 노심초사하면서 자신에게 유리하도록 에이프릴을 조종하려는 은근하면서도 얄팍한 술수를 끊임없이 궁리하는 모습을 보여 주지만, 에이프릴은 그 치명적인 선택에 이르는 순간까지, 비록 그에 대한 회의가 점점 짙어지기는 하지만, 프랭크를 속이거나 농락하려는 적극적인 의도를 내비치지는 않는다. 이런 인상을 주는 것은 프랭크의 경우와 달리 화자가 자유 간접 화법으로 에이프릴의 머릿속을 직접 보여 주지 않기 때문이다. 치명적인 선택 직전 에이프릴이 프랭크에 대한 집착의 본질을 꿰뚫어 보는 과정에서는 회상과 자유 간접 화법이 쓰이긴 하지만 전체적인 분위기는 애잔함이나 안타까움이다. 프랭크의 경우와 달리 술수라든가 숨겨진 의도가 없는 진심 그 자체로 프랭크에 대한 자신의 관계를 직시하고, 그 결과가 그에 대한 사랑을 거두어들이는 선택이기 때문이다. 그리고 프랭크가 그 선택의 결과를 확인한 순간, 자유 간접 화법을 통해서든 화자의 단순한 진술을 통해서건, 프랭크의 머릿속에 대한 정보가 갑자기 그리고 완전히 차단된다.

그 이후 프랭크는 철저하게 셉과 밀리 또는 헬렌 기빙스를 통해 간접적으로 그 모습과 행동만 묘사될 뿐이다. 화자가 프랭크를 언급할 때에도 제삼자의 객관적인 시선을 통해 겉으로 드러나는 외양에만 국한되며, 프랭크의 생각이나 감정은 전혀 드러나지 않는다. 그럴 능력을 상실한 허깨비 같은 존재가 되어 버리는 것이다. 이런 변화는 프랭크가 받았을 충격의 크기와 그 이후 그가 느꼈을 상실감이나 슬픔의 정도가 극도로 강조된다. 말 없는 웅변이 가장 강력한 웅변이 되는 경우와 같다.

냉담과 연민이 뒤섞이면 희비극이 된다. 이 희비극은 '레볼루셔너리 로드'라는 제목이 붙으면서 '미국의 역사'라는 한 차원 더 높은 의미망으로 편입될 수 있다. 이 소설의 배경인 로렐은 뉴욕시 바로 북쪽 스탬퍼드시 근처 코네티컷 남부이다. 미국에서는 독립 전쟁을 '혁명 전쟁(The Revolutionary War)'이라고 부르는데, 이 독립전쟁의 발원지가 이곳이다. 이 지역은 뉴잉글랜드의 핵심이고 이른바 '양키' 문화의 중심지이다. 그러므로 제목의 '레볼루셔너리(revolutionary)'는 '회전'이 아니라 '혁명'과 관련된 단어임을 짐작할 수 있다. 그럴 경우, 이 단어는 형용사로서 '혁명에 가까운'이나 '혁명과 관련된'을 의미할 수도 있고, 명사로서 '혁명가'를 가리킬 수도 있다. '로드(Road)'가 일반 명사로서 '통행을 위한 길'을 가리킨다면 '레볼루셔너리'는 형용사가 되어 '최신 시스템을 갖춰 절대 파손되거나 얼어붙지 않는'과 같은 '혁명적인' 또는 '혁신적인'이라는 말을 가리킬 것이다. 하지만 제목의 '로드'는 일반 명사가 아니라 '도로의 행정 분류상의 명칭'으로서 '비교적 좁고 짧은 도로'의 주소를 나타낼 때 흔히 쓰이는 명사이다. 따라서 '레볼루셔너리'는 '로드'를 수식하는 명사로서 둘이 합쳐져 프랭크 에이프릴 부부가 사는 집의 주소지를 가리키고, '레볼루셔너리'는 왕정을 타파하고 공화정을 수립한 미국 독립 전쟁 참가자로서 '혁명 투사' 또는 '독립 전사'를 의미하는 명사가 된다.

존 기빙스가 처음 프랭크 에이프릴의 집을 방문해서 첫인사를 할 때 그는 "레볼루셔너리 로드에 사는 휠러 부부라 했던가, 휠러 로드에 사는 혁명가 양반들이라 했던가 어머니께서 그러셨죠."라고 농담을 한다. 자신이 두 부부를 여느 교외 지역 중산층과는 달리 '급진적인 성향'을 가진 사람들로서 높게 평가한다는 의미를 담아 부부의 기분을 좋게 하려는 말장난이다. 이 말장난은 제목의 '레볼루셔너리'를 '혁명 전사'를 의미하는 어구로 설정할 때에만 유효하다. 존은 20세기 초 러시아 혁명을 계기로 널리 쓰이게 된 어법에 따라 '중산층의 허위적인 삶'에 대한 '반란'을 통해 새로운 삶을 지향하는 사람으로서 '혁명가'라고 두 사람을 지칭했지만, 이 소설의 공간적 배경을 고려하면 이 혁명가는 '영국의 왕정을 타파하고 공화국 미국을 세운 사람'까지 지칭한다고 볼 수 있다. 실제로 이 소설의 줄거리에는 단지 미국 중산층뿐만 아니라 미국 사회 전체가 유럽과 대비되는 장면들이 많다. 2차 세계 대전 막바지 외출을 틈타 파리 시가지를 오가며 이질감과 고립감을 느끼는 프랭크는 프랭크 개인이라기보다는 유럽의 미국인을 대표한다고 볼 수 있으며, 에이프릴이 파리로 이주하려는 계획을 제안할 때 역시 유럽은 미국의 대안으로 제시되고 있다. '미국 혁명가'들의 시대 유럽과 미국의 가장 큰 차이는 계급의 유무이다. 미국은 모든 시민이 이념적, 경제적 필요로부터 자유로운 삶을 영위할 수 있다는 '믿음'을 바탕으로 세운 나라이다. 그리고 1950년대 미국은 중산층의 나라가 되었다. 미국에 대한 믿음, 즉 '미국의 꿈'이 실현된 것이었다. 이렇게 보면, 프랭크와 주변 인물들의 삶은 자신들이나 자신들이 속한 일개 계층의 삶이 아니라 '미국 자체'가 된다. 이 소설의 제목이 '로렐의 여름'이라든가 '프랭키와 에이프릴' 같은 것이었다면, 이 소설은 '미국 중산층의 현실과 실제'라든가 '어느 사랑'에 대한 이야기라는 주제와 관련되는 데 그칠 것이다. 그렇지만 이 소설은 '레볼루셔너리 로드'라는 제목을 달게 됨으로써 '미국' 또는 '미국의 역사'라는 더 넓은 시각에서의 접근을 허용하게 되었다.

줄거리의 끝이 연민을 자아낸다든가 화자의 어조가 냉담하다든가 하는 점으로 미루어 보면, 작가인 리처드 예이츠는 1950년대 미국을 혁명가들이 꿈꾸었던 미국과는 거리가 있는 나라로 보는 것이 분명하다. 실제 줄거리 상에서도, 주인공은 물론 그 주변 인물 모두 일종의 '타락한' 혹은 '열등한' 미국 사람으로 설정되어 있다. 일단 이들은 자기 이름값에 미치지 못하는 삶을 살아가는 사람들이다. '농지 소유의 자유민'을 뜻하는 이름을 가진 프랭크는 현재 회사 조직의 기제에 종속된

임금 노동자에 불과하다. '사랑의 여신'이어야 할 에이프릴은 사랑에 실패하며, '보호자'여야 하는 셉은 그 누구도 보호하지 못하며, '성실하고 능숙한 일꾼'이어야 하는 밀리는 수다쟁이에 불과하다. 추하게 늙어 가는 헬렌은 이름에 제값을 하려면 '눈부시게 아름다운 미녀'여야 하며, 망상에 사로잡힌 존은 '선지자'여야 하고, 술에 찌들어 무기력해진 오드웨이는 '창으로 무장한 전사'여야 한다. 이처럼 예이츠는 거의 모든 등장인물의 이름을 부여하면서 발화와 의도가 정반대인 언어적 아이러니를 사용하여 이들을 희화화하고 있다. 게다가 예이츠는 이들을 이름값도 못 하는 인물인 듯한 이름들을 부여하는 데 그치지 않고 각자의 부모 세대에 비하면 '열등한' 자식 세대로 규정한다. 프랭크의 경우, 아버지는 직업 윤리가 투철하고, 성실하며, 손재주가 좋은 노동자였다면, 자신은 여자들 앞에서 멋진 척하는 말솜씨만 그럴듯할 뿐 회사 조직의 허점이나 파고드는 불성실한 노동자이다. 유럽을 유람하며 파티를 즐기던 유한 계급이었던 부모를 둔 에이프릴은 현재 신흥 주택 단지의 조그만 주택에서 회사원인 남편과 중산층의 삶을 살고 있다. 엔지니어로서 중하층의 여인과 결혼한 셉 역시 어머니는 귀족처럼 고고하고 부유한 상류층이었다. 부동산 중개업을 하는 헬렌 기빙스가 식민지풍의 고가구에 집착하는 것 역시 어린 시절 아버지 밑에서 살던 집의 분위기를 조금이나마 되살려 보겠다는 의도에서 나온 것이다. 이렇게 보면, 이 소설의 주요 등장인물들은 모두 부모 세대보다 열등하며, 신분이라는 관점에서 보자면 '타락한' 삶을 살고 있다. 이름에 적용된 아이러니와 신분상의 '타락'이란 이들 주제는 모두 예이츠가 1950년대의 미국을 이전보다 못한 사회로 간주하고 있음을 암시한다. 이전과 비교해 떨어지는 품질의 어떤 것은 궁극의 결과라 할 수 없으며, 따라서 이상적이라 할 수도 없다. 그러므로 적어도 1950년대 미국 사회는 혁명가들이 꿈꾸었던 그런 사회는 아니게 된다.

이 소설 이후 1960년대 미국 작가들은 미국의 역사를 적극적으로 재해석하고, 혁명가 '국부'들의 이상을 소환하며 현실을 직설적으로 비판하는 '반체제적' 또는 '체제 저항적'인 작품들을 쏟아낸다. 예이츠는 이 소설에서 그런 적극적인 모습을 보여 주지는 않는다. 다만 1950년대 중산층의 삶에 깃든 어리석고 불합리한 면을 냉정하게, 그러나 연민의 정으로 그려 내는 과정에서 '미국의 꿈'이 구현됐다는 현재 사회가 미국을 건설할 때의 꿈이 아닐 수 있다는 사실을 암시하는 정도에 그친다. 그런 점에서 이 소설은 1960년대 미국 주류 문학이 나아갈 길의 방향을 어렴풋이 가리키는 안내판의 역할을 한다고 볼 수 있다.

2025년 가을
이삼출

<h1 style="text-align:center">작가 연보</h1>

1926   미국 뉴욕 용커에서 2월 3일 빈센트 예이츠와 루스 윌든
       모어러의 아들로 태어났다.

1929   부모님 이혼. 당시 예이츠 세 살. 이후 뉴욕 근처 여러 지
       방으로 이사를 다니며 어린 시절을 보냈다.

1944   에이븐 올드 팜스 스쿨을 졸업했다. 창작과 저널리즘에
       흥미를 느끼기 시작했다.

1944   군대 입대. 2차 세계 대전 말기 프랑스와 독일에서 근무
       했다.

1946   뉴욕으로 귀향. 기사 작성, 대필, 홍보문 작성 등으로 생
       계를 유지했다. 당시 상원의원 로버트 케네디의 연설문
       을 작성하기도 했다.

1947   컬럼비아 대학교에서 창작 글쓰기 강의 야간반 수강을

시작했다.

1948   쉴리아 브라이언트와 결혼했다.

1951   유럽으로 이주. 폐결핵에 걸려 군으로부터 상이군인 연금 수령을 받게 되었다. 소설 집필을 시작했다.

1959   쉴리아 브라이언트와 이혼했다.

1961   『레볼루셔너리 로드(Revolutionary Road)』를 출간했다. 동부 교외에 사는 젊은 중산층 부부가 겪는 꿈과 현실 사이의 갈등을 주요 내용으로 하는 첫 번째이자 가장 널리 알려진 작품이다.

1962   『레볼루셔너리 로드』가 전미도서상 후보작으로 선정되었다. 『캐치 22(Catch-22)』에 패배. 윌리엄 스타이런의 『어둠 속에 눕다(Lie Down in Darkness)』를 영화 시나리오로 각색, 영화화는 불발되었다. 단편집『열한 가지 종류의 외로움(AEleven Kinds of Loneliness)』을 출간했다.

1968   마사 스피어와 재혼했다. ·

1969   『특별한 계시(A Special Providence)』를 출간했다. 2차 세계 대전에 참전한 부적응 군인과 그의 어머니의 삶을 다룬 작품이다.

1969   영화 시나리오『레마겐의 다리(The Bridge at Remagen)』를 각색했다. 원본은 켄 헤클러의 전쟁 논픽션『레마겐의 다리: 1945년 7월의 기적(The Bridge at Remagen: The Amazing Story of March 7, 1945)』이다.

1975   『평화 교란(Disturbing the Peace)』을 출간했다. 알코올 중독으로 정신 병원에 입원하게 된 영업사원에 관한 자

전적 소설이다.

1976   『부활절 축하 행진(The Easter Parade)』을 출간했다. 1930년
        대에서 1970년대에 이르는 두 자매의 비극적인 삶을 그
        린 작품이다.

1978   『좋은 학교(A Good School)』를 출간했다. 백인 중산층
        기독교도(WASP) 소년들의 고교 졸업 후 2차 세계 대전
        참전까지의 경험을 다루는 성장기 소설이다.

1981   단편집 『사랑에 빠진 거짓말쟁이(Liars in Love)』를 출간
        했다.

1984   『젊은이의 비가(Young Hearts Crying)』를 출간했다. 성
        공을 위해 분투하는 젊은 예술가의 삶을 그린 소설이다.

1986   『시원한 샘 항구(Cold Spring Harbor)』를 출간했다. 준비
        없이 갑자기 하게 된 결혼에 적응하는 주인공을 다룬 예
        이츠의 마지막 소설이다.

1992   폐기종으로 11월 7일 앨라배마주 버밍햄에서 사망했다.

1999   《보스턴 리뷰》 10/11월호의 「리처드 예이츠의 잃어버린
        세계(The Lost World of Richard Yates)」에서 스튜어트 오
        난이 예이츠의 작품 세계를 소개함으로써 사후 예이츠
        에 대한 대중의 관심이 환기되기 시작했다.

2003   블레이크 베일리의 예이츠 전기 『비극적인 정직함』(A
        Tragic Honesty: The Life and Work of Richard Yates)』이
        출간되었다.

2004   『리처드 예이츠 단편 전집(The Collected Stories of Richard
        Yates)』이 출간되었다.

2005   『레볼루셔너리 로드』가《타임》선정 '1923년 이후 명작
        100선'에 포함되었다.

2008   케이트 윈즐릿과 레오나르도 디카프리오 주연 영화「레
        볼루셔너리 로드」를 발표. 같은 해 골든 글로브 두 개
        부문 수상. 케이트 윈즐릿 여우 주연상 수상. 아카데미
        상 세 개 부문 후보로 지명되었다.

세계문학전집 476

레볼루셔너리 로드

1판 1쇄 찍음 2025년 12월 15일
1판 1쇄 펴냄 2025년 12월 22일

지은이 리처드 예이츠
옮긴이 이삼출
발행인 박근섭, 박상준
펴낸곳 (주)민음사

출판등록 1966. 5. 19. (제 16-490호)
서울특별시 강남구 도산대로1길 62(신사동) 강남출판문화센터 5층 (우편번호 06027)
대표전화 02-515-2000 팩시밀리 02-515-2007
www.minumsa.com

한국어 판 © (주)민음사, 2025. Printed in Seoul, Korea

ISBN 978-89-374-6476-8 04800
ISBN 978-89-374-6000-5 (세트)